Diogenes Taschenbuch 23554

Meir Shalev

Fontanelle

Roman

Aus dem Hebräischen von

Ruth Achlama

Diogenes

Titel der 2002 bei
Am Oved Publishers Ltd., Tel Aviv,
erschienenen Originalausgabe:
›Fontanelle‹

Die deutsche Erstausgabe erschien
2004 im Diogenes Verlag
Umschlagillustration:
Roger Mühl,
›Campagne Grassoise en été‹, 2000

Foto: J-M Sordello

Für Rina

Veröffentlicht als Diogenes Taschenbuch, 2006

www.diogenes.ch
120/06/8/1
ISBN 13: 978 3 257 23554 8
ISBN 10: 3 257 23554 2

Einführung

Von seiner hohen Kreisbahn überschaute der Schlangenadler unseren Hof, verglich das im Gedächtnis Gespeicherte mit dem Augenschein: Er musterte die weiß leuchtenden Tische und Stühle auf dem kleinen Rasen, dessen sommerliches Grün ihm schon wohlvertraut war. Beäugte den alten Hund, der unter dem roten Guajavabaum lag. Den Namen des Baums kannte der Schlangenadler zwar nicht, aber er wußte, daß er der einzige seiner Art im Dorf war. Sodann glitt er tiefer hinab über die Mauern, die uns vor den Augen der Menschen, nicht jedoch vor den Himmelsbewohnern verbargen.

Einen Moment schwebte er auf der Stelle, die Schwingen schwarze Klingen gegen den flirrenden Sommerhimmel, die Krallen lässig eingezogen im trägen Raubvogelsinnen, gerade so wie Apupas riesige Finger sich ballten, wenn er über die Angehörigen der Familie Schuster nachsann – ein Zeichen, daß er gleich loslegen würde: über ihre Väter, ihre Mütter, über die schmählichen Umstände ihrer Geburt und über all das, was er, David Joffe, ihnen antun würde, »wenn ihre Stunde geschlagen hatte«. Oder vielleicht waren die Krallen einfach nur so eingerollt? Ich weiß es nicht. Ich bin dem Sinnen der Raubvögel nie ganz auf den Grund gekommen.

Jetzt hörte der Schlangenadler die Geräusche, ohne zu wissen, daß es Geburtstagslieder, Geigenspiel, Glück- und Segenswünsche waren, und bemerkte den kleinen Jungen, ein blaues Blumenkränzchen auf dem Kopf, zwischen Eltern und Verwandten in strahlend weißen Hemden. Aber da all das – Kind und Hund,

Geige und Guaven, Kranz und Onkel und Tanten und Eltern und Stühle [*»Großvater und Großmutter, Onkel und Tante, Enkel und Urenkel in einem Wagen von Perlmutt«] – für ihn nicht als Jagdbeute taugte, kreiste er noch einmal und segelte davon, nahm auf einem warmen Luftstrom Aufschwung in einem hohen Gleitflug und überblickte sein gesamtes Reich.

Die Zeit, groß im Diskriminieren, wählte ihre Opfer: der Todgeweihte zum Tode und der zum Gedenken Bestimmte zum Gedenken [der zum Gedenken Bestimmte zum Leben und der Todgeweihte dem Vergessen preisgegeben]. Die niedrige Hügelkette, heute mit dem Rot und Ocker der Dachziegeln gesprenkelt, lag damals grau und vergilbt im Westen. Die Reihe der Zypressen, inzwischen längst gefällt, schimmerte noch grün am Fuß der Hänge. Die Straße von der Kreuzung – einst stand dort eine kleine ruhige Bahnstation, jetzt wimmelt es nur so von Menschen, den Kunden eines Einkaufszentrums – war seinerzeit ein Sandweg, der das trockene Bachbett und die Felder durchquerte. Der Schlangenadler sah dort einen Wagen heraufkommen, und das Pferd, das ihn zog, zockelte gemächlich, wie jemand, der Herr seiner Zeit ist und mit dem Weg wohlvertraut.

Ein magerer Mann und eine junge Frau saßen vorn zwischen Koffern und Kisten. Die Linke der Frau hielt die Zügel, ihre Rechte die Linke des Mannes. Die Linke des Mannes hielt die Rechte der Frau, seine Rechte eine grüne Weinflasche. Eine Khakihose mit scharfen Bügelfalten und ein helles gebügeltes Hemd schlotterten ihm um den dürren Leib, und über seinem vorzeitig gerunzelten, klugen Gesicht glänzte eine sonnengebräunte Glatze. Die Frau – das kurz geschnittene schwarze Wuschelhaar nach Männerart gescheitelt – trug ein graues Männerarbeitshemd und einen geblümten Rock, der einem wogenden Anemonenfeld glich.

Eine frühsommerliche Hitzewelle tyrannisierte die Jesreelebene. Die Gerüche zerquetschter Strohhalme und zu Staub gemahlener Ackerschollen wirbelten von den Wagenrädern auf, tanzten ihren langsamen Reigen im Raum. Emsige, ferne Zikaden zersägten die Welt. Die Erde glühte nach ihrer Art. Die Luft vibrierte, wie immer, über ihr, als wispere sie Liebe [als antworte sie ihr]. Das Pferd durchquerte das Wadi in einer Bresche, die Apupa vor Jahren mit Sichel und Hacke in die Mauer von Schilf geschlagen hatte, wandte sich nach Osten und folgte dem anderen Ufer. Der alte Glatzkopf sagte etwas. Die junge Geblümte lachte. Er setzte die Flasche an die Lippen, nahm einen letzten Schluck und warf sie an den Rand des Weizenfelds. Ein kurzer Knall war zu hören, und sofort – ohne Zögern und Zagen, wie man bei uns in der Familie sagt – glitzerten auf der Erde tausend grüne Augen, die im Flug des Schlangenadlers aufleuchteten und erloschen.

Der Weg machte eine Biegung, kreuzte das Feld von Süden nach Norden, gabelte sich. Das Pferd schlug den linken Weg ein, heute ein rosa-grauer Streifen von Pflastersteinen und Asphalt, nämlich die Hauptstraße unseres neuen Villenviertels, dem mein Vater, wäre er nicht gestorben, die Bezeichnung »Reicheleuteslum« oder einen ähnlichen Namen gegeben hätte: diese Banalität der Steinbogen, funktionslosen Säulen, der unvermeidlichen Limonenzypressen und der schrecklichen Zwergkokospalmen, die ich zu Dutzenden verkaufe. Wand reicht an Wand, Fenster guckt in Fenster, und am Schabbat – Gäste und Gartengrill.

Von dort führte der Weg zum Dorf hinauf, der Nordwestwind spielte mit dem Rock der Frau, bauschte das Rot seiner Blumen in der weißglühenden Luft. Noch heute frischt er jeden Tag zur selben Stunde auf, fährt, jedesmal aufs neue verblüfft, zwischen die Gebäude des Zentrums, die weit höher sind als die Dorfhäuser, die er in Erinnerung hat.

Fünf Jahre alt war ich an jenem Tag, und mein Geburtstag wurde wie jeder andere Geburtstag in der Familie gefeiert: Das Kränzchen, das meine Mutter mir gewunden hatte, leuchtete blau auf meinem Kopf. Die Küsse der Joffes – so nennen wir uns, die Angehörigen des großen Joffe-Clans – befeuchteten mein Gesicht. Die Glückwünsche schwirrten wie fröhliche Bachstelzen auf und ab durch die Luft. Die Erfrischungen jedoch blieben auf den Tischen stehen. Meine Mutter reichte nur »gesunde Kost«, das hieß streng Vegetarisches: wurmstichiges Obst (sie ist gegen Schädlingsbekämpfungsmittel), mistgewöhntes Gemüse (sie ist gegen Kunstdünger), fades, grobes Vollkornweizenbrot (»man ißt nicht zum Vergnügen«).

Am Vorabend hatte sie erklärt, sie werde den Gästen Haferbrei vorsetzen: »Das ist sehr gesund und schmeckt gut! Es besteht kein Grund, die Familie mit Kuchen zu vergiften!«

Das Wort »Kuchen« sagte sie in ihrem besonderen Tonfall, und Vaters und meine geübten Ohren hörten darin förmlich das Gift des weißen Zuckers, den Greuel des fein gesiebten Mehls, die Todesdroge der Eier, die Schlangenbrut der Butter – all das, was meine Mutter als »Gifte« bezeichnet. In ihren Augen ist jeder Kuchen nichts anderes als ein Mordkomplott, aber mein Vater, dem das Wort »gesund« den Appetit verdarb, auf Nahrung im allgemeinen und auf meine Mutter im besonderen, sagte: »Es interessiert mich nicht, daß das sehr gesund ist! Es schmeckt nicht, es ist langweilig, es ist idiotisch! Und es ist der Geburtstag von Michael, Hanna, nicht deiner!«

Feuerscharf war das Komma, das er nach meinem Namen setzte, und jenseits des Ausrufezeichens lag ein wütender Raum, schwarz wie ein abgebranntes Feld.

»Am Geburtstag meines Kindes wird kein Haferbrei aufgetischt! Hast du gehört?!«

Gegen seine sonstige Gewohnheit geriet Vater in Rage, und getreu seiner Gewohnheit in Zornmomenten ging er zur unpersönlichen Form für die verborgenen Haferbreiköche über, um keinen Streit zwischen dem Ich und dem Du zu stiften.

Der sehr gesunde Haferbrei wurde vom Menü gestrichen, und ein neuer Ausdruck gesellte sich zum Sprachfundus der Familie, wo er erfaßt und katalogisiert wurde, um zu gegebener Zeit parat zu sein, den jeweiligen Tagesbedürfnissen angepaßt: »An der Beerdigung meines Mannes werden seine *Zatzkes* nicht teilnehmen«, »auf dem Klavier meiner Frau wird kein Fremder spielen«, und was der Joffeschen Ausschmückungen, Ableitungen und Erweiterungen mehr sind. Aber mein Vater ließ es dabei nicht bewenden. Er ging zwischen den Gästen umher, sein linker Ärmel flatterte leer im Wind, seine Rechte verteilte insgeheim kleine Würstchen an dankbare Abnehmer.

Die Familienfeierkamera schwenkt vom Osten des Hofes zum Westen in der langsamen Horizontale der Erinnerung: Da ist Apupa, damals noch ein großer, starker Großvater mit kolossalen Händen und weißem Bart, bewirtet die Gäste mit selbstgebranntem *Schnaps*. Dort sind seine beiden Halbbrüder – »wer hat sie gerufen«, murrte er – sitzen artig abseits, froh, daß sie eingeladen wurden, grübeln, womit sie das wohl verdient haben. Würde Apupa sie womöglich sogar eines Wortes oder Blickes würdigen? Da ist Amuma, damals noch eine lebende Großmutter, die mir, wie an jedem Geburtstag, »Herr Hamster hat einen guten Schlaf« aufsagte. Hirsch Landau, den Hals seiner Geige gepackt, sitzt, wie immer, neben ihr. Mein Vetter Gabriel, auch *»Zipljonok«* oder *»Puiu«* – beides heißt Küken – genannt, war damals noch klein und dünn, zupfte die Frauen am Rock und belästigte sie mit seinem lautstarken »Stillen… Stillen…« Etwas abseits stand sein großer Inkubator. [*Hier schon erzählen, daß er ein Frühchen war? Und wie weit ins Detail gehen?] Er brauchte ihn zwar nicht mehr, geriet aber immer in Panik, wenn er ihn nicht in der Nähe sah.

Nur Onkel Aaron – er hieß bei uns »der Bräutigam« und hatte Gabriels Inkubator und Apupas Schnapsbrennerei gebaut, Pflüge perfektioniert, den ersten Sonnenboiler erfunden, Schalldämpfer für Trecker, Pistolen und Motorpumpen produziert und auch den Gaskocher für die britische Armee hergestellt, dank dessen allein, so rufen wir Joffes immer wieder in Erinnerung, ja dank dessen allein Montgomery Rommel im Zweiten Weltkrieg besiegen konnte – nur er hatte sich nicht verändert. Genau wie er in unserer Kindheit zu uns kam – klein, dankbar, dunkelhaarig und verlegen –, hoppelte er mit seinem lahmen Bein, sann auf neue Erfindungen, hing alten Sorgen nach und dachte an seine Frau Pnina, die allein zu Hause saß.

Es war ein trockenheißer weißer Sommertag. Der angenehme Geruch verstaubter Zypressen und geschorenen Rasens hing in der Luft. Ein großer Raubvogel mit hellen Flügeln und gestreiftem Bauch – »das ist ein Schlangenadler, Michael«, sagte Vater und deutete mit seiner einzigen Hand, »er jagt Schlangen« – schwebte über uns, beobachtete und drehte ab. Die Zeit, in der viele Joffes eine direkte Verwandte erblicken, rann genau neben uns langsam und gewaltig dahin, netzte geduldig ihre Ufer. Apupas alter Hund erhob sich abrupt, als hätte er die Worte meines Vaters verstanden, und bellte mit unerwarteter Vehemenz eine Kletternatter an, die an der Hofmauer entlangkroch.

Wie andere Alte im Dorf, die fürchten, man werde sie bald aus dem Haus werfen, schielte der Hund uns besorgt von der Seite an, um sicherzugehen, daß wir seine Reaktionsfähigkeit und Treue beachteten. So lagen damals die Dinge: Unsere kleine Stadt war ein Dorf, und im Dorf ging es zu, wie es auf dem Dorf nun mal zugeht – der Metzger, der Holzfäller, der Altwarenhändler warteten auf alle am Ende des Tages, und Tiere, Pflanzen, Gegenstände und Menschen wurden geprüft: Hast du gearbeitet? Frucht getragen? Nutzen gebracht?

»Laß mich«, wisperte bange die Schlange, »laß mich meines Weges ziehen.« Aber kein Mensch hörte es, denn wie ich sprach auch die Schlange nur im Herzen.

Alle guckten die beiden an, wandten die Gesichter dann erwartungsvoll Onkel Aaron, dem »Bräutigam«, zu. In mehrfacher Hinsicht ist auch er Großvaters Hund: treu, gehorsam und pflichteifrig. Tatsächlich stand er vom Tisch auf, wedelte mit dem Schwanz, der dem Auge nicht sichtbar, aber sehr gut in seinem Gesichtsausdruck zu erkennen war, nahm die lange Hacke, die am Guajavabaumstamm lehnte, und begab sich zur Schlange.

Mein Vater rief: »Bring sie nicht um, Aaron. Das ist eine gutartige Schlange. Laß sie ziehen.«

Aber der Bräutigam und der Hund, jeder aus des andern Furcht Mut schöpfend [in dem Wunsch, dasselbe Herrchen zufriedenzustellen], näherten sich der Schlange, und diese bewertete die neue Lage und schloß, daß sie genug habe: Zwei Werktätige, die sich auf ihre Kosten auszuzeichnen wünschten, gefährdeten zu sehr ihre kaltblütige Lebensroutine. So senkte sie denn mit einem Schlag den Kopf und ergriff die Flucht, flitzte zwischen flüchtenden Verwandten- und fallenden Stuhlbeinen hindurch und erreichte, nach Art der Kletternattern, im Nu Blitzgeschwindigkeit.

Der Hund bellte hinter ihr her, der Bräutigam schwang die Hacke, und ich – mit neuen Sandalen, weißem Hemd und Blumenkränzchen – rannte ihnen nach. Die Schlange hielt auf die Scheune zu, schlängelte den Betontrog der Kühe entlang. Ich erinnere mich: Die schwarz-weißen Köpfe heben sich von ihrem grünen Mahl, fahren in einer Woge der Angst zurück. Die Eisenjoche, ein beängstigendes großes Xylophon, klingeln von einem Ende des Kuhstalls bis zum andern.

Hinter dem Kuhstall war damals eines unserer vier Tore in der Mauer, und dahinter lag der große Misthaufen. Der Hund, der die Grenzen des ›Joffe-Hofs‹ nicht weniger gut kannte als Apupa – beide pflegten sie zweimal am Tag zu markieren, und zwar auf die genau gleiche Weise –, hielt hier an. Ein letztes Bellen, um den Punkt ans Ende der Handlung zu setzen, ein schnelles Scharren im Sand – und schon trottete er zurück zu seinem Herrchen und seiner Lagerstatt und zu dem »Guter Hund«-Rückenkraulen, und dann das Recken, Strecken, Gähnen und Dösen eines Alten, der Nutzen gebracht und Aufschub erhalten hat.

Erst fünf Jahre alt wurde ich an jenem Tag, aber ich war der größte Junge im Kindergarten, flink und stark. Schon damals ernannte mich Apupa zum Leibwächter meines Vetters Gabriel. Er ist so alt wie ich, aber zum Leidwesen unseres Großvaters war er ein kleines, schwaches Kind. Die Schlange spürte das Stampfen meiner Schritte auf der Erde, wandte sich zur Rechten und sauste durch den Stall der Legehennen. Ich erinnere mich: Flügelschlagen, Gegacker, wirbelnder Staub in der Nase, Gestank und Federn. Sie steuerte unseren kleinen Zitrusfruchthain an. Zweige schlagen mir in die Stirn, Reiser bersten unter meinem Fuß, Blätter rascheln in meiner Erinnerung. Sie hatte es auf den Unterschlupf jenseits des Hains abgesehen, auf das große Kornfeld, das der Ernte harrte. Heute stehen da, wie gesagt, die neuen Villen, aber damals wuchs Weizen dort. Mit letzter Anstrengung peitschte sie quer durch Mutters Gemüsebeet: entsetzte, ungespritzte Tomaten, erbleichende Vitamine, eine gekreuzigte Vogelscheuche schreit verblüfft »Halt!« und spreizt die Arme – und schon tat sich ein enger Spalt in der Mauer der gelben Ähren auf, und die schwarze Nudel verschwand darin, von begierigem Mund eingesogen. Der Spalt ging im Nu wieder zu, man konnte nicht mehr wissen, wo sie steckte, aber ihr Schuppenrascheln zwischen den Weizenhalmen hörte man, und das Wiegen der Ähren – wie der Hals einer Frau, der eine Hand ins Kleid greift – deutete auf das Kriechen der Schlange darunter: pulsierende Haut, geneigte Kehle, ein gebeugter Halm, erschrocken.

Ich war ein neugieriges Kind, mutiger, flinker und selbstsicherer als der Mann, der ich heute bin. Trotz Furcht vor Schelte von Amuma und Mutter und trotz des schnellen Bebens auf meiner Schädeldecke – so spüre ich nahendes Unheil – sauste ich ihr mitten ins Feld nach. Stürmische Grannen schnitten mich in Hals und Wangen, messerscharfe Blätter in die Arme, aber die Schlange hatte das Weite gesucht, war auf der Stelle erstarrt oder hatte vielleicht ein Erdloch gefunden – war nicht mehr zu sehen oder zu hören.

Ich hielt inne. Mit pochendem Herzen und wogender Lunge. Stumm, die Ohren gespitzt. Ich sprang hoch, drehte prüfend den Kopf, die Augen weit aufgerissen: ein großes Meer. Sanfte, in den Kinderaugen unendliche, gelbe Wellen umspülten die Insel meines Körpers. Heute weiß ich, daß es nur dreißig Dunam Weizen waren, ganze drei Hektar, aber damals, in den kindlich leeren Weiten meines Bewußtseins, erstreckte sich unser Feld von uralten Zeiten bis an den Saum der fernen blauen Bergzüge, die am Horizont aufragten und uns ringsum einkreisten. Oft ging ich dorthin, um einzutauchen, mich auf den Grund zu legen und den Schlaf zu erwarten. Ein großer, leerer Himmel wölbte sich über mir, Ährenpinsel durchmischten sein Azur, Bussarde flatterten darin, schienen an Gespinsten zu hängen. Meine Augen schlossen sich, wie jetzt, für einen Moment. Ein weiteres Zittern auf meiner Schädeldecke, sanfter als zuvor, dann langsames Versinken, Vergessen, Untergehen in seinen Wellen.

Und plötzlich, wie es kleinen Kindern oft geschieht und mir bis heute noch – genau fünfzig Jahre sind seit jenem Tag vergangen –, erfüllte mich große Müdigkeit. [*Auf den Unterschied zwischen »erfüllte mich Müdigkeit« und »befiel mich Müdigkeit« eingehen. Entsteht die eine Müdigkeit im Körper und befällt die andere ihn von außen?] Ich erlosch wie eine Kerze, zwischen zwei Fingern ausgedrückt. Die Aufregung des Geburtstags, die neuen Sandalen, die Geschenke, die Verfolgungsjagd, der in Schnaps getauchte Finger, den Vater mich hatte ablecken lassen, als Mutter nicht hinguckte – all das hatte mich zu Boden gezwungen. Ich sank auf den Rücken und schlief auf der Stelle ein.

Ich heiße Michael Joffe. Nicht Jaffe, sondern Joffe. Wir Joffes achten sehr auf dieses o. »Es gibt ›Joffe‹ und ›Jaffe‹«, sagen wir, »die mit a und wir mit o.« Und meine Tante Rachel sagt: »Wir sind die Joffes, und die sind die Jaffes.«

Ich wurde im Sommer 1947 meiner Mutter, Hanna Joffe, einer unerträglich aggressiven Missionarin für Gesundheit und Vegetarismus, und meinem Vater, Mordechai Joffe, einem Berater für den Anbau von Zitrusfrüchten, geboren, der bei einer Palmach-Aktion einen Arm verloren hatte und meine Mutter von rechts und links betrog, wenn man die Untreue eines Einarmigen so beschreiben kann. Einmal, in einem selten mutigen Moment, fragte ich sie, warum sie ihn geheiratet hatte, worauf Mutter, in einem selten liebevollen Moment, lächelnd erwiderte: »Weil er auch Joffe hieß, da brauchte ich den Familiennamen nicht zu wechseln.«

Meine Mutter ist kräftig, knochig und konsequent. Das Alter hat sie nicht gebeugt, und nach Art der fanatischen Vegetarier möchte sie auch ihre Mitmenschen gesunden lassen. Morgens und abends referiert und predigt sie, belästigt alle mit ihren zornig tadelnden Blicken und dem, was mein Vater »ihre Einträufelungsmethode« nannte: Man soll gut kauen! Man soll Vollkornreis essen, Tee und Kaffee vergessen, Obst hoch bemessen! Aber am wichtigsten ist zu wissen: Proteine nie mit Kohlenhydraten mischen!«

Vater spottete über ihr »man«. Er sagte, wenn unsere Stammmutter Hanna und nicht unser Lehrer Moses die Zehn Gebote verfaßt hätte, würde es dort nicht heißen: »Du sollst nicht töten«, sondern: »Man soll nicht töten«, »Man soll nicht stehlen«, und: »Man soll Vater und Mutter ehren.« Aber unter seiner gleichmütigen Spöttelei grollten Ärger und Enttäuschung. Es ist schwer, mit einer Prinzipientreuen zusammenzuleben, und noch viel schwerer mit einer, die immer recht hat. Anfangs hatte er versucht, die Sache zu ignorieren, danach begann er zu diskutieren – »Kaffee ist doch auch eine Pflanze, oder etwa nicht?« –, und zum Schluß wappnete er sich mit allerlei Verteidigungsmitteln: Er legte sich Fleisch- und Wurstverstecke an, trainierte und schärfte seinen Sinn für Humor, umgab sich mit einem Harem fremder Frauen, und letzten Endes ging er vorzeitig von dannen. Für den

Tod gibt es in der hebräischen Sprache ein großes und weiträumiges Wortfeld: hinscheiden, enden, fallen, gefällt werden, seine Seele aushauchen, das Leben verlieren, mit seinen Vätern schlafen, ableben, nach dem himmlischen Kollegium berufen werden, erlöschen, seine Seele zurückgeben, das Zeitliche segnen, umkommen, von Gott zu sich genommen werden, die himmlischen Engel haben die Erdenbewohner besiegt, hinweggerafft werden, abkratzen, krepieren, heimgehen, aus dem Leben gerissen werden, in den Himmel aufsteigen, zu Staub werden, sein Lebenslied vorzeitig beenden, den Geist aufgeben und noch und noch – und in diesem ganzen großen Feld paßt nichts besser für den Tod meines Vaters als »von dannen gehen«. So ist er gestorben, und so, von dannen gehend, sehe ich ihn seither vor mir: von hinten, mit seinem leichtfüßigen, aufrechten Gang und der leichten seitlichen Rumpfneigung der Armamputierten, übers Feld davon schreitend.

Mutter, die viel Karotten aß und deren scharfen Augen nichts entging, verlieh seinen Liebhaberinnen den allgemeinen Schimpfnamen *Zatzkes* sowie individuelle Schimpfnamen, die stets auf die Worte »er ist bei« folgten: Er ist bei »der Mörderin«, er ist bei »der Kuh«, er ist beim »Arsch«, er ist bei »der Spuckerin«. Als letzte erhielten diejenigen *Zatzkes* ihre Beinamen, die erstmals bei seiner Beerdigung auftauchten, wo sie einen engen, traurigen Pulk bildeten und voneinander noch mehr überrascht waren als Mutter. Sie verströmten den guten Duft nach den Schalen von Zitrusfrüchten, und ich fragte mich: Hatten sie sich vorher womöglich darüber abgesprochen? Denn zu seinen Lebzeiten roch seine Hand immer danach. Kam er nachts heim, witterte ich diesen Geruch an seiner einzigen Hand, die mir übers Gesicht strich: »Schläfst du, Michael?«

»Ja.«

»Dann reden wir morgen. Gute Nacht.«

Die Eltern meines Vaters habe ich nur auf Bildern gesehen. Sie starben, ehe ich geboren wurde. Aber die Eltern meiner Mutter habe ich gut gekannt. Unser Haus war, wie die übrigen Häuser der Familie, auf ihrem Grundstück, dem »Joffe-Hof«, erbaut. So heißt noch heute der geräumige Hof, der einst das Herz einer regen Landwirtschaft war und heute ringsum abgeschottet ist: umgeben von dornigem Brombeer- und Heckenrosengestrüpp und roter Bougainvillea, verschanzt hinter Steinmauern und Kaktushecken und belagert von schimmernden, hohen Wohnhäusern nebst Parkplätzen, Straßen und Läden.

Sie, Mirjam Joffe, von der Familie »Amuma« und von ihrem Mann »Mutter« genannt, ist bereits tot. Er, David Joffe, von der Familie »Apupa«, mit Betonung auf der zweiten Silbe, und von seiner Frau »David«, mit Betonung auf der ersten Silbe, genannt, lebt noch. Früher war er ein großer, kräftiger, lauter und aggressiver Mann, doch heute ist er klein, zittert vor Kälte, und von all seinen einstigen Eigenschaften sind ihm nur seine Riesenhände und sein »Spatzengehirn« geblieben. Letzteres habe ich in Anführungszeichen gesetzt, denn dieses sagten ihm immer wieder seine Frau und seine Töchter nach: Die älteste ist meine Tante Pnina, die den Beinamen »die schöne Pnina« trägt. Die zweite ist ihre Zwillingsschwester, meine Mutter Hanna, die drei Minuten nach ihr geboren wurde und seither nicht vergeben kann. Die dritte Tochter ist Tante Batja, die bei ihren Schwestern »Über-alles« heißt, weil sie einen Deutschen heiratete, einen der Templer, die damals im Lande lebten, und im Zweiten Weltkrieg mit ihm nach Australien verbannt wurde. Ich habe sie nie gesehen, aber ihre Tochter, namens Adelaide, kam viele Jahre später ins Land, worauf sich kurze, aufreibende Liebesbande zwischen uns entspannen, die mit ihrer Rückreise endeten. Die vierte Tochter ist meine Tante Rachel, bei der ich manchmal schlafe und Tschernichowski-Verse, Erinnerungen und Geschichten höre.

Der Mann der schönen Pnina ist Onkel Aaron, dessen Beiname, wie gesagt, »der Bräutigam« lautet. Aaron ist ein Technikgenie, hinkt auf einem Bein, und diese beiden Eigenschaften beglücken Rachel, denn dank ihrer kann sie ihren Schwager »den berühmten Beinbehinderten« nennen, wie der Dichter Saul Tschernichowski den Schmiedegott Hephäst genannt hatte. Genau wie Hephäst ist auch unser berühmter Beinbehinderter verheiratet mit einer schönen Frau, die ihn betrogen hat, und wiederum genau wie er »versteht er mehr als jeder wahre Ingenieur«, und seine Erfindungen ernähren uns bereits viele Jahre lang. Ich sage »uns«, weil Apupa, in Sorge wegen des fehlenden Sohns, den Bräutigam eine Verpflichtung hatte unterschreiben lassen, daß er, wenn er Pnina zur Frau erhielt, für ihre Schwestern sorgen und auch ihre Familie ernähren werde.

»Pnina war dermaßen schön, und Aaron liebte sie so sehr...« – erzählte mir Rachel in ihrer lyrisch fließenden Satzmelodie [in ihrer besonderen Satzmelodie, die jede gewesene Begebenheit in ein Märchen verwandelt], daß er widerspruchslos zustimmte. Aber noch vor der Hochzeit passierte etwas Furchtbares: Pnina wurde schwanger von einem fremden Mann. Und während die Joffes noch allesamt schreckerstarrt waren, geschah etwas noch Furchtbareres: Großvater, mit Töchtern gesättigt und hungrig nach einem Sohn, zwang sie, das Kind zur Welt zu bringen, und nahm es zu sich. Das ist mein Vetter Gabriel, dem die Familie den größten Kranz an Kosenamen gewunden hat: Alle nennen ihn *Misinik* und *Siebele*, und Großvater nennt ihn, wie erwähnt, auch *Puiu* und *Zipljonok*, das heißt Nachkömmling, Siebenmonatskind und Küken auf jiddisch, rumänisch und russisch.

Nach der Niederkunft heiratete die schöne Pnina ihren Aaron, und seither sitzt sie abgeschieden im Haus. Die einen sagen, ihr Mann ließe sie nicht hinaus, damit ihre Schönheit nicht unter Wind und Sonne leide, andere meinen, sie hätte sich das selbst auferlegt. »So oder so« – diesen Ausdruck hat Großmutter geprägt, und wir alle verwenden ihn auch nach ihrem Tod weiter –, der Bräutigam erfüllte seine Verpflichtung und sorgte für die ganze Familie: Er baute allen Häuser, finanzierte Hochzeiten und Ausbildungen, und jetzt, da auch er alt geworden ist und die Fürsorge keine selbstübernommene Pflicht mehr ist, sondern schon zweite Natur, plant und gräbt er für uns alle ein System von Lagerräumen, Bunkern und Speisekammern, Zisternen, Benzintanks und womöglich auch Fluchttunneln. »Wie soll man wissen«, sagt Tante Rachel, »was er da unter der Erde eigentlich treibt?« Aber manchmal kriecht der Bräutigam hervor, das Gesicht verschrumpelt wie das einer Blindmaus beim Austritt aus ihrem Erdloch, beschattet die geblendeten Augen mit der Hand und gibt eine Erklärung ab: »Sehr bald«, so sagt er, und wir alle sprechen ihm, wie kichernde Truthähne, die Fortsetzung nach: »Sehr bald wird hier ein furchtbares Unglück geschehen.«

Tante Rachel ist, wie erwähnt, die vierte Tochter von Amuma und Apupa. Sie hat in allem das Sagen, ist die Direktorin, hat die Leitung inne und von ihrem Vater, noch zu seinen Lebzeiten, die Rolle des Familienoberhaupts übernommen. Ihr Mann, der in der Familie Joffe »der Junge« genannt wird, kam wenige Monate nach der Hochzeit im Unabhängigkeitskrieg um. Da Rachel in dem leer gewordenen Bett nicht einschlafen konnte, wurde sie mondsüchtig und begann, mit geschlossenen Augen zu wandeln und sich einen Partner zu suchen. Nachdem wir einige Peinlichkeiten erlebt hatten, wurde ein Turnusdienst in der Familie eingerichtet, und wir alle, die Jungs und Männer der Familie, wurden und werden hingeschickt, um bei ihr zu schlafen.

Von ihren Armen umschlungen, glühend vor Hitze – die Joffes decken sich stets mit dem *Puchowik*, dem Federbett, zu, und Rachel zieht sich darüber hinaus noch den Flanellschlafanzug ihres toten »Jungen« an –, hörte ich von ihr die Chronik unserer Familie, und in der mir verbleibenden Zeit werde ich vieles davon erzählen: alles, woran ich mich mit Freuden erinnere, und alles, was ich zu vergessen hoffe [das, was ich in Erinnerung habe, und das, was ich trotz aller Anstrengungen nicht mehr vergessen werde].

Ich bin heute fünfundfünfzig Jahre alt, etwas asthmatisch, verheiratet mit einer tüchtigen Frau, Alona heißt sie, und wie so einige andere Joffes bin auch ich Vater von Zwillingen: Der Sohn, Uri, ist noch träger als ich. Die meiste Zeit des Tages lagert er auf dem Bett, versunken über seinem Laptop, beim Schmökern, beim endlosen Warten auf die Frau, die »eines Tages kommen wird«, und beim endlosen Anschauen des Films *Bagdad Café*. Für die Tochter, Ajelet heißt sie, gilt: Ihre Hände gegen alle, die Hände aller gegen sie, und das nicht in der biblisch-ismaelitischen Bedeutung des Satzes. Sie ist geschäftig wie ihre Mutter, aber viel quecksilbriger und leidenschaftlicher, hat bereits das Haus verlassen und eine Kneipe – den »Joffe-Pub« in Haifa – eröffnet. Und beide, Uri wie Ajelet, sind riesengroß, sehen mich an und wechseln dabei listig grinsende Blicke, wie zwei Kuckucksjunge, die von fremder Hand in mein Nest plaziert worden sind.

Alona hat keinen Beinamen. Namen, Schmutzflecken und Klatsch bleiben nicht an ihr hängen, und auch »Schrammen« – so nennt Ajelet das, was die Seele ihres Vaters peinigt – hat sie nicht. Aber »zum Ausgleich« – auch das ist ein Ausdruck, den wir viel verwenden: »Großvater ist schwer von Begriff, aber zum Ausgleich hat er eine schwache Phantasie« –, zum Ausgleich hat sie wache Sinne und einen guten Verstand. Und so, vor Jahren, als auch den Begriffsunwilligen klar war, daß unser Dorf – trotz romantischer Restbestände an Orangenhainen, Gemüsebeeten und einigen Hühnern, die noch Repräsentativfunktion versehen – zusehends städtisch wird, gab Alona ihren Arbeitsplatz in der Kreisverwaltung auf und eröffnete eine kleine Gärtnerei. Gan Jaffé, »Schöner Garten«, nannte sie den Betrieb und errichtete ein großes Hinweisschild an der Kreuzung, auf der Hauptstraße:

Schöner Garten
Gartengewächse Geräte Bewässerung
Fertigrasen Gartenbedarf

»Wieso denn plötzlich ›Jaffe‹ mit a?« fragte ich.

»Weil das zur Abwechslung mal ein Eigenschaftswort und kein Familienname ist und weil sich nicht alles auf der Welt um euch dreht, sondern nur ein bißchen was!« So entgegnete sie, »und jetzt steh auf, Michael, an die Arbeit! Genug im Bett rumgestänkert und blöde Fragen gestellt.«

Ich lachte. Alona hatte alle Ausdrücke der Joffes gelernt und übernommen. Ich stand auf und fing an zu arbeiten. Ich habe einen alten Ford Transit, vollgepackt mit Rohren und Setzlingen, einen Arbeiter, den der Bräutigam mir besorgt hat, und es ist mir schon gelungen, einen kleinen, abhängigen Kundenkreis um mich zu scharen: neue Einwohner, diese Gartenfreaks, die seit neuestem in der ganzen Umgebung Häuser erwerben.

Wie die meisten Joffes habe auch ich einen Beinamen. Aber der ist geheim, ein Liebesname. Eine Frau, die weder meine Ehefrau Alona noch meine Kusine Adelaide und natürlich auch nicht meine Mutter Hanna ist, mir aber lieber als sie alle drei, hat ihn mir gegeben, und nur sie hat ihn benutzt und auch das nur, wenn wir allein waren, damit niemand ihn hörte.

Fontanelle – das ist mein Name im Mund meiner Geliebten. So nannte sie mich damals, wenn ich mich zu ihr nach Hause stahl, und so nennt sie mich noch heute, wenn sie sich in meine Erinnerung stiehlt. »Fontanelle« heißt kleiner Springbrunnen, aber in vielen Sprachen bezeichnet das Wort auch die Knochennaht, die »Weichstelle« – jene furchterregende Lücke auf dem Scheitelpunkt des Schädels von Neugeborenen. Bei allen Menschen schließt sich diese Lücke schon im Alter von einem Jahr, doch ich, fünfundfünfzig Jahre alt, verheiratet und Vater zweier Kinder, der blöde Fragen stellt, bin der einzige Mensch auf der Welt, dessen Fontanelle immer noch offen ist.

Dem Anschein nach ist es eine Schwachstelle, die Besorgnis erregen müßte. Aber durch meine Fontanelle spüre ich Wärme und Kälte, unterscheide zwischen Licht und Dunkelheit, siebe

Tatsachen und Erinnerungen, und wie ein Hund höre ich dadurch tiefe und hohe Töne, die das menschliche Ohr nicht wahrzunehmen vermag. Hier und da kann ich mit ihrer Hilfe auch prophezeien: das Geschlecht ungeborener Kinder, Wahlergebnisse, und die ziemlich präzise, Wetter- und Liebesschwankungen, wer leben und wer sterben wird, und was solch einfacher Vorhersagen weiter sind, die Alona zunächst belustigen – »warum schaffst du das nicht auch beim Lotto?« –, sich dann jedoch, trotz ihres Spotts und Zweifels, bewahrheiten.

Ich habe auch eine Angewohnheit: Wenn Alona nicht hinguckt, berühre ich meine Fontanelle mit den Fingerspitzen, drükke sanft und erinnere mich dann an die bewußte Frau, die mir das Leben rettete und mir meinen Namen gab. Wie eine winzige, erstickte Trommel vibriert sie unter meinem Haar, und wenn ich sie berühre, erinnere ich mich an ihre haltende Hand, ihre rennenden Beine, das brennende Weizenfeld, spüre erneut das kühle Wasser im Wadi, in das sie meinen Leib tauchte.

Ihre Finger betasten mein versengtes Haar. Brennende Anemonen auf ihrem Kleiderstoff, ihre Lippen sagen: »Deine Fontanelle ist noch offen.« Dann fällt mir auch ihr Flüstern ein: »Das ist ein Zeichen, daß Gott dich liebt.« Und ihr Lachen: »Und wenn Gott, dann auch ich.« Und ihre Umarmung: Sie zieht mich heran, hält mich fern, guckt und drückt mich erneut an die Brust. Sie war eine junge Frau, einundzwanzig Jahre alt, ich ein kleiner Junge von genau fünf Jahren, und die langsam fließenden Wasser der Zeit haben mich aufwachsen und reifen und sie altern und sterben lassen.

Ich werde also zusammenfassen, zusammenfassen und zur Ruhe kommen: Ich heiße Michael Joffe. Meine Großeltern, David und Mirjam Joffe, gebaren die schöne Pnina und meine Mutter Hanna, ihre Zwillingsschwester, sowie Batja, genannt »Überalles«, und Tante Rachel, die mir Geschichten erzählt und nicht allein schlafen will. Pnina gebar Gabriel im siebten Monat ihrer

Schwangerschaft, übergab ihn ihrem Vater, heiratete Aaron und schloß sich im Haus ein. Batja wurde mit ihrem deutschen Mann nach Australien verbannt und gebar ihm einige Kinder, darunter Adelaide, die in einigen Liebeswochen mein Herz beschäftigte und meinen Leib zermürbte. Hanna, die Vegetarierin wurde, heiratete Mordechai Joffe, der sie mit all seinen *Zatzkes* betrog, einmal aber wohl auch mit ihr geschlafen hat, denn sie gebar ja mich. Ich wiederum bin verheiratet mit Alona, und wir haben Zwillinge, Uri und Ajelet, und eine Gärtnerei.

Und noch eine Anmerkung habe ich zu machen oder vielleicht eine Warnung anzubringen: So einige der Joffes, Frauen und Männer, leiden an einem besonderen Defekt: Stillen, Samenerguß und Blutverlust machen uns vergeßlich. [*Milch, Blut und Sperma müssen in der Folge als Essenz der Seele und des Lebens dargestellt werden.] Und tatsächlich, während ich verblute oder am Ende des »Liebesakts« – diesen schrecklichen Ausdruck verwendet meine Mutter, und Alona hat ihn zu meinem Abscheu und Entsetzen auch übernommen – vergesse ich Ereignisse, Gesichtszüge, Telefonnummern, sogar Worte. Der kluge Leser wird das leicht bemerken, und was den unklugen Leser betrifft, so werde ich weder meine Worte noch meinen Samen auf ihn verschwenden.

Jetzt, da all diese Dinge geklärt sind, kann ich meine Geschichte erzählen. Derjenige Leser nun, der sich in dem Wald verläuft, den ich um ihn wachsen lassen und durch den ich ihn führen werde, tut gut daran, gelegentlich zu diesem Kapitel zurückzukehren, seinen Standort zu identifizieren, seinen Kompaß zu justieren und den Pfad wiederaufzunehmen. Hat er jedoch keine Lust, zurückzukehren, möge er mich abweisen und eine andere Geschichte zur Hand nehmen, die bequemer und besser ist als meine. Ja, vielleicht täte er gut daran, gar nicht zu lesen, sondern seine Geliebte zu streicheln. Und falls der Leser weiblichen Geschlechts ist – so lege sie mein Buch nieder und umarme ihren Mann.

An diesem Punkt mag sich die Frage stellen: Was sollen diejenigen Leser tun, deren Betten eines Mannes oder einer Frau ermangeln? Darauf antworte ich mit einer Gegenfrage: Mangelt es im Bett an einem Partner oder einer Partnerin? Oder ist es wie mein Bett – es liegt noch ein Körper darin, aber es ermangelt der Liebe.

»Herr Hamster hat einen guten Schlaf,
Erwachte, glättete den Pelz schön brav.
Alle feiern hoch erfreut –
Denn sein Geburtstag, der ist heut.«

So deklamierte Amuma damals, an jenem Geburtstag, an dem ich fünf Jahre alt wurde und der Schlange ins Weizenfeld nachflitzte, und so deklamiert Alona jetzt, an diesem Geburtstag, an dem ich fünfundfünfzig geworden bin und ruhig dasitze.

Die Zeit füllt sich, nach Art der Joffes, mit Zufriedenheit: Anda – so familiär nannte meine Großmutter die Dichterin Anda Amir-Pinkerfeld, die das Gedicht vom Hamster geschrieben hat – ist schon tot. Auch Amuma ist bereits gestorben, aber Alona lebt noch, und auch meine Mutter lebt, denn sie ist Vegetarierin und gesund, und wenn sie mal stirbt, weiß ich nicht, welches der vielen Worte, die den hebräischen Tod bezeichnen, für ihren am besten passen wird. Sie wird nicht nach dem himmlischen Kollegium berufen werden, denn dort ißt man Wildochsen, und sie wird nicht mit ihren Vätern schlafen, denn selbst mit ihrem Mann hat sie es kaum je getan. Das passendste Wort für den Tod eines Vegetariers ist »Überraschung« und bei meiner Mutter auch »Untreue«, falls das Unmögliche passieren und sie an einer Krankheit sterben sollte.

Die Dinge ändern sich: Aus dem Dorf ist eine Stadt geworden, und trotz der natürlichen Sehnsucht nach der guten alten Zeit – »alle kannten sich, man schloß die Türen nicht ab, und man half sich gegenseitig«, wie der Bräutigam immer wieder nostalgisch aus den Annalen berichtet, worauf wir alle lächeln – muß ich gestehen, daß es als Stadt besser ist als zuvor. Apupa, den die Jahre klein wie ein Baby und kalt wie einen Leichnam gemacht haben, liegt in dem alten Inkubator meines Vetters Gabriel. Und Gabriel selbst, der sein Leben als Frühchen begann, ist groß und stark geworden und sitzt jetzt auf dem Rasen mit dem Geiger Hirsch Landau und der »Geliebtenmannschaft«, seinen Freunden aus den Zeiten, in denen wir alle gemeinsam in derselben Militäreinheit dienten.

Die Zeit freut sich: Fünfzig Jahre sind vergangen, und wir alle, außer ihr und meiner Mutter, haben uns verändert. Die Zeit ist immer noch weit und langsam, meine Mutter ist immer noch schlank und gesund, und beide haben immer recht. Mein Vater streitet nicht mehr mit ihr, denn er ist nicht mehr da. Vor seiner Zeit ist er gestorben, vor meiner Zeit ist er von dannen gegangen.

Abseits sitzen meine Zwillinge, Uri und Ajelet, tuscheln und kichern, und ihre Mutter faucht sie an, ruhig zu sein. Als ich sah, daß sie mich nicht beobachtete (ein kurzer und seltener Moment, den es auszunützen gilt) und die Gäste, die sie zu meinem Geburtstag eingeladen hatte (die dreihundert Schmeichler, die unter den Tausenden, die sie liebt, und unter den Abertausenden, die sie kennt, ausgewählt wurden), miteinander beschäftigt waren, legte ich schnell den Finger auf meine offene Fontanelle und drückte ein bißchen, denn das ist meine zweite Methode, um zu vergessen und Ruhe zu finden.

»Hör auf damit, Michael! Das ist gefährlich, hörst du?!«

Argusaugen hat sie. Nichts entgeht ihrem Blick. Einst war ich ihr Geliebter, aber im Lauf der Jahre ließen ihre Augen das Verschleiern und ihre Finger das Streicheln und fingen an, zu mustern und zu prüfen. Ihre Lust verwandelte sich in Sorge, ihre Umarmungen wurden zu Mauern und Verboten. Ihre Lippen – seinerzeit küssend, vergessen machend, Samen und Speichel saugend – fauchen jetzt Anordnungen und Rügen. Ihre neue Schelte gilt der – durchaus bedauerlichen – Tatsache, daß ich meine Kleidung mehr als üblich bekleckere: »Egal, was du tust, arbeiten, essen, lesen, mich betrügen, einfach im Bett ausruhen – sauber bleibst du nicht dabei.« Und wenn ich ihr vorschlage, Ajelet und Uri anzuspornen, schnell zu heiraten und ihr Enkel zu verschaffen, damit sie ihre pädagogischen Gelüste an ihnen befriedigen könnte, lacht sie: »Ich brauche keine Enkelkinder. Ich habe ja dich.«

Ihr Blick mustert mein Äußeres, ihre Hände befummeln meine Haut, ihr Scharfsinn dringt in meine Gedächtniszellen ein: Namen, Daten, Zahlen, Orte. Wenn ich etwas vergessen habe, ist das ein Zeichen, daß ich Blut oder – was wahrscheinlicher und schlimmer ist – Samen vergossen habe. Und da ich beides nicht oft in ihrer Anwesenheit tue, läßt sie mich auf einem Stuhl Platz nehmen, stellt sich hinter mich und unterzieht mich einem Verdachtstest:

»Wie lautet die Telefonnummer deiner Tochter?«

»Dann erinnerst du dich vielleicht wenigstens an ihren Namen?«

Und da ich mich auf mein Aussageverweigerungsrecht berufe, gehen wir zum nächsten Stadium, dem Treuetest, über: »Bei wem bist du denn schon gewesen, Michael?«

»Welche Frau hat dir die Erinnerung ausgesaugt?«

Angeekelt stehe ich auf, möchte weggehen, ehe ich auch noch den widerlichen Ausdruck von ihr und meiner Mutter zu hören bekomme: »Liebesakt«. Aber Alona tritt vor mich hin und faucht: »Wie dein Vater, so einer bist du. Ein Treuloser! Gehst zum Versteck!«

»Du irrst«, sage ich laut und ärgerlich, aber wie die Schlange – im Herzen: »Du irrst, Alona, ich bin nicht wie mein Vater. Ich habe, zu meiner Freude, zwei Arme, einen mehr, als er hatte. Ich habe zwei Kinder, eines mehr als er. Mir fehlt, zu meinem Bedauern, sein Sinn für Humor. Und trotz deiner Verdächtigungen gehe ich zu keinem Versteck und zu keiner *Zatzke* und zu keiner Nachbarin. Ich habe dich nie betrogen. Im Gegenteil, Alona, wenn ich mit dir bin, betrüge ich jene Frau [die Erinnerung an meine Geliebte].«

Ich könnte ihr das sagen, was Ajelet mir vorgeschlagen hat: »Sag ihr, du hättest Blut gespendet und deswegen vergessen.« Aber wozu? Statt dessen lege ich wieder den Finger auf meine offene Fontanelle, streiche über ihre Ränder, und da ist sie, in voller Kraft und Schönheit – die Frau, die mich aus dem Feuer errettete, mich im Wasser des Wadis untertauchte, mir Namen und Leben schenkte, mich zu ewiger Sehnsucht, ständiger Erinnerung und bitterem Verlangen verdammte. Meine Hand erinnert sich an ihre Hand, meine Sehnsucht an ihr Lächeln, mein Finger folgt ihrem Finger, der damals, zum ersten Mal, meinen Brunnen umkreiste, ich erinnere mich an den Geruch von Rauch und Feuer, an ihren Fingernagel, der sanft auf die zarte Deckhaut trommelte, an ihre Worte: »Deine Fontanelle ist noch offen...« Wie ein Hund kann ich diese Töne hören, die dem menschlichen Ohr verborgen bleiben – die tiefen Klänge meiner Erinnerung, die hohen Klänge ihrer Liebe.

»Was soll bloß am Ende aus dir werden?« Jetzt schreit Alona schon. »Sag mir das selbst mal!...«

»Warum wauwau?« erwidere ich ihr, das heißt, warum bellst du eigentlich? Und da die Joffes unter den Gästen meine Erwiderung und die übrigen ihren Aufschrei verstehen, blicken alle auf und lecken sich erwartungsvoll die Lippen. Aber ich schweige. Trotz meiner Prophetengabe beantworte ich keine Fragen mehr, die mit »Was soll werden?« anfangen, und erst recht nicht, wenn meine Frau diese Fragen stellt und sie sich mit mir befassen. Überhaupt – je mehr Zeit sich auf meine Schultern häuft, desto weniger werden meine Prophezeiungen, und an ihrer Stelle kommen die Erinnerungen. So ist es bequem für mich. Abgesehen von der umgekehrten Blickrichtung besteht ja kein großer Unterschied zwischen Prophetie und Erinnerung. Beide entstammen einem inneren Drang, einem lodernden Feuer, das keine Ruhe gibt. Beide sind – weiß der Teufel, warum – bereit, die lächerlichen, überflüssigen Beweistests durchzustehen. Beide wollen Geschehen zu anderen Zeiten wissen, und beiden gelingt das nicht immer. Ja wozu um den heißen Brei herumreden? Beide kämpfen mit der großen, uralten Versuchung, die an ihrer Schwelle lauert – zu trügen, zu tarnen, zu erdichten. Tatsache: Nicht nur Lügenpropheten, auch Lügenerinnerer leben unter uns. In jedem Haus, in jeder Familie, aber vor allem in meiner, und die Joffes lassen nicht ab, Versionen zu vergleichen: Was ist wirklich geschehen? Was genau wird geschehen? Wer hat, wie immer, Schuld? Wer hat es wem, wie immer, vorausgesagt? Und am wichtigsten: Wer hat, wie immer recht behalten? Und wer wird niemals zugeben, daß er sich geirrt hat?

Jede Familie stößt ihre eigenen Laute aus: schallendes Gelächter, Topfbrodeln, ersticktes Schluchzen, »sch…« und »pst…« oder »na… na, ist ja gut…« und rhythmisches Bettknarren, nächtliche Schritte, Zornrufe, Liebesgeflüster und Einberufungsparolen. Unsere Laute, die der Joffes, sind Prosteste von wegen: »So war's nicht!« Rufe von wegen: »Ich hab's euch ja gesagt, daß es so kommen würde!« Und das Fauchen der Personalpronomen, des »er« und des »sie« und des »sie allesamt« und des »ich« und des »du«.

Wer es hört, der weiß: Die Joffes kommen. Die große und »bis zum Beweis des Gegenteils glückliche« Joffe-Familie – es flitzen, fliegen, Berge, Felsen, da eine Kuh, da ein Vogel [*»ein einsamer Vogel auf dem Dach«, so bezeichnete Amuma sich selbst], Räderrattern, Eisenbahntuten, Rotlichtsignal an Straße und Kreuzung…

»Schalom…« winken wir vom Fenster den Feldern, den Häusern, den namenlosen Autofahrern, »Schalom…« den versammelten Gesichtern, bleichen Flecken hinter den Schranken, »und es pfeift die Bahn, und Ajelet fährt mit winkender Hand weit, weit weg in ein unbekanntes Land«, und die Prophezeiungen fliegen, wie die Strommasten, an uns vorbei, weichen zurück, vom Ende der Zeiten, das da kommen wird, bis zu diesen Tagen, und während wir sie noch bestaunen, bewahrheiten sie sich: Starker Wind, Berge zerschmetternd, schlägt ins Gesicht, und schon entfernen sie sich, verschwinden, und ehe du es begreifst, Michael, werden sie zu Erinnerungen, füllen sich mit der schweren Freude der Bewahrheitung und versinken.

So in Erinnerung behalten, Michael, genau und der Reihe nach: Erst den Geruch, seidenfein kommt er näher und näher, verdichtet sich, hüllt ein wie ein Sack. Danach die Laute, sie dringen mit sanftem Säuseln ein: das Fiepen erschrockener Mäuse, das Schuppenrasseln flüchtender Eidechsen, das verzweifelte Rufen der Lerchenjungen. Und dann, über alles hinaus, das zunehmende, sich ausdehnende Knistern, das Wispern des brennenden Weizens, das ich nicht vergessen werde. Es begann mit einem sanften, fernen Säuseln, ging weiter mit einzelnen rätselhaften Knallern, immer lauter und klarer, dann von ihrem gemeinsamen Prasseln verschluckt – Feuersbrunst.

Und dann der furchtbare Schrei: »Papa!« – Er drang aus meinem Mund, der erwachte und erstickte. Auf meinem Geburtstagshemd landeten heiße Ascheflöckchen. Rotrandige Löcher entstanden bereits im zurückweichenden Weiß des Stoffes.

»Papa! …«

Ich reckte mich. Eine grau-rote Feuer- und Rauchsäule stürmte im gelben Rund des Weizens auf mich zu. Ich stürzte zu Boden, erinnere ich mich, gekrümmt wie ein Fötus, die Hände über den Schädel gelegt. In Sekundenschnelle erfaßten die Flammen die gesamte Breite des Feldes, und das Feuer rückte nach Osten vor.

»Michael…«, bellte Apupas alter Hund, sprang wie verrückt am Rain des brennenden Feldes. Er wollte zeigen, daß er noch zu was nütze war, aber zu mir vorzudringen, traute er sich nicht.

»Michael…«, riefen ferne Stimmen, vom Wind getragen, der Eltern und Verwandten. Sie, die empfangen und geboren, aufgepäppelt und erzogen, Kränze gewunden und Glückwünsche gesagt hatten, jetzt aber blind und hilflos waren, riefen von weit her.

»Michael…«, schrie Apupas mächtige Stimme, so nutzlos wie seine starken Hände, so dumm wie seine genagelten Schuhe, so überflüssig wie die Peitsche, die ihm im Gürtel steckte »für jede Not, die nicht kommen möge« – was nützte ihm all das angesichts der Flammen?

»Michael…«, flüsterte die Kletternatter, von irgendwoher zu meinen versteinerten Füßen zurückgekehrt. Sie, die mich hergelockt hatte, war nun wieder da, mich zu retten.

Ich wollte aufspringen und ihr nachlaufen, aber ein Windstoß fegte die rechte Flanke des Feuers über mich hinweg. Ich machte kehrt, stürzte, kam wieder hoch, erstickt und gefangen, umzingelt von den orangerot hochschlagenden Flammen. Fünf Jahre war ich alt: zu jung, um zu begreifen, zu schwach, um zu fliehen, aber zu klein, um die Hoffnung zu verlieren. Erst Jahre später erfaßte ich, daß mein Geburtstag mein Todestag zu werden drohte. Der Tod, so nahe er auch gekommen war, wirkte damals fern, unerreichbar, aber ich spürte sehr wohl Schmerz, Grauen und Erstickungsangst. So gut, daß allein schon die Erinnerung daran genügt, mich jetzt, viele Jahre später, nach meinem Freund seit damals greifen zu lassen – dem Ventolin in der Schublade.

Der hypnotisierende, wild lodernde Flammenreigen umgab mich bereits von allen Seiten. Ich erinnere mich: Der Rauch der Feuersbrunst füllt meine Brust, ihr Prasseln meinen Kopf. Nur wenige Schritte trennten mich von ihren züngelnden Fingern, und trotz ihres blendenden Scheins spürte ich Dunkelheit fallen, nicht niedergehen und ringsum aufbranden, sondern aus mir kommen.

Dunkelheit überkam mich, und ich schwamm darin. Als ich wieder »Papa!« schrie, erschien aus dem Feuer eine Frau.

Es war eine fremde Frau, jung, hochgewachsen und fast nackt. Ihr Hemd brannte – trotz Angst und Schmerz staunte ich: eine Frau im Männerhemd, einem grauen Arbeitshemd – die Brust rußig, der kurze schwarze Haarschopf angesengt, und die Reste eines geblümten Rocks um die Schenkel.

»Wo bist du, Kind? Wo bist du?«

»Ich bin hier…«, rief ich, am Boden liegend.

Eine neue Rauchwand trennte uns. Ihr Kreischen: »Schrei laut! Ich seh nichts!«

»Ich bin hier… ich bin hier!« schrie ich, und wieder erschien sie, hielt, ohne ihr Tempo zu bremsen, geradewegs auf mich zu. Sie bückte sich, las mich mit langem Arm auf, und schon fand ich mich hochgeschwungen und im Flug durch die Flammenwand vom anderen Feldrain her fortgetragen.

Wieviel Zeit war vergangen – ich weiß es nicht. Vielleicht nur ein paar Sekunden, vielleicht eine Minute oder eine Stunde. Das Feuerprasseln hatte sich schon gelegt, und ich hörte nur ihren röchelnden Atem, mein und ihr Schmerzgestöhn, das angestrengte Pochen ihres Herzens. Schwarzgraue Erdklumpen zerbröselten unter ihren Füßen. Wispernde Gluthaufen zerstoben in ihrem Laufwind. Ich erinnere mich an ihre Hand, um meinen Bauch gelegt, ihre Finger, in mein Fleisch gekrallt. Ihre linke Ferse schlug an meine Wade, ihr Schmerz brannte auf meiner Haut – und schon durchbrachen wir die Schilfwand, und ich landete im trüben, kühlen Wasser des Wadis, neben ihr.

Sie lag auf dem Rücken, Arme und Beine ausgebreitet, hustete, schnappte nach Luft, die Brust wogte in tiefen Atemzügen, und dann wandte sie mir das Gesicht zu. »Ich hab dich gehört.«

Einen merkwürdigen Tonfall hatte sie, so ähnlich wie der Geiger Hirsch Landau. Ihre Augen, ihre Lippen waren mir sehr nah. Ihre Finger strichen über meinen Kopf, hielten einen Moment inne, waren auf die Lücke zwischen meinen Schädelknochen gestoßen, begriffen und verdauten die Überraschung.

Sie lächelte: »Deine Fontanelle hat sich noch nicht geschlossen.«

Das Wort ›Fontanelle‹ kannte ich damals nicht, aber ich wußte genau, wovon sie sprach. Hinter ihrem Kopf schoß ein geflügelter Fleck herab. Der Schlangenadler flatterte wieder auf, eine große schwarze, sich krümmende Natter in den Krallen.

Ein Männerruf war zu hören, in fremdem, besorgtem Ton: »Anja! Anja! Wo bist du?«

Die junge Frau stand auf, triefte vor Wasser, Asche und Schlamm, hob mich in den Armen hoch und durchquerte das Wadi. Jenseits der Schilfrohre entdeckte ich Pferd und Wagen. Ein dürrer alter Mann mit einem hellen, gebügelten Hemd, Khakihosen und sonnengebräunter Glatze saß auf dem Wagen, rauchte eine Zigarette und wartete.

Ihre Hände, die mich in den Wagen schwingen. Ihr triumphierendes Lächeln: »Ich hab dir ja gesagt, ich höre einen Jungen im Feuer schreien!«

Und er, lächelnd: »Nu, Anja, dann ist er jetzt dein.«

Seit der Nacht, in der wir, Gabriel und ich, von unserer nächtlichen Motorradfahrt nach Jerusalem zurückkehrten und ich anfing, diese Dinge niederzuschreiben – sind in unserer Familie Reaktionen aufgekommen:

Rachel, unter ihrer Decke hervor, und mein Vater, aus seiner Grabestiefe, haben mich ermuntert. Sagten: »Sehr gut!«

Meine Mutter, zwischen ihren Biokohlköpfen umherkriechend, sagte: »Ich hoffe, Michael, dies ist der erste Schritt auf einem neuen Weg, der auch noch in anderen Punkten richtig sein wird.«

Der Bräutigam fragte, ob ich »mit Kohlepapier drin« schriebe, denn »manchmal fliegen Bögen weg oder gehen verloren.«

Ajelet hat sich eine neue Gewohnheit zugelegt: hinter mir zu stehen, über meine Schulter hinweg zu lesen, heikle Fragen zu stellen und Anmerkungen zu machen. Alona hegt Neugier und Mißtrauen, und Uri, so anders und fern von mir in allem und jedem, hat als einziger erkannt, daß es weder um einen Roman noch um Memoiren geht, vielmehr um einen Vater, der Scheherazade und der König in einem ist, und um eine Geschichte, die nichts anderes darstellt als einen langen Abschiedsbrief. In einer Brüderlichkeit, die ich bei ihm nicht vermutet hatte, brachte er mir einen alten Computer, auf dem er ein Textverarbeitungsprogramm installiert hatte – »nix mehr mit Tinte und Feder, auch die Kühe werden schon maschinell gemolken« –, und erklärte mir die grundlegenden Befehle, gab mir ein Zugangskennwort und beschwor mich, »möglichst viele Sicherungskopien« anzulegen, denn trotz seines enormen Gedächtnisspeichers sei der Computer »ein absoluter Golem, kindisch und zudem ein Idiot.«

Er hatte auch einen Vorschlag fürs Schreiben selbst: »Beim Rechner kann man leicht löschen und leicht einfügen und verändern«, sagte er. »Dermaßen leicht, daß du manchmal unüberlegt was beschließt und ausführst. Wenn du zwei Lesarten hast, zwischen denen du dich schwer entscheiden kannst, setzt du sie einfach in eckige Klammern, saust weiter und kehrst nachher zurück. Und wenn dir ein Einfall kommt, der hier und jetzt nicht reinpaßt, schreib ihn hin, markier ihn mit einem Sternchen und fahr fort. Denn sonst wirst du ihn schlichtweg vergessen.«

»Und dann?« fragte ich.

»Später, wenn du zur Ruhe gekommen bist, findet der Computer alle eckigen Klammern und Sternchen für dich, und dann sitzt du gemütlich da, triffst deine Wahl, überlegst dir all das Was und Warum und entscheidest dich, was ja und was nein. Ob dieser oder jener Buchstabe.« [*Man muß entscheiden, wo und wie man die Familienausdrücke erklärt, wenn überhaupt].

»Und wenn ich nicht mehr fertig werde?«

»Warum solltest du nicht fertig werden, Vater? Hast du's eilig, irgendwo hinzukommen?«

»Und wozu brauche ich ein Kennwort?« fragte ich. »In dieser Familie gibt's schon genug Parolen.«

»Besser so, Vater«, sagte Uri und stand auf, »besser so, glaub mir.«

Stunden, Tage, Wochen liegt er in seinem Zimmer, beschäftigt sich mit seinen Büchern und mit seinem Laptop. Gelegentlich schaltet er das Licht aus und hört Musik, und dann wird auch auf seiner Wange die im Dunkeln schimmernde Linie erkennbar, die Amuma ihm auf dem Umweg über mich vererbt hat [die ich ihm von Amuma weitergegeben habe], und immer wieder guckt er sich *Bagdad Café* an, auch das am Bildschirm seines Computers, der ihm wie eine Katze auf dem Bauch ruht. Das Zimmer ist nicht verschlossen. Man kann eintreten, ohne daß er protestiert. Man kann ein Gespräch mit ihm anfangen. Manchmal antwortet er mit einem seiner *Wallah* – ein Wort, das Alona auf die Palme bringt, denn es genügt eine Änderung in der Melodie, um es tausend Zielen anzupassen, und sie ist nicht musikalisch genug – und oft antwortet er gar nicht. Das ist keine Mißachtung. Uri ist unfähig, seine Aufmerksamkeit zu teilen. Wenn er sich auf etwas konzentriert, ist er für alles andere unempfänglich. Beim Militär hat er anderthalb Jahre gedient, als Verschlüsselungsexperte natürlich, bis er eines Tages hinging und sich unter irgendeinem Vorwand befreien ließ. Der Bräutigam war entsetzt. Redete monatelang nicht mit ihm, sagte, er werde ihn aus dem Kreis seiner Zuwendungsempfänger streichen, würde ihm nichts mehr geben, diesem Drückeberger, weder mit warmen noch mit kalten Händen. Aber Uri kam heim, legte sich aufs Bett und sagte, man solle ihn in Ruhe lassen und erst benachrichtigen, wenn die Frau, auf die er warte, einträfe, ihr dann auch gleich das Tor aufmachen, ohne sie irgendwelchen Eingangstests zu unterziehen.

Nach einigen Tagen sah ich ein, wie recht er mit dem Kennwort gehabt hatte. Der überraschende Einzug des Computers machte Alona wütend, und jedesmal, wenn ich Uri um Hilfe bat – gleich entdeckte ich, daß die Erinnerungsweisen der Joffes genau umgekehrt sind wie die des Computers, von den Vergessensweisen ganz zu schweigen –, wurde sie mißtrauischer: »Warum fragst du nur ihn? Auch ich kann dir helfen. Es gibt kein EDV-Programm, das ich nicht kenne.« Sofort fand sie dringende Gartenarbeiten für mich, und kaum war ich draußen, versuchte sie, ins Innere des Computers einzudringen und ihm Geheimnisse zu entlocken. Daß man dafür ein Kennwort benötigte, wertete sie als Untreue. Von mir, sagte sie, hätte sie freilich nichts anderes erwartet. Über Uri sei sie indes ein wenig überrascht, »aber Uri war immer ein Vaterkind und das Mädchen eigentlich auch.« Aber der Computer?! Dem Computer hätte sie ein derartiges Verhalten nicht zugetraut. Scheinbar ein Gerät wie andere, summt vor sich hin, mit Stecker und Kabel, Motor und Schalter, aber im Gegensatz zu Kühlschrank, Herd und Waschmaschine, die ihren Platz kennen – »stellt der Forderungen!«

Anders als Apupa, der das dreiste *»Strument«* in einem solchen Fall mit einem Fußtritt zertrümmert hätte, steckte meine Frau die Schmach scheinbar weg, unternahm jedoch plumpe Eindringungsversuche. Wohlwissend, wie tief und spontan die Gräber meines Vergessens sind, nahm sie an, ich hätte ein Kennwort ausgesucht, das man nicht so schnell vergißt. Die Kennworte, die sie vergeblich probierte – Vaters Kind hatte den Computer dazu gebracht, sie zu dokumentieren –, rührten mich. Selbstredend waren darunter Namen von Frauen, mit denen sie mich verdächtigte, aber auch Pflanzen, die ich liebe – Krokusse und Salbei, Anemone, Mohn, Narzisse und Kassie –, erschienen plötzlich auf dem Bildschirm, dazu Namen und Beinamen der Familienangehörigen: ein ganzes Wortfeld, das man »seine Geheimnisse und Liebschaften frei nach seiner Frau« nennen könnte.

Es kam ihr nicht in den Sinn, eine Ziffernfolge zu probieren, und es kam ihr nicht in den Sinn, ihren Namen zu probieren.

»Es kam ihr nicht in den Sinn? Hast du an die Möglichkeit gedacht, daß sie einfach Angst hatte?«

»Angst? Deine Mutter? Wovor?« schreibe ich ihr zur Antwort.

»Angst, zu entdecken, daß ihr Name nicht dein Kennwort ist«, erklärt sie.

[*Diese Gespräche mit der Tochter drin lassen?

Sie braust auf: »Sicher drin lassen! Was hast du denn gedacht?«]

Ajelet weiß nicht, welches Kennwort Uri mir installiert hat. Aber jedesmal, wenn sie auf Besuch kommt und mich beim Schreiben antrifft, stellt sie sich hinter mich, beugt sich vor, liest die Worte laufend mit und macht ihre Anmerkungen. Es gibt Dinge, die ich schreibe, weil sie dabei ist, und es gibt Dinge, die ich aus ebendiesem Grund nicht schreibe. So oder so, wenn sie es tut, werde ich fuchsteufelswild, und wenn nicht, wünsche ich ihr, daß sie kommen möge.

Noch ehe ich weiß, daß sie da ist, spüre ich ihre Anwesenheit – unfaßbar, nicht einmal durch meine offene Fontanelle wahrnehmbar, sondern umgekehrt: aus ihr keimend und Gestalt annehmend. Zuerst ihr Haar und ihr Atem, die mir den Nacken sträuben. Danach ihre Zähne, einen Moment vor ihrem Biß in meinen Hals. Manchmal hoffe ich, es geschieht in Geistesabwesenheit, auch die Brüste meiner Tochter spüre ich, Zilli und Gilli, so nennt sie sie, wenn sie jäh gegen mein Schulterblatt drücken, und ihre Fragen sind wie Messer in meinem Rücken.

»Was heißt ›am Anfang der Liebe‹?«

»Wo?«

»In der dritten Zeile von oben: ›Es gibt am Anfang der Liebe Dinge, die sie später ein ganzes Leben aufrechterhalten.‹«

»So«, flüsterte mir Rachel zu, »war der Körper meines Jungen, der schon zu Staub zerfallen ist.«

Und so – sagte ich mir damals, während meine Tante noch redete, und sage ich mir jetzt, während meine Tochter fragt – war jener lange Arm, der mich umfaßte und mich aus den Flammen zog. So war jener Finger, Anjas Finger, der lustvoll die weiche Stelle auf meiner Schädelkuppe betastete, so waren jene Lippen, Anjas Lippen, deren Winkel unaufhörlich in Spielfreude bebten, und jener Geruch, Anjas Geruch, der mir Kopf und Lippen salbte, an Stirn und Nasenlöchern klebte und seither da ist, in meinem Mund, in meiner Erinnerung, in meinen Träumen, bei jedem Atemzug, in meinem Schweißausbruch.

»Ich gehe«, erklärt Ajelet, »du tippst schrecklich langsam.«

Die Finger sind langsamer als das Denken und auch als die Erinnerung, und meine Finger sind noch steif von meiner Fahrt mit Gabriel. Auf seinem Motorrad, aus der Jesreelebene nach Jerusalem, zu ihr, in jener Nacht.

So, Michael, sage ich mir immer wieder, so muß man sich erinnern: ohne Furcht, ohne Scham und am wichtigsten – mit Humor, »mit einem Lachen auf den Lippen«, wie Hanna zu ihren sieben Söhnen sagte, ehe sie sie, einen nach dem anderen, in den Tod gehen ließ. Mutter, in ihrer Sympathie für Frauen, die Hanna heißen, nach Grundsätzen leben und immer recht haben, liebte diese Hanna aus dem zweiten Buch der Makkabäer sehr und rühmte sie an jedem Chanukkaabend von neuem.

Vater sagte: »Schon wieder die Geschichte von deiner Hanna, die ihre Kinder ermordet hat?«

Mutter sagte: »Sie hat ihnen ewiges Leben verliehen.«

Vater sagte: »Damit hast du recht. Zweitausend Jahre sind vergangen, und wir reden immer noch von ihr und ihren armen kleinen Schahiden, die alles taten, was ihre Mutter ihnen sagte.«

Mutter sagte: »Wenn alle so dächten wie du, gäbe es heute das jüdische Volk nicht mehr.«

Vaters Miene sagte: »Wenn alle im jüdischen Volk so wären wie du, wäre es schade um die Mühe«, aber sein Mund murmelte nur »irrsinnige Frau«, und seine Augen suchten meine. Ich erwiderte ihm jenes feine Lächeln, mit dem Fleischesser einander in der Not signalisieren, und fragte nicht, welche Hanna er meinte.

Denn mit einer Familie wie deiner, Michael, hast du keine Wahl, rufe ich mir erneut in Erinnerung. Man muß sich so erinnern, wie man einen Wildstrauch mitten im Garten hält: unvermittelt, zwischen all den properen Immergrüns, Fräschen und Dahlien – ein dorniges Poterium, ein hartnäckiger Kapernstrauch, ein unrasierter Kassienbusch.

»Was ist das?« fragt mein Kunde entsetzt, ein gutaussehender junger Mann aus Tel Aviv, der sich ein Haus auf dem bewußten Weizenfeld, das Bauland wurde, gekauft hat. »Was für Dornen haben Sie mir denn da hingepflanzt?«

Seine Frau lächelt, und ich gehe an den Transit und hole die Spitzhacke, schlage sie ein und reiße die Kassie aus, ohne ihm von ihrer Blüte und ihrem Duft zu erzählen. Ein Polizeiinspektor braucht, wie die Joffes sagen, keine Gründe: Es ist sein Garten, sein Geschmack, sein Geld, und ich – in meinem Alter habe ich keine überflüssigen Minuten mehr, um sie auf Erklärungen zu verwenden, und gewiß nicht auf Debatten oder Streit.

So ist das, Michael. In allem, was die Erinnerung angeht, hast du Menschen, von denen du lernen kannst. In der Familie Joffe erinnern sich alle an alles. Sei es mit Lust oder Pein, mit Leichtigkeit oder Mühe, mit den blühenden Buchstaben von tausend Geschichten oder in einer verbrennenden Schriftrolle. Wir behalten Ereignisse, repetieren Anekdoten, wahren Beinamen und Ausdrücke, die mit der Zeit zu unseren Durchlaßparolen und Zugehörigkeitskodes werden. In anderen Familien bewahrt man Haarlocken und die ersten Babyschühchen auf – all diese Staubkörner, um die sich die Erinnerungen ablagern. Bei uns läßt die Erinnerung Ableger sprießen, schickt Wurzelstränge aus, und wie gewisse neiderregende Pflanzen befruchtet sie sich auch selbst, bildet Samen und versprengt sie. Und was einmal in Erinnerung ist, gerät nicht mehr in Vergessenheit. Wenn nicht heute, dann gleich nach dem »Liebesakt«, morgen wird die Erinnerung wiederkommen. Wenn nicht jetzt, nach dem Stillen, wartet sie auf die nächste Schwangerschaft. Wird sie nicht als Tatsache anerkannt, kehrt sie als Annahme zurück. Und falls sie verlorengeht oder verworfen wird, wird schon jemand eine andere Erinnerung an ihrer Stelle erfinden und eine neue Story durchkauen – süßer Speichel rinnt, die Kopfhöhle füllt sich mit Wonne –, und sie geht in die offizielle Familienchronik ein.

Tante Rachel hat uns allen, all den Jungs der Familie, die bei ihr im Bett schliefen, nicht wenige solcher Erinnerungen erfunden, und ich habe wiederum Erinnerungen für Uri und Ajelet erfunden. Als sie klein waren und Geschichten hören wollten, taten sie so, als glaubten sie mir. Etwas größer geworden, forderten sie, ich solle aufhören, ihnen einen Bären aufzubinden. Jetzt, da sie erwachsen sind, möchten sie, daß ich ihnen wieder dieselben Märchen von früher erzähle, und berichtigen mich sogar – er mit der klassischen Joffeschen Mäkelei: »So war's nicht«, sie mit Kreischen: »Vater, das stimmt nicht, hör auf!« –, wenn ich ein Detail auslasse oder etwas Neues erfinde.

Und manchmal, wenn ich den Festungsbereich des Joffe-Hofs verlasse und nach Haifa fahre, oder gar richtig ins Ausland – nach Tel Aviv –, fasse ich zuweilen Mut, fixiere eine wildfremde Passantin und sage zu ihr – ich, der ich nur einmal im Leben im Ausland war, mit Alona in Italien –: »Erinnerst du dich, wie wir uns damals in Brüssel begegnet sind, als du am falschen Bahnhof ausgestiegen warst?«

Antwortet sie lächelnd: »Ich denke, Sie verwechseln mich mit jemand anderem«, sage ich: »Verzeihung«, und gehe davon.

Schimpft sie: »Was soll das?...«, oder brummt sonstwas wie ein verdattertes Rindvieh, entschuldige ich mich: »Verzeihung, ich denke, ich habe Sie verwechselt«, und gehe davon.

Und wenn sie zornig die Augenbrauen hochzieht mit der Drohung, gleich ihren Mann oder ihren Freund oder ihren Bruder oder diese drei Neandertaler alle auf einmal zu rufen, dann entschuldige ich mich ebenfalls und gehe davon.

Sieht sie mich jedoch gerade an und sagt: »Du hast es schon wieder vergessen. So war's nicht, es war in Amsterdam, du hast mich gebeten, für dich ein Kleid anzuprobieren«, dann stirbt mir das Herz im Leib, und wenn sie hinzufügt: »Und du hast gesagt, das Licht in dieser Stadt sei so sanft und angenehm, und ich hab gesagt, wir sollten das Anne-Frank-Haus besuchen, und du hast gesagt, du würdest lieber Matjes auf der Straße essen, obwohl die Salzheringe deiner Großmutter besser seien«, werden mir vor Wonne die Beine zittern.

Danach geht sie, wie immer, lächelnd weg, und ich springe, wie immer, ins Wasser der Prinzengracht und tauche ab. Reuig: Wozu dieses ganze Zwiegespräch? Fragend: Was wäre geschehen, wenn ich es wirklich geführt hätte, nicht nur in meiner Phantasie? Erregt: Auch in ihrer Phantasie?

So oder so, in meiner Familie hat jeder seine eigene Weise, sich zu erinnern, aber wie ich schon sagte – habe ich es gesagt? –, wir alle vergessen auf dieselbe Weise: wenn Sperma sprüht, Blut fließt, Milch tröpfelt. »Und deshalb«, lacht mein Vater, »erinnern sich die alten Männer und Frauen bei euch besser als die jungen.«

»Bei euch«, sagt er, nicht »bei uns«, denn mein Vater gehört, obwohl er auch Joffe heißt, zu den »externen Verwandten«, die durch Heirat in den Joffe-Hof gelangt sind und dort niemals volles Bürgerrecht erhalten werden: Tante Rachels »Junge«, Tante Pninas »Bräutigam« und er, Mordechai Joffe, der mehr Blut und Sperma als alle Joffes zusammen vergossen, aber nichts vergessen hat. Tatsache.

»Du könntest einer von uns werden, Mordechai«, hörte ich Mutter zu ihm sagen, »wenn du nur deine Spötteleien lassen würdest.«

»Nicht nötig, Hanna«, hörte ich ihn erwidern [hörte ich sein Gift tropfen], »mir genügt es schon, einer von dir zu sein.«

Mit Geduld, Michael, sage ich mir jetzt wieder, schöpfe Mut aus den Gegenständen, die ich zu Beginn des Schreibens vor mir angeordnet habe: dem Bleistift und den Papieren, der Tabakschachtel, die Ajelet mir aus dem bewußten Amsterdam mitgebracht hat – »wenn du eine Zigarette in zwei Tagen rauchst, dann roll sie dir wenigstens selbst« –, den Disketten für die Sicherungskopien, die Uri mir gekauft hat, und dem alten Rasiermesser, das Anjas Mann mir gegeben und der Bräutigam mir geschärft hat, jenes Rasiermesser, dessen Klingenstärke ein Metallmolekül beträgt.

»Ja, es bleibt nicht mehr viel Zeit«, signalisiert mir meine Fontanelle in dem schwachen, zögernden Morsekode einer Prophezeiung, die mich allein betrifft. Sie hat Zeichen für das Geschlecht ungeborener Kinder im Mutterleib (Pulse: langsame für männlich, schnelle für weiblich, und stellt euch das wilde Trommeln vor, das mich, noch ehe Alona schwanger wurde, auf Ajelet und Uri vorbereitete) und Zeichen für eine Schwangerschaft, die sie gleich danach hatte, aber wieder verlor (ein fernes, dumpfes Saxophon, eine summende Düne, wie aus dem Grab eines verstorbenen Musikers), und Zeichen für einen erwarteten Tod (schnelles und scharfes Vibrieren, leicht gesträubtes Haar beim Anblick des ahnungslosen Opfers) und ein Zeichen für einen unerwarteten Tod (dumpfes, etwas schmerzhaftes Summen) und Zeichen, die meine eigene Zukunft betreffen – der erwähnte schwache Morsekode.

Mit Geduld jetzt, in aller Ehrlichkeit, schreiben und lächeln, und wenn nötig – den Rotz um die Nase schmieren (so bezeichnen die Joffes die unerwünschte Aufdeckung einer Familienwahrheit), schreiben und nicht lockerlassen. Mich, den Erinnernden, und dich, den Erinnerten, zum Lachen bringen. Eingedenk sein, daß die Familie meine Familie, das Spiegelbild mein Spiegelbild, das schlaffe, versengte, zerschnittene Fleisch, Michael – dein Fleisch, mein Fleisch ist.

Die Frage: »Wen hast du lieber, Vater oder Mutter?«, die manche Kinder in Verlegenheit bringt, beantwortete ich stets ohne Schwierigkeit, laut und mit selbstsicher erhobenem Zeigefinger: »Ihn!« So empfand ich zu seinen Lebzeiten und so auch jetzt, da er schon von dannen gegangen ist und sie noch lebt.

Ich erinnere mich an jenes Stadium in meiner Kindheit, als ich, wütend und hilflos, gegen die Einsicht ankämpfte, daß meine Mutter nicht ganz richtig war – eine *Zudrejte* im verächtlichen Ton unserer Erzhasser, der Schusters, oder eine »Schraubenmutter« im wertschätzenden und liebevollen Ton des Bräutigams, der besonders große Starrköpfe mit diesem Ausdruck belegte. Auch als ich im stillen zugeben mußte, daß es so war, leugnete ich es noch anderen gegenüber, und selbst in diesem süßen Moment jetzt zögern meine Finger: Soll man am Ende des Satzes »Ich habe eine verrückte Mutter« einen Punkt setzen oder nicht? Ein solcher Punkt nämlich hätte etwas von endgültiger Abrechnung an sich, und ich gehöre nicht zu den Rache- und Abrechnungsdurstigen. Ich werde es daher bei dem »Ich habe eine verrückte Mutter« ohne Punkt bewenden lassen.

Mir ist nicht klar, hat der Vegetarismus sie verwirrt oder die Verwirrung sie vegetarisiert, oder handelt es sich um eine einfache Korrelation der bei Rachel beliebten Sorte, wonach gleich einigen anderen Eigenschaftspaaren – technische Begabung und Hinken, zum Beispiel, oder Spatzengehirn und laute Stimme – womöglich auch Irrsinn und Vegetarismus gern Hand in Hand gehen und, sobald sie in ein und demselben Menschen nisten, einander sofort überglücklich in die Arme fallen.

So oder so, manche Menschen lieben Verrückte und manche nicht. Ich nicht. Als der einzige normale Mensch in der ganzen Familie Joffe – das ist kein Eigenlob, sondern eine schlichte Tatsache – mag ich Verrückte auch dann nicht, wenn sie meine Mutter sind. Verrückte stören meine Ruhe und machen mich verlegen. Ich empfinde bei ihnen das, was ich vor einem Affenkäfig im Zoo empfinde. Diese wie jene haben Ähnlichkeit mit Menschen, sind eigentlich aber keine. Und überhaupt, wenn die Unterschiede zwischen Dingen nicht wirklich klar auf der Hand liegen, wie zum Beispiel bei einer Frau, die auch Mann, einem Onkel, der auch Hund, und einem Großvater, der auch Baby ist, wird mir ungemütlich [möchte ich Mauern errichten und mir Grenzen ziehen].

Vater lachte. Wenn er lachte, verengte sich nur sein rechtes Auge, und sein Armstumpf hüpfte seltsam fröhlich im leeren Ärmel. »Das stimmt nicht genau«, sagte er mir, »Frauen, die auch Männer sind, sind wunderbare Frauen. Ich wünsche dir, daß du mal so eine Frau bekommst. Und bezüglich der Affen, die du im Zoo nicht gern siehst – es geht nicht um die Frage, ob sie Menschen ähneln oder nicht. Sie ähneln Menschen, aber solchen, die wir nicht mögen.«

»Lach nur, Mordechai, lach«, schalt ihn Tante Rachel bei einem unserer Sederabende oder bei einer unserer Beschneidungsfeiern oder bei einem anderen Joffeschen Familienereignis, bei dem Blut tropft, Gläser in Gefahr geraten, Alkohol und Erinnerungen sich ins Kompott mischen, »Lach du nur. Das ist das einzige, was du kannst: nicht leiden. Nicht die Hände in die Scheiße stecken. Nur abseits stehen und lachen.«

Er wartete mit sanftem Blick und leerem Ärmel, bis seine Schwägerin ihre kleine Rede beendet hatte, ehe er erwiderte: »Du meinst sicher, nicht die Hand in die Scheiße stecken, Rachel.« Damit lächelte er liebenswürdig, erhob sich von seinem Stuhl, ging an den Blumentopf und goß demonstrativ etwas von dem Tee ab, den man ihm eingeschenkt hatte. Die Joffes pflegen das Glas bis zum äußersten Rand zu füllen, und mein Vater – nicht. Er füllt sein Glas zu drei Vierteln und stellt es nahe an die Tischkante, absichtlich, damit alle besorgt hinlangen und die Parole sagen: »Das Glas ist in Gefahr!«

Meine Mutter mag Affen auch nicht, aber das gilt nur für

Schimpansen und aus anderen Gründen. Mit ihnen hat sie ihre persönliche Rechnung, die sich – wie ihre übrigen persönlichen Rechnungen – der gewöhnlichen menschlichen Logik entzieht. Jahrelang hatte sie uns den Schimpansen als Musterbeispiel vorgeführt: »Er ist dem Menschen so ähnlich, ernährt sich aber nur von Gräsern, Blättern und Früchten, rein vegetarisch, und hat trotzdem mehr Kraft als fünf fleischfressende Männer.« So erklärte sie immer wieder, bis die Zeitung eines Tages eine Entdekkung meldete: Man hatte in Afrika Schimpansen fotografiert, die einen anderen Affen erjagten und auffraßen, ja sogar ein armes Rehkitz, das sich im Gestrüpp verfangen hatte, zerfleischten und genüßlich verspeisten. Damit brach Hanna Joffe ihre Beziehungen zu den scheinheiligen Schimpansen ab, gestützt auf den Zirkelschluß aller Glaubenseiferer, dem zufolge sie verkündete, der Fleischgenuß habe die Moral der Schimpansen verdorben und sie zu Heuchlern gemacht.

Womit hatte all das angefangen? Wie bei vielen anderen Kindern – mit dem Schlachten. Amuma, ansonsten eine zartfühlende Frau, tyrannisierte ihre Hühner, führte genau über sie Buch, und eine Legehenne, die nicht genug Eier legte, erhielt die Bezeichnung »eine Henne, die sich nicht anstrengt« und wurde prompt geschlachtet, gerupft und gekocht.

»Wer nicht will, braucht nicht hinzugucken!« erklärte sie, und meine Mutter, die »die Henne, die sich nicht anstrengt« torkelnd ihr Blut über den Hof versprengen und schließlich zusammenbrechen und zucken sah, bis die letzten Lebenspartikel aus ihrem Körper wichen, entschied, künftig kein Fleisch mehr zu essen.

Andere Kinder kehren ein oder zwei Wochen später an die Bratenschüsseln zurück, aber Hanna Joffe widerfuhr damals das, was bei uns – mit einer Feierlichkeit, die Anführungszeichen erfordert – »das Wunder der Migräne« heißt oder, bei ihrer jüngeren Schwester Rachel, »das Wunder des Haferbreikrügleins«.

Das heißt, nach achttägigem Verzehr von Gemüse, Dörrobst, Haferflocken, Hülsenfrüchten und Obst wurde Hanna Joffe »aus den Klauen der Migräne erlöst, die sie von frühester Kindheit an peinigte«. Auch all diese Worte habe ich in Anführungszeichen gesetzt, weil sie – ähnlich wie »Verbannung«, »Gifte« und »verwurzelte Familie« – zu ihren Lieblingsworten zählen, die sie mit solcher Feierlichkeit ausspricht, daß sich die Anführungszeichen auch in mündlicher Rede um die Worte ranken.

»Quatsch!« sagte Rachel mir in einer meiner ersten Nächte bei ihr im Bett. »Deine Mutter hat nie Migräne gehabt. Sie hatte weit schlimmere Schmerzen: Zum einen tat ihr Pnina weh, denn die war stets erfolgreicher und schöner als sie, und zum anderen war es Batja, denn Vater liebte sie am meisten von all seinen Töchtern.«

Manchmal bringt Rachel solche Sätze, die mich an Bibelverse erinnern: an das »Ich will hingehen und ihn sehen, bevor ich sterbe« unseres Erzvaters Jakob zum Beispiel, und an die Geschichte von Rizpa, Tochter Ajas, die den ganzen Sommer lang bei den öffentlich gehenkten Leichnamen ihrer sieben Söhne saß »und ließ nicht auf ihnen ruhen Vögel des Himmels bei Tage und Getier des Feldes bei Nacht«. Und manchmal finde ich – gerade umgekehrt – in der Bibel Verse, die mich an Rachels Geschichten erinnern: den Vers über die Gottessöhne, die zu den Menschentöchtern herabkamen, oder »ein junges Mädchen aus dem Land Israel« zum Beispiel, bei dem ich nicht mehr weiß, wer es von wem gesagt hat, die Bibel über jenes bedauernswerte Mädchen, das in die Gefangenschaft der Aramäer geriet, oder Rachel über Batja, über die geliebte »Über-alles«, die ihrem »Hitler-Jugen« nachgegangen war – so, in absolut falschem Deutsch, bezeichnen die Joffes ihren deutschen Mann – und heute in Australien lebt, das bei Mutter »Fremde« und »Verbannung« heißt.

»Und was ist mit dir?« fragte ich Rachel. »Du warst doch auch ihre Schwester.«

»Ich bin die vierte Tochter. Ich war egal!« Und schon gleitet ihr altes Lächeln mir über den Nacken: »Aber deine Mutter, Michael, hat, um ein wenig Aufmerksamkeit zu schinden und sich ein bißchen wichtig zu fühlen, beschlossen, Vegetarierin zu werden.«

Ihr Federbett, ihre Worte, ihre Umarmungen, der Flanellpyjama ihres Mannes umhüllten mich im Dunkeln. »Du hast einen angenehmen Körper, Michael, fast wie der, den mein Junge hatte.« Jetzt würde sie einen Moment verstummen, wie sie jedesmal verstummt, wenn sie ihn erwähnt, sich wieder fassen und fortfahren: »Ich liebe es, wenn du mit Schlafen bei mir dran bist.«

Ich habe bereits erwähnt, daß alle Joffes sich mit dem *Puchowik*, dem Gänsefederbett, zudecken. Die Puristen unter uns benutzen es bis in den Hochsommer, gehen dann eine Woche zu Waffelbaumwolldecken, Zähneklappern und Schlaflosigkeit über, verkünden jedoch schon am 21. Juni, wenn die Tage wieder kürzer werden, mit Erleichterung: »Der Winter naht!«, und kehren zum warmen Federbett zurück. Selbst der Bräutigam, der sich über »all den Luxuskram« aufregt – Maniküre, das Kauen von *Tschinga*, wie er Kaugummi nennt, den Erwerb von Lotterielosen und sonstige »verderbte Gewohnheiten«, die in den abgeschotteten Joffe-Hof einzudringen vermögen –, deckt sich damit zu, ja sogar meine Mutter, die jegliche Verwöhnung für ungesund und kalte Morgenduschen für lebensnotwendig hält, hat solch ein *Puchowik*, das so einige arme Gänse das Leben gekostet hat, aber sie gehört ja, wie gesagt, zu den Vegetariern aus gesundheitlichen, nicht barmherzigen Erwägungen.

So liegen meine Tante und ich denn gemeinsam unter ihrem breiten *Puchowik* begraben, und rings um ihr Bett hängen Schaubilder, Tabellen und Berichte über Fonds, Aktien und Investitionen. Ich bin schon derart daran gewöhnt, daß meine offene Fontanelle sie auch im Stockfinstern sieht: allerlei Börsendiagramme, auf- und absteigende Linien, Statistiken und Zahlen. Die Y-

Achsen ihrer Kurven zeigen, wie gewöhnlich, den Wert der »Papiere« an, aber die X-Achsen sind keine Zeitachsen, sondern bezeichnen die Durchschnittstemperaturen im inneren Teil der Küstenebene oder andernfalls die Verkehrsunfallsrate, die Ausbreitung des Nilfiebers oder die Häufigkeit, mit der der Verteidigungsminister bei seinen Äußerungen den Ausdruck »kommt nicht in Frage« benutzt. Und wenn jemand fragt, warum, erklärt sie, die Welt bestehe aus Korrelationen, und diese – nicht die Gründe – gelte es aufzudecken. Denn im Gegensatz zur üblichen Auffassung seien die Korrelationen, nicht die Kausalzusammenhänge entscheidend.

»Aber was hat das mit dem Verteidigungsminister zu tun?« erbost sich der Bräutigam, dem der unterirdische Aufenthalt den Geduldsfaden verkürzt hat, worauf Rachel mit nervender Unbekümmertheit antwortet: »Sehr viel.«

»Was denn aber? Wieso?«

»Denn so, wie seine Visage ist, so sieht er auch aus.«

Prompt gerät der Bräutigam noch mehr in Rage, denn gegen diese Joffesche Logik ist kein Kraut gewachsen.

Kurz gesagt: Nachts schläft Rachel mit ihrem turnusmäßigen Gast – oder ihrem Opfer, wenn man so will –, und tags liegt sie da und betrachtet die Aufzeichnungen an der »Aktienmauer«. »Ich gucke und gucke«, sagt sie, »bis ich eine Erleuchtung! habe.« Hat sie dann eine »Erleuchtung!«, fängt sie sofort an, geheime Bankstellen anzurufen und Aufträge zu erteilen. Und wenn jemand mitten bei einer solchen »Erleuchtung!« hereinkommt, winkt sie ungeduldig ab: »Ruhe jetzt, ich ernähre die Familie!«

Die erwirtschafteten Gelder überführt sie an den Bräutigam, »denn mit den Erträgen seiner Patente hat alles angefangen«, und der Bräutigam verteilt sie, aufgrund des alten Abkommens mit Apupa, an alle Familienangehörigen. Zwar brächten seine Primusöfen und Pflüge kaum ein Fünftel von dem ein, was ihre Geschäfte abwürfen, erklärt Rachel lächelnd, aber sie schätzt ihn, hat auch Mitleid mit ihm und bezeichnet ihn zuweilen sogar als »offiziellen Ernährer der Familie Joffe« – in unser aller Augen eine Beleidigung, aber in seinen Augen ein Kompliment. So oder so, er überreicht ihr feierlich ruß- und schmierölverdreckte Blankoschecks, bereits unterzeichnet mit Kopierstift *Aaron Landau, Aaron Landau, Aaron Landau*, und sie trägt die Namen der Begünstigten ein, bestimmt die Beträge und gibt sie ihm zum Austeilen wieder.

Doch zurück zu meiner Mutter und den Anfängen ihres Vegetarismus. Im Dorf lebte damals ein gewisser Nathan Freistatt. Er war Pazifist, Vegetarier, Tischler und Kommunist und nach seiner Definition »Vegetarier aus pazifistischen und Kommunist aus gesundheitlichen Gründen«. Als Tischler erfreute Freistatt die Dorfkinder mit hübschem Holzspielzeug, als Kommunist erzählte er ihnen unterhaltsame pädagogische Geschichten über Stalins Kindheit, und als Vegetarier schrieb er eine regelmäßige Kolumne im Dorfblatt unter der Überschrift: *Mastochse und Gemüsemahlzeit.* Ich erinnere etwas aus diesen Zeitungsausschnitten, die bei uns daheim abgeheftet und aufbewahrt wurden: »Fünf kleine Mahlzeiten am Tag sind besser als drei große«, schrieb Freistatt, »und noch besser sind drei kleine Mahlzeiten.«

Jeden Abend erzählte Freistatt seiner Frau lange Geschichten, begann unweigerlich mit den Worten: »Erinnerst du dich, Judith…« Und tagsüber hielt er jedem, der ihm unglücklicherweise über den Weg lief, lange Vorträge, die stets mit »Hör mal, bitte…« anfingen. Bei Dorfversammlungen verlangte er, die Hennen aus den Legebatterien in die relative Freiheit der Höfe zu entlassen und jedem Rinderhalter die schriftliche Verpflichtung abzunehmen, »unter keinen Umständen« eine Milchkuh zur Schlachtung freizugeben.

Er selbst hielt keine Tiere, abgesehen von einem riesigen, zypriotischen Esel namens Og. »Og war ein einzigartiger Esel«, erzählte mir Rachel, »sowohl als Esel wie auch aus Solidarität mit seinem Herrn war er ebenfalls Vegetarier, und wenn du's recht bedenkst, Michael, erkennst du, daß beides das gleiche ist.« Freistatt war sehr stolz auf seinen Og, betonte, daß er niemals eingesperrt oder geschlagen wurde, und festgebunden würde er nur, wenn er brünstig sei, und auch dann nur auf eigenen Wunsch.

Sommers ging Freistatt in Sandalen aus Autoreifen und winters in Holzpantinen, um nicht das Leder »bedauernswerter Tiere« zu benutzen. Nachts schlief er in seinem Garten, schaukelte in der Hängematte – »in den Armen meiner Freunde, der Bäume« –, und obwohl er nackt schlief, erkältete er sich nie, und die Mücken, die sonst Mensch und Tier piesackten und schier um den Verstand brachten, hinterließen keinen einzigen Stich in seiner Haut.

Dermaßen gesund war er, daß er nicht an einer Krankheit starb, sondern bei einem Verkehrsunfall, und das nicht in gesegnetem Alter, sondern mit zweiundvierzig Jahren, »denn so treibt es das Schicksal gern mit Schlaumeiern.« Doch wie alle Gläubigen, die Belohnung erwarten, hatte auch Freistatt nicht mit der Möglichkeit seines Ablebens gerechnet und sich nicht die Mühe gemacht, ein Testament zu hinterlassen, abgesehen von der einzigen hochmütigen Verfügung, daß sein Leichnam der Wissenschaft zugute kommen solle. Sein Wunsch wurde erfüllt, und ein paar Tage später traf ein bewundernder Brief von der medizinischen Fakultät ein, in dem zu lesen stand, daß die Wissenschaft niemals so saubere Adern, eine derart glatte Leber und so rosige Lungen gesehen habe. Der Gemeinderat heftete den Brief ans Schwarze Brett, wo er zu einem bescheidenen Wallfahrtsziel wurde und Stolz und Erregung weckte, deren Widerhall sogar die Mauern des Joffe-Hofs überwand. Apupa, der im allgemeinen dem Dorf fernblieb, hörte es, ging zum Schwarzen Brett hinunter, las und faßte das Ereignis bei seiner Rückkehr in einer medizinischen Feststellung zusammen, die ebenfalls in unseren Wortschatz eingegangen ist: »Freistatt war im Tod genauso gesund wie im Leben.« Bis heute übrigens diskutiert man in der Familie, ob das ein unerwartetes Fünkchen Humor oder ein weiterer Beweis für sein »Spatzengehirn« war.

Freistatt war außer sich vor Freude, als »Joffes Tochter höchstpersönlich« zu ihm herunterkam und ihn um Anleitung bei ihren ersten Schritten im Gefilde vegetarischer Ernährung bat. Sie erhielt von ihm Bücher und Broschüren, begann, Hülsenfrüchte- und Weizensaat auf immer ausgedehnteren Wattebeeten keimen zu lassen, und nahm zwei Tätigkeiten auf, die die ganze Familie ärgerten und noch immer ärgern: zum einen Predigen und Ermahnen, zum anderen endloses Zählen der Kaubewegungen – zehnmal rechts, elfmal links, »und dann schließt man sechs Sekunden lang Augen und Mund, konzentriert sich auf unseren Freund, den Speichel, während er für uns die Stärkepartikel spaltet«, dann noch fünfmal rechts und viermal links kauen – und runterschlucken.

Amuma bat ihre Tochter, damit aufzuhören. Pnina, Batja und Rachel sagten, ihr Kauen verursache ihnen *Kwaß* – *»Kwaß«* ist auf Joffeisch das, was sonstige Menschen als Ekel oder Übelkeit bezeichnen –, aber Apupa, gerade er, nahm sie in Schutz. Er stand in voller Länge auf und erklärte, in diesen Zeiten, da der Joffe-Hof schon »von Häusern der Schusters und sonstiger Parasiten und Nichtstuer umringt« sei, gelte es, Menschen zu schätzen, die ihre Prinzipien hätten.

Und wie alle Gläubigen hat auch meine Mutter einen Gott. Er heißt Dr. Robert G. Jackson und ist ein der Naturheilkunde verpflichteter amerikanischer Arzt, der ein Buch mit dem Titel *Nie mehr krank sein!* geschrieben hat.

Die Annalen des Dr. Jackson hörte ich oft, denn jeden Abend erzählten mir meine Eltern Gutenachtgeschichten. Vater las mir die verschiedensten Bücher vor, von denen ich besonders *Patapuf und Filifer*, Rudyard Kiplings *Tiergeschichten* und *Grimms Märchen* in Erinnerung behalten habe. Letztere erzählte er mir auf seine eigene Weise: »Nie und nirgends hat kein König und keine Königin gelebt und ist ihnen eine kein bißchen hübsche Tochter geboren worden...«

Rachel erzählte mir Geschichten aus der Bibel und aus der griechischen Mythologie. Und Anja – die junge Frau, die mich aus dem Feuer rettete – las mir Gedichte vor, aber nur aus einem einzigen Buch, *Öffnet das Tor* lautete der Titel, verfaßt von einer Lyrikerin namens Kadya Molodovsky. Immer las sie – oder, richtiger, deklamierte sie auswendig – dieselben Gedichte: von einem armen Hirten, der weder Ziege noch Stab besaß, »nur grüne Wiesen, nur Auen«. Von einem Mädchen mit chinesischen Augen namens Dina und von einem »Mantel – güldenlicht«, ein Ausdruck, der mich sehr vergnügte. Und vor allem rezitierte sie mir das Gedicht von dem Mädchen Ajelet, das ihr Tränen in die Augen und ein Lächeln auf die Lippen zauberte. Ich erinnere mich an ihre fröhlich melodische Stimme bei: »Trägt Gedalja ihn noch ein Jahr, ist der Mantel schöner gar«, und an ihr Lachen bei: »Flegel, Fohlen, Fledermaus, wo ist der Mantel, sag nur aus?« Und ihren Finger, der sich in meine Rippen bohrte und meine offene Scheitelnaht berührte: »Und den Rest, Loch an Loch, kriegt ihr der Reihe nach auch noch.« Manchmal sagte sie eine Zeile in der jiddischen Originalfassung, um mir Vergnügen zu bereiten, denn ich dachte, Jiddisch wäre den Alten allein vorbehalten. Aber wenn sie von Ajelet mit dem blauen Sonnenschirm vorlas – »schon sechs Jahre heuer und mit Locken rot wie Feuer« –, wurden wir beide ärgerlich: »... will Ajelet mit den Vögeln ziehen, bis der Tag wird ganz entfliehen.«

Und Mutter, die weder traurig noch fröhlich war, weder streichelte noch bohrte, las mir nur aus Dr. Jacksons Buch *Nie mehr krank sein!* vor. Kadya Molodovsky war ihr unbekannt. Bloße Geschichten hielt sie für Zeitvergeudung, und Kindermärchen wollte sie mir »aus Prinzip!« nicht vorlesen, wofür sie ihre Gründe hatte: Das Knusperhäuschen der Hexe in *Hänsel und Gretel* war aus »Giften« errichtet, und Rotkäppchen war aufgrund des Alkohols, der Butter und des Kuchens, die sie in ihrem Korb mitführte, für die Großmutter erheblich gefährlicher als der Wolf.

Doch auf sonderbare, wundersame Weise strahlte Dr. Jacksons Buch den eigentümlichen Gruselzauber des Märchens aus, und bis heute erinnere ich mich mit seltsamem Vergnügen an viele seiner Zeilen und Sätze:

»Die seltsame Frage drängt sich auf, ob Gott absichtlich die höchste Blüte seiner Schöpfung, die Kulturmenschheit, mit so viel Unheil heimsucht?«

»Übergießt man Teeblätter mit kochendem Wasser, so wird ein giftiges Alkaloid herausgezogen.«

»Unverdaute Stärkenahrung wirkt wie Gift.«

Und besonders erinnere ich mich an den Satz, der Vater so gut gefiel, daß er ihn immer wieder als Kompliment bei Festessen der Joffes anbrachte: »Gute Fleischbrühe ist ungefähr auf dieselbe Stufe zu setzen wie guter Urin.«

»Gifte« ist das häufigste Wort im vegetarischen Wortschatz, und Mutter, die zu den Strenggläubigen zählt, legte ihnen auch Zeichen bei:

»Das weiße Gift« sind Zucker und Salz (deren Dr. Jackson sich zur Zeit seiner Sünde im Übermaß bediente).

»Das gelbe Gift« ist die Butter (die Dr. Jackson auf solches Brot zu streichen pflegte, »bei dem das darin enthaltene Lebensprinzip zu einem großen Teile zerstört war«).

»Das blaue Gift« ist der Tabakqualm (dem Dr. Jackson sehr verbunden gewesen war).

»Das schwarze Gift« ist der Kaffee (jeden Tag pflegte der Doktor mindestens acht Tassen in sich hineinzuschütten).

Und »das rote Gift«, der Urvater aller Unreinheit und rechtmäßiger Gatte der Butter, ist »das Fleisch, der Kadaver bedauernswerter Tiere«.

Kein Wunder also, daß der Doktor an schweren Krankheiten

litt und seine Kraft ihn verließ. Mit vierzig Jahren stand er schon »am Rand des Grabes«: Acht Zähne fielen ihm aus, seine Haut verschrumpelte, sein Fleisch erschlaffte, sein linkes Auge trübte sich, sein rechtes Ohr wurde taub ...

»Wie das Kind nach all deinen Horrorgeschichten einschläft, weiß der Teufel allein«, bemerkte Vater von der Küche her.

»Kaum konnte ich«, las Mutter weiter aus den Erinnerungen des bedauernswerten Arztes, »die drei Stufen zu meiner Erdgeschoßwohnung ersteigen, mußte ich mich am Türpfosten festhalten. Doch dann erschien eines Tages eine junge Frau, schön, munter und keck, in meiner Sprechstunde ...«

»Lies diese Zeile noch mal«, sagte ich.

»Eine junge Frau, schön, munter und keck«, wiederholte Mutter ungehalten: Diese Zeile hatte ja nichts mit Vegetarismus zu tun.

Die schöne, muntere und kecke junge Frau hatte ein krankes Kindchen dabei, »das ärmste, abgezehrteste Würmchen«. Dr. Jackson untersuchte das Kind und erklärte ihr, wenn sie die Nahrung des Kindes seiner Verdauungs- und Aufnahmefähigkeit anpasse, so daß auch die Ausscheidung der Abfallstoffe regelmäßig vor sich gehen könne, und wenn dem Kinde die notwendige hygienische Sorgfalt zuteil werde, dann werde es wie Unkraut aufwachsen und gedeihen.

»Daraufhin«, heißt es weiter im Text, »schaute die junge Frau mich belustigt an und fragte mit einem spöttischen Blick auf meine armselige zusammengefallene Gestalt: ›Herr Doktor, wann hört dieses Prinzip auf, im Leben eines Menschen wirksam zu sein?‹«

»Die ganze Nacht konnte Dr. Jackson die Worte der jungen Frau nicht vergessen«, sagte Mutter feierlich und schilderte »die neue Lebensführung«, die er sich bereits am folgenden Tag verordnete: langes Fasten, kalte morgendliche Duschen, Rubbeln der Haut mit rauhem Handtuch, abhärtende Turnübungen am weit offenen Fenster auch an den kältesten Wintertagen – eine »Morgengymnastik«, dazu gedacht, »alles zu verbrennen, was an Speiseresten noch im Körper vorhanden ist«.

Wie bei heiligen Schriften üblich, gilt ein erheblicher Teil nicht nur der reuigen Umkehr, sondern auch dem verdienten Lohn noch im Diesseits. Mit sechsundsechzig Jahren war Dr. Jackson dermaßen gesund und stark, daß er eine Gruppe professioneller Radsportler, die ein Rennen mit ihm veranstalteten, zur Ermüdung brachte. Und mit achtzig Jahren, erzählte meine Mutter immer wieder – zwei ihrer Finger flitzten über meinen *Puchowik* und flogen wie zwei Beine eine unsichtbare Treppe empor – kletterte er die fünfzig Stockwerke des Washington Memorial hinauf und übertraf damit »eine Gruppe von jungen Männern«, die chancen- und atemlos bereits im achtzehnten Stock zusammenbrachen.

»Und keine einfachen Jünglinge sind dort zusammengeklappt«, ergänzte Vater, »sondern die Athletikauswahl der Vereinigten Staaten.«

»Man muß nicht übertreiben, Mordechai«, sagte Mutter, »junge Männer genügt.«

»Übrigens«, bemerkte Vater, »viele Hochhäuser in Amerika haben einen Aufzug.«

»In der Natur gibt es keine Aufzüge!« sagte Mutter erbost und knallte das *Nie mehr krank sein!* heftig zu.

»In der Natur gibt es auch keine Gebäude mit fünfzig Stockwerken.«

»Was gehören Aufzüge hierher?« schrie Mutter. »Er ist absichtlich die Treppen gestiegen! Zu Fuß! Um's ihnen zu zeigen!«

»Aufregung ist ungesund, Hanna«, sagte Vater.

Sie, in Rage: »Fünfzig Stockwerke mit achtzig Jahren!«

Und er, nicht lockerlassend: »Das macht gut einen halben Stock pro Jahr. Nicht wer weiß wieviel.«

Jetzt lache auch ich, und Mutter ärgert sich doppelt. So ist das nun mal: Wir versuchen, uns an sie zu gewöhnen und ihr zu vergeben, aber sie hat sich nie an uns gewöhnt, und vergeben wird sie uns auch nicht mehr.

»Wäre ich ein Kohlrabi«, habe ich ihr mal gesagt, »würdest du mich sicher freudiger umarmen.« Darauf erwiderte sie mit ihrem rechthaberischen Gesicht strenger, sich im Recht befindlicher Vegetarier: »Das Leben, Michael, ist eine Angelegenheit von Regeln und Gesetzen. Das hat nichts mit Freuden und Umarmungen zu tun.«

Darauf antwortete mein Vater nichts, aber meine Fontanelle vibrierte ob seines Zorns: »Wenn's nur um ihr Viehfutter ginge, das sie nach allen Gesetzen verspeist, wenn's nur um mich ginge, mit dem sie nach allen Regeln schläft, aber so vor ihrem Kind zurückschrecken?« hörte ich ihn später der Nachbarin erzählen.

Da habt ihr also einen typischen Nachmittag in der Familie Joffe: »Sie«, Mutter, arbeitet im Garten, »ihr Kind«, ich, kommt von Anja zurück, »er« geht zu seinem Fleischversteck, zur Nachbarin, »der Mörderin« in der Ausdrucksweise der Joffes, und in der Luft die Düfte von Soße, Orangenschalen, Knoblauch und Liebe – ist es da ein Wunder, daß ich der einzig Normale in der Familie geworden bin?

Nach dem Brand war Mutter zwar bereit, mich zur Sanitätsstation zu bringen, ließ aber nicht zu, daß meine Brandwunden eingesalbt wurden. Sie behandelte sie mit ihren eigenen Arzneien, »Kompressen« in der Sprache der Vegetarier – Gazestücke, mit ätherischen Ölen und stinkenden Kräuteraufgüssen getränkt. Sie legte auch hauchdünne Scheiben von Knollen und Wurzeln auf und manchmal zerdrückten Knoblauch, Kartoffelstückchen oder Gurkenschalen.

»Jetzt gibst du ihm das Gemüse bei?« bemerkte Vater. »Das hättest du tun sollen, als er auf dem Feuer war.«

Trotz Vaters Spott und den düsteren Prophezeiungen der

Schwestern auf der Sanitätsstation wirkten die vegetarischen Kompressen gut. Und wenige Tage später, als ich schon etwas genesen war und wieder in den Kindergarten ging, kam mir die junge Frau, die mich gerettet hatte, entgegen, vom Konsum her, ein Einkaufsnetz in der Hand.

Eine Reihe fremder, neuer Zeichen keimten in meinem Körper auf: Mein Mund dörrte mit einem Schlag aus. Die Knie wurden weich. Mein Herz, das noch nicht wußte, was die Liebe blutreichen Organen wie ihm antut, war so verwirrt, daß es stehenblieb. Es war das erste Mal, daß ich sie nach dem Brand sah, und das erste Mal, daß ich etwas empfand, was seither erst dreimal wieder eingetreten ist: Eine platzende Ader zwischen Bauch und Brust überflutete das erschlaffende, hinschmelzende Zwerchfell. Wenn das nicht schon damals, schon dort Liebe war, was war es dann?

Da ist sie: Ein neues graues Arbeitshemd verhüllte ihren Oberkörper. Ein neuer Rock mit neuen roten Anemonen umwehte ihre Schenkel. Ihr Haar, versengt wie meines, war ebenso kurz geschoren, der Scheitel verschwunden. Mein Haar hatte die Schwester in der Sanitätsstation abgeschoren. Wer hatte ihres geschnitten?

Anscheinend hatte sie mich zuerst bemerkt, denn als ich sie sah, strahlte ihr Gesicht, und schon schritt ich auf dem tanzenden Glitzerstreifen, den ihr Blick, wie der Mond über dem Meer, zu meinen Füßen ergoß. Sie hielt inne, betrachtete mich, während ich mit verlangsamendem Gang und zugehenden Augen näher kam, und als ich sie erreicht hatte und stehenblieb, setzte sie sich auf den Boden neben mich. Nicht wie Erwachsene sich gewöhnlich niederbeugen, mit Schmeichelblick und dem geneigten Haupt des »Sprich, mein Knecht, denn dein Gott hört«, nein, sie setzte sich wirklich mit untergeschlagenen Beinen auf den Boden.

Ihre Hand streichelte meinen Kopf, zwei Finger zu jeder Seite, der lange Mittelfinger über die Scheitellinie in der Mitte, und an der Stelle, wo sie – wie ich wußte – anhalten würde, hielt sie tatsächlich an.

»Ich wollte dich zu Hause besuchen, aber deine Mutter hat mich nicht reingelassen«, sagte sie.

Und in dem rechthaberisch-resoluten Ton der Frauen, die Hanna heißen und Prinzipien haben – ein Ton, den auch Vater manchmal nachahmte, aber weniger gut als diese junge Frau –, fuhr sie fort: »›Vielen Dank, daß du mir das Kind gerettet hast, aber er liegt mit Wickeln.‹«

Die Imitation war gelungen, und ich wurde verlegen. Mit welchem Recht spottete diese Frau über meine Mutter, und warum lächelte ich mit?

»Ich hatte dir auch Schokolade mitgebracht«, fügte sie hinzu, aber deine Mutter sagte: ›Das ist Gift, nimm das wieder mit.‹«

Wir beide hatten die roten Flecke der leichten Verbrennungen, und wir beide trugen die weißen Verbände der schwereren Brandwunden. Aber ich hatte auch die »Nichtnarbe« auf dem Bauch, ein Ausdruck, den sie ein paar Tage später selbst prägte, als sie mich in der Myrtenhecke an ihrem Haus entdeckte, wo ich ihr und ihrem Mann heimlich beim Einräumen ihres gemieteten Hauses und beim Säubern des Hofs zuguckte.

Das Haus hatte vorher übrigens Freistatt, dem Tischler, gehört, der Mutter bei ihren ersten Schritten auf dem Gefilde des Vegetarismus angeleitet hatte und bei einem Verkehrsunfall umgekommen war. Da seine Frau, die bewußte Judith von »Erinnerst du dich, Judith...«, ihm jedoch noch zu seinen Lebzeiten weggelaufen war, sie keine Kinder hatten und nach seinem Tod auch keine Verwandten auftauchten, war sein Haus dem Gemeinderat zugefallen und an Anja und ihren Mann vermietet worden.

Sie wirbelte wie im Sturm über den Hof, fegte und schleppte, zerrte und entsorgte. Und der alte Mann – nach all meinen Berechnungen jünger als ich heute – schnitt trockene Zweige von den halbtoten Obstbäumen, schaufelte und düngte Gruben, um neue Bäume zu pflanzen, grub verdorrte Beete um und wechselte zerbrochene Dachziegel. Seine sonnengebräunte Glatze funkelte, Gesicht und Hände wirkten klug. Wie ich sofort sah, gehörte er der Sorte Männer an, die der Bräutigam mit dem Satz lobte: »Sie machen sich bei der Arbeit die Hände nicht schmutzig.« Geschickte Hände hatte er, und seine Bewegungen waren die eines alten Handwerkers, bei dessen Muskeln Erfahrung ihre Erschlaffung und Klugheit ihre Langsamkeit überspielt.

So beobachtete ich die beiden, bis der Mann sagte: »Anja, ich geh ins Zentrum runter, um einen Sprinkler für den Garten zu kaufen.«

Als er die Allee hinunter verschwunden war und ich schon robbend meinen Blickwinkel verbessern wollte, kam die junge Frau aus dem Hof und lenkte ihre Schritte geradewegs auf mein Versteck.

»Komm«, sie ergriff meine Hand, die sich ihr schon wie von selbst entgegenstreckte, »komm, ich möchte dich sehen.«

In ihrem Haus. Zwischen offenen Kisten und Schachteln, Küchengerät, gebügelten Männersachen, die ordentlich auf Bügeln aufgereiht waren, und geblümten Kleidern und Röcken, die über den Boden verstreut lagen, stand ich aufrecht auf dem Tisch mit meinen fünf Jahren. Ihre Hand öffnete mein Hemd. Daumen und zwei Finger berührten mich. Fallender Stoff streifte die Haut meiner Brust.

»Jetzt dreh dich.«

Ihre Hände und Augen huschten über meine Haut. Zwei Finger glitten zwischen meine Haut und den Gummizug, den Mutter in meine kurze Hose eingezogen hatte – sie führte die Sicherheitsnadel durch den dunklen Stofftunnel, verknüpfte und sagte: »Jetzt zieh sie an, Michael«, und steckte einen Finger hinein, um zu prüfen, ob das Gummi auch nicht zu stramm saß, denn sonst könnte es »den Verdauungsapparat bei der Arbeit behindern.«

Anjas zwei Finger prüften nichts, sondern drangen ein und

drückten meine Hose ein Stückchen hinunter, und ein breiter, unversehrter Schrägstreifen kam dort zum Vorschein. Ringsum war die Haut rötlich, blätterte hier und da, aber der Streifen war weiß und rein. »Da ist deine Nichtnarbe, hier ist meine Hand gewesen.«

Noch heute, wenn ich mein Hemd etwas hoch- und den Bund ein wenig runterziehe – unbeobachtet tue ich das öfter –, sehe ich sie. Auch jetzt in diesem Moment: Hier war ihr Arm, hier ihre Hand. Fünfzig Jahre sind vergangen, und wer von meiner Nichtnarbe nichts weiß, kann sie nicht mehr erkennen. Aber ich, der davon weiß – sehe und fühle. Ich weiß nicht mehr, welches Gefühl ich am meisten nachempfinde: die Grenze des Schmerzes – bis hierher und nicht weiter, sagte ihre Hand – oder die Wonne ihrer Lippen, die mich genau an der Stelle küßten, damals, an dem bewußten Tag und Ort, als ich vor ihr auf dem Tisch stand, und dann küssend zu der Stelle hinunterglitten, an dem die Lymphdrüsen anschwellen, wenn man Fieber hat, weshalb Vater zuweilen sagte: »Tasten wir dir mal die Drüsen ab.«

»Wie heißt du?« fragte sie.

Ich erschrak. Wenn Amuma Gabriel und mir die Geschichte »Wie der Mensch im Paradies allen Tieren Namen gab« erzählte, sagte sie, auf diese Weise habe er sie sich zu eigen gemacht. »Mit Hilfe des Namens«, lachte sie, und ich habe es gut behalten, weil der Ausdruck mich überraschte und weil Amuma damals nicht mehr oft lachte.

»Wie heißt du?« fragte Anja erneut.

Ich schwieg. Wohlwissend, daß sie mich ihr zu eigen machen wollte.

»Ich weiß, wie ich dich nennen werde«, sie lächelte, »ich werde dich Fontanelle nennen. Das ist ein Name, den nur du und ich kennen.«

»Michael«, sagte ich hastig.

»Michael ist ein schöner Name, so soll dich deine Mutter rufen. Aber ich werde dich Fontanelle nennen.«

Das erste e des Worts schien mir zuzulächeln.

»Fontanelle«, sagte ich still, zu mir selbst, berührte sie mit einem Finger.

Ein Fremdwort ist das, nicht leicht für die Zunge eines Fünfjährigen, fordert ihr einige Akrobatik ab: die Zähne berühren, drücken, loslassen, streicheln, den Gaumen anschlagen. Aber seit ich es zum ersten Mal gehört hatte – im Wadi, verbrannt, naß und umarmt –, hatte ich es mir schon oft vorgesagt: im Keller meines Herzens, wie ich es tue, wenn Menschen anwesend sind, auf den Lippen, wie ich es tue, wenn ich allein bin, im Hof, auf offenem Feld, auf den Wegen gehend, nachts im Bett, und so konnte ich es schon richtig aussprechen – wie sie, einschließlich des Lächelns. Und schon damals spürte ich, trotz meiner Jugend, daß dieser Name – neben der üblichen Eigenschaft der Namen, die Welt zu ordnen und ihre Bewohner zu beruhigen – auch Liebe enthielt.

Sie öffnete ihr Hemd: »Hier sind meine Verbrennungen.« Und wieder umschlangen mich ihre Arme, drückten mich an ihre nackte Brust, Brandwunde an Brandwunde. »Ich bin Anja. Behalt es und vergiß es nicht.« Sie hob mich vom Tisch herunter. Ich stand zwischen ihren Beinen, und mein ganzer Körper schmerzte vor Erwartung. Ich wußte, daß sie mich jetzt wieder dort berühren würde, an meiner Fontanelle, die ihrer harrte, ihr offenstand, rauschte.

»Das ist ein Zeichen, daß Gott dich liebt«, sagte sie beim Berühren.

Schon damals, als Kind, wußte ich, wenn ich diesem Rauschen gut lauschte, konnte ich voraussehen, was kam, aber bis zu jenem Tag hatte ich nur Hitzewellen, Bodenfrost oder den Anzug des Regens übers Gebirge vorauszusagen vermocht, brachte damit Nutzen für Ernte und Wäsche, und hier und da fand ich auch verlegte Dinge bestens wieder. Einmal, als der Bräutigam »seinen kleinen Engländer« verloren hatte und vor Kummer schier verrückt wurde, schickte Vater mich auf die Suche. Zuerst wandte ich mich nach allen Seiten und horchte auf mich. Danach ging ich in die richtige Richtung, spürte das »Warm-kalt« in meinem Schädel, und in der Stallecke, dort, wo »der kleine Engländer« seinem Eigentümer aus der Tasche geglitten war, sagte ich »hier« und »da ist er«, und Vater freute sich: »Ich hab euch ja gesagt, er kann's! Er findet alles!«

[*Nicht alles. Nur was ich will. Ich fand nicht Amuma, als sie sich in der Baracke versteckte, fand nicht Anja in all den Jahren seit der Vertreibung.]

Aber jetzt sah ich Bilder der Liebe. Und Anja, als hätte sie meine Gedanken gelesen, küßte mich unvermutet auf den Schädel, genau auf die Öffnung meines Brunnens, wie auch Vater es häufig tat.

»Ich bin Anja«, wiederholte sie, reckte sich erneut hoch über mir, knöpfte ihr Hemd wieder zu. »Behalt es und vergiß es nicht.«

Viele Jahre sind seither vergangen. Die Zeit hat einige Erfahrung, ein bißchen Erkenntnis, ein paar dünne Wissensschichten in mich investiert, und die fragen mich mit der Häme dreier alter Psychologinnen: »Michael, wie alt warst du damals? Fünf Jahre? Sechs Jahre? Was wußtest du damals wohl von Liebe?«

Und was weiß ich jetzt von Liebe? Und was wißt ihr Seelenforscherinnen – Wissenschaft, Erfahrung, Erkenntnis? Ihr wißt gar nichts, außer den Tatsachen: daß ich ihr Haus belagerte, mit Schritten seinen Umfang maß, meine Ohren an seine Wände drückte; daß ich auf der anderen Straßenseite, in der Hecke verborgen, es mit Blicken bombardierte, bis seine Mauern wichen und seine Tür durchsichtig wurde. Und all das, meine Damen, tat ich, ohne irgend etwas von Liebe zu wissen.

Vater sagte von Dr. Jackson, »da er Erbarmen mit dem Lebenden hat, lebt er nur von Kopfsalat«, und erklärte, Missionare aller Art seien ihm verdächtig. Nach seiner Ansicht möchte der Missionar nur eines: sich eine Gemeinde von Freunden in der Not schaffen.

Er selbst aß in Maßen, rauchte in Maßen, trank Tee und Kaffee in Maßen und arbeitete in Maßen. Hinter all diesen maßvollen Verhaltensweisen stand kein Entschluß oder Rachegelüst und auch kein Ideen- oder Glaubenssystem, sondern nur die Einsicht: Man soll nicht süchtig werden, sich weder hingeben noch enthalten und keiner Lehre anhängen.

»Halte an dem einen fest, und laß auch das andere nicht los«, las er mir vor, und gerade er, der Späher bei der Palmach gewesen war, legte mir das so aus: »Nicht den Weg suchen, sondern aufs Gehen achten.«

Mutter, die nach Vegetarierart weniger um Bettsünden als um Tischsünden besorgt war, bedrängte meinen Vater zwar nur wenig wegen seiner Liebesaffären, konzentrierte sich statt dessen aber auf ihre lästige, unaufhörliche Einträufelungsmethode bezüglich Kauen, Verdauung und Ausscheidung. Und da wir beide nicht auf sie hören wollten und unsere Ohren verschlossen – nicht bloß als Metapher, sondern richtig mit den Händen –, betrachtete sie uns nicht nur als Verbrecher, sondern auch als Dummköpfe, und manchmal, wenn sie Mitleid mit uns bekam, sagte sie, wir seien nichts als Blinde, die Hilfe bräuchten.

Als ich sechs Jahre alt war und schon zu begreifen begann, daß ich prophetische Gaben besaß, warnte ich Vater, wann immer meine Fontanelle mir signalisierte, daß Mutter eine Suchaktion plante. Aber einmal, an einem frühlingshaften Samstag, der als »der schwarze Schabbat« in die Familiengeschichte eingegangen ist, versagte ich. An jenem Tag wachte ich spät auf, und Mutter, die auch am Schabbat früh aufstand, um nicht ihre asketischen kalten Morgenduschen zu verpassen, war schon mitten bei der Säuberung. Der Geruch von Vaters versteckten Würsten war ihr in die Nase gestiegen. Sie riß Schränke auf, stülpte Schubladen um, predigte dabei unablässig und zitierte Naturheilkundler, »pflanzenfressende Wiederkäuer«.

»Mach den Mund auf!« schrie sie mich an, kaum daß ich ihr

unter die Augen gekommen war. »Ich verlange, daß du den Mund aufmachst!«

Ich widersprach nicht. Nicht umsonst sagt man bei uns »Hannele verlangt« für jede energische Forderung. Ich hob den Kopf und sperrte den Mund auf, war sicher, sie würde suchen und eine belastende Schnitzelfaser zwischen meinen Zähnen finden. Doch nein: Diesmal wollte sie Vater »die Form des menschlichen Gebisses« zeigen, die dem Fleischverzehr nicht angepaßt sei.

Daumen und Mittelfinger ihrer rechten Hand drückten schmerzhaft fest auf meine beiden Wangen, damit ich die Kiefer nicht zuklappte, und der Zeigefinger ihrer Linken klimperte über meine »gut ausgebildeten Backenzähne« und »verkümmerten Eckzähne«. Dann stieß sie mich weg und kam auf »eure schlechte Angewohnheit, beim Essen zu plaudern« – so sagte sie: »plaudern«. Sie wurde rot im Gesicht, bleckte ihre gutausgebildeten, scharfen Wölfinneneckzähne. Vater sagte ihr, sie sehe nicht so aus, wie ein ruhiger und gesunder Pflanzenfresser aussehen sollte, und warnte sie aufs neue: Der Zorn, Hanna, ist das schlimmste Gift von allen und schadet der Gesundheit mehr als der Fleischverzehr.

Das hatte ihr gerade noch gefehlt. Sofort brach Streit aus: Schimpfworte, Vorwürfe und Würstchen schwirrten durch die Luft. Scharfe Magensäfte wurden abgesondert, Beleidigungen gezückt. Freundliche Speicheltröpfchen sprühten nur so, statt Stärke zu spalten. Teller und Erinnerungen wurden an die Wände geknallt, und am Ende verschwand Mutter ins Schlafzimmer, mit einem Glas lauwarmem, beruhigendem Kamillen- oder Brennesseltee in Honigwasser, randvoll – wie bei uns üblich.

Diesmal verlor auch Vater die Ruhe. Seine Geduld war restlos erschöpft. Sein Humor versagte. Er konnte sie nicht mehr ertragen, die Panzer ihrer Regeln, die Zäume ihrer Grundsätze, die erbosten, rechthaberischen Blicke, die ihn allabendlich über ihre Schüssel Kichererbsen – »ein ausgezeichneter alternativer Eiweißlieferant« – hinweg trafen.

Er richtete sich hoch auf, sichtlich entschlossen, holte die ihrer Suche entgangenen Würste hervor, verließ den Joffe-Hof – nicht durchs Tor, sondern durch meine Bresche, durch die ich immer Anjas Haus zustrebte – und ging sie bei »der Mörderin« verstekken. Kein Mensch ahnte damals, daß sie bald von einer gewöhnlichen Wächterin übers Wurstversteck zur Geliebten, zur zweiten *Zatzke* in der Reihe und zur ersten an Rang aufsteigen würde.

Noch am selben Abend ging er wieder hin, um ihr zu danken, kehrte eine halbe Stunde später zurück, ein Ende Salami in der Hand, und lud mich ein mitzuhalten. Wir setzten uns auf den alten Treckerhinterreifen, der am Rand des Joffe-Hofs lag. Vater zündete demonstrativ eine Kerosinlampe an (bis dato hatte er im Schutz der Dunkelheit gesündigt und angestiftet) und machte mir und sich ein verbotenes Mahl. Er brach ein weißes Schabbatbrot – hielt es zwischen den Knien und rupfte mit einer Hand – und schenkte Adler-Bier ein, ich schnitt Wurst und Tomate auf.

Gemeinsam genossen wir ein kleines Giftgelage, nahmen übermäßig viel Salz zu uns und zählten nicht die Kaubewegungen. »Essen ist so was Gutes und Einfaches«, plauderte Vater beim Mahl, »daß es ungesund ist, großes Aufheben darum zu machen.«

Bei sich selber murmelte er, als stärke er sich an einem Glauben oder einer Hoffnung: »Und so ist auch die Liebe.«

Und zu mir: »Ich habe dein Loch im Zaun gefunden. Dadurch gehst du zu dieser jungen Frau? Die dich aus dem Feuer gerettet hat?«

»Ja.«

»Bist du gern dort?«

Ich lächelte verlegen.

»Es ist gut, wenn ein Kind einen erwachsenen Freund hat, oder eine Freundin.« Er hielt mir sein Bierglas hin. »Möchtest du mal probieren, Michael? Schmeckt ein bißchen bitter.«

Selbst heute mag ich kein Bier, und damals, mit sechs Jahren, scheute ich davor zurück.

Vater schmunzelte. »Wie weißt du denn, daß Mutter auf Suche geht?«

»Es summt mir im Kopf.«

»Wo?«

»Hier.«

Sein Finger folgte meinem, berührte meine Fontanelle. Ich zuckte nicht zurück. Hatte auch keine Angst. Ich hielt ihm liebe- und vertrauensvoll den gesenkten Kopf hin. Vater hatte als erster bemerkt, daß meine Fontanelle sich nicht schließen wollte, und im Gegensatz zu Mutter belustigte ihn das sehr. Oft streichelte er mich dort, und ich spürte, daß auch er, nicht nur ich, eine seltsame Freude daran hatte. Unvermittelt, ohne Vorwarnung, kam er manchmal zu mir und sagte: »Laß mal sehen, Michael, vielleicht hat sich das Loch im Kopf schon geschlossen?« Er und Anja streichelten mich dort genau auf die gleiche Weise: Mit leichter, gespreizter Hand, kleiner und Ringfinger hüben, Zeigefinger und Daumen drüben, und der Mittelfinger fährt die Scheitellinie entlang, bis er hinkommt, anhält, ringsum kreist, sanft drückt und abläßt.

Er lachte: »Beinah wäre ich ins Loch gefallen.«

Er legte sein Ohr an: »Ich höre, was du denkst.«

Er erzählte mir eine kleine Geschichte: »Durch dieses Loch füllt Gott den Babys den Verstand ein. Wenn es bei dir noch offen ist, fehlt bei dir offenbar noch was.«

Er küßte mich dort: »Ich saug dir aus, was da ist, Michael.«

Mutter sagte: »Hör auf mit diesen Spielchen, Mordechai, das ist gefährlich.«

»Ich bin sicher, Dr. Jackson hat sehr, sehr gesunde Haferflokken, die offene Köpfe schließen«, erwiderte er.

Aber Mutters Tonfall drückte mehr Geringschätzung denn Sorge aus. Sie streichelte mich niemals dort, und wenn sie mir die Haare wusch, wusch sie nur um die Stelle herum, tat mir dann ein wenig Shampoo in die Hand und sagte immer die gleichen drei

Worte: »Dorten wasch selbst«, und ging weg, ließ mich einfach mit brennenden Augen und nicht geschlossenem Schädel zurück.

Gelegentlich kommen ferne Verwandte zu uns, unbekannte Joffes, klopfen – zornig oder verlegen – ans Hoftor und erbitten Zutritt. Zu ihren Lebzeiten hatte Amuma sie eingelassen, sich geduldig ihre Geschichten angehört, ihnen ihren Fundus an Ausdrücken ergänzt und sie sogar über geänderte Kodes und Losungsworte informiert. Aber Apupa, immer auf der Hut vor Möchtegernen und mit einem gerüttelt Maß an Argwohn und Hochmut ausgestattet, ging zu ihnen hinaus und fragte die Ankömmlinge erst mal geringschätzig, ob sie Joffes oder etwa Jaffes seien, das heißt die uns Unerträglichen, die den geheiligten Namen mit a schrieben, ganz zu schweigen von den Allerschlimmsten, die ihn Jaffé aussprachen, mit Betonung auf der Endsilbe wie das hebräische Wort für »schön«, und ihm *»Kwaß«* verursachten. Auch nachdem er diese ausgesiebt hatte, waren die Übriggebliebenen nicht zu beneiden. Apupa gab ihnen Rätsel auf, forderte Kenntnisse und Beweise, wie es Rachel – die heutige Sphinx des Joffe-Hofs – jetzt über die Gegensprechanlage an der Mauer tut: »Gehörst du zu den Joffes? Auf welcher Seite? Woher stammen deine Eltern? Und die Großeltern? Wo in Rußland? Welche Suppe eßt ihr? Womit deckt ihr euch zu? Auch im Sommer? Was fehlt Hannele? Was sagt ihr zu Beginn jeder Mahlzeit? Wem sind die Unterhosen abgefahren?«

Die Familie Joffe ist groß, hat mehrere Zentren und so einige Kreise. Es gibt die Joffes vom Joffe-Hof in der Jesreelebene, das heißt uns, die sich in ihren Mauern abkapseln und die übrige Welt, wenn überhaupt, aus dem günstigen Blickwinkel von der Anhöhe herab betrachten. Es gibt die Jerusalemer Joffes, ein feinsinnigerer und gebildeterer Trupp, als wir es sind, der sich in zwei Linien teilt: die Linie der Hebräischen Universität, deren Angehörige ebenfalls auf die übrigen Joffes von oben herabblicken, und die ultraorthodoxe Linie, separat und abgeschottet wie wir, die zusätzlich auch auf die von der Universität herabsieht. Rachel, die mit ihnen im Essen von Scharfem wetteifert – Knoblauch, Meerrettich, Chili, Würzpaste und sonstigen Greueln, auf die sie seit ihrer Kindheit erpicht ist –, behauptet, sie gründeten ihren Stolz »auf irgendeinen wichtigen Reb Joffe«, der ihre Dynastie ziere, und darauf, daß sie Hüter des Geheimnisses »der kochendheißen Suppe« seien, ebender Suppe, die Großvater immer haben wollte, »so heiß, daß der Löffel sich darin verbiegt«.

Dann gibt es die Joffes von Herzlija, die auch Zwillinge zur Welt bringen, aus randvollen Gläsern trinken, unter Federbetten schlafen und ebenfalls auf die übrigen Joffes herabsehen, denn sie sind mit »General Joffe«, einem Russen aus der Revolutionszeit, verwandt, aber ihr Hügel, sagt Rachel, ist keine Anhäufung von Erde, Bildung oder Glauben, sondern von Geldscheinen, und in der Mehrzahl seien sie »Zucchini«, das heißt paßten sowohl zum Braten als auch zum Kompott. Mit einem von ihnen knüpfte Ajelet Liebesbande an, ohne zu wissen, daß er zur Familie gehörte, und als sie sich nach ein paar Tagen die Mühe machte, ihn nach seinem Namen zu fragen, brachte sie ihn in unseren Joffe-Hof mit: »Guckt mal, was ich gefunden habe! Einen echten Joffe! Bei mir im Bett!«

Ein gutaussehender Bursche war er, mit Humor, und nachdem meine Tochter auch mit ihm Schluß gemacht hatte, erzählte sie, »er hat die meisten Ausdrücke tatsächlich gekannt, konnte die Rätselaufgaben lösen und hatte auch Zeichen.« Aber Rachel hat die Joffes von Herzlija in Verdacht, sie seien keine echten Joffes, sondern allerlei Hergelaufene, die sich vor vielen Jahren durch List und Geld eingeschlichen und angehängt hätten, und uns fehle mittlerweile die Energie und Zeit, nachzuforschen und auszusieben.

Auch Apupas zwei Halbbrüder, die sein Vater von seiner zweiten Frau hatte, kamen manchmal an: kleinwüchsige, muskulöse, schlanke, aber schwere Zwillinge, die sich ähnlich sahen wie ein Ei dem anderen. Apupa ignorierte sie demonstrativ, aber Rachel, die freundlicher und geduldiger zu ihnen war als ihr Vater, sagte, weil sie so winzig seien und einander so ähnlich sähen und weil jeder von ihnen ein Halbbruder von Apupa sei, dürften wir, »aus arithmetischen und humanitären Gründen«, die beiden zusammen als einen Bruder betrachten, der in jeder Hinsicht als rechtmäßig, ganz und erträglich gelten könne.

Sie setzten haufenweise Nachkommen in die Welt, und ich habe sie noch aus meiner Kindheit in Erinnerung, wie sie in einer Herde von Kleinlastern mit Vierradantrieb ins Dorf kamen, herauspurzelten wie Körner aus einem Sack, in Dreierreihen antraten und sich zum Hof auf der Anhöhe aufmachten. An der Spitze gingen die beiden Halbbrüder, danach ihre schnaufenden, fruchtbaren Frauen, auf denen ihre Kraft beruhte, denn sie waren dauernd schwanger und vergaßen daher nichts, hatten sogar einen besonderen Begriff für ihre Lage: »empfangen sein« statt »empfangen haben« – »schon wieder bin ich empfangen… auf den ersten Schlag… Du hast ja dort statt einer Gebärmutter eine Einwandererempfangsstation…« – und hinter ihnen der Kinderschwarm, Jungen und Mädchen, die ihrerseits wieder heranwuchsen und anfingen, empfangen zu sein und noch und noch Nachkommen mit schweren Kinnladen und zusammengewachsenen Augenbrauen zur Welt zu bringen.

Ihre kleinen, muskulösen Körper hüpften schwungvoll auf den kurzen, stämmigen Beinen, ihre niedrigen, zurückweichenden Stirnen – die normale Joffesche Stirn ist hoch, wenn sie auch nicht immer von dem zeugt, was eine hohe Stirn abdecken sollte – pflügten durch die Luft, ihre Affenkinnladen zogen ihre Köpfe nach vorn herab, und sie waren hoch bepackt mit Lebensmittelpaketen, Getränkekisten und aufgerollten Federdecken, weil sie, wie sie verlegen lächelnd sagten, ihren Gastgebern nicht zur Last fallen wollten.

Die großen Kinder wurden sofort in unsere Pflanzungen und Felder zum Arbeiten geschickt, mit der Anweisung, bei der Rückkehr unter dem Schlauch des Kuhstalls zu duschen und sich auf dem Hof Zelte aufzubauen – denn im Haus ist nicht genug Platz, und auf der Holzterrasse zieht Onkel David morgens seine Schuhe an, und Onkel David, Kinder, mag morgens nicht so gerne Menschen sehen, und genauer gesagt auch tagsüber nicht, und auch nicht abends oder nachts.

Ihre Gesichter nahmen damals bereits den ehrfürchtigen und respektvollen Ausdruck an, den man nach ihrer Meinung für die Begegnung mit dem obersten Joffe aufzusetzen hatte. Aber er selbst, Apupa, ignorierte sie, obwohl Amuma ihn stets vorher bat: »Es sind deine Brüder, David, sei nett zu ihnen!« Doch wenn er guter Laune war, zeigte er ihnen ein grimmiges Gesicht.

So oder so, jedesmal wenn sie kommen, fallen mir die Geschichten ein, die man bei uns über sie erzählt: Wie einer von ihnen einmal eine Petroleumlampe an eine Fliege hängte, die sie für einen Nagel gehalten hatten, und dabei die Scheune abbrannte, und wie sie nach Streitigkeiten untereinander – mindestens zweimal pro Monat – gleich zum Grab ihrer Mutter sausen, um dort eine Flasche *Schnaps* zu trinken, sich zu besaufen und zu versöhnen. Und es gibt noch eine Geschichte über sie, die auch mich betrifft: Als ich beim Wehrdienst verwundet wurde, eilten Apupas beide Halbbrüder und einige ihrer erwachsenen Sprößlinge herbei, um mir Blut zu spenden, »denn ein echter Joffe«, erklärten sie, »kann kein Blut von Fremden bekommen.« Als man ihnen im Krankenhaus erklärte, dafür gäbe es keine medizinische Grundlage, erwiderten sie: »Wir reden hier nicht von Medizin, wir reden von der Familienerinnerung.«

Aber vor lauter Enthusiasmus und Hingabe hatten sie vergessen vorauszubestimmen, wer von ihnen kein Blut spenden und sie nach Hause fahren sollte. Alle entblößten die Arme, alle spendeten Blut, und alle verloren ihr Gedächtnis. »Zweieinhalb Tage kutschierten sie im ganzen Norden herum, weil sie sich nicht mehr erinnern konnten, wie sie hießen und wohin sie zurückkehren mußten«, lachte Rachel. Letzten Endes erbarmte sich ihrer ein drusischer Grenzschützer, der ihre Kleinlasterkolonne immer wieder dieselbe entlegene Straße bei Hurfesch hatte auf und ab fahren sehen. Er identifizierte sie nach den Nummernschildern ihrer Wagen und holte ihre Frauen bei, die nie etwas vergaßen, weil sie dauernd schwanger waren.

Ferner gibt es schwindende Reste der Familie Joffe aus Netanja, zu deren Vorvätern »irgendein wichtiger russischer Physiker« gehörte, und mein Vater war, obwohl er es vehement leugnete, einer ihrer Söhne. Aber sie werden immer ferner und weniger, und wenn einer von ihnen auftaucht, werde ich nur ärgerlich, denn er erinnert nicht im geringsten an meinen Vater. Dann gibt es noch ein paar Oberhäupter kleiner Joffe-Familien und einige alleinstehende Joffes, hier ein bißchen, dort ein bißchen: einen verbitterten alten Kibbuznik, schon bis zum Gehtnichtmehr privatisiert, einen krummbeinigen Lebensmittelhändler aus Karkur [aus Hadera/aus Pardes Hanna], einen Lastwagenfahrer von kurzer Geduld und Hose, eine magersüchtige Professorin für alte Sprachen [*darauf eingehen, daß diese Gestalten anscheinend zum Teil erfunden sind]. Und auch sie kommen gelegentlich auf Besuch, weil sie das Bedürfnis haben, alte Streitigkeiten beizulegen, Siege zu melden, Aufgestautes abzulassen und Geleertes aufzufüllen, denn ein einzelner Joffe gilt als tot, und wie Uri sagt: »Sie kommen zum Einstufen, Aktualisieren und Abkassieren.«

Einige von ihnen, diejenigen, die am turnusmäßigen Schlafdienst bei Rachel teilnahmen, haben wir noch aus der Jugendzeit in Erinnerung. Andere, die wir monate- und jahrelang nicht sehen, kommen geflissentlich nur zu besonderen Anlässen. Fast die ganze Familie trat bei Amumas Beerdigung an, viele erschienen, als ein Joffe aus Herzlija bei einem Selbstmordanschlag ums Leben gekommen war, und ich nehme an, wenn Apupa mal stirbt, werden alle eintreffen. Dann können wir, wie Uri vorschlug, eine Joffe-Zählung durchführen und vielleicht auch DNA-Proben entnehmen und ihnen Sender um den Hals hängen.

So oder so, trotz der Blicke von oben herab, der Überheblichkeiten und gegenseitigen Distanzierungen ist die Joffesche Hierarchie allen klar und findet auch realen Ausdruck: Alle besuchen uns, die Joffes der Jesreelebene, aber wir besuchen keinen Menschen. Und wenn sich die Tore des Joffe-Hofs auftun und die Familie zusammenkommt, werden nicht nur die Möchtegerne entdeckt, sondern auch die wahren Zwillingspaare: In Herzlija gibt es eine Joffe, die meiner Mutter sehr ähnelt, ihr perfektes Ebenbild ist, bis auf den Vegetarismus, und einer ihrer kleinen Söhne trägt zwar noch keinen Schnauzbart und hat noch niemanden umgebracht, ähnelt aber sehr Apupas Vater, wie er auf alten Fotografien aussieht. Auch Ajelet hat noch einen Zwilling, der ihr – im Gegensatz zu ihrem offiziellen Zwillingsbruder Uri – erstaunlich ähnlich sieht: ein Doppelgänger männlichen Geschlechts, der den ultraorthodoxen Jerusalemer Joffes geboren wurde und aussieht wie ein hübsches, quirliges Mädchen, das sich hinter einem roten Bärtchen und goldenen Schläfenlocken verbirgt.

»Wenn ich ihn bloß sehe, fährt mir schon die Unterhose ab«, flüsterte sie mir einmal laut zu, als er mit seiner Familie den Hof betrat, »ich würde ihn zu gern abschleppen, damit er mir einen irren Kitzel macht mit seinen Schläfenlocken.«

»Dann schlepp ihn doch ab«, sagte Rachel nicht weniger laut.

»Hab's versucht«, fauchte Ajelet in ihrem schnodderig frechen Ton, »aber Nerali ist mir dermaßen ähnlich, daß auch er bloß Jungs liebt.«

Rachel lachte. Sie und ich, deren Sprache reicher ist als die der übrigen Bewohner des Joffe-Hofs – ihre dank Tschernichowski und der Bibel, meine dank ihrer –, lieben Ajelets Gassenslang, während Alona sich dagegen verwahrt: »Noch solche Ausdrucksweisen, die die Mieze von der Straße einschleppt.«

Auch im Ausland gibt es Joffes, vor allem in Rußland, unserem Ursprungsland. Dort erstrecken sich, wie in einem alten Atlas, die weiten Tundren, und darin lebt der große Stamm der Joffes, dessen Söhne – so erzählte uns Apupa, als wir Kinder waren – »so hochgewachsen sind wie Zedern und so stark wie Eichen, und sie haben lange weiße Bärte, noch länger als meiner, Gurte so breit wie Bettlaken, Fäuste so groß wie Wassermelonen und Stiefel, in denen ihr, meine Engel, bequem schlafen könntet.«

»Noch größer als deine Nagelstiefel?« fragte Gabriel mit aufgerissenen Augen, den Riesenaugen eines Frühchens.

»Haargenau so groß«, sagte Apupa. »Und dort in Rußland hat jeder von ihnen einen aufgerollten *Puchowik* hinter dem Sattel seiner Stute festgebunden, und auch sie geben alle möglichen Beinamen und trinken aus vollen Gläsern und essen kochendheiße Suppe, und auch sie, dort in Rußland, wohnen in Höfen mit Mauern.«

»Woher weißt du das, Apupa?« fragte ich.

»Weil mein Vater von dort stammt!« verkündete Apupa gewichtig. »Und eines Tages, ihr werdet's alle noch sehen, werden alle diese Joffes ihre Füße in die Stiefel stecken, ihre Gürtel umschnallen, ihre Federbetten zusammenpacken und herkommen.«

Obwohl ich wußte, daß Apupa, nach Art der Joffes, uns Dinge erfand, liebte ich diese Geschichte heiß und innig, und noch heute spreche ich immer wieder mit Gabriel darüber und auch mit Rachel, denn ich weiß, daß sie von ihm, ihrem Vater, die Melodie ihrer Geschichten und ihre Neigung zum Reimen geerbt hat, von der ich ebenfalls beeinflußt bin, wenn auch in der nicht ansteckenden und weniger schmerzlichen Form. Wann immer ich diese Geschichte erzähle, tritt ein Lächeln vom Herzen her auf mein Gesicht, denn auch sie, die Joffes aus Rußland, bekommen viele Zwillinge, auch sie erfinden Ausdrücke, auch bei ihnen gibt es stillende Mütter ohne Gedächtnis, und Loyalitätsfragespiele, und aufgebrachte Männer schütten Kartoffelpüree aus dem Fenster, weil es nicht richtig zubereitet ist.

Zu Beginn der russischen Einwanderungswelle bestellte Rachel tatsächlich sämtliche Telefonbücher aller anderen Vorwahlbereiche. »Die Russen kommen«, sagte sie zu mir, während ihr Zeigefinger glücklich die Liste der gedruckten Namen auf und ab glitt: »Es schüttet nur so! Olga Joffe, Elena und Boris Joffe, Gregory Joffe. Eine Sturzflut! Da kommt dieser und jener, Wadim, Jewgeni, Jefim, Leonid, Lydia, Matbee. Schau, Michael: Michael und Dr. Larissa Joffe, siehst du?«

Meine Fontanelle frohlockte. Dr. Larissa Joffe, Hals, Nasen, Ohren, Michael stänkert im Bett herum und schreibt Erinnerungen. »Natalia Joffe, Jelena Joffe, Sonia Joffe«, las Rachel weiter. Habt ihr denn keinen Mann geheiratet, oder hat ein Joffe euch seinen Namen gegeben und ist dann durchgebrannt oder gestorben? Stanislaw Joffe, Semjon Joffe, Lew Joffe – »Vielleicht rufen wir Lew an und laden ihn ein, bei dir zu schlafen?«

Uri installierte ihr ein elektronisches Telefonbuch mit Nummern, Namen und Adressen und fügte mit seinem Händchen für EDV noch eine Raffinesse ein: eine automatische Benachrichtigung über jeden neuen Joffe, der ins Telefonverzeichnis aufgenommen wurde. Erst vor einer Woche hat sie es mir gezeigt: Tonja Joffe und Frieda Joffe waren eingetroffen – »ich bin sicher, sie sind Zwillinge« – und Katharina – »wir haben auch schon eine Katharina«, Katharina Joffe. Katja. Die Große. Mit dem riesigen Abstand zwischen den Augen und dem Humor und den langen Beinen. Und Fania Joffe und Manja Joffe und Itta Joffe.

»Wer, meinst du, ist das, Fania Joffe?« Meine Tante bekommt einen träumerischen Ausdruck. »Setz mal dein Loch im Kopf ein, Michael, sei endlich mal zu was nütze...«

»Fania Joffe...«, sage ich, »sie kann Salzheringe zubereiten, die schwimmen können, ihre Suppe ist so kochendheiß, daß der Löffel sich darin verbiegt, und ihre Zwillinge, Genia und Juri, schickt sie mal aufs Technikum.«

Vor einem Jahr nun erschien auf Rachels Liste und in Ajelets

Joffe-Pub ein und derselbe Mann zu ein und derselben Zeit – ein Joffe, der nicht nur aus Rußland kam, sondern auch aus Apupas Geschichten: Einen Pferderiemen um den Bauch, Fäuste so groß wie Wassermelonen, schwere Arbeitsstiefel an den Hufen, bestellte er Suppe »heiß-heiß-heiß«, probierte, sagte *»cholodno«* und schob den Teller von sich.

Ajelet sprang sofort an seinen Tisch, und als sie ihn nach seinem Namen fragte, antwortete er: »Joffe, was sonst.«

»Prima«, sagte Ajelet, »auch ich heiße Joffe. Ajelet Joffe, sehr angenehm. Und du?«

»Dimitri Joffe. Vielleicht sind wir verwandt?«

»Kann gut sein.«

»Das ist Grund, du mir geben Arbeit. Was Jelet sagen, Dimitri machen.«

Anfangs arbeitete Dimitri als Putzmann und Türsteher, war bekannt als resoluter *Selektor* mit einer guten Nase für Unruhestifter, Schwindler, Selbstmordattentäter, Quartalssäufer und Nervensägen. Als Ajelet ihn fragte, wonach er entscheide, antwortete er: »Hier kommt keiner mit einer Wange höher rein.« Und kürzlich verkündete er Ajelet, der Wodka fühle sich bei ihr »einsam im Mund«, betrat die Küche, fügte dem Speisezettel einen Salzhering an, der einige ältere Gäste zu Tränen rührte, stadtbekannt wurde und, nachdem ein begeisterter Restaurantkritiker in der Zeitung darüber geschrieben hatte, sogar Trinker aus Tel Aviv in den Joffe-Pub holte.

Als Ajelet uns von ihm, der höheren Wange und seinen Salzheringen, »die kraulen können«, erzählte, verlangte Rachel, Dimitri »ohne Zögern und Zagen« zu sehen, jetzt auf der Stelle. Als er dann kam, konnte sie ihre Erregung nicht verbergen. Sie setzte ihm ein Glas Tee vor, das sie absichtlich nicht ganz gefüllt hatte. Prompt wies der Gast es verächtlich zurück, ja ließ es dabei nicht bewenden, sondern reagierte mit der spöttischen Frage: »Was kostet voll?«, die sofort in unseren Ausdrucksfundus aufgenommen wurde. Danach reichte man ihm einen Brotlaib zum Schneiden, und er drückte das Brot an die Brust, so wie wir es umarmen und schneiden. Rachel versuchte, ihn in ihren Schlafdienst einzureihen, und deklamierte ihm sogar den Spruch »so ist das bei uns in der Familie«, aber Dimitri sagte: »Was nicht muß, nicht tu.«

So wurde Dimitri Joffe – ein Mann meines Alters, der schon allerhand gewesen ist, nämlich Befehlshaber einer Katschuja-Batterie an der russisch-chinesischen Grenze, Bergbauingenieur im Ural und Lehrer an einem Polytechnikum, über dessen Art ich nichts Näheres weiß – die rechte Hand meiner Tochter. Sie vertraut ihm so sehr, daß sie ihm manchmal den Pub allein überläßt und uns besucht. Sie liebt Alonas Essen und beteiligt sich gelegentlich an den festen Treffen ihrer *Pashminas* – so nennt sie Mutters Freundinnen, die sich zu lauten Geburtstagsfeiern, Vorträgen »nur für Frauen«, Singabenden und einfachem Beisammensein treffen. *Pashmina* ist übrigens eine Sorte teurer Schals, die bei Alonas Freundinnen heiß begehrt sind und die sie einander kaufen.

Nachdem sie ein klein wenig getrunken haben, werden sie ordinär und bitten Ajelet um »aktuelle Informationen«.

»Welche denn?«

»Über das, was in der jüngeren Generation so läuft«, sagt eine von ihnen, die Alona mir einmal mit den Worten beschrieben hat: »Sie muß partout die Klamotten ihrer Tochter anziehen.«

Manchmal verläßt Uri sein Zimmer und kommt in die Küche, und wenn er dem Wunsch seiner Zwillingsschwester folgt und etwas kocht, genießt sie es ungeheuer.

»Komm bei mir arbeiten«, bietet sie ihm an.

Er lehnt ab: »Das würde nicht gehen. Wir sind kein Paar für die Arbeit.«

Uri kann wunderbar kleine, präzise Häppchen von sehr originellem Geschmack zubereiten, und Ajelets lustvoller Körper beginnt beim Essen auf dem Sitz zu tanzen. Sie hat einen Fleischtanz, einen Salattanz und einen Fischtanz, und wenn sie über Nacht bei uns bleibt, zieht sie sich morgens an wie früher als Kind – auf dem Bett stehend und hopsend.

»Du wirst es noch kaputtmachen!« weise ich sie zurecht. »Du bist schon ein großes Mädchen!«

»Wozu haben wir einen Bräutigam in der Familie? Der repariert's wieder.« Und lachend: »Hauptsache, du siehst deine Tochter glücklich. Ist dir das unwichtig?«

Sie weckt Uri, um ihm auf Wiedersehen zu sagen. »Komm, bei mir im Pub kochen, vergiß es nicht! Diese Pasta, die Vater nur für sich kocht, die mit dem versengten Salbei.«

Er lächelt verschlafen und drängt sie ab: »Ich geh nirgendwohin. Was wäre, wenn ich gerade wegginge, und die Frau käme?«

»Was ist mit meiner Freundin, die ich dir geschickt habe? Hast du sie getroffen?«

»Hab ich.«

»Und?«

»Kochendheiß, aber mein Löffel hat sich nicht verbogen.«

Gabriel und ich sind Frühaufsteher, manchmal gehe ich zu ihm und bitte ihn, mich zu einer Morgentour auf seinem Motorrad mitzunehmen, »auf eine kleine, schnelle Runde vor dem Kaffee der guten Partnerschaft«.

Fünfzehn Jahre waren wir, als er mich zum ersten Mal auf dem Motorrad spazierenfuhr, durch die Felder rings ums Dorf, und fünfundfünfzig waren wir vor ein paar Wochen, als er mich das letzte Mal mitnahm, vom Joffe-Hof zum Hadassa-Krankenhaus in Jerusalem. Diesmal in einer grauenhaften Nacht auf seiner schwarz-grünen Kawasaki 1100, und damals an einem vergnüglichen Morgen, auf Schimschon Schusters Matchless, die Gabriel geklaut hatte, worauf er sich innerhalb einer Viertelstunde das Fahren beibrachte, mich aufsitzen ließ und mit mir über die

Feldwege flitzte. Wir beide lachten wie verrückt, machten einen Whealy und sausten Schimschon davon, der uns mit Hupen und Schreien nachjagte, bis er im Rückspiegel Apupas galoppierende Stute und Apupa auf deren Rücken sah und das Gebrüll hörte.

Sogar der Bräutigam, dem jedes Kraftfahrzeug japanischer Herkunft zuwider ist, bewundert die Luftdüsen der Kawasaki und gibt zu, »in allem, was Saugen und Ausscheiden betrifft, hat sie einen klugen Motor.« Klug oder nicht, das Motorrad ist stark und sehr schnell, und ich sitze gern hinter dem breiten Rücken meines Vetters, singe im Sturzhelm und schließe die Augen. Den Helm hat mir Gabriel mitgebracht, und der Bräutigam hat ein hübsches, rundes Loch hineingebohrt, genau an der richtigen Stelle, wie das Loch, das er vor Jahren meinem Stahlhelm verpaßte.

»Sitz nicht da wie ein Futtersack. Spür mich!« rief Gabriel, die Stimme vom Motordonner gebrochen und von Windstößen abgehackt. »Stütz die Hände auf den Tank und leg dich mit in die Kurve.«

Meist düsen wir zur Hauptstraße hinunter, biegen nach Westen ab, fahren den Weg hinauf, den Großvater und Großmutter einst herabgegangen, und den Hang hinunter, den sie hochgestiegen waren, und schlagen an der Kreuzung die Richtung nach Nordosten ein. Eichen fliegen wie grüne Flecke vorbei. Gabriel legt sich, geübt und vergnügungslustig, tief in die Kurven, laute Wonnejauchzer entringen sich meinem Mund. Und wenn wir an dem kleinen Moschaw vorbeikommen, der früher mal Waldheim war, wo der »Hitler-Juge« aufwuchs, der unsere Tante Batja geheiratet hatte, läßt seine eine Hand die Lenkstange los und klopft mir an den Schenkel, um mir zu sagen, daß wir beide an dieselbe Frau denken.

Alona erwartet mich grimmig lächelnd auf den Haustürstufen: »Ihr Verrückten habt die ganze Stadt aufgeweckt mit eurem Auspuffgedröhne.«

»Das war seinetwegen«, sagt Gabriel zu ihr. Und zu mir: »Geh ihr Kaffee machen. Was bist du denn für ein Ehemann?«

»Trinkst du einen mit?«

»Nein, danke, ich geh die Mannschaft wecken«, und schon steckt er den Kopf in das bunte Zelt seiner Freunde, ruft: »Guten Morgen, Freunde, steht auf zum Dienst am Schöpfer«, und geht die vier Stufen zur Holzveranda an Apupas Haus hinauf. Früher wohnten dort Großvater und Großmutter mit ihren vier kleinen Töchtern, heute ist es ein reiner Männerklub: Apupa, Hirsch Landau, Gabriel, und in der Regenzeit, wenn ihr Wigwam leckt, auch seine »Geliebtenmannschaft«.

Jeden Morgen koche ich für Alona und mich Kaffee mit Milch, und wir haben eine – nach ihrer Ansicht schöne – Gewohnheit, die angeblich das bezeugt, was sie »gute Partnerschaft« nennt. Nicht nur die Joffes, auch die Liebe hat Beinamen, und wenn alle möglichen Experten und Interessenten anfangen, sie »Partnerschaft« zu nennen, ist das ein Anzeichen dafür, daß ihre Tage gezählt sind. So oder so, diese schöne Gewohnheit besteht darin, daß wir beide, meine Partnerin und ihr Partner, unseren partnerschaftlichen Kaffee aus einer partnerschaftlichen Riesentasse trinken, die eine von Alonas Freundinnen in einem Keramik-Workshop geschaffen hat.

»Was kostet voll?« fragt Alona, bestätigt mir immer wieder ihre Kenntnis der Joffeschen Sprache. Und wenn ich mich beeile, die Tasse ordnungsgemäß bis zum Rand zu füllen, sagt sie: »Ich finde es toll, daß wir so trinken.«

»Wie so? Mit Milch?«

»So gemeinsam: ich einen Schluck, du einen Schluck.«

Dann mustert sie meine Hose, lächelt resigniert: »Was soll am Ende aus dir werden?«

»Was ist denn?«

Sie deutet mit dem Finger auf einen Kaffeefleck. »Ach, Michael, Michael... Egal, was du machst, sauber bleibst du dabei nicht.«

So geht es heute, aber einst begann jeder Morgen mit Geräuschen, die aus Apupas Haus drangen: erst das dumpfe Stampfen seiner Schritte, dann der harte Schlag der Holztür, gefolgt vom leichten Peitschen der Fliegengittertür, und danach Stille. Die Vögel verstummten, das Gackern der Hühner endete, das ungeduldige Muhen der hungrigen Kälber brach mit einem Schlag ab – David Joffe erschien.

Zunächst blickte er ringsum, vielleicht würde er einen »Feind« entdecken, der nicht mehr hatte fliehen oder sich verstecken können. Doch zu seinem Bedauern war kein Feind in Sicht. Sodann setzte er sich auf die Stufe, neben seine Arbeitsschuhe Größe 52, klopfte sie auf dem Boden aus, um ihnen und den Skorpionen, die »nachts immer in die Schuhe krabbeln«, zu melden, daß der Hausherr nahte. Mit flacher, harter Hand schlug er auf den Boden, für jeden Skorpion, der nicht kommen möge, zog sie an, erhob sich, stampfte auf, zog die Schnürsenkel mit beiden Händen in symmetrischen Bewegungen stramm und band sie.

Anders als Großmutter, die schöne Pnina, meine Mutter und Rachel, die alle Linkshänderinnen sind, ist Großvater »Zweihänder«, das heißt ein Rechts- und Linkshänder, der beide Hände gleich stark und genau einsetzt. Das erfuhr jede Orange, die er pflückte, jede Kuh, die er melkte, jeder Mann, den er schlug. Gern würde ich hier auch die hübsche Wendung »und jede Frau, die er liebte«, anfügen, aber Großvater liebte nur Großmutter, und wie meine Mutter immer wieder betonte: »Sein Leben lang hat er keine andere Frau angerührt. Nicht mit einer Hand« – sie sah meinen Vater vorwurfsvoll an – »und nicht mit zweien.«

»Ein Mann muß hohe Schuhe tragen und sie gut, gut zuschnüren«, bestimmte Apupa und verwarf alle Arten von Sandalen, Halbschuhen, Reißverschlüssen und Schnallen. »Nur so wissen sie, daß man arbeiten muß.«

Ich sah gern seinen Händen zu, die so spiegelbildlich arbeiteten, einfädelten, strammzogen und verschnürten, die Hacke schwangen oder die Stute sattelten. Großvater sagte, diese Fähigkeit, wie auch seine Körpergröße, beweise, daß er ein Nachkomme König Sauls sei, aus dem Stamm Benjamin.

»Sie waren mit dem Bogen ausgerüstet und konnten mit der rechten und mit der linken Hand Steine schleudern und Pfeile mit dem Bogen abschießen. Von den Stammesbrüdern Sauls, von Benjamin«, zitierte er feierlich den Bibelvers, den ihm der Lehrer in der Schule der Moschawa gezeigt hatte, als ihm auffiel, daß der Junge mit beiden Händen schreiben, schlagen und Steine werfen konnte. So erzählte er uns, und schon wurden seine Züge schmerzüberflutet, und wir wußten, ihm kam die Erinnerung an Über-alles, Batja, der allein er diese Eigenschaft seiner Hände vererbt hatte und die er von all seinen Töchtern am meisten liebte.

Und Großmutter sagte: »König Saul? Wieso das denn? David ist Goliath.«

So sah und hörte ich ihn allmorgendlich, Tag für Tag, während meiner ganzen Kindheit, ausgenommen jenes eine Jahr von meinem fünften Geburtstag bis zum sechsten, denn damals stand ich mit geschlossenen Augen auf, zog mich mit geschlossenen Augen an und tastete mich zu Anjas Haus, damit sie das erste Bild des Tages wäre, und ausgenommen das Jahr von meiner Bar-Mizwa bis zu meinem vierzehnten Geburtstag, denn damals wuchs Gabriel, aus dem winzigen Küken wurde ein stattlicher Jüngling, und er stand nun ebenfalls früh auf, um sich Apupa beim Zeremoniell des Anziehens der hohen Schuhe und des Zerquetschens der niemals herauskommenden Skorpione anzuschließen. Das machte mich derart neidisch, daß ich im Bett liegenblieb, wo ich die beiden mit geschlossenen Augen und offener Fontanelle sah.

Aber seinerzeit, als Gabriel noch ein *Zipljonok* und Anja noch nicht erschienen war, waren wir dort nur ich, der Bräutigam und der Hund. Hunde bekamen bei uns übrigens keine Namen und Bezeichnungen. Jeder wurde, zu seiner Zeit, »Hund« genannt, und in seiner Abwesenheit »der Hund«. Ich stand, wie gewohnt, an meinem Zimmerfenster. Der Bräutigam, dessen Hinkebein, wie gewohnt, morgens mehr weh tat als nachmittags, lehnte, wie gewohnt, am Zaun. Und der Hund stand nach Hundeart: der Körper angespannt, das Gesicht freundlich, die Muskeln zitternd vor Liebe und Erwartung.

Apupa hatte seine eigene Art, Hunde zu dressieren: Kam ein neuer Welpe zu uns, ließ er Fremde, die ans Tor klopften, in den Hof ein, verlangte aber von jedem, den Welpen aufzuheben und ihn in das Faß in der Ecke zu setzen. Der Welpe jaulte dort, verängstigt und einsam, an die zwanzig Minuten. Dann ging Apupa hin, holte ihn aus dem Faß, streichelte und tröstete ihn, bis er sich beruhigte. So wuchsen bei uns Hunde heran, die Fremde haßten und ihn hemmungslos liebten.

Wenn er mit Schuheschnüren fertig war, blickte er uns an, ließ die Augen von einem zum zweiten und zum dritten wandern. Ich erwiderte seinen Blick und winkte freudig, der Bräutigam senkte die Augen, und seine Lippen bebten ein wenig, der Hund hüpfte und sprang, raste auf sein Herrchen zu, streckte den Hintern in die Höhe, tänzelte nach rechts, links und hinten und winselte wie irrsinnig.

Apupa tätschelte ihm den Nacken, und die beiden vollzogen die zweite Zeremonie des Tages: Sie pinkelten in die Ecken des Joffe-Hofs, um die Grenzen des Anwesens zu markieren. Sogleich verspürte ich ebenfalls einen Druck in der Blase und offenbar auch der Bräutigam, denn eines Tages faßte er Mut, trat zu ihnen und öffnete den Hosenladen. Der Hund knurrte drohend, Großvater streckte die Hand aus, und als der Bräutigam zu pissen begann, drückte er ihm seine Männlichkeit mit Daumen und Zeigefinger und sagte: »Du nicht!«

Und das war's. Mit stramm geschnürten Schuhen und klaren, duftenden Grenzen – *yalla, imschi, dajosch,* los: an die Arbeit und in den Krieg. Denn außer Erde zum Pflügen und Obst zum

Pflücken und Kühen zum Melken hatte Apupa auch »Feinde«, die es zu besiegen galt: dreiste Nachbarn, Staats- und Gemeindebeamte, Hirten, die ihre Herden auf die Felder führten. Und nicht nur Menschen: Er brüllte kalte Suppen an, zertrampelte Unkräuter, stritt mit widerspenstigen Rindern, kämpfte gegen die Ränke sturer Utensilien und übelwollender Geräte.

Letzteres mag dem gesunden Menschenverstand widerstreben, aber es ist eine Tatsache, daß Apupa Maschinen, die »absichtlich kaputtgingen«, verhaute, Schlüssel in Schlössern abbrach, die sich weigerten, so rum aufzugehen, wie er es wollte, und *»Strumente«*, die ohne die freundliche Anwesenheit des Bräutigams nicht funktionieren wollten, mit Füßen trat. Und das ganze Dorf kannte seinen Schrei: »Nicht so!...« Und das Brummen danach: »So!...«

Das »Nicht so!« erklärte dem Gerät, was es, nach Apupas Ansicht, nicht tun sollte, und das »So!« sagte ihm, was es, nach Apupas Ansicht, tun sollte. Und da die Joffes jeden Ausdruck flugs weiteren Zwecken anpassen, verwenden wir die beiden bei jeder Gelegenheit. Uri sagt sie seinem Computer, meine Mutter sagt sie zu Gästen, die nicht rechtzeitig die Kauseite wechseln, und Ajelet benutzt sie, nach eigener Aussage, häufig bei ihren *»Kavalieren«*.

Das Problem bestand darin, daß nicht alle *»Strumente«* bereit waren, von den Funktionsweisen abzugehen, für die sie von Natur aus geschaffen waren. Türen, die sich durch Ziehen öffnen sollten, wollten sich beim Drücken nicht auftun. Mähmaschinen bemerkten keine Steine, und wenn sie sie bemerkten, weigerten sie sich, zu ihren Ehren das Messerblatt zu heben. Das pedalbetriebene alte Schleifrad des Bräutigams übertraf alles: Es drehte sich stur nur im Uhrzeigersinn, verdarb Klingen und sprühte ihm seinen Funkenflug direkt ins Gesicht.

»Nicht so!« schrie er es an. »So!«, und versuchte mit Gewalt die Drehrichtung zu ändern.

»Wenn du dich auf die andere Seite stellst, Vater«, meinte Batja, »wirst du sehen, daß alles prima läuft.«

»Ich will aber nicht auf der anderen Seite stehen! Ich will auf dieser Seite stehen!«

Und da seine starken Hände den Schleifstein hielten und seine starken Füße das Pedal bearbeiteten, brach die Transmission, und sein Zorn verdoppelte sich.

Das war er, mein Großvater – ein Mann. Mit betontem M, beißendem a und donnerndem Doppel-n. Er machte nicht kehrt, blickte nicht zurück. Bullenstirn und Spatzengehirn. Bereute nicht seine Taten und vergoß keine Tränen. »Kurz gesagt«, reimte Rachel weiter, »ohne Scheu, ohne Reu, den Kopf voll Spreu.«

Er argwöhnte, er kämpfte, er eroberte und war immer auf der Hut: Man darf nicht auf der Seite schlafen, denn sein Vater hatte ihm gesagt, »das drückt auf die Milz und bringt schlechte Träume.« Man darf kein »Essen von Franzosen« essen – das heißt nichts, was nicht »was von Hühnersuppe«, »was von Püree«, »was von Braten«, Salzfisch oder Salat ist, denn sein Vater hatte ihm gesagt, das brächte Würmer. Und die Hauptsache: Man darf nicht mit den übrigen Dorfbewohnern verkehren, diesen Parasiten, diesen Nervensägen, »alles Kletten«, und man darf nicht erzählen, wie unsere Pläne für die nächste Agrarsaison aussehen, und insbesondere – man darf nicht mit den Schusters reden, sie nicht mal grüßen, denn sie haben uns zwei Fohlen gestohlen.

Dieser Diebstahl hatte sich, wenn überhaupt, lange vor meiner Geburt zugetragen, vielleicht sogar, bevor meine Mutter geboren wurde, aber Apupa fuchtelte mit seinen großen Händen und schrie von der Anhöhe herab, wie er heute unvermutet aus dem Inkubator schreit: »Die haben uns bestohlen!« Als wäre es erst gestern geschehen. Und als er uns an unserem ersten Schultag zur Schule brachte – Gabriel, »den Jägersohn huckepack«, und mich, »das Fohlen nach Mutters Geschmack« –, brachte er uns eine neue Gewohnheit bei. Vor Schimschon Schusters Haus blieben wir stehen, und Apupa rief: »Komm bitte raus, du Dieb, raus, raus, laß dich sehen.«

Gabriel und ich verstummten, horchten auf Schimschon Schusters bebende, lispelnde Stimme hinter der verschlossenen Tür und den verrammelten Läden: »Wasch für ein Mann bischt du denn, Joffe, dasch du blosch Töchter hascht? Wer soll Kaddiss für dich schagen, wenn du tot bischt?«

»Habt ihr diesen Ssimsson gehört, wie er sspricht?« spottete Apupa.

»Selbschtversständlich«, sagten wir, und Apupa lächelte hochzufrieden und sagte: »Fürsch Pferdesstehlen hat er Mut, aber zum Rauschkommen zu mir im Ssonnenssein verläßt er ihn.«

Am Schultor angekommen, setzte Apupa Gabriel von der Schulter ab, nahm seine schmale Hand, legte sie in meine und machte ein strenges Gesicht: »Paß auf ihn auf, Michael, ja?! Hand in Hand mit ihm bis zu seinem Stuhl im Klassenzimmer!« Dann strahlte er: »Und ich geh zu eurer Großmutter zurück, die sich so nach mir sehnt.«

Ich erinnere mich sehr gut an jenen Tag, aber nicht nur, weil es der erste Schultag war. Hand in Hand gingen wir, Gabriel und ich, in die erste Klasse, und als wir eintraten, erwartete uns dort die Lehrerin, und bei ihr war auch der neue Direktor der Schule, der uns anlächelte, jedem feierlich die Hand drückte und uns alles Gute wünschte.

Er hatte eine angenehme Hand und eine angenehme Stimme, und seine Haut roch angenehm nach Alkohol und Seife. Seine Khakihose hatte scharfe Bügelfalten, sein helles Hemd schlotterte ihm um den mageren Leib, darüber prangten die sonnengebräunte Glatze und das kluge Gesicht, und in der Regenbogenhaut seiner Augen sah ich das Lächeln seiner Frau.

»Guten Morgen, Kinder«, sagte er, »ich heiße Elieser. Ich bin der neue Direktor.«

Erstes Kapitel

Die Wanderung

Mein Großvater, Apupa, David Joffe, ist ein winziger, schwerer, vor Kälte zitternder Greis, von dessen einstiger Größe ihm nur noch sein Spatzengehirn und die beiden Riesenhände verblieben sind. Sein Enkel, mein Vetter Gabriel, lebt bei ihm im Haus, und zusammen mit seiner »Geliebtenmannschaft« und mit Hirsch Landau, dem Geiger, versorgt er ihn in allem. Aber früher einmal lagen die Dinge anders: Die »Geliebtenmannschaft« hatte sich noch nicht gebildet, Hirsch Landau wünschte Apupa den Tod, Gabriel, heute ein großer, breiter Mann, war ein winziges, verängstigtes, schreiendes Frühchen, das in einem Kükeninkubator heranwuchs, und Apupa, der heute in ebendem Inkubator liegt, war ein stattlicher und streitsüchtiger Mann mit den groben Zügen eines Satyrs, starker Stimme, kastanienbraunem Kopfhaar und weißem Bart.

»Nur sein Herz hat sich nicht verändert«, sagte Rachel, und schon wurde ihre Stimme sanft, ganz Legende und Melodie: »Er war voller Liebe und ist immer noch voller Liebe.« Die Liebe zu seinen Töchtern, die sein Same sind, die Liebe zu Gabriel, dem Küken, denn er ist sein männliches Kind, und seine größte Liebe, zu Amuma, die ungeachtet des Zeitverlaufs und der häufigen Streitereien immer tiefer wurde und auch Amumas Tod überdauerte.

»Wovon erzählst du mir diesmal?«

»Wie immer.«

Wenn Rachel erzählt, erzählt sie stets von Liebe. Die Familienchronik aus ihrem Mund ist schlicht die Chronik der Liebe, und wir, die Joffes in ihren Geschichten, sind nichts als Bügel und Leinen, um die Liebe zu tragen, denn »so ist das bei uns in der Familie.« Und von allen Liebesgeschichten der Joffes erzählt und hört sie die Geschichte »der Wanderung« am liebsten: über Apupas und Amumas Wanderung von »Süden« nach »Norden«, er geht und geht und geht, sie reitet auf seinem Rücken und weist ihm mit dem Finger den Weg.

David Joffe trug Nagelstiefel, und wir, Gabriel und ich, glaubten – mit Rachels Hilfe –, in seinen Schuhen hätte er gespaltene Hufe. Schnauzer und Bart kämmte er mit einem feinen Kamm, der – ich erinnere mich noch klar daran – einen schwarzen Rükken, aber wunderbarerweise weiße Zinken hatte. Er gürtete seinen Leib mit dem Bauchgurt eines Ackergauls und steckte die Peitsche hinein, die er *Kurbatsch* nannte. Er sagte uns, wir müßten unterscheiden zwischen »einer Peitsche, die peitscht« und »einer Peitsche, die verfolgt«, und verlangte, bei seinem Tod mitsamt seiner Peitsche begraben zu werden.

»Damit der Archäologe, der seine Überreste nach zwanzigtausend Jahren findet, ihn nach seiner *Kurbatsch* rekonstruiert«, sagte Rachel, fasziniert von der Geschichte, die Anjas Mann mir und ich dann schnellstens ihr erzählt hatte: von einem französischen Zoologen namens Georges Cuvier, »der anhand einer einzigen Rippe oder eines Backenzahns einen ganzen Dinosaurier vor sich sehen und rekonstruieren konnte.«

Häufig denke ich an diesen einen, einzigen Knochen, der ausreicht, um den ganzen Körper zu verstehen, vor sich zu sehen und nachzubauen. Apupa würde man anhand der Peitsche rekonstruieren, vielleicht auch nach seinen Schreien: dem »Die Suppe ist eiskalt!«, dem »So!« und dem »Nicht so!« Oder vielleicht gerade nach dem weichen, kleinen Handtuch, das er immer in der Hosentasche parat hatte, um sich den Schweiß damit abzuwischen.

Mich würde man anhand meiner Fontanelle rekonstruieren,

woraus denn sonst, meinen Vater – aus seinem amputierten Arm. Nicht nach dem Stumpf, der aus seiner Schulter ragte, sondern nach dem Arm selbst, bei dem ich als Kind oft rätselte, wo er geblieben oder versteckt oder weggeworfen sein mochte. In einem entlegenen Krankenhauslagerraum? In einem Glas mit Formalin? Auf einer besonderen Mülldeponie, auf der die Beine, Arme und Augen von Soldaten landeten? Und noch wichtiger: Ob wohl auch er, wie sein rechter Arm, nach Zitrusfrüchten duftete? Und könnte man, falls der Arm unauffindbar blieb, Vater anhand der Rippe einer seiner Geliebten rekonstruieren?

Den Bräutigam würde man nach seinem Hinken rekonstruieren, die schöne Pnina – anhand ihrer Blässe, Tante Rachel nach dem Flanellpyjama ihres toten Jungen. Meine Frau, Alona, wird man nicht rekonstruieren, denn sie ist einmalig, und die Wissenschaft weiß noch nicht genug über Kreaturen ihres Typs. Meine Mutter würde man nach ihrem Verdauungssystem rekonstruieren: angefangen bei den gesunden weißen Zähnen über die freundlichen Speicheldrüsen bis hin zu den reinen, disziplinierten Därmen, nach deren Funktion man die Uhr stellen kann. Uri braucht man nicht zu rekonstruieren, denn er hat sich Sicherungskopien angefertigt, bei Hirsch Landau nimmt man die Halsketten seiner Frau Sara, und bei Ajelet...

»Endlich ist dir auch deine Tochter eingefallen?« ruft sie hinter mir.

»Was machst du denn hier?« schrecke ich auf.

»Das Mädchen Ajelet mit dem blauen Sonnenschirm«, lacht sie vergnügt. »Was erschrickst du denn so, Vater?«

Amuma konnte Peitsche und Gurt nicht ausstehen. Sie sagte, ihr Mann laufe »wie ein Gockel« herum, und er schnaubte verächtlich: »Ein Mann muß immer bereit sein!« Und die Peitsche, verkündete er, sei »für alle Fälle, die nicht eintreten sollen«, gedacht.

Bis dieser Fall eintrat, begnügte sich Apupa damit, auf Baumstämme, die nicht rechtzeitig flüchteten, einzupeitschen und blaublühende Disteln zu köpfen. »Schau, Gabriel, wie die verfolgende Peitsche verfolgt«, sagte er und schwang seine Peitsche gegen ein hilfloses Opfer, dessen Wurzeln es an den Boden nagelten. Manchmal versuchte er auch, mit der Spitze zu knallen wie ein gewisser arabischer Löwendompteur, den er, wie er uns erzählte, als Kind im Zirkus gesehen hatte.

Der Zirkus war nach Jaffa gekommen, hatte sein Zelt aufgeschlagen, aber nur eine einzige Vorstellung gegeben.

Apupa: »Nu, meine Engel, fragt – warum nur eine?«

Gabriel und ich: »Nu, Apupa, warum nur eine?«

Weil Apupas Vater, noch mehr Mann unter Männern als sein Sohn und enttäuscht darüber, daß der Dompteur den Kopf nicht in den Löwenrachen gesteckt hatte – wie auf den Zirkusplakaten angekündigt –, die Manege bestieg, mit dem Fuß auf den armen Mann eintrat und ihm das Knie zerschmetterte, ja, damit nicht genug, auch noch den Löwen selbst mit schrecklichem Gebrüll anfiel. Der Löwe erschrak dermaßen, daß er zerbrach und in zwei Richtungen flüchtete, denn er war nichts als »zwei schwindlerische Zigeuner«, mit Schwanz und Mähne verkleidet. Apupas Vater, der Küfer in Baron Rothschilds Weinkeller in Rischon Lezion war, ärgerte sich sehr, denn er hatte noch einen Haufen Kraft, aber niemanden, an dem er sie hätte auslassen können. Deshalb nahm er die Eisenstange, die der starke Mann des Zirkus ein paar Minuten zuvor zum Kreis gebogen hatte, bog sie wieder gerade, verbeugte sich vor dem applaudierenden Publikum und verließ die Manege.

Jetzt liegt die *Kurbatsch* im Schrank, bei Batjas und Amumas Kleidern, und Apupa liegt in Gabriels altem Inkubator, ein frierender kleiner Zwerg mit weißem Bart und riesigen Händen, und manchmal, wenn ein böser Geist ihn ängstigt, holt Gabriel ein Kleid aus dem Schrank und gibt seinem Großvater eine ›Vorstellung‹. Jeder andere Mann in Frauenkleidern würde Apupa *Kwaß* verursachen, nicht jedoch Gabriel. Er gibt seine Vorstellung, und Apupa lächelt ihn aus seinem beheizten Kasten an, den der Bräutigam gebaut hat: Zunächst, um darin normale Küken auszubrüten. Dann, um darin das Küken zu wärmen, das seine Frau nicht ihm geboren hatte. Und heute wärmt die Kiste Großvater, der im Alter auf ihre kleinen Maße zusammengeschrumpft, aber schwerer als all ihre Vorbewohner zu wärmen und auch sehr schwer zu tragen ist.

So liegt er darin, und die Zeit, die große Trösterin, trägt ihn, wie die Amme den Säugling, langsam, langsam. Mit einem leisen Wiegenlied – so leise, daß nur Joffes mit offener Fontanelle es hören können. Den übrigen Joffes, und sonstigen Menschen erst recht, hört sich die Zeit an, als schweige sie. [*Tut sie aber nicht, meine Geliebte, nein, keineswegs.]

Nun denn, von all den »Dingen zu Anfang der Liebe«, den Dingen, die »sie nachher ein ganzes Leben lang erhalten«, gleicht nichts dieser »Wanderung«. Und wie von den anderen Dingen hörte ich auch darüber von Rachel. Im Dunkeln, unter ihrer federnen Grabplatte, in den Flanelltotenkleidern ihres verstorbenen Jungen, umhüllt von den Kissen ihres Bettes und ihrem alten, weichen Körper, der sich mit verzweifelter Kraft an meinen Leib drückte, ohne Leidenschaft.

Wenn Joffes »die Wanderung« sagen, meinen sie die Wanderung, auf die Großvater und Großmutter vor Jahren auszogen, die Wanderung, die die Joffes in die Jesreelebene führte. Sie begann an jenem Tag, als der junge David Joffe die junge Mirjam Joffe auf den Rücken nahm, und endete hier, als er sie auf dem niedrigen Hügel absetzte, auf dem der Joffe-Hof entstand, den später Mauern umgaben und ein Dorf, das zur Stadt anwuchs, die den Hof heute belagert wie ein Söldnerheer eine Festung.

»Überleg dir mal«, sagte ich in einem der schwersten Momente des Gewaltmarschs am Ende der Grundausbildung keuchend zu Gabriel, »überleg dir mal, daß Apupa eine noch längere Strecke gegangen ist, und das mit Amuma auf dem Buckel, die schwerer war als drei Einsatzkisten.«

»Aber auch angenehmer als drei Einsatzkisten«, sagte Gabriel, streckte seinen langen hilfreichen Arm nach meinem Steißbein aus und schob mich den steilen Hang hinauf. Mein leichtes Asthma hatte ich bei der Musterung verbergen können, aber Gabriel wußte davon.

»Viele Menschen gingen damals zu Fuß, waren im ganzen Land unterwegs« – zogen auf Wanderschaft, wollten einen Ort, an dem sie Wurzeln schlagen konnten, suchten Arbeit, suchten Antworten, handelten mit Ideen und Prophetien.

[*Man könnte Rachels Feststellung fortentwickeln: »Weil sie keinen Groschen hatten, fing der Zionismus mit Ideenhökerei an.«]

Das Land, heute drangvoll und verschwitzt, breitete sich ihnen zu Füßen aus – oder schien es ihnen nur so –, lag dankbar auf den Knien. So geliebt, daß sie es jungfräulich nannten. So jungfräulich, daß es ihnen leer aussah. So leer, daß sie es für groß hielten. Manche brauchten Einsamkeit und gingen allein, manche brauchten den Mitmenschen und gingen in Gruppen. Aber Apupa und Amuma brauchten keinen Menschen und suchten nichts. »Sie hatten einander gefunden, und damit war ihre Welt so voll, daß alles Zusätzliche sie nur erstickte. So ist das bei uns, oder richtiger, so war es bei uns mal, in der Familie.«

»Während sie gingen«, sagte Rachel, »trug er sie auf dem Rükken, und wenn sie zur Rast anhielten, blieb er stehen, und sie saß in seinem Schatten.«

»Wirklich gute Partnerschaft«, bemerkte ich, und Rachel lachte ihr Dunkelheitslachen, das mir im Nacken blinkt, immer an derselben Stelle, und sagte: »Dein Großvater ist ein einfacher Mann. Es hatte ihm sicher jemand gesagt, heiraten bedeute, eine Frau nehmen, und da hat er auch das im einfachen Wortsinn verstanden: nahm seine Frau auf den Rücken und *yalla, imschi, dajosch*, los.«

Die Einzelheiten der Geschichte ertönen immer wieder, besuchen uns, wie eine Frau zu einem alten Liebhaber zurückkehrt, um zu prüfen, ob sie noch Verführungskraft in sich hat und die Fähigkeit, den Eigentumsvertrag zu erneuern. Und wie jede häufig wiedererzählte Familiengeschichte hat auch sie bereits mehrere Versionen: Bei allen traten Amuma und Apupa am Morgen nach ihrer Hochzeit »die Wanderung« an, und nach allen trafen sie Hirsch Landau, den Geiger, und seine Frau Sara Landau, den Vater und die Mutter des Babys, das geboren werden, den Beinamen »der Bräutigam« erhalten und die schöne Pnina zur Frau bekommen sollte. Aber nach Rachels Version ritt Amuma während der ganzen Wanderung auf Apupas Rücken, und nach der Version des Bräutigams trug Apupa Amuma nur dann, wenn sie müde wurde.

Ein Detail der Wanderung, das von Version zu Version unverändert bleibt, ist der Moment ihres Beginns, denn bei jeder Wanderung ist das wichtigste der Anfang, der erste Stoß oder Zug, jener feste Zeitpunkt [das genaue Zeitmolekül, bewahrt im Bernstein der Geschichten], der Augenblick, in dem David Joffe Mirjam Joffe die Hand reichte und die zwei Worte sagte, die Rachel und ich, Alona und ihre Freundinnen, Ajelet und Uri, Gabriel und seine »Geliebtenmannschaft« bis heute nachahmen können: »Auf, auf!«

»Die Sache war so ...«, beginnt Rachel die Joffesche Einleitung, um zu sagen: »Alles, was ihr von hier an hört, ist wahrheitsgetreu.« An der Straßenseite war eine niedrige Mauer. Er half ihr hinauf, drehte ihr den Rücken zu und trat ein Stückchen zurück. Als er ihre Schenkel seine Schultern berühren spürte, machte er einen Schritt vorwärts, und alle Mitglieder der Joffes, jeder an seinem Ort und unter seinen Umständen und zu seiner Zeit, sagt sein »Auf, auf!« Und Mirjam sprang, als höre sie uns allesamt, von der Mauer auf seinen Rücken. Ihre Arme schlangen sich um seinen Hals, ihre Brüste drückten sich an seine Schulterblätter, ihre Schenkel umklammerten seine Lenden, ihr Lachen lief ihm den Nacken hinunter. Apupa war in Realität und Erinnerung ein und derselbe, aber Amuma war doppelt. Diejenige, die Gabriel und ich kannten, war härter und bitterer als die, die in den Geschichten – sogar ihren eigenen Geschichten – vorkam.

»Hü!« rief sie und bohrte ihre Fersen in sein Fleisch. Kein Wildpferd war je mit solcher Süße, Liebe und Entschlossenheit gezügelt und besprungen worden. Er wandte den Kopf, um ihr Gesicht zu sehen, heiß, gerötet und nahe an seinem, lupfte sie ein wenig, um sie höher und besser zu schultern, und dann, ungeachtet der Blicke, Tuscheleien und zeigenden Finger, schlug er den Weg nach Norden ein, die sanft abfallende, sandige Straße hinab, die später leicht anstieg.

Schnell schritt er dahin, den Kopf leicht geneigt, bis er aus der Moschawa hinaus war, faltete dann die Hände überm Bauch, damit sie fester saß, und zu ihrer Belustigung sprang er wie ein Pferd und wieherte wie ein Esel, tat so, als strauchle und falle er, damit sie in gespieltem Erschrecken kreischte, umarmte und lachte. Und sie kletterte zuweilen höher, saß wie ein Kind auf den Schultern des Vaters und deutete an jeder Biegung: »Dahin!«

Der Weg führte auf und ab über Rotlehm- und Sandhügel, mäanderte zwischen Kaktushecken, Zypressenwänden, jungen Orangenhainen und alten Sykomoren. Auf einem Feld wurden sie von Bienen überfallen, und Mirjam schrie vor Angst. David sammelte einige aus ihrem Haar und erteilte ihnen Schelte. »Beruhig dich, Mutter«, sagte er zu ihr, »ich kenne mich mit ihnen aus. Wenn du bei mir bist, tun sie dir nichts.«

Viele Männer nennen ihre Frau »Mutter«, aber erst, nachdem sie Mutter ihrer Kinder geworden ist. David Joffe nannte Mirjam Joffe von der ersten Begegnung an »Mutter«. Übrigens erhielt sie ihren familienüblichen Namen »Amuma« von Gabriel, der das »*Ima… Ima… Ima…*« – »Mutter… Mutter… Mutter…«, das er ringsum hörte, verdrehte oder womöglich verbesserte. Und in jenen fernen Nächten, nachdem sie ihn verlassen hatte, rief er sie immer wieder so. Zuerst schied sie aus seinem Bett, dann aus seinem Haus und schließlich aus ihrem und seinem Leben – »ließ ihn in dieser Ritze liegen, zwischen ihrem Tod, der schon da war, und seinem, der es noch nicht war«.

»Es gab keine Nacht, in der ich ihn nicht so nach ihr rufen gehört hätte«, sagte mir mein Vetter, »›Mutter… Mutter…‹, leise, flüsternd, aber klar und kräftig.«

Auf dem Weg westwärts nach Jaffa, zwischen Tagelöhnern und gemüsebeladenen Eseln, sagte sie ihm, sie habe Angst, die arabische Stadt zu betreten, und noch mehr fürchte sie, er, David, könnte ihretwegen sein Heldentum demonstrieren wollen. Und als sie zum Brunnen Abu Nabud kamen, der kleinen Jaffaer Fontanelle, die damals kühles Trinkwasser für die Durstigen spendete, legte sie die Hände an seine Schläfen, drückte und lenkte ihn auf den Pfad zur Rechten, anfangs an einer gekalkten, duftenden Mauer entlang, über die Mispelzweige und Palmwedel lugten, dann nordwärts durch eine kleine Wüste mit niedrigen Sträuchern und gelben Hügeln.

Zum ersten Mal spürte sie, daß er sich anstrengen mußte. Seine breiten Füße sanken etwas ein, hier und da stöhnte er beim Erklimmen lockerer Dünen. Sie kühlte ihm mit einem feuchten Tuch den Nacken, und er lächelte dankbar. Noch ein paar Ächzer und Schnaufer, noch zwei große Sykomoren, und schon sahen sie die wenigen kleinen Häuser der jungen Stadt Tel Aviv verloren im Sand.

Hier ließ sie ihn bei ein paar Arbeitern, die Backsteine herstellten, anhalten, stieg ab und verhandelte mit dem Vorarbeiter. Als der Tag sich neigte, erhielt David seinen Lohn und gab ihn ihr: Brot und Oliven, ein Stück Käse, ein paar Orangen und Münzen. Und nach Sonnenuntergang, als sie im sandigen Schoß eines der Hügel lagen, kam ein kleiner Junge und brachte ihnen eine kühle süße, halbe Wassermelone, und ehe sie noch danken und ihn nach seinem Namen fragen konnten, war er schon geflüchtet, und kein Mensch hätte gewußt, daß er einen Moment lang unsere Familiengeschichte berührte, hätte Apupa ihn vor einigen Tagen nicht plötzlich erwähnt, als er auch ihm aus seinem Inkubator hinaus nachweinte: »Komm, Kind, komm.«

Ein orangeroter, runder Mond ging auf. David umarmte Mirjam. Sie lächelte und sagte zu ihm den Satz, den er so gern hörte: »Du machst *Quetsch* aus mir.« Ein Gecko fiepte schrill und verstummte. Drei Schakale huschten auf leisen Sohlen vorbei, zeigten an, daß gleich etwas passieren würde. Tatsächlich drang einige Minuten später Geigenklang aus einem Haus, und Mirjam Joffe stand, ganz verzaubert, auf und sagte zu ihrem Mann, sie müsse sich das aus der Nähe anhören.

Zum ersten Mal erfuhr Apupa damals von der großen Liebe seiner Frau zur Musik. Ihre Hand bedeutete ihm, ihr zu folgen, und so ging er, halb grimmiger Wächter, halb neugieriges, verlegenes Kind, bis sie vor dem Haus innehielt, aus dem die Klänge kamen. Durchs offene Fenster sah man einen kleinen, schlanken Jüngling mit schmalen Lippen und Hakennase, der ein paar Leuten vorspielte. Eine große, streng blickende junge Frau saß neben ihm und drehte die Notenblätter um. Ihre Unterlippe war sehr fleischig, und das Licht der Kerosinlampe brach sich in der Kette von goldtransparenten Steinen um ihren Hals.

Mirjam trat näher, und David sah, daß dasselbe Licht einen fremden, glitzernden Tränenstreifen auf ihrer Wange nachzeichnete. Er wurde traurig. Sogar sein Spatzengehirn begriff: Selbst wenn sie ihr Leben lang auf seinem Rücken reiten, in seinem Bett liegen, sein Brot essen, seine Kinder gebären und ihm den Weg weisen sollte, würde sie doch immer eine eigene Welt haben, die über ihre gemeinsame Welt hinausging, samt Melodien, um sich darin zu verschanzen [um sich darein zu hüllen, und Wegen zum Zurückziehen], zum Entschlüpfen, und den Grenzlinien ihrer Tränen, um sich dahinter einzugraben. Aber auf wunderbare Weise gefiel ihm der Gedanke, daß er eine Frau wie sie erhalten hatte, und statt das Kommende zu fürchten oder sich zu ärgern – lächelte er dankbar.

Sie schliefen in einer kleinen Mulde zwischen zwei Sandhügeln, er auf dem Rücken, ein Auge offen, und sie – in Angst vor Schlangen – schmiegte sich ihm an Brust und Lenden und schlief so, völlig ruhig. Am nächsten Morgen standen sie vor Tagesanbruch auf und setzten ihre Wanderung fort. Zuerst hielten sie ein wenig nach Westen, und als sie den Strand erreicht hatten, gingen sie nordwärts an der Wasserlinie entlang, denn im feuchten Sand sinken die Füße nicht ein.

Die Sonne war noch nicht aufgegangen, aber der Osten wurde schon rosig. Der volle Mond, jetzt weiß, schickte sich an, ins Meer einzutauchen, und auf einmal drehte Mirjam David im rechten Winkel nach links, zu dem Silberstreifen, der auf den Wellen tanzte.

»Führ mich auf diesen Weg«, sagte sie.

»Er hat keinen Moment gezögert«, schwenkte linksum und ging auf ihr Geheiß geradewegs ins Meer, während sie auf seinem Rücken lachte und sang. »Und auch, als ihm das Wasser bis zum Halse stand und dann seinen Kopf bedeckte« – stapfte er weiter, bis er spürte, daß ihre Hand ihn gewaltsam an den Haaren zog, und er ihre Kleinmädchenschreie hörte: »Genug, genug, David, hör auf, geh raus! Geh raus und komm zurück!«

Unterhalb des muslimischen Friedhofs droben auf dem Kliff passierten sie eine Karawane von Kamelen, die Baukies beförderten und Apupa neugierig beäugten, denn so ein Lasttier wie ihn hatten sie noch nie gesehen.

»Und wohin jetzt?« fragte er sie, als sie den Jarkon erreichten.

»Ich zeige dir, wo wir rüberkommen.«

Sie setzte ihre Füße in die Steigbügel seiner Hände und stellte sich auf, hochgereckt wie ein Reiter in seinem Sattel. So suchte sie die Ufer des Flusses ab, bis sie eine passende Furt entdeckte. Sie blickten ringsum, sahen, daß kein Mensch da war, und legten die Kleidung ab. David verschnürte sie mit ihren sonstigen Habseligkeiten, hielt das Bündel über den Kopf und schwamm ans nördliche Ufer. Er ließ es dort und kehrte zu Mirjam zurück, die versteckt auf ihn wartete, nackt und weiß wie ein Fischreiher im Schilf.

»Als du dort hinschwammst«, sagte sie, »dachte ich mir im stillen: Was soll ich machen, wenn du nicht zurückkommst und ich hier allein zurückbleibe?«

»Ich werde immer zurückkommen«, lachte er. »Ohne dich weiß ich doch nicht, wo's langgeht.«

Sie glitt übers Wasser, auf seine Schultern gestützt, und er schwamm mit angehaltenem Atem unter ihr. Sein Kopf war völlig unter Wasser, aber seine Ohren hörten plötzlich eine Melodie summen. Mirjam dachte, er könnte sie unter Wasser nicht hören, aber David hörte und erinnerte sich: Es war die Melodie des Vortages, die der kleine Geiger für die korpulente Frau gespielt hatte, die goldtransparente Steine am Hals trug.

Seine Füße berührten den Boden des Gegenufers. Sie kletterten zum Gras am Flußufer hinauf, Amuma setzte sich in die Sonne, um in ihrer Wärme trocken zu werden, und David streckte sich aus und legte den Kopf auf ihre Schenkel. Ihre Hand spielte mit seinen Haaren, und sein Leib erschauerte.

»Streichle mich, Mutter, auf dem Kopf«, sagte er.

Amuma sagte: »Ich streichle dich, David, spürst du's nicht?«

Sie streichelte und führte die Finger durchs Haar wie eine Forke durchs Getreide und flüsterte ihm Dinge zu, die er nicht alle verstand und nicht alle hörte. Als sie einigermaßen trocken geworden waren, richtete sie sich auf: »Komm, David, ziehen wir uns an und gehen weiter.«

»Wohin, Mutter?«

»Nach Norden«, sie deutete wieder mit der Hand.

»Bis wohin?« fragte David.

»Bis ich dir sage, ›hier‹.«

»Wohin ihr Herz begehrte, trugen seine Füße sie«, erzählte Rachel.

Und Ajelet, von hinter ihrem Vater, sagte: »Das ist ein schöner Satz, hier kannst du auf ein anderes Thema übergehen.«

So sagt der Bräutigam: »Von hinter...«. »Er sitzt von hinter dem Tisch«, »er arbeitet von hinter dem Haus«, »ich mag diese Methode des Tischlerlehrlings nicht, den Bleistift von hinter das Ohr zu stecken.« Von ihm ist dieses »von hinter...« in die Sprache der Joffes eingegangen, und Ajelet, die ebenso wie ihre Mutter mit einem scharfen Ohr für Familienausdrücke gesegnet ist, erzählte mir einmal, sie arbeite »von hinter dem Bar-Tresen.«

Der Bräutigam, der ihr das abgebrochene Studium und die Wohnungsmiete finanziert hatte, regte sich auf – sah darin einen Bruch seines alten Abkommens mit Apupa.

»Wieso arbeitest du denn auf einmal? Brauchst du Geld?« fragte er, mißtrauische Schatten in den Falten seines Gesichts.

»Mädchen brauchen immer Geld«, lachte sie. »Jungs zu verwöhnen ist was Teures.«

Auch diesen Ausdruck hatte sie von ihm übernommen. So fragt der Bräutigam jedesmal, wenn bei uns einer was Neues kauft, vom Nähfaden bis zum Schnürsenkel, vom Auto bis zu einer neuen *Pashmina*: »Ist das was Teures?« Aber diesmal ließ er sich von ihr nicht ablenken.

»Brauchst du mehr Geld? Warum sagst du mir das nicht?«

»Ich hol mir Geld zwischen den Sofakissen, dort gibt's immer Münzen, die einem dösenden Joffe aus der Tasche gefallen sind.«

»Was ist das denn für eine Arbeit, die Mädchen bei Nacht tun?«

»Ich hab eine *Bierstube*. Ich arbeite ›von hinter der Bar‹ und hör mir die Geschichten von Betrunkenen an.«

Er erkannte seinen Stil in ihrer Ausdrucksweise und schmunzelte. »Von hinter der Bar in deiner Bierstube?« Er klopfte ihr auf die Schulter: »Du bist völlig in Ordnung, Ajelet, du bist spitze.«

Jetzt änderte sich die Küstenformation. Die beiden gingen nicht mehr hart an der Wasserlinie, sondern über die Kalksandsteinfelsen, die am Strand aufragten. Hier waren sie noch nie gewesen, und die Welt leerte sich, wie ihnen schien, zusehends. Noch eine letzte große, einsame Moschee wies himmelwärts, daneben lagen ergeben die Ruinen einer alten Kreuzfahrerfestung, und fortan war kein Anzeichen menschlicher Besiedelung, ob neu oder alt, mehr zu sehen, nur zerklüftete Kalksandsteinfelsen, die bedrohlich aussehen wollten, jedoch dem Auge angenehm und dem Fuß bequem waren, grüne Wellenhügel, die an den Strand schwappten, listig weiche Sandhügel, die dabei ihren Ort veränderten und leise lachten, und bläßliche Eidechsen, die von einem Grasunterschlupf zum andern huschten, so flink, daß ihr flitzender Körper dem Auge unsichtbar, nur als Rascheln wahrnehmbar war und nur ihre Fußabdrücke von ihrem Dasein zeugten.

Hier und da wuchsen Sträucher, krallten sich sturmgebeugt in den losen Boden. Der Wind hatte Sandhäufchen aufgeweht und an die hartnäckigen dünnen Stämme gepreßt, und ihre kleinen Blätter saßen dicht gedrängt. Reben krochen verzweifelt dahin, da ihre Ranken weder Halt noch Lenkung fanden. Und Feigenbäume, von Vögeln im Sand gesät, waren seltsam anzusehen, denn die Seewinde hatten sie zwergenhaft gemacht, aber ihre großen, süßen Frühfeigen waren peinlich frühreif, wie kleine Mädchen, die mit Brüsten wackeln, die vorzeitig erblühten [die früh heranreiften], die vor ihrer Zeit bereit waren.

Amuma lehnte den Kopf an die Schulter ihres Mannes, und er spürte sogleich, daß sie eingeschlafen war, denn sobald sie die Augen schloß, wurde sie schwerer, und wenn sie dann tiefer schlief, fing sie an, zu reden und zu singen und zu murmeln. Er verstand zwar ihre Schlafsprache nicht, aber sein Herz weitete sich, seine Lungen schwollen, und trotz ihres Gewichts wurden nicht nur seine Schritte, sondern auch seine Gedanken weiter und leichter.

»Noch Jahre später, ihr ganzes gemeinsames Leben lang, sogar nach ihrem Tod, spürte er sie auf dem Rücken. Ihre Schenkel an seinen Hüften, ihre Brüste auf seinen Rücken gedrückt wie zwei Stempel.«

»Da so, Michael«, sagte Rachel, drückte die eine alte Brust an meinen Rücken, »bleich und weich«, und kicherte, »noch eine sogleich.«

Und ihren Atem spürte er weiter in seinem Nacken brennen. »So Michael.« Rachel näherte den Mund meinem Nacken und blies, heftete noch einen Jungen an den Türpfosten der Familie. »So. So daß er es auch heute noch spürt, selbst nach ihrem Tod. Denn die Haut erinnert sich an die Wärme und die Stelle und den Druck und die Luftbewegung, wie ein Strick die Stelle in Erinnerung behält, an der mal ein Knoten war, und wie das Auge die Mohnblumen auch dann weiter sieht, wenn es geschlossen ist.«

»Es gefällt mir, dich so zu tragen, Mutter«, sagte Apupa, versuchte ein Gefühl auszudrücken, das er nicht in Worte zu fassen wußte. Ich werde ihm ein wenig helfen, denn trotz aller Streitigkeiten helfen die Joffes einander: Er fühlte sich wie ein Seemann, wie ein Entdecker ferner Länder, der – wohin er auch segelt – seinen Leuchtturm auf der Schulter trägt.

Apupa hatte seine eigene Mutter verloren, als er acht Jahre alt war. Ein halbes Jahr später behauptete eine Frau, sein Vater habe sie geschwängert, und nötigte ihn zur Eheschließung. Die Schwangerschaft erwies sich als erfunden, aber abgesehen von dem »Plon« oder »Plon mit o« – so nennen die Joffes das, was andere Menschen als »Machenschaft« bezeichnen – hatte die zweite Frau offenbar auch einige Vorzüge, und die Ehe hielt.

Die zweite Frau war auf den kleinen David eifersüchtig wie auf eine Nebenbuhlerin. Schlagen konnte sie ihn nicht, denn er war ein großer und kräftiger Junge, und anders als Kinder, die zaudern, ihre Kraft einzusetzen – wie ich früher beispielsweise –, schlug er bedenkenlos zurück. Daher traktierte sie ihn mit Schreien und Schimpfen, demütigte ihn mit Aufträgen, die er nicht erfüllen konnte, und gab sie ihm Essen, das ihm nicht schmeckte. Sein Vater war, wie erwähnt, Küfer in der Weinkellerei und verdiente gut, kam abends aber spät nach Haus, und der junge David streifte durch die Orangenhaine und Weingärten, ging den Arbeitern zur Hand, und sie ließen ihn bei ihren Mahlzeiten mithalten.

Manchmal faßte er sogar Mut und klopfte an eine Haustür. Die Hausfrauen der Moschawa kannten ihn schon, hatten Mitleid mit ihm und boten ihm eine Mahlzeit oder Süßigkeiten an [*später an seinen Heißhunger nach dem Eis der Deutschen und dem »wirklich Süßen« anknüpfen], aber Apupa hatte seinen Stolz und beharrte darauf, sein Brot zu verdienen. Daher trug man ihm irgendeine Arbeit auf – Futterkrippen säubern, Maiskolben schälen, Eier im Hof einsammeln, Quecken ausreißen –, und er verrichtete sie stets getreulich.

Abends heimgekehrt, schlüpfte er schnell ins Bett, bemüht, sich von seiner Stiefmutter fernzuhalten und erst recht von seinem Vater, der ihn nicht vor ihrer Mißgunst schützte [über dessen Abrücken er sich ärgerte]. Bei Sommeranbruch begann er in der Hängematte zu schlafen, die er zwischen zwei Orangenbäumen am Zaun aufgehängt hatte. In den großen Ferien fand er feste Arbeit bei einem Bauern, und mit zehn Jahren, als seine Stiefmutter die zwei Halbbrüder zur Welt brachte, wurde er ein ausgestoßener Junge: Er schlief in Kuh- und Pferdeställen und kehrte nicht mehr nach Hause zurück.

In jenen Tagen ereignete sich der Vorfall, der in goldenen Lettern in den Annalen der Familie verzeichnet steht. Apupa faßte einen Dieb im Weingarten eines Bauern. Bis heute zeigt man ihn bei Familienzusammenkünften den Kindern der Joffes und sagt: »Als er in eurem Alter war, hat er einen Räuber geschnappt!« Sie kichern, und Apupa lächelt ihnen aus seinem Inkubator zu, winkt ihnen mit seinen riesigen Händen. Aber wir, die ihn gekannt haben, bevor er verwitwete, alterte und schrumpfte, glauben alle Einzelheiten der Geschichte: sowohl die Zeit des Vorfalls, »zur Abendstunde«, als auch die süße, schwarze, diebstahlträchtige Traubensorte, »Hamburger Muskat«, und vor allem das gefällige arabische Wort, der Cuvier-Knochen der Geschichte, von dem ich sie rekonstruieren werde, falls ich sie mal vergessen sollte: *Churdsch* – der Lastsattel, den man dem Tier auflegt, zwei Weidenkörbe, zu beiden Seiten des Esels, in die der Dieb seine Beute tat.

Ich fasse zusammen: Es war zur Abendstunde, und David Joffe überraschte den Dieb, als er die Muskattraubenbüschel in den *Churdsch* auf dem Rücken seines Esels legte. Der Mann erschrak nicht vor dem Jungen, versetzte ihm vielmehr einen harten Schlag, der ihn über den Boden rollen ließ. David kam hoch, stürzte sich wortlos auf den Schläger, steckte zwar noch einen Hieb ein, packte aber den Schenkel seines Feindes und schlug die Zähne hinein. Von hier an verquicken sich die Versionen. Diejenigen, die sagen, Apupa habe Amuma die ganze Wanderung über auf dem Rücken getragen, erzählen, der Weinbergbesitzer habe die Schmerzensschreie des Diebs gehört, sei gekommen und habe ihn festgesetzt. Und diejenigen, die erzählen, Apupa habe sie nur dann getragen, wenn sie müde wurde, sagen, der Dieb sei geflüchtet, zwei Tage später jedoch wiedergekommen, mit der flehentlichen Bitte, ihm den schrecklichen Jungen abzulösen, der sich in seinem Fleisch festgebissen hatte.

Fortan kursierte die Kunde von ihm in der ganzen Moschawa, auf Schritt und Tritt bot man ihm Essen und Trinken an, rühmte seinen Heldenmut und gab ihm Kleidung, Arbeit und einen Platz zum Schlafen. Jetzt begriff der Vater, wie sehr er geirrt hatte, ging zu ihm und bat ihn [und verlangte von ihm], wieder heimzukehren. Der Sohn weigerte sich, und der Vater, der die Joffeschen Sturheitsbeweise sehr wohl vom eigenen Leib her kannte, sagte: »Die Tür wird dir auch weiterhin immer offenstehen.« [Schrie: »Wenn du so bist, dann laß dich nie mehr bei uns sehen.«]

Von nun an trafen die beiden sich nur selten, aber Apupa trug seinem Vater nichts nach. Manchmal, nach Sonnenuntergang, stand er am Zaun, blickte zu den Toren, als warte er darauf, daß jemand herauskomme und ihn rufe. Aber wenn der Vater ihn sah und zu ihm eilte: »Komm nach Hause, David...«, entschlüpfte der Junge und verschwand in der Dunkelheit.

Am meisten sehnte er sich nach den Momenten, in denen seine Mutter auf dem Stuhl gesessen und zu ihm gesagt hatte: »Komm, David, leg den Kopf her«, und er seinen Kopf auf ihre Schenkel gelegt und sie ihm übers Haar gestrichen und ihn wegen verrichteter Dinge gelobt hatte.

»Wann hat er mir all das offenbart? Wann hat er mit mir so geredet? Nur einmal, nachdem mein Junge umgekommen war«, sagte Rachel. »So ist das doch bei uns in der Familie: In allem, was die Liebe betrifft, kann man nichts von niemandem lernen. Aber was Tod, Kummer, Trauer und Sehnsucht angeht, da kann man helfen, kann Rat erteilen.«

Auf seinem Schoß sitzend wie Batja als Kind – »das erste und einzige Mal körperlicher Nähe«, sagte sie –, brach ihr schier das Herz vor Schmerz und Erregung, aber sie faßte sich und lauschte den Erinnerungen ihres Vaters.

»Auch nach ihrem Essen habe ich mich gesehnt«, erzählte der verwaiste Vater der verwitweten Tochter [erzählte der alte Waisenknabe der jungen Witwe], »nicht nach Leckerbissen und Kuchen, sondern nach den einfachen Dingen, die sie zubereitete« – nach ihren Salzfischen, diesen Salzheringen, die schwimmen konnten, und nach dem Kartoffelpüree, mit Kefir getränkt und mit grobem Salz und Röstzwiebeln gewürzt, und vor allem nach der Suppe, die sie auftrug, zu Tisch brachte mit ihrem kleinen, aufrechten Körper, den ich nie gesehen habe, aber klein und aufrecht war er, da bin ich sicher, wie Amumas Körper, an den ich mich gut erinnere, und der Körper von Über-alles, den ich ebenfalls nicht gesehen habe, aber manchmal in meinem Leib spüre:

den aufrechten und kräftigen Körper einer Frau, die auf dem Rücken einen schweren Sack Hoden trägt und im Bauch Gebärmutter und Eileiter hat. Ein Körper, der, wäre ich ganz Frau, sie – oder womöglich er – sein würde, und vielleicht ist das die wunderbare Frau, die auch Mann ist, die Vater mir gewünscht hatte, und vielleicht die Frau, auf deren Kommen mein Sohn Uri wartet.

»Vorsicht! Die Suppe ist kochendheiß«, sagte Großvaters Mutter, stellte den Topf auf den Tisch und schöpfte den Inhalt auf die Teller. Diese Standardworte, der Duft, der aus dem Topf aufstieg, und die kleine Zeremonie, die sie für ihn veranstaltete, indem sie Löffel für Löffel anpustete, um sie abzukühlen, waren in seinen Augen die Essenz der Liebe und des Wohlseins und der Mütterlichkeit. Als er ein bißchen größer war, begann er selbst auf die Suppe zu pusten, aber das war nur ein symbolisches Blasen, eine Art »guten Appetit«, das der Mensch sich selber sagt, denn schon als Kleinkind hatte er die Fähigkeit erworben, die Suppe so heiß zu essen, daß andere Menschen sich hüteten, auch nur daran zu schnuppern.

Aber als die Mutter tot war, kühlte die Suppe ab, das Pusten erstarb, ihr Streicheln und Lob verschwanden, und auch der Name »Mutter« hatte die Welt verlassen. Oder genauer gesagt – war aus dem Mund in die Erinnerung versunken und wartete dort auf eine andere Frau, um sich ihr anzuhängen. Denn Bezeichnungen und Namen brauchen einen Körper als Halt, wie die Jungfernrebe und die Hardenbergia, die ich verkaufe, die ohne Wand oder Spalier oder Baumzweige am Boden kriechen, bis sie verzweifeln und absterben. Tatsache: Der Name »Apupa« ist noch warm und existent, obwohl Großvaters Körper schon kalt und klein ist, aber der Name »Amuma« ist nicht mehr als ein Begriff. Und »Rachel« ist noch da, aber »der Junge« ist nichts als eine kleine Wolke, eine Handvoll Schmerz, ausbleibender Regen, fliehender Schlaf. Und auch »Michael« ist da, aber »Fontanelle« ist Geheimnis, Erinnerung und Sehnsucht.

So traf David Joffe, zwölf Jahre nach dem Tod seiner Mutter, denn Mirjam, die seine Geliebte und Gefährtin werden sollte, und im Gegensatz zu vielen anderen seiner Geschlechtsgenossen machte er keine Experimente, stellte keine Vergleiche an, übte nicht im geheimen, nannte sie nicht im stillen Herzen »Mutter« und wartete nicht, bis sie ihm Söhne und Töchter gebar, sondern nannte sie sogleich »Mutter«, laut und vernehmlich, im ersten Satz, den er ihr sagte.

Sie war damals eine neue Arbeiterin, eine der Arbeiter und Arbeiterinnen, die – von Sonne und Hunger benommen – stets auftauchten, wenn ein neues Schiff vor Jaffa Anker geworfen hatte. Einmal sah er sie bei Straßenarbeiten, einmal bei der Arbeit im Weinberg, einmal saß sie vor der Baracke, die sie mit zwei ihrer Genossinnen teilte, und flickte ihr Hemd. Kleingewachsen war sie, der Blick müde, aber der Körper aufrecht, und letzten Endes faßte David Joffe Mut, reichte ihr eine Flasche Wein, die er von einem Winzer erhalten hatte, und sagte spontan: »Das ist für dich, Mutter.« Und sie lachte schallend.

Ja, es gibt Dinge zu Anfang der Liebe, die sie ein ganzes Leben lang erhalten, das heißt bis zum Tod ihres letzten Inhabers [ihrer Träger], der mit ihr Infizierten. Und obgleich Apupa solche Gedanken nicht in Worte zu fassen wußte, spürte er sie seinerzeit in ihrem Lachen in seinen Ohren wie jetzt in ihrem Atem auf seinem Nacken, in seinen langen Beinen, die liefen, und in seinen Lungen, die sich füllten und leerten. Sein Herz pumpte Blut in die Flächen und Täler seines Leibes, seine Geliebte ritt auf seinen Schultern, ihr Körper füllte erneut die Mulden, die ihre Glieder ihm gestern eingedrückt hatten, Wärme strahlte zwischen ihren Schenkeln heraus auf sein Fleisch.

Es wurde Nacht. Ein dünner, glitzernder Faden, wie Speichelfluß aus Babymund, rann aus ihrem Mundwinkel und tropfte auf seinen Nacken. Langsam sackte ihr Kopf ab, und sie schreckte auf und erwachte.

»Leg den Kopf auf meine Schulter, Mutter. Leg den Kopf nieder und schlaf ein.«

Er spürte, daß ihm niemals die Kräfte ausgehen würden, daß er ewig so gehen könne, »Flüsse und Berge zu überqueren, den Löwen und auch den Bären zu erschlagen, nach Ägypten hinunterzuziehen und wieder herauf – denn das ist nicht bloß eine Geschichte, das sind, wie in der Bibel, Chroniken.« Ihr Atem bestimmte den Takt seiner Schritte, sein Gang – die Schläge ihres Herzens. So hinunterzugehen am Schneetag in die Grube, Steine von Brunnenöffnungen zu rollen, Honig mit den Händen herauszulösen, im Gehen zu essen – so lange noch diese Last auf seinen Rücken drückte, so lange noch dieser Atem die Härte seines Nakkens erweichte.

»Möchtest du nicht ausruhen, David?«

»Ich werde ruhen, wenn du mir sagst: Bleib stehen!«

Das große weiße Loch im Himmel war nicht mehr so rund wie das Loch vom Vortag. Mirjam sagte ein wenig verschlafen: »Guck dir den Mond an, David, weißt du, ob er zu- oder abnimmt?«

»Nein.«

»Wenn die Sichel, mit einem Schwänzchen unten versehen, ein rundes z ergibt, nimmt sie zu, und wenn man mit ihr ein kleines a schreiben kann, nimmt sie ab.«

Er lächelte im Dunkeln in sich hinein.

»Bist du wach, David? Du antwortest nicht.«

»Sicher bin ich wach, Mutter, du bist doch auf meinem Rükken, und ich gehe.«

Die ganze Nacht gingen sie. Erst als der Osten rosig-gelb und der Westen blau-silbern wurde, sagte sie zu ihm »Bleib stehen!« Er hielt an, legte sie in den weichen Sand und deckte sie mit der leichten Decke aus seinem Rucksack zu. Dann bettete er den Kopf auf ihren Schenkel, sagte: »Streichle mich, Mutter«, und schlief ein. Ihre Finger spielten mit seinem Haar. Aber einige Stunden später, als Amuma aus dem Schlaf erwachte, stand die Sonne bereits im

Drittel des Himmels, und als sie die Augen aufschlug, sah sie ihren Mann ein paar Schritte entfernt stehen und ganz langsam weiterrücken, damit sein Körper immer zwischen ihr und der Sonne war und ihr Schatten spendete, solange sie schlief.

Wenn euch die spürbare Nostalgie in meinen Worten schreckt, solltet ihr erst den Bräutigam hören! Anders als ich, der sich lediglich nach nackten Füßen, offenen Feldern und ein paar persönlichen Erinnerungen sehnt, die nicht wichtig sind, redet er unablässig von »jenen Tagen« und von dem, »was hier mal war«, von den Zeiten, in denen »kein Mensch es wagte, an seinen eigenen Vorteil zu denken.« So steht er da und schwingt Reden, und wir, bereits daran gewöhnt, stimmen lachend in seine Sprüche ein: »Damals half man einander«, »damals war Liebe noch Liebe« und »damals kannten sich alle nach Gesicht und Namen«, aber wir erinnern ihn auch daran, daß Apupa die Bewohner des Dorfes, das am Fuß »unseres Hügels« gebaut wurde, nie ausstehen konnte, weder ihnen Hilfe leistete noch Hilfe von ihnen erhielt, und wenn er an sie dachte, dann nur zu ihrem Nachteil, und obwohl er ihre Gesichter kannte, sie ausschließlich mit Schimpfnamen benannte: »das Kalb«, »der Mistkerl«, »der Betrüger«, »der Rettich«, und einige Zeit später mit dem Sammelnamen »die Schusters« oder »die da unten« – als seien alle Dorfbewohner Abkömmlinge einer einzigen Familie und samt und sonders Feinde, Parasiten und Pferdediebe.

Ajelet lacht: »Dann hat deine Mutter vielleicht von ihm gelernt, den *Zatzkes* deines Vaters solche Namen zu geben.«

Nicht selten erklärt Rachel ihrem Schwager, daß man sich mit der Sehnsucht »nach jenen Tagen« in acht nehmen müsse, denn meist sei es die persönliche Sehnsucht eines alten Menschen nach seiner Jugendzeit. Aber der Bräutigam ist dadurch weder beleidigt noch beeindruckt, sondern fängt sogleich an, zu fluchen und zu schimpfen: auf die Minister, die Knessetabgeordneten, die Talmudstudenten, die Kaffeehausbesucher, auf »die Jugend«, auf »die Erziehung« und vor allem auf alles, was aus Amerika kommt. Warum müssen denn, erbittert er sich immer aufs neue, »alle möglichen Luxusgüter«, die »von dorten« kommen, geradewegs in dein Haus gelangen? – Er meint solche Greuel wie die Nylonstrümpfe an Alonas Beinen oder die dreist grelle Gartenbeleuchtung – »verschwenderisches Licht im wahrsten Sinne des Wortes«.

Aber nicht nur die Stromverschwendung ärgert Onkel Aaron, sondern auch der Drehschalter, der unendlich viele Helligkeitsstufen schafft: »Wer braucht diese Dimmer? Wenn man anschaltet, muß es hell werden, und wenn man ausschaltet, dunkel. Das genügt!« Dann schimpft er weiter, ergießt seinen Zorn auch über die amerikanischen Zigaretten, die im Vergleich zu den englischen Players, die es in jenen Tagen hier gab, nichts als »Stroh und Spreu« seien. Darauf erhebt sich jemand – Rachel oder Ajelet oder einer der Joffes, die »von hier und da angelaufen kommen« –, und provoziert ihn mit »warum wauwau?«, ja schlimmer noch: erinnert ihn daran daß auch sein geliebter Dodge Power-Wagon aus Amerika stammt.

Aaron wird dann wutgrau im Gesicht und legt prompt serienweise los: »Mein Power-Wagon hat am Zweiten Weltkrieg teilgenommen... Er wird noch fahren, wenn all eure japanischen Autos längst Schrotthaufen sind...« Wir lassen ihn ungehindert weiter in seinen Erinnerungen und Geschichten schwelgen, bis er davon loskommt und wieder in die offenen Weiten »jener Tage« auszieht, den Zeiten, in denen man uns Anstand lehrte, jeder jeden kannte, kein Mensch sich drückte und keiner die Tür abschloß. An dieser Stelle erlischt das Lächeln auf den Gesichtern, und Rachel bemerkt, sie an seiner Stelle würde das Türenverschließen lieber nicht aufs Tapet bringen. Dann zischt Aaron »eines Tages werdet ihr mir alle noch danke sagen«, taucht in seinen Tunnel ab, den er unterm Hof gräbt, und alle tauschen ein Lächeln und seufzen erleichtert auf.

Wenn ich selbst daran denke, »was hier mal war«, erinnere ich mich an die offenherzigen Gespräche mit meinem Vater, wie meine Kinder sie mit ihrem Vater nicht führen. Uri fragt und antwortet nicht, und Ajelet ist eindringlicher und offenherziger, als ich es war, aber ihre Offenherzigkeit gegenüber ihrem Vater ist die Ausgeburt von Provokation und Frechheit, während meine Offenherzigkeit gegenüber meinem Vater der Liebe und Neugier entsprang. Und ich denke an den Heckensänger, dessen rostroten Schwanz ich nicht mehr hervorblitzen sehe, und an die Drossel, die mich aus dem Mittagsschlaf weckte, wenn sie Schneckenhäuser auf dem Gehsteig knackte, und an die Starenschwärme, die in schwarz wirbelnden Bahnen den Himmel bedeckten. All das ist weg und verflogen, verdunstet wie der Orangenblütenduft, der einen früher auf allen Wegen von Anfang bis Ende begleitete, heute jedoch nur noch an einigen Orten, und auch dort nur an wenigen kurzen Strecken: hier und da in der Scharonebene, am Ben-Gurion-Flughafen, beim großen Militärlager am Sorek, als wollte er den Soldaten Freude machen, und in Jericho. Früher sind Alona und ich zuweilen dorthin gefahren, zusammen mit ein paar von Alonas *Pashminas* und ihren Partnern, um in einem der Gartenlokale zu essen und unser *Schukran* bei den Kellnern zu üben.

»Ihr Essen ist grauenhaft«, sagte Alona, »aber bei diesem Duft würde ich gleich morgen hier Siedlerin werden. Ich habe euch von Michaels Vater erzählt, der sich mit Orangenschalen einrieb, um –«

»Genug, Alona«, bat ich, »er ist schon tot, genug mit dem Klatsch.« Ich stand auf, der Kies knirschte unter meinen Schuhen, und ich ging mit Klein Uri und Ajelet an der kleinen Fontanelle mitten im Garten spielen.

Sie ist verschwunden, die lange und breite Duftdecke. Wie der Anstand, die gegenseitige Hilfeleistung, die bekannten Gesichter und Namen und wie die Schulbrote, die Anja mir machte, belegte

Brote, die sich weder durch hohen Gesundheitswert auszeichneten noch sich dafür entschuldigten, daß sie vegetarisch waren, aber deren Inneres, so spürte ich, wenn ich neben ihr stand, mit Liebe belegt war. Mit leichten, präzisen, lächelnden Händen schnitt sie das Brot in Scheiben, träufelte Olivenöl darüber, bestrich sie mit weichem Weißkäse, pflasterte sie mit dünnen Knoblauchraspeln und polsterte sie mit glatten Petersilienblättchen, die, wie sie sagte, dazu dienten, »den Geruch zu nehmen«. Doch hatten die Karotten nicht nur Mutters Sehkraft gestärkt, sondern auch ihren Geruchssinn und ihr Mißtrauen. Sie wollte wissen, was es mit meinem Mundgeruch auf sich habe, und ich flunkerte ihr vor, in dem Gehölz hinterm Volkshaus des Dorfes wachse wilder Knoblauch und ich würde damit ihre Vollkornbrotscheiben belegen. Sie war überglücklich und erzählte ihren Gästen: »Mein Sohn Michael sammelt sich Kräuter auf freiem Feld.«

Ich bin nicht nostalgisch. Ich habe schon gesagt, daß mir unsere kleine Stadt besser gefällt als das Dorf von früher. Aber wenn ich an »jene Tage« denke, erinnere ich mich daran, daß die Ortschaften damals klare Enden hatten, und von jedem solchen Ende führte ein schmaler, festgetretener Pfad hinaus, denn damals gingen alle zu Fuß, und dann erfüllt mich wirklich Sehnsucht, denn ich habe eine Schwäche für Feldwege. Die Erde des Wegs antwortet mir mit weichem Nachfedern, wie Alonas Körper, als sie jung war, aber der gepflasterte Gehsteig erklärt mir den Krieg, wie ihre Seele heute.

Ich habe Sehnsucht nach den Sommerwegen mit ihrem heißen Staub, von Hufen und Rädern fein gemahlen, und nach den Felspfaden, glattpoliert von Hufen und Sohlen, und ich hege meine Vermutungen hinsichtlich der genauen Strecke »der Wanderung«, die Großvaters Füße beim Auszug aus »dem Süden« zurücklegten, zunächst am Meer entlang, wo er Sanddünen erklomm und hinabschlitterte, Bachbetten und Sümpfe durchquerte, und als Amumas Hand ihm zeigte »dahin!«, bog er zwischen die Hügel ein, und als ihr Mund ihm sagte, »hier!«, blieb er stehen, setzte sie von seinen Schultern ab und beschattete sie mit seinem Körper. Während sie schlief, schlug er das Zelt auf, faßte die Quelle, baute den Kuhstall und errichtete die Mauern, und als sie erwachte – da stand alles bereit.

Ich mag auch den kleinen Pfad in Mutters Gemüsegarten, ebenden Pfad, über den ihre Vogelscheuche, wenn sie Müdigkeit oder Langeweile verspürt oder ihr kalt oder heiß ist, den Garten verläßt und später wieder an ihren Wachposten zurückkehrt. In jeden Ziergarten, den ich anlege, füge ich einen mit Basaltgrus bestreuten oder mit Steinplatten belegten Weg ein. Und ich erinnere mich an den Glitzerpfad, den Vaters Zunge auf dem Rücken der Mörderin hinterließ, und die – ebenfalls glitzernden – Tränenpfade, die schöne Musik auf Amumas Wangen zeichnete, und den schmalen Scheitelpfad in Anjas Haar, diesen Jünglingsscheitel, der das dichte schwarze Stoppelfeld auf ihrem Kopf durchquerte und in ihrem kurzen Wuschelpony verschwand.

Auch Wortpfade liebe ich, solche, die dich mit Windungen und Wendungen leiten, sich mit »einem Zaun hüben, einem Zaun drüben« versehen, dich aber weiterführen von etwas, was zum Thema gehört, zu etwas anderem, was nicht, mit Irrungen und Wirrungen, bis du nicht mehr unterscheidest zwischen Fehlassoziationen und Erinnerungsfallen, und ich gehe sie mit Farbeimer und Pinsel, markiere sie für meine Kinder, skizziere ihnen eine Familientopographie, wie mein Vater es mich gelehrt hat – mit den Wasserlöchern, Bergrinnen und versteckten Kuppen, weit auseinanderliegenden oder dichtgedrängten Höhenlinien –, damit sie wissen, wo die Hänge steil oder sanft sind, säe ihnen die großen Wortfelder ein, auf daß sie einen Ort haben, an dem sie verbrennen und schreien können.

Ich vermerke hiermit stolz, daß ich außer den Dutzenden von Gärten, die ich angelegt, den zwei Kindern, die ich gezeugt, und den Erinnerungen, die ich angehäuft habe, sowie diesen Geschichten, die ich jetzt schreibe [*als realistische Anspielung auf Anjas Existenz], noch eine bescheidene Spur in der Welt hinterlassen habe: den kurzen Pfad hinter den Hühner- und Kuhställen, vom Joffe-Hof zum Haus von Anja und Elieser. Heute sind davon nur noch die paar Meter zu erkennen, die an unserer Hofmauer entlangführen, denn auch er ist mittlerweile mit Wohnhäusern, Läden und Gehsteigpflaster zugedeckt, doch damals habe ich ihn ausgetreten, mit geschlossenen Lidern, wenn ich allmorgendlich zu Anja ging, um die Augen vor ihr aufzuschlagen.

Meine Fähigkeit, mit geschlossenen Lidern aufzuwachen, entdeckte ich, noch ehe Anja auf den Plan trat. So, noch schlafend, sah ich das erste Tageslicht, so, noch schlafend, hörte ich die ersten Vögel, und lange Zeit verging, bis ich begriff, daß es kein Traum, sondern Wirklichkeit war, daß ich die Dinge durch meine Fontanelle, die sich nie schließt, wahrnahm. Noch heute liege ich jeden Morgen ein paar Minuten lang so da, weiß, daß es keine Anja mehr gibt, zu der ich gehen könnte, plane jedoch, wie ich die Augen im richtigen Moment aufschlagen kann, damit das Bild, das mir ins Gehirn eindringt, ebendem entspricht, das bereits durch mein Auge auf dem Schädel dort eingesickert ist.

Aber von da an, als sie im Feuer erschien, sollte sie mein erster Anblick am Morgen sein. Durch meine Fontanelle spürte ich die Morgenröte, und sobald sich erste Sonnenwärme dazugesellte, sprang ich aus dem Bett. Mit geschlossenen Lidern zog ich mich an und schnallte die Sandalen zu, mit geschlossenen Lidern ging ich hinter den Kuhstall zum Pinkeln. Aber im Unterschied zu Apupa und seinem jeweiligen Hund pinkelte ich dort nicht, um die Grenzen des Anwesens zu markieren, sondern wegen Mutter, die meine neue Gewohnheit sofort bemerkte und mir daraufhin verboten hatte, die Toilette im Haus zu benutzen.

»Du wirst mir den ganzen Boden naß machen!« schimpfte sie. »Du willst mit geschlossenen Augen Pipi machen? Dann tu's draußen, und bitte weit weg!«

So, mit geschlossenen, schlafenden Augen und wacher, offener Fontanelle, verließ ich den Hof und ging zu meiner Geliebten. Nicht auf der Straße, wo man mich gesehen hätte, sondern den schmalen Pfad entlang, unfern des Feldes, aus dessen Feuer Anja mich gezogen hatte. Ich weiß, es wurde seither gepflügt, Regen ist gefallen, neuer Weizen gekeimt, die Spuren des Feuers sind längst von der Erde getilgt. Doch ich spüre den bitteren Geruch feuchter Asche, erinnere mich an Schreie und Flammen, und ich komme von hinten in Anjas Hof, gehe aufs Haus zu und rufe im Herzen ihren Namen. So, nicht nach dem normalen Geschehensablauf, nicht mit der Erregung zuerst, nicht in dem Wissen, daß die Liebe das Handeln auslöst, anschiebt und vorwärts treibt, sondern gerade umgekehrt: Aus meinem Handeln ersehe ich, daß es Liebe war.

Ich gestehe: Kaum mehr als fünf Jahre alt war ich seinerzeit, aber sagt ihr mir, die ihr klüger seid, ihr Emsigen, Ehrgeizigen, Reifen, Erfahrenen, ihr, die ihr bis ins hohe Alter leben werdet – wenn das keine Liebe war, was war es dann? Sag's du mir, meine Tochter, die du die Skalps deiner »Kavaliere« am Gürtel trägst. Sag's du mir, mein Sohn, der einzige, der in meiner Abwesenheit in meine Geheimnisse eindringen kann. Sag's du mir, meine Frau, die Expertin für Partnerschaft – wenn das keine Liebe war, was war es dann?

Das unsichtbare brennende Hemd, das ich noch heute trage, wurde bereits damals gesponnen. Die Nichtnarbe, die ihre Hand auf meiner Haut hinterließ, glühte. Und schon damals wußte ich: Was in diesem Moment geschieht, wird eine Erinnerung sein, und die Erinnerung wird weder vergehen noch lockerlassen – ist sie verflogen, wird sie neu gewoben, sollte sie untergehen, wird sie wiedererstehen. Selbst in Meerestiefen abgetaucht, würde man sie erneut zu Tage fördern.

Eine Tür öffnet sich. Anja ist es, die mir entgegengeht. Ich spüre es auf meiner Schädeldecke. Sie ruft mich mit meinem neuen Namen, und ich, die Augen geschlossen und das Herz wach, erstarre auf der Stelle, richte mein Herz auf sie aus, schlage die Augen auf, und da ist sie, wie jeden Morgen, das erste Bild – sie lächelt und ruft mich wieder, und ich stehe, mit offener Fontanelle, nackt und bloß, vor ihr.

So. Noch ehe ich heranwuchs und reifte und ihrem Leib entgegenwallte. So, jeden Tag und jede Woche und jeden Monat, jenes ganze Jahr – Winter und Sommer, Frühling und Herbst – öffnete ich meine Augen vor ihrer Gestalt. Wenn das keine Liebe war, was war es dann?

Ein paar Kilometer weiter nördlich, hinter den mit Wüstenginster bewachsenen weißen Sanddünen, hörte man Männerschreie und das Kreischen einer Frau. Mirjam richtete sich auf, deutete vorwärts und sprang von Davids Rücken ab, damit er zu Hilfe eilen konnte. Auf dem anderen Ufer eines brackigen Bachlaufs – ich nehme an, Rachel meinte den heutigen Alexanderbach, der »in jenen Tagen« Iskandrin hieß – hielt ein schwarzhäutiger Mann im weißen Burnus einen kleinwüchsigen jungen Burschen in kurzen, weiten Shorts – »Glockenhosen«, lachte sie –, die ihm bis an die lächerlichen Kniestrümpfe reichten. Ein anderer Schwarzer kramte dem kleinen Kerl in den Hosentaschen, und eine große, stramme junge Frau stand dabei und rief um Hilfe.

Apupa erkannte in den beiden Männern Angehörige der Ghuarna, der Mattenflechter, die von den Türken aus dem Sudan hergebracht worden waren. Diese Menschen, gleichgültig gegenüber der Hitze, sonnenbeständig und gegen Malaria gefeit, wohnten überall dort, wo Papyrus wuchs: am Hulesee, am Jordanufer, im Süden des Toten Meeres und an den Bachmündungen der Küstenebene. Sie spotteten den Mücken, fingen Fische, melkten Büffelkühe und flochten Matten.

Halb schwimmend, halb watend durchquerte Apupa die Rinne und rief ihnen dabei zu aufzuhören. Apupas Stimme war sehr kräftig, und prompt ließen die beiden von ihrem Opfer ab und wandten sich ihm mit erregten Gesten zu.

Wie sich herausstellte, hatte das Paar die Männer gebeten, sie über den Bachlauf zu bringen, und nun wollten die Ghuarna ihren Lohn haben. Der Kleine sagte mit weinerlicher Stimme: »Womit soll ich sie denn bezahlen? Ich hab kein Geld... Ich dachte, sie täten mir einen Gefallen...«

Apupa gab den Mattenflechtern eine Münze, entließ sie mit einem Schulterschlag, der sowohl Freundschaftlichkeit als auch ein echtes Gefühl seiner schweren Hand vermittelte, und sagte zu dem Paar: »Wartet hier.«

Er kehrte ans Gegenufer zurück und setzte Amuma über, die loslachte: »Hast du den für mich gefunden, David?«

»Wen?«

»Ihn. Das ist doch der Geiger aus Tel Aviv.«

Der kleine Mann hatte sich schon beruhigt, und als er sah, daß Apupa ihn anstarrte, stand er auf und streckte die Hand aus: »Hirsch Landau, Geiger, und Sara, meine Frau.« Er schlug sogar die Hacken zusammen, und alle, auch er, brachen in Lachen aus, denn die Bewegung war zwar zackig ausgefallen, aber bei seinen bloßen Füßen hatte man keinen Ton gehört.

Jetzt erkannte auch David das Paar, den schmalen Geiger mit der Hakennase und die mollige Frau, die die Notenblätter umgedreht hatte. Er stand im Begriff, sich von ihnen zu verabschieden, aber Mirjam sah, wie verängstigt sie waren, und lud sie zu seinem Unwillen ein, sich der weiteren Wanderung anzuschließen.

Von hier an gingen die beiden Paare gemeinsam in fester, gleichbleibender Formation: David Joffe, leicht verärgert, beladen mit drei Rucksäcken und Frau, zu seiner Linken Sara Landau, die Kette mit goldtransparenten Steinen um den Hals, und hinter ihnen Hirsch Landau, der mit seinen kurzen, dünnen Beinen halb ging, halb rannte. Er hielt seinen Geigenkasten in den Armen, und seine Augen hingen an David Joffes Rücken und dem, was darauf war.

Sara Landau fragte Mirjam Joffe, warum ihr Mann sie »Mutter« nannte.

Mirjam antwortete: »Ich weiß es nicht. So hat er mich schon bei unserer ersten Begegnung genannt.«

»Ich finde das seltsam«, sagte Sara Landau.

»Ich auch«, sagte Mirjam.

Danach fragte Sara sie, warum ihr Mann sie auf dem Rücken trug. »Bist du schwanger? Bist du krank?«

Mirjam sagte: »Ich bin real und rabbinatsgerichtlich eine genommene Frau.«

Sara Landau erwiderte nichts, aber Hirsch Landau hinter ihnen brach in ein merkwürdiges Lachen aus, das sich wegen seines Schnaufens wie Jammern anhörte. »Sch, Hirsch! Sch!« rügte ihn seine Frau und fragte dann David Joffe: »Wenn ich nun müde werde, nimmst du mich dann auch auf den Rücken?«

David gab keine Antwort. Er fand Sara Landaus Fragen dreist – vor allem die letzte. Dreist und ordinär.

»Und du«, fragte Mirjam, »woher hast du diese hübsche Kette?«

»Hirsch hat sie mir geschenkt«, antwortete Sara stolz.

»Ich habe im Leben noch keine solchen Steine gesehen«, sagte Mirjam, worauf Sara triumphierend lächelte und nichts erwiderte.

Am Abend bat Mirjam Hirsch, ihnen etwas auf seiner Geige zu spielen. Aber der Geiger war in Melancholie verfallen, sägte ein wenig auf den Saiten und ließ den Bogen sinken. Am nächsten Tag erinnerte er die anderen, die es völlig vergessen hatten, daß es Freitag war und sie gut daran täten, gemeinsam den Schabbat zu empfangen. David ging zwischen die Hügel, die den Südausläufer des Karmels bilden, sammelte wilden Knoblauch, Ysop und Salbei. Sara Landau holte ein paar Lebensmittel aus ihrem Rucksack, und der kleine Trupp kochte Suppe und bereitete eine Schabbatmahlzeit zu. Hirsch hatte sich wieder beruhigt, und nachdem sie sich satt gegessen hatten, sang er chassidische Lieder, bewirtete die anderen mit aufgeweichter Schokolade, die er aus seinem Rucksack fischte, und spielte ihnen lange vor.

»Wenn die Geige sich freut«, sagte er, »dann gelingt das Spiel.«

»Und umgekehrt?« fragte Mirjam im stillen.

David knackte Zweige fürs Lagerfeuer, worauf Mirjam ihn schalt und sagte, der Lärm störe sie beim Lauschen. Wie gewohnt, vergoß sie beim Musikhören Tränen. Sara stöberte im Rucksack ihres Mannes und förderte eine Flasche zutage.

Feuer und Alkohol röteten die Gesichter, ließen die Augen leuchten und die Adern schmelzen. Sie waren jung, hatten noch keine Kinder, waren unbelastet von Plänen und Pflichten und auch nicht durch Häuser und Besitz an den Boden gefesselt. David Joffe, dem noch heute allein der Duft von Alkohol genügt, um ihn bleiern zu machen, dämmerte ein. Die Frauen lachten spontan, und Hirsch, der mehr getrunken hatte als die beiden, hörte auf zu spielen, griff nach Mirjams Metallbecher, der etwas schief auf der Erde stand, richtete ihn auf und sagte: »Das Glas ist in Gefahr!« Mirjam stellte seinen Becher schief, sagte ebenfalls: »Das Glas ist in Gefahr!«, und brach in ein Lachen aus, das sie sogar selbst überraschte.

Das Feuer brannte herunter. Die Luft wurde kühl. Hirsch schlug unvermittelt vor: »Laßt uns Freunde bleiben«, und David murmelte im Halbschlaf: »Sicher, aber du mußt manchmal für Mutter spielen.«

Menschen ändern sich, pflegte Amuma viele Jahre später zu sagen, sogar ihr Mann hatte sich verändert, aber es gibt Dinge, die beständig bleiben. Sie beispielsweise liebte von Jugend auf Musik und liebte sie auch weiter bis zum Tod, und Apupa »hatte immer ein Spatzengehirn. So ist er geboren und so wird er bleiben.«

»Und Hirsch Landau«, sagte Rachel, »wollte immer meine

Mutter haben, noch ehe sie sich begegneten, ja behauptete sogar, nur das Schicksal habe sie Apupa zuerst kennenlernen lassen, noch vor ihm.«

»Wir wollen Freunde bleiben«, wiederholte der Geiger, »wollen uns treffen und gegenseitig besuchen, auch wenn Weiten zwischen uns liegen sollten.« Er warf ein paar Zweige ins Feuer. David geriet in Rage, denn er litt es nicht, wenn jemand anders sich mit dem Feuer beschäftigte. Wortlos zog er Hirschs Zweige aus der Glut, löschte die Reiser, deren Enden bereits angebrannt waren, zerbrach sie in kürzere Stücke und legte sie an anderen Stellen und in anderen Winkeln wieder ein. Hirsch kicherte, nahm seine Geige, begann, zu spielen und zu tanzen. Die beiden Frauen tanzten mit, und da David nicht aufstand, sondern sich in seiner Wut verschanzte, ergriffen sie seine Hände und zogen ihn hoch.

Apupa konnte und mochte nicht tanzen. Er hatte einen starken, wohlkoordinierten Körper, zwei rechte Hände, die einzeln und gemeinsam zu arbeiten vermochten, aber tanzen konnte er nicht, zumal der Alkohol ihm jetzt Kopf und Glieder schwermachte. Er war verlegen, und in seinem Bemühen, sich aus dem Griff der beiden zu lösen, fiel er nach hinten und riß sie mit auf seinen Leib. Hirsch spielte wie verrückt, umtanzte den Gliederhaufen in solch wirbelndem Tempo, daß es aussah, als fiedelten mehrere Geiger auf mehreren Geigen. David rollte sich auf die Seite, ließ die beiden Frauen links und rechts von seinem Bauch fallen und erhob sich wütend und beschämt, hätte gern zugeschlagen, doch es war kein passender Kandidat vorhanden.

Da legte Hirsch seine Geige nieder und sagte: »Ich habe einen Vorschlag.«

»Hören wir mal, was die Hirschin vorschlägt«, sagte Sara und lachte, denn in ihrer Beschwipstheit redete sie von ihrem Mann in der weiblichen Form.

Hirsch holte tief Atem, und als er die sechs Augen wartend

auf sich gerichtet sah, schlug er vor, falls bei einem Paar die Frau und beim anderen der Mann sterben würde, sollten der Witwer und die Witwe einander heiraten.

»Das war ein schrecklicher Vorschlag«, sagte Rachel.

»Wieso?« Ich setzte mich im Bett auf, aber ihre Hand drückte mich zurück, damit ich wieder neben ihr zu liegen kam.

»Wer Hirsch nicht kennt, könnte meinen, er habe aus Freundschaft und zugunsten eines ethischen Prinzips gesprochen, des Inhalts, daß kein Mann und keine Frau auf der Welt je dazu verdammt sein sollten, allein zu schlafen, daß jeder einen Körper neben sich haben sollte, an den er sich im Bett halten und schmiegen kann. Aber so war's bei Hirsch nicht. Ihm ging es weder um Mitleid noch ums Prinzip, übrigens auch ihr nicht. Hirsch war und blieb ein Parasit und Dieb. Er begehrte die Frau seines Nächsten, seine Frau begehrte den Mann der Frau seines Nächsten, und wie andere feige und schlechte Menschen ihrer Sorte waren sie bereit zu warten. Wie bei den beiden ein so guter Mensch wie Aaron rauskommen konnte – das verstehe ich wirklich nicht.«

»Ein guter Mensch? Ich hatte nicht gedacht, daß du ihn liebst.«

»Gehört das vielleicht hierher? Ich liebe ihn nicht, aber er ist ein guter Mensch. Was hat das mit Liebe zu tun? Liebst du nur gute Menschen? War die Frau des Schuldirektors, die du als kleiner Junge hattest, etwa eine gute Frau? Man hat die beiden doch ihretwegen hier weggejagt. Und liebst du denn Alona, die eine gute Frau ist?«

Sara Landaus dicke Unterlippe bebte, und ihr Herz pochte so stark, daß sie fürchtete, auch die anderen könnten es hören. Mirjam Joffe lachte. »Wir sind noch zu jung, um Worte wie ›Witwer‹ und ›Witwe‹ auszusprechen.«

David begann fieberhaft nachzudenken, bot seine gesamten Kräfte auf, um alle sich aus Hirschs Vorschlag ergebenden Möglichkeiten durchzugehen. »Nein«, sagte er schließlich resigniert, »ich habe einen besseren Vorschlag.«

»Hören wir mal, was die Davidin vorschlägt«, sagte Sara und kicherte erneut.

»Ich schlage vor«, sagte Apupa, »wenn wir einen Sohn bekommen und ihr eine Tochter, oder umgekehrt, verheiraten wir sie miteinander.«

»Und ich schlage vor«, sagte Hirsch, »daß wir beide Abkommen befolgen.«

Scharf und entschlossen war er, erkannte seine Überlegenheit über den Freund, und plötzlich fand David Joffe sich in voller Größe vor dem kleinen Geiger stehen und dessen ausgestreckte Hand drücken, und die beiden Frauen lächelten einander an und drückten einander ebenfalls die Hand, und dann legten sich die vier Hände übereinander inmitten eines kleinen, verlegenen Kreises, und das Doppelabkommen der beiden Paare war geschlossen und besiegelt, ohne daß jemand es laut ausgesprochen hätte.

Noch eine ganze Weile schlief niemand ein. Die vier lagen nahe beieinander auf dem Rücken. Ihre Augen durchbohrten die Dunkelheit, das Blut war dünn vom Alkohol, ihre Mägen geballt wie vier Fäuste – zwei kleine, von Amuma und Hirsch, ein mittelgroßer und ein großer –, ihre Herzen klopften Gedanken. Geradlinige Gedanken: jeder Mann an den Tod seines Gefährten und jede Frau an den Tod ihrer Gefährtin. Diagonale Gedanken: jeder Mann an die Frau seines Gefährten und jede Frau an den Mann ihrer Gefährtin. Seitengedanken: jeder Mann an den Tod seiner Frau und jede Frau an den Tod ihres Mannes. Und ›innere Gedanken‹: jeder Mann an seinen eigenen Tod und jede Frau an ihren.

Und Apupa, dessen Rücken und Lenden von der ständigen Berührung mit seiner Frau glühten und jegliches Interesse an jeder Form von Tausch löschten, wälzte auch die verschlossenen Gedanken, die von seinem Körper rankten, Dornen ansetzten und ihn mit einer Hecke umgaben. Er drehte sich um und umarmte sie, sagte ihr »gute Nacht, Mutter«, hoffte, sie würde ihr »du machst *Quetsch* aus mir« sagen, aber Amuma schwieg, und Apupa empfand, zum ersten Mal seit Beginn der Wanderung, Wehmut und Besorgnis. Sogar sein Spatzengehirn begriff, was Rachel mir viele Jahre später sagte – daß fortan dieses Abkommen der starke Leim sein würde, der die beiden Paare und die beiden Frauen und die beiden Männer verband, und auch jeden Mann mit seiner Frau und jede Frau mit ihrem Mann.

Zum ersten Mal schlief er vor seiner Frau ein, und mitten in der Nacht wachte er grauenerfüllt auf. Er hatte geträumt, ein Körper schmiege sich an ihn, und als er die Augen aufschlug, siehe, da war es Sara. Er stieß sie von sich, und morgens, in aller Frühe, war Mirjam schon wach, hatte ein kleines Feuer aus der nächtlichen Glut entfacht, kuschelte sich an seine Brust und sagte: »Ich werde mich ein bißchen aufwärmen, bis der Tee kocht.«

»Wo sind sie?« fragte Apupa, mißtrauisch, ob man ihm da auch keine Falle stellte.

»Sind früh aufgestanden und weggegangen«, antwortete Amuma. »Hirsch sagte, vielleicht könnte er in Sichron Jaakow spielen.«

»Besser so«, erwiderte Apupa, dem die Erinnerung an die letzte Nacht langsam wieder aufdämmerte und ihm klarmachte, was es mit dem beklemmenden Gefühl in seinem Bauch auf sich hatte. Amuma schenkte ihm ein Glas heißen Tee ein.

Von den Anemonenteppichen und Narzissenbüscheln des Winters waren nur wenige Überreste geblieben. Jetzt nahmen rosablühender Flachs, rotes Makkabäerblut und das duftende Gelb des ersten Spanischen Ginsters und der letzten Kassien ihren Platz ein. Eine Maultierkarawane kam von fern her, transportierte Salz nach Osten, ein paar Drusen vom Karmel, die Amuma mit ihren runden Kappen und buschigen Schnurrbärten gefielen, zogen des Wegs, ebenso wie ein paar grimmig dreinblickende Hirten aus dem nahen Dorf Sabbarin.

»Dahin«, sagte sie zu ihm, wies ein paar Fingerbreit links der Sonne.

Die Stunden vergingen, und unsere Ebene, die sich anfangs nur hinter den Hügeln angedeutet hatte, öffnete sich mehr und mehr. David lief den Abhang eines Hügels hinunter, sauste mit großem Schwung den nächsten wieder hinauf und blieb dort stehen.

»Schau, Mutter.« Er zeigte mit dem Finger freudig auf die weite Landschaft, die sich unter ihnen ausbreitete.

»Mein Vater war kein Mann der Berge«, sagte Rachel. »Er besaß nicht die entsprechende Flexibilität und Gerissenheit, nicht das Wissen um Felsklüfte und heimliche Stiegen. Er liebte weites, offenes Land. Felsgruben erregten seinen Argwohn: Was wollen sie verbergen? Gewiß keine Tauben.«

Amumas Finger zeigte ihm einen Pfad, der am Rand der großen Ebene verlief. Er durchquerte einen gepflegten Hain mit Oliven- und Johannisbrotbäumen und ging an den Riesenzehen der Hügel entlang, bis Amuma sagte: »Hier rasten wir.«

Sie holte Hartkäse, Oliven und Datteln hervor und goß ein wenig Öl auf den Blechteller, um das Brot einzutauchen. Die Sonne ging unter. Erstes Schakalheulen war von weitem zu hören, eine Schleiereule schnaufte. Als Ajelet und Uri noch klein waren und wir sie mitnahmen, um die Nachtvögel zu hören, erschraken sie vor den Lauten der Schleiereule. Ich erklärte ihnen, woher sie ihren Namen hat, und erzählte, daß uns in ihrem Alter der Schuldirektor – er hieß Elieser, Kinder, und seine Frau hieß Anja, sie lebten übrigens nicht weit von hier, dort, wo jetzt der neue Heimwerkermarkt gebaut wird – genau die gleichen Vögel hatte belauschen lassen.

»Und hattet ihr Angst?« fragte Uri.

»Nein. Elieser sagte, die Schleiereule hätte man eigentlich ›Schnaufereule‹ nennen sollen.«

Ajelet war Feuer und Flamme. »Dann müßte man die Hündin Bellerin nennen«, verkündete sie, und schon fing sie an, zu lachen und zu tanzen, während ihr Bruder schwieg und sie mit staunenden Augen anblickte.

»Er hatte eine Glatze, die wie der Mond glitzerte«, erzählte ich, worauf Uri sagte: »Was für ein schöner Name das ist, Anja!« Und ich war froh über die Nacht, die meinen Gesichtsausdruck verbarg, denn an den ersehnten Namen zu denken, ihn im Innern zu wälzen und im Herzen zu tragen ist etwas anderes, als ihn unvermutet von außen, von den Lippen deines Sohnes zu hören.

Auf einmal sagte ich: »Sie hat mich aus dem Feuer gerettet.«

Und ich erzählte ihnen. Sie waren noch klein und haben es längst vergessen, aber ich erzählte: von der Schlange und dem Feuer, von der jungen Frau mit dem schönen Namen, vom Wasser des Wadis und vom schnellen Rennen.

»Und wo ist sie jetzt?« fragte Ajelet.

»Ein paar Jahre später sind sie weggezogen.«

»Und du hast sie geliebt?« fragte Uri.

»Wieso das denn? Wir haben ihr schön danke gesagt.«

In Wirklichkeit hatte die Familie Joffe einige Wochen nach dem Brand, als ich wieder völlig genesen war, beschlossen, für Anja und Elieser eine »Danksagungsfeier« auszurichten. Das war die säuerlich-feierliche Bezeichnung, die meine Mutter dem Ereignis gegeben hatte. Amuma hatte die Idee angeregt, Mutter war nicht froh darüber, aber da sie für das Walten von Gerechtigkeit und Gesetz eintrat, sah sie die Logik und Notwendigkeit einer solchen Feier ein und debattierte nicht.

Wieder wurden die weißen Hemden gebügelt, wieder Stühle geschleppt, Teller und Gläser aufgedeckt, wieder Obstschalen gefüllt und Würstchen versteckt, wieder redete Rachel beim Kochen hinein und warf ihre Standardbemerkung ein: »Warum Pudding? Vielleicht kommt jemand, der Kompott mag?« Und wie an jedem Sommertag kehrte auch der Schlangenadler wieder und erschien am Himmel des Dorfes. Praktisch waren, außer der Schlange und dem Feuer, bald alle Helden der Handlung versammelt sowie ein paar Joffes von außerhalb. Wir hatten niemanden eingeladen, aber das Gerücht war ausgeschwirrt, und manche Joffes wollten die

Frau sehen, die einen Sohn des Stammes gerettet hatte. Nun wunderten sie sich: Die langen Beine, die so kraftvoll und wohlkoordiniert durch das brennende Feld gerannt waren, stießen an Stuhlbeine, die starken Arme, die mich mit der Präzision eines Adlers aus den Flammen gefischt hatten, ließen Teller auf den Rasen fallen. Die Finger, die so flink meine Fontanelle entdeckt hatten, vertaten sich mit Messer und Gabel.

Elieser klopfte mir auf die Schulter, schüttelte die Joffeschen Hände, die ihm eine nach der anderen entgegengestreckt wurden, und verstand sich letzten Endes gut mit dem Bräutigam.

»Im Dorf erzählt man, du hättest einen kleinen Destillierapparat gebaut«, sagte er zu ihm.

Onkel Aaron wurde rot – das heißt violett, wie es Leuten mit dunkler Haut passiert, wenn sie erröten –, holte eilig seinen Schnapsdestillierapparat aus der Baracke und erklärte dem interessierten Gast, wie er funktionierte. Der interessierte Gast begnügte sich indes nicht mit dem Vortrag, sondern zog einen Stuhl heran, setzte sich und begann, systematisch die Produkte des Destilliergeräts zu prüfen. Langsam rann ihm ein Gläschen nach dem anderen in den mageren Körper, ohne sichtbare Spuren zu zeigen. Sein Gang blieb sicher, Glatze und Augen leuchteten weiter, seine Fragen und Bemerkungen waren nach wie vor klug und klar.

Ich beobachtete Anja. Sie saß da, den Rücken an den Stamm des roten Guajavabaums gelehnt, die Beine V-förmig ausgestreckt, und sagte unvermittelt: »Komm, Michael, setz dich her zu mir.«

Die Augen der Joffes durchbohrten meinen Rücken. Ich ging auf sie zu, stellte mich zwischen ihre Beine und streckte meine Hände nach ihren aus.

»Setz dich«, sie drehte mich um, die Kehrseite zu ihr, »hier, so«, und ich setzte mich in den Winkel zwischen ihren Beinen, den Rücken ihrer Brust zugewandt.

Das Schweigen vertiefte sich. Das Gesicht meines Vaters strahlte Neugier aus. Meine Mutter und der Bräutigam wurden finster. Gabriel und Amuma lächelten verlegen. Anja schlang mir den Arm um die Taille. »Lehn dich an.« Sie drückte mich an sich und flüsterte mir ins Ohr: »Das soll unsere Sitzweise sein.« Ich lachte und erschauerte vor dem warmen Lufthauch aus ihrem Mund in mein Ohr. Dann fuhren ihre Finger mir unters Hemd: »Angenehm?«

Nach dem Einschlummern – oder vielleicht währenddessen – hörten Amuma und Apupa noch einen merkwürdigen Laut: ferne, in ihrer Fremdheit anrührende Eselsschreie. So wunderbar süß klangen sie, daß sie nicht wußten, war es Wirklichkeit oder nur Traum, und wenn ja – hatte sich bei ihnen womöglich der alte Wunsch der Liebenden erfüllt: den gleichen Traum gemeinsam zu träumen? So oder so, als sie viele Monate später die Beduinen von einer Herde Esel erzählen hörten, die in die Sümpfe entflohen, dort verwildert waren und sich einen Unterschlupf vor den Handgreiflichkeiten der Menschen gesucht hatten, blickten sie einander lächelnd an.

Bei Tagesanbruch standen sie auf, belebten die Glut und tranken Tee. Apupa erhob sich und blieb stehen. »Auf, auf«, sagte er, Amuma sprang ihm auf den Rücken hoch und sagte: »*Imschi*, David, *yalla*, los! Genug mit dem Umherwandern. Man muß einen Ort finden, ein Haus bauen, eine Familie gründen.«

Auf der weiten Ebene, fern der Anhöhen, fern vom Geiger und seiner Frau – von den »Plonen« in seinem Herzen, von der Kette um ihren Hals – kehrte die Freude in Großvaters Herz zurück. Er ließ seine Geliebte auf dem Rücken hüpfen und schlingern, weil er wieder ihr Lachen hören wollte, und sie legte ihm die Hände an die Schläfen und lenkte ihn auf einen Pfad, den man erst die Eisenbahnschienen, dann die Rinne des Kischon kreuzen sah, worauf er ein wenig anstieg und verschwand, dazu ausersehen, sich künftig mit der Landstraße Haifa – Nazareth zu treffen.

Aber ehe sie ans Flußbett des Kischon gelangten, entdeckten sie eine seltsame Karawane, die sich unvermutet aus den Schatten der Hügel von Scheich Abrek löste und zusehends näher kam: vier große, schwere Holzwagen, jeder von vier Ochsen gezogen und von Kutschern gelenkt, deren Kleidung und Gesichter davon zeugten, daß sie keine Söhne dieses Landes waren. Einige Männer desselben Schlags gingen dazwischen, ein riesiger Hund schritt voraus, und ein Zwilling von ihm saß im letzten Wagen und schaute nach hinten aus.

Amuma richtete sich sofort auf, einen Fuß in der Handfläche ihres Mannes, erklomm von dort seine Schultern und stellte sich hoch darauf, leicht gestützt auf seine erhobene Hand. So beobachtete sie die Näherkommenden mit ganz ähnlicher Neugier, wie sie und Apupa sie bei den Wageninsassen erregten. Helle Augen starrten, Finger deuteten, *»ach«* und *»was«* und *»ist«* und *»das«* erklangen. Und Apupa, der in seiner Jugend die Templer von Sarona und von Wilhelma in die Moschawa hatte kommen sehen und mit seinem Vater sogar zu ihnen gegangen war, sagte zu Großmutter: »Das sind Deutsche, sicher aus der Haifaer Kolonie.«

Die Fuhrleute hielten die Ochsen an, und einer von ihnen, der Hebräisch konnte, fragte, wohin sie gingen.

»Uns ein Haus bauen«, sagte Großmutter auf jiddisch oder deutsch, und stieg von ihrem Aussichtsturm auf Apupas Rücken herab.

»Wir auch«, sagten die Deutschen. »Wir wollen nach Waldheim, und wohin ihr?«

Mirjam lugte in die Wagen: »Sie sind voller Steine«, sagte sie zu David. »Bausteine, und jeder mit einer Nummer beschriftet.«

Apupa murrte: »Sag ihnen, daß wir jetzt gehen müssen«, und um seinen Worten Nachdruck zu verleihen, scharrte er mit dem Schuh im Sand, wieherte, stampfte wie ein Pferd auf den Boden. Eine Deutsche, die im ersten Fuhrwerk saß, das Haar helmartig kurz geschoren und das Gesicht spitz wie das einer Wölfin, setzte ein überraschendes Lächeln auf, das abrupt in Lachen umschlug. Es war ein lautes und sonderbares Lachen, und jedes Ohr erfaßte, daß es das erste Lachen seit langem war.

Der Hund, der auf dem letzten Wagen saß, sprang ab, gesellte sich zu seinem Gefährten, worauf beide wütend bellten, und das kleine Kind, das die Deutsche auf dem Arm hielt, fing plötzlich an zu weinen.

»Sch, Johann, sch«, sagte die Frau.

Ein verbitterter Zug kreuzte ihre Stirn wie so häufig auf den Gesichtern von Menschen, denen ein Unheil widerfahren ist, das das Früher vom Heute trennt.

»Woher kommst du?« fragte Amuma sie. »Und wo ist der Vater des Kindes?«

Aber auch Amuma sprach, genau wie ich – mehr als eine Eigenschaft habe ich von ihr –, fremde Frauen nur in Gedanken an. Die Deutsche hörte nichts und antwortete nichts. Musterte sie nur mit scharfen Augen, den Augen einer Witwe mit bitterem Los, die ein junges Paar erblickt: eine Frau, die einen Mann hat, einen Mann, der eine Frau trägt.

Eine lange Weile verging. Keiner sagte etwas. Dann brach die junge Frau in schallendes Lachen aus, setzte sich auf den Schultern ihres Mannes zurecht, schlug ihn mit den nackten Fersen, wie ein Reiter seine Sporen gibt, und Apupa wieherte erneut und schritt weit aus, und während die deutschen Kutscher noch auf ihre müden Ochsen einschrien und die Hunde unlustig aus dem Schatten unter den Wagen kamen, gingen die beiden schon die nahe, flache Böschung hinab.

Schnell schwanden sie einander aus der Sicht, und auch der große Schlangenadler, der die ganze Zeit am Himmel geschwebt hatte, drehte den Schwanz, glitt zu den Karmelhängen hin und verschwamm mit dem Hintergrund des Gebirges.

»Wer bist du?« fragt Rachel Uri in den seltenen Fällen, in denen er aus seiner Höhle und sie unter ihrer Decke hervorkommt und die beiden sich auf dem Hof begegnen, wie zwei Bären im Frühling.

»Ich bin der Sohn von Michael und Alona Joffe, und wer bist du?«

»Ich bin Rachel. Das Familienoberhaupt.«

»Hast dir einen guten Job geschnappt.«

»Und wie heißt du?«

»Jehojakim, sehr angenehm.«

»Jehojakim mit großem K oder kleinem k?«

»Mit z und t.«

Beide lachen. »Du bist ein netter Junge«, sagt Rachel. »Wieso hat man dich noch nicht zum Schlafen zu mir geschickt?«

Alle paar Tage kommen Leute, um sich mit ihm über Computersicherheit zu beraten. Sie haben angeboten, ihm ein Auto zu mieten, damit er sie aufsuchen könnte, wenn sie ihn bräuchten. Aber Uri besitzt keinen Führerschein. Er hat drei Fahrstunden genommen und wieder aufgehört: »Das ist nicht in Ordnung. Kann doch nicht sein, daß was dermaßen Gefährliches auch dermaßen langweilig ist.«

Manchmal ruft auch jemand an, der von ihm gehört hat. »Ein Dokument« ist ihm abhanden gekommen, »etwas, was ich geschrieben habe«, »eine Datei« oder »ein File« – nach der Bezeichnung schätze ich die Art des Notstands ein. Verzweifelt, verblüfft sind sie über die Feindseligkeit dessen, den sie für ihren treuen Freund gehalten hatten – des Computers – und ärgerlich: »Das Material ist hier drinnen...«, weigert sich aber herauszukommen.

Uri ist nicht bereit, zu ihnen hinzufahren. »Ich gehe zu niemandem und nirgendwohin. Sag ihnen, sie sollen den Computer herbringen«, erwidert er mir, wenn ich mit dem Telefon in seinem Zimmer erscheine und sage: »Es ist einer dieser Bedauernswerten, für dich.«

»Wann kommen? Wann sie wollen. Ich bin immer hier.«

Haben sie eine Wahl? Sie kommen. Scham und Kummer im Gesicht und den Computer – ein Hund, der seinen Herrn gebissen hat – in den Armen. Uri steckt seine Kabel und Stachel hinein: Die Hauptschlagader des Bildschirms, die Nabelschnur des Telefons, die Nervenfasern der Maus und den Infusionsschlauch des Stroms – nun sieht der Rechner aus wie ein Kranker auf dem Sterbebett. Er drückt auf den Knopf, und während der Computer noch ächzend und summend aus dem Schlaf erwacht, faltet er die Hände, knackt mit den Knöcheln, reibt sich die Hände wie ein Kartenspieler vorm Mischen des Decks und klimpert auf einer imaginären Tastatur, die nur er sieht. Dann fängt er an zu arbeiten, und wenn er arbeitet, redet er mit dem Computer, wie Apupa früher mit einer neuen, störrischen Stute sprach – sanft und leise, damit sie nicht Verdacht schöpfte, sich beruhigte, erst dann begriff, was geschah, wenn ihr der Zaum schon im Maul steckte und die Knie des Reiters ihren Bauch drückten.

»Unter welchem Namen haben Sie es gespeichert?« fragt er. Ein paar Minuten später steht er auf. »Das?« Er deutet auf den Bildschirm: »Ist das hier das, was Ihnen verlorengegangen war?«

»Aber wie?« fragt der Mann. »Wie haben Sie das gemacht?«

»Magic«, sagt Uri. »Haben Sie Disketten mitgebracht? Machen Sie Sicherungskopien. Jetzt. Unter zwei Namen. Und zu Hause, als erstes – ausdrucken.«

Manchmal höre ich zu später Stunde das durchdringende Pfeifen, welches das Radio nach Sendeschluß abgibt, aus seinem Zimmer kommen. Nein, er ist nicht eingeschlafen. Ein Buch ruht auf seiner Brust, seine Augen sind offen. Er liest.

Es riecht dort nicht gut. Die Luft steht. Wenn ich ihn ein wenig rüttle, schreckt er auf, blickt mich an und lächelt.

»Was ist los, Vater, warum schläfst du nicht?«

»Du weckst das ganze Haus«, flüstere ich. »Soll ich dir das Licht ausmachen?«

»Ja.«

Seine Augen funkeln weiß in der Dunkelheit.

»Schläfst du nicht ein?«

»Ist schon in Ordnung, Vater, ich möchte nicht schlafen, wenn die Frau kommt.«

Das ist der Satz, der Alona auf die Palme bringt: »Was soll dieser Quatsch?« faucht sie über der Partnerkaffeetasse. »Welche Frau denn? Was soll kommen? Den teuersten Psychologen des Landes werde ich ihm bestellen.«

Und plötzlich schallt seine Stimme durchs Fenster: »Ich brauche keinen teuren Psychologen, ich brauche eine billige Frau.« Wortwörtlich. Schläfrig und vergnügt.

Abgesehen von Uris Trägheit – nach Alonas Ansicht bin ich dafür verantwortlich, und ich habe weder Zeit noch Lust, Widerspruch einzulegen – habe ich meinen Kindern nichts weitergegeben, weder durch Erziehung noch durch Vererbung: keine Weisheit, die ich selbst nicht besitze, keinen Rat, den ich selber brauche, nicht den Humor meines Vaters, der mich auf dem Weg zu ihnen übersprungen hat, und keine künstlerischen und kreativen Fähigkeiten, die an der gesamten Familie Joffe vorbeigegangen sind: Wir haben Bauern und Richter, Generäle und Ärzte, Geschäftsleute, Handwerker, Beamte, Rabbiner, Gelehrte, Ingenieure, Müßiggänger und Lehrer – aber keine Musiker, keine Maler, keine Dichter und keine Fotografen.

Ich bin nichts als eine Hürde zum Überspringen, ein Stein im Bachbett, den der Fuß beim Sprung ans andere Ufer einen Moment berührt, und allerhöchstens – eine bescheidene Relaisstation der Vererbung. Wie ich von Amuma ein paar Eigenschaften auf dem Weg über ihre Tochter bekommen habe, so habe ich meinen Zwillingen die Körpergröße und Schönheit meines Großvaters übertragen. Und Ajelet, der es nicht vergönnt war, meinen Vater kennenzulernen, erhielt über mich auch seine Seele: seinen Humor und seine übermäßige Zuneigung zum anderen Geschlecht.

Und die Offenherzigkeit. Fünfzehn Jahre war sie alt, als sie stolz unser Schlafzimmer betrat: »Ah nu, seht mal, welche mir endlich gewachsen sind!« Und ehe wir, Alona und ich, noch begriffen, schwang sie auch schon den Saum ihres großen T-Shirts hoch: »Zilli und Gilli. Genau gleich, stimmt's?«

Alona lachte, ich war verlegen, und das Mädchen Ajelet fing an, Verehrer zu sammeln. Tante Rachel – monogam, treu in alle Ewigkeit, seit dem Tod ihres Jungen hatte kein Mann sie angefaßt – bezeichnete den Trupp Liebhaber meiner Tochter als »die Bräutigame«, wie es sich für eine Frau gehört, die Tschernichowskis Gedichte und Übersetzungen stets am Bett liegen hat. Aber Aaron wies sie mit unerwarteter Eifersucht und Bestimmtheit zurecht: »In der Familie Joffe gibt es nur einen Bräutigam – mich!« Deshalb begann Rachel, sie *Kavaliere* zu nennen, und sie wird fröhlich, wann immer Ajelet einen solchen »Kavalier« auf Besuch mitbringt.

»Sie ist ja so heiter, so strahlend, so schön...« Sie lächelt. »Ich hab sie noch nie zweimal mit demselben Kavalier gesehen...« Sie errötet. »Endlich versteht jemand in dieser Familie zu leben. Schade, daß das nicht bei uns allen in der Familie so ist.«

Mein Vater und meine Tochter. Seine Hand gegen alle und die Hände aller gegen sie, und umgekehrt, und erneut, und wieder von vorn. Ich erinnere mich: Vor Jahren, als wir, Gabriel und ich, im Späherkurs beim Militär waren und dort das lernten, was das Spezialgebiet meines Vaters bei der Palmach gewesen war, Topographie und Orientierung, sagte mein Vetter, mein Vater habe sich so viele Frauen gesammelt, um seinen genauen Standort auf der Welt mit Hilfe möglichst vieler wiederkehrender Azimute bestimmen zu können. Aber Ajelet braucht keine Azimute, ob wiederkehrende oder normale. Sie kennt ihren Platz in der Welt: im Mittelpunkt, und wo immer sie auch geht, die Welt zieht mit und dreht sich um sie. Und anders als mein Vater, der sich zu seinen Frauen schlich, bringt Ajelet ihre Kavaliere nach Hause mit.

Jeder Joffe hat ein anderes Verhältnis zu seinem Hof: Amuma hatte bestimmt, wo er gebaut werden sollte. Apupa hat ihn umfriedet und befestigt. Der Bräutigam untergräbt ihn mit Bunkern und Tunneln, damit wir ihm eines Tages alle danke sagen. Batja hat ihn in Australien nachgebaut, Pnina ist darin eingesperrt, Rachel leitet ihn. Alona empfängt darin die *Pashminas*, ihre bewundernden Freundinnen. »Wie Erez Israel von einst«, sagen sie immer wieder, und Ajelet benutzt den Joffe-Hof, um ihre Kerle zu faszinieren. Ein-, zweimal im Monat öffnen sich die großen Torflügel des Hofes, der Lärm der Stadt braust herein und mit ihm der kleine Renault-Kombi meiner Tochter samt einem neuen Kavalier. Stolz und aufgeregt, das Gesicht leicht gerötet, führt sie ihn sodann. Ihre Füße hüpfen, ihre Hände deuten, eine dicke Lebensader, von Apupa geerbt, pulst an ihrem langen, kräftigen Hals, den sie von ihrer Mutter hat. Ihre Brustknospen stechen, auch an warmen Tagen, den Stoff ihrer Bluse.

Der jeweilige Kavalier wird in die geographischen und chronologischen Gefilde des Joffe-Hofs eingeführt: »Das ist unser Haus, da ist das Frühbeet der Gärtnerei meiner Eltern, *Gan Jaffé* heißt sie, aber das ist nicht wegen des Familiennamens, wir sind Joffe mit o, und Jaffe ist mit a. Dort ist das Haus von Apupa, dem Ober-Joffe, Großvater meines Vaters, ich hab dir von ihm erzählt, heute ist er ein bißchen krank, wohnt zusammen mit seinem Freund Hirsch, dem Geiger, und mit Onkel Gabriel und seinen Freunden, von denen hab ich dir auch erzählt. Das Indianerzelt da gehört ihnen. Die Kawasaki? Super, was? Das ist Gabriels Motorrad. Elfhundert… Hättest du das gedacht? Fünfundfünfzig Jahre alt und fährt so ein Ungetüm. Manchmal läßt er mich mit aufsitzen, und auch Vater geht mit ihm auf Liegetour.

Dort ist das Haus von Tante Pnina, der schönsten Frau der Welt, aber die zeigen wir nicht. Der Erdhaufen stammt von ihrem Mann, Onkel Aaron. Er gräbt uns einen Bunker unter der Erde. Und die alte Baracke? Mit der Dusche an der Wand? Das ist eine lange Geschichte, aber die Dusche gehört mir. Amuma und Apupa haben dort in den ersten Tagen gelebt, und danach war sie Geräteschuppen, Werkraum und das Gefängnis der Familie. Dort ist auch Amuma gestorben, und unser Geiger, Hirsch Landau, hat mal drin gewohnt. War wegen ihr gekommen, der Ärmste, sie war tot, und er war Hinterbliebener.«

Der Kavalier ist überrascht, verlegen oder lächelt. Nicht alle Tage gelangt er ans Gestade einer solchen Insel – ein Tasmanien in Zeit und Bild, ein Madagaskar der ausgestorbenen Geister und komischen Erinnerungstiere.

Ajelet ist zufrieden. »Da ist meine Großmutter.« Sie deutet auf meine Mutter, die Gemüse aus ihrem Garten holt oder ihre stinkende Mistschubkarre schiebt. »Sie ist Vegetarierin, zieht sich selbst ihren Salat, und dort, neben dem Transit, das ist mein Vater. Meine Mutter leitet die Gärtnerei, und er ist ihr Arbeiter.«

»Guten Tag, Vater!« ruft sie. »Ich erzähl gerade von dir.«

»Guten Tag, Ajelet.« Der Arbeiter ihrer Mutter tritt heran, um Höflichkeit bemüht. »Wie geht's?«

»Möchtest du meinen neuen Freund kennenlernen?«

Ich drücke ihm die Hand, höre und vergesse auf der Stelle seinen Namen. Bald wird er ja ebenfalls im Sammelkasten meiner Tochter landen, wo er bei seinen Vorgängern liegen wird, Holzboden unter sich, Glasdecke über sich, Bauch und Rücken mit einer Stecknadel durchbohrt.

»Na, ist er nicht nett?«

»Und was fehlte dem Hannele, das du letzte Woche mitgebracht hattest? Alle sind nett.«

»So viel Grausamkeit hat nicht mal mein Vater besessen«, sagte ich ein paar Tage später zu ihr, als sie allein kam.

»Hör mir auf mit Grausamkeit, Vater. Ich mache nicht Schluß mit ihnen. Verlasse sie nicht mal. Ich lege sie sanft nieder, drücke ihnen die Augen zu, decke sie ab und geh weiter.«

»Heftest du auch einen Zettel an? Art und Geschlecht, Ort

und Datum?« frage ich. »Bindest ihn ans Handgelenk wie bei Babys oder an den großen Zeh wie bei Toten?«

»Du übertreibst…« Sie lacht. »Und mach dir keine Sorge um sie. Meine Exe sind sehr populär in Haifa und Tel Aviv.«

»Wann wirst du mal was Ernsthaftes haben?«

»Keine Ahnung. Im Moment sieht's nicht danach aus.«

Die Gewißheit, alsbald verlassen zu werden, macht die Lover meiner Tochter eifersüchtig, nicht nur im Hinblick auf ihren Körper, sondern vor allem im Hinblick auf ihre Zeit. Sie kämpfen gegen überlange Telefongespräche und Freundinnenbesuche, fordern die Zeit für sich, die sie in ihre Arbeit investiert, sind erbost, wenn sie zu lange beim Essen sitzt. Wie mein Großvater ärgert sich auch meine Tochter, wenn »die Suppe eiskalt ist«, und eines Tages platzte ein Kavalier mitten beim Essen herein: »Warum mußt du die Suppe derart heiß essen? Das dauert so lange…«

»Ich hab ja schon allerlei Merkwürdiges im Leben gesehen, aber jetzt sehe ich zum ersten Mal einen Mann, der wegen Erbsensuppe eine Szene macht«, schimpfte Alona.

Doch ich habe von Herzen Mitleid mit ihnen. Wer weiß besser als ich, wie grausam schnell die Zeit kürzer wird, wie sie Kopf und Schwanzspitze gleichzeitig erkennen läßt. Ich habe ja nicht mal mehr Zeit, all meine Sternchen und Klammern wieder aufzusuchen.

[*Man könnte die »Zeitgeschwindigkeit« und die »Erinnerungsgeschwindigkeit« wie die »Schallgeschwindigkeit« und die »Lichtgeschwindigkeit« angehen. Am Abstand zwischen der Erinnerung und dem Gefühl, das sie weckt, könnte man die vergangene Zeit ablesen. Wie man am Abstand zwischen Blitz und Donner die Entfernung mißt.]

Ein Kavalier erregte bei mir den Verdacht, verheiratet zu sein. Ein paarmal trat er aus dem Haus auf den Hof und führte leise Handygespräche. Seine Stimme war nicht zu hören, den Rücken hatte er abgewandt, aber sein Tigern beim Reden, die gewölbten

Schultern, die schiefe Kopfhaltung, meine mißtrauische Fontanelle – all das sagte mir, daß er nicht die Wahrheit sprach. Wen betrügt er da? Seinen Geschäftspartner oder seine Frau?

Ich ging zu seinem Wagen und spähte hinein. Zwischen den Sitzen blickte mich ein blondhaariges Püppchen an, verlegen, wie auf frischer Tat ertappt.

»Ajelet? Mit einem verheirateten Mann? Bist du verrückt geworden?« schrie Alona mich an.

»Vielleicht ist er nicht verheiratet, aber er hat eine Tochter. Ich habe ihre Puppe im Auto gesehen.«

»Sie kann jeden Jungen kriegen, den sie möchte. Warum sollte sie da einen Verheirateten nehmen, um dann am Schabbat allein zu bleiben?«

»Mach dir keine Sorgen um sie. Ich bin sicher, sie hat auch Ledige für Schabbat.«

Einmal die Woche sammeln Gabriel und seine »Geliebtenmannschaft« bei uns allen die Einkaufszettel ein, nehmen meinen Transit oder entwenden den Citroën traction avant des Bräutigams, wenn der unter die Erde gegangen ist, und kehren voll beladen zurück. Werden die Einkäufe in Haifa getätigt, schließe ich mich an, um Ajelet in ihrem Pub zu besuchen. Manchmal fahre ich auch mit dem Bräutigam. Dann unterhalten meine Tochter und ich uns, hüben und drüben an den Holztresen gelehnt, und der Bräutigam wartet draußen in seinem Traction avant. Er geht doch nicht in Pubs! »In jenen Tagen frequentierten nur englische Soldaten und jüdische Nutten solche Lokale!«

»Klar verheiratet, was denn sonst?« sagte Ajelet. »Einer, der all das Was und Warum von Haus aus kennt.« Und als ich nicht reagierte, lachte sie: »Bist du entsetzt?«

»Entsetzt?« antwortete ich meiner Tochter. »Warum sollte ich entsetzt sein? Wer bin ich denn? Rabbi Ovadja? Die Vorsitzende des Gewerkschaftsfrauenverbands? Ich will nur nicht, daß du Schaden nimmst, das ist alles.«

»Schaden nehmen, Vater?! *Moi?* Wodurch? Die nehmen Schaden, nicht ich.« Sie schenkt mir ein Glas Wein ein: »Auf die Verheirateten…«

»Genug, Ajelet«, sagte ich. »Wir haben genug Geschichten über verheiratete Männer und ledige junge Frauen gehört und darüber, wer dabei zum Schluß den kürzeren zieht.«

»Hallooo…« Sie pocht mir unvermutet auf den Kopf. Ich zukke zurück, erschrocken, weil ihr Fingerknöchel meiner Fontanelle sehr nahe kommt.

»Hallooo… Ich hab dir doch schon gesagt, Vater, hör mit diesem Kram auf. Verheiratete Männer sind ein Geschenk des Himmels. Sie sind genügsam, wollen einen auf jeden Fall befriedigen, sind rührend und dankbar, und wenn man sich, Gott behüte, in sie verliebt, dann guckt man ihre Frau an, und damit ist auch die Liebe abgehakt.«

Mein Vater, das ist sie. Mein Vater, aus dem Grab auferstanden. Kein Zweifel, der Tod hat ihn stark aufgemöbelt. Schon sechs Jahre heuer und mit Locken rot wie Feuer, und es sind ihm Zilli und Gilli und ein neuer Arm gewachsen.

»Und sie bleiben nicht!« Sie lacht ihr typisches Lachen. »Sie müssen heimkehren. Man kann morgens aufstehen wie ein kultivierter Mensch.«

»Und am Schabbat, wenn sie dich allein lassen?«

»Am Schabbat ruht man sich aus, Vater. Auch Gott ruht am Schabbat, und ich arbeite härter als er. Und du«, hängt sie meinem Schweigen einen Drachenschwanz an, »wenn du irgendeine Schramme in Sachen Ehe hast, dann schieb sie, Verzeihung bitte, nicht auf mich.«

Wenn ich weiter widerstrebe, sagt sie, sie habe trotzdem ein paar Grundsätze, »und du wirst dich vielleicht wundern, aber es gibt Männer, die ich nicht mal auf einer einsamen Insel und mit der Stockspitze anrühren würde.«

»Ja? Wer?« Der angeschrammte Vater wird wach.

»Männer ohne Humor, geizige Männer, solche, denen der Arsch gestorben ist ...«

»Wie bitte?«

»Kerle, denen der Arsch gestorben ist, was ist denn da unklar?«

»Und welche noch?«

»Welche noch was?«

»Welche weiteren Männer würdest du nicht mal auf einer einsamen Insel mit der Stockspitze anrühren?«

»Ah ... Also folgendermaßen: Männer ohne Geduld für Kinder, Männer, die sich ihrer weiblichen Seite zuwenden ...«

»Wie bitte?«

»Heutzutage gibt's ein paar neue Dinge, Vater: sensible Männer, Männer, die nicht geben, Männer, die sich ihrer weiblichen Seite zuwenden statt meiner.«

Diesmal lache ich und befreie auch das Lachen, das ich zuvor wegen des toten Arschs zurückgehalten hatte, und Ajelet macht vergnügt weiter: »Wer noch? Ich mag keine Männer mit Bart ohne Schnurrbart, kahle Geldverleiher, und am schlimmsten – Glatzköpfe, die einen Pferdeschwanz im Nacken tragen, die machen mich wahnsinnig.«

»Ich sehe, du hast auch ein paar Schrammen abbekommen«, sage ich.

»Ich? Schon sechs Jahre heuer und mit Locken rot wie Feuer?« Sie steht auf. »Arbeit habe ich. Keine Schrammen. *Yalla*, Ajelet, *imschi*, *dajosch*, los! Dimitri, komm her, hilf mir mit dem Faß, und du schau, wie fleißig deine Tochter ist, aber erst mal bring dem Bräutigam ein Glas Bier raus. Wenn es gegen seine Prinzipien verstößt, bei mir zu sitzen, dann soll er halt draußen trinken.«

[*»Zeitgeschwindigkeit« – zwischen »die Geräusche sehen« und »die Bilder hören«. Erinnerung und Wirklichkeit als Energie und Masse des Bewußtseins ansprechen. Eine Erinnerung, die sich schneller als mit Zeitgeschwindigkeit entfernt, verändert die Wirklichkeit.]

In der Jesreelebene waren damals noch mehr Menschen unterwegs, einzelne und Familien, scheinbar, um das Land zu erkunden, in Wirklichkeit jedoch auf der Suche nach einem Hirten. Als sie David Joffe und Mirjam auf seinem Rücken sahen, gingen sie ihnen nach. Erst zwei, dann drei und vier, zögernd und ängstlich, und langsam sammelte sich dort ein Grüppchen. Amuma bemerkte sie vor ihm, denn sie hatte schärfere Sinne als er und saß auf ihrem Beobachtungsposten. Sie erzählte ihm nichts davon, um seinen Zorn nicht zu erregen, und zweimal legte sie ihm sogar, wie zum Scherz, die Hände übers Gesicht, aber letzten Endes entdeckte auch er den Troß.

Er setzte seine Frau ziemlich unsanft von den Schultern ab, rannte auf die Leute zu, schrie, warnte sie, ihm ja nicht nahe zu kommen. Aber ein Mann, dem eine Frau auf dem Rücken reitet, ist eine Verlockung, der man schwer widerstehen kann, und bedeutet auch Sicherheit und eine Verheißung, besonders für abgerissene und ausgelaugte Nomaden wie sie – Verängstigte, die ihren Weg verloren hatten [die niemanden hatten, der ihnen »dahin« und »hier« sagte].

So entstand dort eine merkwürdige Karawane, an der Spitze Apupa und Amuma, und ein paar hundert Meter hinter ihnen stapfte eine lose Gruppe von müden Männern, besorgten Frauen und einigen Kindern, die unaufhörlich klagten und weinten, weil sie vor Apupa erschraken, der sich nicht mit Schreien begnügte, sondern auch noch anfing, Steine zu werfen.

Mirjam indes achtete nicht auf die Leute. Unruhe ob des nahenden Ziels erfüllte sie. Ab und an richtete sie sich auf, die Füße wie in Steigbügeln auf Davids Händen, und manchmal stand sie erneut – mit dem Gleichgewichtssinn eines Akrobaten und überraschender Geschmeidigkeit – auf seinen Schultern und musterte die Ebene ringsum.

Schließlich lenkte sie ihn auf eine niedrige Anhöhe zu, bei der sie, wie sie uns viele Jahre später erzählte, zunächst selbst nicht verstand, was sie daran fand. Sie war zu fern, um es sehen zu können, aber als sie näher kamen, entdeckten sie auf der anderen Seite zwei spärliche Quellen, die eine von niedrigen Palmen, die andere von Schilfdickicht umstanden.

Dort entschlüpfte ihrem Mund, wie von selbst, das »hier, David«, das Apupa zum Halten brachte und die Wanderung beendete.

»Steig ab!« sagte er, reichte ihr die Hand zur Stütze und den Schenkel als Stufe.

Er untersuchte die Quellen, stieg den sanften Hang zur Hügelkuppe hinauf, und als er die Menschen ihm nachkommen sah, ging er wütend zu ihnen hinunter, schrie sie an, sie sollten abhauen, er werde sich hier ein Haus bauen, sie würden wenig Freude haben, wenn sie in seiner Nähe siedelten.

»Wasch heischt Nähe?« fragte einer dreist.

»Wenn ich den Schornsteinrauch von einem von euch sehe, dann ist es nah«, sagte Großvater.

Der Mann erboste sich: »Dasch ischt nicht dein Boden. Der gehört allen Menssen.«

Er hatte ein komisches Gesicht: Seine eine Wange war höher als die andere. Und er hatte auch eine schwangere Frau, eine dreijährige Tochter, einen Säugling, dem man schon damals ansah, daß er mal ein sehr gutaussehender Mann werden würde, und einen sehr alten Vater, der ununterbrochen betete – groß und schlank, einen breitkrempigen schwarzen Hut auf dem Kopf und mit einem langen schwarzen Mantel angetan.

»Wie heißt du?« fragte Apupa.

»Ssimsson Ssuschter«, sagte der Mann, worauf Amuma in ein Lachen ausbrach, das alle ringsum ansteckte. Aber Schuster lachte nicht, und auch Apupa lachte nicht. Er trat heran und stieß ihn zu Boden. Das Lachen hörte sofort auf. Die übrigen Leute versammelten sich um den Gestürzten, tuschelten betreten und verängstigt. Der betende Alte half seinem Sohn auf die Beine, kam näher und wollte mit Apupa reden, aber Amuma hielt ihn davon ab.

»Geht runter und laßt euch dort nieder«, sagte sie, »am Fuß des Hügels. Nah genug, um ein Gemeinschaftsgefühl zu entwikkeln, entfernt genug, daß man Luft zum Atmen hat.«

»So, ohne Budget, ohne Kommissionen, ohne Funktionäre, ohne Festakte und Ansprachen, ist unser Dorf entstanden«, sagte Rachel. »In der Jubiläumsfestschrift und bei den Landnahmefeiern erzählen sie Geschichten ohne Ende, aber dieses Dorf hat nicht so angefangen wie alle anderen. Unten, bei den Schusters, haben sie Vision, Satzung und Siedlungsgeschichte erfunden. Aber der Joffe-Hof bei uns oben hat so angefangen, wie es sich gehört: Ein Mann, der eine Frau nahm, eine Frau, die ihm ›hier‹ sagte, Feld und Palme, Quelle und Hügel, eine Wange, die auf einem Bauch ruhte, und Finger im Haar.«

Die Schusters stritten und schrien bei Tag, tanzten und sangen bei Nacht, schickten Abgesandte und Repräsentanten aus und erhielten Spenden und Haushaltsmittel. Apupa aber errichtete ein Zelt, leitete Wasser, schnitt Schilf und Sträucher, nahm Land und markierte es. Nach ein paar Wochen verschwand er und kehrte zwei Tage später mit einem Wagen voll Baumaterial zurück, ein großer Hund lief nebenher, zwei Maulesel waren am Heck angebunden, und ein kleiner blonder Junge ritt auf dem Rücken eines der Zugochsen. Auch Saatgutdosen befanden sich auf dem Wagen und Kästen mit Setzlingen und ein großer Jutesack, dem Apupa ein Federbett entnahm.

»Das ist ja der Wagen der Deutschen, die wir getroffen haben«, sagte Amuma. »Der Wagen, auf dem sie Steine beförderten.«

»Sie haben ihn mir ausgeliehen«, sagte Apupa.

»Und die Maulesel? Und das Baumaterial?«

»Hab ich ihnen abgekauft.«

»Woher hattest du Geld?«

»Sie bauen ein Haus aus den Steinen, die auf den Wagen waren. Ich habe ihnen geholfen, und sie haben mir auf Kredit verkauft.«

»Und der Junge?«

»Erkennst du ihn nicht wieder? Er heißt Johann. Er wird den Wagen zurückbringen.«

»Allein? Er ist ja noch keine vier Jahre alt.«

»Die Ochsen kennen den Weg, und der Hund paßt auf«, sagte Apupa. »So hat seine Mutter gesagt.«

Amuma führte die Ochsen zur Quelle hinunter, gab Johann und dem Hund zu essen und zu trinken und schickte sie nach Hause, und Apupa, eine Einmann-Arbeitsbrigade, baute eine Holzbaracke und einen Lehmofen, grub Pflanzlöcher und widmete sich vor allem seiner Lieblingstätigkeit – der Grenzmarkierung: mit langen Reihen von Meerzwiebeln, die Amuma am Hang ausgegraben und ihm gebracht hatte, mit mächtigen Urinkaskaden und mit Zaunpfählen. Er litt nicht unter der Sonne, fürchtete weder Tier noch Mensch, und sein Brot belegte er mit Wildkräutern. Das Trommeln seiner Schuhe verscheuchte die Feldmäuse aus ihren Löchern und die Schakaljungen aus ihren Bauen. Er zertrat die Vipern, zerquetschte die Skorpione, und sogar die dreisten Hyänen kannten schon den neuen Geruch und kamen seinem Anwesen nicht nahe.

Jeden Abend, bei seiner Heimkehr vom Acker, rief Amuma ihm ihren geliebten Standardsatz zu, den er heute, winzig und fröstelnd, manchmal erinnert und aus seinem Inkubator schreit: »Komm nicht rein, David, der Boden ist noch feucht!« Später gab sie den Mauleseln ihr Futter und ihm heiße Suppe. Nach dem Essen erzählte er ihr, was er tagsüber getan hatte, legte seine Wange auf ihren Bauch und sagte: »Streichle mich, Mutter, auf dem Kopf.« Und Amuma tätschelte ihm den harten Schädel, spielte mit seinem kastanienbraunen Haar, streichelte und lobte.

In den nächsten Monaten tauchten immer wieder Menschen auf, die sie nicht kannte. Sie waren sehr unterschiedlich, aber in allen nistete das Verlangen nach kochendheißer Suppe und eine unterdrückte Gewaltsamkeit, und alle hatten starke Beine und eine hohe gewölbte Stirn. »Die starken Beine bezeugten das, was starke Beine nun mal bezeugen, aber die Stirn war eine andere Geschichte.« Innerhalb kurzer Zeit lernte Amuma, daß bei den Joffes eine klare Einteilung herrscht: Mal ist die Höhe der Stirn, mal die Wölbung das Entscheidende. Die Ankömmlinge sagten, sie gehörten »zu den Joffes von Jerusalem« oder »zu den Joffes von Haifa« oder zu den Joffes aus Odessa, aus Czernowitz, aus Makarow oder aus Moskau. Nach einigen solchen Besuchen konnte Amuma sie schon von weitem erkennen: ein, zwei oder drei Punkte, die über die großen ebenen Flächen näher kamen, wobei man unter keinen Umständen Zeit und Entfernung abschätzen konnte – mal ferne Punkte, die innerhalb einer Stunde da waren, mal nahe Punkte, die in drei Tagen eintrafen, und immer entpuppten sie sich als Joffes, die den Hügel erklommen und sagten: »Wir sind zum Helfen gekommen.«

Apupa hatte keine Zeit für tiefschürfende, detaillierte Untersuchungen. Er gab jedem Gast ein Messer und einen Brotlaib und sagte: »Schneid.« Die Joffes schneiden, wie ich schon von Ajelets Dimitri erzählt habe, das Brot an die Brust gedrückt, und wer den Tisch – oder noch schlimmer: ein Brett – benutzte, bekam das Brot als Proviant mit auf den Weg und wurde hingeschickt, wo er herkam. Diejenigen, die dableiben durften, pflügten die Felder, hoben Bewässerungs- und Ablaufrinnen aus, gruben Pflanzlöcher und machten Ausschachtungsarbeiten für Kuhstall und Mauern. Und am Abend saßen sie zusammen und taten das, was die Joffes noch heute tun: Sie aßen, schrien, erzählten Geschichten [*an anderer Stelle Rachels Bild benutzen, daß Geschichten bei uns von Hand zu Hand gehen wie die Wassereimer von Feuerwehrleuten, die in langer Reihe stehen]. Sie prägten neue Ausdrücke, verglichen Erinnerungen, und die Dorfbewohner lernten, daß die Laute, die vom Joffe-Hof kamen, unsere

Laute, die der Familie, waren – die Proteste, Schreie und Schnaufer, die Personalpronomen, das »er« und »sie« und »sie allesamt« und das »ich« und »du«, und was wirklich geschehen ist und was künftig geschehen wird, und wer, wie immer, schuld ist, und wer, wie immer, recht gehabt hat.

»Jetzt wissen die da unten, daß wir Joffes sind!« rief Apupa eines Nachts, und Amuma sagte: »Sei unbesorgt, David, das wissen sie schon seit der ersten Begegnung.«

Auch von der kleinen Zeltsiedlung unten waren Laute zu hören – mal Singen, mal Akkordeonspiel, das Amuma Tränen vergießen und die Ohren spitzen ließ, mal Trommelschläge auf leere Kanister, und manchmal auch Streitigkeiten und vor allem – der unaufhörliche Gebetslärm, das Gemurmel des alten Schuster, des einzigen Frommen im Dorf.

»Ich versteh das nicht«, sagte sich Amuma, »ein Jude soll dreimal am Tag beten, und der betet von morgens bis abends, ohne Pause.« Und zu Apupa sagte sie: »Geh mal runter und sieh nach, was bei denen vor sich geht, und bring ihnen vielleicht ein paar Gemüsesamen von mir mit.«

»Sie interessieren mich nicht«, erwiderte Apupa.

»Wir können nicht allein leben«, sagte Amuma. »Auf Gedeih und Verderb sind sie unsere Nachbarn.«

»Wir sind nicht allein, Mutter. Du bist bei mir, und ich bin bei dir, und gelegentlich kommen Verwandte.«

Amuma ging selbst zu den Nachbarn hinunter, brachte ihnen Gemüsesamen mit, und nach ihrer Rückkehr sagte sie: »Du wirst es nicht glauben, David...«, und erzählte ihm, daß der alte Schuster, da ihm die anderen neun Männer fürs Gebetsquorum fehlten, eine einfache Rechnung aufgestellt und entschieden hatte, daß er jedes Gebet zehnmal sprechen müsse. »Verstehst du jetzt, warum er dauernd betet, ohne abzusetzen?«

Apupa schnaubte verächtlich. »Parasiten und Dummköpfe!« sagte er und kehrte an seine Arbeit zurück.

»Er machte die Seelenqualen dieser Leute nicht mit«, sagte Rachel, »beteiligte sich nicht an ihren Diskussionen, veröffentlichte und las keine Aufsätze in ihrem Dorfblatt.« Tag für Tag arbeitete er, Nacht für Nacht schlief er mit seiner Frau, wünschte sich, sie möge ihm Söhne gebären. »Erst mal drei Söhne«, sagte er, »und dann, wenn hier Burschen sind, die auf sie aufpassen können, auch eine Tochter. Eine Kosakin. Eine Prinzessin.«

Er umarmte Amuma, und sie lachte: »Du machst *Quetsch* aus mir«, und biß ihn in die Schulter, damit man ihr Stöhnen nicht hörte. In jenen Tagen gab es noch keine Partnerschaft, und Liebe war Liebe. Apupas Leib kannte keine Müdigkeit, und Amumas Leib begann fruchtbar zu werden und sich zu mehren.

»Und was ist mit deiner Liebesgeschichte, Vater? Was ist mit dieser Frau, die du nur mit einem halben Satz erwähnst, und schon erschrickst du und fängst an, von jemand anderem zu erzählen?«

»Das ist meine Angelegenheit, Ajelet. Du kannst hier stehen bleiben, aber misch dich nicht ein.«

Auch die Zeit erschien, ein ferner Punkt, der zum schmalen Fluß anschwoll, entgegen der Strömungsgesetze aufwärts stieg, ans Tor pochte und eintrat. Kam, breitete sich aus, bewies, daß sie ein echter Joffe war, und blieb. Mal meine ich, es sei schon dreitausend Jahre her, daß Anja meine »Nichtnarbe« geküßt hatte, mal, nur eine Stunde. Mal bin ich sechs Jahre alt, sitze in »unserer Sitzweise« zwischen ihren gespreizten Beinen, spüre ihre Brust in meinem Nacken, mal bin ich ein greiser russischer Joffe, und seit sie vor einigen Wochen in Jerusalem gestorben ist, bin ich ein toter Joffe.

Ich blicke auf meine Frau – in den Spiegel ihrer Augen, auf die Zeiger ihrer Hände, auf die Sanduhr ihres Körpers – und kapituliere. Wie mein Großvater auf den Schenkel seiner Frau und Mutter, so lege ich meinen Kopf auf ihren Schenkel und warte auf Lob und Streicheln. Morgens, über der Kaffeetasse, die von guter Partnerschaft zeugt, lausche ich geduldig ihren Beschwerden: über die

Phase der neuen Ampel an der Kreuzung, und warum es dort kein freies Rechtsabbiegen mit gelbem Blinklicht gibt, und über die schlechte Beschilderung der Stadtverwaltung, aber zuweilen läßt sie, zu meiner Freude, die öffentlichen Angelegenheiten ruhen und sagt mir Dinge über sich selbst: darüber, daß sie »böse mit dem Spiegel ist«, daß die Blicke der Männer auf der Straße nun an ihr vorbeisehen, da sie nichts mehr haben, woran sie festmachen oder andocken könnten, daß es nicht mehr die auf und ab gehenden Blicke sind, die sie ihr widmeten, als sie noch »jung und schön« war, auch nicht der bohrende Blick oder der fesselnde Blick oder der triefende, zerbröselnde, anrührende Blick, und auch nicht der prüfende oder nachzeichnende – und sie zeigt mir die jeweilige Augenbewegung der Betrachter mit Hilfe von zwei Händen und zwei Daumen –, das Trapez, dessen Ecken die Augen- und die Mundwinkel bildeten, und das Dreieck mit den hervorstechenden Brustwarzen und dem Venushügel als Spitzen.

»So ist das«, sagte sie, »zuerst gehen die Blicke im Trapez, und dann werden wir unsichtbar. Luft.«

»Wer ist wir?« fragte ich. »Alle Frauen oder nur deine *Pashminas*?«

»Sowohl als auch.«

»Falls es dich beruhigt: Wir auch«, sagte ich.

»Wer ist wir? Alle Männer oder nur die Joffes?«

»Wir alle.«

»Erinnerst du dich, Judith«, fragt sie mich, denn so laden die Joffes sich untereinander zu einer gemeinsamen Reise in die Erinnerung ein, und ich lache. Judith Freistatt ist geflüchtet, Nathan Freistatt ist gestorben, aber dieser Spruch der beiden ist in unserem Wörterbuch der Redewendungen verblieben. »Erinnerst du dich, Judith, wie wir uns begegnet sind? Wie du mir auf dem Feld nachgingst, und welches Wort als erstes fiel?«

Ich lache. Alona und ich sind schon dreißig Jahre verheiratet. In mancher Hinsicht ist sie längst eine bessere Joffe als ich. Aber jedesmal, wenn sie einen unserer Ausdrücke verwendet, genieße ich es.

»Sicher erinnere ich mich«, sage ich, »wir waren sehr förmlich. Du hast mich gefragt, wie ich heiße, und ich habe dich gefragt, wie du heißt.«

Alona trinkt einen Schluck Kaffee aus der gemeinsamen Tasse. »Eiskalt«, sagt sie und streichelt mir die Hand.

Dreißig Jahre sind wir verheiratet, dreißig Jahre, in denen ich, obwohl sie es nicht glaubt, mit keiner anderen Frau geschlafen habe. Dreißig Jahre, und mein staunender Leib regt sich noch immer nach ihr, aber wie ein Automat: wie ein Niesen wegen der Sonne, wie ein Haarsträuben bei Bedrohung, wie unser Freund, der Speichel, zur Nahrung hin.

»Nicht schlimm«, beschwichtigt sie ob meiner Beschwerden, »nach dem, was ich höre, wie die Männer der *Pashminas* im Bett sind, kannst du noch Gott danken.«

Jeden Abend wieder siedeln wir nebeneinander im Bett gemäß dem, was sie als »die Fengshui-Lehre von Jehuda Halevi« bezeichnet: Sie im Osten, Lesebrille auf der Nase, ich im Westen, möchte lesen oder Kreuzworträtsel lösen, aber jeden Abend erwacht mein Körper erneut in Verlangen nach ihr.

»Beruhig dich, Michael«, sage ich, besorgt ob des Kommenden. Andere Männer sorgen sich, ob ihr Körper mitmacht, doch ich, der Körper stramm aufgerichtet, angespannt und befehlsbereit, rätsele: Wird mein Herz sich anschließen? Wird auch meine kühle Seele ausgehen, oder werde ich wieder genötigt sein, allein ins Gefecht zu ziehen?

Ich liebe diese blaue Wortverbindung: »Meine Seele geht aus.« Wie vier blaue Disteln auf dem gelben Feld des Sterbens. Darin liegt nicht nur Sehnen und Einsamkeit, sondern auch völlige Hingabe bis zum Tod, kein ganzes Gräberfeld der Worte, sondern ein Blumengebinde, zwischen dem Auszug der Seele und dem Gefilde der Liebe.

Ja. Meine Seele geht aus. Nicht nur zu den Landschaften und den Geschichten und den Erinnerungen, sondern vor allem zu meinem toten Vater, und zu Anja, die auf dem Rücken liegt, ein Bein ausgestreckt, das andere angewinkelt, die Augen zwischen Ricotia und Ringelblumen schweifend, ein leichtes Lüftchen weht über ihr Gesicht, und ich, der ich auf der Seite liege, die Wange auf ihren Schenkel gelegt, während ihre Finger mein Haar streicheln, döse vor mich hin, und später, wenn ich mich drehe, um eine bequemere Haltung einzunehmen, merke ich, daß mein Kopf fast unter dem Zelt ihres Kleides verborgen ist. Ich spüre ihr Lächeln. Ich wachse ihrem Leib zu. Ich höre ihr Murmeln. Da öffnet Ajelet ihren Sonnenschirm, den blauen, und hat viel zu schauen, Gänse, die sich sielen, und eine Fontanelle zum Spielen. Aus dem Winkel, in dem ich liege, sehe ich einen geraden weißen Schenkel und sein Treffen mit dem Gefährten, dazu der angenehme Blumenduft und das Dunkel des Dufthauchs, der von ihrem Körper aufsteigt.

Erinnerst du dich, Judith? Erinnerst du dich, Michael? Erinnerst du dich, Vater? An mich, deinen Sohn, in unserem Leben und in deinem Von-dannen-Gehen? Erinnerst du dich, Rachel? Erinnerst du dich, Gabriel? So ist das bei uns Joffes, wenn wir uns erinnern, erinnern wir alles, aber wenn wir vergessen, vergessen wir nichts. Nur wer blutet oder stillt oder Samen vergießt – vergißt, und auch dann nur für ein paar Ruhestunden.

Diese Eigenschaft ist natürlich vor allem für Männer gut und nützlich, aber bei uns wird sie, seltsamerweise, gerade über die Frauen der Familie weitervererbt. Großmutter wurde einmal im Monat, an »den verflixten Tagen«, vergeßlich, beinah irr und verloren. Ein paar Tage lang drückte sie all ihre Wünsche nur durch Finger- und Kopfbewegungen aus sowie mit den Worten »jetzt«, »das« und »noch«. Sie wußte nicht mehr, was sie am Anfang des Satzes gesagt hatte, erinnerte sich nicht, wozu sie vom Stuhl aufgestanden war und wo sich Gegenstände und Utensilien befanden, deren Namen sie ebenfalls vergessen hatte. In den Wochen, die sie auf Wanderung gewesen waren, hatte Apupa nicht darauf geachtet, denn auf Tour verändern sich die Dinge jeden Tag, sogar jede Stunde, und man kann nicht mehr wissen, was der Wirklichkeit entschlüpft, was dem Auge entgangen und was der Erinnerung entfallen ist. Auch im ersten Jahr auf dem Hügel fielen ihm solche Feinheiten vor lauter Arbeit nicht auf. Aber dann, als sie fest etabliert waren, ein Dach überm Kopf, Acker, Küche und Bett hatten, merkte er es und ärgerte sich, denn als erstes vergaß sie seine Leibgerichte. In seinem Spatzengehirn wohnte ein höchst simples Weltbild, und laut diesem simplen Weltbild war Essen, das seinem Gaumen mundete, ein Zeichen der Liebe und ein nicht nach seinem Geschmack zubereitetes Mahl ein Beweis für ihr Schwinden. Und als Amuma schwanger wurde, entdeckte Apupa, daß die Lage schlimmer war als gedacht, denn in den neun Schwangerschaftsmonaten litt sie keinen einzigen Tag an Gedächtnisschwund, aber das Essen, das sie zubereitete, blieb so nervend wie gehabt.

So oder so, als Amuma im zweiten Monat war, erschien aus den Sümpfen »ein nettes und komisches Paar«. Sie war eine knochige, großgewachsene Eselin, er ein kleiner, blinder Araber, beide alt und sehr müde, und ein munterer kleiner Jungesel sprang hinter ihnen her, hatte weiche Locken und Wimpern, eine kurze Schnauze und große Eselsaugen.

Der alte Araber war Briefträger. Da er blind war, las der Beamte im Postamt ihm die Namen und Anschriften vor, und er behielt sie alle im Kopf. Die neuen Namen, »David und Mirjam Joffe«, sagten ihm, daß eine neue Ortschaft in der Jesreelebene entstanden war, und die Ortschaft hatte er mit Hilfe der Eselin gefunden, deren blasse Streifen auf dem braunen Fell davon zeugten, daß sie eine Tochter der Wildeselherde aus den Sümpfen war, ein Überbleibsel aus jenen Tagen, als hier noch Elefanten, Zebras und Nilpferde lebten.

Der blinde Postbote und seine Eselin überbrachten einen Umschlag, dessen Anschrift nur »Jesreelebene« lautete. Sara Landau schrieb darin, daß sie und ihr Mann in Tel Aviv wohnten, sie sich »daheim langweilt« und einen Laden für Küchenutensilien eröffnen möchte, Hirsch »tags Büroangestellter ist und nachts Geige spielt« und ihr gerade dieser Tage noch eine Kette aus »goldtransparenten Steinen« geschenkt habe, die seine Liebe bezeuge, und daß sie gern wissen wolle, wie es ihnen gehe, ob sie dort, im Norden, Musik hätten, ob sie sich noch an das Abkommen erinnerten, und wenn man schon bei dem Abkommen sei, ob bei euch bald jemand sterben wird, denn bei uns – man konnte förmlich das Bedauern in ihrer Stimme hören und ihre dicke Unterlippe sehen – bei uns noch nicht.

»Und am allerwichtigsten«, schrieb sie, »habt ihr zufällig eine Tochter bekommen?« Denn sie, Sara Landau, habe vor zwei Wochen einen Jungen zur Welt gebracht, Aaron heiße er, aber sie würden ihn »der Bräutigam« nennen.

Amuma lächelte. Sie gab den Ankömmlingen Brot und Wasser, Käse und Oliven und Viehfutter, und während sie aßen, schrieb sie einen Antwortbrief an ihre Freundin, übergab ihn dem Postboten und schickte ihn und seine Eselin fort, ehe Apupa noch von den Feldern zurück war.

»Ich bin schwanger«, hatte sie geschrieben, »David meint, ich würde ihm einen Sohn gebären, aber bald werde ich eine Braut für euren Bräutigam zur Welt bringen.«

Zweites Kapitel

Der Bräutigam

Pnina, »die schöne Pnina«, die älteste Tochter meiner Großeltern, war die erste der »vier Überraschungen des Schicksals« – so nannte Rachel sich und ihre Schwestern –, drei Minuten später kam die zweite Überraschung – meine Mutter, Hanna, ihre Zwillingsschwester –, und in den drei folgenden Jahren wurden die zwei weiteren Überraschungen geboren – Batja und Rachel.

Männer wie Apupa schämen sich gewöhnlich, wenn ihnen eine solch spektakuläre Folge von Töchtern geboren wird. Sie sind beschämt und beschuldigen alles, was sie nur können: die Willkür Gottes [ihres Schicksals], die Willkür der Gebärmütter ihrer Frauen – nur nicht sich selbst. Nicht so David Joffe. Gott und Schicksal interessierten ihn nicht, und Amuma warf er nur eines vor: das Essen, das sie kochte. Hanna und Pnina selbst wiederum erregten bei ihm nur Stolz und Verlangen. Sein Stolz – darüber, daß auch er, wie in der Familie Joffe üblich, Zwillinge hatte – war so groß, daß er zu ihren Ehren die Zypressenallee anpflanzte, die vom Joffe-Hof zum Fuß des Hügels hinabreicht und heute »Allee der Ersten« heißt. Und sein Verlangen richtete sich auf einen Sohn, und jedem, der sich darüber wundert, sage ich – es ist kein Widerspruch. Stolz auf etwas und Verlangen nach dessen Gegenteil können gleichzeitig in ein und demselben Menschen nisten, das eine als Hochgefühl, das andere als ewiger Schmerz.

Im Dorf wurden spöttische Stimmen laut, und Apupas distanziertes Verhalten interpretierte man jetzt als Ausdruck der Schmach. Nichts war irriger als das. Apupa war bereits in dem

Augenblick auf Distanz zu den Dorfleuten gegangen, als sie sich ihm am Ende der Wanderung aufgedrängt hatten, und was die Schmach anging – er schämte sich für nichts: nicht für das, was er tat, nicht für das, was er dachte, nicht für das, was er zeugte, und nicht für das, was er wollte. Die vier Töchter, die ihm geboren wurden, verstand er auf die einzige Weise, zu der er fähig war: Es mußte etwas defekt sein an seinem großen, starken und präzisen Körper, der ihm mit der Hingabe eines Arbeitstiers diente, niemals »will nicht« oder »kann nicht« sagte – nicht wenn es darum ging, zu arbeiten, zu schlafen, Spuren zu wittern oder von weitem zu sehen, zu kämpfen oder eine Frau zu nehmen. Doch gerade in dieser subtilen, geheimnisvollen Angelegenheit, für die man weder Kraft noch Mut oder Entschiedenheit brauchte – gerade da war er geschlagen worden.

An Stelle von Schmach empfand er Sorge, und für Menschen wie ihn ist die Sorge selbst beängstigender als ihr Grund, genau wie der Horror, der sehr starke Menschen befällt, wenn sie Schmerz, Liebe, Müdigkeit oder sonst etwas empfinden, was sie an das Klappern von Scheren und an Dalilas Lächeln erinnert. Und in einem sind wir uns alle sicher: Er hatte nicht »den Wunss, die Ssande in den Tiefen seiner sswarzen Scheele zu verbergen«, wie die Schusters, die die kleine, wachsende Gemeinde rings um den Hügel leiteten, von ihm sagten, und zwar aus dem einfachen Grund, daß Apupas Seele keine Tiefen besaß.

Im Gegensatz zu dem geordneten, abgegrenzten und eingezäunten Joffe-Hof, entstand das Dorf am Fuß des Hügels wie von selbst, ohne leitende Hand, »und wuchs, wie Unkraut sich ausbreitet«: eine verstreute, unübersichtliche Ansammlung von Häusern, bei denen nur die großen Schlangenadler im Schwebeflug sehen konnten, daß sie in etwa einen Halbkreis bildeten. Kein Architekt war mit dem Grundriß betraut worden, keine Baukommissionen hatten die Entwicklung gelenkt, nur die Gefühle der Einwohner und die Struktur des Bodens: Die Liebe bahnte Wege, der Haß errichtete Zäune, Gefälle und Rinnen steckten die Felder ab. All das erklärte mir Rachel: »Mißtrauen bestimmte Entfernungen, Angst baute Keller, Hunger und Sorge errichteten Kuhställe.« Großvater, dessen Verachtung gegenüber seinen Nachbarn ständig stieg, »arbeitete und aß für fünf« – pflügte und säte, erweiterte und nahm Land, faßte die obere Quelle in Beton und Rohr, markierte und befestigte Grenzen: mit Kletterrosen, mit Kaktushecken, mit Steinen, Brombeersträuchern und Gräben. Im Herbst blühten Amumas Meerzwiebeln in langen Reihen und markierten Grundstücke und Felder, und die Zäune um jene hochwertigen zwölf Dunam, die seit Jahren Bauunternehmern und Maklern den Schlaf rauben, wurden immer dicker und höher und stachelbewehrter, bis sie sich zu den heutigen Festungsanlagen auswuchsen.

»Bereitest du dich auf einen Krieg vor?« fragte Amuma, als sie sah, daß er noch weitere Joffes zu Hilfe holte, noch mehr Löcher grub, noch mehr Beton goß und Pfeiler einrammte.

»Der Mensch braucht eine Mauer, damit er weiß, was sein ist, damit andere wissen, was sein ist, damit er tun kann, was er will, ohne daß man ihn sieht und ohne daß man ihm reinredet. Und jetzt«, er senkte den Kopf, »streichle mich und sag: ›Was für schöne Mauern!‹.«

Ein paar Jahre später, als das Dorf Haushaltsmittel für den Bau eines Wasserturms erhielt, schickte der Gemeinderat Apupa Mitteilungen und Aufforderungen des Inhalts, daß nach allen Gesetzen der Verwaltung, der Logik und der Natur der Wasserturm im Bereich des Joffe-Hofs errichtet werden müsse, da dort der höchste Punkt des Dorfes sei. Ich werde hier nicht erzählen, was genau passierte, doch Tatsache ist, daß die Mauern bereits standen, die großen Tore angebracht waren und daß die Joffes, die Apupa vorher geholfen hatten, sich auf dem Hügel einzurichten, erneut beigeholt wurden – und unser Dorf war, um die Sache in der erforderlichen Kürze abzuhandeln, das einzige im Land, dessen Gemeinderäte zwei Monate in Gips waren und dessen Wasserturm an einem niedrigen Punkt erbaut wurde.

Noch eine zweite Sorge begann an Apupas Herz zu nagen, jene Angst, die sehr starke Männer vor der Zukunft, die nach ihrem Tod liegt, haben: Wer wird die Familie ernähren? Wer wird sie verteidigen? Die Schwiegersöhne würden ja »nicht von unserem Blut« sein, und auf die Töchter war »kein Verlaß«.

Und die dritte Sorge war die Furcht vor der Einsamkeit. Ein Mann, der einen Sohn hat, und sei es auch nur ein einziger, der weiß, er ist nicht allein. »Das ist wie Soldaten im Gefecht«, erklärte er Gabriel und mir viele Jahre später, bevor wir unseren Wehrdienst antraten: »Du verläßt dich auf deinen Kameraden, und du weißt, daß der Kamerad sich auf dich verläßt.« Und ich, der ich zum Militär ging, obwohl meine Fontanelle mir Übles prophezeite, wußte, daß Apupa trotz seiner dumpfen, unbeholfenen Ausdrucksweise und trotz seines Spatzengehirns recht hatte. Ich begriff, wovon er redete: von uns, von Männern, die nach demselben einfachen Muster gestrickt sind, wohlvertraut mit dem Gewebe der Nerven, dem Druck des Samens und der Kürze der Geduld, wohlwissend um die Leitfähigkeit des Blutes, die Wonne der Muskeln und die Dicke der Knochen.

Ein Mann, der nur Töchter hat, sagte er, hat keinen Grund zu klagen. Sie werden ihm Liebe, guten Rat, ein aufmerksames Auge und ein Streicheln schenken, werden ihm sagen, was er tun, wohin er gehen und wo er anhalten soll, werden seinen Samen weiterreichen »von heute bis in alle Zeiten«, und sie werden ihm »kochendheiße Suppe zu essen« geben, aber hinter alldem stehen nur Mutmaßungen und Rätsel. Da soll einer wissen, wie so eine Tochter funktioniert, wie sie aufgebaut ist. Warum sie lacht, wie sehr sie liebt, warum sie zürnt und wozu sie ernst wird, was mit ihr passiert, wenn sie aufsteht, und warum sie zu Boden geht.

Sogar mein Vater, der Frauen liebte und sich in ihrer Gesellschaft sehr wohl fühlte, sagte mir: »Sie sind was Großartiges, Geniales, Wunderbares, die größte Erfindung Gottes, aber« – und hier seufzte auch er –, »aber sie sind nicht wie wir, Michael, sie sind keineswegs eine simple Erfindung.«

Als wir dieses Gespräch führten, war ich schon ein großer Junge, vielleicht spürte, oder erfaßte, Vater, daß Anja bei mir bereits einiges getan hatte, und gewiß begriff er genau, was ich vage dachte – daß wir beide dieselbe Frau betrogen, meine Mutter und seine Ehefrau, jeder auf seine Weise, aber mit derselben Wut und aus ähnlichen Gründen.

»Es ist eine knifflige Angelegenheit«, sagte er, »sowohl alle zusammen als auch jede einzeln. Und es ist nicht so wie bei uns, wo du weißt, was jedes Ding tut. Bei ihnen funktioniert alles anders. Gott hat sie so geschaffen, daß sie mit den Augen hören, mit den Ohren riechen, mit den Fingern schmecken und mit den Lippen sehen, etwas, was du, mit deinem Loch im Kopf, vielleicht mal verstehen kannst.«

Wir saßen auf zwei Steinen am Wadi, nahe der Stelle, an der Anja mich untertauchte, nachdem sie mich aus dem Feuer gerettet hatte. »Du wirst es noch sehen, Michael, wenn du mit einer Frau zusammenlebst, am Anfang wirst du staunen, wie vernünftig die Partner gebaut sind, wie äußerst sinnvoll sich die Körper verbinden. Doch dann wirst du ruhiger werden und sehen, daß nur bei den Frauen alles sinnvoll gebaut, nur bei ihnen alles so klug eingerichtet ist, und daß bei ihnen alles – Liebe, Erinnerung, Schweiß, Leidenschaft, Verdauung, Denken – ganz anders ist und nichts als Rätsel aufgibt. Sie sind nicht nur anders als wir, sie sind auch unter sich jede verschieden, und jede einzelne ist anders als sie noch vor einer Viertelstunde war.«

[*Ein andermal sagte er, trotz der Geschichte von der Erschaffung Evas aus einer Rippe Adams sei der Mann ein Glied des Frauenkörpers. Deshalb sei ein Mann, der keine Frau habe, einfach ein Fleischklumpen, und eine Frau ohne Mann sei wie er, amputiert.]

»Das ist interessant, aber ich bin nicht sicher, daß du recht hast«, sage ich, und Vater lächelt: »Hör auf den Erfahrenen.«

»Was nützt denn Erfahrung?« entgegne ich ihm. »Du hast doch selbst gesagt, die Frauen unterscheiden sich völlig voneinander.«

Vater steht auf, denn gleich geht die Sonne auf, und er muß ins Grab zurück, und sagt: »Du weißt, ich bin nicht wie deine Mutter, die immer recht hat, kein bißchen. Aber du wirst noch sehen, Michael, diesmal, zur Abwechslung, doch.«

Du wirst sehen? Einem Mann von fünfundfünfzig Jahren, der sein Leben beschließt, sagt man »du wirst noch sehen«? Aber Vater macht schon kehrt und geht von dannen, wie er damals von dannen ging. Alle rätselten: Woran ist er in so jungen Jahren gestorben? Mutter hatte darauf eine sehr klare Antwort, aber nur ich kannte die Wahrheit: Mein Vater starb an Interessenverlust. Da ist er, entfernt sich – sein Rücken, seine Schultern, sein leichter Schritt –, geht von dannen. Kehrt zu seiner Ruhe zurück. Noch zu Lebzeiten besaß er ja diese Fähigkeit, über dem Joffe-Hof zu schweben und uns von dort zu betrachten. Und erst recht jetzt, da er tot ist. So ist das bei uns in der Familie: Ich habe die Fähigkeit, zur Seite zu treten und Dialoge mit mir selbst zu führen. Mein Vetter Gabriel hat die Fähigkeit, unter den Tarnnetzen seiner Röcke zu verschwinden. Mein Onkel Aaron und mein Sohn Uri haben die Fähigkeit, sich zu konzentrieren und abzuschotten – der eine in seinen unterirdischen Gängen, der andere im Bett mit Laptop und Büchern und mit der Frau, die eines Tages kommen wird. Aber Apupa war, genau wie seine Tochter Batja und wie meine Tochter Ajelet, mit keiner dieser Eigenschaften gesegnet. Wutschnaubend verteidigte er sich und uns, die künftig sein Same sein sollten, mit harter Arbeit, mit Schreien, mit Mauerbau, Kinder-Zeugen und Grenzen-Markieren.

»Meine Mutter war gern schwanger«, sagte Rachel. Sie selbst war übrigens nie schwanger gewesen, sann jedoch so viel darüber nach, daß sie letzten Endes einige Erkenntnisse gebar: »Erstens war sie gern schwanger, weil sie nicht gern die Erinnerung verlor, und zweitens« – ihre folgenden Worte zitiere ich, ohne zu verstehen, was sie damit meinte –, »weil gerade die Schwangerschaft unsere männliche Phase ist, denn während ihrer Dauer gehen wir endlich in gerader Linie vorwärts. Nicht in unseren gewohnten Zyklen, sondern von Anfang bis Ende.«

Als Pnina und Hanna geboren waren und zu saugen begannen, wurde Amuma von solcher Vergeßlichkeit befallen, daß sie im Zimmer saß und darauf wartete, daß Apupa von den Feldern zurückkehrte und ihr sagte, wer sie war und wer diese zwei Bündel waren, die ihr vor einer Minute die Erinnerung abgesaugt hatten. Zum Glück begriff Apupa, daß man einem Körper wie ihrem unmöglich zumuten konnte, zwei Münder zu stillen. Er ging zu dem Beduinenzelt jenseits der Hügelkette und brachte ihr von dort eine Amme. Sie hieß Naifa, war achtzehn Jahre jung und stillte damals ihren dritten Sohn.

Heute ist aus dem Zelt ein großes Dorf geworden, das an den Südrand unserer kleinen Stadt grenzt. Es bietet ihr Läden, die am Schabbat und Feiertag geöffnet haben, den besten Zahnarzt und den besten Kinderarzt der Gegend, die nächtlichen Rufe zweier Muezzine, deren Uhren nicht abgestimmt sind, Gemüse, das nach etwas schmeckt, Bodenvermesser, Autodiebe und Arbeiter. Und Naifa ist seit damals eine echte Joffe geworden. Die einzige echte Joffe, die keine Jüdin ist. Sie kennt all die Ausdrücke, Erinnerungen, Rezepte und Parolen, ißt zwar nicht unser Essen, kann es aber besser kochen als jeder andere Joffe.

Ihr Mann, Apupas Freund, ist schon tot. Ihr ältester Sohn, der gemeinsam mit ihr die Familie ernährt und seine kleinen Brüder und Schwestern auf die Schule geschickt hatte, ist immer noch Hirte. Sie hat zwei Töchter, die Lehrerinnen sind, drei Söhne, die gemeinsam vier Lastwagen betreiben, und einen Enkel namens Ayad, promovierter Historiker, der viel im Fernsehen auftritt und den Zionismus anprangert. Jedesmal, wenn Naifa zu einer Familienfeier der Joffes kommt, sagt sie, sie sei sehr stolz auf ihn.

Bei der zweiten Niederkunft hatte Amuma gleich vorgesorgt: Naifa stand am Bett parat, Pfeile waren auf den Boden gemalt, Utensilien und Schränke mit Namenszetteln versehen, und Dr. Hammer, der neue Arzt aus dem Nachbarkibbuz, wurde geholt, um der Gebärenden beizustehen.

Apupa wartete draußen, und als der Doktor herauskam und ihm sagte, es sei eine dritte Tochter geboren, ging er hinein, küßte seine blasse Frau, die ihn wegen der Blutung nicht erkannte, warf einen Blick auf das Baby mit den flammenden Löckchen auf dem Kopf und sagte: »Wir werden sie Batja nennen.«

Danach ging er zum Rand des Hofes, hob zwischen den beiden Zitronenbäumen einen Graben aus und sagte zu Naifa, wenn sie mit Stillen fertig sei, solle sie ihren Mann bitten, zu den Beduinen der Sümpfe zu gehen und ihm dort Matten zu besorgen.

Als Amuma sich ein paar Tage später erholt hatte und nach draußen ging, sah sie zwischen den Zitronenbäumen einen frisch gegossenen Betonfußboden, umgeben von Mattenwänden. Ein Wasserrohr war am Mittelpfeiler befestigt und erklärte alles: Ihr Mann baute sich eine Außendusche.

»Was machst du da, David?« fragte sie.

»Ich baue mir eine Ecke«, sagte er. »Ein Mann mit drei Töchtern braucht schon einen Platz für sich.«

»Ecke?!« Sie ballerte in jäher, furchterregender Wut gegen die Matte, gänzlich ungewohnt und unerwartet. »Eine Ecke?! Dieser ganze abgeschlossene Hof ist deine Ecke. Alle Felder, dieses ganze Haus hier ist deine Ecke. Mein Körper ist deine Ecke. Ganz was Neues... eine Ecke!...«

Apupa hob, verblüfft über den Ausbruch, die geschlagene Matte vom Boden auf. »Nicht solche Ecken, Mutter«, sagte er, »eine Männerecke. Was ist simpler als das? Ein Ort, an dem man ein paar Dinge aufbewahren, sich ohne Kleider rasieren und waschen kann und hinterher dastehen und abtropfen und sich vom Wind trocknen lassen.« Er richtete die Trennwand wieder auf, stellte einen Stuhl, ein Regal und einen kleinen Schrank in seine Ecke, ordnete Rasiersachen und Waschzeug ein, machte einen Garderobenständer für saubere Kleidung und brachte ein paar Nägel für Schmutzwäsche und Handtücher an. Jeden Tag, nach der Rückkehr von der Arbeit, ging er nun erst in seine Ecke, wusch sich unter dem schwachen Strahl, stellte sich lange tropfend in den Wind, bis die Haut trocken war, und kam dann sauber und froh zum Abendessen mit seiner Frau und seinen Töchtern: mit Pnina, der auch noch nicht andeutungsweise etwas von der Schönheit anzusehen war, die später bei ihr zum Vorschein kommen sollte, mit Hanna, die als Zweijährige noch keine Vegetarierin war, aber schon Grundsätze hatte, und mit der kleinen Batja, die ihren Vater über Naifas gewölbte Brust hinweg mit provozierenden gold-grünen Augen vergnügt anguckte und sein Herz eroberte.

Sein erstes Lächeln, heißt es, schenkte der Bräutigam nicht seinem Vater und seiner Mutter, sondern der großen Uhr an der Wand. Wenn er weinte, reichte Sara ihm die Brust, gab ihm einen Schnuller, einen Lappen, eine Flasche, eine Rassel, Puppen – aber nichts davon beruhigte ihn. Er schrie stundenlang, und Hirsch Landau, der seinerzeit bereits im Orchester spielte und ein wenig mehr Geld verdiente, flüchtete aus dem Haus mit dem Ruf: »Das Kind ruiniert mein Gehör!«

Ein paar Tage später erschien bei den Landaus ein Nachbar, um sich über das Heulen und Schreien zu beschweren. Er blickte auf das Baby, dessen Gesicht schon blau angelaufen war, auf die Spielsachen, die es um seine Wiege zu Boden geworfen hatte, und sagte: »Verzeihen Sie bitte, Frau Landau, daß ich mich einmische, aber ich sehe Ihrem Kind am Gesicht an, daß er ein ernsthafter Junge ist. Warum geben Sie ihm Kinderkram zum Spielen?«

Der Nachbar war Installateur, reparierte auch Primuskocher

und Dochtbrenner, und ehe Sara noch etwas sagen konnte – zum ersten Mal im Leben erhielt sie einen Rat, statt ihn zu geben –, zog er einen winzigen Engländer aus der Tasche seines Overalls und bewegte ihn langsam über den Augen des Kleinen. Der griff präzise hin, packte den Schlüssel und verstummte, als hätte man sein Weinen per Knopfdruck abgestellt. Sara Landau, Expertin für Kleidungs- und Benimmfragen, für Fleckentfernung, Verwandtenunterbringung und Resteverwertung, begriff, daß sie noch viel zu lernen hatte, erfaßte jedoch nicht, daß sich in diesem Moment, vor ihren Augen, das Schicksal ihres Sohnes entschied, ja in mancher Hinsicht auch das Schicksal seines Vaters und ihr eigenes.

Der Nachbar ging in seine Werkstatt und kam wieder, beladen mit alten Werkzeugen, defekten Wasserhähnen, Rohrgewinden und sonstigen Spielzeugen für ernsthafte Kinder. Er glättete alle scharfen Ecken und Kanten, an denen das Baby sich hätte schneiden oder schrammen können, Sara kochte die Mitbringsel ab, säuberte und polierte sie »ganz, ganz schön«, und Ruhe und Stille kehrten im Hause Landau ein. Der kleine Aaron spielte mit Schlüsseln und Zangen, schlug mit Hämmern auf Holzbretter, und kurze Zeit später schob er schon Rohrstücke zusammen, schraubte Hähne daran, alles mit derart geschickten und geübten Fingern, daß Sara anfing, an Seelenwanderung zu glauben, und sogar in alten Zeitungen nachsah, ob vor einem halben Jahr nicht womöglich ein Ingenieur oder Schlosser in der Gegend gestorben war.

Alle paar Tage kam der Nachbar auf Besuch, fragte: »Wie geht's unserem kleinen Ingenieur? Ist schon Wasser aus den Hähnen geflossen?«, und brachte ihm weitere Geschenke. Aaron war ruhig, seine Mutter glücklich, und nur Hirsch Landau bedauerte die Entwicklung, denn nachdem Stille und Frieden im Haus eingekehrt waren, hatte er keinen Vorwand mehr zum Ausgehen.

Als Aaron etwas größer geworden war und zu krabbeln anfing, weitete er seine Untersuchungen auf alle Haushaltsgeräte, Gebrauchsgegenstände und Mechanismen aus. In seiner Wißbegier zerbrach er Teller, riß Gardinen herunter, löste die Rolladenfedern. »Aber der Höhepunkt kam, als er bei dem Versuch erwischt wurde, seines Vaters Geigensaiten mit einer Kneifzange zu spannen, die er zum ersten Geburtstag bekommen hatte.«

»Als sie ihn in ein Laufställchen sperrten, entdeckte er ohne Zögern und Zagen, wie man die Gittertür aufkriegte und rauskam.« Und als man ein Schloß vorhängte, knackte Aaron es mit der Sicherheitsnadel seiner Windel, krabbelte in die Küche, und ein paar Minuten später hastete seine Mutter bereits dem Pfad verstreuter Einzelteile ihres demontierten Fleischwolfs nach und fand den Kleinen auf der Straße in einer schwarzen Pfütze Motoröl unter einem parkenden Wagen liegen. »Nicht mal sie, mit all ihrer Kenntnis und Erfahrung im Fleckentfernen, bekam ihn wieder sauber«, stellte Rachel schmunzelnd fest: »Und seither ist er schwarz.«

All diese ätiologischen Geschichten erreichten der Reihe nach den Joffe-Hof, in Umschlägen, die der blinde arabische Postbote und seine gescheckte Eselin aus den Sümpfen zustellten. Dann hörte man eines Tages von fern dumpfen Lärm, und ein riesiger Traktor, dampfbetrieben und auf Eisenraupen fahrend, erschien am Horizont, bewegte sich langsam in gerader Linie vorwärts und war ein paar Tage später verschwunden. Als die Rauch- und Dunstwolken verflogen waren, stellte sich heraus, daß er eine Straße trassiert hatte, und nach zwei Wochen kehrte er zurück, eine riesige Betonwalze im Schlepptau. Er planierte, streute Basaltgrus, walzte das Ganze platt und verschwand endgültig.

Ein ramponierter kleiner Omnibus begann das Dorf anzufahren. Im Sommer alle zwei Tage und im Winter – erst nachdem es mindestens eine Woche lang nicht geregnet hatte. Großvater sagte, wenn er die versteckten Sumpfpfade entlangreite, könne er jedem Auto, das die neue Straße fuhr, zuvorkommen, aber das war nichts als Angeberei. Der Bus kam und ging, beförderte Menschen und Pakete, und eines Tages spuckte er Sara und Hirsch Landau aus, die Apupa und Amuma schon Jahre nicht mehr gesehen hatten. Sara fragte einen kleinen Jungen, wo der Joffe-Hof sei, der sagte ihnen »da ischesch« und deutete auf die Kuppe des Hügels.

»Wie heißt du?« fragte sie ihn.

»Sslomo«, antwortete er.

Sara nahm sein Kinn, zeigte ihm, wie man beim Sch die Luft durch die Zähne bläst und wo man Gaumen und Zunge beim scharfen S hintut, »und das war der einzige Schuster der Geschichte, der richtig sprach.«

Das Ehepaar Landau ging Pninas und Hannas Zypressenallee hinauf und schlug ein paar Minuten lang an die großen Torflügel, ehe Großmutter sie hörte und öffnete. Ein glückliches und überraschtes Lächeln breitete sich auf ihren Zügen aus. Apupa brauchte keine Gäste. Ihm genügten seine Arbeit, sein Hof, seine Ecke und die Liebe zu seiner Frau. Aber sie brauchte Töne und Worte und weitere Gesichter, und im stillen wußte sie bereits, daß Apupas Mauern nicht nur Festung und Palast, sondern auch Kerker und Kloster waren.

Der Geiger hatte sich nicht verändert. Sein Körper war schmal und schlank geblieben, seine Hakennase neigte sich zu den dünnen Lippen, seine Gesten wirkten etwas nervöser, und seine Augen waren hungrig wie seinerzeit, als er hinter ihnen ging und sie auf dem Rücken ihres Mannes getragen wurde. Sara Landau indes war dicker geworden. Noch immer hatte sie das hohe, schwingende Becken, die dicke Unterlippe und das verschmitzte Lächeln von damals, aber ihre Taille war bereits in einem Speckgürtel verschwunden und das Fleischpolster an der Nackenwurzel frühzeitig angeschwollen. Zwei neue Ketten hingen ihr um den Hals, auch sie aus jenen mysteriösen goldtransparenten Steinen, von denen keiner wußte, woher ihr Mann sie ihr brachte.

»Wir sind auf Brautschau gekommen«, sagte sie.

Mit Schmerz und Freude sah Hirsch, daß Mirjam, ohne daß sie es selbst gewußt hätte, noch viel schöner geworden war. Sie war klein und schlank wie früher, aber die Arbeit und die Töchter hatten ihr Kraft verliehen, und Kraft, sagte er sich im stillen, ziert eine Frau.

Sie beguckten Pnina und Hanna, und Hirsch bemerkte, sie hätten nicht die Möglichkeit in Betracht gezogen, daß die künftige Braut eine von zwei Zwillingsschwestern sein könnte.

»Diese sieht viel gelungener aus.« Sara zeigte auf Pnina.

»Und was fehlt Hannele?« erboste sich Amuma, ohne zu wissen, daß sie da einen wichtigen neuen Ausdruck in den Sprachschatz der Familie einführte.

»Abgemacht ist abgemacht«, sagte Sara, »und Pnina wurde zuerst geboren.«

Gegen Abend kehrte Apupa von den Feldern zurück, und nachdem er sich in seiner Ecke gewaschen hatte, setzten sich die vier zusammen, aßen und erzählten einander Ereignisse und Geschichten, prüften – ohne viele Worte, hauptsächlich mit Blicken und Pulsen – die Gültigkeit der Erinnerungen und die Bestandskraft der Abkommen.

»Und wo ist der Bräutigam?« fragte Apupa schließlich. »Warum habt ihr ihn nicht mitgebracht?«

Der Geiger sagte grinsend, der Junge hätte womöglich während der Fahrt den Bus demontiert. Sara protestierte: »Was für einen Unsinn redest du denn, Hirsch! Das Kind ist klein und der Weg beschwerlich.«

»Und bei wem habt ihr ihn gelassen?« fragte Amuma.

»Beim Nachbarn.«

Hirsch schob unwillkürlich Apupas Glas vom Tischrand in die Mitte und tat seinen alten Spruch: »Das Glas ist in Gefahr.« Die beiden Frauen lachten, aber bei Apupa erwachte ein Verdacht. Ihm schien, Sara und Hirsch versuchten, ihren Sohn zu verbergen, vielleicht irgendeinen Defekt oder Makel zu unterschlagen, und als

Hirsch eine Flasche hervorzog, weigerte er sich zu trinken. Doch als Amuma Hirsch bat, ihnen was vorzuspielen, lauschte er, und wie damals hielt er seinen großen Kopf schräg und sah aus wie ein Löwe, der sich bemüht, ein Geheimnis zu verstehen.

Der Geiger strich den Bogen, seine Lippen lächelten, ein Stückchen Katzenzunge schmolz ihm auf der Zunge. Seit jener Nacht, in der sie sich die Hände gegeben hatten, ruhte sein Herz nicht. Seine Vorkammern rekapitulierten die Einzelheiten: »Falls auf der einen Seite … und auf der anderen Seite … sterben sollten … werden heiraten …« Und seine Kammern wisperten Hoffnungen: Wenn jemand stürbe, dann wären es Sara und David, und Mirjam wäre sein.

Sara Landau, die bestens erfaßte, woran ihr Mann dachte, hegte ähnliche Wünsche. David Joffe begriff gar nichts. Und Mirjam Joffe, naiv wie sie war, freute sich. Und nicht nur sie, das ganze Dorf freute sich über das Eintreffen der Landaus: Hirschs Geigenklang überflog mit Leichtigkeit die Mauern, glitt schwebend den Hang hinab, und als Amuma und Sara am nächsten Tag zum Konsum hinuntergingen, verteilte die Besucherin allseits wunderbare Ratschläge, die Geld sparten und die Arbeit in Hof, Küche und Bett erleichterten. Auch schlagfertige Antworten hatte sie parat und nette sarkastische Geschichten, die die verhärmten, müden Bauersfrauen aufheiterten, und noch Jahre später sagte man im Dorf, von ihr, seiner Mutter, habe der Bräutigam seine großen technischen Fähigkeiten geerbt, und der Tierarzt benutzte ihn sogar als Beispiel für das interessante Prinzip der »diagonalen Vererbung« – daß nämlich der Bulle die Qualität des Spermas gerade von seiner Mutter erbt und die Milchkuh die Menge und Qualität ihrer Milch vom Vater.

Hirsch und Sara wiederum aßen im Dorf gern all das, was sie in der Stadt nicht hatten: Eier frisch von der Henne, Käse frisch von der Kuh, Obst und Gemüse frisch von Baum und Beet. All das bekam Sara von den Dorffrauen, die sich im Schusterschen

Haus mit ihr trafen. Sie brachte ihnen die Geheimnisse der »guten Hausfrau« bei – Sparsamkeit, Tüchtigkeit, Verstellungskunst, wie man Schlamm-, Marmeladen-, Fett- und Blutflecke entfernt, und die Wiederverwendung von dem, »was ihr sonst wegwerfen würdet, liebe Freundinnen.« Sie verriet ihnen die Kniffe der Armut, mischte ihnen Pasten aus Zitrone und Asche zum Scheuern von Töpfen und Pfannen und verkündete: »Vor allem gilt es auch im Dorf, das menschliche Antlitz der Frau zu bewahren!«

Bei ihren folgenden Besuchen brachte sie ihren Verehrerinnen Bücher und Zeitschriften mit, die sich nicht mit Saatgut und Pflügen, sondern mit anderen nicht weniger wichtigen und wahren Seiten des Lebens beschäftigten, sowie allerlei verschwiegene Kleinigkeiten, mit denen »die gute Hausfrau« sich selbst belohnt, allerlei kleine Luxussachen, die im Dorf schwer erhältlich oder gar ausdrücklich untersagt waren: importierte Kosmetika, dünne Dessous, ein Spezialsalz zum Weißmachen der Zähne und Schmuckstücke, die wie echt aussahen. Aber den Gipfel ihres Ruhmes erreichte sie, als sie den Schusters riet, im Zimmer ihres frommen Großvaters an allen Wänden Spiegel anzubringen, damit er endlich einen Minjan hatte und aufhörte, für zehn Mann zu beten und mit seinem ständigen Gemurmel Nachbarn und Vieh zu stören.

Für Apupa sprengte all das sämtliche Zäune und Grenzen. Schon mehrmals hatte er entsetzt bemerkt, daß das Tor des Joffe-Hofs unverschlossen war, und als er nachsah, was dahinter vorging, entdeckte er, daß Sara Landaus und der Bauersfrauen Füße bereits einen verbotenen Pfad zwischen dem Joffe-Hof und den Häusern des Dorfes ausgetreten hatten, und sein Blut geriet ins Sieden. Noch schlimmer jedoch war Hirschs Geige. Anfangs öffneten die Bauern ihr die Fenster ihrer Häuser, danach kamen sie heraus und näherten sich, und am Ende stiegen sie hinauf und blieben außerhalb der Mauern des Joffe-Hofs stehen, die Ohren gespitzt und die Sehnen angespannt, bis Amuma aufstand und rief: »So geht das nicht weiter!«, und die großen Tore öffnete.

Die Dorfleute drängten sich unter dem Geäst eines ausladenden Baumes zusammen. Zuerst standen sie zögernd und neugierig da wie Leibeigene vorm Schloß, dann wagten sie einzutreten, die Frauen voran, denn ihre Nasen witterten nicht die Territoriumsmarkierungen des männlichen Alphatiers. Sie hielten geradewegs auf die Baracke zu, lugten in Küche und Schlafzimmer, und die Männer erkundeten – mit bebenden Nasenflügeln – vorsichtig den Hof. Ihre Augen musterten den bestens gebauten Kuhstall, prüften die Arbeitsgeräte, schätzten die Milchkühe ein, deren glänzendes Fell und freundlicher Gesichtsausdruck von Gesundheit und ebenso kenntnisreicher wie liebevoller Pflege zeugten. Plötzlich begriffen sie, wer der Eigentümer des verschlossenen Hofs auf der Anhöhe war, erfaßten, daß hinter seinem Grimm, seiner Gewaltsamkeit und hinter der Dummheit, die man ihm nachsagte, ein Fleiß und eine Kraft standen, wie man sie in der ganzen Jesreelebene noch nicht gesehen hatte. Die Dorfleute vertrauten auf Solidarität und Genossenschaft, die mit Erbarmen und Mitgefühl, aber auch mit einer gewissen Schwäche einhergehen, und nun sahen sie die Macht des Ichs auf seinem Höhepunkt. Nur eines begriffen sie nicht: daß Amuma hinter alldem stand, daß all das für sie geschah. Damit er am Abend sein Kartoffelpüree mit Zwiebeln von ihr bekam, so zubereitet, wie er es mochte, damit sie ihm bei Nacht sagte: »Leg deinen Kopf hin, David«, auf ihren Schenkel oder ihren Bauch, damit sie ihn umarmte und ihr »du machst *Quetsch* aus mir« sagte, damit er ihre Finger durch seine Löwenmähne spazieren fühlte, damit sie ihm sagte, wohin er gehen und wo er haltmachen sollte.

Und über alldem schwebte Hirschs Geigenspiel – beruhigte, umschmeichelte, ölte störrische Schlösser und brachte das Weh der Herzen zum Schweigen. Lippen lächelten. Augen glänzten. Füße tanzten. Apupa zürnte: Sein Hof, ein Tempel der Arbeit, war zum Tanzsaal geworden. Doch zum Glück beschloß er, nicht vor aller Augen mit Großmutter zu streiten, zumal über ihre

Wange bereits eine Träne perlte, die sich nicht mehr verbergen ließ, nicht vor seinen Augen, nicht vor Hirschs Augen, nicht vor den Augen des Publikums und nicht vor ihrer Gesichtshaut, die es spürte und errötete. Großvater hatte sie durchs ganze Land getragen, hatte ihr Haus gebaut und ihre Töchter gezeugt, aber ein Instrument spielen konnte er nicht, und wenn er zu singen versuchte – »dann flehten sogar die Krähen, er solle aufhören«.

Die Augen des Geigers schweiften von Apupa zu Amuma und von ihr zu seiner Frau. Ohne es zu wissen oder zu wollen, interpretierte der Geigenbogen seine Miene, und die erwiderte seinem Spiel wie ein Echo. Erst nach einigen Tagen, als die Dinge einsickerten und erfaßt wurden, fingen die Dorfleute an, zu reden und Vermutungen anzustellen, ja äußerten sie sogar geflissentlich in Apupas Umgebung. Doch da geschah etwas Eigenartiges: Gerade er, bei dem alle erwarteten, er werde endlich seine *Kurbatsch* einsetzen, regte sich nicht auf.

»Er ist ein Künstler«, wies er den Klatsch ab, »Künstler sind was anderes.«

»Hirsch Landau kann ich nicht ausstehen«, sagte Rachel. »Wenn du mich fragst, war und bleibt er ein gefährlicher und nervender Mensch, und ich habe keine Ahnung, warum mein Vater ihn ertrug und warum er ihn heute sogar gern hat. Vielleicht weil mein Vater, jenseits all seiner Ticks, Schläge und Schreie, ein guter Mann ist, und Hirsch, jenseits von Musik und Geige, niedrig und schlecht. Er hat meinen Vater gleichzeitig gehaßt und geliebt. Wollte, daß er bald starb und ihm seine Frau hinterließ, wollte aber auch, daß Aaron und Pnina heirateten, damit Apupas Blut sich mit seinem mischte.«

Einmal im Jahr zieht der Bräutigam ein Feiertagshemd an – sein hagerer, dunkler Körper zeichnet sich schemenhaft unter dem weißen Stoff ab – und fährt zum alten Friedhof von Haifa, zum Grab eines Mannes namens Leon Stein. Leon Stein, einst Metallarbeiter, Erfinder und Ingenieur, hatte zu Anfang des 20. Jahrhunderts Erfindungen gemacht, die nach Ansicht des Bräutigams die wichtigsten in der Geschichte des jüdischen Volkes sind. »Genauer gesagt«, bemerkt Alona, »die Zehn Gebote, die Satzung der Moschaw-Bewegung und den Filter, den euer Leon Stein für die Pumpen in den Orangenhainen erfunden hat.«

Gegen Abend kehrt der Bräutigam ärgerlich und besorgt vom Grab seines Messias zurück: »Das Grab ist vernachlässigt! Das jüdische Volk ehrt nicht die Pioniere und Erbauer des Jischuws!«, und erzählt mir, wie jedes Jahr, daß Leon Steins Arbeiter und Schüler auf dem Grab seinen Filter aufgestellt haben, der das Eindringen von Sand in die Plantagenpumpen verhinderte und dadurch den Ertrag an Nabelorangen verdoppelte oder verdreifachte, »und wenn du es aus dem richtigen Blickwinkel betrachtest, Michael, wirst du erkennen, daß der Staat Israel letzten Endes dank dieses Filters entstanden ist.«

Ich debattiere nicht. Sein, des Bräutigams, eigener Primuskocher, der bescheidene Primus, der Apupas Suppe wärmte, hatte letzten Endes ja die Wüstenschlacht von Al Alamain und den gesamten Zweiten Weltkrieg entschieden. Aber auch mein zustimmendes Nicken beruhigt den Bräutigam nicht. »Die Banken haben ihn fertiggemacht, den Stein«, schimpft er, »diese Beamten, die hinter ihren Schreibtischen herumlümmeln.«

In meiner Kindheit nahm er mich häufig zu seinen Hausbesuchen und Reparaturen mit. Wir fuhren in seinem Dodge Power-Wagon, der ihm in vieler Hinsicht ähnlich ist: »Wir sind beide alt und simpel und arbeiten auf niedrigen Touren...« Und dann – eine Überraschung! Der berühmte Beinbehinderte läßt einen Funken sprühen: »Und uns beiden genügt ein bißchen Tau auf den Zündkerzen, und schon können wir uns nicht mehr bewegen.«

Im Zweiten Weltkrieg war der Power-Wagon eine amerikanische Militärambulanz gewesen. Er war von Front zu Front gewandert, dann den Truppen Seiner Majestät überstellt, nach Palästina verbracht und stillgelegt worden, und letzten Endes hatte man ihn dem Bräutigam gegeben, der ihn wiederbelebte, generalüberholte, reparierte und neu spritzte. Vor allem hatte er sich bemüht, die großen roten Kreuze auf Kühlerhaube, Dach und Türen abzudecken, aber die melkeimergroße silberne Sirene hatte er auf dem Kotflügel belassen. Der Power-Wagon wiederum vergalt es ihm mit langjähriger Treue und Arbeit.

Dort, wo einst verwundete Soldaten lagen, hatte der Bräutigam eine Arbeitsfläche geschaffen: eine Eisenplatte und darauf ein Schraubstock, eine kleine Drehbank und eine Bohrmaschine. An der Seite befestigt waren ein Schweißgerät, ein Schleifstein, ein Rohrschneider und eine Gewindeschneidmaschine sowie allerlei weitere merkwürdige Arbeitsgeräte, deren Namen ich nicht kenne, viele vom Bräutigam selbst erfunden.

»Schau«, sagte er stolz und öffnete die Hecktür.

Das genügte. Ein faszinierendes Zauberwerk lief im Wageninnern ab. Der Stein, die Drehbank, die Bohrmaschine und die Werkzeugkästen glitten auf funkelnden Schienen nach hinten. Der Arbeitstisch spreizte die Beine, nahm unterwegs noch einen Schraubstock mit und wurde draußen aufgestellt. Aaron betätigte die alte Sirene, und die Anwohner kamen: Frauen mit Scheren und Messern, Kinder mit aufgerissenen Augen, Männer mit defekten Pflugscharen, undichten Kompressoren, verstopften Spritzgeräten, toten Gewinden, und festsitzenden Muttern.

»Wenn eine Mutter sich dir widersetzt«, erklärte er mal einem von ihnen, »dann redest du nicht auf sie ein und stürzt dich nicht mit Gewalt auf sie. Sie ist weder deine Freundin noch eine Verwandte. Zuerst mußt du sie aus der Ruhe bringen: Du trittst einen Schritt zurück, du heftest den Blick auf sie – paß auf, nicht drohend, aber entschlossen –, damit sie weiß, wer hier der Herr im Haus ist, und dann kehrst du zu ihr zurück. Wenn du zögerst, läßt sie die Muskeln spielen. Drückst du zu stark, dann bricht sie. Verstehst du? Hier – so!«

Erst als ich groß war, begriff ich, daß Aaron mich ebenso getäuscht hatte wie seine Kunden, daß nämlich all diese Maßnahmen nicht auf die Mutter selbst wirken, sondern auf den mit ihr Kämpfenden ausstrahlen. Aber damals waren diese Dinge nur ein weiterer Beweis dafür, daß Aaron nicht nur ein Bräutigam, sondern auch ein Zauberer war.

Er prüfte ein Küchenmesser, das er gerade geschliffen hatte, führte die Klinge über die harte Haut seiner Daumenkuppe, die bereits mit einem Netz früherer winziger Schnitte überzogen war, und lächelte dem kleinen Publikum zu, das sich um den Power-Wagon versammelt hatte, um ihm und seinem Werk zuzusehen. Ein Funkenschweif stiebte auf, der Schleifstein verwandelte sich in einen Kometen. »Ist nichts für die Augen – immer nur Himmel und Erde den ganzen Tag und Mond bei Nacht«, sagte der Bräutigam. »Die Augen brauchen was Scharfes, Schnelles, Glänzendes zum Vergnügen.«

Überhaupt liebte er Messer. Messer waren nach seiner Ansicht die ersten Werkzeuge, die der Mensch angefertigt hatte. »Und sobald wir Werkzeuge zu machen begannen, waren wir Handwerker.«

»Stimmt nicht!« sagte ich. »Das erste Werkzeug war ein Hammer aus Stein. Das hat Elieser uns in der Schule beigebracht.«

»Elieser? Wer ist Elieser?«

»Der Schuldirektor.«

»Ist das nicht der Mann deiner netten Freundin, die dich aus dem Feuer geholt hat? Dieser Glatzkopf, der gern einen trinkt? Sag deinem Elieser in der nächsten Stunde mal so: Was ist denn ein Hammer anderes als ein sehr stumpfes Messer?«

Ich war überrascht. Ich war damals sieben oder acht Jahre alt, und kein Mensch hatte Anja bisher »nett« genannt und gewiß nicht »deine Freundin«, zumindest nicht vor meinen Ohren. Ich war überrascht über die Worte selbst und darüber, daß gerade Aaron sie ausgesprochen hatte.

»Onkel Aaron hat gesagt, du hättest keine Ahnung. Was ist denn ein Hammer anderes als ein sehr stumpfes Messer?«

»Sag deinem Onkel Aaron, was ist denn ein Messer anderes als ein sehr scharfer Hammer?« lachte der Mann meiner netten Freundin.

Dann schmunzelte er und winkte mich näher heran, damit niemand es hörte: »Komm auch mal zu uns, wenn ich da bin«, sagte er, »ich hab dir interessante Dinge zu zeigen.«

Als ich Anja ein paar Jahre später fragte, warum er mich so freundlich und zuvorkommend behandelte, erklärte sie mir, er habe immer andere Männer kennenlernen wollen, die sich in sie verliebt hatten.

»Was heißt hier ›andere Männer, die sich in dich verliebt hatten‹? Ich war damals ein kleiner Junge«, sagte ich von der hohen Warte meiner reifen fünfzehn Jahre.

»Er ist ein sehr kluger Mann«, sagte sie. »Alle dachten, du wärst nur dankbar. Und es gab auch ein paar selbsternannte Psychologen, die sagten, Hanna Joffes Sohn hat eine neue Mutter gefunden. Aber Elieser hat mir vom ersten Tag an gesagt: ›Dieser Kleine, Anja, den du aus dem Feuer gezogen hast, ist in dich verliebt, wie ein Mann sich in eine Frau verliebt.‹«

Die Klingenschleiferei fasziniert den Bräutigam nach wie vor. Erst vor zwei Tagen entstieg er plötzlich dem Bunker, den er für uns gräbt, und kam ganz besorgt zu mir: »Wo ist das Messer, das ich einmal für deinen Vater gemacht habe, damit er einhändig Salat schnitzeln konnte?«

»Bei Ajelet im Pub. Sie schneidet das Roastbeef damit.«

»Wenn es bei ihr ist, dann ist es okay. Ich will nicht, daß meine Messer an allen möglichen Orten kursieren. Und die beiden, die ich dir und Gabriel vor dem Wehrdienst geschenkt hatte? Wo sind die?«

»Beide bei ihm.«

Er strebte eine Klinge an, deren Schneidendicke nur ein Molekül betragen würde: »Ein Messer muß allein durch sein Gewicht schneiden, die Hand soll es bloß führen, wie den Geigenbogen, wie einen guten Füllfederhalter, bei dem man nicht aufdrücken, sondern nur seiner Feder den Weg auf dem Papier weisen soll.«

Wie mein Vater, redete auch der Bräutigam mit mir wie mit einem Erwachsenen, aber mein Vater sprach über Liebe und er über Arbeit. »Ein Mann muß an seinem Arbeitstisch sterben«, erklärte er. »Der Schlosser mit der Elektrode in der Hand, der Tischler mit der Säge, ein Arzt mit dem Stethoskop. Wie König Saul auf sein Schwert gestürzt ist, so müssen wir sterben, jeder mit seinem Handwerkszeug in der Hand.«

»Ein Mann muß mit seinem Handwerkszeug in der Hand sterben«, erklärte ich abends am Familientisch.

Mutter und Vater wären beinah erstickt, sie vor Wut und er vor Lachen.

Auf dem Heimweg lenkte Aaron den Power-Wagon manchmal in das Dorf, das einst Waldheim geheißen hatte und von Deutschen bewohnt gewesen war, und zeigte mir, wo der Schlosser gewohnt hatte, wo der Bäcker, der Pfarrer und der Schmied, und nahm mich auch mit auf den Friedhof, auf dem er nicht wenige Menschen kannte. Dort brachte er mir übrigens bei, lateinische Buchstaben zu lesen. Langsam lasen wir die Namen auf den Grabsteinen: Frank, Stecher, Schmidt, Linker, Oldorf, der war der Schmied, der der Metzger, »und dieser«, sagte der Bräutigam, »hat Kichererbsen angebaut.«

Ich lachte, was hatten Deutsche mit Kichererbsen zu tun?

»Wenn sie sich etwas vornahmen«, sagte der Bräutigam ernst, »dann machten sie es am allerbesten, egal ob es die Würste waren, die sie von dort mitgebracht hatten, oder die Kichererbsen, die sie hier anbauten. Gegessen haben sie sie nicht, aber angebaut haben sie sie, und wie! Besser als sämtliche Juden und Araber zusammen.«

Dann deutete er auf eines der Gräber und sagte: »Das ist der

Onkel des Deutschen, der deine Tante geheiratet hat.« Diese Worte erinnere ich gut. Meine Fontanelle öffnete sich ihnen, und da meine Fontanelle nicht bloß ein Loch im Kopf ist, sondern auch Auge und Ohr, Brunnen und Spiegel, ja sogar ein wenig schmecken, riechen und fühlen kann, scheint mir, diese Worte sind wie der Anfang einer Geschichte und wie das Ende eines Vermächtnisses, wie Ofenkartoffeln und wie ein Höhleneingang.

»Reinhardt«, las ich, langsam, Buchstabe für Buchstabe.

Der große Streit zwischen Amuma und Apupa, der Streit und der Haß und der Bruch, die Batjas Eheschließung mit ihrem »Hitler-Jugen« und Pninas unverhoffte Schwangerschaft den beiden einbrachten, war damals noch nicht ausgebrochen. Vorerst entstanden zwischen ihnen einfache, normale Risse, die sich schließen und wieder öffnen, und beide waren nicht besorgt, denn sie hatten die Dinge, die sich zu Anfang der Liebe ereignen und sie danach ein ganzes Leben lang erhalten: Sie zürnte ihm wegen seiner einfachen Wesensart und wegen seiner Erregbarkeit, und vor allem zürnte sie ihm, weil sie seit jener Wanderung nicht aufhörte, ihn zu lieben. Und Apupa, bei dem auch sein Zorn einfacher Natur war, zürnte sich selbst, weil er kein Instrument spielen konnte, und Amuma wegen dem, was ich bereits erwähnt habe – dem Essen, das sie kochte.

»Dein Essen macht mir *Kwaß*!« schrie er.

In Apupas Gefühlsschatz war Essen ein Ausdruck von Liebe, und in seinem Wortschatz bedeutete *Kwaß* Brechreiz. Dabei sprach er das hebräische Wort für Brechreiz nicht *Keves* und nicht *Kavas*, sondern *Kwaß* aus, wie das braun-rosa russische Getränk, das Dimitri neuerdings in seinem Joffe-Pub zubereitet und ausschenkt.

Selbstverständlich wird das Wort *Kwaß*, wie viele andere Joffesche Ausdrücke, nicht nur in seiner ursprünglichen Bedeutung verwendet. Der Bräutigam beispielsweise betitelt damit »die Jugend«, »die Medien«, die Staatsminister, die Militärbefehlshaber, »die Knessetesel« – ein Ausdruck, den er einmal gehört und begeistert übernommen hat – und allerlei Funktionäre, die früher »die Führer des Jischuws« waren und heute »diese Jidden« sind, »die kamen, um ein freies Volk in unserem Land zu sein, und jammern wie in der Diaspora.« Alona benutzt es zur Bezeichnung einiger Ehemänner ihrer *Pashminas*, und ich sage *Kwaß* für Gartenplaner, die mit ihren Kunden im *Gan Jaffé* erscheinen und von »mediterranem Flair im Terrassenbereich« reden, sowie für Kunden, die Limonenzypressen, Miniaturpalmen und diese modischen Riesentonkrüge verlangen, die in Kipplage sinken mit dem Seufzer: »Gerade eben sind wir von einem römischen Frachtschiff in die Hafentiefen Caesareas geglitten.«

»Gibt's auch Olivenbaumsetzlinge?«

»Oliven?« Ich dehne bewußt das i. »Gibt's.«

»Wächst der schnell? Wann ist der groß?«

»Nachdem wir alle tot sind«, sage ich freudig.

»Haben Sie nicht einen Olivenbaum, der schon groß ist?«

»Wir haben keinen Olivenbaum, der schon groß ist. Möchten Sie nicht einen noch jungen Olivenbaum einpflanzen und sehen, wie er in Ihrem Garten heranwächst?«

»Ich hab keine Zeit zu warten.«

»Und wenn wir einen bereits großen Olivenbaum für Sie auftreiben, welche Sorte möchten Sie?«

»Sorte? Was heißt Sorte? Olive halt. Bringen Sie mir irgendeinen alten Baum von den Arabern. Geld ist kein Thema.«

»Aber Sie haben doch sicher ein Budget?«

»Sagen Sie erst, was es kostet.«

»Drei- bis viertausend für zwei große Olivenbäume«, sage ich, froh, die sprachliche Hürde gemeistert zu haben.

»Inklusive Transport und Grubenausheben?«

»Nein«, wirft Alona ein, »aber wir schenken Ihnen einen Bachkiesel für den Garten dazu.«

Das ist unser *Kwaß*, aber Apupa benutzte das Wort nur für das Essen, das Amuma kochte.

»Für ein Rindvieh, das nur Kartoffelpüree, Hühnersuppe, Salzhering und Salat fraß, war er wählerisch wie ein französischer Graf«, sagte Rachel. »Mutter, die Ärmste, machte sein idiotisches Püree genau, wie er es mochte, mit Röstzwiebeln, mit Butter und Kefir, mit dem groben Salz, das er gern zwischen den Zähnen spürte, und ich werde nicht vergessen, wie sie den Teller auf den Tisch stellte, diesen einen Schritt zurücktrat, ihn anguckte und wartete.«

Apupa schnupperte an dem Teller. »Und wenn seine Nase ihm sagte, daß sie dieses Püree gestern gekocht und es vor dem Essen aufgewärmt hatte, dann stand er auf, packte den Topf und warf ihn zum Fenster raus. Tatsächlich.

Seither machen wir vor jeder Mahlzeit, auch wenn es draußen regnet und kalt ist, die Küchenfenster auf, und für alles, was noch schlimmer hätte kommen können, sagen wir – was sagen wir, Michael?«

Und wir beide intonieren gemeinsam, im Dunkeln, im selben Tonfall, mit Spott und Liebe: »Das Püree ist hin, aber die Scheibe wär gerettet«, eine Redewendung, die die Joffes bis heute benutzen, wann immer ein Unglück, das noch schlimmer hätte sein können, geschieht. Zum Beispiel, wenn Ajelet wieder einmal den kleinen Renault Kombi kaputtfährt, den der Bräutigam ihr gekauft hat, und sie, Ajelet, wie gewöhnlich, ohne eine Schramme davonkommt.

Ehrlich gesagt, waren Apupas kulinarische Anforderungen so simpel wie er selbst, dermaßen einfach, daß er nicht verstand, warum Amuma es nicht fertigbrachte, sie zu erfüllen. Seine Salzheringe beispielsweise mochte er mit saurer Sahne und grünen Äpfeln. Schnitt Amuma die Äpfel feiner als sonst, schrie er: »Deine Salzheringe schmecken süß wie Kompott!« Und wenn grober: »Deine Salzheringe können nicht schwimmen!« Aber die größten

Skandale machte er um die Suppe, einfache Hühnersuppe, die jeden Freitag aus der jeweiligen »Henne, die sich nicht anstrengte«, zubereitet wurde.

Mutter erzählte mir in einer seltenen Stunde der Zuneigung, daß Apupa vor vielen Jahren, »als ich kleiner war als du jetzt, Michael«, sich einmal schrecklich über Amuma aufgeregt hatte, wegen der Suppe oder wegen Gurken, die sie in Essig statt in Salz eingelegt hatte, oder vielleicht aus einem anderen Grund, der ebenfalls nichts zur Sache tut, denn der Polizeiinspektor braucht, wie ich erinnere, keine Gründe. Er hastete wütend aus dem Haus, verließ den Hof, lief den Hügel hinunter, überquerte die Jesreelebene schnellen Schritts. Und da der Zorn noch nicht aus seinem Fleisch gewichen war, ging er im selben Tempo weiter und stieg den steilen Pfad nach Muchraka hinauf. Als er schließlich müde wurde und zur Ruhe kam, entschied er, daß Muchraka weit genug von zu Hause weg war, um sich dort entschuldigen zu können, ohne daß seine Frau es hörte. Er kauerte nieder, steckte den Kopf in einen Strauch und flüsterte: »Verzeihung, Mirjam, Verzeihung…« Und sofort richtete er sich wieder auf und schrie, »so daß man es bis Haifa hörte«, daß er heimkehre und sehr hungrig ankommen werde, Frau, »also setz einen neuen Topf Suppe auf!«

So schrie er, denn in der Familie Joffe kocht und brät man nicht, sondern »setzt Töpfe auf« oder »wirft was in die Pfanne«, und sein Schrei glitt den Steilhang hinab, wurde, in der Jesreelebene angekommen, nicht von der Erde aufgesogen, sondern rollte wie eine breite Woge über die weite Fläche, und so geschah es, daß nicht nur Amuma einen Topf Suppe aufsetzte, sondern noch Hunderte anderer Frauen im ganzen Emek. Sie alle fingen an, Hühner zu rupfen, Karotten zu waschen, Zwiebeln zu schälen, und fluchten mit tränenden Augen, jede auf ihren eigenen Ehemann.

Keiner verstand seinen Zorn. »Suppe kann doch nicht heißer sein als ihr Siedepunkt«, beschwichtigte ihn Hirsch, der Zeuge einiger solcher Dispute wurde. »Und gewiß nicht heißer als ihr Gegenpart in der Erinnerung«, fügte Rachel hinzu. Amuma preßte die Lippen zusammen, daß sie weiß wurden, hielt an sich und versuchte, seinen Willen zu erfüllen: Sie ließ den Topf bis zum letzten Moment auf dem Feuer. Verurteilte seinen Teller zu einem siedendheißen Tauchbad, bevor sie die Suppe ausschöpfte. Ließ die Haut am Huhn, damit die Suppe fetter wurde und langsamer abkühlte.

»Was will er bloß?« klagte sie, den Ausdruck einer sich sehr wohl anstrengenden Henne im Gesicht. »Und was soll ich denn noch machen?« Aber Apupa blieb beharrlich: Er zog den Löffel, der sich nicht verbog, heraus, betrachtete ihn mit *Kwaß*, probierte und schimpfte: »Eiskalt!«

Nudeln und Zorn verwandelten seine Schelte in undeutliches Gemurmel, und Batja, als Baby, verewigte das Wort »eiskalt« in der unverständlichen Abwandlung »isekalki«, das längst zur mysteriösen Joffeschen Beschwörungsformel geworden ist, die die Joffes allerorten, und auch einige der *Pashminas*, denen Alona die Familiengeheimnisse erzählt, zu Beginn jeder Mahlzeit als eine Art »guten Appetit« verwenden, was die besagten Freundinnen sehr amüsiert, weil sie die Sache nicht in ihrer vollen Tiefe erfassen.

Ich habe nie verstanden, wie ein Mann, der seine Geliebte so auf dem Rücken getragen hatte, mit ihr über solche Bagatellen wie die Temperatur der Suppe streiten konnte. Aber Rachel sagte, für ihren Vater sei die Suppentemperatur keine Bagatelle gewesen, ganz und gar nicht. Bei all seiner Körpergröße und Kraft sei Apupa das seiner Mutter verwaiste Kind geblieben und wollte das geliebte, in Erinnerung gebliebene Essen bekommen, das nicht nur den Körper, sondern auch Herz und Seele sättigen sollte. Das sättigte und wärmte und wohltat und tröstete – »die simple Psychologie eines simplen Menschen«.

»Er hat sie nicht umsonst Mutter genannt«, sagte Rachel, »und nicht umsonst hat er ihr all die Skandale gemacht. Und wenn du das alles für Bagatellen hältst, um so besser: Denn worüber sollten wir schließlich streiten? Über die großen Dinge? Nein! Nur über diese dummen Dinge, die der Liebe nur wenig anhaben, aber beweisen, wie verwundbar und zerbrechlich sie ist. Wenn wir nämlich über die wahren Dinge streiten, gehen wir schlichtweg ein.«

Die britische Mandatsverwaltung baute damals noch weitere Straßen in der Jesreelebene, verlegte eine Stromleitung zu uns, errichtete eine kleine Polizeiwache, und an Stelle des blinden arabischen Postboten und seiner Eselin kursierte nun ein Postauto in der Jesreelebene und fuhr auch uns an. Der blinde Postbote indes begann Eis zu verkaufen. Er besuchte die Dörfer mit einem neuen Esel, der kein anderer war als der muntere kleine Jungesel, der früher mit seiner Mutter gekommen, nun aber groß, traurig und verwaist war und vom Erbe seiner Vorfahren die hellen Streifen, seine Kenntnis der Sumpfpfade und seinen Hang, ausgerechnet nachts zu schreien, behalten hatte.

»Was für ein netter Esel der war, mit seinem *Churdsch*, Vanilleeis zur Rechten, Mokkaeis zur Linken!« Tante Rachel leckte sich die Lippen. »Und keiner wußte, woher er kam und wohin er ging, wer das Eis machte und, vor allem – wie es möglich war, daß sie den ganzen Tag in der Sonne herumliefen und dieses Eis dabei nicht schmolz.«

Der Araber machte die Runde durchs Dorf, bimmelte mit einer kleinen Glocke, rief *»Boso!... Boso!...«* und auf unsere Anhöhe kam er erst zum Schluß. Der Esel hob einen Huf und pochte ans Tor, und Apupa eilte hin, egal wo er gerade gewesen war. Er öffnete das Tor und bewirtete den Gast mit einer Karotte oder einem Zuckerwürfel. Immer hatte er Leckerbissen für Tiere in der Tasche: ein Stück Obst oder Gemüse für Rinder und Hühner, etwas Trockenfleisch für Hunde oder Wildkatzen, denen er auf dem Acker begegnete. Dem blinden Araber schenkte er kaltes

Wasser ein, kaufte ihm eine schöne Portion Eis ab, und dann rief er die Töchter.

Pnina aß behutsam, »wie eine Prinzessin Kaviar ißt.« Hanna, die damals noch nicht den Vegetarismus und die Gefahren der Gifte aller Arten entdeckt hatte, verputzte ihre Portion begierig. Rachel mochte kein Eis. Und Batja, die das Verlangen nach Süßem von ihrem Vater geerbt hatte, aß ungeheuer konzentriert, lutschte langsam und sann über jedes Bröckchen einzeln nach.

»Kein Obst!« rief Apupa oft, wenn Amuma ihm eine Birne, einen Apfel und Honig zum Nachtisch vorsetzte. »Gib mir richtig Süßes!« Und Batja, zwei oder drei Jahre alt, klopfte schon mit einem großen Löffel auf den Tisch und rief mit ihm: »Richtig Süßes!« Alle paar Tage wurden die beiden von diesem irren Verlangen befallen, das Ajelet »Alraune für Süßes« nennt, und als Rachel geboren wurde, war klar, daß von den vier Töchtern Batja als einzige klein und schlank wie ihre Mutter, aber stur und aggressiv wie er sein würde. So besaß sie die beiden Eigenschaften, die eine Tochter bei ihrem Vater beliebt machen: den Körper von seiner Frau und die Seele von ihm. Mit anderen Worten: seine Seele in ihrem Leib, und warum drum herumreden? Was jeder Mann sich als Geliebte wünscht. Wie er griff, schlug, schrieb und arbeitete sie mit der rechten wie mit der linken Hand. Wie er schrie sie und fegte Essen, das ihr nicht schmeckte, vom Tisch. Sie aß die Haut auf der Milch und spottete über den Ekel, den Mutter und Schwestern zeigten. Wie er stritt sie mit Gegenständen, die nicht taten, wie sie wollte.

Ehe wir, der Hund und ich und der Bräutigam und Gabriel, da waren, stand sie in aller Frühe mit ihm auf, und während ihr Vater noch auf seiner Holzveranda saß, imaginäre Skorpione aus seinen Arbeitsschuhen klopfte und mit symmetrischer Kraft die Senkel schnürte, lief sie schon im Hof herum, untersuchte jede Einzelheit und jede Ecke und rief: »Komm, guck, Vater«, und: »hier ist was nicht in Ordnung, Vater«, und: »mir scheint, jemand hat hier versucht reinzukommen, Vater«, wie einer der aufgeweckten kleinen Mischlingshunde, die Bauern gern auf ihrem Hof halten, damit sie durch ihr Gebell den großen, dummen Wachhund alarmieren. Obwohl sie körperlich kleiner als ihre Schwestern war, ging sie bald mit ihm aufs Feld. Wie er pflügte, säte und erntete sie, und als sie zehn Jahre alt war, nannte ihr Vater sie bereits *Katrus*, sein Wort für »Landarbeiter«.

Gegen Abend kamen die beiden vom Acker zurück. Hanna hatte damals bereits ihren Gemüsegarten, in dem sie von ihrer Heimkehr aus der Schule bis Sonnenuntergang arbeitete. Amuma und Pnina hatten die Arbeiten in Haus und Hof erledigt und saßen auf der Veranda, tranken Tee und verfolgten mit den Augen Vater und Tochter, die von den Feldern heraufkamen. Manchmal wirkten sie von fern wie zwei Käfer, der eine groß und schwerfällig, der andere, klein und springlebendig, umwuselte ihn. Und manchmal waren sie ein großer Punkt, der sich beim Näherkommen als ein großer Mann, der ein kleines Mädchen trug, entpuppte.

»Er nimmt sie auf den Rücken«, sagte Pnina.

»Hat sie verdient«, erwiderte Amuma, »sie hat schwer gearbeitet.«

»Wie er dich genommen hat.«

»Sie hilft ihm, und ich bin nicht mehr leicht.«

Sobald sie angekommen waren, langte Apupa hinter sich, packte seine Tochter am Kragen ihres Arbeitshemds, und so, wie man einen Welpen trägt, hob er sie hoch und hielt sie sich vors Gesicht. Manchmal schwenkte er sie ein bißchen in der Luft, damit sie vor Vergnügen lachte, und dann nahm er sie in die Arme. Batja rief lachend: »Du machst *Quetsch* aus mir«, und er stellte sie auf den Boden nieder. Die beiden gingen sich waschen, Batja unter der Dusche im Haus, Apupa in seiner Mattenecke. Nachdem er abgetropft und im Wind getrocknet war, zog er sich an und stieg geräuschvoll die vier Holzstufen hinauf, damit Amuma es hörte und ihren geliebten Ruf abgab: »Komm nicht rein, David, der Boden ist noch feucht!« Er wartete, und dann ging er mit seiner Tochter in die Küche – beide barfuß, gewaschen und müde –, um ihr Essen zu bekommen und zu rufen: »Ich hab *Kwaß*!«

»Nimm du mich auch auf den Rücken«, sagt Ajelet.

»Du übertreibst.«

»Dann laß angrapschen.«

»Was?« frage ich besorgt.

»Dein Loch im Kopf.«

»Genug damit, Ajelet!«

Aus Erfahrung klug geworden, stehe ich auf und drehe mich zu ihr um. Nicht das erste Mal, daß sie es auf meine Fontanelle abgesehen hat, eine sehr kleine Ecke zwar, aber in jeder Hinsicht – eine Ecke. Berühren, Befummeln, Spielen und Eindringen verboten.

»Warum hast du dann deinen Vater und diese Freundin von dir rangelassen?«

Ich weiche zurück, Ajelet kommt auf mich zu. Bei dieser kurzen Entfernung wird ihr geringer Größenvorsprung greifbar und bedeutsam. Ihre langen Arme holen aus, fliegen hoch, rudern nach meinem Schädel.

»Genug damit, Ajelet.«

»Wie hat sie dieses Loch genannt? Fontanelle?«

»Auf keinen Fall. Genug damit!« Jetzt schreie ich schon.

»Ich zeig dir meine Zilli und Gilli.«

Abscheu befällt mich: »Sie interessieren mich nicht. Zeig sie deiner Mutter. Und jetzt geh raus!«

»Sie interessieren dich doch. Zwillinge sind von deiner Familie, nicht von ihrer.«

»Geh raus, sage ich dir! Raus!«

»Dann nimm mich auf den Rücken, wie Apupa Großmutter und deine Tante Batja genommen hat.«

»Wenn wir umgekehrt wären, ich von seiner Größe und du von ihrer, ginge es vielleicht.«

»Bist du nicht zu was von Anstrengung bereit für deine Tochter?«

»Laß mich in Ruhe, Ajelet, bitte.«

»Bist du traurig, Vater?«

Ich setze mich wieder auf meinen Stuhl, die Augen dem Computerbildschirm, den Rücken meiner Tochter zugewandt.

»Vielleicht kommst du in meinen Pub und schnappst dir dort ein Mädchen?«

»Ajelet, genug!«

Wieder ist sie hinter mir, beugt sich über meine Schulter, linst und liest genau diese Worte: »Berühr meinen Kopf, Ajelet, weiter oben, in der Mitte, hier, hast du das gesucht? Fühlst du?«

Ihre Augen lesen, lenken ihren Finger, er umkreist meine Fontanelle, gleitet an ihrem Rand entlang.

»Man kann auf dir Musik machen, Vater, wie auf einem leeren Weinglas«, sagt sie.

»Man kann auf dir Musik machen, Vater, wie auf einem leeren Weinglas«, schreibe ich.

»Man kann auf dir Musik machen, Vater, wie auf einem leeren Weinglas«, liest sie.

»Ist das angenehm?«

»Ist das angenehm?« Uri hat sich geirrt. Würde ich mit einem Stift schreiben, hätten die Worte »ist das angenehm« gezittert.

»Nein.«

»Und so?« Sie drückt sanft.

»So löscht es mir Erinnerungen aus.«

»Warum habt ihr mich Ajelet genannt?«

»Nicht ihr, nur ich.«

»Warum?«

»Weil es ein hübscher Name ist.«

Vater wollte »behaglich leben«: essen, lieben, ruhen, lachen, arbeiten und genießen. Mutter, der all diese Begriffe, und speziell der Genuß, fremd waren, warnte: »Du betrügst deinen Körper«, »der Körper behält alles in Erinnerung, was man ihm angetan hat!« »Du wirst noch mit Wucherzins dafür bezahlen!«

Der Körper meines Vaters hatte ein paar sehr angenehme Erinnerungen. Er sagte: »Hauptsache, ich betrüge nicht deinen Körper«, und lächelte freundlich. Mutter verließ das Zimmer, mit geradem Rückgrat und glühendem Zorn, und auch er verließ den Raum, ging zu meiner Bresche und schlüpfte nach draußen.

»Hannele verlangt«, sagte Rachel, »wie Gott. Beide verlangen immer und haben immer recht.«

Hanna wiederum sagte, Rachel sei »ein einfaches Mädchen«, imitierte hämisch den Satz, den sie als Kind jeden Donnerstag gesagt hatte, wenn sie Amuma half, für den Schabbat zu kochen: »Vielleicht kommt jemand, der Kompott mag?« Und schloß mit der Feststellung, wenn Rachel ein Gemüse wäre, dann eine Zucchini. Die Zucchini ist ein einfaches und gehorsames Gemüse, erklärte sie, das jeden Geschmack und Wunsch erfüllt: »So ähnlich wie die Aubergine, aber weniger intelligent.«

Doch trotz all ihrer Rechthaberei und Gemüsekenntnis und obwohl die Gemüse auch schon in ihre Vorstellungswelt eingedrungen waren – diesmal irrte sie. In Rachels gehorsamem Zucchiniherzen sprossen wilde Keimlinge der Erwartung – argwöhnisch, dickhäutig, langsam –, die nicht nach den Forderungen der Landwirte gedeihen, nicht den Geschmack der Patente von Köchen annehmen und gewiß nicht das erfüllen, was die Vegetarier ihnen auferlegen.

»Sie hat bis zum siebzehnten Lebensjahr am Daumen gelutscht«, erinnerte Mutter – Verachtung in der Stimme und *Kwaß* in der Halsstellung. Nicht der ästhetische oder dentale Gesichtspunkt des Daumenlutschens beschäftigte sie, sondern die Tatsache, daß Daumenlutschen »die Speicheldrüsen täuscht«. So sagte sie, worauf Vater sofort zustimmte und erklärte, Rachel übertrete ein strenges Verbot: »Sie verschüttet ihren Speichel umsonst.«

Auch Amuma und Apupa konnten das Daumenlutschen ihrer kleinen Tochter nicht ausstehen, und da all ihre Bemühungen, es ihr abzugewöhnen, scheiterten, riet Hirsch ihnen, seine Frau um Hilfe zu bitten.

»Sogar mir hat sie's abgewöhnt«, kicherte er.

Sara rieb Rachels Daumen mit stinkenden Salben ein, band ihr den Arm an der Seite fest – vergeblich. Letzten Endes meinten sie, es bleibe keine Wahl, man müsse die brutalste Methode anwenden, die seinerzeit für unverbesserliche Daumenlutscher üblich war: Sie beschmierten den Daumen des Mädchens mit einer Paste aus Speiseöl und zerstoßenem Cayennepfeffer.

Apupa stellte ihr ein Glas kaltes Wasser hin, Amuma floh in die Felder, um die Schreie nicht zu hören, und Rachel steckte den Daumen in den Mund, stöhnte, lutschte, und der verblüffte Ausdruck auf ihrem Gesicht glättete sich zu einem freudigen Lächeln. Bis zum Abend hatte sie alle Paste verputzt, und Apupa, den die Sache sehr freute, bat Hanna, in dem Garten, den er ihr gegeben hatte, »auch ein paar Pfeffersträucher für die Kleine« anzupflanzen.

Noch jetzt, als alte Frau, lutscht Rachel manchmal am Daumen, besonders während sie die Diagramme und Tabellen an ihrer »Aktienmauer« studiert. Den linken Daumen hält sie im Mund, mit den Fingern der Rechten trommelt sie angespannt auf den Telefonhörer, und die Augen prüfen ihre seltsamen Korrelationen – Anstieg und Fall der Aktienkurse im Verhältnis zur Luftfeuchtigkeit in der Küstenebene und der Zwinkerrate des Nachrichtensprechers.

»Das verschafft mir die Erleuchtung.« Sie zieht den Daumen aus dem Mund – mal ist er grün, mal rot, je nach der Pfefferpaste, in den sie ihn getaucht hat –, telefoniert und erteilt Anweisungen. »Stör jetzt nicht, Michael«, sagt mir eine leichte, ungeduldige Handbewegung, »jetzt ernähre ich die Familie.«

Meine Mutter behauptete, ihre jüngere Schwester habe nie etwas Interessantes gesagt oder geschrieben und, wie sie fürchte, wohl auch nie etwas Interessantes gedacht. Zwar war ihr »Vielleicht kommt jemand, der Kompott mag?« in den Ausdrucksfundus der Familie eingegangen, und der Verzehr von scharfen Pfefferschoten besaß den Reiz vegetarischer Askese – aber abgesehen davon war Rachel ein gewöhnliches Baby gewesen, das im Unterschied zu seinen Schwestern keine bemerkenswerte Eigenschaft aufwies: Sie war nicht schön und gefügig wie Pnina, nicht immer im Recht wie Hanna und nicht selbständig und aggressiv wie Batja. Praktisch besaß sie keine Eigenschaft, die einen Menschen mit einem Wort charakterisiert, wie eine Überschrift über seinem Kopf [*eine Eigenschaft, gegen die er sein Leben lang ankämpft oder vor der er kapituliert oder die er sogar zu seinem Leitmotiv erhebt].

Jahre später, als Anja mich über meine Angehörigen ausfragte, erklärte ich ihr einige unserer Namen und Ausdrücke und erzählte ihr ein paar Familiengeschichten: die Geschichte von Apupa, der Amuma auf dem Rücken trug, die Geschichte von meiner Mutter und wie sie Vegetarierin wurde, von der schönen Pnina, die ihr Haus nicht verläßt, von Über-alles, die einen Deutschen heiratete und mit ihm in die Verbannung ging, und von Rachel, die nicht allein schlafen kann und zu der man auch mich eines Tages zum Schlafen schicken würde. Ich erzählte ihr viele Geschichten, in der Hoffnung, sie werde aufstehen und vor meinen Augen ihre Kleider ablegen, aber Anja zog sich nicht aus. Sie lachte nur und sagte: »Und Rachel – die kleinste von allen, aber gar nicht auf den Kopf gefallen, bestellt sich ohne viel Rechnerei der Puppen gleich drei.« Dieses Gedicht kannte ich nicht, aber an seiner Melodie erfaßte ich, daß es ebenfalls von Kadya Molodovsky stammte, auch einfach daran, daß sie es zitierte, denn nur Kadyas Gedichte las Anja mir vor oder deklamierte sie auswendig.

Da Rachel bei keinem Menschen besonderes Interesse erregte, lernte sie, das ruhige Leben einer Zucchini zu führen: Mit vier

Jahren brachte sie sich bereits Lesen und Schreiben bei, und viele Stunden verbrachte sie mit Nachdenken, Daumenlutschen, Lesen und langem Vor-sich-hin-Starren, das ihre Schwestern amüsierte – »sie lernt die Zimmerdecke auswendig« – und ihre Mutter erschreckte – »wer heiratet wohl ein Mädchen, das dauernd zur Erde blickt?«

Aber als sie sechs Jahre alt war, geschah das, was bewies, daß in jedem Menschen, auch dem gewöhnlichsten und vorhersehbarsten, einem Zucchini-Menschen, sich ein überraschender »Cuvier-Knochen« verbirgt. Der Dichter Saul Tschernichowski stattete damals der Schule einen Besuch ab, und Rachel flocht ihm ein Wildblumenkränzchen, versteckte es in ihrem Stoffranzen, und als der Dichter bei den Schülern stehenblieb, die zu seinen Ehren am Dorfeingang angetreten waren – »in weißen Hemden, mit Fähnchen, und da er Arzt war, auch mit frisch geschnittenen und sauberen Fingernägeln« –, löste sie sich aus der überraschten Gruppe, schritt geradewegs auf ihn zu und überreichte ihm den Kranz.

Der Schuldirektor [*seinen Namen herausfinden], die Lehrer, die Schüler und vor allem ihre Klassenkameradin Schoschana Schuster, die Tschernichowski den offiziellen Kranz der Schule übergeben sollte und schon das schüchterne Lächeln aufgesetzt hatte, das sie sich nach einigem Üben im Spiegelzimmer ihres Großvaters hatte antrainieren können – erstarrten auf der Stelle. Aber der Dichter – sei es, weil er verstand, sei es, weil nicht – hob Rachel hoch und küßte sie auf beide Wangen.

»Vielleicht war es gut so«, sagte der damalige Schuldirektor [*Jakob Lewtow?]. »Was wäre denn gewesen, wenn Dr. Tschernichowski Schoschana Schuster nach ihrem Namen gefragt hätte? ›Unscher Dorf wäre zum Muschter und Gesspött geworden‹.«

Erinnerst du dich, Judith, an Lewtow? Er war ein beleibter Mann, sang und aß gern und hatte ein schallendes Lachen und Mandelaugen »ganz, ganz schmal wie eine richtige Chinesin allemal.« Viele Jahre später erkrankte er an einer Krankheit, die »in jenen Tagen« kein Mensch bei ihrem wahren Namen zu nennen wagte. Sogar meine Großmutter, die präzise Namen liebte, wagte ihre Krankheit nicht »Krebs« zu nennen. Es gab damals gegenseitige Hilfeleistung, Liebe war Liebe, man lehrte Anstand, aber den Krebs und Gott nannte man nicht ausdrücklich bei Namen.

Lewtows Appetit blieb unverändert, aber sein Körper magerte ab, sein Lachen wurde grausig. Ich erinnere mich, daß er eines Tages in den Garten meiner Mutter, seiner ehemaligen Schülerin, kam, um sich mit ihr über Ernährung und Gesundheit zu unterhalten. »Hanna«, sagte er, »ich glaube nicht an diese Dinge, aber du bist meine letzte Hoffnung.« Sie war damals unglaublich grausam zu ihm. Statt ihm irgendeine hoffnungspendende Diät mit Knoblauch und Kamille zu geben, sagte sie ihm, da er sich bisher derart »vernachlässigt« habe, könne selbst vegetarische Kost ihn nicht mehr heilen. Doch damit nicht genug, fügte sie hinzu: »Das hättest du dir vorher überlegen müssen, als du ein unverantwortliches Leben geführt hast.« Lewtow sagte: »Entschuldige, Hanna, ich werde dich nicht mehr belästigen«, und ging, und ein paar Wochen später kamen Elieser und Anja, er, um den verstorbenen Direktor zu ersetzen, und sie, um mich aus dem Feuer zu retten. Da seht ihr: Mit seinem Tod hat Jakob Lewtow mein Leben gerettet, und ich hätte beinah seinen Namen vergessen.

Tschernichowskis Schnauzbart kitzelte Rachel am Hals, guter Duft aus seinen üppigen Locken stieg ihr in die Nase. Er fragte sie nach ihrem Namen, empfahl: »Sag nicht ›Joffe‹, sag ›Jaffé‹, weil du ein hübsches Mädchen bist und man in Erez Israel Hebräisch spricht!« Sie antwortete ihm: »Aber wir sind Joffe mit o!« Und Tschernichowski lachte und streichelte ihren Kopf. In zu jungem Alter verliebte Rachel sich heil- und hoffnungslos, und da sie wußte, daß der Dichter das Dorf nicht wieder besuchen würde, setzte sie sich in die Schulbibliothek und schrieb seine Gedichte in Hefte ab – langsam, mit vorlugender Zungenspitze, memorierendem und bebendem Herzen und mit voller Vokalisierung. Sie war noch klein, verstand nicht alle Worte, erkannte nicht alle Antworten, aber von da an konnte sie viele seiner Gedichte auswendig, und bis heute kann sie im Hebräischen jedes Wort mit Vokalzeichen versehen, fehlerlos und ohne zu zögern.

Als die Zeit in jenem Jahr von ihren Exkursionen zurückkehrte, um nachzusehen, was sich auf dem Joffe-Hof tat, fand sie Batja mit ihrem Vater arbeitend, mit ihm Eis essend und ihn auf Feinde hetzend, Rachel Gedichte abschreibend, Hanna Gemüse ziehend. Pnina half ihrer Mutter, unterhielt sich mit ihr über Musik, und die Sommerferien, die Pessachfeiertage und das Laubhüttenfest verbrachte sie mit Aaron, der ins Dorf kam, um zu arbeiten und zu lernen, mit dem Mädchen zu spielen, das seine Frau werden sollte, und sich die Regeln und Ausdrücke seiner künftigen Familie anzueignen.

»Das tut ihm sehr gut«, sagte Apupa. »Er bekommt hier Farbe und Muskeln und wird ein richtiger Joffe, wirklich einer von uns.«

Aber der Bräutigam wurde, trotz seines starken Willens, keiner von uns. Sonnenbräune brauchte er nicht, denn er war von Natur aus dunkelhäutig, und Muskeln bekam er nicht bei uns, sondern brachte sie mit – nicht die geschmeidigen, wohlgeformten Muskeln der Bauernsöhne, sondern die einfachen, tüchtigen Muskeln des Handwerkers, die sich weder unter der Haut ballen noch geschwellte Adern zur Schau stellen, »aber Verstand besitzen«. So sagte er mir selbst einmal bei einer unserer Fahrten, wobei sein Gesicht einen seltenen, unerwarteten Ausdruck des Stolzes annahm: »Sie haben Verstand, werden nicht müde und vermögen selbständig zu arbeiten, so daß das Gehirn gleichzeitig an den nächsten Moment denken kann.« [*Er hatte auch einen Ausdruck, der nicht in unser Wörterbuch eingegangen ist, aber die Bedeutung des »gleichzeitig« in seiner Weltanschauung erläutert: »Auf dem Rückweg bring«, was soviel bedeutet, wie: »Geh nicht mit leeren Händen.« Zum Beispiel: »Du gehst zum Hühnerhaus? Auf dem Rückweg bring die Sense aus der Baracke mit.« Auf daß jede Zeiteinheit voll ausgenutzt werde und es keine »unnötigen Gänge« gäbe. Er erklärte auch, man müsse immer etwas tun in der Zeitspanne, während der Wasserkessel warm wird, und nicht tatenlos warten, bis er kocht. »Weißt du, wieviel Zeit die Menschen in ihrem Leben auf Wasserkessel warten? Ganze Arbeitsjahre gehen verloren!«]

In den kürzeren Ferien – zu Purim, Schawuot, Chanukka und Rosch Haschana – fuhr Pnina zu ihm nach Tel Aviv. Apupa brachte sie hinunter zur Bushaltestelle, die damals nur aus einer Holzbank vorm Konsum bestand, und wartete mit ihr. Der Bus kam schnaufend und schwankend auf seinem ausgeleierten Fahrgestell an und fuhr mit Fanfarenklang ins Dorf ein. Apupa machte die Tür auf, stieg ein, pochte dem Fahrgast, der bereits hinter dem Fahrer saß, auf die Schulter und beorderte ihn, den Platz zu räumen: »Verzeihung bitte, setzen Sie sich hierhin.« Er ließ Pnina auf dem frei gewordenen Platz niedersitzen und beauftragte den Fahrer, sie nicht aus den Augen zu lassen.

»Nicht auf die Straße, in den Spiegel gucken!« wies er ihn an. »Und wenn das Kind *Kwaß* vom Fahren bekommt, dann halten Sie, damit sie aussteigen und sich übergeben kann.« Und in Haifa »bringen Sie sie wirklich eigenhändig!« zum Bus, der nach Tel Aviv fährt, »und setzen Sie sie nur rein, wenn Sie mit wirklich eigenen Augen sehen, daß man dort weiß, daß sie eine Joffe ist, und daß da ein verantwortungsbewußter Fahrer am Steuer sitzt!«

Der Bräutigam und sein Vater erwarteten Pnina an der Haltestelle in Tel Aviv, dankten dem verantwortungsbewußten Fahrer, und die Besucherin freute sich über das Wiedersehen und war freudig erregt über das Taxi, das Hirsch Landau zu ihrem Empfang bestellt hatte.

»Naiv wie sie war«, sagte Rachel, »das Taxi hat er doch genommen, damit sie es Mutter erzählt.«

Tel Aviv faszinierte sie. Sie sperrte Mund, Augen und Ohren auf, liebte den Lärm, die Straßen, die Schaufenster, die Kleider und *Kostüme*, die auf den Gehsteigen vorbeikamen. Es war eine andere Welt. Eine Welt, deren Männer glatte Hände hatten und deren Frauen sich die Fingernägel nicht beim Scheuern von Hühnerfutterrinnen abbrachen.

»Sie kam immer mit einer Augenentzündung von dort zurück«, sagte Rachel, »und als Dr. Hammer an all seinen Diagnosen und Tropfen verzweifelte, fragte er sie: ›Sag du mir, Pnina, vielleicht weißt du, warum du im Dorf keine Augenentzündung hast und in Tel Aviv doch?‹ – ›Das ist sehr einfach‹, sagte Pnina, ›hier zwinkere ich und in Tel Aviv nicht.‹«

»Das blaue Meer, den weißen Sand und die sauberen Häuser«, beantwortete sie Sara Landaus Frage, was sie in Tel Aviv gern sehen wolle.

»Unser Haus ist sehr sauber«, gab Sara zurück, leichte Kränkung schwang in ihrer Stimme mit.

»Ich weiß«, lächelte das Mädchen. »Ich meine die Gebäude, die von außen sauber sind.«

Sara Landau verstand nicht, wovon Pnina sprach, aber Hirsch verstand und nahm sie mit zu den hellen Bauhaushäusern mit den sauberen Linien, die in der Rothschild-Allee und in den kleinen Parallel- und kreuzenden Straßen gebaut worden waren.

»So schön, so schön«, wiederholte Pnina ein ums andere Mal.

Diese Gebäude machten sie ruhig und sehnsüchtig. Eine Frau, die in einem hübschen Kleid die Strandpromenade entlangkam, zauberte ein Lächeln auf ihr Gesicht. Das Meer beschleunigte ihren Atem und ließ die rosigen Wangen und den Hals erblassen. Allen fiel auf, daß Pnina erbleichte, wenn andere erröteten, aber keiner, auch nicht Hirsch Landau, wußte, daß dieses Weiß, wie die Gischt der Woge, ehe sie bricht, das erste Vorzeichen ihrer Schönheit war, und gewiß ahnten sie nicht, daß es ihr Schicksal voraussagte.

»Ans Meer«, bat sie immer wieder.

Niemals, auch nicht in der Jesreelebene, die damals größer und offener war als heute, hatte sie eine solch weite, saubere und ruhige Fläche gesehen, von keinerlei Hügeln, Häusern, Bäumen oder Zäunen begrenzt, sondern nur durch die riesige, stille, sichere Krümmung der Erdkugel und die angenehme Schwäche der Sehkraft.

Sara Landau nahm sie mit auf die Strandpromenade, und dort – das Mädchen hypnotisiert von der Flüchtigkeit des Horizonts, einen Moment stabil, einen Moment labil [einen Moment dort und im nächsten fort], einen Moment Wasser, einen Moment Wolke – sprach sie mit ihr über »allerlei Dinge, die eine Frau wissen muß«, wie man Einladungen verschickt und wen man neben wen setzt bei Festessen, die »du, Pninale, eines Tages, wenn du und Aaron erst mal Haus und Familie haben, geben können mußt.«

Pnina hörte es, behielt jedoch kein Wort, denn die Ketten an Sara Landaus Hals, ursprünglich nur zwei Kreise goldtransparenter Steine, zählten nun schon vier Reihen.

»Darf ich mal anfassen?« fragte sie.

»Gewiß«, antwortete Frau Landau.

Pnina berührte die Steine, sie waren glatt, überraschend leicht, und wenn sie aneinander schlugen, gaben sie einen unerwartet dumpfen Laut ab, nicht wie Edelsteine, sondern wie Holzperlen. Pnina hatte das Gefühl, ihre Fingerspitzen brannten, aber man konnte nicht feststellen, ob diese Steine heiß oder eiskalt waren.

»Sie sind so angenehm«, sagte sie.

»Hirsch hat sie mir geschenkt«, sagte Frau Landau.

»Ist das was Teures?«

»Sehr teuer.«

»Hat er sie dir im Laden gekauft?«

»Solche Steine gibt's in keinem Laden«, sagte Frau Landau stolz, »das sind besondere Steine.«

Auch Hirsch widmete Pnina Zeit. Er machte sich ihretwegen

von Proben frei, unterhielt sich mit ihr, ging mit ihr spazieren, zeigte ihr Orte und Menschen. Sein Mißmut verflog in ihrer Anwesenheit. Seine Mundwinkel kamen zur Ruhe. Ganz offensichtlich war ihm die Gesellschaft des Mädchens lieber als die seiner Frau.

»Du siehst deiner Mutter so ähnlich«, sagte er, sein einer Mundwinkel zitterte plötzlich wieder, »aber letzten Endes wirst du noch schöner werden als sie.«

»Ich sehe ihr nicht ähnlich«, erwiderte Pnina verblüfft, »Batja sieht ihr ähnlich. Batja ist eine Kopie von Mutter.«

Hirsch schmunzelte und schwieg. Er führte Pnina in ein Bekleidungsgeschäft und kaufte ihr dort ein Geschenk: ein eigenartiges Kleidungsstück, das zu groß für sie war und unter der Bezeichnung »das Mäntelchen« in die Joffesche Familienchronik eingegangen ist. Es war weder Jacke noch Jackett oder Mantel und auch kein Kleid, sondern, in Saras Ausdrucksweise: »Ein Fummel, bei dem die Weisen nicht entschieden haben, was es sein soll.«

»Jetzt ist das Mäntelchen häßlich, aber wenn Pnina mal schön ist, wird das Mäntelchen mit ihr schön sein«, sagte Hirsch.

Er kaufte ihr und Aaron auch Brause und Eis. »Schade, daß ich Batja nicht ein bißchen davon mitbringen kann«, sagte Pnina und erzählte ihm, daß der blinde Eishändler nicht mehr ins Dorf kam. Eines Tages hatte Schimon Schuster ihn gepackt und gesagt, Araber sollten sich nicht im Dorf blicken lassen, er solle abhauen und nicht wagen wiederzukommen. Der Eishändler stellte sich taub, und Schuster regte sich noch mehr auf. Er rannte weg, holte eine Flasche Petroleum aus dem Kükenhaus und entleerte sie in die Eiskästen. Seitdem wurde der Mann nicht mehr bei uns gesehen. Apupa suchte nach ihm, fragte Passanten, schrie, daß Schuster »auch dafür teuer bezahlen« werde. Aber Batja war klüger und entschiedener als er. Sie wußte, auch wenn der Esel nicht mit seinem Herrn zurückkehrte, würde er doch selbst kommen, um den

Zuckerwürfel zu erhalten, den er bei uns zu erhalten gewöhnt war. Wußte es und wartete.

Hirsch nahm die Kinder mit in das Café, in dem er sich mit seinen Freunden traf. Es war ein lautes, fröhliches Grüppchen dort – Musiker und Dichter, die gern tranken und schrien und lachten und stritten. Aaron saß still auf seinem Stuhl, befingerte ein kleines Kugellager, das er in der Hosentasche hatte, beguckte die vorbeifahrenden Autos, schloß die Augen und wisperte vor sich hin.

»Was murmelst du denn da, Aaron?« fragte Hirsch.

»Die Namen der Autos.«

Die Leute lachten.

»Ich mag, daß die Dinge Namen haben«, sagte der Junge ernst.

Das merkten auch Amuma und Apupa, wenn Aaron ins Dorf kam. Er hatte immer einen Kopierstift und ein Notizheft in der Tasche, und bei jedem neuen Gegenstand oder Menschen, den er sah, wollte er den Namen wissen. Zeigten sie ihm ein Werkzeug, schrieb er ernsthaft seinen Namen auf. Sangen sie ihm das bekannte Kinderlied *Unser Auto ist groß und grün*, fragte er prompt: »Welches Auto? Mack-Diesel oder White?« Sagte man ihm: »Das ist ein Apfel Renette, das ist eine Birne Spadona«, notierte er es genau. Stellten sie ihm einen Menschen vor, wiederholte er den Namen mehrmals, bis er ihn im Kopf hatte. Abends setzte er sich hin und memorierte das im Heft Verzeichnete, und dann reichte er Apupa die Listen: »Hör mich ab, David, Verzeihung bitte.«

Amuma und Apupa lachten. Sara Landau hatte ihrem Sohn beigebracht: »Sei höflich, und vergiß nicht ›Verzeihung‹ und ›bitte‹ zu sagen.« Und Aaron hatte das wörtlich genommen. Und was Namen anging, hatte Amuma möglicherweise auch ihm – ebenso wie ihren Töchtern und später ihren Enkeln, Gabriel und mir – ihre Geschichten über den ersten Menschen und die Namen, die er den Tieren gegeben hatte, erzählt. Aber selbst wenn sie das nicht getan haben sollte: Kein Wort war Aaron verhaßter als das Wort »es« in der Bedeutung von »das da«. Wenn jemand ihm sagte: »Gib mir mal das da«, fragte er ärgerlich: »Was heißt ›das da‹? ›Das da‹ hat einen Namen!« Und wir alle lachten, als er bei seinem ersten und einzigen Besuch in dem *Do-it-yourself-Laden* zurückkehrte, der außerhalb der Mauern des Joffe-Hofs gebaut worden war.

»Was heißt *it*?!« fauchte er. »Was soll man selbst machen?«

Auch ich ging in den neuen Heimwerkerladen, aber aus einem anderen Grund – weil er an einer Stelle stand, an dem einst Haus und Garten waren, ein Vorplatz mit einem blühenden indischen Quisqualis-Strauch und rotem Betonboden. Eine junge Frau saß dort, die Beine auf den Tisch gelegt, las neben Salzstangen ein Buch und sagte: »Ich höre dich, Fontanelle, und ich weiß, daß du es bist.«

Ich nehme an, die Vorliebe des Bräutigams für präzise Namen entstammt derselben Quelle wie seine Vorliebe für Spezialwerkzeuge. »Wenn du mit einem schlechten oder falschen Werkzeug ankommst, geraten die Materialien unter Druck, werden die Schrauben bösartig und die Nägel vor Schreck krumm«, sagte er mir. Ein Schuhmacher, der eine Sohle mit stumpfer Ahle oder einem Tischlerhobel angeht – »der macht nicht nur das Leder kaputt, sondern verdirbt auch die Beziehungen zu ihm. Und eine festsitzende Mutter – wenn du die mit dem falschen Schlüssel angehst oder mit so einem *Leatherman* von euch, dann sagt sie sich auf der Stelle ›soll meine Seele mit den Philistern sterben‹ und handelt danach.«

Bei seinem siebzigsten Geburtstag machte Alona den Fehler, ihm solch »einen *Leatherman* von euch« zu schenken. Ich warnte sie im voraus, Uri sagte: »Du wirst es noch bereuen, Mutter, das ist nichts für ihn.« Und Ajelet steuerte ihre Standardwarnung bei: »*Big mistake*, Mutter, *big mistake*... Du hast keine Ahnung, was du tust.« Aber Alona blieb stur.

Der Bräutigam nahm das kleine Paket entgegen, wog es in den

Händen und fragte erst mal: »Ist das was Teures?« Alle lachten, und er konnte den Ausdruck von *Kwaß* und Ärger nicht verbergen, der sich beim Öffnen auf seinem Gesicht ausbreitete.

»Was ist das denn?« knurrte er. »Ein Werkzeugkasten für Zwerge?«

»Das sind Handwerkszeuge, für dich.«

»Handwerkszeuge? Wozu sollen die gut sein? Das ist Weiberspielzeug. Das ist zu nichts nutze.«

»Was ist denn mit dir los, Aaron?« sagte Alona gekränkt. »Das gilt als Gipfel der Männlichkeit...«

»Sollen deine Tel Aviver sich so was kaufen. Wir wollen keine Männlichkeit. Arbeiten wollen wir.«

Er stand zornig auf, humpelte eilig hinaus und kam mit seinem Werkzeugkasten zurück, machte ihn auf und entleerte ihn auf den Boden: »Steck deine Nase nicht in Dinge, die du nicht verstehst. Hier hast du deinen *Leatherman* – Rohrzangen von *Ridgid*, eine gerade und eine abgewinkelte. Schraubenschlüssel von HZ, Hammer von *Peddinghouse* und von *Stanley*, Schneidemesser von *Record* – hast du von all diesen Firmen schon mal was gehört? Oder von dem Engländer Marke *Baku*, den Schraubenziehern von *Sedwik* und dem Metermaß, ebenfalls von *Stanley*. Siehst du? Kaufe ich dir etwa Werkzeuge für deine Maniküre zum Geburtstag? Also dann kauf du mir mal keine Werkzeuge. Setz du dich mit deinen Freundinnen mit den Seidentüchern zusammen, und redet Blödsinn.«

»Sei unbesorgt, Aaron«, sagte Alona, »ich werde dir gar nichts mehr kaufen. Du kannst in deine Grube zurückgehen.«

»Eines Tages«, er sammelte seine Werkzeuge in den Kasten, »werdet ihr mir alle noch danke sagen für diese Grube, auch du.«

»Wenn du immer drin bleibst, werde ich dir ein noch größeres Dankeschön sagen.«

Pnina aß Käsekuchen, trank Eistee mit Zitrone und lauschte den lautstarken Gesprächen von Hirschs Gefährten, die mit ungeheurer Geschwindigkeit Reime schmiedeten und in Wortspielen und Zitaten wetteiferten. Hirsch Landau sagte seinen Freunden, eines Tages werde diese »sehr junge Dame« eine schöne Frau sein und seinen Sohn heiraten. Aber sie – Dichter und Musiker, Maler und Schauspieler – waren sehr mit sich selbst beschäftigt, rissen geschmacklose Witze über das Eheleben und sahen nicht, daß sie einmal viel schöner sein würde als jedes Werk, das sie bisher geschaffen hatten oder künftig noch komponieren, zeichnen oder schreiben würden.

Einer von ihnen fragte sie in etwas herablassendem Ton, welche Musik sie gern höre, worauf Pnina mit der ernsten Präzision von Kindern antwortete: »Ich höre gern das lange, saubere La einer Trompete.«

Seltsame Verlegenheit war die Folge. Daheim angekommen, fragte Hirsch, was sie gemeint hatte. Pnina sagte: »Ich habe gemeint, das lange, saubere La einer Trompete hören ist wie vor dem Spiegel stehen.« Hirsch war erregt: »Bleib vor mir stehen, Pnina, und ich spiele dich.« Aber Pnina konnte nicht stillstehen, und Hirsch war – wie viele andere Streicher – ein Mensch von nervösem Temperament, schwachen Nerven und, vor allem in Abwesenheit eines Dirigenten, unstetem Herzen. Fünf Minuten nachdem er zu spielen begonnen hatte, warf er den Bogen hin und rief: »Rühr dich nicht, Pnina! Wie kann man denn spielen, wenn du dich dauernd bewegst?!«

Pnina flüchtete erschrocken zu Sara, die sie beruhigte und wie gewöhnlich einen Ratschlag parat hatte: Das Mädchen würde vor ihrem Mann nicht stehen, sondern sitzen.

So kam es denn, daß die Zeit, die auf dem Joffe-Hof für Pnina und deren Zukunft Ränke schmiedete, Hirsch Landau in Tel Aviv mit ebendiesem Mädchen eine Stunde der Hoffnung und Zufriedenheit schenkte: Frau und Sohn waren mit ihren eigenen Dingen beschäftigt – sie mixte immer was Dummes, er montierte oder demontierte immer was Dummes –, und er spielte vor diesem Mädchen, Tochter der Frau, die er liebte, und des Mannes, auf dessen Tod er wartete. Ihre Schönheit, noch eingerollt wie Schmetterlingsflügel, entfaltete sich für einen Moment der Prophetie auf seinen Geigenklängen und würde eines Tages seinem Sohn zufallen.

Er wünschte sich, der Junge möge heranwachsen und mit solch Glück und Schönheit zu leben wissen, und war froh, daß die Dinge nicht von allein trudelten, sondern auf den soliden Fundamenten eines Abkommens fußten. Es besteht ein Abkommen, beruhigte er sich, und David ist ein wahrer Ehrenmann.

Bei ihrer Rückkehr ins Dorf brachte Pnina extrastarke Lederschnürsenkel für ihren Vater und kleine Geschenke für Mutter und Schwestern mit.

»Wissen sie dort, daß du eine Joffe bist?« fragte Apupa.

»Ich bin nicht sicher.«

Sie erzählte von der Stadt und ihren Wunderdingen und von Aaron, dessen Frau sie eines Tages werden würde.

»Er ist häßlich«, sagte Batja zu ihr, »er sieht aus wie ein Affe.«

»Du bist auch häßlich«, sagte Pnina.

»Dann heirate uns halt nicht. Ihn nicht und mich nicht.«

Aber Pnina liebte Aaron, fuhr gern zu ihm, und wenn er in den großen Ferien zu uns kam, freute sie sich auf ihn. Sie kletterte sogar auf die Hofmauer, um den Bus auftauchen und nahen zu sehen, und sobald Hirsch, Sara und Aaron den Hügel hinaufstiegen, schickte sie schon ihren Vater zum Aufmachen los. »Damit sie nicht anklopfen und draußen warten müssen wie Bettler!«

»Gib Pnina einen Kuß«, sagte Sara Landau zu ihrem Sohn.

Doch der kleine Bräutigam, in Khakishorts, hohen Arbeitsschuhen und Khakihemd mit aufgekrempelten Ärmeln, ließ den mitgebrachten Werkzeugkasten in die linke Hand überwechseln, drückte der kleinen Braut zögernd die Hand, sagte »Wie geht's?« und wandte sich anderen Dingen zu.

Er ging begierig und systematisch den Hof ab, wie ein Mungo

im Kükenhaus, untersuchte Geräte, Handwerkszeuge, Landwirtschaftsmaschinen und mechanische Anlagen, prüfte, zerlegte und montierte alles, was seine Augen sahen. Die Landaus – besorgt, er könne stören oder Schaden anrichten – warfen bange Blicke auf Apupa und bestürmten ihren Sohn aufzuhören, aber Apupa bewunderte sehr die Neugier des Jungen, ja mehr noch – seine Begabung und Ausdauer, und ließ ihn alles auseinander- und zusammenmontieren, was er in Haus und Hof fand.

Der Bräutigam demolierte nicht wenige Geräte und Gegenstände, aber nachdem er sie kaputtgemacht hatte, fing er mit dem Reparieren an, und beim Reparieren begann er die Dinge besser und raffinierter zu machen. Als er einen primitiven Druckbrecher erfand und an einem Wasserrohr im Kuhstall anbrachte, staunte Apupa und freute sich dermaßen, daß er seine Grundsätze beiseite ließ und mit ihm ins Dorf hinunterging, um die Handwerker zu besuchen: den Schmied Schulmann, den Schuhmacher Goldmann und den Tischler Melamed.

Das Dorf war gewachsen. Apupa hatte schon lange nicht mehr das vordere, östliche Tor des Joffe-Hofs benutzt, ebensowenig wie das Nord- und das Südtor. Alle kannten Amuma, die im Dorfkonsum einkaufte, und die Töchter, die die Schule besuchten. Aber Apupa ging durchs hintere Tor auf die Felder und kehrte auf demselben Weg zurück. Die Namen der Dorfbewohner kannte er nicht, und da diese immer mehr wurden, erweiterte er den verhaßten Namen »die Schusters« so, daß er möglichst viele »Feinde« einschloß.

Jetzt ging er durch das vordere Tor und die junge Zypressenallee hinunter, und Aaron, der damals noch nicht lahmte, hüpfte neben ihm her. Verblüffung griff um sich. Männer traten aus den Höfen, beschatteten die staunenden Augen. Frauen linsten aus den Fenstern, wischten sich die Hände an der Schürze ab. Aaron schielte zu Apupa hinüber, schritt genau wie er aus und erwiderte genau wie er keinen Blick. Die beiden steuerten schnurstracks ihr gewünschtes Ziel an: den Schmied, den Schuhmacher und den Tischler, deren Werkstätten nebeneinanderlagen, hinter der Molkerei.

Höflich und respektvoll bat Apupa, sie möchten Aaron dabeisitzen und zugucken lassen.

»In welcher Beziehung stehst du zu dem Kind?« fragten sie ihn.

Apupa sagte: »Eines Tages wird er Pnina heiraten und mein Kind sein.«

»Dann viel Glück«, sagten der Tischler und der Schuster und der Schmied.

Batja hatte recht. Ein paar Monate nach dem Vorfall mit der Petroleumflasche und dem Eis erschien der Esel allein, mit dem beschämt entschlossenen Gesichtsausdruck, an dem die Süßmäuler einander mit Leichtigkeit erkennen, genau wie die *Zatzkes* meines Vaters einander erkannten.

Batja bewirtete ihn mit einem in Honig getauchten Apfel und stieg wortlos auf seinen Rücken. Der Esel ging den Westhang des Hügels hinunter, durchquerte das Wadi dort, wo es eine Biegung nach Süden macht, und kreuzte die Ebene alsdann auf einem Schlängelpfad, den keiner der Joffes oder der Dorfleute kannte und keiner zu suchen gewagt hätte. Stunden zogen die beiden über grundlose Sumpfflächen, durch immer höhere und dichtere Vegetation, der Pfad war schmal und gewunden, manchmal, wie bei Tierfährten, nur an Fellflöckchen, die an einem Dorn hängengeblieben waren, zu erkennen, und stellenweise wurde er zu einem Tunnel im Dickicht. Hier stieg Batja ab, der Esel trottete voran, witterte die Erinnerung an seine Mutter, und Batja folgte ihm, merkte sich den Weg und hinterließ hier und da ein Zeichen – brach ein Zweiglein ab oder band ein paar Schilfblätter zusammen.

Schließlich gelangte der Esel an eine flache Rinne, die aus der Jesreelebene aufstieg und zu den eichenbestandenen Hügeln im

Norden weiterführte. In der Ferne sahen sie ein kleines Dorf, so anders als unseres, daß es Batja fast unwirklich vorkam. Hübsche Steinhäuser hatte es und gepflasterte Straßen, eine Glocke läutete von einem spitzen Kirchturm, ein Wetterhahn drehte sich obendrauf, und die Bauern – Batja staunte – gingen mit gebügelten Hosen und weißen Hemden aufs Feld.

Sie überquerten ein großes grünes Kichererbsenfeld, Batjas Knöchel brannten bei der Berührung. Der Esel bedeutete ihr, sich zu ducken, während er auf ein großes Gutshaus im Osten des Dorfes zusprang. Auf dem Hof arbeitete eine knochige Deutsche mit helmartig geschnittener Frisur, und ein hochgewachsener blondhaariger Junge half ihr dabei. Zwei große Hunde lagerten im Schatten des Zauns und beäugten sie. Die beiden umgingen das Haus in weitem Bogen und stiegen den Hang zum Nachbarhaus hinab. Eine Frau kam heraus, lächelte beim Anblick des Esels und bewirtete die beiden mit einer Portion Eis.

Erst gegen Morgen kam Über-alles nach Hause, nur durch ein Wunder errettet vor dem Ertrinken im dunklen Sumpf oder dem Zusammenstoß mit einer der Hyänen, die damals noch bei Nacht rissen und lachten. Bei ihrem Eintreffen fand sie die Mutter angsterstarrt und den Vater in alle Himmelsrichtungen peitschen, weil er vor Sorge nicht ein und aus wußte. Niemals hatte er seine Töchter geschlagen, und nun erhob er seine Hand und stand im Begriff, auf seine Lieblingstochter einzudreschen. Doch Batja, das Abbild seiner Frau und die Kopie seiner Seele, trat ihm entgegen: »Aber Vater, warum bist du denn so zornig? Ich weiß, woher der Esel das Eis bringt.«

[*Denkst du wohl manchmal an sie, deine geliebte Tochter, weiß dein Spatzengehirn, daß ihr Mann seine Strafe bekommen hat? Daß sie dort ist, in der Fremde, in der Verbannung, und du, ein kältezitternder Zwerg, hier in deinem Inkubator verrottest?«]

Er schwang sie in die Luft, stellte sie auf den Betonrand des Futtertrogs der Kühe, drehte ihr den Rücken zu und sagte: »Auf!«

Batja sprang ihm auf den Rücken und rief »Hü!« Apupa sagte: »Wir spielen jetzt nicht, Batinka«, und öffnete das Hoftor. »Zeig mir, wohin.«

»Gehen wir jetzt bis dorthin, um Eis zu essen?«

»Nein«, sagte Apupa, »wir gehen jetzt bis dorthin, um zu sehen, ob du die Wahrheit sprichst. Und wenn du gelogen hast, wirst du was erleben.«

Er lief im Galopp den Hügel hinunter. »Zeig mir den Weg«, sagte er immer wieder.

War sie auch seine Tochter und klein und ohne Brüste, die seinen Rücken hätten befeuern können, ähnelte ihr Körper doch sehr dem ihrer Mutter, und Amumas deutende Hand in der Erinnerung ähnelte der kleinen Hand, die ihm jetzt den Weg wies. Aber anders als ihre Mutter schmiegte Batja sich nicht an seine Schulter und schlief nicht ein, sondern bohrte ihm die Fersen in die Lenden und spornte ihn ständig zum Galoppieren an.

Wie sie heil durch die Sümpfe kamen, weiß kein Mensch. Überalles sah kein einziges der Zeichen, die sie hinterlassen hatte, aber jedesmal, wenn sie »links«, »rechts« oder »geradeaus« sagte, hatte sie recht, und nach ein paar Stunden sagte Apupa: »Mir brennen die Beine«, und Batja wußte, daß sie in das grüne Kichererbsenfeld gelangt waren.

Niedrige Wolken zogen am Himmel auf, und durch das Grau leuchteten die weißen Steinhäuser, die Apupa bestens kannte, die Häuser des deutschen Dorfes, zu dem er bis dahin auf dem Königsweg gelangt war, nicht durch die Sümpfe. Ebendas Dorf, mit dessen Geschichte sich unsere Familiengeschichte später verquikken sollte. Sie umgingen das Haus mit den Hunden, und Apupa merkte, daß seine Tochter die Wahrheit gesprochen hatte.

Schulmann, der Schmied, hatte einen Lehrling, der sich nie erinnern konnte, wo er seine Werkzeuge hingelegt hatte. »Barmherzigkeit hat ihm der Heilige, gelobt sei er, erwiesen, daß er ihm die Eier in einen Sack getan hat, sonst würden ihm die auch noch abhanden kommen«, sagte Schulmann von ihm. Aaron, der sich zu fragen schämte, wollte von Apupa wissen, was er gemeint hatte, worauf Apupa ihm antwortete, ein Handwerker müsse jedes Werkzeug mit geschlossenen Augen finden können, »wie ein Mann, du weißt schon was, findet.«

Als Apupa ein paar Tage später insgeheim in Aarons Notizheft linste, fand er dort nicht nur diese Feststellung, sondern auch Beobachtungen über die Winkel der Zähne an Melameds Gattersäge, über Schulmanns Blasebalg, der wegen des begrenzten Pedalspiels und einer überflüssigen Biegung in der Leitung verminderten Luftstrom erzielte und erhöhte Anstrengung erforderte, und über Goldmanns Schusterleisten, der seine Hand veranlaßte, in einem ineffektiven Winkel zu hämmern. Damals formulierte er die Dinge noch nicht mit der erprobten Sicherheit von heute, spürte jedoch, daß ein Arbeitsgerät eine Fortsetzung der Hand sein sollte.

Apupa las es mit wachsender Freude. Er begriff, daß er dem Jungen bald bessere Lehrmeister würde besorgen müssen. Tatsächlich stiegen Goldmann, Schulmann und Melamed ein paar Wochen später zum Joffe-Hof hinauf und sagten Apupa, er täte gut daran, wenn er seinen künftigen Schwiegersohn zu dem deutschen Schmied in Waldheim brächte. Nicht daß sie seiner überdrüssig wären, im Gegenteil, aber dort könnte er mehr lernen als bei ihnen.

So bekam denn der Esel, der ein gelockter Jungesel gewesen und dann Postesel und schließlich Eisausträgeresel geworden war, eine zusätzliche Aufgabe. Einmal die Woche hängte Apupa ihm einen Lederbeutel mit ein paar Münzen darin um den Hals, setzte Aaron auf seinen Rücken und schickte ihn zu den Deutschen in die Lehre. Zwei Tage später brachte der Esel den Bräutigam ins Dorf zurück, zusammen mit einer Portion Eis, das nicht schmolz. Aaron war glücklich. In Waldheim gab es Sauberkeit und Ordnung, richtige Pflüge, Zuggeschirre und Maschinen sowie Arbeiter und Bauern, die wie echte Fachleute aussahen und agierten und nicht wie »Schauspieler in Pionierrollen am Habima-Theater«, wie Hirsch die Schusters betitelte, womit er schallendes Gelächter erregte.

Hier sah der Bräutigam die fußbetriebene Drehbank von Gotthilf Wagner, die erste und einzige im ganzen Land, und auch den Fabrikanten selbst bekam er zu Gesicht. Wagner traf mit dem Auto in Waldheim ein und wurde begrüßt von einem Empfangskomitee, dem der Bürgermeister, der Pfarrer sowie der Bürgermeister der nahe gelegenen deutschen Kolonie namens Betlehem angehörten. Der Bräutigam war so hingerissen, daß er sich beim Anblick des Gastes ebenso hochreckte wie die deutschen Schmiedearbeiter und sogar eine deutsche Verbeugung machte, die nicht nur die Anwesenden, sondern auch ihn selbst überraschte.

Noch heute erinnert er sich immer wieder mit derselben Faszination an jenen Tag, wenn auch mit gemischten Gefühlen und großer Gemütserregung. Denn einerseits war Gotthilf Wagner ein erstklassiger Fachmann, aber andererseits haßte er Juden und brachte während der arabischen Unruhen den Arabern sogar bei, Minen und Sprengsätze herzustellen. Als Jahre später, nach dem Zweiten Weltkrieg, Palmach-Angehörige ihm auf offener Straße auflauerten, seinen Wagen anhielten und ihn erschossen, lief der Bräutigam tagelang wie irr herum, seufzte »Er war ein Genie …« und zischte »Hatte er verdient!« in ein und demselben Atemzug. Und als er erfuhr, daß die Mauser-Pistole des Attentäters mit einem Schalldämpfer seiner Herstellung versehen gewesen war, stieß er sogar einen Schrei aus.

Aber an jenem Tag, als er ein Junge war und Wagner zum ersten Mal sah, fühlte sich der Bräutigam wie eine Braut unterm Hochzeitsbaldachin, und die Familienlegende – das heißt Rachel – erzählt, er sei vor lauter Aufregung über eine Eisenstange gestolpert und habe sich den Knöchel zertrümmert. Aber in Wahrheit hat er sich den Knöchel ohne jeden Zusammenhang mit Wagner zertrümmert, auch nicht in Waldheim, sondern bei uns auf dem Joffe-Hof, und nicht vor lauter Aufregung, sondern weil jemand – Apupa, wer sonst – eine Eisenstange auf den Boden geworfen und liegengelassen hatte.

»Bei den Deutschen«, sagte mir der Bräutigam viele Jahre später, »wäre so etwas nicht vorgekommen. »Denn bei den Deutschen«, erklärte er, »war alles an seinem Platz.« Er erzählte mir, im Deutschland des Mittelalters habe jeder Schmiedelehrling einen großen Ohrring getragen. »Und dieser Ohrring war sowohl eine Quelle des Stolzes als auch eine große Not«, denn wenn der Lehrling etwas verdorben oder verbrochen hatte, riß ihm der Meister den Ring ab und jagte ihn mit zerrissenem Ohr aus der Schmiede. »Also sag du mir mal, Michael, würde man bei solchen Leuten eine Eisenstange achtlos auf dem Boden rumliegen lassen?«

Der Bruch, der zunächst einfach aussah, von der Sorte, die bei Kindern leicht heilt, komplizierte sich. Ein Tel Aviver Arzt, ein *Spezialist*, der unbedingt seine Überlegenheit über unseren Dr. Hammer demonstrieren wollte, überzeugte Hirsch und Sara doch tatsächlich, daß man den Fuß noch einmal brechen müsse, um ihn richtig zusammenwachsen zu lassen. So kam eins zum anderen, und Aaron fing an zu hinken. Erst war es ein gewöhnliches Lahmen, erkennbar nur morgens, wenn die Gelenke noch steif und widerspenstig waren, und abends, wenn sie ermüdeten und schmerzten, und schließlich hinkte er richtig und wurde das, was meine Mutter, wenn sie das Familieninventar an Leid und Heldentum aufstellte, als »Hinkefuß« bezeichnete.

»Ein Schwager von mir ist umgekommen, mein Mann hat einen Arm verloren, mein Sohn wurde verwundet, der Bruder seiner Frau ist gefallen, ein anderer Schwager hinkt auf einem Fuß ...« So erzählt sie stolz ihren »Gästen« bei einem Glas Karottensaft, verschweigt jedoch geflissentlich die Umstände der Verletzung des Bräutigams, damit sie meinen sollen, auch er sei im Krieg verwundet worden, und die Umstände der Verwundung ihres Sohnes – ich natürlich –, der bei dieser feierlichen Gelegenheit einen seiner Kameraden getötet hat.

Die Schmerzen fügten sich zusammen, wie man bei uns in der Familie bei starken Schmerzen sagt. Das Lahmen machte den Bräutigam in sich gekehrt und verlangsamte sein Wachstum. Stundenlang saß er damals allein, dachte nach und skizzierte. Von da an begann seine Wanderung, nicht von Süden nach Norden, sondern von der Jugend zum Erwachsensein und von dort weiter zum Alter, und nicht eine einzige Frau, sondern eine ganze Familie hat er auf dem Rücken. Er schultert und geht, weicht weder rechts noch links ab: Er kümmert sich, ernährt, hält Abkommen ein, hegt seinen Zorn, trauert häufig »jenen Tagen« nach, verkündet immer aufs neue: »Nicht dafür haben wir im Unabhängigkeitskrieg gekämpft, nicht dafür haben wir in Einwandererorten unterrichtet, daß der Staat dann so aussieht.« Und immer wieder ruft er: »Sehr bald wird hier ein schreckliches Unglück geschehen.«

Noch im Krankenhaus, eingesperrt in den Gipskäfig, der seinen halben Leib umschloß, erdachte er eine Art automatischen Trog, den das Rind durch einen Stups mit der Nase selbst betätigen konnte. Mit zwölf Jahren plante und zeichnete er bereits das Modell eines neuen Pfluges, dessen Sprungfedern ihn über Felsboden und Steine gleiten ließen, ohne steckenzubleiben oder Scharen zu brechen, und dessen Gestänge so leicht und schmal war, daß ein einzelnes Pferd damit die Felshänge der Hügel pflügen konnte. Und mit dreizehn erfand er eine Hebemaschine, die sich mit dem kleinen Finger von Drücken auf Ziehen umstellen ließ und derart einfach war, daß sie nicht wie eine technische Erfindung, sondern wie Zauberwerk wirkte.

»All das hat dein Sohn hier bei mir auf dem Hof erfunden«, schrie Apupa Hirsch Landau an. »Und das, während ihr in deinem Tel Aviv nur eure Spekulanten habt, die bloß auf Geld aus sind, und eure Luxussachen, die bloß Geld kosten, und eure Mädchen, die es für Geld mit Engländern treiben, und eure Schlonskys, die Worte erfinden, die kein Mensch braucht – und das nicht mal für Geld, sondern nur zum Angeben!«

Ihren Gemüsegarten hatte meine Mutter von ihrem Vater bekommen, als sie zwölf Jahre alt wurde. Die Wattefelder, auf denen sie ihre Bohnen, Weizenkörner und Erbsen keimen ließ, nahmen bereits den Großteil der Holzveranda und die halbe Küche ein, und alle atmeten auf, als sie verkündete, zu ihrer Bat-Mizwa fordere sie ein Stück Land.

Apupa gab ihr einen Streifen Brachland an der Hofmauer, zwischen Orangenhain und Weizenfeld, einen dreiviertel Dunam ausgezeichneten Bodens, denn früher hatte dort das erste Hühnerhaus gestanden, und die Erde hatte den Hühnermist aufgesogen. Nathan Freistatt half ihr, wie erwähnt, mit gutem Rat, und Og, sein riesiger zypriotischer Esel, beim Aufbereiten des Bodens: Zuerst fraß er die Disteln und Wildkräuter, danach hob er den Schwanz und spendierte eine Portion frischen Dung, und zum Schluß wurde er vor den Grubber gespannt und zog.

»Vegetarier helfen einander«, lachte Rachel.

Mutter säte Gemüse, und da Dr. Jackson den Einsatz chemischer Schädlingsbekämpfungsmittel untersagte, jätete sie die Beete mit den Fingern und sammelte Raupen und Käfer von den Blättern ab. »Wie eine Riesenschildkröte ist sie dort rumgekrabbelt. Auf den Knien. Mit einem großen Strohhut auf dem Kopf, nur die Hände und Füße lugten drunter hervor.«

Nach ein paar Monaten bekam sie eine mysteriöse Flechte an den Knien, die juckte und abstoßend aussah, und Amuma fing an, sie zu allen möglichen Ärzten zu schleppen. Zunächst zu Ärzten, die Hanna aufzusuchen bereit war: zu einem Homöopathen von den Templern, namens Dr. Minzenmay, der in der deutschen Kolonie von Haifa eine Apotheke unterhielt und aus der Rizinusfrucht ein ungiftiges Mittel gewonnen hatte, das gegen die fliegende Hitze von Frauen in den Wechseljahren half, und zu einem heilkundigen Beduinen, der am Eingang des kleinen Wadis lebte, das sich vom Bet-Natufa-Tal zu den Ruinen von Jodfat hinaufzieht. Sein großer Ruhm beruhte auf Bädern, die er mit den gelben Fruchtwänden des Granatapfels ansetzte, und junge Frauen kamen in dunkler Nacht zu ihm, denn ein zwanzigminütiges Sitzbad in dieser Lösung genügte, um eine Operation zur Wiederherstellung der Jungfräulichkeit unnötig zu machen.

Aber mit dreizehn Jahren war meine Mutter noch Jungfrau und litt auch nicht unter fliegender Hitze, sondern an Ausschlag. Sie willigte ein, sich von Dr. Hammer untersuchen zu lassen, der sie zum Doktor von En Charod schickte. Der war ein netter Mann, der hübsche Geschichten erzählte und dank seiner Reden über die medizinischen Vorzüge von Käse in der ganzen Jesreelebene bekannt war. Doch auch er konnte sie nicht heilen. Das tat letzten Endes mein Vater, Mordechai Joffe, der ein paar Jahre später ins Dorf kam, als Joffes vegetarisches Töchterchen schon »ein großes Mädchen« war und die Flechte »ihr schon beinah bis in die Knochen reichte« – aber diese Geschichte werde ich zu gegebener Zeit aufgreifen. Vorerst zurück zum Gemüsegarten.

So rein und natürlich war er, daß er andere Vegetarier anzog: Vögel, Stachelschweine, Läuse, Wildschweine, Raupen und Hasen. Auch eine Blindmaus kam, grub sich ein und tat ihr unterirdisches Verheerungswerk, und am schlimmsten waren die geflügelten Insekten – müde und glückliche Pilger, die von weit her anreisten und ihr ganzes kurzes Leben der Wallfahrt zu ihrem Garten widmeten.

So kam es, daß der Naturkundelehrer eines Tages einen Käfer entdeckte, der – soweit ihm bis dato bekannt – »endemisch an den Osthängen des Hermonmassivs war«, nun aber mitten im Dorf landete und den Hügel zu erklimmen begann. Drei Tage robbte der Lehrer ihm nach, ohne ein Auge von ihm zu wenden, und am vierten Tag, als der Käfer auf einen Tomatenstrauch kletterte und zu schlemmen begann, richtete der Lehrer sich auf und entdeckte, daß er sich im Gemüsegarten seiner Schülerin befand, umgeben von einer Fülle fremder und befremdlicher Insekten, die ihre normalen Lebensräume verlassen hatten und »zum Garten deiner Mutter geflogen, gekrochen und gelaufen waren, um dort ein letztes ungespritztes Mahl einzunehmen, zu lieben, Eier zu legen und zu sterben«.

Der Lehrer, von freudiger Erregung erfüllt, verschickte Briefe an alle Interessenten und verkündete ihnen, »die entomologische Vielfalt im Gemüsegarten von Hanna Joffe übertrifft das, was sich in den Sammlungen der zoologischen Abteilung der Universität Berlin befindet.« Er erklärte sogar, man müsse Professor Bodenheimer einladen, damit er sein *Handbuch der Agrarschädlinge* ergänzen könne. Aber Batja, die ihn just dann dort erwischte, als er anfing, beim Fahnden nach seltenen Raupen die Kohlblätter ihrer Schwester zu zerreißen, bellte los, und Apupa eilte herbei und fing den Eindringling. Da er selten ins Dorf hinabging, erkannte er ihn nicht und sagte ihm, er solle sich auf ein Wälzen im Kuhmist und einen Rauswurf im hohen Bogen über die Hofmauer gefaßt machen.

Der entsetzte Lehrer schrie: »Joffe! Ich bin der Lehrer deiner Tochter!« Und Apupa, in einer unerwarteten Anwandlung von Nachsicht, fesselte ihn an ein großes Holzkreuz, rammte es mitten in den Garten und sagte zu ihm: »Auf den Mist werden wir verzichten, aber für den Schaden, den du hier angerichtet hast, wirst du jetzt arbeiten.«

Hanna fand ihn dort Stunden später, war bestürzt und wollte ihn befreien. Aber der Naturkundelehrer, fasziniert von der Fülle an Insekten und erregt über die Forschungsmöglichkeiten, die seine neue Arbeit ihm unerwartet verschaffte, erbat und erhielt die Erlaubnis, an den Pfahl gebunden zu bleiben. Sie setzte ihm eine Strohperücke und eine zerrissene Zipfelmütze auf den Kopf, steckte ihm eine Flasche Wasser in die Tasche, damit er in der Sonne nicht vertrocknete und verdurstete, und obwohl er landesweit die einzige Vogelscheuche war, die die Schädlinge auch identifizieren konnte, gelang es ihm nicht, sie zu verscheuchen. Weder er noch meine Mutter. Ihre grünen Paprikas wurden von Raupen zerfressen, ihre Tomaten von Starschnäbeln angepickt, bis Onkel Aaron kam, Fallen erfand und aufstellte und Schutznetze spannte.

Unter diesen Netzen erblühte auch ihre Liebe zu Mordechai Joffe, der ein paar Jahre später im Dorf erschien. Blaß und mager war er, armamputiert und gebrochenen Herzens. Da er nunmehr als Kampfsoldat untauglich war, hatte man ihn ins Dorf geschickt, um dort Gruppenführern der Palmach, in einem Kurs, der damals in einer Höhle an einem der umliegenden Hügel stattfand, Orientierung im Gelände beizubringen.

Hat die Sonne ihr Haar leuchten lassen, als er sie das erste Mal sah? Hat sie etwas gesagt, was sein Herz eroberte? Hat ein einmaliges Lächeln den Panzer ihrer Grundsätze durchbrochen? Ich weiß es nicht, aber fest steht, daß mein Vater beim Anblick Hanna Joffes von Liebe erfüllt wurde, und als er ihr sagte, daß er ebenfalls Joffe heiße, bebte auch ihr das Herz. Zum ersten und anscheinend auch zum letzten Mal.

Als Pnina fünfzehn Jahre alt war, begann sich die Prophezeiung des Geigers über ihre Schönheit zu bewahrheiten. Die Veränderung wurde nicht gleich vom Auge erfaßt und gewiß nicht vom Bewußtsein, nicht alle erkannten die ersten Knospen ihrer Schönheit, die heranreifte und Form annahm, sich befreite und entfaltete, jene Flügel ausbreitete, die nur der Geiger vorausgesehen hatte.

Es ist eines, erklärte mir Rachel, wenn aus einem schönen Baby ein schönes junges Mädchen wird und dieses wiederum zu einer schönen Frau heranwächst, oder auch wenn eine schöne Frau plötzlich irgendwohin kommt und dort mit ihren Mundwinkeln, ihrer Taillenlinie, ihrem Lächeln und ihrem Gang einschlägt, aber etwas ganz anderes ist es, wenn aus einem gewöhnlichen Baby ein gewöhnliches Kind wird und daraus ein normales junges Mädchen und dann unverhofft eine Schönheit von ihr ausstrahlt, für die es keinerlei Vorzeichen gab. Langsam, nach und nach – zunächst nur aus einem bestimmten Blickwinkel und zu bestimmten Stunden, dann nur für die verdorrende Kehle und für das verblüffte Zwerchfell und erst danach für Auge und Verstand – zeigt sich, daß dieses Geschöpf, das sich vor unseren Augen aus dem Gespinst seiner Hüllen zwängt, eben das ist, was man »eine schöne Frau« nennt.

Das Erstaunlichste bei alldem war, daß ausgerechnet der alte Schuster als erster Pninas Schönheit erkannte. Gerade er mit seinem weißen Bart und dem langen schwarzen Mantel kam eines Tages aus dem Schusterschen Haus, als sie auf der Straße vorbeiging, rannte förmlich schnurstracks auf sie zu, und als sie bei seinem Anblick stehenblieb, sah er sie an und begann zu zittern, und als Pnina ihn fragte, ob er Hilfe brauche, fragte er, ob sie sich selbst gleich zehnmal sehen wolle.

Pnina staunte, denn der alte Schuster war der einzige Religiöse im Dorf, ein wahrlich Strenggläubiger, der niemals ein Mädchen oder eine Frau ansprach und, wenn ein weibliches Wesen sich an ihn wandte, derart erschrak, daß er die Augen senkte, einen Schritt zurückwich und sich die Hand vor die murmelnden Lippen hielt, so daß seine Stimme kaum zu hören war. Doch nachdem sie seine Worte verdaut hatte, weckte sein Angebot ihre Neugier. Sie blickte nach rechts und links, drehte sich um, sah keinen Menschen und sagte ihm, sie sei einverstanden.

Der Alte führte sie zur hinteren Pforte des Schusterschen Hofes und ließ sie in die Privatsynagoge ein, die er sich dort gebaut hatte. Sofort erkannte Pnina, daß die Geschichten, die im Dorf über ihn kursierten, zutrafen. Ja, die Wände des Zimmers waren mit Spiegeln bedeckt, die den drinnen Stehenden mehrfach verdoppelten, damit der alte Schuster einen *Minjan* zum Beten bekam.

Sie blickte sich um, sah ihn und seine neun alten Spiegelbilder und fragte: »Und wo bin ich?« Der alte Schuster, aufgeregt über ihre Anwesenheit in seiner Synagoge und über das Wunder, das sich alsbald ereignen würde, tat das, was viele tun, um sich zu beruhigen – er redete ohne Atempause los. Er erzählte Pnina, anfangs seien, im Einklang mit allen Gesetzen der Optik, alle zehn Beter, er eingeschlossen, einander gleich gewesen. Aber nach ein paar Wochen des Gebets, seien Unterschiede aufgetreten. In den ersten Tagen Unterschiede in Größe und Gesichtszügen und nach ein paar weiteren Monaten – »so wahr ich lebe, Pnina« – auch Unterschiede im Verhalten.

Schnell brach der erste Streit aus, denn einige der Spiegelbilder kamen zu spät zum Gebet, bald waren Zwistigkeiten zwischen den Teilnehmern des Minjans eine alltägliche Angelegenheit, und an einem Schabbat erhoben sich zwei Spiegelbilder, die ihm schon immer verdächtig vorgekommen waren, behaupteten, man benachteilige sie bei den Thoraaufrufen, habe ihnen schlechte Sitzplätze gegeben, und drei andere standen auf und erklärten, sie könnten den Gebetsritus nicht ausstehen, und die Melodien seien nicht die ihnen von Haus aus vertrauten.

Pnina, die noch nie in einer Synagoge gewesen war, verstand nicht, wovon er redete, und sah sich zu ihrer Enttäuschung immer noch nicht zehnmal schön vervielfältigt, wie er es ihr ein paar Minuten zuvor versprochen hatte.

»Ich hoffe, daß sie sich bald alle beruhigen«, sagte sie, »und daß es keine Streitigkeiten mehr gibt.«

»Was redest du denn, Pnina!…« rief der alte Schuster entsetzt. »Daß sie sich bloß nicht beruhigen… Wozu sollten sie sich beruhigen? Endlich habe ich hier eine richtige Synagoge. Wie wir sie im Schtetl hatten.«

Pnina beschloß, nicht weiter den Mysterien der Religion nachzuforschen, und erinnerte ihn erneut an sein Versprechen. Der Alte faßte sich. Er sagte ihr, wohin sie die Augen richten sollte – und das Wunder geschah. Neun Spiegelbilder boten sich ihren Augen dar: Einige sah sie von vorn, andere von hinten, wieder andere im Profil, und alle waren wie sie, schön und überrascht.

Der alte Schuster seufzte, die Knie versagten ihm, seine Hände suchten Halt. Die zehn Pninas betrachteten einander und begannen sich im Stand zu drehen, um einander von allen Seiten zu sehen, und als sie alle einen ganzen Kreis vollführt hatten, zogen sie lachend zehn Spangen aus dem Haar und ließen es offen fallen. Der alte Schuster flüsterte: »Nein, Pnina…«, und noch einmal: »Nein…« – doch zu spät. Ein hoher, glatter, sauberer, anhaltender Ton erklang, und ehe die wirkliche Pnina begriff, was geschah, ging der Spiegel vor ihr entzwei, und die Scherben fielen zu Boden. Gleich danach barsten die Spiegel an der Gegenwand, und die Spiegelbilder an den Seitenwänden zerbrachen zu funkelnden Splittern.

Einen Moment fürchtete Pnina, auch sie werde zerbröckeln, doch ein Splitter spritzte ab und drang ihr in den Knöchel. Ein Schrei entrang sich ihrem Mund. Sie zog den Glassplitter heraus, blickte hinein und sah darin eine Scherbe ihrer selbst. Als sie aus der Synagoge kam, erwarteten sie draußen viele Dorfbewohner, die das Zerspringen des Glases und die Schreie des alten Schuster gehört hatten und herbeigeeilt waren, um zu sehen, was passiert war. Sie ging zwischen ihnen hindurch und sah ihre Schönheit wieder in den Augen [ihr Abbild in den Augen] derer entflammen, die zum ersten Mal ihre Schönheit wahrnahmen und erfaßten. Erst jetzt begriffen die Männer, warum ihre Füße sie bei jedwedem Gang unweigerlich an der Schule vorbeiführten, und zwar immer zu Beginn oder am Ende des Unterrichts oder während der großen Pause. Die Frauen begriffen, warum sie zu denselben Zeiten Kopf- und Bauchschmerzen bekamen. Und was die Familie Joffe anbetraf, bei der dieses Mädchen empfangen, geboren und aufgewachsen war – die Familie Joffe begriff das Geschehen, wie immer, erst nach allen anderen und, wie immer, anhand einer praktischen Vorführung. Kaum heimgekehrt, ging Pnina nämlich schnurstracks an den Schrank, öffnete seine Türen, und das Mäntelchen, das Hirsch Landau ihr gekauft hatte, war plötzlich elegant und hübsch geworden, strahlte ihr entgegen und glitt förmlich heraus, um ihren Leib zu umhüllen.

Ihre Eltern blickten erst sie, dann einander an, und noch in derselben Nacht setzte sich das Gerücht in Lauf, Abordnungen von Joffes begannen heraufzuziehen, und als auch sie geblendet waren, gingen die normalen Familienstreitigkeiten los: Wer hat es vor allen anderen gewußt? Wer hat es vorausgesehen? Wann hatte sich so was früher schon mal zugetragen? Und bei wem? Bei dem? Bei jenem?!... Ist der überhaupt ein echter Joffe?

Auch Verehrer sammelten sich, Eltern machten ernsthafte Anträge, aber Pnina war für Aaron bestimmt, und selbst jetzt, da ihre prophezeite Schönheit Wirklichkeit wurde, änderte sie ihr Tun und Denken kein bißchen. Sie besuchte ihn weiterhin in Tel Aviv, und als Hirsch Landaus Freunde, die leichtsinnigen Künstler, sie zu umwerben begannen, erhörte sie sie nicht, obwohl sie dabei Wege beschritten, die sonst kaum je enttäuschten: Sie erboten sich, sie zu malen, zu besingen, für sie zu spielen, ihr Werke zu widmen. Aber Pnina, deren Schönheit ihr auch überraschende Reife verlieh, lehnte lächelnd ab. Der Bräutigam indes ließ sich nicht im geringsten anmerken, daß er ihre neue Schönheit wahrnahm. Doch die Aufmerksamkeit, die die anderen ihr schenkten, machte ihn verlegen, und sein Gesicht nahm einen Ausdruck an, in dem sich Stolz, Überraschung und Argwohn mischten.

Die Verwunderung, die die beiden stets begleitet hatte, wuchs. Alle fragten einander: Was findet ein Mädchen wie Pnina an einem Jungen wie Aaron? Und da die Liebe nicht selten auch die Liebenden selbst verblüfft, stellte der Junge sich dieselbe Frage.

Auch das Mädchen wunderte sich im stillen, sogar mehr als andere, denn sie wußte als einzige, daß ihre Liebe zu Aaron nicht abgenommen hatte. So oder so, dieser Anblick der schönen hellen, jungen Frau, die das Tor des Joffe-Hofs verläßt, die Zypressenallee hinuntergeht, den lahmenden dunklen Schmiedejüngling neben sich, gehört zu den bestens erinnerten Bildern hier bei uns in der hübschen kleinen Stadt, die einst ein Dorf war und nur wenige Aufregungen und Überraschungen in ihren Annalen zu bieten hat.

In jenen Tagen reichten die Anemonenteppiche und Narzissenmatten bis ans Dorf. Diese ließen einem mit ihrer Schönheit die Augen, jene mit ihrem Duft die Nase rinnen. Heute sind von diesen Winterblumen nur noch ein paar kümmerliche Grüppchen am fernen Feldrain und ein paar Flecken zwischen den Hügeln übriggeblieben. Aber im Frühling gesellen sich Blutströpfchen und blaublühende Disteln, rosablühender Flachs, Rittersporn, Klatschmohn und Hahnenfuß dazu. Der Regen ist vorbei und dahin, die Erde hat ein grünes Samtkleid angelegt und funkelt mit farbenfrohen Punkten, und Alona hat uns an einem leicht bewölkten Morgen, von der Sorte, die sich später zusehends aufheizt, zu einem Spaziergang in die Hügel animiert.

Etwas Gegenwart, meine Herrschaften. Von den Rauheiten der Erinnerung zum Liebkosen der Wirklichkeit. Alona geht voran, strahlt vor Glück über ihren Erfolg: Hatte ihren Sohn – »steh endlich auf, laß diesen Computer sein, genug im Bett rumgestänkert« – aus seinem Zimmer gezerrt. Hatte ihren Mann – »was schreibst du denn da die ganze Zeit wie ein Mönch im Kellerloch« – von seinem Tisch losgeeist. Hatte die Kneipe angerufen und ihre Tochter aus deren Unterwelt emporgeholt – »soll dein Dimitri die Einkäufe erledigen, und du wanderst mit uns und atmest ein wenig reine Luft statt all dem Alkohol und Rauch, den du dort inhalierst.«

Die meisten Gäste des Joffe-Pubs kommen wegen Ajelet. Die Getränke sind ja überall die gleichen, abgesehen von ein paar Cocktails, die Privatgut eines jeden Pubs sind, und die Stühle sind die gleichen, so daß all diese Lokale, wie meine Tochter mir selber sagte, sich nur in zwei Dingen voneinander unterscheiden: »In den Menschen und den Naschereien.« Von Naschereien habe und verstehe ich nichts, aber was die Menschen angeht – bei Ajelet versammelt sich ein nettes Publikum aus Jungen und Alten, Männern und Frauen, Arbeitern und Angestellten. »Wie bei uns: Da kommt dieser und jener, und alle kennen sich nach dem Gesicht und bei Namen.« Und zur weiteren Kennzeichnung ihres Lokals führt sie an, neben »ein paar Dichtern, die nichts vertragen können, und ein paar Snobs vom Fernsehen« und ein paar Schönheiten, deren Fotos in den Klatschspalten erscheinen, habe sie zu ihrem Stolz auch eine Gruppe »alter russischer Veteranen«, die »mit einem ganzen Teppich von Orden aus dem Weltkrieg an der Brust« bei ihr ankommen »und trinken, als wäre jeder Tag der 9. Mai«.

»Was ist der 9. Mai?«

»Der Tag, an dem die Russen den Sieg über die Deutschen im Zweiten Weltkrieg feiern. Wußtest du das nicht, Vater? Da muß ich mich über dich wundern.«

»Woher soll ich das wissen? Woher weißt du das?«

»Jeder Joffe muß das wissen. Uns sind damals zwei Onkel als Colonels umgekommen. Huch, ich werd verrückt, wie viele Anemonen… Guck dir bloß mal die blauen an, wie hoch die sind.«

Die Anemone, die in dieser Jahreszeit schon langsam spärlicher blüht, liebe ich besonders – ihren Wagemut, das kühne Rot ihres Herzens. Der Winter regiert noch, mit Kälte und Schlamm, und sie blüht bereits, stößt aus der frostigen Erde hervor, die Welt wiederzubeleben, und hat auch eine offenherzige [zu Herzen gehende] Art, ihr Alter zu sagen: nach dem wachsenden Abstand zwischen Kronen- und Kelchblättern.

Sobald sie welken, hole ich mir Samen von ihnen. Die rotsamtigen Kronenblätter sind schon verdorrt und abgefallen, die prallen Fruchtknoten aufgeplatzt. Die Samen, von weichen Wollfransen umhüllt, liegen bloß und warten auf die Gunst des Windes. Ich sammle sie ein und säe sie, mit feuchtem Sand vermischt, in meinem Garten aus. Und wenn ich einen Kunden oder eine Kundin habe, die mir sympathisch sind, bereite ich ihnen eine Überraschung: Ich streue ihnen diese Samen klammheimlich in Ecken, die nicht bewässert werden.

»Was ist das?« frage ich, zwei, drei Jahre später, scheinbar überrascht.

»Wir haben keine Ahnung, die sind plötzlich einfach so aufgeblüht«, antworten sie, glücklich über die unerwartete Gunst, die die Natur ihnen erwiesen hat. »Hübsch, nicht wahr?«

»Nur begießt sie im Sommer nicht zu sehr«, empfehle ich, »damit ihre Knollen nicht faulen.«

Von den riesigen Narzissenteppichen, die das Emek »in jenen Tagen« bedeckten, sind nur noch ein paar Inseln übriggeblieben. Die großen Pflüge von heute, von riesigen Traktoren gezogen, greifen viel tiefer als die kleinen Zweischarpflüge von einst. Viele Narzissenzwiebeln werden beim Pflügen herausgerissen, viele sterben durch Schädlingsbekämpfungsmittel, und die übrigen – fallen den Bulldozern zum Opfer. Wann immer ich Feldmesser ihre Pflöcke in die Erde stecken und Schilder *Hier wird gebaut* aufragen sehe, gehe ich auf Rettungstouren aus. Wie die Krähen dem Pflug nachtrippeln, um Regenwürmer und Schnecken aufzupicken, so gehe ich hinter den Bulldozern her, und besser noch – ein, zwei Tage zuvor. Lege Gladiolenzwiebeln, Knollen von Alpenveilchen, Anemonen, Asphodill und Hahnenfuß frei und grabe sie bei mir ein. Wenn sie dann blühen, werden sie vielleicht die Kinder an mich erinnern. »Siehst du all die Blumen?« wird Ajelets Tochter zu dem Kavalier, der noch nicht geboren ist, sagen. »Mein Großvater hat sie von den Feldern geholt.«

Für die Narzissen bitte ich den Bräutigam, mir seinen Power-Wagon auszuleihen, und wenn er grollt, sage ich: »Falls du mir nicht traust, komm aus deinem Loch und fahre mich.«

Zur vereinbarten Zeit verschließt er den Eingang zu seinem unterirdischen Reich, und da er sich auf mich nicht verläßt, holt er noch Forke, Hacke und Spaten.

»Na, was gibt's Neues, Aaron?« frage ich.

»Neues! Was soll's schon Neues geben?«

Nachts, wenn ich neben meiner lesenden Frau schlafe oder wach neben meiner erzählenden Tante liege [neben meiner schlummernden Frau oder meiner träumenden Tante], höre ich ihn unter dem Hof graben. Manchmal ist der Lärm echt – Hackenschläge oder das Summen seiner Grabmaschine, einer Art metallenen Maulwurfsgrille, die er erfunden hat: ein starkes kleines Ungetüm mit Elektromotor, zähem Getriebe und Zahnrädern, die ihr auf dem Kopf sitzen. Und manchmal ist es ein Lärm, den nur meine Fontanelle hört, zuweilen mit Bildbegleitung.

»Wie viele Stunden gräbst du pro Tag?«

»Soviel wie nötig.«

Unter der Erde gibt die Zeit keine Zeichen. Hier herrschen immer dieselbe Kälte, Dunkelheit und Stille: keine Vogelstimme, kein Arbeitslärm, kein erster Sonnenstrahl und kein Blütenduft. Hier gibt es keine Mittagshitze und keinen Abendhauch. Hier in diesem kalten Uterus [in seiner Arche Noah/in seiner Nautilus, die nirgends hinfährt], hier in einem Grab, das niemals Schild oder Stein tragen wird.

Ich bin nie zu ihm dorthin abgestiegen. Der Bräutigam verschließt den Tunneldeckel bei seinem Eingang und Ausgang.

»Das ist gefährlich«, habe ich ihm vorgehalten. »Wenn dir da drinnen nun was passiert? Wie sollen wir reinkommen, um dich zu bergen?«

»Wird nichts passieren«, sagt er, und wenn ich frage: »Woher weißt du das?« antwortet er: »Weil das nicht auf dem Plan steht.«

»Und was steht auf dem Plan?«

»Die Familie zu retten.«

»Lieber Himmel, Aaron«, lache ich, »du hast hier doch schon alles Erforderliche vorbereitet, für jede Not, die nicht eintreten möge. Gas, Wasser, Benzin, Nahrungsmittel und Geld sind vorhanden, der Hof ist von Mauern umgeben, und du hast hier fünf Veteranen, bereits in den besten Jahren, aber aus einer Eliteeinheit stammend, und Gabriel hat Waffen und Munition, die Arafats Kampftruppe für eine ganze Intifada reichen würden.«

»Das genügt nicht.«

Er hat dort schon mehrere Stockwerke, erzählt er mir stolz, bewegt sich zwischen ihnen auf einem System von Leitern. Jede Ebene ist mit Eisenschienen versehen, und er sitzt auf einer Holzplatte und zieht sich an einem Seil von Raum zu Raum. Manchmal nimmt er Apupa mit hinunter, damit er ihm hilft, denn in seinem jetzigen Zustand ist Apupa die grabtauglichste Kreatur überhaupt, sogar der Blindmaus und dem Maulwurf überlegen, denn er hat den winzigen Körper seines Alters und die riesigen Hände seiner Jugend, und der Bräutigam hat ihm extrakurze Spaten, Beile und Hacken angefertigt, die er im Tunnelraum schwingen kann.

»Er macht euch allen was vor«, sagt Ajelet, »der gräbt keinen Bunker. Er hat sich da unten einen Palast gebaut, mit all dem Luxus, den er oben verpönt: Dort kaut er *Tschinga*, guckt sich verderbte amerikanische Filme an, vögelt freche Luder und macht Maniküre.«

»Und was ist mit Essen?« fragt Uri.

»Sein Tunnel reicht bis zu Naifas Haus, und sie seilt ihm *Kischke* ab.«

Vielleicht hat sie ja recht, und der Bräutigam steigt in sein unterirdisches Reich ab, zieht die verdreckten Arbeitsklamotten aus, betritt einen großen Raum – Marmorbecken, Samt, verschwenderisches Licht –, badet in parfümiertem Wasser, schlüpft in einen lilaseidenen Hausmantel und guckt die ganze Nacht *American Beauty*? Vielleicht reichen seine Tunnel schon bis zum Einkaufszentrum? Und womöglich hat er sich dort eine unterirdische Kopie des Joffe-Hofs gebaut, eins zu eins, zwölf Dunam unter der Erde – mit allem, was wir oben haben, außer dem Himmel? Mit einem Haus, das auf Apupa, Hirsch und Gabriel wartet, mit einer Veranda ohne Aussicht? Mit einem Indianerzelt für die »Geliebtenmannschaft«, einem Haus für Alona und mich, einem Haus für Rachel, einer Baracke und Mauern und einem verschlossenen Haus für Pnina und einem Garten für Hanna, samt Vogelscheuche, aber ohne Gemüse?

»Was hast du uns denn da nun gegraben, Aaron? Ein Haus? Einen Bunker? Sei ehrlich!«

Doch der Bräutigam beharrt: »Eines Tages werdet ihr mir alle danke sagen.«

Der alte Power-Wagon fährt langsam, sammelt hinter sich eine hupende Schleppe japanischer Brautjungfern, und Aaron betrachtet die neuen Straßen, die die *»Partatsche«* da bauen, beklagt sich über die Brücke an der nächsten Kreuzung, »bei der man kein Fachmann sein muß, um zu sehen, daß der Bauunternehmer heimlich an Eisen spart und jemand im Gemeinderat schon sein *Knippele* unterm Tisch bekommt«, und über die Fahrer, »bei denen es Zeit wird, sie alle von der Straße zu holen.«

»Kürzlich«, erzählte mir Gabriel, »sind wir auf eine seiner Touren nach Haifa mitgekommen. Er fuhr wie gewohnt, ganz langsam und ohne wirklich die Straße zu lesen, und an einer Ampel begann ein nervöser Fahrer ihn anzuschreien, worauf Aaron seelenruhig sein Fenster aufmachte, ihn ansah und ihm seinen dummen Satz aufsagte: ›Wie deine Visage ist, so siehst du auch aus!‹ Und du kennst ja diese Zuhälter, die sind am meisten beleidigt, wenn man ihnen einen Satz sagt, den sie nicht begreifen. Gleich ist der aus seinem Wagen gestiegen und hat gegen den Power-Wagon getreten: ›Komm zu mir raus, du Scheißheini, deine

Mama werd ich ficken!‹ Prompt sprang die ganze Mannschaft aus der Hecktür, in Kleidern: ›Mich auch ... mich auch ... ich bin zuerst dran ...‹«

»Stimmt genau«, bestätigte der Bräutigam die Geschichte, aber seine Miene besagte, daß er noch nicht recht wußte, wen er für schlimmer hielt, die Zuhälter oder die Geliebten, und sofort begann er mir zu erzählen, in jenen Tagen »gab's im Emek und in ganz Galiläa nur drei englische *Traffics*, und du mußt wissen, Michael, diese drei haben dermaßen Ordnung geschaffen, daß niemand wagte, eine Übertretung zu begehen. Allerhöchstens haben wir, wenn der schöne Schuster und ich auf seiner Matchless ohne Führerschein an den Checkpost kamen, mal abgewartet, bis ein Laster anrollte, und konnten dann, während der *Traffic* ihn kontrollierte, schnell durchwitschen. Und heute nützen fünfzig Streifenwagen samt Radar, Martinshorn und Blaulicht nichts, jeder tut und läßt, was er will. Wundert's da, daß Verbrechen und Korruption grassieren?«

»Kommen all diese Übel vom Checkpost?«

Wir steuern die große einzelne Zypresse beim Grabstein am Rand des Wohngebiets an. Hier endet der Asphalt, und wir fahren auf Feldwegen weiter. Der Bräutigam ist ein guter Mechaniker, aber ein mittelmäßiger Autofahrer, und den Weg zu den Narzissen kennt er gar nicht. Deshalb ist er bereit, mir das Steuer zu überlassen, damit wir nicht etwa im Schlamm versinken.

»Guck dir mal die alle an«, er deutet auf das nahe Einkaufszentrum, »sieh dir diese Heinis mit den hochstehenden Glitzerhaaren an, die dort wie Mist aus den Ausflugsbussen purzeln, guck dir ihre Köpfe an, die sie gelb gefärbt haben, als ob man nicht sehen würde, woher die Eltern dieser Blondschöpfe stammen.«

»Aaron«, erwidere ich überrascht, »was sind das denn für Reden? Ich hab dich noch nie über die Haut- oder Haarfarbe von Menschen sprechen hören.«

Aaron ist ein Mann der Pläne und Berechnungen, dem Präzision und Namen wichtig sind. »Mach keinen Rassisten aus mir!« sagt er. »Ich persönlich bin schwärzer als die meisten im Staat Israel. Es ist nicht die Farbe. Es ist das Auftreten. Es ist das Verhalten. Guck dir die Freundinnen dieser Schnösel an, die ständig kreischend um sie herumwuseln, mit Fettbäuchen wie Kälber von all den Erdnußflips, die sie verdrücken, und den Nabel an der frischen Luft...« Und auf einmal, wie Stroh, das Feuer gerochen hat, entflammt sein Zorn: »Es ist nicht nur das! Es ist alles! Es ist überhaupt! Es sind die Arbeitslosen, die nicht arbeiten wollen, und verwöhnte reiche Leute aller Sorten und die reumütigen Rückkehrer zur Thora, da, all diese Mistkerle, die angefangen haben, hier Tauchbäder in der Quelle am Kibbuz zu nehmen.

Warum Mistkerle, fragst du?« schnauzt er mich an, obwohl ich nichts gefragt habe. »Weil Mist Mist bleibt, kein Tauchbad wird sie sauber machen. Ich achte religiöse Menschen. Den alten Schuster habe ich hoch geschätzt, obwohl seine Familie uns zwei Fohlen gestohlen hat. Ich mag Menschen, die ihr Leben einer Sache widmen. Das ist der Unterschied zwischen einem gemütlichen Lagerfeuer und der Flamme eines Brenners.«

Der Wasserbeauftragte des Kibbuz, so erzählt er mir, hatte ihn gebeten, mit zur Quelle hinunterzugehen, um über eine eingesunkene Pumpe zu beraten, »und diese Dreckskerle sind beinah handgreiflich geworden! Das war nun schon ihre Quelle! Eine Mikwe! Eine heilige Stätte! Nu, da hat der über sein Handy ein paar *Schläger* von der Feldfruchtabteilung beigerufen, und du hättest das Geschluchze sehen sollen: ›Komm, mein Bruder, komm, tauch auch du unter, mein Bruder, mach eine Mizwa, mein Bruder...‹« Und auf einmal fängt Aaron an zu schreien: »Was, ›mein Bruder‹?! Bin ich etwa ein Bruder von denen?! Nicht genug, daß sie von unseren Steuern ihre Kinder großziehen, muß ich auch noch ein Bruder von denen sein? Und wozu? Damit sie uns noch und noch von ihren Scheißleuten herbringen und ihre Rabbiner, diese Parasiten, die heiliges Öl verkaufen. Guck sie dir an. Den ganzen Tag tauchen sie in der Quelle unter und werfen sich auf Gräbern nieder.«

»Auch die Joffes von Jerusalem«, sage ich, »fahren auf den Meron und nach Rußland, küssen *Mesusot* und werfen sich auf Gräbern nieder.«

»Derselbe *Dreck*! Einer wie der andere. Warum bist du mir denn dauernd auf Ausgewogenheit bedacht? Warum machst du mir daraus ein ethnisches Problem? Ist es nicht!«

Nun beruhigt er sich ein wenig, atmet durch, auch seine Stirnrunzeln entspannen sich. »Wir Juden«, zitiert er einen Spruch, den er mal im »Parlament« seiner Palmachniks gehört hat und seither bis zur Ermüdung wiederholt, »wir sind wie Dünger. Wenn man uns verstreut, düngen wir die Welt, aber wenn man uns alle an eine Stelle tut, sind wir ein Misthaufen. Das wird nicht halten! Die Sache zerbröckelt! Jetzt muß man nur darüber nachdenken, wie man den Staat das nächste Mal aufbaut. Wie und mit wem!«

»Auch in deinem Unabhängigkeitskrieg hat's solche gegeben, auch damals gab's Drückeberger«, sage ich, wieder ausgleichend, »viele Schwarzhaarige sind im Kampf gefallen, und viele Blonde haben im Café Pilz in Tel Aviv gesessen. Mein Vater hat mir das erzählt. Saßen dort und machten Mädchen an.«

Aber diesmal füllen sich die Augen des Bräutigams mit beängstigenden Tränen, die den angesammelten Ruß unter seinen Lidern aufweichen und schwarze Schminkstreifen auf seinen Wangen hinterlassen, und seine Stimme bebt, erstickt schier: »Spielst du auf mich an? Sprichst du von mir? Aufs Schlachtfeld bin ich tatsächlich nicht gezogen, wegen meinem lahmenden Fuß wollten sie mich nicht, aber ich habe das meinige beigetragen.«

Ausgerechnet in diesem herzergreifenden Moment lächele, ja lache ich, denn ich höre Ajelet und Uri, auch wenn sie nicht da sind, die Fortsetzung flüstern: »Meine Minen haben Kaukji aufgehalten«, und »meine Sprengkapseln haben die Bnot-Jaakow-Brücke in die Luft gejagt«, und die Geschichte über die alten

Flammenwerfer des Bräutigams, die »man nach dem Sechstagekrieg aus den Depots des Hagana-Museums geholt hat, weil man nicht wußte, wie man die Terroristen aus ihren Höhlen kriegen sollte.«

Da er seinen Teil des Abkommens mit Apupa bereits erfüllt, nämlich, wie zugesagt, sich um alle gekümmert und, wie zugesagt, alles berappt hat – Studiengebühren und Häuser, Bar-Mizwa- und Hochzeitsfeiern für die Lebenden und Grabsteine für die Toten –, bleibt ihm jetzt nur noch seine größte Sorge: Was wäre, wenn ein Krieg ausbrechen sollte? »Nicht vor den Feinden, vor unserem Volk habe ich Angst.« Deshalb gräbt er, deshalb trifft er Vorbereitungen, und wir alle werden ihm noch mal danke sagen. »Das ist auch keine Frage von Linken und Rechten, die einen sind die Pest, die anderen die Cholera, Schulamit Aloni und Ge'ula Cohen sind für mich ein und dasselbe. Erinnerst du dich, Judith, wie Ge'ula Cohen nach dem Friedensabkommen mit Ägypten in der Knesset getobt hat? Wie von einer Bremse gestochen. Zerriß die Riemen, pißte auf die Deichsel und floh in die Felder.«

In der Nähe von Kfar Baruch, dort, wo früher mal ein großer künstlicher See war, hat das Emek seine ursprüngliche Gestalt wiedererlangt: ein paar Dunam Sumpf und Dickicht, Biberratten, Wildschweine und fröhliche Eisvögel. Fischreiher stolzieren vorsichtig dahin, schnappen Frösche und Kleinfische. Und wenn wir lauschen, besonders mit geschlossenen Augen, können wir ferne Eselsschreie hören.

Die Kreisverwaltung baut hier ein paar Schotterstraßen, und da die Trassen schon markiert sind und bald Traktoren und Walzen anrollen werden, hole ich dort Narzissen heraus. Je älter die Narzisse wird, desto tiefer geht sie in die Erde [*wie der Bräutigam], und wenn die Blätter lang und die Blütenstengel hoch sind, ist das ein Zeichen, daß ich über einen halben Meter tief graben muß, um zur Zwiebel zu gelangen. Mit schweren, feuchten Erdballen lege ich die Narzissen in die mitgebrachten Kartons, und auf der Rückfahrt überfluten sie das Innere des Power-Wagon, das zumeist nach Benzin riecht, mit solch starkem Duft, daß einem der Kopf schmerzt und die Augen tränen, der Bräutigam endlich von seinen Rügen und seinem Ärger abläßt, die alten Blutflecke vom Polster gewischt werden und auch Pninas Weinen und ihre Geburtswehenächzer, die meine Fontanelle im Wageninnern hängen hört, verklingen.

»Du bist schon ganz durcheinander vor lauter Geschichten«, mäkelt der Bräutigam, »zum Krankenhaus sind wir mit dem Traction avant gefahren. Hast du etwa gedacht, ich hätte Pnina mit diesem Ungetüm zur Niederkunft gebracht?«

Zu Apupas vierzigstem Geburtstag hatten seine Töchter eine Aufführung für ihn einstudiert, das Ehepaar Landau kam mit dem Sohn aus Tel Aviv. Hirsch geigte, Amuma vergoß Tränen, und der Bräutigam, noch ein Junge, lächelte ein rares Lächeln, erklärte, es sei »genug mit dem Streit über die Suppentemperatur«, und stellte einen Karton mit einem Geschenk auf den Tisch: eine Art Zwergprimus, dem er die zwei Nachteile regulärer Primusbrenner hatte nehmen können – den Geruch und den Lärm.

Amuma schöpfte Apupas Suppenportion in eine Metallschale, stellte sie auf den neuen Primus, und alle waren glücklich: Aaron, weil er seinem künftigen Schwiegervater Freude gebracht hatte. Amuma, weil das brodelnde Kochen bezeugte, daß es nicht heißer ging. Und Apupa, weil der kleine Primus bewies, daß er den besten Bräutigam und Schwiegersohn für seine Tochter und für sich ausgesucht hatte.

Ein paar Tage lang lief er nachdenklich herum, sein Spatzengehirn in Grübeln versunken, und zu guter Letzt erklärte er, es sei an der Zeit, der Familie ein richtiges Haus, aus Stein und Beton, zu bauen und die kleine Holzbaracke, in der sie bisher lebten, dem Bräutigam zu geben, damit er einen Werkraum »für Arbeit und Pläne« hätte.

Mit dem Entwurf des neuen Hauses beschäftigte er sich nicht. »Entscheidet ihr alles«, sagte er, »und wenn ihr euch entschieden habt, gebt mir Anweisungen.« Für sich selbst wünschte er nur eine große Holzveranda mit Blick auf Feld und Flur. Aaron machte sich sofort an die Planung der Wasser- und Stromleitungen, Amuma entwarf die Raumeinteilung, und Sara Landau schickte uns einen Bauingenieur aus ihrem Bekanntenkreis, für die Fundamente und den Rohbau. Er war ein großer, schmaler Haifaer Junggeselle, den Sara auch in außerberuflichen Situationen beharrlich »Ingenieur Florental« nannte: »*Ingenieur* Florental, wieviel Zukker in den Tee?« Und: »*Ingenieur* Florental, auf jenem Stuhl würden Sie bequemer sitzen.« Weshalb Rachel schließlich die Vermutung äußerte, *Ingenieur* sei nicht der Titel, sondern der Vorname des Mannes.

Ingenieur Florental eröffnete Sara, daß im Grundriß des Hauses auch ein Zimmer für ihren Sohn enthalten sei. Sie war besorgt: »Was soll aus dem Schulbesuch des Jungen werden?« Aber Hirsch, der ebenfalls begriff, was geschehen würde, war hocherfreut: Sein Sohn würde immer mehr Zeit auf dem Joffe-Hof verbringen, und so könnte er doppelt oft dort auf Besuch kommen, Amuma vorspielen und sie Tränen vergießen sehen, ohne daß er damit Verdacht erregte. Und Aaron selbst – als wolle er die Freude seines Vaters und den Kummer seiner Mutter rechtfertigen – ging von der Schule ab und verließ Tel Aviv, kam zu uns und leitete die Bauarbeiten. Allen Fragern antwortete er, er sei nur für die Bauperiode gekommen und werde danach aufs Gymnasium in Tel Aviv zurückkehren. Aber alle begriffen, daß er gekommen war, um zu bleiben. Er hatte einen kleinen Koffer, einen Werkzeugkasten und ein zusammenklappbares Feldbett mit Holzbeinen, Metallknien und einer schwangeren Plane mitgebracht, und Amuma übergab ihm – ein feierlich-zeremonielles Gefühl schwebte über den beiden, und der Bräutigam war ungemein ergriffen – einen richtigen Joffeschen *Puchowik*.

Naifas Mann brachte aus Dschenin einen ganzen Clan gelernter Maurer, Betonbauer und Anstreicher, die über so ähnliche Themen wie wir stritten und sich so ähnlich wie wir anhörten, daß die kleine Rachel sagte: »Ich wußte gar nicht, daß es auch arabische Joffes gibt.« Trotz des jugendlichen Alters des Poliers wurde das Haus in Spitzengeschwindigkeit hochgezogen. Und als das Werk vollendet war, richtete Aaron sich die Baracke als Werkraum ein und begann mit seinem festen Tagesablauf: Helfen auf dem Joffe-Hof, Lernen und Arbeiten bei Handwerkern, Reparatur von Geräten und Maschinen in der ganzen Umgebung, und nachts saß er da und zeichnete, überlegte und radierte, bis ihm der Kopf absackte.

Aber damit war die Sache nicht zu Ende. Die Engländer hatten Spione und Spitzel im ganzen Land, und das Gerücht von dem Primuskocher, den Aaron Landau für David Joffe erfunden hatte, kam auch ihnen zu Ohren. Alsbald erschien eine Abordnung bei uns: zwei Quartiermeister, ein alter Militärkoch, ein einfacher Soldat und zwei Ingenieure, der eine in Kordhosen, der andere – im Schottenrock. Trotz dieser Kleidung war klar, daß auch sie Soldaten waren, denn sie kauten Kaugummi mit solch wunderbar abgestimmten Kinnbackenbewegungen, als melde ihnen ein inneres Militärmetronom links-rechts, links-rechts. Hanna blickte sie bewundernd an. Das Kaugummi war ihr natürlich zuwider, aber das emsige, regelmäßige Kauen hatte es ihr angetan.

Als sie sahen, wie jung der Erfinder war, staunten sie, und der Ingenieur im Kilt, der übrigens George Stephenson hieß, bot ihm ein Kaugummi an: *»Have some chewing-gum, lad.«* Aber der Bräutigam lehnte ab. Er würde kein *Tschinga* kauen, so drückte er sich aus, eine verderbliche und gefährliche amerikanische Angewohnheit.

Sie fotografierten, maßen und wogen den Primus, steckten ihn in fünf verschiedene Tornister, ließen den Soldaten, der ihn auf dem Rücken trug, rennen, niederliegen, robben und rollen. Danach untersuchten sie seine Tauglichkeit für verschiedene Brennstofftypen, betrieben ihn bei Süd- und bei Westwind, notierten Siedezeiten, prüften, ob der Soldat seine Funktionsweise erfaßte und wieviel Zeit man in die Schulung investieren mußte, bis er es kapierte. Letzten Endes waren sie rundum zufrieden, und Aaron, der keine wirklichen Produktionsmittel besaß, fuhr von nun an täglich zur Werkstatt der britischen Armee in Haifa. Er erhielt dort erstklassiges Werkzeug, arbeitete mit den fähigsten Handwerkern zusammen und erdachte gemeinsam mit ihnen Verbesserungen. Er erwarb sich dabei neue Freunde und brachte eines Abends sogar einen Witz mit, den er von einem polnisch-britischen Schlosser gehört, in sein Notizheft geschrieben und dann insgeheim Apupa zu erzählen gewagt hatte: »Ein alter Mann ist wie ein Primus«, las er vom Blatt, das ernste Gesicht lief lila an, »solange er noch einen Tropfen hat – ist der Kopf noch rot.« Damit hob er die Nase vom Heft und lächelte verlegen, während Apupa lachte.

Die wichtigsten Teile an jedem Brenner sind die Brennstoff- und Luftzufuhr und die Brennkopfkammern. Nachdem man diese verbessert und ausgefeilt und das Gewicht des Primus reduziert hatte, seine Flamme nun tiefblau brannte und mehr Hitze erzeugte, wurden ein paar Dutzend dieser Geräte hergestellt und an britische Truppeneinheiten ausgegeben. Da sie alle Tests bestanden – unter unterschiedlichen Klima- und Höhenbedingungen und in verschiedenen Händen –, beorderte man den jungen Erfinder zu einem abschließenden Treffen in den Militärstützpunkt in Kurdani. Apupa und Hirsch Landau sowie der Rechtsanwalt des Tel Aviver Philharmonischen Orchesters fuhren mit ihm zum Termin. »Urheberrechte sind Urheberrechte«, sagte der Orchesteranwalt zu dem amüsierten englischen Colonel, »egal, ob es um einen Primus, eine Büroklammer oder *Der Tod und das Mädchen* geht.«

Erst als sie das Büro verließen, merkte der Colonel, daß der erfinderische Junge etwas lahmte und seine Augen begehrlich über den großen Schrottplatz schweifen ließ, auf dem ausgediente Armeefahrzeuge auf ihre Ausschlachtung und Einschmelzung warteten. Er fragte ihn, wie im Scherz, ob er »eine von den Autoleichen« dort mitnehmen wolle, und Aarons Brust drohte vor Aufregung zu bersten. Er nickte mit Mühe, deutete auf eine alte Militärambulanz und sagte: »Den da.«

»Eine gute Wahl«, sagte der Colonel, »das ist der Dodge Power-Wagon WC44, ein unvergleichlicher Wagen, wenn jemand ihn wieder zum Leben erwecken kann.«

Wir hatten damals kein Geld für einen Abschleppwagen, doch schon am nächsten Tag kehrte Apupa nach Kurdani zurück, ausgerüstet mit Ketten und dicken Stricken und unter Mitführung zweier Ochsen, die die deutschen Freunde des Bräutigams ihm ausgeliehen hatten. Die Familienlegende erzählt, die Ochsen hätten den Power-Wagon vom Lager Kurdani bis zum Dorf gezogen, und als ihnen beim Aufstieg zum Hügel die Kräfte ausgingen, habe Apupa sich zwischen ihnen mit ins Geschirr gelegt, noch zwei Hufe in die Erde gebohrt, und gemeinsam, mit vereinter Anstrengung und identischem Brüllen, hätten sie den Power-Wagon auf den Hof gezogen. Aber Rachel sagt, das sei, in der Tat, eine Legende. »Die Sache war so: Apupa hat ihnen mit kräftigem Schieben von hinten geholfen, nicht mit Ziehen.«

Der Bräutigam reparierte den Power-Wagon und erweckte ihn wieder zum Leben. Und was den Primus anbetrifft – der erfuhr noch ein paar notwendige Veränderungen, und danach begann die britische Armee, ihre Soldaten damit auszurüsten. So konnte jeder Soldat in der westlichen Wüste morgens sein *Full-Monty* essen, das heißt ein volles Frühstück wie die berühmte Mahlzeit, die General Montgomery zu verzehren pflegte: Eier, Würstchen, Bohnen, Kartoffeln, Bacon-Scheiben und all die übrigen Gifte, und das wiederum zeitigte vier Ergebnisse: Montgomerys zufriedene Soldaten übermannten Rommels mißmutige Soldaten in der

Schlacht von Al Alamain, der jüdische Jischuw in Erez Israel wurde vor der Vernichtung bewahrt, Aaron Landau erhielt Lizenzgebühren von der Regierung Seiner Majestät, und nach dem Krieg nahm er Pnina Joffe zur Frau.

Drittes Kapitel

Die Zeit

Häufig, wenn Vater verschwunden war und Mutter sich um ihre »Gäste« oder den Gemüsegarten kümmerte, ging ich mit Anja spazieren. Wir trafen uns in der Mitte des Pfades, den ich bei meinen Gängen zu ihr ausgetreten hatte, und gingen von dort zu »unseren Orten«: zur Pflanzung – um die dichte weiße Pflaumenblüte zu sehen, die sie von allen Blüten am meisten liebte; zum Orangenhain – um Vogelnester zu suchen, nachzuschauen, wo die Eier schon aufgebrochen und wo die Küken bereits flügge geworden waren; zu den Eukalypten an der Bahnstation, um Kuckucke Krähennester heimsuchen zu sehen.

Auch unser Weizenfeld besuchten wir. Es war schon ein paar Jahre her, aber an den Rändern sah man immer noch alte schwarze Brandflecke, und am anderen Ende floß weiterhin das flache, trübe Wasser des Wadis, in dem sie mich damals untergetaucht hatte. Anja hüpfte und tanzte, sprang in die Luft wie ein großer Karakal, provozierte die Regenpfeifer, die uns mit schnellem Herabschießen und schrillem Kreischen drohten, durch Fuchteln ihrer langen Arme und eigenes Kreischen. Manchmal warf sie sogar mit Steinchen und Erdklumpen nach ihnen. »Keine Sorge, Fontanelle, ich treffe nie.«

Einmal jedoch, als wir das Wadi durchquerten und zu den Feldern der Nachbarn weitergingen, sahen wir Vater und die Mörderin in der Pflanzung. Ich bemerkte sie durch meine summende Fontanelle eher als Anjas Augen, aber bevor ich noch zurückweichen und Anja mit fortziehen konnte, spürte ich ihre Hand sich versteifen und wußte, daß auch sie es gesehen hatte. Wenn ich diesen Augenblick als einen Moment in der Liebeschronik der Familie Joffe beschreibe, kann ich nicht sagen, ob es ein schlechter oder wunderbarer Moment gewesen ist. Aber ich erinnere mich, daß meine Fontanelle stark bebte, und darüber hinaus meine ich, daß dies meine erste klare Prophezeiung war – eine Prophezeiung, die auch Worte hatte und über ein einfaches Empfinden hinausging: Ich sah meinen Vater tot im Bett jener Frau liegen.

Aber damals lebte er noch und lag neben ihr, beide leuchteten weiß auf dem lila-rosa Teppich, den die letzten Ricotien und die ersten Klee- und Flachsblüten ihnen gewoben hatten. Als sie uns bemerkten, setzten sie sich überrascht auf. Auch ich war überrascht – nicht über die Prophezeiung und auch nicht über die Entdeckung an sich, denn in allem, was Vater anbetrifft, wirken Entdeckungen, die zu überraschen geeignet wären, hinterher völlig normal, sondern darüber, daß seine Hand in ihrer lag. Das war eine neue Liebesbezeugung. Vater gab Mutter niemals die Hand, und wenn sie seine Hand ergriff – bei Familienereignissen, in strammer, demonstrativer Geste –, sagte er in ruhigem, dürrem Ton: »Ich habe nur eine Hand, Hanna, laß mir die bitte.«

Zum Glück ermöglichten die Entfernung zwischen uns, die weißen Trennwände der Pflaumenblüte und die blauen der Lupinen, ein wechselseitiges Ignorieren. Der Vater, der Sohn, die beiden geliebten fremden Frauen – sie alle gaben vor, einander nicht zu sehen, und als ich Vater später im Hof traf, taten wir so, als sei nichts geschehen. Aber ein neues Funkeln lag in seinem Blick, nicht ein Sondieren, ob ich ihn wohl bei Mutter verpfeifen würde, auch keine Entschuldigung für seine Untreue an ihr, sondern sein belustigtes Wahrnehmen der besonderen Beziehung zwischen Anja und mir.

Ob sie die beiden gesehen hatte? Ich weiß es nicht. Flugs rannte sie los, zog mich hinter sich her, aber das tat sie oft bei unseren Ausflügen. Ein paar hundert Meter weiter streckte sie sich rücklings auf der Erde aus, ließ mich auf sie purzeln, schon genoß ich auch die Berührung ihrer Hand, die mir ganz langsam unterm Hemd umherstrich, und legte meinen Kopf auf ihren Bauch. Obwohl ich sie so liebte, wie man eine junge Mutter, eine große Schwester oder eine Spielkameradin liebt, wandelte sich schon damals, ja früher noch, in unerwarteten, unklaren Momenten, meine Liebe zu ihr, wurde zur Liebe eines Mannes und zum Verlangen nach einer Frau.

Mein Gehirn hatte noch nicht die notwendigen Kammern gebaut, mein Körper noch nicht das erforderliche Gerippe erstellt, nicht die Muskeln daran aufgehängt – aber Hitze stieg mir in die Lenden, und meine Atemröhre wurde eine warme, weiche Stange, die direkt aus dem Zwerchfell keimte. Ich wollte Brust an Brust, Bauch an Bauch pressen, meinen ganzen Leib in ihren ganzen Leib, und unter meiner Fontanelle sammelten sich die Grundwasser, denen nur eine Überschrift würdig war – Liebe. Die Bilder, die ich sah, waren nicht viel anders als das, was wir ohnehin taten: Bilder von Spielen und Ausflügen, Verfolgungsjagden und Ringkämpfen, Umarmen und Streicheln – nur daß sie nicht auf normale Weise vom Auge aufgenommen wurden. Wie aus Himmelshöhen kamen sie, brauchten kein Licht, fielen herab. Und ich erinnere mich an ihr Aufsetzen bei der Landung, an die rasche Vibration, sobald sie meine Schädeldecke durchdrangen, und wenn meine Augen sie erblickten, sahen sie sie von der Innenseite her – schwindelerregender und aufreizender als jedes Bild, das dem Auge auf normale Weise sichtbar wird.

Sie hatte die Angewohnheit, mir Sätze ins Ohr zu flüstern, deren Anfang klar zu hören war, doch dann plötzlich lösten sich die Konsonanten auf, die Wörter versanken, wie das Wasser in der Bewässerungsrinne des Gartens, und obwohl es eindeutig Worte waren, konnte man sie nicht verstehen, nicht mal mit meiner Fontanelle.

»Sag's noch mal«, flehte ich, strengte nicht nur mein Gehör, sondern auch Tast-, Geruchs- und Gesichtssinn an, aber sie blieb unbeirrt: »Erinnerst du dich, Fontanelle, wie wir damals gegangen sind, und ich n…«, und dann geht die Melodie weiter, aber die Wörter verwandeln sich in ein entschwindendes N und ein hauchendes Sch und ein ermattendes P und ein ablösendes L und ein küssendes M, und der Satz versickert und plätschert unter der Erde und quillt plötzlich wieder empor: »Du bist mein.«

»Ich bin das Kind von meiner Mutter und meinem Vater«, sagte ich eines Tages, verkündete es nicht nur ihr, sondern auch mir selbst.

»Laß uns mal nachsehen, ob du noch die Zeichen hast«, sagte Anja.

Sie saß damals auf dem Stuhl, ich stand zwischen ihren Knien. Ihre Hände und Augen fuhren über meine Haut. »Man sieht dir gar nichts mehr an«, sagte sie. »Bald werden nur noch du und ich es wissen.«

»Auch Mutter und Vater wissen es«, sagte ich, »und Apupa und Amuma und die ganze Familie.«

»Jetzt wissen sie's, weil sie keine Wahl haben. Aber bald werden sie's vergessen.«

»Bei uns vergißt man nichts«, sagte ich, spürte sogleich, daß Elieser ins Zimmer getreten war, und blickte ihn an.

»Das werden sie vergessen«, sagte er, »sie werden es vergessen, weil nicht sie dich gerettet haben. Sie haben dagestanden und geschrien, aber Anja ist ins Feuer gegangen.«

»Hör auf«, sagte Anja, »hör auf damit, Elieser, augenblicklich!«

Ich erinnere mich jetzt an einen Streit, der zwischen meinen Eltern ausgebrochen war, so lautstark, daß ich draußen wartete, bis sie mit Schreien fertig waren, wie bei einer automatischen Waffe – man kann nicht aufhören, ehe das Magazin leer ist.

»Was macht er denn dauernd bei ihr? Ich will es wissen«, hörte ich sie und dann sein »sch… ruhig…«.

»Meinst du, ich weiß nicht, daß er morgens bei ihr vorbeischaut und mittags auf dem Rückweg bei ihr einkehrt und gegen

Abend mit ihr auf den Feldern spazierengeht? Kann er mir statt dessen nicht lieber im Garten helfen? Was braucht ein Achtjähriger so viel Zeit mit einer erwachsenen Frau zu verbringen, und was braucht eine erwachsene Frau sich so viel mit einem kleinen Jungen abzugeben?«

»Sch … ruhig … Hanna.«

»Was heißt sch? Warum sagst du mir sch? Und warum macht sie sich kein eigenes Kind?«

»Genug!« Sein Ton wurde schärfer. »Der Junge wird's hören.«

»Auf einmal sorgst du dich um deinen Sohn? Mit wem er Umgang hat – das findest du nicht schlimm. Was er in den Mund steckt – ist dir egal. Aber was ihm zu Ohren kommt – sch … das Kind wird's hören.«

Er geriet in Rage: »Was hast du denn gegen die Frau? Statt ihr allmorgendlich einen Blumenstrauß zu schicken und ihr zu danken, suchst du nur Grund zum Streit.«

»Jeder, der dort vorbeigekommen wäre, hätte ihn gerettet.«

»Wirklich, Hanna?… Jeder?… Wir haben doch alle nur dagestanden und geschrien… Kann man so was vergessen? Dein Vater, der Held, und sein treuer Hund und unser genialer Aaron und Großmutter und die Tanten und auch du und ich, seine Mutter und sein Vater, auch wir haben dagestanden und geschrien, aber uns nicht ins Feuer getraut. Und sie, die fremde Frau, ist gekommen und reingegangen.«

Mutter schwieg. In der Familie Joffe erinnerte man sich ungern an den Tag des Brands.

»Er hat ein Zuhause!« rief sie schließlich. »Und dort, entschuldige mal, ist nicht nur sie, sondern auch ihr Mann.«

»Elieser? Was ist denn mit dem nun wieder?«

»Was ist? Er ist doch Alkoholiker.«

»Nicht jeder, der ein bißchen Wein zum Essen trinkt, ist gleich Alkoholiker«, sagte Vater. »Und er ist der Direktor seiner Schule. Das sind keine einfachen Leute von wer weiß woher.«

Meine Fontanelle kann Schallwellen in Bilder übersetzen. Ich hörte, daß sie sich an den Tisch setzte, den Kopf senkte, mit den Fingern Vollkornbrotkrümel von der Tischdecke pickte.

»Und genau das will ich auch mal wissen«, entbrannte sie aufs neue, »wieso hat eine so junge Frau solch einen *Chetjar* geheiratet?«

Vater lächelte: »Erst willst du wissen, was sie mit einem kleinen Jungen anfängt, jetzt willst du wissen, was sie mit einem älteren Mann macht?«

»Ich will gar nichts wissen. Ich will, daß sie nicht ständig mit ihm zusammen ist. Er hat ein Zuhause und eine Mutter.«

»Sie ist eine nette junge Frau«, sagte Vater, »und anscheinend gefällt es Michael, daß ein erwachsener Mensch ihn so freundlich behandelt. Sie gehen ein bißchen spazieren, das habe ich selbst gesehen. Sie liebt die Natur und nötigt ihn nicht, Kaubewegungen zu zählen, und du, Hanna, verzeih mir, hörst dich an wie eine eifersüchtige Frau.«

»Vielleicht wird es Zeit, daß ich mich wie eine eifersüchtige Frau benehme.«

»Er ist dein Sohn, nicht dein Mann.« Und auf ihr Schweigen hin sagte er lächelnd: »Er geht zu ihr, und wir verbringen einen netten Abend zu Hause«, und flüsterte ihr etwas ins Ohr.

»Daran hättest du denken sollen, bevor ich mich mit dem Abendessen gefüllt habe!« bemerkte Mutter streng.

So lagen wir auch an jenem Tag auf freier Flur, als das Flugzeug über den Feldern des Dorfes abstürzte. Achteinhalb Jahre war ich damals alt, hohes Gras wuchs um uns her, unsere Augen, die am Himmel weideten, verfolgten ein paar Kuhreiher, deren Weiß durch die Sonne in Schwarz verwandelt wurde, und es dauerte ein paar Sekunden, bis die Augen erfaßten, daß der Punkt, der über sie hinwegflog, ein Flugzeug war, so hoch, daß man es nicht brummen hörte.

»Das ist eine Mustang«, sagte ich stolz zu ihr.

Wie alle Kinder des Emeks kannte ich sämtliche Flugzeugtypen auf dem nahen Militärflugplatz. Wir sahen sie starten und landen, einander verfolgen, in Sturzflug gehen und steil hochziehen. Aber dieses Flugzeug vollführte weder Sturzflüge noch Höhenstarts, sondern flog langsam dahin, und im Gegensatz zu anderen Flugzeugen schien es weder zu trainieren noch zu kämpfen oder abzufangen, hatte es offenbar auch nicht eilig, irgendein bestimmtes Ziel anzupeilen. Wir beobachteten die Maschine, die so gemütlich dahinschwankte, wie ein gaukelnder Schmetterling in der Frühlingsluft. Und Anja lächelte und deklamierte:

»Fejgelech flien,
a schura lang wie a bahn
un iber sej an aeroplan.«

»Auf hebräisch«, sagte ich erbost. Damals wußte ich schon, daß das *»Mejdele Elke mit der bleuer Parasolke«* in der hebräischen Übersetzung das Mädchen Ajelet mit dem blauen Sonnenschirm war, aber die übrigen jiddischen Gedichtzeilen verstand ich nicht. Anja deklamierte:

»Vögel fliegen
in Reih wie eine Eisenbahn
und hoch darüber ein Aeroplan.
Weiße Vögelein
klitzeklein,
und drüber eine Wolke auch
wie blauer Rauch.«

Da plötzlich, sehr hoch, genau über uns, senkte das Flugzeug die eine Tragfläche mit einer Abruptheit, die nur ein furchtbarer Defekt oder eine furchtbare Entscheidung auslösen können. Mit einem Schlag wurde es höchst resolut: eilte zur Erde hinab, erst senkrecht, dann kreiselnd, perfekt einen riesigen Korkenzieher beschreibend, weit schneller als dann, wenn es in freiem Fall abgestürzt wäre.

Anja schrie, sprang auf und rannte los, und ich hastete ihr nach, hatte Mühe, sie einzuholen. »Wart auf mich«, rief ich, konnte jedoch mit der Leichtigkeit ihrer Füße nicht mithalten. Hinter mir gellten ferne Angstschreie von Dorfbewohnern, die das Geschehen ebenfalls verfolgten, und über uns tönte das Kreischen des abstürzenden Flugzeugs, das jetzt nicht nur kraft seines Motors und der Erdanziehung dem Boden zustrebte, sondern auch auf den feuchten Bahnen der Augen, die es mit Blicken anzogen.

Die Mustang schlug auf dem Boden auf. Eine große Feuerblume erblühte und welkte abrupt, hinterließ ein helles Bild im Auge und schwarzen Rauch in der Luft. Die Schreie hinter uns kamen näher, wurden lauter. Es schien, als eilten alle Dorfbewohner uns nach: mit Fahrrädern, im Laufschritt, auf Treckern, zu Pferd und auf Wagen. Ein großer Abstand hatte sich bereits zwischen mir und Anja aufgetan, Läufer, Reiter und Fahrer überholten mich, alles eilte, strömte und hastete durcheinander, und so ist es mir auch im Gedächtnis geblieben: das Trappeln von Schuhen und Hufen, der Geruch brennenden Treibstoffs, die Schreie der Menschen, das Pochen meines angestrengten Herzens.

Das Flugzeug war etwa anderthalb Kilometer vom Dorfrand entfernt abgestürzt, an dem Weg, der zu den Äckern am Kischon führt. Heute ist dieser Weg eine Straße, gesäumt von Zierbäumen und neuen Wohnvierteln, und allabendlich joggen dort Männer mit weißen Beinen und Frauen mit angewinkelten Ellbogen. An dem Grabstein, den man dem Piloten gesetzt hat, bei der einzelnen großen Zypresse, die daneben gepflanzt wurde und gediehen ist, machen sie kehrt und laufen zurück, und die Anstrengung auf ihren Gesichtern erinnert mich an Anjas Beinkraft damals, bei ihrem schnellen Lauf zum selben Ort.

Als ich die Absturzstelle erreichte, mußte ich mich durch den engen Menschenkreis zwängen, der sich bereits um den rauchenden Krater in der Erde gebildet hatte. Der Feuerball war erloschen, das Flugzeug völlig verzehrt, keine Spur mehr von dem Piloten zu sehen. Nur ein schwerer Geruch hatte sich gehalten, Glas- und Metallsplitter blitzten in unsere Augen zurück, letzte Glutstellen erwiderten wispernd unserem Flüstern.

Ich fand Anja. Einen kurzen, intimen Moment nahm sie meine Hand, drückte sie und ließ gleich wieder los. Meine Augen erspähten Kugellagerkugeln, die mir durch Ruß und Erde zuzwinkerten. Als ich mich bückte, um sie aufzuheben, entdeckte ich auch verstreute Patronen, Drähte, Griffe und Knöpfe – und schon wollte ich mir etwas von der Beute nehmen, ebenso wie die anderen Kinder. Aber da kamen ein Militärlaster und mehrere Jeeps voller Offiziere und Soldaten. Sie sammelten die Flugzeugteile ein, luden alles auf den Lastwagen und fuhren ab.

In den nächsten Tagen gingen wir viel dorthin, ausgerüstet mit Spaten und Grabhacken. Wir sammelten Griffe und Röhren, Kabel und Lager aus der Erde, sogar Reißverschlußreste vom Overall. Ein paar Wochen später kam erneut der Militärlastwagen, beladen mit Säcken und Gußformen. Ein paar Soldaten und Zivilisten mischten Zement, Sand und Kies, tuschelten mit einem älteren Mann und einer unaufhörlich weinenden Frau, gossen dort ein großes Betonrechteck und setzten einen Grabstein darauf.

Neun Jahre nachdem er den Kranz von Rachel erhalten hatte, starb der Dichter Saul Tschernichowski im Kloster San Simon in Jerusalem. Kolonnen schlimmer Worte machten sich umgehend auf ihren schlimmen Weg: Man munkelte, ein Kruzifix habe am Kopf seines Bettes gehangen. Man tuschelte, ein Pfarrer habe ihm in seinen letzten Momenten zur Seite gestanden. Man schnaubte, sein Leichnam sei insgeheim ins Hadassa-Krankenhaus auf dem Skopusberg überführt worden.

Rachel ließ sich durch den Klatsch nicht beeindrucken. Im DAVAR stand, der Dichter werde in Tel Aviv beigesetzt, und da sie wußte, daß ihre Eltern sie nicht zur Beerdigung fahren lassen würden, packte sie noch am Abend Proviant in ihren Ranzen, half Amuma morgens in Haus und Hof, machte sich auf den Weg zur Schule und ging, am Tor angelangt, einfach weiter. An der Hauptstraße entnahm sie dem Ranzen Pninas Mäntelchen, das sie ihr aus dem Schrank geklaut hatte, schlüpfte hinein, und etwas von Pninas Schönheit haftete auch ihr an.

»Wie sah es denn aus, dieses Mäntelchen, von dem die ganze Familie redet?«

»Ein komischer Fummel, aber auf seine Art – schön.«

»Wie der Mantel – güldenlicht?« fragte ich.

Rachel fixierte mich streng: »Du verbringst zuviel Zeit bei Anja, Michael.«

Sie winkte mit der Hand, ein Wagen hielt an, und Rachel, der ihr Reiseziel und das Mäntelchen Selbstbewußtsein und Entschiedenheit verliehen hatten, sagte zu dem verblüfften Fahrer: »Nach Tel Aviv bitte«, stieg ein, nahm im Fond Platz und sagte kein weiteres Wort.

Die Ben-Jehuda-Straße, durch die der Trauerzug ging, wimmelte von Menschen. Rachel suchte sich einen Platz und wartete. Fünfzehn Jahre war sie alt, und als der Sarg vorbeikam, bemerkte sie, daß eine etwa Gleichaltrige, die neben ihr stand, ebenfalls weinte. Das Mädchen erwiderte ihren Blick, und sie beide erfaßten, daß nicht nur *ein* kleines Mädchen Tschernichowski einen Blumenkranz überreicht und nicht nur *ein* kleines Mädchen seinen Schnauzbart an ihrem Hals in Erinnerung hatte.

Als sie nach Hause kam, schrie Apupa sein furchtbares »Wo warst du?!« und sperrte sie in die Baracke. Aber am nächsten Morgen drang ein Sonnenstrahl durch die Ritze, die zwischen zwei Wandlatten entstanden war, und bei seinem Licht schrieb Rachel ihrer neuen Freundin einen Brief. Durch dieselbe Ritze alarmierte sie auch Batja und übergab ihr das Blatt, damit sie es in einen Umschlag steckte und abschickte. Ein Strom von Briefen ging fortan zwischen dem Dorf und Tel Aviv hin und her – Rachel und ihre neue Freundin tauschten sehnsuchtsvolle Briefe, gespickt mit Zitaten, wobei die eingestreuten Metaphern und die perfekte Vokalisierung beiden bezeugten, daß nicht nur *ein* Mädchen Tschernichowskis Gedichte in ihr Heft abgeschrieben hatte.

Ein paar Monate später kam das junge Mädchen aus Tel Aviv auf Besuch. Sie war dürr und mittelgroß, mit schmalen Schultern und flacher Brust, aber ein prächtiger, mächtiger Hintern, desgleichen man bei uns noch nie gesehen hatte, wölbte sich an ihrer Kehrseite. Dieses Gesäß war herrlich und hoch, rund und prall und die Taille darüber derart schmal, daß der Rock der Besucherin immer wieder hochrutschte, auf den Hüften hängenblieb und dabei die Schenkel entblößte.

»Wieso hast du uns denn nichts von diesem Arsch erzählt?« fragte Batja leise.

»Sei ruhig, du Ekel!« flüsterte Rachel zurück.

Alle paar Minuten langte das Mädchen aus Tel Aviv schnell und vorwurfsvoll hin, zerrte den widerspenstigen Rock nach unten, und auch wenn niemand bei ihr war, lächelte sie entschuldigend, als gehöre er nicht ihr, dieser Po, der ihr da mutwillig Streiche spielte. Sie hatte ein hübsches, sauberes Lächeln, das schöne, kleine Zähne entblößte, fast zur Hälfte von rosa Zahnfleisch umschlossen.

Derart beeindruckend war der Hintern, daß die Familie Joffe einen beklemmenden Mangel verspürte, als er mit seiner Herrin nach Tel Aviv zurückkehrte. Es schien, als sei der Joffe-Hof leerer und lichtloser geworden. Sogar Pnina, bei der kein Mensch darauf gekommen wäre, daß sie Interesse an derlei Dingen haben könnte, sagte seufzend: »Schade, daß wir sie nicht gebeten haben, ihn hierzulassen.«

Als Rachel ein paar Wochen später erklärte, sie beabsichtige, zu ihrer Freundin zu fahren, sagte Batja: »Richte dem Arsch Grüße aus.« Rachel, im allgemeinen schüchtern und gefügig, erboste sich diesmal und sagte: »Ich sehe, dieser Arsch geht dir nicht aus dem Kopf«, worauf Batja schlangenhaft flink erwiderte: »Besser so als umgekehrt, wie bei dir.«

Jünger, aber größer, stärker und zorniger als ihre Schwester, stürzte Rachel sich auf sie, doch ehe sie sie noch umschlingen, in den Schwitzkasten nehmen und zu Boden zwingen konnte, hatte sie von ihr schon drei blitzschnelle Ohrfeigen abbekommen. Pnina und Hanna trennten die beiden, und als Rachel von ihrer Reise nach Tel Aviv heimkehrte, war sie bereits versöhnt und verkündete ihren Schwestern sogar: »Der Arsch grüßt euch zurück.«

Ich sah den Arsch übrigens erst, Jahre nachdem ich von ihr [ihm] gehört hatte. Ich war damals sechs Jahre alt, und Rachel nahm mich zum ersten Mal mit zur Gefallenengedenkfeier auf dem Herzlberg in Jerusalem. Während der Militärkantor dort in professioneller Trauer sang und wimmerte, konzentrierte ich mich – wie viele andere Trauernde – auf diese erstaunlichen Pobacken, über die ich jahrelang in den Familiengeschichten gehört hatte und die nun unversehens Fleisch und Blut geworden waren, wenn man die Wirklichkeitswerdung von Hinterteilen so bezeichnen darf, und ihrer Herrin Beben, auf ihrer Vorderseite von Schmerz und Trauer erfüllt, wurde hinten freudig und voller Leben [und während die Vorderseite ihrer Herrin am Grab des Jungen vor Schmerz und Trauer bebte, vibrierten sie mit Wonne] und demonstrierte mir die tiefgreifende Beziehung zwischen Namen und Namensträger, Vorstellung und Wirklichkeit.

Manchmal kam der Arsch auch ins Dorf. Stieg an der Bushaltestelle am Konsum aus und ging zum Joffe-Hof hinauf, unter Zurücklassung eines freundlichen, verächtlichen, bewundernden Publikums – kein Mensch blieb gleichgültig. Einmal kam sie in einem neuen weiten Kleid aus glattem, glänzendem Stoff, den alle

Frauen des Dorfes staunend befühlten und »Ballonseide« nannten, und dann zog sie ein identisches Kleid hervor, schenkte es Rachel und flüsterte ihr dabei etwas ins Ohr. Bei Nacht stahlen sich die beiden zum Wasserreservoir des Orangenhains, und ich, der ihnen nachgeschlichen war, sah sie sich vergnügen: Sie warfen die Röcke mit ausgebreiteten Armen hoch, ließen sie herabfallen, faßten den Stoff zwischen den Beinen zusammen und schwammen auf diese Weise an der Oberfläche, rollten wie zwei riesige Bälle auf der im dichten Stoff gefangenen Luft und lachten.

Der Mond schien silbern aufs Wasser, und plötzlich, mitten im Lachen und Wellentanzen und Planschen, hörte ich den Namen meines Vaters leicht wie ein Kiesel übers Wasser springen und erfaßte mit schreckerstarrtem Herzen, daß der Arsch Rachel erzählte, sie habe mit ihm geschlafen, und wie nett er sei, und was er mit einer Hand tun könne, täten andere Männer nicht mit zwei. »Du solltest es bei Gelegenheit auch mal mit ihm versuchen, Rachel, denn es ist schon genug mit deinem Hobby, Spinnweben zwischen den Beinen anzusetzen.« Und wie nur, wie er sich auf diese prinzipientreue Xanthippe, die er im Haus habe, verschwende.

Was haben wir also bisher? Wir haben eine Familie, die Familie Joffe, von der ich nicht alle Kode erzählt habe oder erzählen werde. Wir haben den mauerumgebenen Joffe-Hof. Und wir haben eine hübsche kleine Stadt, die uns hier einen Deich aus neugierigen Augen, grollenden Herzen und geldgierigen Händen erbaut. Es vergeht kein Tag, an dem nicht eine solche Hand ans Tor pocht: mal ein Bauunternehmer, der Baugrund sucht, mal ein Makler, der ein Geschäft wittert und nun vor der Tür steht, auf die Klingel drückt und ruft, worauf Rachel ihm über die Sprechanlage antwortet: Nein, mein Herr, dieses Anwesen steht nicht zum Verkauf. Nein, mein Herr, das Tor wird nicht aufgemacht. Ja, mein Herr, wir haben einen Anwalt. Seine Telefonnummer? Steht im Telefonbuch. Sein Name? Auch der Name steht im Telefonbuch. Ja, mein Herr, ich meine es durchaus im Ernst.

Es kommen Finanz- und Gemeindebeamte, haben gehört, daß Großvater schwächer wird, und schon eilen ihre Füße, gehen ihre Hände auf Abgaben und ihre Augen auf Enteignungen aus. Es kommen Werbefilmregisseure auf der Suche nach einer *Location* für einen Werbestreifen zur Einführung einer neuen Joghurtsorte. Ein ehemaliger Kavalier hat ihnen von unserem Hof erzählt, und sie wären gnädigst bereit, »diese Möglichkeit zu erwägen«.

Letzthin kommen auch Hochzeitsveranstalter. Sie haben ein Paar, das sehr viel für eine Hochzeit an einem solchen Ort ausgeben würde, »mit der Atmosphäre des alten Erez Israel«. Diese sind was für Gabriel. So sehr, daß er und seine »Geliebtenmannschaft« sich hinausbemühen.

»Kein Problem«, sagt er, »unter der Bedingung, daß auch meine Freunde bei der Hochzeit auftreten.«

»Welche Freunde?« Der Brautvater runzelt mißtrauisch die Stirn.

»Die da.«

»Die?«

»Ja, die. Sie singen und tanzen, können auch kochen, und der da möchte Brautjungfer sein.«

Es kommen Touristen und Ausflügler in Gruppen, die jedes Wochenende aus den großen bunten Bussen von *Hadera-Tours*, *Natanja-Tours*, *Beer-Scheva-Tours* und *Afula-Tours* strömen und sich um den Reiseleiter mit Handlautsprecher scharen, der »Kuriosa« – so nennen die Joffes Geschichten aus der Vergangenheit – oder »Aktuelles von einst«, in der Ausdrucksweise des Bräutigams, ausposaunt.

Langsam gehen sie die Zypressenallee hinauf, die Apupa anläßlich der Geburt seiner Töchter gepflanzt hatte, und der Reiseleiter erzählt: Diese Allee haben die Gründer am ersten Jahrestag der Landnahme angepflanzt, und seither ist sie nach ihnen benannt. Und hier, durch den Zwischenraum zwischen den beiden Gebäuden, kann man sehen: Da verlief mal die Emek-Bahnlinie, und dort waren die Sümpfe.

Mit nachlassender Kraft pochen sie ans Hoftor, bis die Glückspilze und die Scharfäugigen in der Gruppe die unter den Efeublättern an der Mauer begrabene Gegensprechanlage entdecken.

»Ja?« fragt Rachel.

Sie würden, wenn möglich, gern hereinkommen, bitte.

»Wozu?«

Sie interessieren sich für die Geschichte des Jischuws, sie haben gehört, der Ort sei interessant, sie würden ihn gern besichtigen.

Tante Rachel mustert die Bittsteller, so klein, blaß und interessiert erscheinen sie auf dem Bildschirmgrau ihrer Überwachungsanlage: Nein, wir lassen keinen ein. Nein, man hat uns nicht gesagt, daß dies eine wichtige Stätte ist. Nein, wir öffnen nicht für Besucher. Dies ist ein privater Hof. Nein, meine Dame, Sie können keinen Aufsatz über unseren Hof schreiben. Nein, wir stellen keine Keramik her, verkaufen keine Heilkräuter, massieren nicht mit Duftölen, verkaufen weder indonesische Möbel noch Tücher aus Goa, spielen keine irische Musik. *Darbuka?* Was ist das? Wir weben keine Teppiche. Wer ich bin? Der Neinsager-Teddy, so heiße ich, und auch Merlot wird hier nicht verkostet.

»Die Gärtnerei? Der Eingang ist von der Parallelstraße aus, von hinten. Dort ist ein großes Schild. Deutlich sichtbar. Die Vegetarierin? Die Telefonnummer steht am Tor. Rufen Sie an, dann vereinbart sie einen Termin mit Ihnen. Warum ich so bin? Nicht nur ich, so sind wir alle in dieser Familie.«

Nur eines kann meine Tante erweichen: jemand, der zu Uri kommt, um eine verlorene Datei von ihm retten zu lassen. »Der Computermann?« Ihre Stimme wird etwas runder und weicher. »Was ist passiert? Ist Ihnen ein Liebeslied abhanden gekommen? Ein Kapitel eines neuen Romans? Eine Kurzgeschichte ist weg? Ganz und gar, von Anfang bis Ende? Wahrlich, die Sache ist schlimm. ›Wahrlich, Gras ist das Volk‹, wie es bei Jesaja heißt. Ach, sehr gering. Was? Nur so, keine Sorge, er wird Ihnen helfen, und er ist da, aber er schläft jetzt und… Ich weiß, daß jetzt Vormittag ist, aber er schläft. ›So bin ich: ruhig, still wie das Wasser des Sees, und mittags schläfrig, ich gesteh's.‹ Kennen Sie nicht? Auch nicht die Gedichte von Francis Jammes? Na… Schriftsteller haben wir heutzutage… Ignoranten und Einfaltspinsel. Ihn wecken? Wenn Sie Tschernichowski wären, würde ich ihn wekken, aber ich meine, das sind Sie nicht. Warten Sie am Tor, dort steht eine schattige Bank. Setzen Sie sich und ruhen Sie sich aus, und sobald der Junge aufsteht, werden wir ihm sagen, daß Sie hier sind. Schreiben Sie unterdessen halt eine neue Geschichte, ein neues Lied, ich habe unter der Bank Papier und Stift hingelegt. Haben Sie's gefunden? Auf Wiedersehen.«

Wir haben einen greisen Großvater mit vier alten Töchtern: Eine kriecht im Garten und fängt Raupen. Eine ist an den Flüssen Australiens, eine in ihrem Haus eingeschlossen, und eine liegt im Bett vor der Aktienmauer.

Wir haben Gabriel und seine »Geliebtenmannschaft«, wir haben die Gärtnerei von Michael, das bin ich, und von Alona, meiner Ehepartnerin – »Gan Jaffé«, was denn sonst. Wir haben zwei gefangene Prinzen – den Dodge Power-Wagon, der noch Kraft in den Lenden hat, und einen bezaubernden Citroën Traction avant. Und daß wir's ja nicht vergessen, wie Rachel sagt: Auch Autofans, überaus zähe Liebhaber, kommen angelaufen, versuchen, auf die Mauer zu klettern: »Wir haben gehört, hier gäbe es… nur mal anschauen… Sind Sie sicher, daß er nicht verkaufen will?« Nein, um keinen Preis, die Wagen stehen nicht zum Verkauf.

Wir haben eine alte Baracke, einige Häuser, einen Kuhstall, der leer steht, und wir haben Großvater und Großmutter, Onkel und Tante, Enkel und Urenkel in einem Wagen von Perlmutt. Großmutter ist schon gestorben und Vater von dannen gegangen, der Junge ist umgekommen, und auch der Bräutigam ist unter der Erde, nein, nicht begraben, er gräbt nur, weil hier sehr bald ein schreckliches Unglück geschehen wird. Und wenn wir weder Samen noch Blut oder Milch vergießen, haben wir auch Erinnerungen, und darin nur Feld und Kühe und ferne Sümpfe und eine Frau, die auf dem Rücken ihres Mannes reitet, und rührendes Eselswiehern bei Nacht und Wendungen, die man kennen soll, und Parolen, die man wissen muß, und Verbindungen gilt's herzustellen und Knöpfe sorgfältig anzunähen, und ein bißchen schön lesen und ein bißchen schön schreiben, merk dir, diesmal werd ich dich aus dem Haus vertreiben! Und da kommt ein Wagen, von leichtem Bau, darin ein alter Glatzkopf und eine junge Frau.

Schreib all das, Michael, schreibe! Du bist doch der einzige Normale in der ganzen Familie. Beschreib das V ihrer Beine, die sich geradlinig treffen, beschreib deinen Rücken an ihrer Brust. Beschreib ihre Lippen, ihren Duft auf deinem Kopf. Ihre Hände, die wandern und anhalten. Ihre Finger, am Brunnenrand, beim Ziehen, beim Rollen des Steins.

Gegen Abend schlüpfe ich aus dem Hof, gehe die ›Allee der Ersten‹ hinunter und komme an die Kreuzung mit der ›Gründer-Straße‹, biege dort links ab und gelange zum Minimarkt ›Adika‹, dem kleinen Lebensmittelladen an der Ecke.

Adika ist ein kluger Mann. Auf die Betonfläche neben seinem Laden hat er einen weißen Plastiktisch und ein paar Stühle gestellt, und abends versammeln sich bei ihm rund ein Dutzend Arbeiter – Chinesen und Rumänen. Auch das bezeugt, daß aus dem Dorf eine Stadt geworden ist: Chinesen und Rumänen arbeiten zumeist auf dem Bau, Thailänder in der Landwirtschaft. Sie unterhalten sich in ihrer jeweiligen Sprache, aber flüssig und fröhlich, und trinken die Halbliterflaschen Adler-Bier, die Adika ihnen mit großem Rabatt verkauft. Manchmal werfen sie einen Blick zur anderen Alleeseite hinüber, wo ein paar philippinische Pflegerinnen mit ihren Greisinnen sitzen, denen, die sich mit Hilfe eines Gehwagens fortbewegen, und denjenigen, die Uri *Hell's Yentels* nennt – denn sie zuckeln mit Elektrogefährten dahin.

Die philippinischen Pflegerinnen sprechen die Abendspaziergangszeiten miteinander ab, um sie zu geselligem Beisammensitzen zu nutzen. Anfangs dachte ich, sie würden die armen alten Frauen gegen deren Willen rausschleppen, aber so ist es nicht. Auch sie freuen sich auf das Treffen, kommen begeistert mit und beteiligen sich an der fröhlich lauten Unterhaltung. Einige auf englisch, das die Philippininnen fließend sprechen, einige auf hebräisch, das die Philippininnen ein wenig verstehen, und einige auf jiddisch, das die Philippininnen überhaupt nicht können. Aber die Sprachenvielfalt tut nichts zur Sache. Alle reden und murmeln, wispern und lachen und sind glücklich.

Nur eines bringt sie zum Schweigen, und zwar der zweiwöchentliche Auftritt meiner Mutter, die mit mehreren Jahren Abstand die Älteste von allen ist. Plötzlich kommt sie mit schnellen, ausgreifenden Schritten um die Straßenecke, schiebt ihre Mistschubkarre den Hügel hinauf. Ihre Lippen sind fest geschlossen, ihre Augen ignorieren alle, ihre Beine wirken kräftig und gesund, und ihr Atem geht so ruhig wie der von Dr. Jackson nach fünfzig Treppen zu Fuß. Ihre Haut schimmert glatt und frisch, ihre Muskeln sind stark und geschmeidig, und Gerechtigkeit geht vor ihr her.

Und was treibe ich dort? Nun, Adika verwahrt in seinem Minimarkt eine Packung Noblesse-Zigaretten, die mir gehört. Wie das Fleischversteck, das mein Vater im Haus der Mörderin unterhielt, und wie die Privatflasche, die Stammkunden von Ajelet bei ihr unter der Theke stehen haben. Ich bin kein richtiger Raucher. Es ist keine gute Angewohnheit für jemanden, der Asthma hat, und sei es auch nur in so leichter Form wie bei mir. Aber eine Zigarette versetzt mich in den erhofften Schwindel, und wenn sich bei mir die Schmerzen zusammenfügen, ist sie besser als eine ganze Flasche voll Optalgin.

Das habe ich übrigens noch im Krankenhaus entdeckt, nach meiner Verwundung beim Militär. Gabriel besuchte mich dort mit seiner »Geliebtenmannschaft«, schob mein Bett auf den offenen Balkon, und dort lagerten wir gemeinsam, ich rauchte die Zigarette, die er mir zugesteckt hatte, wurde benebelt, stellte Fragen und hörte Antworten über das Neuste in der Einheit und kam dann in den Genuß eines »Pflegetags«: Der eine rasierte mir mit großer Zeremonie die Bartstoppeln, der zweite schnitt mir die Zehennägel, der dritte räumte im Zimmer den kleinen Nachtschrank an meinem Bett auf: Er nahm die ausgelesenen Bücher mit und legte andere dafür hin, warf die bereits angeschimmelten Katzenzungen weg, die Hirsch Landau mir mitgebracht hatte, und ersetzte die stinkig gewordenen Blumen durch neue. Ihr Besuch schloß auch eine Ganzkörperwäsche ein, ohne die Peinlichkeit, die mir die Blicke der Schwestern verursachten, und ohne die Qualen, die mir ihre Hände zufügten. Bei all ihrer Gutwilligkeit und Erfahrung waren die Krankenschwestern nicht kräftig genug, und wenn sie sich anstrengten, mich zu bewegen, taten sie mir weh. Diese Männer waren stark und präzise, ihre Bewegungen verliefen im Gleichtakt wie Spiegelbilder. Wenn sie mich auszogen und sogar wenn sie mich anhoben, um das schmutzige Bettlaken unter mir wegzuziehen und mir ein neues Wachstuch und Handtücher unterzulegen, war ich nicht schmerzerstickt wie unter den vor Anstrengung zitternden Händen der Schwestern.

Ein großes Wachstuch kam aufs Bett, zwei dampfende Schüsseln – eine mit Seifenlauge, die andere mit sauberem Wasser – wurden ans Kopfende gestellt, zwei Trennwände vorgeschoben. Und schon lag ich nackt unter ihren Händen. Vier von ihnen wischten mir mit warmen Seifenlappen über den Leib und gleich danach mit feuchten Lappen, die vor sauberem Wasser trieften. Zwei andere Hände wuschen mir die Haare über einer dritten Schüssel, spürten meine Fontanelle, sagten nichts, nahmen sich jedoch in acht.

Und einmal – etwa einen Monat nach dem »Man hat auf dich geschossen, und du hast zurückgeschossen«, mein Körper war in Wohligkeit, Vertrauen und Dankbarkeit versunken – fragte mich Gabriels Stimme, ob die Schwestern »sich um mich kümmerten«.

»Sicher kümmern sie sich. Sie wecken mich sogar bei Nacht, um mir eine Schlaftablette zu geben.«

Nackt lag ich da, die Augen geschlossen, Wasser und Seife troffen von meinem Körper. Zwei behutsame Hände – wessen? – wuschen mir die Haare, zwei weitere – wessen? – massierten meine Füße.

»Nicht von diesem Kümmern rede ich«, sagte Gabriel.

»Wovon dann?«

Plötzlich wurde mir noch eine Hand aufgelegt. Nicht auf meinen Kopf und nicht auf meine Brust und nicht auf meine Beine und nicht auf meine Hand und nicht auf meine Schulter. In der Joffe-Sprache gibt es eine besondere Ortsbezeichnung, die ich aus Schicklichkeitsgründen hier verwenden werde: Die Hand landete dorten. Genau dorten.

Ich wollte die Augen aufmachen und hingucken, aber eine weitere Hand, ruhig und angenehm – wessen? – wurde schon darauf gelegt, und noch eine Hand, mit dem Geheimnis vertraut, deckte meine Fontanelle ab, und noch zwei Hände hielten meine Handgelenke, zart, namenlos und resolut.

Wessen Hände? Ich weiß es nicht, aber die Stimme, Gabriels Stimme, sagte: »Davon.«

Mein Mund erwiderte nichts, aber die dritte Hand spürte meine Antwort, die siebte Hand gesellte sich ihr zu, und bald hörte ich Gabriel lachen. Auch ich lachte, schlug aber nicht die Augen auf: »Ich werde das beim Testament berücksichtigen.«

Als ich, ein paar Stunden später, aus Schlaf und Vergessen erwachte, stand mein Bett wieder im Zimmer, und ich war so duftend und leer, sauber und trocken wie die frischen, angenehmen Laken unter meinem Körper.

Als Kinder gingen wir zu Fuß zum »Dorf der Deutschen«. Nun lebten dort schon neue Einwohner, und man hatte ihm einen hebräischen Namen gegeben, aber wir nannten es so, wie man es bei uns im Dorf immer noch nannte: Waldheim.

Viele der alten Steinhäuser waren abgerissen und durch kleine Häuser der Jewish Agency ersetzt worden, gedeckt mit Betonziegeln und verputzt mit *Spritz*. Aber die Kirche mit dem Wetterhahn stand an Ort und Stelle, wo sie heute noch steht und der goldene Hahn aus voller Kehle kräht und mit den Flügeln schlägt.

Zwischen Kirche und Kuhstall gibt es noch ein paar alte Häuser. Am faszinierendsten ist ein großes Bauernhaus neben der Rinderhürde. »Hier ist deine Tante Batja immer hingegangen«, sagte mir der Bräutigam eines Tages, ohne daß ich ihn gefragt hatte. »Anfangs kaufte sie Eis bei den Nachbarn, und dann – ich saß beim Schmied und merkte nichts – freundete sie sich mit Johann Reinhardt an, dem Sohn der Frau Reinhardt, die in diesem großen Haus wohnte. Hier war ihr Hof, bestens geführt. Und so, mit dem Joffeschen Verlangen nach Eis, nach wirklich Süßem, hat alles angefangen.«

Fritz Reinhardt, der Vater von Johann aus Waldheim, war dem Templer-Gedanken in jungen Jahren gefolgt. Er stammte aus Württemberg, wo seine Eltern ein Gestüt für Arbeitspferde betrieben, das sich einen guten Namen erwarb. Am Ende des 19. Jahrhunderts verließ er, im Glauben gestärkt, sein Heimatland, kam hierher und schloß sich der deutschen Kolonie in Haifa an. Zuerst arbeitete er in der Wagenwerkstatt von Karl Eppinger, und ein paar Jahre später gründete er mit einigen Kameraden ein Landgut namens Neuhardthof in der Nähe des arabischen Dorfes Tirah.

Dort, in Sichtweite des Meeres, ein paar Kilometer südlich der Spitze des Karmels, hatte er Obstbäume und Schweine, Milchkühe und einen gepflegten Weinberg, dessen süßen Trauben die salzigen Meerbrisen einen besonderen Geschmack verliehen. Den kann ich mir vorstellen, denn vor einigen Jahren, auf einer Tour, die Alona – listig, klug und wohldurchdacht wie ihre übrigen Unternehmungen – für uns beide arrangiert hatte, führte sie mich ins italienische Ligurien, und dort probierte ich einen Wein, der mit solchem Salzhauch gesegnet war, zart, angenehm und neu für den Gaumen.

Das war mein erstes und einziges Mal im Ausland. Eine wunderbar abgestimmte Reise, wie nur Alona sie planen und ausführen konnte: Ein blitzblanker kleiner Wagen, mit automatischem Leitsystem ausgestattet, erwartete uns am Flughafen. Kleine, blitzblanke Dörfer erwarteten uns in den Bergen, kleine, blitzblanke Kaffeemaschinen erwarteten uns in den Cafés, und Alona selbst, weder klein noch blitzblank, aber leidenschaftlicher, amüsanter und ruhiger als sonst, lachte, stichelte: Warum nur hier? Warum nur jetzt? Spottete: Wieso kommt mein Koffer immer vor deinem aus dem Flugzeug? Berichtete: Ich bin mit Ameisen in den Beinen gekommen, ich bin ohne Ameisen in den Beinen gekommen, ich bin gar nicht gekommen, das nächste Mal werde ich um Zitrone bitten – was auf joffeisch heißt: Es bleibt noch Raum für Verbesserungen –, und stritt mit mir nur ein einziges Mal: als ich im örtlichen Telefonbuch eine Familie Joffe suchte. »Woher sollen sie in Portofino und Chiávari wohl Joffes haben? Vielleicht ist es endlich mal genug mit deinen Familienmacken? Man nimmt Urlaub nicht nur von der Arbeit, sondern auch von der Familie, besonders von einer Familie wie deiner.«

Wir fuhren. Alona zu meiner Rechten, das Leitsystem vor mir, und beide waren nett und gut, ritten mir nicht auf dem Rükken, zeigten mir aber die »Wohins« und stoppten mich bei den »Hiers«. Die schmalen, gewundenen Straßen der ligurischen Küste gefielen mir, fahren mag ich und kann ich, und in den Cinque Terre, deren Steilhänge bis hart ans Meer mit Reben bewachsen sind, trank ich den örtlichen Dessertwein. Da erinnerte ich mich an den Wein der Reinhardts aus Neuhardthof. Ich habe ihn nie getrunken, aber die Geschichten haben seinen Geschmack in meiner Erinnerung erzeugt und gespeichert und ihn dem seines italienischen Bruders sehr angenähert, der nachts im Hotel aus Alonas lachendem Mund in meinen erstaunten Mund träufelte: »Ich hab gesehen, daß er dir schmeckte, deshalb hab ich uns eine Flasche fürs Bett gekauft.«

Die Reinhardts waren, wie die übrigen Templer-Familien, hierher gekommen, um die Ankunft des Messias zu beschleunigen. So erklärte es mir Onkel Aaron, der viele von ihnen persönlich gekannt hatte. Sie wollten an unserer Stelle das Heilige Land aufbauen und wiederbeleben, »weil sie sahen, daß wir in Sachen Erlösung nichts unternahmen.«

Der Bräutigam zeigte ein rares Lächeln, sagte, die Deutschen hätten einen wichtigen Punkt nicht begriffen: daß wir Juden das Warten auf die Erlösung derart genießen, daß wir sie gar nicht beschleunigen wollen.

»Und noch etwas haben sie nicht bedacht«, spottete mein Vater, »daß der Messias kein Deutscher ist wie sie. Er ist wie wir, ein Jude, und wir nehmen es mit Zeit und Ort nie genau. So geschah es, daß die Deutschen mit ihm einen Termin vereinbarten, ins Land kamen und gewartet und gewartet haben, doch er – das Widderhorn hat nicht getönt, der Esel ist nicht aufgewacht – erschien einfach nicht.«

Im langsamen, ungebildeten Orient, ergeben in die Sonnenglut, die Unbilden des Schicksals, die schwere Hand [den starken Arm] der Erinnerungen, stachen die Deutschen mit ihren glänzenden praktischen Fähigkeiten hervor. Obwohl sie kraft eines Traums hergekommen waren, besaßen sie auch Tüchtigkeit, Verstand und ordentliche, präzise Planung, kurz all das, was Bewunderung und Argwohn in den Herzen der Unglücklichen und Unterdrückten des Orients weckte, und all das, was ihnen einige Zeit später ihren eigenen Ruin bescherte – einen Ruin, der damals nur dem verständigen Auge erkennbar war, erkennbar an ihren hübschen Häusern, ihrer Holz- und Metallindustrie, ihren hervorragend gebauten, sauberen Rinderställen, ihren modernen europäischen Werkzeugen.

Onkel Aaron, dem ein Blick in den Werkzeugkasten eines Menschen genügt, um sein Urteil über ihn zu fällen, bewunderte sie. Immer wieder erwähnte er den Metallfabrikanten Gotthilf Wagner und den Ingenieur Gottlieb Schumacher, der die Eisenbahnen im Land Israel gebaut hatte. »Seit der römischen Besatzung hat das Land nicht solche Ordnung und Tüchtigkeit gesehen«, sagte er. Und das nicht nur im Kreis der Handwerker und Ingenieure, sondern auch unter den einfachen Bauern. Aber mein Vater sagte, als Tatmenschen seien die Deutschen nicht fatalistisch genug gewesen, und als Gläubige hätten sie nicht die richtige Art von Wahn besessen. Zuviel Plan und Ordnung, Gesetz und Sitte und zuwenig Wahn der Sonne und des Grabes, des Steins und des Messers, ohne den der Mensch hier nicht leben könne.

Der Bräutigam, der solche Reden für Zeitverschwendung hielt, erklärte, »die Araber waren und sind zu träge« und die Juden »zu begeistert und zu ungeschickt« und »schade, daß wir nicht gelernt haben von ihnen, von den Deutschen, und uns nicht mit ihnen zusammengetan haben.«

»Alles wegen Hitler«, seufzte er, »der hat bei ihnen die bösen Geister geweckt, die in jedem Deutschen schlummern, und letzten Endes ihre Vertreibung von hier bewirkt. Wäre er nicht gewesen, könnten sie heute die Herren dieses Landes sein, und wir«, seine Augen verschleierten sich, »wir könnten heute gutes Bier in der *Bierstube* von Waldheim trinken, statt um vier Uhr morgens den Lautsprecher des Muezzins von Naifas Dorf zu hören.«

»Prima, Aaron«, sagte Rachel, »ich verstehe, das einzige, was dich an Hitler stört, ist die Tatsache, daß du seinetwegen keine *Bierstube* in Erez Israel hast? Da vergißt du offenbar noch einen Punkt: Wenn die Engländer sie hier nicht rausgeschmissen hätten, wären wir alle auf den Eisenbahnschienen deines Ingenieurs Schumacher geradewegs von hier bis nach Auschwitz gefahren.«

Und meine Mutter, die keine Deutsche war, aber auch nicht wenige Geister in sich schlummern hatte, faßte den Fehlschlag der Templeransiedlung im Land Israel in der schlagenden Feststellung zusammen, sie hätten zuviel rotes, gelbes und weißes Gift zu sich genommen, und es hätte weder der Engländer noch der Palmach bedurft, um sie hier wegzujagen, denn »bei solch schlechter Ernährung wären sie ohnehin nach zwei Generationen ausgestorben.«

Einmal geschah es, daß ein junger Araber, der den reichen christlichen Familien Haifas angehörte, ein junges Mädchen aus der deutschen Kolonie der Stadt begehrte. Ein paar Tage lang verfolgte er sie, wandelte in der goldenen Bahn, die ihr Haar in der Luft hinterließ, und faßte sie letzten Endes auch an. Das Mädchen schrie, der Angreifer floh, zwei deutsche Burschen setzten ihm nach, schnappten ihn und schleppten ihn zu ihrem Volkshaus. Dort machte man ihm schnell den Prozeß, brachte ihn auf den Hauptplatz der Kolonie hinaus, entblößte sein Gesäß und bearbeitete es mit der Peitsche.

Die Schmach war furchtbar. Auch zu normalen Zeiten blickten die Deutschen auf die Araber herab, betitelten sie als ›bakschischhungriges Gesindel‹, und dieser Vorfall verstärkte die Spannung. Der Geprügelte wurde zu Verwandten nach Beirut geschickt und im Land nicht mehr gesehen, aber das Strohfeuer der Rache griff in der ganzen Gegend um sich. Die deutsche Kolonie in Haifa wagten sie nicht anzugreifen, aber eines Nachts kamen die Araber des Dorfes Tirah nach Neuhardthof hinunter und wollten es in Brand stecken. Fritz Reinhardt trat ihnen entgegen, und bei dem folgenden Schußwechsel wurde einer der Angreifer getötet. In der nächsten Nacht kamen die Tiraher erneut, um Rache zu nehmen. Wieder wehrten sich die Deutschen, und Fritz Reinhardt wurde ins Herz getroffen.

Johann Reinhardt war damals ein kleiner Junge. Ein paar Tage nach dem Tod seines Vaters teilte seine Mutter ihm, seinem Bruder und seiner Schwester mit, sie wolle Neuhardthof verlassen und in einen neuen Ort namens Waldheim übersiedeln – eine deutsche Kolonie, die einige Jahre zuvor auf der anderen Seite des Karmels gegründet worden war.

»Es sind gute Menschen«, sagte sie, »und bei ihnen werden wir unser Haus neu aufbauen.« Dabei ahnte kein Mensch, wie stark die Sehnsucht, die Wut und die Liebe waren, die ihren Entschluß hatten reifen lassen, und wie genau sie ihn umsetzen würde.

Das Gutshaus in Neuhardthof war aus gesägten Kalksandsteinen erbaut gewesen, und Frau Reinhardt versah jeden Stein mit drei Nummern, die seinen Platz in der Reihe, den Platz der Reihe in der Wand und den Platz der Wand im Haus bezeichneten. Dann bestellte sie ein paar Arbeiter aus der Haifaer Kolonie, die das Haus in seine Steine, Balken, Ziegel, Giebel und schwarzweißen Bodenfliesen zerlegten und alles an den neuen Standort transportierten. Dort, erklärte sie, würde sie das Haus, in dem sie mit ihrem Mann gelebt hatte, originalgetreu wiedererrichten.

Wenn sie könnte, sagte sie, hätte sie die Steine einen nach dem anderen auf den Rücken genommen und wäre zu Fuß von Neuhardthof nach Waldheim gegangen, hin und her. »Ich besitze genug Kraft«, erklärte sie, »und ich habe genügend Liebe in mir, aber meine Lebensjahre würden dafür nicht reichen.«

»So sind die Deutschen«, sagte meine Mutter einmal, als wir von Über-alles, ihrer Schwester Batja, sprachen, die zwanzig Jahre später Johann Reinhardt geheiratet hatte und mit ihm nach Australien gegangen war. »Wenn sie praktisch sind, versuchen sie romantisch zu sein, und wenn sie romantisch sind, vergessen sie nicht, praktisch zu sein.« Und prompt stritt sie sich mit Vater über den Unterschied zwischen romantischem und praktischem Verhalten und, was noch schlimmer ist – über den Unterschied zwischen romantischer Praktikabilität und praktischer Romantik, wer mit dem einen und wer mit dem anderen begabt sei, in der Menschheit im allgemeinen und vor allem bei uns in der Familie.

So oder so, vom Dach bis zum Sockel wurden die Steine abgebaut, von den alten Mörtelresten gereinigt und in ordentlichen Haufen auf dem Boden gestapelt. Und als die Arbeiter von dem Vorgehen erzählten, kam die Haifaer Templergemeinde zu Hilfe. Die Leute brachten Gelder auf, Karl Ettinger, der Wagenbauer, in dessen Werkstatt der Verstorbene gearbeitet hatte, richtete vier besonders starke Lastkarren her, die Bauern von Wilhelma und Sarona stellten Ochsengespanne frei, und aus der deutschen Kolonie in Jerusalem kamen noch ein paar junge Männer und zwei Wachhunde, so groß und schwer wie Kälber.

Da Neuhardthof nahe an der Bahnlinie lag, lud man die Steine auf Güterwaggons. Die Strecke verlief nach Norden, auf dem schmalen Küstenstreifen zwischen Karmel und Meer. Am weiß leuchtenden Ende des Gebirges machte sie eine Kurve, der Zug passierte den Landungssteg, den die Deutschen anläßlich des Besuchs ihres Kaisers im Heiligen Land gebaut hatten, und die Witwe, die dem Lokomotivführer zuvor ein paar Münzen zugesteckt hatte, streckte einen Arm mit einem Taschentuch aus dem Fenster, worauf ein großes Tuten erklang. Araber, Deutsche und Juden blieben an der Strecke stehen und guckten sie an, in Haß, Liebe oder Staunen.

Auf dem Haifaer Bahnhof wurden die Wagen an die Lokomotive der Emek-Bahn angekoppelt und auf ihre Schienen umgesetzt. Die Emek-Bahn fuhr an der anderen, nordöstlichen, Seite des Karmels entlang, überquerte den Kischon, passierte die alten Siedlungshügel unterhalb von Muchraka und ließ die betreffenden Waggons an der Station von Tel Schamam stehen. Dort luden die Arbeiter die Steine aus, schichteten sie zu ordentlichen Stapeln, betrauten einen Wächter und begannen, sie per Wagen nach Waldheim zu transportieren.

Wohlüberlegt, wie es ihre Art war, spannten die Deutschen vor jeden Wagen vier Ochsen und beluden jeden mit der richtigen Menge Steine: nicht zuwenig, aber auch nicht so viel, daß die Zugtiere müde und störrisch wurden. Der Frühling war bereits vorüber, der Morast des Emeks – der große Feind der Wagen – längst getrocknet. Die Wege waren wieder voll Sommerfreude, freundlich und bequem. Und die Kolonne war, anders als die übrigen Kolonnen, die das Land kannte – derer von Pilgern und Soldaten, Vertreibenden und Vertriebenen –, klein und ruhig und nur auf eine einzige Familie abgestellt. Hin und her zog sie, auf und ab zwischen Tel Schamam und Waldheim, mit einer systematischen Emsigkeit und Hingabe, die nicht häufig sind in diesem Land, das kein Interesse an Liebe hat, es sei denn, sie gelte ihm. [*Dessen Chronik zu lang und dessen Geduld zu kurz ist/das Gläubigen und Verrückten den Vorzug gibt vor Menschen mit Plänen/dem Tempelruinen wichtiger sind als Bausteine eines Hauses, die ihren genauen Platz kennen].

Am Kischon stürmten einige bewaffnete Beduinenreiter auf die Kolonne zu. Zwei junge Männer aus Jerusalem spannten ihre Mauser-Gewehre, die zielgenau waren und weit schießen konnten, aber Frau Reinhardt verbot ihnen abzudrücken. Sie wußte, sie würde diesen Weg künftig oft hin- und herfahren müssen, wollte keinen Streit auslösen und keine neue Kette von Rachetaten beginnen. Deshalb schickte sie nur einen der Hunde los, der in Schräglinie vorwärts trabte, und anders als die im Land geborenen Hunde, die aus sicherer Entfernung großen Lärm veranstalten, bellte er nicht, sondern knurrte tief und ruhig, und an Gang und gesenkter Kopfhaltung, vor allem aber an seinem Schweigen, war deutlich erkennbar, daß er schlimm zubeißen konnte. Prompt riefen die Angreifer, die das ängstliche Muskelzucken ihrer Pferde spürten, einander etwas zu und ergriffen die Flucht.

Die Ochsen durchwateten den Kischon, schwenkten dann nach Nordosten ins breite Tal zwischen Dschedda und Scheich Abrek.

Und als sie die mäßige Steigung begannen, offenbarte sich ihnen eine merkwürdige Kreatur, bei der man aus der Entfernung nicht sagen konnte, ob es ein buckliger Riese war oder ein mächtiger Pilz, der laufen gelernt hatte. Der Weg des komischen Gebildes mußte sich mit der Strecke der Kolonne kreuzen, und alsbald erkannte man, daß es ein vierschrötiger Mann war, der eine hübsche junge Frau auf den Schultern trug.

Sie hielten an. Jeder musterte interessiert des anderen Last: das junge Paar die Steine und die Witwe Reinhardt die vergnügte junge Frau, die auf den mächtigen Schultern ihres Mannes ritt. Vermutungen wurden angestellt, Blicke gewechselt, Worte gesprochen, und dann flüsterte die junge Frau ihrem Mann etwas ins Ohr, brach in schallendes Lachen aus und bohrte ihm ihre nackten Fersen ins Fleisch. Der Mann lächelte, wieherte wie ein Pferd, schrie wie ein Esel und trabte ausholenden Schritts zur Anhöhe von Dschedda hinauf.

Der Weg der Deutschen stieg sanft an, verließ das Emek, schlängelte sich die flache Rinne zwischen den Hügeln empor. Der Kirchturm von Waldheim signalisierte ihnen wie ein Leuchtturm zwischen den ruhigen grünen Eichen, die die gewellten Hänge bedeckten. Langsam, mit einem letzten angestrengten Ächzen gelangten die Ochsen zur Südseite der Kolonie. Da sie den vertrauten Geruch von gewohnten Menschen und von Tieren ihres Schlags witterten, muhten sie freudig, und die Hunde begleiteten sie mit lautem Bellen.

Wie müde, dankbare Pilger erreichten die Ochsen die Kirche und bogen rechts ein zwischen die jungen Zypressen, die die Straße säumten. Rund zweihundert Meter weiter, nach dem Pfarrhaus, wartete das Grundstück, das die Witwe gekauft hatte: Es blickte auf den Karmel im Westen, auf Nazareth und Safuriye im Osten, auf die nahe deutsche Kolonie Betlehem am Rand der Jesreelebene im Süden und auf die bewaldeten Hügel im Norden.

Waldheimer Bauern schirrten die erschöpften Zugtiere aus, gaben ihnen Futter und Wasser. Ihre Frauen bereiteten Frau Reinhardt und den Ochsentreibern ein Mahl. Der Metzger von Betlehem hatte Würstchen für die Gäste und Fleischreste für die Wachhunde geschickt. Und nach dem Essen, dem Ausruhen und dem Lobgesang des Chors gesellten sich ein paar junge Männer vom Ort zu den Angekommenen, luden gemeinsam die Steine ab und ordneten sie nach den Nummern. Nun belud die Witwe ihre Wagen mit landwirtschaftlichen Produkten der Ortsbewohner, um sie auf dem Rückweg zu verkaufen.

Vollbepackt mit Steinen und romantischen Erinnerungen waren die Wagen auf ihren Weg ausgezogen, und beladen mit einer praktischen Last an Gemüse, Obst und Wurst kehrten sie an ihren Ausgangsort zurück. So fuhren sie den ganzen Sommer über, und die letzten Steine brachten sie, als Muchraka, in ihrem Rükken, sich schon mit ersten schweren Sturmwolken umhüllte. Die Witwe betete zu dem, der den Regen fallen läßt, noch etwas zu warten, und bestürmte die Ochsen, sich zu beeilen, und dieser wie jene erfüllten gern ihre Bitte. Erst als der letzte Stein in Waldheim abgeladen war, setzte der erste Herbstregen ein, und Frau Reinhardt brach in überraschendes Lachen und vorhersehbare Tränen der Freude und Erleichterung aus. Die Kinder brachte sie in einem Zimmer unter, das die benachbarte Familie Unger ihr zur Verfügung gestellt hatte, und schon am nächsten Tag traf per Kutsche aus Haifa noch ein höchst wichtiger freiwilliger Helfer ein: Ingenieur Schumacher, der Eisenbahnbauer, höchstpersönlich.

Frau Reinhardt legte ihm die Pläne des alten Hauses vor, und Ingenieur Schumacher fragte sie, ob sie auch die ursprünglichen Himmelsrichtungen des Hauses beibehalten wolle oder nur seine Form und Inneneinteilung. Die Witwe sagte, ein Fenster, das in Neuhardthof nach Osten gegangen sei, solle auch hier nach Osten gehen, und der Balkon, der aufs Meer geblickt habe, solle auch hier den Sonnenuntergang sehen. Ingenieur Schumacher zeigte den Arbeitern, wo sie die Fundamente des neuen Hauses ausheben sollten, damit es in jeder Hinsicht und Richtung eine exakte Kopie werde.

Hier wehten nicht die salzigen Winde vom Meer, aber auch hier pflanzte man Reben, hielt Schweine und Rinder, und Frau Reinhardt brauchte beim Traubentreten nur an ihren Mann zu denken, und schon rannen ihr die salzigen Tränen aus den Augen, und der Wein erhielt wieder den bewußten, fast vergessenen Geschmack.

Jahre später, ebendie Jahre, in denen Batja empfangen wurde, heranwuchs und ihr siebzehntes Lebensjahr erreichte, an einem bestimmten Tag, als Aaron sich auf ein Gespräch über Pumpen zu den deutschen Handwerkern setzte und Batja sich bei der benachbarten Familie Unger Eis kaufte, sprang der junge Johann Reinhardt über den Zaun seines Hauses und rief ihr, der jungen Jüdin, zu, doch mitzukommen, »um Alraunen zu markieren«. Sie wußte nicht, wovon die Rede war, kam aber mit, und gemeinsam gingen die beiden zwischen den Eichen hinunter.

Frühling war's. Der Wald strömte über vor Düften, Farben, dem letzten werbenden Vogelzwitschern und den ersten Rufen von Jungvögeln und Küken. Die Bäume hatten sich schon mit neuem Laub bedeckt: dem Hellgrün der Taboreiche, dem Rotgrün der Terebinthe. Letzte Asphodillen standen rank, die Alraunenblätter wurden breiter, die Anemone hielt Wachablösung mit dem Hahnenfuß. Batja ging so über Land, wie ihr Vater es ihr beigebracht hatte, mit einem Stock in der Hand, für jede Not, die nicht eintreten möge, und zuweilen hieb sie wie er einer Distel den Kopf ab. Johann hielt in der linken Hand ein Büschel kurzer, dünner Stengel, und hin und wieder bückte er sich und steckte einen in die Erde.

»So markiere ich die Alraunen«, erklärte er ihr, »und in anderthalb Monaten komme ich, um die Früchte zu pflücken.«

»Wozu die Stöckchen?« fragte Batja. »Um sie zu finden?«

Johann war ein junger Bursche, wußte aber, den richtigen Abstand von ihr zu wahren. Den Abstand, der auf beiden Seiten Wohlbefinden im Herzen bereitet: nah genug, um vertraut zu sein, weit genug, um nicht bedrohlich zu wirken. »Wenn wir wieder hierher kommen, du und ich, werden wir sie nach dem Geruch finden«, erklärte er, »die Stöckchen besagen, daß dies meine Alraunen sind.« Und er zeigte ihr andere Alraunen, die schon von anderen markiert worden waren, arabischen Hirten von den Stämmen Chilf und Tabasch.

»Und ihr vertraut einander?« fragte Batja.

»Wie soll man sonst leben?«

»Bei uns heißt es, man könnte von den Früchten der Alraune irrsinnig werden«, sagte Batja. »Man könnte sogar sterben.«

»Und man kann auch lieben«, erwiderte Johann, »so steht es bei euch in der Bibel.« Nach einer kurzen Pause fügte er hinzu: »Das Gift sitzt nur in der Schale und in den Kernen, und zum Verrücktwerden genügt der Duft.«

Sie lächelten beide. »Ißt du sie?« fragte Batja.

»Ich mache Likör daraus, der ist gut für Liebe und Schwangerschaft.«

»Wer hat dir diese Geschichte erzählt?«

»Eure Bibel und die Geschichten der Araber«, sagte der junge Deutsche.

[*Bei mir verstärkt sich immer mehr das Empfinden, das ich schon als Kind hatte: daß es besser gewesen wäre, meine Mutter hätte Aaron geheiratet, Pnina den Johann und Batja meinen Vater.]

Je größer seine vier Töchter wurden, desto mehr wuchsen Apupas Sorgen und damit auch die Hoffnungen, die er auf Aaron setzte. Plötzlich wurde er praktisch: Er meldete die Erfindungen des Bräutigams beim Patentamt der Mandatsregierung an, und da der jugendliche Erfinder weder Verständnis noch Interesse für

Rechte und Gewinne zeigte, lenkte und belehrte er ihn auch ein wenig in Geldangelegenheiten.

In dieser Sache waren sie sich immer völlig einig. Beide hatten eine Vorliebe für das Feste und Konkrete, zogen Dinge vor, die man anfassen, messen und »mit eigenen Augen« sehen konnte. Aber Apupa hatte noch einen Maßstab, den sein Vater ihn als Kind gelehrt hatte: Man darf niemals Menschen vertrauen, bei denen »die eine Wange höher ist«.

Eines Sommertags nun, als Pnina und Aaron siebzehn Jahre alt waren, bestellte Apupa den Bräutigam zu einem Gespräch. Ich stelle mir vor, wie sie in der Küche saßen, der eine ein gutaussehender, hochgewachsener Mann mit kastanienbraunem Haar, der andere ein schwarzhaariger, hinkender und häßlicher Jüngling, ersterer schlürft kochendheiße Suppe und seufzt vor Wohlbehagen, letzterer harrt seines ersten Wortes.

Apupa fragte den Bräutigam, ob er von dem »Abkommen« wisse, das man vor Jahren mit seinen Eltern geschlossen hatte – und jener nickte. Apupa fragte ihn, ob er Pnina heiraten wolle. Der Bräutigam wurde lila im Gesicht, nahm, um nicht gleich antworten zu müssen, einen großen Löffelvoll Suppe, hatte jedoch vergessen, daß sein Primus darunter brannte, und da er sie nicht wieder auszuspucken wagte, schluckte er sie glühend heiß hinunter und ächzte »ja«, wobei ihm vor Schmerz die Tränen in die Augen schossen.

Apupa beugte sich zu ihm nieder, so wie man bei Babys »duziduzi« macht, aber langsamer und ohne Lächeln, und als seine Stirn fast die des Bräutigams berührte, sagte er: »Hör mal, Aaron, ich werde das Abkommen gern einhalten, aber ich habe eine Forderung.«

»Was?« fragte der Bräutigam.

»Daß du mit deinen Erfindungen der Familie hilfst.«

»Ich werde helfen...«, der Bräutigam war verlegen, »natürlich werde ich helfen. Familie ist Familie.«

»Familie ist Familie«, sagte Apupa, »aber Helfen ist auch Helfen. Helfen bedeutet nicht nur in der Hauptsaison oder ein Werkzeug ausleihen oder eine Tasse Zucker abgeben, wenn bei uns in der Küche der Zucker ausgegangen ist. Außer deiner Pnina gibt es hier noch drei Mädchen. Die eine interessiert sich für nichts außer ihrem Gemüse, die zweite ist ein Wildfang, und die dritte liest den ganzen Tag Gedichte. Ich weiß nicht, welche Trottel sie mir von der Straße anschleppen werden. Helfen bedeutet Haus und Kleidung, und es heißt Ausbildung für die Kinder, auch wenn es nicht deine sind, Helfen bedeutet alles, was für den Fortbestand der Familie nötig ist.«

Der Bräutigam war zwar erst siebzehn, hatte in diesen Dingen aber bereits ein geordnetes Denken. Er sagte seinem künftigen Schwiegervater, er müsse für ein paar Minuten den Raum verlassen, setzte sich auf die Holzveranda und berechnete, wie auch sonst bei allem und jedem, Zeit, Weg, Arbeit und Leistung. Und da er Fachkenntnis und Erfahrung besaß, zog er auch Kraftverluste, Materialfestigkeit und den nötigen Antrieb in Betracht.

»Ich werde alles Nötige tun!« verkündete er Apupa bei seiner Rückkehr und wandte sich zum Gehen.

»Wo gehst du denn hin?« fragte Apupa. Er war gewohnt, zu kämpfen und zu drohen, und die unerwartete Leichtigkeit des Geschäfts erregte sein Mißtrauen.

»Zur Baracke«, sagte der Bräutigam, »ich hab viel Arbeit.«

»Iß erst die Suppe fertig!«

Der Bräutigam setzte sich, aß zwei Löffel voll und stand auf: »Wenn *du* arbeitest, tust du's immer in Zyklen, Herbst und Winter, Frühling und Sommer, und wieder pflügen, säen, setzen und mähen, und wieder zurückschneiden und melken, pflanzen und ernten. Aber ich habe jetzt den Plan fürs ganze Leben, von hier bis ans Ende in gerader Linie, was jetzt nicht geschieht, kehrt morgen nicht wieder. Ich habe keine Zeit für Suppe und Reden, ich geh an die Arbeit.«

Ich erinnere mich noch an die Erregung, die mich befiel, als ich diese Geschichte zum ersten Mal hörte. Ich war damals sechzehn Jahre alt, und die Dinge betrafen, so scheint es mir im nachhinein, Anjas bevorstehende Vertreibung. Ich begriff, daß Aarons Worte nicht nur auf Apupa und ihn selbst, sondern auf alle Menschen gemünzt waren. In jenen Tagen wußte ich noch nichts von der bekannten, mittlerweile schon abgedroschenen Unterteilung zwischen denen, die sich in Zyklen bewegen, und denen, die geradlinig fortschreiten. Aber ich spürte, daß ich zwischen den Schicksalsergebenen und den Rebellen schwankte. Und es vergingen noch einige Monate des Nachdenkens, bis ich einsah, daß Anja nicht zurückkommen würde, daß Apupa, obwohl ein großer und starker Mann, nichts war als ein Sklave und daß Aaron, der schwarzhaarige Arbeiter, der sich unserer Familie verdingt hatte, nun gerade ein freier Mensch war.

Was Pnina anbetraf – sie hatte nichts dagegen. Sie fühlte sich wohl mit diesem Jungen, der schon vor ihrer Geburt für sie ausgesucht worden war. Auch Rachel, die ein besonderes Verhältnis zu dem »berühmten Beinbehinderten« hatte, antwortete mir mit einem kurzen und grimmigen »besser so« auf meine lange und verschlungene Frage. Und als ich nachhakte: »Was ist denn so gut?«, sagte sie, es sei besser so, als das Schicksal anderer schöner Frauen zu erleiden, die vor lauter Hin und Her letzten Endes ledig bleiben, »und jetzt genug mit dieser Geschichte und genug in den Wunden gestochert und Schorf abgekratzt! *Na'es al chara*, Michael, *cut the bullshit*, red zur Sache!«

Aber nicht nur liebte Aaron Pnina, sondern Pnina liebte auch ihn, und wie die kleine Wolke vor dem großen Regen gab es Zeichen für ihre Liebe. Zwar sattsam bekannte, aber gute und erprobte Zeichen, die jeder Mensch, auch der ohne offene Fontanelle, sehen und erkennen kann: das Verstummen der Grillen an den Säumen ihres Weges, der Glanz in ihren Augen, wenn sie den Geliebten erspähte, ihr Schleierblick, wenn sie sich an ihn schmiegte, das besondere Beben des Zwerchfells, ehe ihr Lachen loslegte, und was man in jenen Tagen noch in der Liebe suchte [und was man heute nicht mehr in der Liebe sucht] die Hingabe mit Herz und Seele und das Schenken – von Kraft und Respekt und Zeit – für sie. [*Den ganzen letzten Absatz neu ordnen.]

»Ein seltsames Wort – anschmiegen«, sagte Rachel, als ich ihr meine Gedanken erzählte. »Einerseits klingt es hart wie Ellbogen biegen, andererseits sieht es weich aus. Und was die seelische Hingabe angeht, laß uns bitte nicht vergessen, Michael, wenn man von Liebe redet, ist es wichtig, zu wissen, was du bereit bist, zu tun und zu geben – außer Geschenken und Liebeswerben. Was ist mit deinem Leben? Mit einem Glied deines Körpers? Schlicht und einfach, Michael, wie mein Vater ›eine Frau nehmen‹ wörtlich verstanden hat, muß man vielleicht auch ›gib mir deine Hand‹ wörtlich verstehen. Nicht Hand in Hand dem Sonnenuntergang entgegengehen. Hätte dein Vater seinen Arm deiner Mutter statt dem Staat gegeben – wäre es dann später vielleicht besser gewesen, ihr gemeinsames Leben? Und was meinst du zu dem, was hier bei mir an der Wand vor sich geht? Hat dein offener Kopf da nicht eine gute Prophezeiung?«

Nein, nicht in Aktienfragen, nicht in bezug auf Geld, auch die Gewinnzahlen im Lotto kann ich nicht voraussagen, aber die Zeichen tanzen auf meiner Fontanelle wie eine Schar von Propheten, barfuß und die Trommel schlagend, und meine Prophetien werden mir nicht in Worten übertragen, sondern in einer Spannung der Haut unter den Fersen und den Schlegeln, in Tönen, im Beben von Luftblasen, in der Schwere, die sich unter ihr sammelt, in der Art des Drucks – manchmal kann ich schwer unterscheiden: Wirkt er aus mir heraus oder in mich hinein? Genau wie nicht immer klar ist, ob eine Brandwunde von Hitze oder Kälte stammt, ob wir im Strom der Zeit treiben oder an ihrem Gestade stehenbleiben. Mal arbeitet meine Fontanelle nach der Methode des »siehe, Tage kommen« – wir stehen, und die Zukunft wird uns zugetragen –, mal nach der Endstationsmethode des »am Ende der Tage wird es geschehen«, und mal steht die Zeit, und wir treiben an ihr vorbei. So oder so, trotz meiner bescheidenen Prophezeiungen habe ich nicht die biblischen oder Joffeschen Anmaßungen des »ich hab's euch ja gesagt«.

Vater, aus Vorsicht, und Mutter, aus Unglauben, versuchten meine einschlägige Fähigkeit zu verbergen, aber in der großen Familie Joffe verbreitete sich das Gerücht wie alle anderen Gerüchte auch. Die frommen Jerusalemer Joffes warfen mir bei ihren seltenen Besuchen anerkennende Blicke zu. Die Joffes aus Herzlija redeten in meiner Anwesenheit über Finanzvorhaben, bemüht, mein Mienenspiel zu lesen. Und Onkel Aaron erzählte mir von einer neuen Erfindung, die er im Sinn hatte, oder einem Problem, mit dem er rang, und fragte unvermittelt: »Na, Michael, was meinst du?« Worauf ich, in meiner völligen Unbelecktheit in technischen Dingen, nur sagte: »Das ist in Ordnung«, oder: »Die zweite Möglichkeit«, und er fragte: »Bist du sicher?«, und ich bejahte – und recht hatte.

Von Kind auf wußte ich auch, daß die Frau, die mich aus dem brennenden Feld gerettet hatte, eines Tages meine Geliebte werden würde, aber in dieser Angelegenheit kann ich kaum Gewißheit erlangen, denn auch größere Propheten als ich tun sich schwer, zwischen Prophezeiungen und Wunschträumen zu unterscheiden. Anfangs, als kleiner Junge, stellte ich mir eine genau definierte Umarmung vor, bei der beider Augen, Lippen und Lenden sich auf einer Höhe befänden – eine kühne und reife Version von »Wer kommt zuerst zu mir?« Und später, stellte ich mir, nach Jünglingsart, häufig das Gefühl vor, in ihr zu sein, und es war klar, mein erstes Mal mit einer Frau wäre mit ihr.

Wie viele Heranwachsende fragte auch ich mich: Sind die Empfindungen, die ich in Leib und Seele zusammenwebe, die richtigen? Ich weiß noch, daß ich meinem Vater davon erzählte und er darauf lachend sagte, auch er habe sich in seiner Kindheit mit solchen Fragen herumgeschlagen, »und du wirst dich wundern, Michael, wie einfach die Antworten sind.«

Er war offenherziger als sonst üblich zwischen Eltern und Kindern, und gewiß nach damaligen Verhältnissen. Er sagte mir, wenn ich zum ersten Mal mit einer Frau schliefe, wäre ich vermutlich überrascht über die Macht der Lust und enttäuscht über die Einfachheit. Doch obwohl ich erst zwölf Jahre alt war, lagen schon einige Jahre der Liebe hinter mir. Mit fünf Jahren hatte ich meine Geliebte kennengelernt, seither waren meine Tage in ihrem Licht und Schatten verlaufen, und ich hatte längst erkannt, daß es hier keine Einfachheit geben würde. Nicht bei mir. Nicht mit ihr. Ich wußte, sie würde die Frau sein, und prophezeite, wann, wo, wie und warum. Und weil die Füße den Ort ansteuern, den das Herz liebt und begehrt, und in der Gewißheit, daß die Dinge so laufen würden – lief auch ich dorthin.

Mit Alona sind die Dinge einfach. Manchmal erhört sie mich, meistens nicht. Das heißt, ihre Augen lesen weiter ein neues Buch – die *Pashminas* haben den Schriftsteller zu einem Vortrag eingeladen, und da müssen sie vorbereitet sein –, und ihre Hände drängen meine weiter von ihr ab, aber sie sind nicht mehr so resolut, ihr Mund deutet ein Lächeln an, und ihr Körper legt sich ein wenig schräg, so daß sie mir den Hintern zudreht.

Dann sage ich: »Alona«, und sie, von den Gefilden, auf denen sie gerade weidet, sagt: »Was?« Worauf ich sage: »Weißt du, was ich an diesem Moment liebe? Die Gewißheit, daß ich gleich, nach höchstens ein paar Minuten, in dir sein werde.« Und sie sagt: »Nicht du, Michael, nicht du ganz, nur ein bißchen von dir.« Und ich lächle und streichle ihren hübschen Körper – sehr hübsch, wohlgemerkt –, der sich noch nicht entschieden hat, was er zuerst möchte: Rückenkraulen oder den »Liebesakt«.

»Nicht dafür haben wir im Unabhängigkeitskrieg gekämpft, daß es jedesmal, wenn wir ins Bett gehen, mit Rückenkraulen endet.«

»Nein, wofür denn dann?«

Sie kommt abrupt hoch, auf den Ellbogen gestützt, zeigt die Silhouette eines zufriedenen Pelikanweibchens, mustert neue Venen an ihrem ausgestreckten Bein und sagt: »Nur sieh vorher nach, ob du das Licht im Abstellraum ausgemacht hast und die Türen abgeschlossen sind.« Und das wär's. Die Lichter sind aus, die Türen zu, das Rad rollt zerbrochen in die Grube, das Nur-ein-bißchen-von-dir schrumpft, die Libido versumpft, und die Ameisen kommen wieder.

Aber bei Anja wußte ich es. Ich wußte, in absehbarer Zeit, wußte, wie, wann und wo, spürte, wie sie mich für diesen Moment aufzog, mir dazu Kadyas Gedichte rezitierte, mich in Feld und Flur führte, meine Nichtnarbe berührte, mit mir unsere Sitzweise einnahm, mich prüfte und auf mich wartete, mit heiterer Neugier, mit geduldiger Leidenschaft, die wußte, sie würde belohnt. Denn Anja hatte mich nicht geboren, mir aber das Leben geschenkt, und obwohl sie nicht meine Mutter ist, gehöre ich ihr. Und war und wird sie auch nicht meine Frau, war und ist sie doch immer in den Kammern meines Bauchs, regiert in den Vorhöfen meines Herzens und in den Kellern meiner Erinnerung.

Meine Mutter ist groß und hager. Zweifel nagen nicht in ihrem Innern, und noch heute, im Alter, ist ihr Körper schlank und kräftig und ihre Seele stark. Praktisch läßt sich sagen: Je älter sie wird, desto besser ist ihre Gesundheit. Nach meiner Ansicht kommt das, weil sie noch und noch Vegetarierstunden anhäuft. Aber Tante Rachel, die nicht so gesund ist wie ihre Schwester und wegen aller möglichen alten Rechnungen nicht zugeben will, daß Mutter recht behalten hat, sagt: »Hanna ist nicht etwa gesünder als andere alte Leute, die andern sind einfach kränklicher.«

Früher hatten wir zwei Nachbarn, die ihr Dung lieferten. Der eine hielt Schafe, und Hanna holte von seinem Hof deren Köttel, die klein und hart sind, nur langsam zerfallen und ein ganzes Jahr halten. Der andere hatte einen großen Hühnerstall, und von ihm holte sie den schärferen Hühnermist. Da nach Jahren beide starben und die Erben – wie üblich in einem Dorf, das zur Stadt geworden ist – die Hühner- und Schafställe abrissen, die Bäume rodeten und den Boden Grundstück für Grundstück verkauften, muß meine Mutter ihren Dung jetzt bei einem alten Mann holen, der am anderen Ende der Stadt wohnt.

Keiner kennt das Alter dieses Mannes. »Er könnte achtzig oder auch hundertsiebzig Jahre alt sein«, sagt Rachel, die ihn als »alleinstehend und gesund« bezeichnet, das heißt als jemanden, auf dessen Tod keiner wartet, auch nicht er selbst. Und da er dem Typ »Solange ich noch lebe, werden auf dieser Erde keine Häuser von Spekulanten gebaut« angehört, hat meine Mutter nichts zu befürchten – was auch geschehen mag, Dung wird sie immer haben.

So erlebt denn unsere schmucke, mollige und verwöhnte kleine Stadt alle zwei Wochen, stets am Freitagmittag, meine große, sehnige, spartanische und puritanische Mutter. Sie öffnet die eisenbeschlagenen Holztore des Joffe-Hofs, verlangsamt ihren Atem wegen der Auspuffgase der Autos und des Grillrauchs der Lokale, verengt die Augen wegen der Fresser und Säufer, die sie alsbald sehen wird – und sodann hebt sie die Griffe der uralten Schubkarre, deren Boden kein Eisen mehr ist, sondern eine unauflösliche Legierung aus Hühnermist und Rost, und geht die Zypressenallee hinunter.

Sie passiert rasch die Greisinnen, die jünger sind als sie und in Gesellschaft ihrer Philippininnen in Rollstühlen sitzen, und ich, der ich dort gemächlich meine tägliche Zigarette rauche, ducke mich in Adikas Plastikstuhl, suche mich – als Mann von fünfundfünfzig Jahren! – vor ihren wachen Augen zu schützen. Sie sieht mich, sagt kein Wort, fixiert jedoch Schimschon Schuster, den Fohlendieb, der gerade einen Schlaganfall hinter sich hat. Seine Pflegerin hatte ihn zwischen die Greisinnen und die anderen Pflegerinnen geschoben, und dort saß er dann, den Kopf vor Schwäche gesenkt und die rechte Hand über die Lehne gehängt. Doch eine halbe Stunde später ist einer der chinesischen Arbeiter aufgestanden und hat Schuster wortlos zum Tisch der männlichen Arbeiter auf der anderen Seite der Allee geschoben. Sie machten ihm eine Bierflasche auf, nahmen das Geld nicht an, das er ihnen mit der schwachen linken Hand hinstreckte, und schenkten ihm ein Glas ein. Danach halfen sie ihm beim Trinken, wischten ihm das Kinn ab, und nach einigen Minuten, so ersehe ich aus dem Mienenspiel, wird auch dort ein Gespräch beginnen, *»tsching und tschang und li und lo und atzkotzetz«*, denn in seinem Zustand versteht Schuster Chinesisch genauso wie Hebräisch.

Von dort geht meine Mutter zur Hauptstraße hinunter, dann vorbei an den Feinkost-, Haushaltswaren-, Computer-, Geschenk- und Bekleidungsgeschäften. Auf dem Rückweg fegt ihre Schubkarre einen langen Duftschwall in die Türen der Banken und Blumenläden. Und das gerade am Freitag mittag, wenn die Cafés voll sind, die Geschäfte vor Kunden wimmeln und die Gehsteige nur so überströmen vor Schaulustigen und Selbstdarstellern. Sie passiert im Nu Schule und Kulturzentrum, schiebt ihre stinkende Ladung zwischen den Frauen hindurch, die sich vor »Alisa & Nira« oder »Ricki & Rina« und sonstigen Lokalitäten scharen, bei denen man nie weiß, ob es Friseurläden oder Konditoreien sind, und hinterläßt auf den rotbraunen Pflastersteinen Wegmarkierungen in Form dreckiger Federn. Alle kennen ihre Erscheinung, auch die Schaufenster harren ihres Spiegelbilds, ebenso wie die geparkten Autos, die sie mit voller Absicht schrammt. Die Passanten kichern, genau wie damals, in meiner Kindheit, als sie im gleichen Tempo und mit derselben Schubkarre marschierte und alle Kinder in meiner Klasse flüsterten: »Deine Mutter, die Närrin«, und dann Mut sammelten und zischten: »Und dein Vater bumst die Nachbarin.« Alle kennen sie, aber kein Mensch weiß, daß die Zypressen in der ›Allee der Ersten‹ an ihrem Geburtstag gepflanzt wurden und die wahren ersten Siedler nicht die Schusters und Genossen sind, deren Bilder in der Eingangshalle des Rathauses hängen, sondern ihre Eltern – seinerzeit, als er hüpfte und wieherte wie ein Pferd und sie auf seinem Rücken ritt, ihn mit ihren Fersen antrieb und ihm mit ausgestrecktem Finger den Weg wies: »dahin« und »dahin« und »dahin«, all die »Dahins« und dann das »Hier!«

Doch meine Mutter, alt, aufrecht und gesund, hat weder Sehnsucht nach der Vergangenheit noch Furcht vor der Zukunft, klagt nicht und fällt niemandem zur Last, auch mir nicht. Das ist gut so, denn sie weckt bei keinem Zuneigung, nicht mal bei ihrem Sohn. Ich würde sie gern mehr mögen, sie sogar richtig lieben, so wie normale Männer wie ich Mütter lieben sollten. Aber Mütter, die ihren Söhnen kein Essen machen, sondern »Nahrung« vorsetzen, sich nicht freuen zu hören, daß das Essen gut schmeckt, sondern Kaubewegungen zählen und gelegentlich Krümel untersuchen, die zwischen den Zähnen hängengeblieben sind – »Was'ndas, Michael, hast du Fleisch gegessen?!« schreit sie, und wenn sie schreit, verschwimmt »was ist denn das« zu einem Wort –, kurz gesagt: Solche Mütter taugen nicht für die Liebe.

[*Beruhig dich, Michael! Tief atmen. Geh von Wand zu Wand, auf und ab. Leg dich aufs Bett. Schlag mit der Faust auf die Matratze. Nicht nur beim Sprechen, auch beim Schreiben, habe ich festgestellt, gilt es Länge und Melodie der Sätze dem Takt der Schläge und des Atems anzugleichen.]

Ich habe versucht, sie zu lieben. Habe versucht, von ihr geliebt zu werden. Doch wann immer ich zu ihr ging, um ihr, nach Art der Joffe-Männer, meinen Kopf auf Schenkel oder Bauch zu legen und auf ein Streicheln ihrer Finger zu warten, schreckte sie leicht zurück, ohne es selbst zu merken. So kam es, daß ich letzten Endes auf sie verzichtete. Und da Kinder für alles und jedes klare Leitern brauchen, besonders aber in der Liebe, testete ich die übrigen Familienmitglieder, wählte Vater aus, stellte ihn auf die oberste Sprosse, und von diesem Moment an liebte ich ihn mit

Absicht, mit Lust, mit all meiner Kraft und mit bestem Vermögen. Genau wie er es mir vor meiner Einberufung zum Wehrdienst selbst beibrachte: Wenn du ein Ziel hast, dann geh nur darauf aus, und zwar mit ganzer Kraft, sei ganz und gar nur Finger und Abzugshahn, Auge und Visier. Dabei ist es egal, ob es um eine junge Frau geht, die dich aus dem Feuer gerettet hat, um die Niederschrift dieser Dinge, um jemanden, der auf dich schießt, oder um deinen Vater, dein eigen Fleisch und Blut.

Ich hätte Onkel Aaron wählen können, aber mit ihm bin ich nicht blutsverwandt, und bei ihm sind auch Mitgefühl und Dankbarkeit im Spiel. Ich hätte Apupa wählen können, mit dem ich blutsverwandt bin, aber seit meiner frühesten Kindheit hat er Gabriel vorgezogen, und als ich größer wurde und vergab, war schon Zeit vergangen, und bei allem Mitleid und Verständnis, das ich aufzubringen vermag, ist er nicht mehr der Großvater, den ich hätte lieben wollen. Er hat sich aus einem Neugier erregenden und amüsanten Rindvieh in einen nervenden und vor Kälte zitternden Zwerg verwandelt. Gabriel und seine Freunde pflegen ihn, reden mit ihm, füttern ihn – der Löffel führt kochendheiße Suppe in die Öffnung, die in dem weißen Bart klafft, sammelt Speisereste aus den Mundwinkeln, kehrt zum Teller zurück und beginnt von vorn. Und Ajelet kommt und guckt ihn an, wie man ein Baby im Kinderwagen beguckt: »Was für ein süßer Großvater… Wie alt ist er denn?… Was kann er schon nicht mehr machen?…« Sie und die Männer vergnügen sich mit ihm: binden ihm Schnüre um den Hals, flechten ihm dünne Rasta-Zöpfe in den Bart, und einmal malten sie ihm sogar die Lippen an und hielten ihm einen Spiegel vor, worauf Apupa unglaublich schmachtend lächelte. Einer von ihnen hat ihm ein Seidenhemdchen und ein gesticktes Mäntelchen genäht, setzt ihm ein Herrenhütchen auf, und so nehmen sie ihn zu den verrückten Umzügen mit, die sie manchmal veranstalten: Die großen Tore des Joffe-Hofs gehen auf, und Gabriel, die »Geliebtenmannschaft«

und Apupa – sein Inkubator auf einem großen Handkarren – ziehen zum Stadtzentrum hinunter. Häufig tun sie das verkleidet – als ein Trupp Krankenschwestern oder als Ballettänzer. Einmal hatten sie sich Schnurrbärte angeklebt und gestreifte lange Unterhosen angelegt, und ein andermal trug einer eine Perücke mit langer Mähne und hechtete durch einen Feuerreifen, den sein Partner hochhielt, während er mit der anderen Hand das Peitschenknallen hören ließ, das der Peitscheneigentümer nicht hatte einsetzen können.

Übrigens hat Apupa sich kürzlich sogar bereit gefunden, an den »Landnahmefeiern« teilzunehmen, die er all die Jahre boykottiert hatte. Als Gabriel und ich Kinder waren, wurde dieser Tag alljährlich mit Volkstanz, schwingenden Röcken und Strohballen begangen. Man hängte Lautsprecher in die Bäume, gab Geschichten von den ersten Siedlern zum besten und machte schreckliche Papageienschreie. Apupa, damals noch groß und stark, saß unterdessen auf seiner Holzveranda, knurrte und schnaubte, und letzten Endes kletterte er auf die Hofmauer und schrie: »So war es nicht, ihr Lügner!« Seine Worte donnerten und polterten, und mir erschien er damals wie ein Zyklop von Homer und von Tschernichowski, der Felsen ins Meer schleudert und keinen Menschen trifft.

Jetzt, zum achtzigsten Jahrestag der Landnahme, hatte Apupa, mittlerweile über hundert, seine Teilnahme zugesagt. Der hocherfreute Bürgermeister fragte an, ob man Herrn Joffe abholen solle. Erkundigte sich, ob Herr Joffe bereit sei, ein paar Worte zu sagen, ließ durchblicken, man könne Herrn Joffe sogar einen Platz zwischen den Honoratioren der Stadt in der ersten Reihe reservieren. Aber Gabriel teilte mit, Herr Joffe werde mit eigener Kraft kommen, »und dann sehen wir schon, was passiert.« Während die Schulkinder, in weißen Hemden und blauen Hosen, *Tschinga* kauten und im Gleichschritt auf der Straße paradierten, öffneten sich die schweren Tore des Joffe-Hofs, und der größte aller Joffeschen Umzüge kam hervor, um die ›Allee der Ersten‹ hinabzuziehen: An der Spitze die »Geliebtenmannschaft«, in schwarzen Anzügen und funkelnden Zylindern, sie schoben den Handkarren mit dem alten Inkubator, und darin Herrn Joffe, der vergnügt kicherte und mit seiner Peitsche wedelte, danach ein großes Aufgebot an Joffes, die zur Feier des Anlasses aus dem ganzen Land gekommen waren, und als Nachhut Gabriel, am Steuer des Power-Wagon im kurzen ersten Gang, dem Schritttempo des Zuges angepaßt, und im Schlepptau die Plattform, die unser Orchester beförderte – Hirsch Landau und seine Geige, das Bechstein-Klavier, von dem noch die Rede sein wird, und ein weiterer Freund von Gabriel, der auf seinem Keyboard klimperte und bei meiner Mutter »der Homo aus London« heißt.

Der Schock war ungeheuer: David Joffe, der einst seine Peitsche im ganzen Emek geschwungen, das Land in Länge und Breite durchwandert und dabei eine Frau auf dem Rücken getragen hatte, der Mann, der die Quelle faßte und sich mit starker Hand den Gipfel der Anhöhe und die meisten Böden südlich und westlich davon aneignete – jetzt »fuhr ihn ein Zug *Fejgelech* in einem Hühnerinkubator.« Leute machten ts-ts-ts, schüttelten bei seinem Anblick den Kopf, erinnerten sich an den Riesen, der einst seine Familie tyrannisch führte, und so stand es nun um ihn. Die Schusters freuten sich und die Joffes desgleichen. Nur der Bräutigam, der zu Hause geblieben war, ärgerte sich, wußte jedoch nicht, an wem er seine Wut auslassen sollte.

Was die Frauen der Familie anbetrifft – Amuma kann ich nicht lieben, weil sie schon tot ist. »Schade«, sagt Rachel, »daß sie ihren Mann heute nicht sehen kann, sie hätte gewiß ihre helle Freude daran.« Pnina ist in ihr Haus und in sich selbst eingeschlossen, und neben Rachel habe ich so oft geschlafen, daß wir nur noch Inlette zweier alter Flanellpyjamas sind, und bei aller Sympathie, die ich für sie und ihre Geschichten empfinde, kann ich in ihr doch schwerlich ein Objekt der Liebe erblicken.

Nicht selten denke ich an Über-alles, meine verbannte Tante, aber ich habe sie nie gesehen und nie ein Wort mit ihr gewechselt. Dabei fällt mir jetzt ein, daß meine Mutter sich einmal, bei einem Familienessen, verächtlich über den »Nazi-Mann« ihrer Schwester äußerte, worauf Vater, der zu allem in Mutters Familie eine Bemerkung hatte, meinte: »Macht nichts, jeder Jude sollte irgendeinen Nazi in der Familie haben, damit wir sie leicht erkennen können.«

»Ich denke nicht, daß die Juden in Auschwitz Mühe hatten, die Nazis zu erkennen«, sagte Mutter in dem strengen, dürren Ton, den nationale Tradition und richtige Verdauung ihrer Stimme verleihen.

Manchmal machen Gabriel und ich mit Großvater einen Ausflug – eine Landpartie in Reih und Glied –, wie Gabriel mich auf seiner Kawasaki mitnimmt, »komm mit auf eine Runde, Michael, wir bringen dir ein bißchen den Kreislauf auf Trab«, und wie Ayad, Naifas Enkel, der antizionistische Historiker, mich gelegentlich abholt, um auf den Feldern Knospen des *Akub*, der Gundelia tournefortii, zu pflücken.

Ausgerüstet mit scharfen Messern, fahren wir zu einem Brachfeld, dessen Lage ich nicht verraten werde, weil Ayad mich das hat schwören lassen. Ein paar Stunden laufen wir dort herum, schneiden Knospen und weiche Stengel von den jungen Dornsträuchern, und jeder von uns trägt einen Sack nach Hause. Bei Ayad putzt sie »die Frau«, bei uns putzt sie meine Seite der Partnerschaft. Ich putze, rufe Uri, der sie einige Minuten dämpft, mit etwas Knoblauch, Olivenöl und Zitronensaft würzt, probiert und lächelt – die Reduktion der Wonne: drei Stunden sammeln, zwei Stunden putzen, drei Minuten kochen und eine halbe Minute Genuß.

Auch Alona holt mich aus dem Hof heraus, aber das sind keine Ausflüge, sondern Fluchten. Sie sagt: »Komm schon, ich ersticke hier in euren Mauern, man muß mal raus« – und ich komme. Kino mag ich, Theater mag ich weniger. »Nicht, daß ich das Theater geringschätze«, sage ich zu Alona, die mich ihren Freundinnen gegenüber als »Kulturbanause« bezeichnet, »es ist mir einfach unangenehm für die Schauspieler, daß sie das da tun müssen.« Vor allem aber scheue ich die Treffen zum Gemeinschaftssingen mit den *Pashminas* und ihren Männern, ganz zu schweigen vom größten aller Grauen – dem Volkstanz. Ich kann gut tanzen, aber Alona tanzt lieber mit anderen Männern, und so sehe ich mich genötigt, fremden Frauen nahezukommen, sie sogar anzufassen – etwas, was ich nicht ausstehen kann.

Manchmal »gehen wir zu Freunden«, das heißt wieder zu denselben *Pashminas*, und wenn ich murre: »Schon wieder zu deinen Freundinnen, mit denselben Tüchern und denselben Ehemännern?«, antwortet sie: »Wieder zu meinen Freundinnen, denn du, Michael, hast ja keine Freunde.«

»Warum wechseln sie denn nicht wenigstens ihre idiotischen Ehemänner?«

»Warum sie sie nicht wechseln? Aus demselben Grund, aus dem ich dich nicht auswechsle. Willst du ihn wissen?«

»Nein.«

»Weil ihr nicht mehr viel ausmacht.«

Manchmal fahre ich auch allein in den Joffe-Pub. »Bist du heute nicht in der Küche?« frage ich Dimitri.

»Heute wachen«, sagt er lächelnd, »vielleicht kommt wer, der gern in Lokal explodiert?«

»Setz dich hierhin, Vater«, weist mich meine Tochter an, »trink in Ruhe und red nicht mit dem Personal. Es gibt Salzhering, den Dimitri gestern gemacht hat, ein Gedicht, mit Butterbrot, und hör auf, die Mädels auszuspähen. Die kommen schon so zu dir.«

»Wieso denn zu mir?« frage ich entgeistert. »Ich will nicht, daß sie herkommen.«

»Das hier ist eine Pick-up Bar, Vater, ein Treff, hier sind auch die Mädels Anfängerinnen.«

»Treff?«

»Für Suchende beiderlei Geschlechts.«

Wunderbar sind die Wege der Vererbung. Wenn es ginge, hätte Ajelet die Tochter meines Vaters und Gabriels sein können, oder vielleicht von Batja und der Mörderin.

Ich sitze da, tauche in den Lärm des Pubs ein, erkenne, daß ich – die Feststellungen meines Sohns in allen Ehren – einen teuren Psychologen jedem Mädel vorziehe, und staune wieder einmal über die Fähigkeit meiner Fontanelle, einzelne Sätze aus dem allgemeinen Gesprächsgemurmel ringsum herauszufischen. Eine Männerstimme sagt: »Aber morgen möchte ich in den Zoo gehen«, und eine Frauenstimme erwidert: »Wir bleiben zu Hause, und ich bin dann für dich jedes Tier, das du möchtest.« Verblüfft blicke ich mich um, die Worte noch im Sinn, aber meine Augen vermögen nicht zu erkennen, an welchem Tisch sie gesprochen wurden.

Ich bin das Trinken nicht gewöhnt. Mir genügt ein Glas Wein oder eine bescheidene Portion Margarita, die meine Tochter mir mixt: »Nimm. Ein Weiberdrink. Extra für dich.« Ich trinke und blicke sie an, ihren hübschen Kopf, der hinter der Bar schwebt, während sie ausschenkt, anrichtet, den Kellnerinnen Zeichen gibt, Dimitri auf die Schulter klopft, dem einen oder anderen Gast zulächelt.

»Wer hätte das geglaubt«, schimpfte meine Mutter einmal, »daß drei Generationen, nachdem mein Vater sich im Emek niederließ, seine Urenkelin in einer Haifaer Kneipe Besoffene bedient.«

»Wer hätte geglaubt«, entgegnete ich ihr, »daß drei Generationen, nachdem dein Vater sich besoff und Abkommen mit Hirsch und Sara Landau schloß, wonach ihr bedauernswerter Sohn ihm die ganze Familie ernährt, seine Urenkelin sich selbst ernährt.«

Das Hochzeitsdatum von Pnina und Aaron rückte näher, und der erste Streit brach aus. Apupa bestand darauf, daß die beiden auf dem Joffe-Hof wohnen blieben, da er »den Bräutigam in seiner

Nähe brauche«, und Pnina sagte, sie beabsichtige, in Tel Aviv zu wohnen. Doch das war gar nichts im Vergleich zu Batjas Beziehungen mit Johann Reinhardt, die zusehends enger wurden und alsbald Gerüchte florieren ließen. Fahrer, fliegende Händler, Eichelhäher, Funktionäre, Viehhändler, Rinder- und Hühnerzuchtberater – alle, die oft unterwegs waren und dabei viel hörten und erzählten, widmeten sich eifrig dieser Tätigkeit, trugen das Gerücht in alle Winde, außer zu Apupa, denn ihn fürchteten sie.

In unserem Emek, so erklärt mir Rachel, gibt es nichts Schnelleres als die Gerüchte, oder in ihrer Ausdrucksweise: »Unser Emek ist der einzige Ort auf der Welt, an dem die Schallgeschwindigkeit höher ist als die Lichtgeschwindigkeit.« [*Läßt sich an das anknüpfen, was ich bereits über die Geschwindigkeit der Zeit und die Geschwindigkeit der Erinnerung gesagt habe. Worauf sie hinzufügte, dies sei nicht die einzige Abweichung der Gesetze des Gerüchts von den Gesetzen der Physik, denn die Gerüchte erreichten ihre Höchstgeschwindigkeit nicht etwa bei der Fortbewegung auf geradem Wege, sondern auf gewundenen Bahnen.]

Es dauerte nicht lange, bis David Joffe alles gehört hatte, was er wissen mußte: In der Zeit, in der andere junge Mädchen arbeiteten oder lernten oder mit ihren Freundinnen zusammen waren, wurde seine Tochter in Waldheim bei den Deutschen gesehen, mal in Gesellschaft deutscher Mädchen, mal in Gesellschaft eines deutschen Jungen und mal allein zwischen den Eichen, wo sie deutsche Gänse und Schweine hütete und zwei löwengroße deutsche Hunde sich wie Katzen an ihren Beinen rieben.

Er wartete keine Sekunde, schwang sich auf seine Stute und galoppierte los, und als er dort ankam, ritt er geradewegs zum Gutshof im Osten der Kolonie. Das Klavierspiel im Haus brach ab. Ein Fenster ging auf und zu, eine Tür wurde geöffnet. Die Witwe Reinhardt trat heraus – sehnig, finster, kräftig. Harte Arbeit, Einsamkeit und Keuschheit hatten ihre Figur hart und eckig gemacht. Sie stand vor ihm, ihre Brüste zwei Konusse, ihr Haar ein Helm.

»Ich kenne Sie«, sagte sie. »Ich habe Sie vor zwanzig Jahren gesehen.«

»Ich suche Ihren Sohn«, sagte Apupa.

»Ich habe zwei.«

»Den, der sich mit meiner Tochter herumtreibt«, sagte Apupa.

Die Witwe stemmte die Arme in die Hüften, eine Geste, die allen Bäuerinnen aller Orte und Zeiten eigen ist. »Seien Sie unbesorgt«, ein abfälliger Ton kam in ihre Stimme, »auch wir wollen uns nicht mit einer jüdischen Schwiegertochter beschmutzen.«

»Sagen Sie ihm, er solle sich in acht nehmen!« sagte Apupa und klopfte seiner Stute auf den Hals – zum Zeichen, daß das Gespräch beendet war.

»Wir nehmen von keinem Menschen Warnungen entgegen«, erwiderte die Deutsche, und wie aus dem Nichts tauchten die zwei Hunde auf, Enkel der damaligen Hunde, hatten die Verhärtung in Haltung und Stimme ihrer Herrin gewittert und erschienen nun aus den Schatten der Hofecken. Der eine stellte sich hinter Vaters Stute, wie er abgerichtet worden war, ein paar Zentimeter außerhalb ihres Hufbereichs, der andere vor ihre Nase.

»Wir verheiraten uns nicht mit Juden, wir hören uns keine Warnungen von Juden an, und wir sehen euch ungern auf Pferden reiten«, fuhr Frau Reinhardt fort. »Sie werden jetzt aus dem Sattel steigen und nach Hause gehen, so wie es sich für einen Juden gehört, zu Fuß. Und die Stute erhalten Sie zurück, nachdem Sie nächste Woche zu Fuß wieder hergekommen sind und sich entschuldigt haben.«

Die Hunde fingen leise an zu knurren, und die Stute, der Tiersprache mächtig, trippelte nervös auf der Stelle. Apupa spürte ihre Angst von innen her aufs Fell treten. Er drückte ihr die Knie fester an die Rippen, um ihr durch engeren Körperkontakt Sicherheit zu vermitteln, dann riß er sie in halber Drehung herum, schwang seinen dicken Stock und ließ ihn auf das Rückgrat des hinter ihm stehenden Hundes niedergehen. Man hörte Holz und Knochen krachen. Ein grauenhaftes Winseln erklang und erstarb gleich wieder.

Der zweite Hund stürzte herbei und biß ihn in den Fuß. Der Druck seiner Lefzen war furchtbar, aber Apupa trug schwere, genagelte Arbeitsstiefel. Er zog das Messer aus seiner Scheide am Sattel, beugte sich nieder und hieb es ihm in den breiten Nacken, zwischen die beiden ersten Wirbel. Der Hund fiel tot um, und Apupa ließ seine Stute auf die Witwe zugehen.

»Hier, im Land Israel«, sagte er, in demselben feierlichen Ton, den auch wir zu hören bekamen, wenn er und seine Tochter Hanna die Geschichte später immer wieder erzählten, »hier im Land Israel werden Juden auf Pferden reiten und nicht um Verzeihung bitten.«

Da ist noch eine physikalische Anomalität in der Geschwindigkeit von Geschichten: In unserem Emek, vor allem in den frühen Nachmittagsstunden, wenn der Wind Staub aufwirbelt und Dornkugeln vor sich herrollt, reisen die Worte sogar schneller als ihre Sprecher. Als Apupa heimkehrte, erwartete ihn seine geliebte Tochter schon an den Stufen. Ihre Augen funkelten, ähnlich wie seine, ihre Halsschlagadern waren geschwollen wie seine. Aber ehe sie ein Wort herausbringen konnte, beugte er sich, noch im Sattel, nieder und packte sie an ihren dichten Locken. Mit einem Fersenhieb in den Bauch der Stute schleifte er sie zur Baracke, warf sie hinein und schloß die Tür ab.

»Du wirst da im Dunkeln sitzen«, rief er jenseits der Lattenwand, »bis du deinen Deutschen vergessen hast. Und wenn du noch Dummheiten machst, scher ich dir das Haar ab! Hast du gehört?! Ich werde dir das Haar abschneiden und dich aus der Familie schmeißen!«

Batja gab keine Antwort, aber zwei Stunden später, als der Hof bereits im Dunkeln lag, ging Amuma zur Baracke, um ihr Essen zu bringen, und als sie die Tür aufmachte, herrschte dort nicht die gewohnte stickige Finsternis. Durch eine Bresche in der Holzwand drang frische Luft ein, zwei ausgerissene Latten lagen daneben, und grausiger Glanz schimmerte von der goldenen Flechte auf dem Arbeitstisch.

»Ich habe mir selbst das Haar abgeschnitten und mich selbst aus der Familie geschmissen«, hatte Batja auf einen Zettel geschrieben, der mit einer Haarklemme an ihrem goldenen Haar befestigt war. Und unter den Nägeln, die die Latten gehalten hatten, stand in kleinen, höhnischen Buchstaben: »Du Spatzengehirn. Man sperrt einen Häftling nicht mit Werkzeug ein.«

Kaum hatte Amuma die Werkstattbaracke leer und aufgebrochen vorgefunden, eilte sie zu ihren anderen Töchtern und sagte ihnen, ihre Schwester sei »mit dem Hemd am Leib geflüchtet« und: »Wir müssen auf Vater aufpassen, damit er keinen Unsinn macht.« Sie fürchtete, er würde Waldheim in Schutt und Asche legen und dort Menschen morden, kannte ihren Mann jedoch nicht so, wie Batja ihren Vater kannte. David Joffe teilte der ganzen großen Joffe-Familie mit, seine Tochter sei gestorben, und bat alle, die Nachricht zu verbreiten. Er ging sogar ins Dorf hinunter, um eine Traueranzeige ans Schwarze Brett des Konsums zu kleben, und obwohl er nie religiös gewesen war und sonst kein einziges Religionsgebot einhielt, ließ er sich einen Trauerbart stehen, der alle nicht nur durch seine Existenz und sein schnelles Wachsen überraschte, sondern auch durch seine Farbe: Apupa war noch keine fünfzig Jahre alt, hatte noch Kraft in den Lenden, starke Zähne und rotbraunes Kopfhaar wie in seiner Jugend, aber der Bart wuchs schneeweiß, ein erstes Vorzeichen für das Kommende.

Batjas Flucht war der Auftakt zu weiteren Turbulenzen, und Apupa fand sich inmitten eines Wirbelsturms, desgleichen nur ein Vater von Töchtern erleben kann: Einige Tage nach der Flucht ihrer Schwester erklärte Pnina, sie wolle ihre Hochzeit mit Aaron »ein paar Tage« aufschieben, und als man sie fragte, wie viele Tage bei ihr denn »ein paar« seien, antwortete sie: »Fangen wir mal an und sehen.« Rachel, die jüngste Tochter, wiederum kehrte von einem weiteren Besuch beim Arsch zurück und sagte, mit derselben ernsthaften Naivität einer Zucchini, die sie immer an sich hatte, aber mit vollerer Stimme – der Amuma sofort anmerkte, daß sie aus einem Mund kam, der den ersten Kuß gekostet hatte: »Ich habe einen Jungen.«

Da sie die Worte ernsthaft aussprach und Batjas Flucht und Pninas Verhalten die Gemüter schon genug erregt hatten, fing Amuma an zu schreien: »Was heißt ›Junge‹? Hat er denn keinen Namen?« Und: »Wir haben schon genug Sorgen um die Ohren ohne diesen Jungen von dir!« Und dann kam der furchtbarste Aufschrei, in dem sich Klage und Vorwurf mischten: »Warum muß in dieser irrsinnigen Familie alles auf einmal passieren? Warum?! Kannst du nicht warten?...«

Was ist heute von jener Flucht übriggeblieben? Geblieben ist die furchtbare Trauer, die Amumas Haß auf ihren Mann und die Entfremdung von ihm speisten, die wiederum seinen Schmerz vertieften und seine Sturheit nährten, geblieben sind Sehnsucht, Verbannung und Trennung, und geblieben ist der weiße Bart, der seit damals nicht mehr abrasiert worden ist. Bis heute diskutiert man bei uns in der Familie, was bitterer war, Pninas Los, im Haus eingeschlossen zu sein oder Batjas in der Verbannung oder das ihrer Eltern, die nicht mehr im selben Bett schliefen. »Mich vergißt man natürlich«, sagte Rachel, »denn daß mein Junge kurze Zeit später gefallen ist, war unwichtig. Was der Zucchini geschieht, ist nicht bitter und nicht schlimm.«

Amuma wiederholte immer aufs neue ihr »Sie ist mit dem Hemd am Leib geflohen«, und Apupa saß sieben Tage lang Schiwa auf dem Boden und erklärte allen Joffes, die kamen, um ihn zu beruhigen, er wolle »sie« nicht mehr wiederhaben, selbst wenn sie ihn auf allen vieren anflehen würde.

Dreißig Tage lang ließ er seinen weißen Bart wachsen, und als er danach in »seine Ecke« ging, um ihn abzurasieren, hörte man dort den Schrei, der immer noch in unseren Geschichten und Erinnerungen widerhallt: »Mir verschwindet das Spiiiegelbiiild!«

»Mir verschwindet das Spiiiegelbiiild!« rief er, in ärgerlichem galiläischem Tonfall mit Betonung auf beiden Wortteilen. »Mein Gesicht ist weg! Seht im Spiegel – man sieht nur Weiß!«

Hanna, Pnina und Rachel eilten zu der Ecke, hoben die Matte an und sahen Apupa groß und nackt, das Gesicht eingeschäumt, vor dem Blechspiegel stehen, den er an die Wand des Schranks gehängt hatte.

»Aber da bist du doch, Vater«, sagte Rachel, »da bist du im Spiegel. Das Weiße ist der Schaum und der Bart. Hier sind deine Augen und da ist deine Nase.«

»Ich sehe nichts«, Apupa setzte sich, plötzlich kraftlos, auf den Boden, »nur ihr seht das.« Und er erklärte, jetzt, da er seine Tochter, sein Gesicht und die Liebe seiner Frau verloren habe, sei er allein.

»Red doch keinen Unsinn, Vater«, sagte Hanna, »du bist nicht allein. Pnina und ich sind da.«

Apupa streichelte ihren Kopf, spülte den Seifenschaum aus dem Gesicht, trocknete sich ab, zog sich an und zerstörte mit ein paar Fausthieben die Ecke.

In den folgenden Jahren zahlten sie beide, er und seine Frau, in Münzen der Liebe, der Gesundheit und der Rache. Sie brach schier zusammen unter der doppelten Last von Batjas Flucht und von Pninas Unglück, das schon vor den Hoftoren lauerte, und vor allem ächzte sie unter ihrem eigenen Haß. Und er – sein Herz wurde so hart vor Trauer, so dicht vor Reue, daß es seinen ganzen Körper und seine Wärme an sich zog und ihn zum Schluß zu dem machte, was er heute ist: kalt wie ein Leichnam, schwer wie Blei, winzig wie ein Säugling. Und die beiden anderen Töchter – Hanna konzentrierte sich immer mehr auf ihren Gemüsegarten und Rachel auf ihre Liebe. Sie achtete nicht auf Amumas Vorbehalt, denn als der Junge auftauchte, so sagte sie mir, keimten all die Samen, die in ihrem Leib gewartet hatten: ihre Anmut, ihre Weisheit, ihre Leidenschaft, ihre Liebe.

»Deine Mutter nennt mich ›Zucchini‹? Dann bitte schön, die Zucchini ist erblüht«, lachte sie.

»Vor elf Jahren habe ich Tschernichowski einen Blumenkranz überreicht«, schrieb sie an den Arsch, »und jetzt habe ich von ihm deinen Bruder geschenkt bekommen.«

Bruder und Schwester kamen auf Besuch zu uns, und da Rachel ihn immer wieder mit den Worten »Das ist mein Junge« vorstellte, erfuhren wir seinen Namen nicht. Anfangs nannten wir ihn »Rachels Junge« und später schlicht »der Junge«, mit bestimmtem Artikel, und er wiederum überraschte alle am Ende der Mahlzeit, denn als man ihm zum Nachtisch Pudding anbot, sagte er: »Aber ich mag Kompott.«

Ein überraschender Frühsommerregen ist in der Nacht gefallen, und Alona – wie gewöhnlich auf dem Rücken ausgestreckt, ruhig atmend, die Gliedmaßen mit der Sicherheit dessen abgespreizt, dem die Welt gehört – sagt: »Gut, daß du sie nicht ausgesät hast. Jetzt wären sie in der Erde verfault.«

»Wer?«

»Die Anemonensamen, die du gesammelt hast.«

»Und die, die sich von selbst, in der Natur, ausgesät haben?« frage ich. »Faulen die jetzt nicht in der Erde?«

»Die Natur hat ihre eigenen Ziele, ihr eigenes Tempo und ihre eigene Zeit. Wir wollen Ergebnisse. Wollen was sehen, ehe wir sterben.«

Ist es ihr gelungen, das Kennwort zu knacken? Und da ich schweige, fügt sie hinzu: »Was heißt Natur? Lebst du jetzt in der Natur? In der Natur regnet es jetzt, alle Tiere werden naß bis auf die Knochen, und du bist hier bei mir, unter der unnatürlichen Bettdecke, mit einem unnatürlichen Dach überm Kopf.«

Ich stehe auf und luge aus dem Fenster. Ein Tropfenkleid leuchtet silbern unter der Laterne, und zwei Gestalten, eine weiße und eine dunkle, schlendern langsam über den Hof. Es sind Pnina und Aaron, die von ihrem nächtlichen Spaziergang zurückkehren, mein Herz mit Trauer erfüllen. Pnina ist schön wie in ihrer Jugendzeit, aber ihr Gang ist der einer Frau ihres Alters.

»Wo gehst du hin?« fragt Alona.

Ich gebe ihr keine Antwort. In der Küche träufle ich mir leise ein paar Tropfen Olivenöl auf eine Scheibe Brot, bestreiche sie mit Hüttenkäse, streue grobes Salz darauf und beiße in eine geschälte Knoblauchzehe. So stärke ich mich. Und so, stark, kehre ich zu Alona zurück und lege mich neben sie.

»Du hast Knoblauch gegessen ...«

»Ja.« Und sogleich versuche ich die Lage durch ein Zitat zu retten: »Dann verstehe ich, daß von einem Fick nicht die Rede sein kann ...«

Derbe Worte stoßen mich ab, aber der Satz, den ich gesagt habe, ist die Schlußzeile eines Witzes, den Alona sehr liebt, und »Fick« ist besser als ihr »Liebesakt«. Aber statt zu lächeln, erbost sie sich plötzlich: »Du hast alles kaputtgemacht. Du hättest vorher dran denken sollen. Jetzt stinkst du wie ein Marktschreier.«

So stänkere ich denn in einem unnatürlichen Bett, mit einem unnatürlichem Dach überm Kopf und einer unnatürlichen Frau neben mir, unter einer Decke, die natürlicherweise den Gänsen gehört und nicht mir, denke an Anjas Tod und erkenne die Tropfen: den, der auf einen Dachziegel prallt, den, der auf Blech trommelt, den, der in die Erde sickert, den, den nur meine Fontanelle hört, so deutlich, daß mein Kopf zurückschreckt, den, der auf einem welken Blatt landet, den, der auf ein nasses Blatt schlägt, den, der mit einem volltönenden, dumpfen »Blubb« direkt in eine Pfütze fällt, und den, der in den Auffang- und Sammelrohren fließt, die der Bräutigam vor ein paar Jahren hier verlegt hat. Er brachte einen Bagger in den Joffe-Hof, schaufelte an der Westmauer eine große Zisterne, kleidete sie mit dicken Polyäthylenfolien aus, die er mit einem seiner betagten Brenner verschweißte, und verlegte ein Rinnen- und Rohrsystem, das jeden Regentropfen, der auf unsere Dächer fällt, auffängt und dorthin ableitet. Hierher gehört auch der riesige Treibstofftank aus Edelstahl, der in einer anderen Hofecke eingegraben ist. Warum Edelstahl? Weil das der Tank eines Milchtankwagens war, dessen Anhänger Großvater einmal gebraucht gekauft hatte, damit er nicht jeden Morgen zur Molkerei ins Dorf hinuntergehen und die Schusters sehen mußte. Er hatte ihn auf seinen Rädern in den Hof gestellt, der Bräutigam hatte ihm ein Kühlsystem eingebaut, und als Rachel einmal errechnete, daß kein Milchertrag je die Investition rentieren werde, hatte ihr Vater ihr gesagt, dafür, nicht tagtäglich schon morgens die Schusters sehen zu müssen, sei er bereit, eine stattliche Summe hinzublättern.

Nachdem Amuma gestorben war, Apupa seine Kraft verloren und Rachel die Rinderhaltung aufgegeben und die Milchkühe verkauft hatte, reinigte der Bräutigam den Milchtank, vergrub ihn im Hof und verwandelte ihn in einen Benzintank für Notzeiten. So haben wir denn Benzin-, Wasser- und Gasbehälter, einen großen Dieselgenerator, den Aaron ebenfalls schon vor längerer Zeit angeschafft und angeschlossen hat, und das unterirdische Tunnel-, Lagerraum- und Bunkersystem, das er jetzt gräbt. Sie alle harren ihrer Zeit, denn wer weiß, was morgen wird und auf wen man sich dann noch wird verlassen können, gewiß nicht auf diese Regierung und erst recht nicht auf dieses Volk, und sehr bald, sagt der Bräutigam zum tausendsten Mal – und wir lachen zum tausendsten Mal und fahren im Sprechchor mit ihm fort –, wird hier ein furchtbares Unglück passieren, und dann – er hebt den schwarzen Finger, und wir krähen ihm nach – werdet ihr mir alle noch danke sagen.

Ringsum liegt eine hübsche kleine Stadt, ganz und gar Fliesen, Pflaster und Asphalt, und der Regen, der auf sie niedergeht, ist nichts als ein einheitliches Rauschen. Doch hier, auf dem Joffe-Hof, herrschen, wie in jenen Tagen, Ordnung und Unterscheidung: Jeder Tropfen teilt mit, wohin und worauf er gefallen ist. Manchmal gehe ich hinaus in den Regen und bleibe wartend stehen, bis ein solcher Tropfen auf meine Fontanelle fällt. Ein kleiner Donner erschallt, und der Blitz, der ihn, in umgekehrter Reihenfolge, begleitet, entlädt sich nicht in Elektrizität, sondern in Schmerz. Dann, falls der Wind nicht zu stark ist, kann ich auch fernere Tropfen hören, die zu anderen Zeiten und an weiteren Orten fallen: auf die weichen Wildblumen in der Pflanzung, auf die Myrtenhecke um ihr Haus, sogar diejenigen, die auf ihr frisches Grab in Jerusalem fallen, und die, die auf den harten Gedenkstein des Piloten prallen – einst stand er mitten auf freiem Feld, heute ist es ein Grab im Schatten einer Zypresse am Rand des Villenviertels unserer kleinen Stadt.

Wie Arbeiterinnen im Bienenstock befreiten die Joffes Aaron von aller Sorge und Arbeit, damit er unbehelligt Erfindungen ausbrüten konnte. Und der Bräutigam seinerseits rastete und ruhte nicht: Er sann, zeichnete, plante und prüfte und dankte Gott und seinen Eltern, daß sie ihm seinen Schwiegervater gegeben hatten, der ihn von den Mühsalen der Geschäfts- und Rechnungsführung freistellte.

Am Ende der Trauerwoche, die sie für Batja hielten, reparierte der Bräutigam die Bresche, die sie in der Barackenwand hinterlassen hatte, und kehrte an seine Arbeit zurück. Er leckte seine Bleistiftspitze an und zeichnete einen Prototypen nach dem anderen von Pflügen und Verbesserungen an Wasserhähnen, Ventilen und Brutmaschinen. Er erdachte Saugpumpen, Druckpumpen, Sicherheitsbrutkästen für Küken und ein kleines Metalldding, bei dem kein Mensch verstand, was es sein oder wozu es dienen könnte, das jedoch der Prototyp der ersten Konustransmission war.

Manchmal unternahm er das, was er als »Hausbesuche« bezeichnete. Führerschein hatte er noch nicht, aber der *Traffic* der britischen Polizei patrouillierte nur auf den Straßen, und der Power-Wagon kam bestens auf den Feldwegen voran. Aaron erfand sogar eine einfache Vorrichtung, um den Wagen bei Bedarf wieder flottzukriegen – eine Art Riemen, der sich um die im Schlamm durchdrehenden Räder legte. Jahre später brachten wir, Gabriel und ich, ihn in unsere Militäreinheit mit und machten damit großen Eindruck.

Diese Hausbesuche erfolgten natürlich aus Geldbedarf, entsprangen jedoch mehr noch der Erkenntnis des Bräutigams, daß der Weg zu einer guten Erfindung nicht mit einem Einfall, sondern mit einem Bedürfnis beginnt. Auch Apupas Suppen-Primus hatte er ja erfunden, nachdem er gehört hatte, wie Amuma ihren Mann anschrie: »Dann steh halt vom Tisch auf und iß deine Suppe direkt aus dem Topf auf dem Feuer!« Wann immer er gerufen wurde, um in einem Haus oder Hof etwas zu reparieren oder anzubringen, befragte er den Bauern nach dessen Frau und ihren Arbeitsweisen, Zeiten und Bedürfnissen. So erfuhr er, was gebraucht wurde, was problematisch war und was fehlte, und setzte sich erst dann an den Tisch, um nachzudenken und zu erfinden.

Pninas Erklärung, daß sie die Hochzeit aufzuschieben gedenke, sorgte ihn kein bißchen. Im Gegenteil – der Aufschub würde ihm weitere Zeit für Erfindungen lassen, und er könnte weiteres Geld verdienen und seiner Braut ein noch würdigerer Bräutigam sein. So gebar er eine ganze Familie von Flammenwerfern verschiedener Reichweiten – für Backöfen, Feldküchen und zur Schädlingsbekämpfung in Hühnerhäusern –, basierend auf dem Wissen, das er in den britischen Militärwerkstätten gesammelt hatte, als er den Suppen-Primus ausfeilte.

Kurze Zeit später statteten zwei Hagana-Leute dem Joffe-Hof einen Besuch ab, und Aaron fing an, auch Schalldämpfer, Splitterminen und mechanische Zeitzünder zu entwickeln. Aber sein Meisterwerk sollte die hydraulische Schneidemaschine werden, die er ein paar Jahre später erdachte, als er Pnina bereits geheiratet hatte. Mit einer geringen Menge hydraulischer Flüssigkeit, so gering, daß ihr die hohlen Griffe und ein winziger Kolben reichten, und einer »derart einfachen« Übertragung, kicherte er, »daß, wenn sie dann öffentlich vorgestellt wird, eine Fünfjährige durch Druck mit ihrer kleinen Hand Eisenträger schneiden kann und viele andere Erfinder sich die Haare raufen werden.« Bohrten wir jedoch nach, wann wir diese Schneidemaschine denn endlich zu sehen bekämen, behauptete er, der Prototyp sei schon betriebsfertig, aber zu seiner Herstellung seien bessere als die bisher bekannten Metalle nötig, damit die Teile dem ungeheuren Druck standzuhalten vermöchten.

Wer gar nicht in ihn drang, war Rachel, die die Kunde von dem neuen Gerät publik machte, der Mitteilung geflissentlich den Ruch der Indiskretion verlieh und insgeheim künftige Rechte zu verkaufen begann, wobei sie jedem Vertrag die Bedingungsklausel bezüglich des »ausreichend starken Metalls« einfügte. So gewöhnten wir uns alle an die kleine Zeremonie, die bis heute alljährlich abgehalten wird: Die Tore des Joffe-Hofs öffnen sich, die eleganten Limousinen rollen an, Gabriel begutachtet sie, deutet dann auf den ramponierten Power-Wagon und sagt: »Und was fehlt Hannele?« Rechtsanwälte, Metallurgen, Techniker und Ingenieure tappen zwischen alten Pflügen und Karren umher, weichen den angriffslustigen Gänsen aus, die bei uns noch aus den Tagen stammen, in denen Apupa Gabriel mit den riesigen Dottern ihrer Eier päppelte, und der Bräutigam nimmt die mitgebrachten Metallproben entgegen, zieht sich damit zum Testen in seinen Werkraum zurück und sagt, beim Wiederauftauchen: »Nächstes Mal werde ich um Zitrone bitten«, worauf Rachel erklärt: »Das Metall ist nicht hart genug.«

»Darf man erfahren, was Sie da genau testen?« erboste sich einmal einer der Fachmänner.

»Ich teste, ob es hart genug ist.«

»Darf man erfahren, wie Sie das testen?«

»Ich habe meine Methode.«

Bis zum heutigen Tag tüftelt er an dem Schneidegerät und seiner Verbesserung, ebenso wie er lange an dem Schliff der Klinge mit einer Schneidendicke von nur einem Metallmolekül laborierte, der erst kürzlich gelang, und ebenso wie Pnina damals weiter die Hochzeit aufschob.

Einmal die Woche, am Mittwochnachmittag, stieg Aaron in seinen Power-Wagon und fuhr durch die Felder nach Waldheim, wo er in der *Bierstube* saß, mit dem deutschen Eisenschmied und seinen Arbeitern Bier trank, Geschichten über Blasebälge erzählte, über Drehbänke tratschte, neue Dinge lernte und lehrte. Und gleich nach Abschluß der Trauerwoche für Batja bestellte Apupa ihn zu einer Unterredung ein.

»Wenn du zu deinem deutschen Schmied gehst«, sagte er, wobei sein neuer weißer Bart ihm einen überraschend klugen Gesichtsausdruck verlieh, »dann erkundige dich, was mit dem Mädchen ist.« Und sofort fügte er hinzu: »Und daß du keinem Menschen ein Wort sagst, vor allem nicht ihrer Mutter.«

Amuma, die ebenfalls wußte, daß Aaron weiterhin nach Waldheim ging, bestellte ihn zu einer eigenen Unterredung. Auch sie begann mit »Wenn du zu deinem deutschen Schmied gehst«, sagte dann: »Nimm ein paar Sachen für das Mädchen mit«, und fügte hinzu: »Und daß du keinem Menschen ein Wort sagst, vor allem nicht ihrem Vater.«

Ein paar Wochen lang berichtete der Bräutigam Amuma und Apupa, jeweils getrennt und insgeheim, über das Ergehen ihrer Tochter, erzählte jedem der beiden nach ihrem Bedarf und Vermögen, wohlwissend, daß sie nicht vergleichen würden, was er ihm und was ihr gesagt hatte, sondern die Worte für sich behielten. Doch als Amuma sich noch mit ihm beriet, wie sich ein geheimer Besuch bewerkstelligen ließe, verzogen Über-alles und ihr »Hitler-Jugen« aus Waldheim und waren verschwunden.

Auf Apupas Order und Amumas Bitte stellte Aaron Nachforschungen über ihren Verbleib an, befragte die deutschen Schmiede ebenso wie Arbeiter, Schankwirte und Lehrlinge. Alle sagten, sie seien vor der Witwe Reinhardt geflohen, die sowohl um ihren Sohn als auch um ihre zwei umgebrachten Hunde trauere. Aber was den Aufenthaltsort von Johann und Über-alles nach der Flucht betraf, waren die Meinungen geteilt: Die einen wollten sie in Wilhelma gesehen haben, andere in Sarona, wieder andere schworen, sie befänden sich in der deutschen Kolonie in Jerusalem, und einer behauptete sogar, sie seien seltsamerweise im Kibbuz Mischmar Ha'-emek gesehen worden.

Nicht nur Familie Joffe, auch der britische Geheimdienst intensivierte damals die Erkundungen in den deutschen Kolonien. In den Jahren seit Hitlers Machtübernahme waren viele Templer seine Anhänger geworden. So einige ihrer jungen Männer waren in die Heimat gefahren, um sich zur Wehrmacht zu melden, andere brachten den Arabern bei, Bomben und Minen zu basteln. Nazifahnen tauchten in ihren Kolonien auf, Hakenkreuzbinden prangten an Ärmeln, »Heil-Hitler-Rufe« erklangen, und Ortsgruppen der Partei entstanden.

Aaron ging seinen Freund George Stephenson um Hilfe an, den *Tschinga* kauenden Ingenieur im Schottenrock, der uns seit dem Suppen-Primus weiterhin besuchte. Immer kam er mit seinem schwarzen Citroën traction avant, der im ganzen Dorf Bewunderung erregte, und immer brachte er dem Bräutigam ein Geschenk mit – ein rares oder teures oder neues Werkzeug –, legte ihm Probleme aus ihrem gemeinsamen Arbeitsbereich vor und versuchte ihn sogar für Themen zu interessieren, die über Technik und Handwerk hinausgingen.

Stephenson war ein Lyrik- und Naturliebhaber, konnte viele Gedichte auswendig deklamieren, erkannte und zeichnete Vögel, aber all das interessierte Aaron nicht, ja nicht mal der Satz Signal- und Trillerpfeifen, den der Engländer entworfen und hergestellt hatte und mit dessen Hilfe man die Lock-, Warn- und Notrufe sämtlicher im Land Israel heimischer Vogelarten nachahmen konnte. Nur der Traction avant interessierte ihn, und eines Tages erfuhr er sogar, daß dieser George Stephenson zu den Nachkommen jenes berühmten Stephenson gehörte – dem Vater der Dampflokomotiven und Erbauer der Lokomotive *Rocket* –, und seine Bewunderung kannte keine Grenzen. Auch das verschämte Lächeln des englischen Ingenieurs und sein Flüstern: »Ein illegitimer Abkömmling…«, kühlten ihn nicht ab, denn was zählt, ist das Blut, genau wie bei uns in der Familie.

Im Zweiten Weltkrieg zäunten die Engländer Waldheim und Betlehem ein, bauten dort rote Backsteinkasernen, um Wächter darin unterzubringen, und verwandelten die Ortschaften in Internierungslager mit dem Ziel, die Einwohner in die Verbannung zu schicken. Diese ganze Zeit lang stellte der Engländer weiter Nachforschungen über Batja an und kam jedesmal mit neuen Aussagen und Befunden wieder. Eines Tages erzählte er sogar die phantastische Geschichte, Johann sei in Al Alamain, in der deutschen Einheit der Palmach, und Batja habe, um ihm möglichst nahe zu sein, einen Eisladen in Alexandria aufgemacht. Aber jedesmal, wenn der Bräutigam ankam, um nachzuprüfen, stellte sich heraus, daß seine Schwägerin und ihr Mann noch nicht eingetroffen oder schon wieder gegangen waren, und letzten Endes mußten alle den Sieg der Realität eingestehen: Apupas geliebte Tochter war verschwunden, und sein Schmerz wurde dermaßen stark und erdrückend, daß man in seiner Gegenwart nicht mehr von ihr sprechen durfte, denn schon bei der Erwähnung ihres Namens bekam seine Haut Risse, die Eiter absonderten.

Erst fünf Jahre nach unserer Hochzeit entdeckte Alona meine offene Fontanelle. Wir saßen damals in der Küche meiner Mutter, die uns zu einem der zwei »Sommermenüs« eines »richtigen Abendessens« à la Dr. Jackson eingeladen hatte, von dem es hieß:

»Würden alle Menschen es vor dem Schlafengehen essen, wäre die Welt am nächsten Morgen ein besserer Ort.«

Zu Dr. Jacksons Gunsten sei gesagt, daß er die Welt nicht in Rechthabende und Irrende eingeteilt hatte und daß sein »richtiges Abendessen« seinen Gläubigen eine Wahlfreiheit beließ, die meine Mutter in leichte Verlegenheit brachte: zwischen »Rohkostsalat und Vollkornbrot mit Kichererbsenmus« und »250 Gramm Pfirsichen und zehn bis zwanzig geschälten Mandeln«. Alona wählte die Mandeln, denn sie war im achten Schwangerschaftsmonat, und ich das Brot mit Kichererbsenmus, damit ich nicht eine halbe Stunde nach dem Essen dem Verhungern nahe war. Ob man nun dieses oder jenes wählte – stets fand das Mahl vor acht Uhr abends statt, um den Körper vor dem Schlafen nicht zu beschweren, und enthielt kein Getränk, da das die Magensäfte verdünnt und »Verdauung durch Bakterien« an Stelle der »Verdauung durch Enzyme« gefördert hätte.

Stille herrschte bei Tisch. Mutter aß schweigend, um unseren Freund, den Speichel, nicht zu stören. Alona schwieg, um Mutter nicht beim ersten Abbau der Kohlenhydrate zu stören. Ich schwieg, weil ich weder ein Gesprächsthema noch einen Gesprächspartner hatte. Nur mein Vater redete, oder richtiger spottete: »Was heißt zehn bis zwanzig Mandeln, Hanna? Was soll diese Gesetzlosigkeit? Man muß genau festlegen – zwölf, fünfzehn oder neunzehn Mandeln.«

Seine Stimme klang etwas matt und schwach, wie häufig bei einem, der von dannen gegangen ist – aber ich, der ich mich durch die Fontanelle sogar selbst höre, konnte ihn hören.

»Unsinn«, antwortete ihm Mutter, während sie mit geschlossenem Mund kaute, »man muß auf den Körper horchen. Der Körper entscheidet allein, wieviel er möchte zwischen zehn und zwanzig.«

»Der Körper ist der letzte, auf den man sich verlassen könnte«, rief Vater entsetzt. »Heute läßt du ihn allein über die Mandeln entscheiden, morgen beschließt er, daß er Lust auf schwarzen Kaffee mit weißem Gift hat oder mit fremden Frauen in der Pflanzung knutschen möchte.« So warnte er, verflüchtete sich und entschwand.

Nach dem Essen räumte ich den Tisch ab, und die beiden, meine Mutter und meine Frau, fingen an, über mich zu reden, oder genauer, über meine schlechten Angewohnheiten. Obwohl ich dabei war, sprachen sie in der dritten Person – als »er« – von mir, und nachdem sie »seine« Ernährung, »seine« Kleidung, »seinen« Fleiß und »seine« Bildung abgehandelt hatten – beide behaupteten, es sei eine positive Veränderung, wenn nicht gar ein totaler Umschwung eingetreten –, sagte Alona: »Letzthin hat er Schuppen im Haar«, und Mutter sagte: »Du tätest gut daran, Alona, ihm die Kopfhaut mit Olivenöl zu massieren.«

Diesmal zitterte ›seine‹ Fontanelle nicht, sondern wurde eiskalt.

»Nicht nötig«, sagte ›er‹ hastig, »ich will kein Öl in den Haaren haben.« ›Er‹ werde zur Schwester in der Sanitätsstation gehen, gewiß habe sie etwas gegen Schuppen.

Da bemerkten sie meine Anwesenheit und sprachen mich sogar in der zweiten Person an. Mutter sagte: »Die Schwester wird dir irgendein Gift auf den Kopf reiben, das dir ins Gehirn eindringt.« Und Alona fügte hinzu: »Schon gut, ich werde dir den Kopf mit Olivenöl massieren.«

»Nicht so fest«, sagte ich ein paar Minuten später zu Hause. Aber sie drückte mir zweimal auf die Fontanelle, ohne achtzugeben, und mein Körper verkrampfte sich. Ich unterdrückte einen Aufschrei.

»Was ist?« fragte sie.

»Nichts.«

Beim dritten Mal spürte sie es. Ihre Finger, in dem Glauben, jeden Talgrund, Höhenzug und Sattel meines Körpers zu kennen, hielten einen Moment verdutzt inne, fuhren wieder an der

Wasserscheide auf meinem Schädel entlang und drückten dann kräftig auf die offene Stelle.

Sterne tanzten vor meinen Augen, Tränen des Schmerzes rannen mir durch die Nasenhöhlen.

»Was'n das?« Die Frau, die schon fünf Jahre mit mir zusammenlebte, erschrak: »Weißt du, daß du ein Loch im Kopf hast?«

»Das ist kein Loch«, sagte ich, »das ist meine Schädelnaht.«

Der Schreck verebbte. Wut trat an seine Stelle: »Wieso hast du denn eine offene Schädelnaht? Seit wann ist das überhaupt?«

»Seit je. Jedes Baby hat so was.«

»Was'n?«

Wenn ich noch einmal dieses »was'n« von denen höre, stehe ich auf und flüchte.

»Jedes Baby hat so ein Loch«, sagte ich. »Wie oft muß man dir das noch sagen?«

»Prima, Michael. Aber bei jedem Baby schließt sich das auch.«

»Bei mir eben nicht. Du kannst stolz sein. Dein Mann ist der einzige Mensch auf Erden, dessen Schädel sich nicht geschlossen hat.«

»Warst du beim Arzt?«

»Arzt? Wieso das? Ich habe einen Termin beim Gipser vereinbart.«

Mit einem Schlag verwandelte Alona sich in meine Mutter: »Ich finde das nicht lustig. Das ist gefährlich und ungesund.«

»Alona!« Ich fegte ihre Hände von meinem Kopf, warf das ölgetränkte Handtuch von der Schulter, stand auf und drehte mich zornbebend ihr zu. »Ich lebe schon über dreißig Jahre mit diesem Loch, und bis heute, bis du versucht hast, mir deinen Finger reinzubohren, habe ich keine Gefahr erlebt.«

»Das ist nicht nur gefährlich, das ist auch ekelhaft«, sagte sie.

»Dann faß halt nicht hin!«

»Ich habe auch nicht die Absicht, hinzufassen, aber jetzt weiß ich, daß es da ist.«

Das Schweigen dehnte sich wie ein explosiver Stolperdraht. Die Partnerschaft war in Gefahr.

»Und warum hat man mir das bisher nicht offengelegt?« fragte sie nach ein paar Minuten.

»Wer ist ›man‹?«

»Du zum Beispiel. Deine Mutter. Deine Familie. Warum hat mir keiner gesagt, daß sich das nicht geschlossen hat?«

»Sie haben dich übers Ohr gehauen«, erklärte ich, »haben dir einen defekten Ehemann angedreht. Aber du kannst mich zurückgeben, auf Joffes gibt's Garantie.«

»Ich mag eure Joffeschen Methoden nicht. Familie Perfekt, und wenn was nicht so perfekt ist, dann wird's verborgen.«

»Die Joffes verbergen was? Das ist ganz neu. Bei uns ist alles offen, alles bekannt, alle Geheimnisse sind auf den Boden ausgekippt.«

»Mich interessieren eure Geheimnisse nicht. Mich interessiert, daß ich jetzt schwanger bin, und vielleicht ist das vererblich.«

»Dann hast du was, das jede Frau will – Mann und Kinder mit einem Loch im Kopf. Du kannst uns reingucken und alles wissen.«

Da sie nichts erwiderte, versuchte ich sie milder zu stimmen: »Es ist nicht so wichtig, Alona, wirklich, die meiste Zeit spür ich's nicht mal.«

Mißtrauen trat auf ihr Gesicht: »Und wann doch?«

Wenn ich Rauch wittere, übers Feld gehe, ein Mädchen Ajelet, einen blauen Sonnenschirm, brennenden Weizen sehe, wenn Kletternattern zwischen meinen Knöcheln wuseln, Feuer meine Haut versengt, wenn ich den Kopf zurücklege, und da ist keine Schulter und keine Brust mehr, »und wenn mein Kopf zwischen deinen Beinen ist!« Dann rufe ich dürren Herzens: »Dein Duft erfüllt meine Nase, ähnelt aber nicht!«

Nicht ihr, nicht ihrem Duft, nicht ihrem Leib. Nichts wird je ähnlich sein, je ihr gleich.

»Ich hab noch mehr Dinge, die man dir nicht offenbart hat«, sagte ich.

»Ja? Was?«

»Meine Nichtnarbe.«

»Wie bitte?«

»Die Stelle, an der ich keine Narbe von dem Brand habe.«

»Du hast keine Narben von dem Brand. Du hast nur Schußnarben vom Militär, und die liebe ich nun gerade.«

»Du verstehst nicht. Die Narben von dem Brand sind schon verschwunden, aber die Nichtnarbe bleibt.«

»Genug mit dem Unsinn, Michael!« Schon wandte sie sich von mir ab, ihr mächtiger Bauch wackelte. Alona war genau in dem Moment schwanger geworden, den sie geplant hatte. »Ich hab auf den ersten Anhieb empfangen«, verkündete sie stolz, wußte aber nicht, was ich wußte – daß sie Zwillinge im Leib trug.

Uri und Ajelet wurden geboren. Alona untersuchte sie jeden Tag, und als sich ihre Fontanellen schlossen – erst seine und danach, mit herzbeklemmender Verspätung, ihre –, beruhigte sie sich. Aber meine offene Fontanelle macht ihr immer noch zu schaffen. Vor ein paar Tagen berichtete sie mir plötzlich, sie habe mit einem »Facharzt« gesprochen, dem Mann einer ihrer *Pashminas*, mit wem denn sonst, »und er wird uns sehr gern den Kopf untersuchen.«

»Uns? Ist auch mein Loch im Kopf Teil unserer Partnerschaft?«

»In gesunden und in kranken Tagen, in Freud und Leid.«

»Da braucht nichts untersucht zu werden«, sagte ich. »Mit fünfundfünfzig Jahren ist es zu spät für Reparaturen.«

Manchmal wedelt sie mir mit einem Packen Blätter vor der Nase herum, einem ausgedruckten Aufsatz. »Uri hat's mir aus dem Internet geholt. Nach dem, was hier steht, hättest du mit fünf Jahren sterben müssen.«

Ich frohlocke: »Du weißt gar nicht, wie recht du hast.«

»Weißt du, wie das auf lateinisch heißt?« fragt sie.

»Nein!« Ich erschrecke. »Das weiß ich nicht.«

»Fontanelle«, antwortet sie lächelnd. »Wer hätte geglaubt, daß was so Ekelhaftes so einen hübschen Namen hat.«

»Das ist ein Liebesname«, erkläre ich, »merk dir das und vergiß es nicht!«

»Hast du gewußt, Michael, daß die Inder glauben, dort würde die Seele der Gerechten austreten?«

»Gründe halt eine Selbsthilfegruppe für Frauen, die einen Mann mit offener Fontanelle haben«, schlug Ajelet ihr vor ein paar Jahren vor, als sie sie ihren *Pashminas* erzählen hörte, die Joffes hätten ihr einen Mann mit Dachschaden angedreht.

Ja, mit Erzählen nicht genug. Eines Tages teilte sie mir mit, die *Pashminas* wollten »mal anfassen«. Im Nu spürte ich die alte asthmatische Atembeklemmung in der Brust. Ich legte die Gabel auf den Teller nieder, nahm mein Ventolin und ging stehenden Fußes zu Gabriel und Großvater hinüber. Hirsch Landau geigte auf der Holzveranda, die »Geliebtenmannschaft« kochte, der schwere Gußeisentopf schwankte überm Feuer.

»Du siehst furchtbar aus«, sagte mein Vetter. »Was möchtest du essen? Was möchtest du trinken? Was von Fleisch? Was von Schnaps? Soll ich dir eine Geschichte erzählen? Es dir mit der Hand machen? Dir eine Aufführung veranstalten?«

Der einzige Normale der Familie Joffe, das bin ich. Der einzige Normale der Familie.

Gabriel und ich wurden gemeinsam eingezogen und dienten in derselben Einheit. Ich half ihm beim Kartenlesen und beim Koordinatenlernen, und er schob mich den Berg hinauf und schleppte das MG und auch noch die Einsatzkästen. Wir beide schliefen im selben Fahrtenzelt, aber nach kurzer Zeit merkte ich, daß Gabriel immer mehr Zeit mit drei neuen Freunden verbrachte: einem Jungen aus Jerusalem, der zu Beginn des Wehrdienstes religiös war, und zwei gutaussehenden Kibbuzniks aus der Senke von Bet

Schean, die einander und Gabriel ähnlich sahen und wunderbar musizieren, kochen, rennen, schießen und zweistimmig singen konnten. In der Einheit nannte man sie bald »Gabriels Mannschaft«, denn es wurde allen klar, daß wir hier, abgesehen von der regulären Soldatenkumpelhaftigkeit – Raufereien, Aufeinanderspringen und Geschrei, Stupsen, Schulterklopfen und das Aneinanderkuscheln in eiskalten Nächten –, nicht nur Kameradschaft vor uns hatten. Und als der Stellvertretende Kompanieführer eines Tages unseren frommen Jerusalemer Jungen in die Mangel nahm und sogar versuchte, ihn bei der Fahnenstange nackt auszuziehen, erteilten Gabriel und die beiden Kibbuzniks ihm eine nächtliche Abreibung, die mit einem Beinbruch endete. Die Militärpolizei konnte keine Schuldigen ermitteln, aber in der Einheit wußte man alles. Gabriel und seine Mannschaft wurden zu einer Woche Haft und Schwerarbeit im Lagerbereich verurteilt, und als der Stellvertretende Kompanieführer nach seiner Entlassung aus dem Krankenhaus zurückkommen wollte, stand er vor verschlossener Tür.

Nach Abschluß der Grundausbildung, als die Unterbringung besser und der Drill weniger wurde, übersiedelte »Gabriels Mannschaft« nicht aus den Rekrutenzelten in die einfachen Häuser der älteren Abteilung. Die beiden Kibbuzniks brachten einen prächtigen, fröhlichen Wigwam, der aussah wie eine riesige Narrenkappe, mit einem bunten Wimpel an der Spitze, und schlugen ihn unter dem großen Eukalyptus bei der Quartiermeisterei auf.

Diesmal war ich nicht neidisch. Das Zelt von Gabriel und seinen Freunden stand mir jederzeit offen, ebenso die Freundschaft seiner Insassen, und in Nächten, in denen wir nicht auf Übung oder Einsatz gingen, besuchte ich sie dort, wurde zu Mahlzeiten eingeladen, die sie im Eisenkessel kochten, oder hörte sie von meinem Stubenfenster aus lachen, spielen, singen und endlos reden.

Einen Schabbat brachte Gabriel seine Kameraden mit auf den

Joffe-Hof, und ich genoß die Reaktionen der Familie. Apupa traute seinen Augen nicht, Hirsch Landau und mein Vater schmunzelten, der Bräutigam verfinsterte seine Miene noch mehr, meine Mutter war dermaßen entsetzt über die Fleischmengen, die die Mannschaft verputzte, daß sie sonst nichts wahrnahm, und Rachel erzählte ihnen von der »Geliebtenschar« der Stadt Theben im alten Griechenland. Die Geschichte gefiel ihnen so gut, daß sie nach ihrer Rückkehr ins Lager an ihrem Zelteingang ein Schild mit der Inschrift *Geliebtenmannschaft* anbrachten und allen verkündeten, das sei fortan ihr Name.

Viele Jahre sind seither vergangen, und die »Geliebtenmannschaft« ist immer noch ein Begriff in der Geschichte der Einheit. Im Gegensatz zu all unseren Kameraden, die sich nach dem Pflichtdienst auf Spähereinheiten in verschiedenen Reserveregimentern verstreuten, leisteten Gabriel und seine Freunde auch ihre Reservedienstzeiten in der regulären Einheit. Noch heute, bereits wehrentlassen, gehen sie manchmal zu einem Wagen hinaus, der unvermittelt auftaucht und vorm Hoftor auf sie wartet, und verschwinden für zwei, drei Tage, ohne daß man wüßte, wohin.

Über die Nacht, in der alle aufeinander schossen und Gabriel mich im Schilf unter Feuer fand und dort wegtrug, werde ich noch berichten. Aber dem ging ein anderes Ereignis voraus, das meine Zuneigung zu ihm verstärkte. Ich erinnere mich an Ort und Datum – den Weg von der Banjas-Quelle nach Kuneitra, am letzten Tag des Sechstagekriegs. Am Abend zuvor hatten wir die Verwundeten evakuiert, die Gefangenen konzentriert, die Toten identifiziert und zugedeckt, und nun machten wir uns in langer Kolonne auf den Weg nach Osten hinauf. Kaum waren wir zwei Kilometer gefahren, kam es zum Stillstand. Helme wurden abgesetzt, Monturen geöffnet, einige zogen sogar die Stiefel aus und legten sich am Wegrand schlafen. Soldaten erkennen, wann von einem kurzen und wann von einem langen Halt die Rede ist. Gabriel versank sofort in seinen tiefen Frühchenschlummer, aber wir, die Geliebtenmannschaft und sein Vetter, blieben in unseren zwei Jeeps und waren nervös. In Einheiten, die ständig auf Achse sind, erregt jeder Stillstand Argwohn. Aus der Ferne hörte man seltsame, grauenhafte Schreie, die keiner von uns zu entschlüsseln wußte. Gabriel schreckte aus dem Schlaf hoch und kam auf die Beine. »Komm«, sagte er zu mir, »wir gucken mal nach, was da los ist«, und der Mannschaft gab er Anweisung, uns später, wenn es wieder vorwärts ging, aufzusammeln.

Die Spitze der Kolonne hielt vor einer schmalen Bogenbrücke aus Basaltgestein, die über ein geröllbedecktes trockenes Bachbett führte. Mitten auf der Brücke lag eine Kuh und muhte. Eine schlechtaussehende Damaszenerkuh, viel magerer als die fetten Kühe des Joffe-Hofs, mit zerschmetterten Hinterläufen. Wahrscheinlich war sie auf eine Mine getreten, die syrische Soldaten beim Rückzug gelegt hatten, und nun brüllte sie in ihrer Pein, hielt nur inne zum Atemholen und Ächzen, die Augen vor Schmerz und Flehen vorgequollen.

»Es bleibt keine Wahl«, sagte Gabriel, »man muß sie in den Kopf schießen und hier wegzerren.« Schon wandte er sich an die wartenden Fahrer und fragte, wer ein Abschleppseil dabeihabe. Doch kaum hatte er ausgeredet, kam der Oberfeldwebel eines der Regimenter schweren Schritts angerannt. Er war ein Hüne, die gewienerten Stiefel wirbelten kleine Staubwolken auf, ein neuer Kampfanzug tigerte seinen ausladenden Leib, sowohl seiner stattlichen Brust als auch den dünnen Beinen eng angepaßt. Über seiner Schulter baumelte eine neue Beute-Kalaschnikow, jungfräulich und braunschimmernd, am Morgen der Kiste entnommen, und an der Spitze ein silbriges Bajonett aufgepflanzt.

»Für alle Fälle, die nicht eintreten mögen«, flüsterte ich meinem Vetter zu.

»Vielleicht kommt jemand, der Kompott mag«, erwiderte er.

Der Oberfeldwebel verlor keinen Moment Zeit. Er drängelte

sich zwischen den Männern auf der Brücke durch, nahm die Kalaschnikow von der Schulter, stürzte sich auf die Kuh und rammte ihr das Bajonett in den aufgerissenen Hintern.

»Steh auf!« schrie er. »Steh auf! Hau ab hier!« Seine Hände stachen die Klinge erneut in den Brei aus rotem Fleisch und weißen Knochen. »Du verstellst die Durchfahrt!«

Eine dünne Stimme hatte er, die bei einem so massigen und gewalttätigen Leib lächerlich klang, und die Kuh brüllte noch lauter, versuchte auf die Vorderläufe zu kommen und wegzutrotten. Doch sie brach gleich wieder zusammen, und der Feldwebel tanzte hinter ihr herum, ging auf und nieder, stach und schrie mit der Stimme eines kastrierten Ziegenbocks: »Beweg dich endlich, du Rindvieh!«

Sogar wir, die in Kuhstallnähe aufgewachsen waren, hatten nie ein so grauenhaftes Brüllen gehört wie ihr Klagegeschrei. Wir kannten das ungeduldige Muhen vor dem Melken, die Wehschreie der werfenden Kuh, die Sehnsuchtsrufe, wenn man ihr das Kälbchen nahm, das Angstgeschrei einer Kuh, die verkauft worden war und ihrem Schicksal entgegensah, und das kurze, leise Muhen, feuchte Schnauben und tiefe Gurgeln, das die Kühe ausstießen, wenn eine von ihnen gestorben war und in den nahen Wald geschleift wurde – all das kannten wir, aber niemals hatten wir solch ein Brüllen gehört, dieses hilflose Geschrei in Grauen und Leid.

Die Soldaten, die das Schauspiel sahen, senkten die Köpfe und tuschelten miteinander, fürchteten sich vor dem Oberfeldwebel, dessen Kleidung und Verhalten nichts Gutes ahnen ließen. Er ging nun zum Kopf der Kuh, nahm breitbeinig vor ihr Aufstellung, stemmte die Hände in die Hüften und wippte überraschend elastisch nieder. Und so, seine Nase hart an ihrer Schnauze, schrie er erneut: »Steh auf! Los! Du Rindvieh!« Die Kuh blickte ihn mit Augen an, deren lange Wimpern sich über ihnen zu schließen begannen, das Maul klaffte ein Stück offen, ein rosaroter Speichelfluß rann zwischen den schlaffen Kiefern hervor, und ihr Kopf sackte ab. Er schwang wieder seine Waffe, schlug diesmal aber nicht zu, denn Gabriel stürzte sich auf ihn und stieß ihn so heftig zur Seite, daß er hinfiel.

Der Oberfeldwebel lief zornrot an. Sein Körper krümmte sich zum Aufspringen. Aber Gabriel war schon bei ihm, schlug ihm ins Gesicht, entriß ihm die Kalaschnikow und spannte sie. Einen Moment erschraken wir alle, und der Oberfeldwebel brüllte: »Der will mich umbringen, der ist verrückt!...« Aber Gabriel sagte: »Auf einen Dreckskerl wie dich verschwende ich keine Kugel«, ging weg und kniete neben dem Kopf der Kuh nieder, tätschelte ihr behutsam den Nacken, der sich schon wissend wölbte, und schoß ihr eine Salve hinters Ohr.

Der Fahrer des Panzerspähwagens hielt ihm das Seilende hin, und Gabriel band es ihr um die Hörner. »Fahr!« rief er. »Fahr, fahr los!«

Der Oberfeldwebel, immer noch im Staub sitzend, rief: »Gib mir deine Personalien, Soldat! Hast du gehört?!« Aber nun trat die Geliebtenmannschaft auf den Plan, und von da an lief alles wie bei einer Ballettaufführung ab: Einer kam von hinten und schlang dem Oberfeldwebel ein großes buntes Tuch übers Gesicht, der zweite bückte sich und flüsterte ihm ins Ohr: »Das ist für dich«, und der dritte kam von vorn, beugte sich nieder und küßte ihn durch den Stoff geradewegs auf den Mund, und als der Oberfeldwebel sich hustend, spuckend und fluchend das Tuch vom Gesicht reißen konnte, sah er nur einen Trupp lachender Fahrer, die sich zur Weiterfahrt anschickten.

Jeden Sonntag kam Elieser in die Schule wie der volle Mond: die Glatze schimmernd und die Wangen glatt. Im Lauf der Woche sprossen die Haare wieder ein wenig, und der Glanz wurde matter, aber am nächsten Sonntag erschien er erneut blank rasiert.

Das wöchentliche Ritual der Rasur, das stets Samstag nachmittags, stets auf dem »roten Platz« stattfand, sah ich oft. »Der rote Platz« war die feierliche Bezeichnung für den Eingang zu ihrem Haus: eine überdachte Veranda von vier auf fünf Metern – oder weniger? Das Haus ist schon abgerissen, und die kindliche Erinnerung vergrößert die Wirklichkeit. Elieser nannte ihn so, weil der glatte Betonboden die Wände rötlich machte, das Ziegeldach darüber rot leuchtete und ein duftender indischer Quisqualis an seinen Pfosten emporrankte. Hier las Anja Bücher, hier tranken wir Tee mit Zitrone, und hier rasierte sie ihren Mann. Manchmal spähte ich durch die Hecke, denn ich liebte, liebe immer noch, das genüßliche Spionieren. Aber meist saß ich bei ihnen und beobachtete jede Einzelheit: Er saß im Zentrum des Platzes, sein Kopf lugte durch ein Loch, das Anja mitten in ein altes Bettlaken geschnitten hatte, ein Glas mit was Alkoholischem stand neben ihm. Sie arrangierte die Schüssel mit warmem Wasser, die Tasse Rasierseife, den Pinsel, zwei Handtücher und vor allem – das Rasiermesser. Kein aufklappbarer Rasierapparat von der Sorte, mit der die Joffes sich rasierten, sondern ein richtiges Rasiermesser, das man an einem Lederriemen abzieht und das ein angenehmes Wispern auf Bart und Nacken abgibt.

Ihre langen, geschmeidigen Bewegungen, teils waagrecht, wie man einen Apfel schält, teils senkrecht wie beim Schälen einer Gurke, umkreisten seinen Kopf. Sie machte keinen Unterschied zwischen den dichten grauen Stoppeln des Bartes, dem schütteren Flaum des Schädels und den vereinzelten gelblichen Haaren, die am Rand seiner Glatze sprossen.

»Wenn du mal groß bist, Michael, rasiere ich dich auch«, sagte sie unvermittelt, ohne zu mir herüberzublicken, damit ich merkte, daß sie meine Anwesenheit auch spürte, wenn sie mir nicht den Blick zuwandte. Immer wenn noch jemand bei uns war, nannte sie mich Michael, aber wenn wir allein waren, nur wir beide, sie und ich – benutzte sie meinen Namen.

Das Rasiermesser faszinierte mich, denn es war so leicht, entschieden und schlicht. Der Bräutigam sagte mir, das Messer – und das Rasiermesser gehöre schließlich auch zur Familie der Messer – sei als erstes Werkzeug dazu ausersehen gewesen, die Hand des Menschen zu stärken. Er erklärte auch, die Kraftverstärkung sei die legitime Ausnutzung der Lücken in den Naturgesetzen, und unterschied zwischen verschiedenen Arten von Messern – zum Schneiden, Stechen, Rasieren, Tranchieren, Hacken, Ausbeinen, Spalten –, und während er noch redete, wandelte ich in diesem kleinen Wortfeld, das zu säen mir nicht in den Sinn gekommen wäre und das nun von selbst rings um mich wuchs. Noch wichtiger sei, sagte der Bräutigam, daß das Messer, im Unterschied zu Hebeln und Flaschenzügen, die Kraft durch Fokussieren auf einen Punkt erhöhe. »Es ist eine Linse«, sagte er, »eine Linse bündelt, damit allen klar wird, was gemeint ist. Hast du verstanden, Michael?« Er lehnte sich zurück, stöhnte, streckte das schmerzende Bein vor, in einer Bewegung, die seit meiner Verwundung auch mein Bewegungsrepertoire ergänzt. »Im Leben kriegt man nichts geschenkt. Für alles muß man arbeiten. Nur eines erhalten wir immer und gratis, das ist die Anziehungskraft der Erde.« Das Sonnenlicht kommt und geht, der Wind lebt auf und legt sich, die Liebe schlägt zu und vergeht, die Meereswellen schwellen und verebben, Flüsse ändern ihre Stärke und ihren Lauf – aber die Erdanziehungskraft »ist immer da und immer gleich und wird immer bleiben«.

»Ich habe einen Traum«, gestand der Bräutigam seinerzeit, »daß eines Tages ein Genie auf den Plan tritt, nicht einfach einer mit geschickten Händen wie ich, sondern ein wahrer Genius, der es fertigbringt, die Erdanziehungskraft zu bündeln, wie die Linse die Sonnenstrahlen bündelt und das Rasiermesser die Kraft der Hand.«

»Warum ist das ein Traum, wenn du nicht selbst dieser Genius bist?«

»Der Traum ist, dabeizusein. Neben ihm zu stehen und zuzusehen.«

Anja beendete die Rasur ihres Mannes, warf ihm ein großes Handtuch über den Kopf, rubbelte ihn, bis er lachte und schier erstickte unter dem weichen Gewebe. Wenn sie ihn dann wieder enthüllte, sah er aus wie ein Kind mit rosiger Haut.

»Weißt du noch, Michael«, fragte er, »daß ich euch in der Schule von dem Cuvier-Knochen erzählt habe, nach dem man den ganzen Dinosaurier rekonstruieren kann?«

»Ja.«

»Und erinnerst du dich, daß ich euch einen Aufsatz zum Thema ›Mein Cuvier-Knochen‹ aufgegeben hatte?«

Gewiß erinnerte ich mich. Gabriel hatte damals geschrieben, sein Cuvier-Knochen sei das kleine Handtuch mit Apupas Geruch, und ich hatte geschrieben, mein Cuvier-Knochen sei der Name »Joffe«. Ich konnte nicht über meinen wirklichen Cuvier-Knochen schreiben, weil der Schuldirektor einzelne Schüler bat, ihre Aufsätze der ganzen Klasse vorzulesen, und ich wollte nicht, daß die andern von meiner offenen Fontanelle erfuhren, und erst recht sollten sie nicht wissen, daß die Frau des Schuldirektors mich danach nannte.

»Sag mir jetzt, Michael«, meinte der Schuldirektor, während er sich wohlig dem Rasiermesser seiner Frau hingab, »was ist mein Cuvier-Knochen?«

»Deiner?« fragte ich verlegen zurück.

»Deine Leber«, sagte Anja, »die vor lauter Suff kaputtgeht.«

»Wieso denn die Leber, mein Cuvier-Knochen bist du.«

»Und was ist mein Cuvier-Knochen?« fragte Anja.

»Er«, sagte ihr Mann und deutete auf mich. »Eines Tages werden wir beide sterben, erst ich, Anja, und dann du. Ich werde verschwinden, aber aus diesem Jungen können sie dich rekonstruieren.«

Einige Tage nach dem Rauswurf der beiden paßte mich einer der Schusters, mit dem Elieser Schach gespielt hatte, draußen ab, übergab mir das Rasiermesser und sagte: »Er hat mich gebeten, dir das zu schenken.« Und ein winziges Zettelchen fiel aus der Ritze: »Für Fontanelle, ein sehr scharfer Hammer, in Zuneigung, ihr Mann.«

Eines Abends kam George Stephenson, tuschelte mit Aaron und fuhr weg. Der Bräutigam tuschelte mit Amuma, und sie trat ans Bett ihres Mannes, weckte ihn und sagte ihm, er solle sie auf dem Rücken tragen.

»Wohin?« Ihm bebten Kehle und Herz, erstere verkrampfte sich vor Liebe, letzteres wurde ihm vor Hoffnung weit.

»Batja ist in Waldheim«, sagte sie, »ich möchte sie ein letztes Mal sehen.«

»Batja ist gestorben.«

»Sie ist nicht gestorben, David«, sagte Amuma. »Sie lebt, und heute nacht bringen die Engländer sie zum Haifaer Hafen. Wenn du mich nicht hinträgst, gehe ich allein.«

Apupa stand auf, kleidete sich an, trat auf die Veranda, schlüpfte in die Schuhe und zog die Schnürsenkel fest, ging die vier Stufen hinunter, stellte sich hin, mit dem Rücken zu ihr, und sagte wie damals: »Auf, auf.«

Sie kletterte wie damals auf seinen Rücken und schlang ihm wie damals die Arme um den Hals, aber trotz all dieser »wie damals« war sie schwerer, als er es in Erinnerung hatte, und ihre Brüste lagen kalt und tot auf seiner Haut. Wehmut erfüllte sein Herz. Sie waren zu jung, um es auf das Alter zu schieben. Apupa wartete, daß ihre Hand ihm den Weg wies, aber sie hob sich nicht. Er ging querfeldein hinunter, um im Dorf nicht gesehen zu werden, überquerte die Straße unweit der englischen Polizeistation, umging den flachen Geröllkamm nahe der Stelle, an der damals das Zelt von Naifa und ihrem Mann gestanden hatte, durchquerte die Rinne, an deren Böschung er vor Jahren der steinbeladenen Wagenkolonne begegnet war.

»Ich hätte diese Leute damals umbringen sollen«, grollte er, wünschte sich, Amuma würde plötzlich sagen: »Erinnerst du dich, Judith...« Vielleicht sogar: »Erinnerst du dich, David...« Würde ihm womöglich das Haar verwuscheln. Aber Amuma schwieg. Sie war wach, das spürte er, denn ihr Kopf ruhte auf seiner Schulter, und ihr Atem ging nicht wie der Atem des Schlafs. Wach, schwer und stumm war sie.

Er mied die Straße, die von Süden zur Kolonie hinaufführte, denn dort wartete eine Sperre mit Wächter auf die Ankommenden, und holte statt dessen weit über die eichenbestandenen Hügel westlich des Dorfes aus. Seine sicheren Schritte brachten Amuma auf den Verdacht, daß er sich nicht zum ersten Mal nachts nach Waldheim stahl. Nun verließ er den Pfad, stieg einen Hang hinan, auf dem Anemonen so rot blühten, daß man sie auch im Dunkeln sah, und ging in eine kleine, dunkle Spalte hinab, so dunkel, daß Amuma nur an den Stichen in die Schulter merkte, daß Feigenkakteen darin wuchsen.

Batja erwartete die beiden hinter dem Zaun, an der Stelle, die der Bräutigam mit dem deutschen Schmied vereinbart hatte. Amuma stieg von Apupas Rücken ab und stellte sich ihr gegenüber. Umarmen konnten sie sich nicht, aber sie steckten die Hände durch den Stacheldraht und verschränkten die Finger.

Amuma flehte: »Bleib, Batinka, verlaß ihn und bleib da. Die Engländer werden dir erlauben hierzubleiben.«

»Ich bin seine Frau«, sagte Batja, »in guten wie in schlechten Tagen.«

»Vater reißt den Zaun ein, du steigst rüber, und wir gehen heim.«

Batja blickte auf den Rücken ihres Vaters, der sich nicht zu ihr umdrehte.

»Ich werde ihn nicht verlassen«, sagte sie.

Apupas Trauerbart leuchtete weiß in der Dunkelheit. Seine Schultern bewegten sich. Bebten sie? Die beiden Frauen blieben einen Moment stumm, rätselten, ob er sich umdrehen werde.

»Du bist keine von ihnen«, sagte Amuma.

»Ich bin eine von ihm«, sagte Batja.

Jahre später hörte ich meine Mutter zu meinem Vater die Worte sagen: »Du hättest einer von uns werden können, Mordechai«, und seine rasche Ablehnung: »Mir genügt es, einer von dir zu sein.« Damals dachte ich: Wie schön und liebevoll waren die Worte, die Über-alles seinerzeit über die Lippen kamen, und wie giftig sind sie jetzt aus seinem Mund.

»Sie werden dir das Leben verbittern«, sagte Amuma. »Sie werden sich wegen ihrer Vertreibung an dir rächen.«

»Johann wird es nicht zulassen.«

Amuma, wohlvertraut mit der Sturheit sowohl ihres Mannes als auch ihrer Tochter, übergab ihr ein kleines Päckchen, das sie mitgebracht hatte – ein Beweis dafür, daß sie die Ergebnisse der Unterredung vorausgeahnt hatte.

»Damit du's dorten hast«, sagte sie.

»Was ist das?« fragte Batja.

»Das Mäntelchen«, sagte Amuma tränenerstickt. »Damit du was Schönes anzuziehen hast in der Verbannung. Sag deinem Vater Schalom.«

»Er blickt mich nicht an«, sagte Batja. »Für ihn bin ich gestorben.«

»Sag ihr Schalom«, fauchte Amuma ihren Mann an, umrundete ihn und trat ihm vor die Augen, »deinetwegen fährt sie weg.«

Apupa, völlig versteinert, regte und rührte sich nicht. Vielleicht fürchtete er, die kleinste Bewegung werde einen Schrei nach sich ziehen, oder eine furchtbare Tat, die auch er nicht abzusehen vermochte. Amuma ging zurück an den Zaun, steckte eine Hand durch den Stacheldraht. Batja ergriff die Hand ihrer Mutter mit beiden Händen, hielt, drückte und ließ los.

»Schalom, Mutter«, sagte sie, trat zurück und entschwand in der Dunkelheit.

Apupa bückte sich in einer Bewegung, die mehr Zusammenbruch als Niederbeugen war, und Amuma stieg nicht auf, sondern fing an, mit geballten Fäusten auf ihn einzuschlagen. Da er sich weder rührte noch regte, gab sie nach, kletterte auf ihn, und den ganzen Heimweg weinte sie leise, leise und sagte kein Wort.

Zwei Stunden später, kurz vor Sonnenaufgang, traf die Transportkolonne des britischen Militärs ein, begleitet von zwei *Bren-Carriers* und einer Fallschirmjägerabteilung. Die Deutschen von Waldheim und Betlehem, in ihrer guten Kleidung und mit einem Koffer pro Person, kletterten gehorsam auf die Lastwagen, und die Kolonne trat den Weg nach Haifa an.

Auf dem Joffe-Hof, ein paar Kilometer von dort, erhielt der Bräutigam die Nachricht, auf die er gewartet hatte. Rachel, Hanna und Pnina hatten ebenfalls gewartet, waren wach und angezogen. Ohne Zögern und Zagen stiegen sie in den Power-Wagon, und der Bräutigam sagte, er werde die Verfolgungsjagd auf die Kolonne über den alten Templerweg abkürzen.

»Was ist mit Mutter?« sorgten sich die Schwestern. »Warum nimmst du sie nicht auch mit?«

»Sie hat schon Abschied genommen.«

Regen fiel, beleuchtet vom Graugelb des Tagesanbruchs. Der plumpe Wagen schlitterte hin und her zwischen violetten Judasbäumen und weißen und blauen Anemonen. Der Bräutigam schnaufte und schwitzte am Steuer, Hände und Herz angsterfüllt. Er fuhr schnell – um nicht einzusinken. Nicht zu schnell – um nicht die Kontrolle zu verlieren. Als sie die Hauptstraße erreichten, sahen sie den Schwanz der Kolonne. Der Power-Wagon bog auf die Straße ein, Schlammklumpen sprühten von den Reifen und umschwirrten ihn, und als er sich dem letzten Laster näherte, signalisierten die englischen Fallschirmjäger ihm Abstand zu halten. Aber Hanna, Rachel und Pnina sprangen heraus und fingen an, zu rennen und zu schreien: »Batja... Batja... Batinka...«

Der rotblonde Kopf, dessen Haare wieder gewachsen waren,

lugte unter dem Planenrand hervor, und furchtbare Schreie ertönten.

»Bleib da, Batja… Fahr nicht weg…«

»Geht weg hier, geht!«

»Fahr nicht, Batja, fahr nicht…«

»Geht heim, ihr Irren!«

»Fahr nicht mit ihnen weg! Spring ab! Fahr nicht!«

Batja schrie und weinte, sprang aber nicht ab. Pnina und Rachel hatten keine Kraft mehr zum Rennen und brachen im Morast zusammen. Hanna rannte noch ein paar Dutzend Meter weiter und hörte dann auf, weil einer der englischen Fallschirmjäger eine Salve in die Luft abgab und sie anbrüllte, nicht näher zu kommen. Häufig haben wir diese Geschichte auch aus ihrem Mund gehört. Die Trauer, der Abschied, der Weggang ihrer Schwester – all das verwischte sich in ihrer Erinnerung. Was blieb, war das Wort »die Verbannte« und ihr Triumph über Pnina und Rachel, die »wegen ihrer falschen Ernährung« schon nach kurzem Lauf ermüdet waren, während sie – hätten die Soldaten sie nicht gehindert – dank ihres Vegetarismus noch vor der Kolonne in Haifa hätte sein können.

»Ein Glück, daß nicht auch noch Dr. Jackson eingetroffen ist, um sich von deiner Schwester zu verabschieden«, sagte Vater. »Er hätte das Schiff sicher sogar bis Australien schwimmend überholt.«

Über-alles lehnte sich über die Lastwagenklappe. Ihr Blick endete mit letzten Rufen: »Seid mir nicht böse… Vergeßt mich nicht… Auf Wiedersehen…«

Der rotblonde Kopf verschwand. Die Kolonne entfernte sich, entschwand hinter einer Biegung im Nebel. Der Bräutigam lenkte den Power-Wagon zu den drei zurückgebliebenen Schwestern. »Wir müssen umkehren«, sagte er, »der Regen legt zu, und es wäre sehr schlimm, wenn wir einsinken würden.«

Und zur selben Stunde – der Regen fiel, die Kolonne entfernte sich, Apupa tobte in der Scheune, warf Strohbündel in die Luft, riß Stricke entzwei und brach Latten in Stücke, und Amuma begriff, was ein Mensch fühlt, wenn er stirbt – zogen alle Bauern des Emek aus, um die Häuser der verbannten Deutschen zu plündern. Sie verjagten die Wächter, brachen in Ställe und Wohnhäuser ein, nahmen Wagen und Pflüge, Pferde und Kühe, Zuggeschirre, Möbel, Arbeits- und Küchengeräte.

Als Apupa sich ausgetobt hatte, hörte er andere Geräusche als sonst jenseits der Mauern. Er öffnete das Tor und sah die Schusters heimkehren, den Karren hoch mit Beutegut beladen und vier wohlgenährte deutsche Milchkühe seitlich angebunden.

Schimschon Schuster rief: »Ssau her, Joffe, sieh mal, wasch wir von deiner Nazi-Gegensswiegermutter Ssönes abgesstaubt haben: Klavier, Kühe, Teppiche und Pflug.«

Apupa graute es. Das Klavier auf dem Wagen der Schusters hatte er mehr als einmal spielen hören in den Nächten, in denen er außerhalb des Reinhardtschen Hauses gestanden und auf die Stimme oder Silhouette seiner Tochter gewartet hatte. Sofort band er seine Stute los und galoppierte, ohne Sattel und Zügel, allein durch Schenkeldruck und Halsklopfen lenkend, dorthin.

In den Straßen der Kolonie waren die Plünderer damit beschäftigt, Wagen zu beladen, Streitigkeiten auszutragen und mit widerspenstigen Hoftieren zu debattieren, die keine hebräischen Anweisungen verstanden und Befehle auf jiddisch und arabisch mißachteten. Die Leute riefen ihm zu, sagten, es sei genug für alle da, aber Apupa achtete nicht auf sie. Er steuerte geradewegs das Gutshaus an. Sein Leib zitterte. Plötzlich kam ihm die seltsame Hoffnung, seine Tochter sei nicht mit ihrem »Hitler-Jugen« in die Verbannung gegangen, sei dageblieben, habe die Sache im letzten Moment bereut, sei geflohen, habe sich versteckt, würde jetzt aus einem der Keller zum Vorschein kommen, und schon sah er sich sie umarmen und ihr vergeben, sah seine Tochter geliebkost und entschuldigt zu ihrer Familie und ihrem Volk zurückkehren, wurde von einer Erregung erfüllt, die Menschen mit Spatzengehirn einen Schauder über den Rücken jagt.

Zwei junge Männer und eine Frau stöberten dort im Schuppen. Der eine trat ihm entgegen: »Das hier gehört uns! Geh woanders hin!« Apupa fegte ihn zur Seite und trat mit dem Fuß nach seinem Gefährten. Die drei flüchteten, und von nun an achtete er auf niemanden mehr. Er wanderte durch die stillen Zimmer, ging in die Keller, zu den Speisekammern hinunter, kletterte auf den Dachboden, durchkämmte jeden Ort, an dem eine Tochter sich vor ihrem Vater versteckt halten konnte, rief durch zusammengepreßte Zähne nach ihr – damit die anderen nicht erfuhren, daß er zu vergeben bereit war.

Aber Über-alles, die sich weigerte, bei den Trost- und Versöhnungsphantasien ihres Vaters mitzuspielen, war nicht da, und Apupa wurde wütend, warf mit Tellern, von denen sie noch gestern gegessen, zerriß Decken, die sie noch gestern zugedeckt hatten, trat gegen Türen, die sie noch gestern geöffnet hatte, zerschmetterte Spiegel, die noch gestern ihr Bild reflektiert hatten und nun blind waren.

Er begann, die Kleiderschränke zu durchstöbern, und da – einen kurzen Moment vor seinem Bewußtsein – begriff sein Herz und stockte. In einem Schrank erblickten seine Augen das Kleid, »das Hemd am Leib«, das sie am Tag ihrer Flucht aus dem Haus angehabt hatte. Nicht Erinnerung, nicht Prophetie, nicht Hoffnung oder sonst etwas, mittels dessen die Joffes gewöhnlich die Wirklichkeit mildern, sondern »das Hemd am Leib« selbst. Es hing dort mit ein paar weiteren Kleidern, die er nicht kannte, aber alle – so sagten ihm Länge, Geruch, Taillenweite und Schnitt – ihre waren.

Die Beine sackten ihm weg. Er barg das Gesicht und atmete tief durch. Erinnere dich an mich, stärke mich, nur dieses eine Mal, wisperte sein Herz im Innern. Und so, auf Knien, beugte er den Rücken, breitete die Arme in voller Schrankbreite aus und brachte sie zusammen, umfaßte mit einem Schlag alle Kleider, die dort hingen. Dann kam er hoch, klemmte sich alle Kleidertaillen unter einen Arm, und so, eine Hand in die Mähne der Stute gekrallt, die andere seine Beute umfassend, ritt er nach Haus.

So besaßen denn jetzt alle Bauern des Dorfes neue Wagen und Pflüge und auch Nutztiere, die zwar antisemitisch, aber fleißig und fruchtbar waren, während wir einen Haufen alte Kleider hatten. Noch Jahre später sagten die Bauern, damit habe der Niedergang der Familie Joffe angefangen, denn ein Bauer, der Kleider an Stelle von Pferden nimmt und Erinnerungen über Pflüge stellt – dessen Schicksal ist besiegelt.

Zu Hause angekommen, zeigte er Amuma seine Beute. Sie sagte nichts, verstand aber, was ihr Mann nicht begriff – daß Überalles »das Hemd am Leib« zur Rache dagelassen hatte. Von jenem Tag an trug sie die Kleider ihrer Tochter. Am ersten Tag war das Spatzengehirn von Freude und Erregung erfüllt, am zweiten Tag fing es ihm ein bißchen an zu dämmern, und nach einer Woche spürte es bereits die Leiden versengter Haut. Es begriff, daß es keine Ruhe mehr haben würde, kannte aber nicht die nächste Phase.

Als Batja weg war, Pnina ihre Hochzeit mit Aaron »um ein paar Tage« hinausschob und Rachel häufig nach Tel Aviv fuhr, erschien bei Hanna ein Gast namens Mordechai Joffe, der Mann, der mein Vater werden sollte. Er war jung und ein paar Tage zuvor ins Dorf gekommen – mager, blaß, noch nicht ganz wiederhergestellt nach seiner schweren Verwundung. Aber ein freundliches Lächeln hatte er, das die Betrachter erfreute, und eine Behinderung, die ihr Herz anrührte. Einarmigkeit hat etwas an sich, sagte mir einmal Alona – sie hatte ihn nicht kennengelernt, aber mehrmals sah ich sie Bilder anschauen –, was für den Mitmenschen schwerer ist als ein amputiertes Bein oder ein blindes Auge, denn du weißt nicht, was trauriger ist: das Fehlen des amputierten Arms oder die Einsamkeit seines Gefährten. »Es ist wie eine amputierte Brust«, sagte sie.

So oder so, Mordechai Joffe bewohnte eine Baracke auf dem Hof einer Familie im Dorf, und alle fingen an, über ihn zu rätseln und Geschichten zu erzählen.

»Man hörte alle möglichen Versionen über die Umstände seiner Verwundung, seinen Geburtsort, Vermutungen über Reichtum oder Armut seiner Eltern und vor allem Rätselraten bezüglich der Frauen, die er zuvor gehabt haben mochte.«

Das ist nicht verwunderlich. Mein Vater besaß diese Eigenschaft, daß jedes Kleidungsstück wie für ihn genäht aussah, und er hatte den hübschen, leichten Gang eines Menschen, der seinem Körper trotz allem vergeben hat. Frauen wollten ihn trösten und seine Schmerzen ergründen, Kinder lächelten ihn an, und die Männer – einige gerieten in Spannung, andere freuten sich, denn er war in ihren Augen der Mittelsmann, der sich in ihrem Namen in die Schlachten der Liebe begab. Er hatte auch seinen eigenen Humor, und schon damals, fügte Rachel hinzu, hatte er einen merkwürdigen Blick, in dem sich noch alte Munterkeit hielt, aber »gesprenkelt mit Abschiedsflecken«. Alle meinten, er sänne seinem amputierten Arm nach, aber nicht daran dachte er, sondern an die Geliebte, die er einmal gehabt hatte und jetzt nicht mehr. Eine junge verheiratete Frau war sie gewesen, die ihn verlassen hatte, nachdem ihr Mann im Krieg umgekommen war.

»Seine Baracke richtete er sich wie ein junges Mädchen ein, mit gestickten Gardinen, Blumen in der Vase und Lyrikbänden.«

Bald erfuhr er, daß der verschlossene Hof oben auf dem Hügel Joffe-Hof hieß, wie sein Familienname. Er ging aus Neugier hinauf, fand die Tore verschlossen, klopfte vergeblich, umrundete die Mauern und sah ein großes, hageres junges Mädchen, mit einem riesigen Strohhut auf dem Kopf, im Gemüsegarten arbeiten.

»Gehörst du zur Familie Joffe?« fragte er.

»Wer möchte das wissen?«

»Ich bin auch ein Joffe. Vielleicht sind wir verwandt.«

Hanna richtete sich auf, nahm den Strohhut vom Kopf, stützte sich auf die Hacke mit einer Koketterie, von der der Gast noch nicht ahnte, wie unerwartet sie war, und fragte ihn, was *Kwaß* sei und was *isikalki* bedeute.

Mordechai antwortete, ersteres erinnere ihn an etwas von Scholem Alejchem und letzteres an etwas aus der Odyssee, und Hanna, für die *Nie mehr krank sein!* das einzige Buch war, das sie je gelesen hatte, setzte den Hut wieder auf und erklärte, wenn er so antworte, sei er kein Verwandter.

Mordechai sagte: »Nicht weiter schlimm«, und begann, mit ihr die Beete zu jäten. Erst da bemerkte sie, daß er nur einen Arm hatte, und wurde verlegen.

Vermißt sie ihn auch so wie ich? Ich weiß es nicht. Ich habe sie nie danach gefragt. Aber ich – mit fünfundfünfzig und schon über dreißig Jahre meines Vaters verwaist – sehne mich weiter nach ihm, und meine Liebe zu ihm ist größer denn je. Von allen Menschen, die ich kannte, ließ er sich am angenehmsten und sogar leichtesten lieben. Er war angenehm anzusehen, angenehm anzufassen, angenehm anzuhören, und selbst heute, längst tot, ist er angenehm – für Sehnsucht und Erinnerung. Er konnte Geschichten erzählen, wußte, wann er mich in den Arm nehmen und wann in Ruhe lassen sollte, und obwohl er nicht gutaussehend war, liebten Frauen ihn genau wie ich: mit Dankbarkeit, Freude, Erregung, mit einem Hauch Überraschung.

Und immer verströmten Hand und Gesicht den guten Duft nach Zitrusfruchtschalen. Als Kind wunderte mich das nicht. Wenn Großvater nach Feld roch – du konntest das Gesicht an seiner Brust bergen und erkennen, welche Jahreszeit war –, der Bräutigam nach Metall, Karbid und Motoröl und Rachel nach Flaumfedern und Aktien, war es doch natürlich, daß ein Berater für Zitrusfruchtanbau nach Apfelsinen und Zitronen duftete. Aber erst als ich heranwuchs, erfuhr ich die Wahrheit: Vater pflegte Zitrusfruchtschalen zu drücken und zu rollen und rieb sich damit sogar über Gesicht und Haar, um den Liebesduft zu überdecken, der ihm nach den Besuchen bei seinen *Zatzkes* anhaftete. Ich verstand, lächelte, und da auch ich unter derselben Frau litt, die ein böses Schicksal meine Mutter und seine Frau hatte werden lassen, und auch ich sie betrog und im Verwischen der Spuren meiner Untreue erfahren war, vergab ich ihm.

Anfangs dachte ich, diese Frauen würden sich seiner erbarmen. Vielleicht wegen Mutter, von der das ganze Dorf wußte, daß sie in einem Zimmer für sich schlief, umringt von ihren aromatischen Pflanzen, die die ganze Nacht »Geruchsmoleküle« abbauten und abgaben.

»Genau wie du, Hanna«, sagte Vater, als er diese Ausdrücke bei ihr hörte.

»Wenn du damit sagen willst, ich hätte Blähungen«, ihre Miene verfinsterte sich, »dann merke dir: Bei mir ist das Zellabbau.«

Und vielleicht erbarmten sie sich seiner wegen seines amputierten Arms. Ich erbarmte mich seiner doch auch manchmal, wenn er mit den Schnürsenkeln, dem Brotlaib oder den Hemd- und Hosenknöpfen kämpfte.

»Versuch's bei Gelegenheit auch mal, Michael«, sagte er lächelnd, wenn er mich gucken sah, »ah nu, versuch dir die Hose mit einer Hand anzuziehen.«

Ich versuchte es. Nicht nur ein- oder zweimal. Eines Tages bat ich sogar Mutter – die Säuerlichkeit, mit der sie einwilligte, werde ich nie vergessen –, mir den linken Arm am Körper festzubinden. Trotz der Tadel meiner Lehrer und des Spotts meiner Klassenkameraden lief ich geschlagene fünf Tage so herum. Tatsächlich konnte ich mir die Hose nicht einhändig anziehen, und da Mutter sich weigerte, mir zu helfen, und sogar schrie: »Genug mit euren merkwürdigen Spielen!«, half er mir selbst.

Wir standen einander gegenüber – mein festgebundener linker Arm gegenüber seinem guten rechten, sein amputierter linker gegenüber meinem freien rechten –, und bis heute sehe ich, wenn der Bräutigam sagt, »damals hat man sich gegenseitig geholfen«, dieses Bild vor mir – mein Vater und ich, der einarmige Mann und der gefesselte Junge, kichern sich an, zunächst mit Anweisungen: »Du hältst da, und ich zieh hier«, »Du drückst da rüber, und ich knöpf hier zu«, »Nein! Pack mit den Zähnen, und arbeite mit der freien Hand«, dann mit lautem Lachen und zum Schluß – ohne Worte, nur mit Blicken und konformen Bewegungsabläufen, die mir, wegen meiner Fontanelle, leichter fielen als ihm. Mir schien, unsere Augen seien Spiegel, unsere Hände Spiegelbilder, und mehr brauche es nicht für die Liebe. Nicht zwischen Vater und Sohn, nicht unter Vettern, nicht zwischen Mann und Frau, und erst recht nicht zwischen einem Sohn und seiner Mutter, derjenigen, die ihn aus dem Feuer gerettet hatte.

Verschwommen wußte ich schon damals, wie kurz und trist der Weg von der Barmherzigkeit zur Liebe ist. Aber Jahre später, bei seiner Beerdigung, beobachtete ich seine *Zatzkes*, wie sie einander betrachteten: nicht mit den mißgünstig vergleichenden Augen von Soldaten in der Dusche, nicht mit den prüfenden Augen von Vogelscheuchen im Garten, nicht mit den nicht zwinkernden Augen von Scharfschützen und eifersüchtigen Ehemännern – sondern mit freundlicher Neugier, offenen Lidern, mit Schwesterlichkeit und wechselseitigem Respekt. Da sah ich ein, daß auch diese Angelegenheit – wie so viele andere – vielschichtiger war als erwartet und zu kompliziert für mein Begriffsvermögen.

Sie unterschieden sich stark voneinander – in Größe, Teint, Gestik, Kraft –, aber es bestand auch irgendwie Ähnlichkeit zwischen ihnen, als gehörten sie demselben Clan an, genau wie viele Kibbuzniks – so sagt Ajelet – und viele der jungen Siedler aussehen, als stammten sie von derselben Mutter.

Was meine Eltern betrifft, so hat ihre Liebesgeschichte mir nie eingeleuchtet. Aber da ich deren Frucht bin, habe ich mir Gedanken darüber gemacht, Nachforschungen angestellt und im stillen allerlei Versionen und Erklärungen durchgespielt. Die einfache Wahrheit, daß Mordechai Joffe ins Dorf gekommen war und sich in Hanna Joffe verliebt hatte, wollte ich nicht eingestehen. Allerdings waren seine sichtbaren und verkappten Liebeswerbungen, seine offen überreichten und versteckten Geschenke, seine lustigen und weniger lustigen Bemühungen und – am allerschlimmsten – seine Bitten unübersehbar.

Tante Rachel, die Klügste und Unerfahrenste der Familie, sagte mir: »Die Sache ist die, Michael – ein Paar, bei dem der eine immer bittet und der andere die Bitte immer erfüllt, ist sehr gut. Ein Paar, bei dem der eine immer bittet und der andere immer ablehnt, ist auch in Ordnung. Aber ein Paar, bei dem der eine bittet und der andere erwägt, ob er die Bitte erfüllen soll – das ist schlecht. Sogar sehr schlecht.«

»Gehört das auch unter deine Überschrift ›So ist das bei uns in der Familie‹?«

»Nein«, sagte Rachel, »das gehört unter die Überschrift ›Die Zucchini ist weiser als jeder Mensch‹.«

Ich sah ihn – jetzt wage ich auszusprechen, was ich damals nicht verstand – an die Gefängnismauern ihrer Seele pochen. Ich sah ihn Losungsworte vor den Doppeltoren ihrer Liebesregeln rufen: einmal im Monat, gegen Abend, auf leeren Magen. »Ich konnte mich nicht beherrschen und habe doch ein bißchen was gegessen, also machen wir's dann vielleicht auf deinem Bauch?« hörte ich ihn durch das Knarren des Betts und die dünne Holztür fragen. Und dann ihr beredtes Schweigen, denn »beim Liebesakt darf man nicht lachen.«

Ich frage mich jetzt: Was wäre passiert, wenn sie gelacht hätte? Was wäre geschehen, wenn sie nicht diesen schrecklichen Ausdruck »Liebesakt« verwendet hätte? Aber meine Mutter verwahrt sich gegen jeden Genuß: den Genuß des Essens, den Genuß der Liebe, den Genuß der Schönheit, den Genuß eines Streichelns, den Genuß des Irrtums, des Lachens, der Überraschung. Nur zwei Vergnügen hat sie. Das erste ist die Freude, die alle »Vegetarier aus Gesundheitsgründen« haben: das erwiesene Wissen, daß sie das Recht auf ihrer Seite hat. Und die zweite ist die bekannte Joffesche Freude: daß alle es künftig noch merken werden, egal was. Da sie das Wort »Fleisch« in alle möglichen Dinge einbezog, paßte bald auch Vaters Körper nicht mehr für ihr Verdauungssystem, oder in seiner Ausdrucksweise: »Sie vermischte meine Proteine nicht mehr mit ihren Kohlenhydraten.«

Wir lachten beide. Ich war damals vierzehn Jahre alt, und Vater, der bei aller Umtriebigkeit und Erfahrung in seinem Innern auch alte Sedimentschichten der Naivität bewahrte, führte mit mir »Unterredungen«. Sie enthielten ein unvermeidliches Element der Anleitung, aber auch ein kurioses Sammelsurium von Feststellungen, deren Ursprung und Gründe mir bis heute nicht klar sind. Er empfahl mir beispielsweise, mich vor Frauen in acht zu nehmen, die folgende Sätze aussprechen: »Ich pack dich in meine Stulle«, »Ich futtre dich mit bloßen Händen«, »Ich verputz dich« – mit oder ohne Salz – und was der kulinarischen Liebessprüche mehr sind. Und obwohl ich in all den Jahren nur drei Frauen gehabt habe, von denen keine etwas Ähnliches sagte, und obwohl meine Zeit und meine Geschichte zusehends ablaufen und ich keine neue Frau mehr kennenlernen werde, habe ich seine Worte nicht vergessen. Ich bin immer noch in Alarmbereitschaft, mit der Hand an der *Kurbatsch*, für alle Fälle, die nicht eintreten mögen.

Unablässig rätselte ich: Was findet er an ihr, an Mutter? Denn anders als ich – der ich ein Kind war, als mir plötzlich eine andere Mutter aus dem Feuer auftauchte, mich in die Arme nahm, mir das Leben schenkte, mich neu gebar, wenn man so will – war er ein erwachsener Mann, der schon geliebt hatte und geliebt worden war und doch sie auserkor.

»Sicher hatte sie eine wunderbare Pflaume«, bemerkte Ajelet, »sonst kapier ich's auch nicht.«

»Wenn's dir nichts ausmacht, Ajelet, sag ›Pflaume‹ bei deinen Besoffenen im Pub, nicht in meiner Gegenwart.«

Rachel wiederum meint, in dem knochigen Turm namens Hanna Joffe sei eine Prinzessin eingesperrt, eine fröhliche, mollige Gefangene, die mein Vater durch das Gitterfenster ihrer Rippen sah, und ihr habe sein Wünschen und Streben gegolten.

[*Nicht seinen Ausdruck vergessen – »hier das Gute, da das Schlechte« –, der unserem »all das Was und Warum« ähnlich ist. Ich erinnere mich an den Schrei, bei Nacht: »Hier bin ich, Hanna, schau her, hier das Gute, da das Schlechte. Mach du deine Rechnung. Wenn du willst, daß ich bleibe, dann bleibe ich. Wenn du willst, daß ich gehe, dann gehe ich. Und keine Sorge, auch das Kind nehme ich mit.«]

»So sind meine Schwestern«, sagte Rachel, »eine in ihrem Haus eingesperrt, eine in der Verbannung, eine in sich selbst.«

»Und du?« fragte ich?

»Die einzige Normale in der Familie.«

»Du irrst«, sagte ich, »die einzige Normale in der Familie bin ich.«

Trauer, Wut und Sehnsucht vergingen nicht, sanken jedoch ein wenig ab. Und auch die Zeit kam, wie ein echter Joffe in der Not, zu Hilfe: Sie verlängerte die Tage, verkürzte die Nächte, so ist das bei uns in der Familie. Aber nicht nur die Zeit, auch das Schicksal trat auf den Plan, und wie so häufig in Gestalt eines Sterblichen: Es war ein Feind und Widersacher, nämlich Schimschon Schuster, der Dieb, aus der verhaßten Familie Schuster.

Er stand vorm Tor und pochte daran, ballerte und ballerte, bis Apupa auf die Veranda kam und rief: »Wer ist da?«

»Ssimsson Ssuschter! Mach auf!«

»Was willst du Dieb?« rief Apupa.

»Ich will dir wasch erzählen.«

»Erzähl. Ich höre.«

»Diese Gessichte erzähl ich dir lieber im Hof, damit nicht die ganze Welt mithört.«

Apupa zog an dem Seil, das den schweren Riegel anhob, und rief: »Komm rein!«

Schuster drückte das verblüffte Tor auf, überquerte den Hof, den das Gefühl dieser Füße auf seiner Erde baß erstaunte, klopfte an die verwunderte Tür, die ihrem einzigen Auge nicht traute, machte auf, rief ein mutiges »Ssalom« und trat ein.

»Ehe du die Hand erhebscht, Joffe«, seine Stimme sprang wie Kieselsteine über die eingetretene Stille, »ehe du mir eine Ohrfeige reinhauscht, hör gut zu. Hör zu und ssalt das Sspatzengehirn, dasch du hascht, auf Kapieren.«

Nach einer kleinen Pause und tiefem Atemholen erklärte er: »Deine Tochter Pnina ischt sswanger von meinem Schohn Oded. Also viel Glück denn, bald halten wir Hochzeit!« Und den langen Augenblick, in dem Apupas Verstand auf Kapieren umschaltete, nutzte er, um anzufügen, daß sie, die Familie Schuster, dächten, es sei »sson Zeit zum Aussöhnen«, und obwohl nicht sie den Diebstahl begangen hätten, würden sie dafür zahlen.

»Wir zahlen für deine beiden Fohlen, und auch die Hochzeit machen wir auf unsere Koschten«, erklärte er, »und genug mit dem Sstreit, wir machen endlich Ssalom.«

Oded Schuster war das Baby, das seine Mutter an dem Tag auf den Armen getragen hatte, an dem die Schusters in Apupas Gefolge an den Hügel gelangt waren. Seither war er herangewachsen und im Dorf, ja im ganzen Emek, unter der Bezeichnung »der schöne Schuster« bekannt geworden. Und die Ironie des Schicksals lag darin, daß der erste Kontakt zwischen ihm und Pnina im Haifaer Mandatsgericht entstanden war – genau dem Gericht, bei dem die Anklage wegen der besagten Fohlen verhandelt wurde.

Die Gegenanzeige der Schusters, Apupa habe ihnen einen Drohbrief geschickt, war bereits abgewiesen worden, weil der

Richter beide Seiten vernommen und dann festgestellt hatte, »Herr Joffe ist entschieden fähig zu drohen, aber es bleibt zweifelhaft, ob er fähig ist zu schreiben.« Doch die ursprüngliche Joffesche Diebstahlsbehauptung wurde noch weiterverhandelt. Beide Familien erschienen in möglichst vollständigem Aufgebot im Gerichtssaal, und beide hatten viele Familienmitglieder, die noch Verstärkung schickten: Männer mit Hackenstielen, Frauen mit Fingernägeln, Jungen und Mädchen mit Steinen in den Taschen. Und da alle ein Auge aufeinander hatten und unablässig Schußweiten und -winkel berechneten, kam es auch zu Blickwechseln, bei denen die Blicke, nach ihrer Art, länger wurden, was einige Handgreiflichkeiten, aber auch manches Lächeln nach sich zog.

Schuster hatte einen gutaussehenden Sohn. Joffe hatte eine Tochter, deren Schönheit bereits offenbar geworden war. Und auf dem Dorf gibt es, anders als in der Stadt, bequeme Verstecke, Tennen und Scheunen, Pflanzungen und Kornfelder, und auch spähende Augen und tratschende Münder gibt es. Wer wüßte das besser als ich! Dieselben Augen hatten ja auch uns gesehen und dieselben Münder hatten geredet. Doch Oded Schuster und Pnina Joffe hätten gar nichts getan, wären sie einander nicht zufällig in Tel Aviv begegnet. Das Gefühl der Nähe, das zwei Dörfler empfinden, die gemeinsam in einer fremden Großstadt landen, führte zu einem Strandspaziergang, zur Armberührung, zum Schwelgen, erst in Erinnerungen und Bildern, sodann füreinander, und es genügte dieses einzige Mal der Zweisamkeit zwischen Pnina und dem Schuster-Sohn – genügte, um ihre Neugier zu befriedigen, sie zu schwängern, und die Sache ruchbar zu machen.

Apupa überraschte alle. Er rührte und regte sich nicht – nur ein so starker Mann wie er konnte einen derart starken Körper wie seinen zügeln – und sagte zu Schuster, so etwas entscheide man nicht »im Stehen zwischen Tür und Angel«.

»Geh du nach Hause, und ich komme in ein paar Tagen mit der Entscheidung zu dir«, sagte er.

Doch es dauerte keine paar Minuten, da versiegelte ihm die Wut schon das Hirn, und sogar er sah ein, daß keine Entscheidung mehr daraus sprießen würde. Er ging auf die Holzveranda, kaute seinen weißen Bart, setzte sich auf die oberste Stufe, zog seine Nagelschuhe an, öffnete das Vordertor des Joffe-Hofs, und auf in den Krieg. Doch bei seinem Abstieg vom Hügel eilte ihm das Gerücht schon voraus. Augen lauerten, Zungen leckten trockene Lippen, Herzen pochten erwartungsvoll. Apupa würdigte die Menschen keines Blicks. Er riß mit einem Handgriff die Gartenpforte der Schusters aus den Angeln, trampelte den Pfad entlang, trat die Haustür ein – und entdeckte erst jetzt, daß er zum ersten Mal im Leben die *Kurbatsch* zu Hause vergessen hatte, die arme *Kurbatsch*, die sich all die Jahre mit dem Peitschen von Dornen und Bäumen begnügt und genau auf so eine Gelegenheit gewartet hatte, und als diese eintraf – hatte man sie daheim vergessen.

Schulamit Schuster fing an zu kreischen: »Nicht bei Verstand… nicht bei Verstand…«, aber Apupa wütete und schlug bereits, erst mit seinen zwei symmetrischen Händen, und als die Opfer zu Boden gingen, setzte er seine Füße mit ein. Sieben Männer waren nötig, um ihn von den Feinden wegzuzerren, die zu seinem großen Bedauern und ihrem Glück nicht tot, sondern nur ohnmächtig waren. Und selbst dann beruhigte er sich nicht, denn neben der Schwangerschaft seiner Tochter ärgerte ihn auch noch die Tatsache, daß jemand sein Gebot zu übertreten gewagt hatte.

»Du wirst mir nicht mein Wort brechen!« brüllte er bei seiner Rückkehr – mit dem Speichel des Schreiens, der ihm aus dem Mund sprühte, und mit den Tauben des Schreiens, die vom Stalldach flatterten, und mit den Ohren des ganzen Dorfes, die hörten und behielten. »Du wirst tun, was dein Vater dir sagt!« Und da er als Mann unter Männern die Hand nicht gegen Frauen erhob, sperrte er auch sie in die Baracke, rief hinter der Holzwand »Hure!« und fügte seine beiden Standarddrohungen an: die Vertreibung aus dem Haus und das Abschneiden der Haare.

Aber im Gegensatz zu Batja, die sich selbst das Haar abgeschnitten und sich selbst aus dem Haus vertrieben hatte, fürchtete Pnina sich vor ihrem Vater. Sogar heute noch, sagt Rachel, noch heute, da sie in ihrem Haus eingeschlossen ist und er zitternd in seinem Inkubator liegt – »Wieso ›sein‹?!« schrie sie sich plötzlich selber an, ärgerlich, daß das Wort »sein« ihrem eigenen Mund entsprungen war, »im Inkubator ihres Sohns liegt er. In dem Inkubator des Kindes, das er an sich nahm, und den ihr Mann gebaut hatte!« –, sogar heute noch fürchtet sie sich vor ihm. »Ich zittere am ganzen Leib, Michael, schau her, bis heute zittere ich am ganzen Leib wegen dem, was geschehen ist.«

Apupa bestellte Hirsch und Sara Landau ins Dorf, um ihnen zu erzählen, was passiert war, und gemeinsam zu entscheiden. Amuma sagte: »Mir ist schon alles egal«, und setzte sich an die Barackenwand zu Rachel, die alles behalten hat, obwohl sie damals noch ein kleines Mädchen war. Pnina saß jenseits derselben Holzwand, Aaron beschloß, an diesem Tag außerhalb des Dorfes zu arbeiten, so weit weg wie möglich. Und meine Mutter kümmerte sich um ihren Gemüsegarten, denn Hanna Joffe läßt sich durch nichts von ihren Prinzipien und von ihrer Tagesordnung abhalten.

Sara Landau, praktisch und rational wie immer, fragte: »In welchem Monat ist Pninale?« Und als man ihr sagte, im zweiten, erklärte sie: »Wir haben in Tel Aviv einen Doktor, der macht ihr das weg.«

Aber Apupa schrie: »Hier gibt's keine Abtreibung!«

Hirsch Landau geriet in Rage, reckte sich zu voller kleiner Größe auf. »Dann geht unser Abkommen zum Teufel! Mein Sohn braucht keinen Bastard von einem anderen großzuziehen.«

Da stand Großvater auf und gab seine furchtbarste Erklärung ab, er habe einen »Plon«, einen Plon mit o: »Den Bastard, Hirsch, braucht dein Sohn nicht großzuziehen. Diesen Bastard will ich für mich. Ich weiß, es ist ein Junge! Ich habe meine Zeichen!

Pnina wird ihn zur Welt bringen, und ich werde ihn mir nehmen.«

Er eilte zur Baracke, wollte seine Tochter herauszerren, damit sie es auch hörte. Aber Amuma stand auf und stellte sich mit ausgebreiteten Armen vor die Tür: »Du wirst nicht reingehen! Du wirst sie nicht anrühren!«

Einen Moment fürchteten alle, Apupa werde die Hand gegen seine Frau erheben oder sie zumindest aus dem Weg stoßen. Aber nein. Er hielt inne, trat an das geschlossene Barackenfenster und schrie so, daß man ihn bis Haifa hörte: »Du wirst mir diesen Jungen gebären! Hörst du?! Du wirst ihn mir gebären und übergeben, und dann wirst du die Ehe eingehen, wie ich es bestimmt habe, mit Aaron.«

Apupa war damals auf dem Höhepunkt seiner Kräfte. ›Das Emek‹, dichtete Rachel, ›breitete sich zu seinen Füßen aus. Wolken glitten vom Berg im Braus, ließen seine Felder nie entbehren des Taus. Gehorsame Kühe lieferten ihm Milch frei Haus.‹

»Schon wieder erzählst du in Reimen«, sagte ich lachend.

»Nicht immer«, sagte sie. »Nur wenn man das Leben ein bißchen abmildern muß.« Und ein paar Sekunden später flüsterte sie, wie bei sich selbst, »und die Erinnerungen«.

Ergebene Bäume vermehrten die Fruchtproduktion, dankbare Erde schenkte ihm Weizen, eine verängstigte Tochter trug ihm einen Sohn aus. Man konnte weder debattieren noch sich widersetzen, auch der Bräutigam wußte das und sagte kein Wort. »Kleine, dunkelhäutige, häßliche und hinkende Männer, die eine so schöne Frau bekommen, dürfen sich nicht beklagen«, sagte Rachel.

Aaron steckte die Demütigung weg, zügelte seine Eifersucht und wartete. Konzentrierte sich, gleich der Rasiermesserspitze, auf sein Ziel: erfinden, Geld verdienen, Pnina erlangen. Er war froh, daß er ein Abkommen hatte, und tröstete sich mit dem Citroën traction avant, den er in ebenjenen Tagen seinem Freund George Stephenson, dem englischen Ingenieur, abgekauft hatte.

Der Zweite Weltkrieg war ein paar Monate vorher zu Ende gegangen, und George Stephenson war mit seinem englischen Akzent, seinem Schottenrock und seinem französischen Wagen gekommen, um sich von Aaron zu verabschieden, erzählte ihm, er müsse nach England zurückkehren, da er den Befehl über ein Trainingslager des königlichen Pionierkorps erhalten habe. Aaron hatte gefragt, was er denn mit seinem Citroën machen werde, worauf Stephenson antwortete, er wolle ihn zum höchstmöglichen Preis verkaufen. Doch als er den schmerzlichen Ausdruck auf dem Gesicht seines Gesprächspartners sah, sagte er, wenn er ihn gern haben wolle, würde er ihm den Wagen unter Wert verkaufen. Eine Bedingung stellte er jedoch: Aaron sollte das Geld nicht ihm und nicht auf einmal zahlen, sondern monatlich an eine gewisse Frau in Naharija, die ein Baby bekommen habe – der Freund räusperte sich – und sich weigere, ihn zu empfangen oder Hilfe von ihm anzunehmen.

Und Oded Schuster, »der schöne Schuster«, der Sohn des Diebs und Vater des Bastards, flüchtete in einen Kibbuz und entwickelte sich dort, wie der Bräutigam sagt, zu einem »großen *Macher*«. Die Bezeichnung »der Schöne« begleitete ihn auch in seinen neuen Wohnort und blieb an ihm haften, aber den Namen Schuster änderte er in einen hebräischen Namen, der – typisch Schusterscher Verstand – ebenfalls ein Sch enthielt. Öfter mal sehen wir seinen neuen Namen in der Zeitung, und manchmal liegen meine Tante und ich in ihrem Bett und sehen ihn plötzlich in irgendeinem Morgenprogramm über die Mattscheibe flimmern: ein gutaussehender, stattlicher alter Mann mit sonnengebräuntem Gesicht, dichtem Silberhaar, blauen Augen und öden flotten Sprüchen.

»Er ist wirklich ein Dummkopf«, sagt Rachel, »aber zum Ausgleich ist er ein Idiot.«

Und noch etwas hat er, was ich bei niemandem außer ihm gesehen habe: Er trägt zwei Trauringe, an jeder Hand einen. »Seine Frau zwingt ihn dazu, damit man auch, wenn eine Hand in der

Hosentasche steckt, noch den Ring an der anderen Hand sieht«, meint Rachel, aber ich glaube, den einen Ring trägt er zum Andenken an Pnina. Und wenn er von den »Oschlo-Abkommen« und den »Fragen desch Tagesch und den Bedürfnischen der Zeit« spricht, lächeln Rachel und ich aus unseren Flanell- und Daunengräbern, und auch Apupa, erzählte mir Gabriel, hat sich eines Tages in seinem Inkubator umgedreht und gefragt: »Wer ist das da im Fernsehen? Ist das nicht der Sohn von Schuster?« Und als man ihm mit »ja« antwortete, hob er seine beiden mächtigen, symmetrischen Hände und grummelte: »Uns kannst du am Arsch lekken, wir wissen genau, wer du bist.« Und rief: »Ssalom Ssöner! Wir haben noch deinen Papa in Erinnerung, ssüttet Petroleum in dasch Eisch desch armen Arabersch ausch den Sümpfen.«

Gabriel fragt nichts und sagt nichts und schenkt seinem Erzeuger keinen Blick.

Viertes Kapitel

Der Ort

Früher war unser Ort ein Hügel, kahl und flach. Ein Mann kam von fern, lud eine Frau von den Schultern ab. Gemeinsam errichteten sie Zelt und Hühnerstall, schafften Kühe, Stute und Maulesel an, markierten Grenzen, gruben Entwässerungsrinnen, rodeten das Sumpfgesträuch. Später wurde der Ort ein Dorf, dann eine Moschawa, und da bei kleinen Ländern, wie bei kleinen Tieren, das Herz schneller schlägt und die Zeit durch die Adern eilt, dauerte es keine drei Generationen, und schon war dort eine kleine Stadt mit schmucken Häusern, gepflegten Straßen und gepflasterten Bürgersteigen, und zweimal gewann die Oberschule, falls das jemanden interessiert, die Landesmeisterschaft im Jungen-Basketball, und in der Zeit, in der Ajelet Joffe Kapitän war und die Geliebtenmannschaft als Cheerleader hüpfte und brüllte – auch beim Mädchen-Volleyball.

Unsere kleine Stadt konnte das Jahr mit kleinem Haushaltsdefizit beenden, den Abiturnotendurchschnitt in Englisch und Gemeinschaftskunde heben, den Hundedreck von den Gehsteigen fegen, und auch im kulturellen Bereich, so sagen Alona und Rachel, »gibt es durchaus schöne Pläne« und alle möglichen »Aktivitäten« und schlimmer gar – das eine oder andere Seminar.

Wir haben einen Obdachlosen und zwei Verkehrsstaus. Letzthin kommen auch bei uns die runden Verkehrsinseln mit Blumen auf. Und wie in allen anderen Städten sprießen an den Einfahrten unserer Stadt die Worte »Herzlich willkommen« – hebräisch für die Einheimischen, englisch für die Touristen. Aber in allen anderen Städten sind es gewöhnliche grüne Lettern aus Zwergzypressenkraut, und bei uns blühen sie mit Stiefmütterchen in allen Farben. Nein, man ist nicht träge hier – der Bürgermeister hat Blumen versprochen und hält sein Wort.

Es gibt in unserer Stadt – »wie in Tel Aviv«, sagen die Einwohner stolz – Läden, Ämter, Säle und Lokale, Schulen, zwei Kinos und Cafés. Und es gibt dort, »wie in Tel Aviv«, Ampeln, und sogar ein Bettler taucht jeden Donnerstag auf, humpelt zwischen den Wagen und bittet die Fahrer um milde Gaben. »Aber unterhalb all dieser lebendigen Schönheit«, wie Rachel sagt, erkennt man noch hartnäckige Reste aus »jenen Tagen«: Hier und da wächst der Mesquitebaum, hier und da leuchtet Blauwurz auf, früher ein beliebtes Heckengewächs, doch heute fast ganz aus den Gärten verschwunden. »Die? Das ist eine Pflanze von anno dazumal«, schlagen die Kunden meinen Vorschlag aus, »und bleibt an der Kleidung kleben.«

Hinter den Häusern sieht man noch kleine Agrarflächen und ein paar aufgegebene Höfe, wegen der Vielzahl der Erben sich selbst überlassen. Und ich, dem ein versteinerter Wirbel oder ein Backenzahn genügt, um jedes ausgestorbene Erinnerungstier nachzubauen, brauche nicht mehr als einen alten Futtersack, den rostigen Zinken einer Egge, einen Pfad, dem man Anfang und Ende abgehackt, den angenehm trockenen Geruch der Spätsommererde – und schon schaffe ich mir ein Bild daraus.

Alona ist erbost: »Wann wird man hier endlich mal Ordnung schaffen? Wann diesen ganzen Krempel auf den Müllhaufen karren?« Sie werde mit dem Bürgermeister reden, die Presse angehen, lokal wie landesweit, »und dieser vollgedröhnte Bettler da, ich bin sicher, der kommt per Taxi angefahren.« Aber ich fühle mich wohl so, bin froh, daß ich sie habe, die verfallenen Rinderställe, abgedeckten Hühnerhäuser, baufälligen Werkstätten und abgelegenen, gewundenen Staubstraßen – wie bläuliche Venen an ihrem hübschen Bein –, noch nicht mit Asphalt zugepflastert. Um daran zu erinnern, daß die Stadt zwar jung und schön ist, die

Lippen karmesinrot, die Augen geschminkt und strahlend, darunter aber die unauslöschlichen Zeichen des greisen Dorfes trägt: von Baracke und Palme, Quelle und Scholle. Auch damit erinnert die Stadt mich an meine Alona: kleine Flecke der Prophetien über ihres Körpers Schönheit. Schlaffe Arme, Stöhnen eines Schenkels, Hingabe ihres Fleisches. Ein von fern beigebrachter Stein schimmert weiß an ihrem Körper, geschminkt mit dem Rouge der Fliesen und dem Kajal der Geländer. Gärtner schmücken sie mit Beeten, Händler mit Schaufenstern.

Manchmal mache ich, nach meiner einzigen Zigarette bei Adika, einen kleinen Spaziergang, und unter meinen Füßen schreien mir die Erinnerungen entgegen: der weiche Schlag einer Fliegengittertür, ein winziges Wölkchen Staub und Rost. Schüttere Teppiche aus Malve und Brennessel – »Man muß dem Bürgermeister melden, daß sein doofer Gärtner nur mit *Round-up* sprüht«, bemerkt Alona. Hier steht ein widerspenstiges altes Haus, flankiert von zwei hohen Wohnhäusern wie von zwei Polizisten, krallt sich an die Hofpfosten fest, als seien es die Hörner des Altars: »Nein! Denn hier werde ich sterben!« Da watschelt ein Alter auf krummen Beinen, die winters wie sommers in Gummistiefeln stecken, schirrt seinen Esel – »guck bloß diese beiden Popanzen, die hier rumlaufen« – vor eine kleine Kutsche: Hinterachse von einem alten Willeys, Bretter von einer Umzugskiste, Rahmen aus Winkeleisen zusammengelötet – und fährt auf die Straße, um ein paar Eierkartons zu befördern, wobei er dort Hupen und Flüche auslöst, genau wie meine Mutter, wenn sie ans andere Ende der Stadt geht, um sich Hühnermist für ihren Garten zu holen.

Eine alte Australische Silbereiche steht da mit ein paar kümmerlichen Orangenbäumen, und hinter dem blanken Laub der Fikusse und dem Blau der Jacaranda, jenseits des üppigen, eleganten Rots der Korallen- und der Flammenbäume, ragt noch eine verstaubte, nadelnde Kasuarine auf, und eine hohe Washington-Palme nickt mit dem Haupt.

Wäre ich ein Fremdenführer, einer von denen, die manchmal an die Tore des Joffe-Hofs pochen, würde ich den kleinen Lautsprecher an die Lippen halten und meiner Gruppe sagen: »Verweile, Wanderer, bei der vereinzelten Washington-Palme. Verweile und lausche ihrem Rauschen!« Der Mensch pflanzt doch niemals eine einzelne Washington-Palme. Immer werden sie in Gruppen gepflanzt: als Reihe oder Doppelreihe, die zu einem Haus oder einem Grabmal führt, und vor allem als Paar, wie zwei Eingangssäulen, als wollten sie sagen: »Hier herrscht gute Partnerschaft!« Schau also nicht auf ihr Äußeres und ihre Höhe. Eine einzelne Washington-Palme besagt, jemand ist gestorben, geflohen, entwurzelt, gefällt worden. Die Axt wurde an ihre Gefährtinnen oder ihre einzige Partnerin gelegt. Und warum? Weil ihr Wipfel Schatten auf einen Sonnenboiler warf, den ein Hartherziger auf seinem neuen Dach installierte. Weil das Fauchen der Schleiereule, die in ihrer Krone hauste, nachts seine Frau ängstigte. Weil die *Chara-dschadscha* – so, mit dem arabischen Wort für Hühnerscheiße, bezeichneten wir »in jenen Tagen« die am Stamm niederfallenden winzigen schwarzen Datteln – Gerüche entwickelten und Fliegen anlockten.

Schon weniger als das genügt, um Onkel Aaron zu veranlassen, mit einem Aufseufzen härter zuzupacken und seine Schaufelleistung zu verdoppeln, »denn sehr bald«, wie er immer wieder sagt, »sehr bald wird hier ein furchtbares Unglück geschehen.«

»Sie hatte eine furchtbare Schwangerschaft«, sagte Rachel.

Ich blickte sie an, blickte mich an und prustete los. Die alten Pyjamas, die wir tragen, kriegt man in keinem Laden mehr. Der Bräutigam besorgt sie bei Händlern, die nur er kennt. Er sucht sie mit seinen alten Wagen auf, kauft dort auch alte Dochtbrenner und Primusöfen, betagte Insektensprühgeräte, Fleischwölfe und handbetriebene Kaffeemühlen. Und während er wartet, daß der Wasserkessel kocht, macht er sie wieder jugendfrisch, um sie dann Ajelet oder Alona zu schenken. Die Tochter schmückt ihren Pub damit, und die Mutter verteilt sie an den Geburtstagen der *Pashminas*, die in großem Rahmen gefeiert werden, unter Verlesung von mühsam gereimten Glückwünschen, die sich überwiegend mit der Partnerschaft des Geburtstagskindes beschäftigen, oder genauer gesagt – mit der Impotenz ihres Ehemanns.

Die Flanellschlafanzüge, die Rachel und ich tragen, sind teil einer Retro-Staffage oder, wenn man so will – eine Art Arbeitskleidung. Aber mit Alona schlafe ich nackt, obwohl ich so ihren Überfällen ausgeliefert bin, deren Zweck es ist, weiße Haare auszureißen, die »dir neuerdings an allen möglichen Stellen wachsen«.

»Laß doch!« rufe ich, halb lachend, halb schreiend. »Was macht's dir, wenn ich ein weißes Haar auf der Brust habe?«

»Das ist furchtbar«, sagt sie, »das ist schlimmer als weiße Haare auf dem Kopf.«

»Wer sieht's denn?«

»Das sollte ich dich fragen!« Sie geht mit einem Elan ans Werk, der vor Jahren der Liebe selber galt und nun Schreie und Flaum durch die Luft wirbeln läßt.

Aber Rachel ist weder Ehefrau noch Geliebte, sie ist nichts als eine alte Witwe, eine Tante, deren Mann umgekommen ist und die seither nicht allein schlafen kann, und ich mit meinen fünfundfünfzig Jahren bin noch immer der Neffe, der zu ihr geschickt wird, jung, schüchtern und aufgeregt, und sie lächelt, wenn ich aus dem Bad zu ihr komme, sagt mal zu mir »hüllt sich in Flanell wie in ein Gewand« und mal »hüllt sich ins Fell des Flanells«, und ich akzeptiere in Liebe meine Aufgabe, ihr ein Körper zum Anfassen zu sein, auf seinen Schwingen die Gabe des Schlafes zu bringen, einen festen Ankerplatz, damit sie nicht wieder zu ihren nächtlichen Touren im Dorf aufbricht. Denn so ist das bei uns in der Familie. Man hilft. Auch in großen Dingen. Nicht nur, wenn in der Küche der Zucker ausgegangen ist.

»Eine furchtbare Schwangerschaft!« seufzte Rachel erneut, und die Worte entfuhren ihrem Mund ohne Furcht und Scham, umschifften die Untiefen der Geheimnisse, erklommen die Wölbung des Bauches, schaukelten auf Heul- und Brechanfällen. Worte, die auch meine wären, hätte der Schöpfer mir ihren Mut und ihre Ehrlichkeit gegeben.

Pnina schlug mit Fäusten auf ihren Bauch, hob schwere Lasten, sprang vom Kuhstalldach auf die harte Erde, spülte ihre Gebärmutter mit Lösungen, die heute kein Mensch mehr kennt, in jenen Tagen aber unter Frauen weiterempfohlen wurden, ohne daß ein Mann davon wußte.

Apupas beide Halbbrüder schickten ihm eine Schar Sprößlinge, die nicht von ihr abließen. Dreimal brachten sie sie aus Haifa zurück, wo sie jeweils hinflüchtete, die Herzl-Straße auf und ab lief und entsetzte Passanten fragte: »Wo gibt's hier einen Arzt, der mir eine Abtreibung macht?« Nicht die Frage an sich frappierte die Leute, sondern ihre Diskrepanz zu der kühlen, frostigen Schönheit der Fragestellerin.

»Sie sind schwanger?« fragte eine Frau, deren tropische Achselhöhlen nach Schweiß rochen. »Sie sehen mir aus wie eine, die nicht mal pinkelt.«

Weiß und kühl und trotzdem schwanger ging Pnina auch zu den Frauen des nahen religiösen Moschaws, damit die ihr ein Gebet verrieten. Aber die frommen Frauen sagten, alle Gebete seien von Männern geschrieben, enthielten daher allesamt nur Bitten für Schwangerschaft und keine einzige dagegen.

»Tu, was wir alle machen«, riefen sie, ihr nachlaufend, als Apupas Halbneffen eintrafen und sie auch dort fortzerrten, »verfaß dir selbst Gebete, nur für dich.«

Manchmal sah Amuma ihre älteste Tochter stumm dasitzen, ohne zu zwinkern, ohne zu atmen, während ihre Finger, wie Raubvogelkrallen, über ihren Bauch glitten und plötzlich zuschlugen.

»Was tust du?« schrie sie, wütend über ihre eigene Hilflosigkeit.

»Ich hasse sie«, sagte Pnina, »mein Kind und meinen Vater, beide hasse ich.«

»Und Aaron?« fragte Amuma.

»Aaron liebe ich.«

»Aber die Treue hast du ihm nicht gehalten«, bemerkte Amuma.

Pnina schwieg.

»Und warum du sie nicht gehalten hast, das weiß Gott allein«, sagte Amuma.

»Gott allein? Auch ich weiß es...« Plötzlich entströmten Pninas Mund die Worte, so dicht gedrängt und getrieben wie Schafe: »Weil ich nur einmal im Leben mit einem schönen Jungen schlafen wollte.« Sie fing an zu weinen: »Einem, der mir ähnlich war, nur ein einziges Mal, damit das Herz dabei gemeinsam mit dem Körper in Wallung gerät, und wir waren in Tel Aviv, in einem Zimmer am Meer, wir hatten Pimm's getrunken, wie ein englisches Paar, und ich wußte: Nur ein einziges Mal, blaue Augen und weiße Laken, und danach heirate ich Aaron, und ich liebe ihn und bin ihm treu mein Leben lang.«

Ihr Weinen war klein und dünn. Schüttelte nicht ihren Körper. War nicht außerhalb des Zimmers zu hören. Und Amuma schwieg.

»Du sagst nichts, Mutter?« schluchzte Pnina. »Nur mit dir kann ich reden, und du hast nichts zu sagen?«

»Ich?« sagte Amuma. »Was kann ich schon sagen? Was verstehe ich? Ich war noch nie im Hotel, und ich weiß auch nicht, was Pimm's ist.« Und nach einem Schweigen, das ihr kurz und ihrer Tochter lang vorkam: »Aber mein Leben lang schlafe ich mit einem schönen Mann, und die Sache ist die, Pninale, man gewöhnt sich auch daran. Das ist kein so großer Knüller. Gewiß nicht so einer wie Pimm's.«

Dann, nach ein paar weiteren Minuten, fügte sie hinzu: »Aber nicht seit den Affären mit dir und mit Batja. Nicht seither. Und niemals mehr.«

Während dieser ganzen Zeit wollten Pninas harte, gekrümmte Finger die Wände von Haut und Muskeln, Membranen und Schleim zerreißen, den Fötus herauszerren und wegschmeißen – aber der krallte sich an der Wand ihrer Gebärmutter fest, mit der Zähigkeit und Sicherheit eines Kapernstrauchs.

»Nur sei du mir nicht auch noch böse, Mutter«, sagte sie, »mir genügen Aarons Schweigen und Vaters Schreien und die Tritte und Schläge seines Sohns in meinem Innern.«

»Es ist nicht seiner«, wisperte Amuma wie eine Schlange, »es ist deiner, und dein Mann wird ihn akzeptieren. Nimm sie beide und flüchte von hier!«

Pnina schloß die Augen, zählte die Körperzellen ihres Sohns, die sich Minute für Minute in ihr teilten und verdoppelten, spürte die Zeit reichlich Haut und Sehnen geben, in ihrem Innern Glieder und Gewebe weben. Nicht nur seine Hände und Füße fühlte sie schlagen und treten, während sie dabei war, um seinen Tod zu beten, sondern auch seine bösartigen Augen, die sie anschauten, seine undurchdringliche Miene, sein Lächeln, das Grinsen eines schlummernden Teufels in ihrem Innern.

»Die beiden haben ein Abkommen, Mutter«, sagte sie, »und ich habe keine Kraft mehr in mir.«

In den schrecklichen Tagen, als Batja in der Verbannung war, Rachel Gedichte abschrieb und von ihrem Jungen träumte, Amuma und Pnina wie Irre herumliefen und Gabriel immer mehr Gestalt annahm, erlebte gerade Hanna ein gewisses Maß an Gemütsruhe, den angenehmen Seelenfrieden, den Gesundheit, Arbeit und Liebe mit sich bringen. Ihr Gemüsegarten florierte, und obwohl sie seine Erträge mit Schädlingen teilen mußte, hatte sie mehr als genug Gemüse für sich, und jeden Tag kam Mordechai Joffe und warb um sie.

Das Emek rätselte: Warum hatte er sich gerade sie ausgesucht? Aber da sie meinten, Mordechai sei mit besonderem Talent für Frauen begabt, nahmen sie an, er habe das »was fehlt Hannele« an ihr gefunden, das ihren Augen entgangen war. Alle warteten, wie die Würfel fallen würden. Auch Apupa, der die betreffende Tochter sonst in solchen Fällen ohne Zögern und Zagen in die Baracke sperrte, erhob keinen Widerspruch. Vielleicht war er des Streitens müde, vielleicht konzentrierte er seinen wenigen Grips ganz auf den Sohn, der zur Welt kommen sollte, vielleicht wußte er, daß von seinen vier Töchtern Hanna von Anfang an die geringsten Chancen hatte, einem Mann zu gefallen, und vielleicht respektierte er den neuen Verehrer, weil er ein »Kriegsheld« und einarmig war.

Hanna Joffe beantwortete Mordechai Joffes Werben auf ihre Weise, das heißt – mit dem Bemühen, ihm die Gebote des Vegetarismus nahezubringen. Sie hielt ihm Vorträge, vermutlich so ähnlich wie die vor den Pflanzenfressern, die heute zur Erholung zu ihr kommen. Sie sang ihm von dem »im keimenden Samen gespeicherten Leben«, erläuterte die Notwendigkeit, verschiedenfarbige Gemüse – in Rot, Grün und Orange – zu sich zu nehmen, aber nicht bei derselben Mahlzeit, und sprach über das große Verbot, die Ursünde, das erste Gebot: »Man darf Proteine und Kohlenhydrate nicht vermischen.«

Vater lauschte sehr geduldig. Ungeachtet der Enttäuschung, die ihm in kommenden schlechten Jahren bevorstand, amüsierte ihn die Sache damals nur.

»Kein Salatkopf wird mir einen neuen Arm wachsen lassen«, sagte er heiter, als sie ihm die Grundsätze der richtigen Ernährung darlegte.

Schon bei ihrer ersten Begegnung hatte er die Flechte bemerkt, die ihre Schenkel und Waden überzog, aber jetzt wagte er ihr auch zu sagen, daß er sie kurieren könne. Im ersten Moment verfinsterte sich ihr Gesicht, denn sie hatte gar nicht gewußt, daß die

Flechte ihren Mitmenschen auffiel, und im nächsten Moment fauchte sie zurück: »Du? Alle Ärzte aller Sorten haben es schon versucht und nicht geschafft.«

»Wie du möchtest«, sagte Mordechai, »vorerst kannst du damit prahlen, daß du dich als Vegetarierin mit einer Pflanzenkrankheit angesteckt hast.«

Mutter wußte nicht, ob sie einschnappen, lächeln oder die Sache ignorieren sollte, und wählte letzten Endes keine dieser Möglichkeiten. Sie richtete sich auf und sagte, abgemacht, er solle es versuchen, aber gleich auf der Stelle, wenn er sich für so clever halte! »Ah nu, sehen wir mal zu, wie du mich jetzt heilst!« Er tat es lächelnd, mit Leichtigkeit und mittels einer Arznei, die so einleuchtend war, daß weder Hannas Naturheilkundler noch Amumas Schulmediziner darauf gekommen waren: Er ging ins Dorfzentrum hinunter, kam mit Kanister und Bürste zurück, forderte sie auf, reglos dazustehen, kniete nieder und weißte ihre Beine mit stark verdünntem Baumkalk. Gleich darauf spritzte er sie mit dem Wasserschlauch ab, damit sie keine Brandwunden erlitt, und am nächsten Tag kalkte und duschte er sie erneut. Ihre Haut wurde rot, schälte sich, ließ eine neue Schicht nachwachsen, und nach zwei Wochen des Niederkniens, Kalkens, Wassersprühens und Bürstenstreichelns glänzten Mutters Beine mit glatter, gesunder Haut, und ihr Herz füllte sich mit Liebe.

Eines Tages, als der Bus aus Haifa – ein täglich willkommener Gast mit jedoch begrenztem Repertoire an Überraschungen – am Dorfeingang hielt, stieg ein Paar aus. Ein älterer Mann und eine Frau, die wir beide nicht kannten. Die beiden wandten sich um und halfen einer hübschen Kleinen heraus. Sie hatte für ihre Größe ein reifes Gesicht, und ihre Beine waren für ihr Alter lang, aber doch zu kurz, um die Busstufen hinunterzusteigen.

Der Mann trug einen Zypressensetzling und einen Wasserbehälter, die Frau einen Spaten und einen kleinen Jutesack, das Mädchen einen Schulranzen auf dem Rücken. Statt ins Dorf hineinzugehen, schlugen die drei den Karrenpfad ein, der zu den Äckern am Kischon hinabführte, und da wußten wir, wer sie waren. Jeder, der damals im Lande lebte, wußte, wie trauernde Eltern auf dem Weg zum Grab ihres Sohnes aussehen. Wir kannten ihren Gang, ihre Kopfhaltung, ihr Atemtempo. Wir erinnerten uns, daß der Vater und die Mutter bei Errichtung des Grabmals dagewesen waren, wußten, es war ein Jahr vergangen, begriffen, daß das Mädchen die kleine Schwester des auf freiem Feld abgestürzten Piloten war.

Das Gerücht verbreitete sich sofort, und die Dorfbewohner kamen heraus, um das Schauspiel mit anzusehen. Mutter, Vater und Tochter gingen zu dem Ort, an dem der Sohn gefallen war, und wir, die an der Straße stehenblieben, warteten auf ihre Rückkehr. Wir wußten, daß der Sack Dünger enthielt, wußten, der Vater würde mit dem Spaten eine Grube ausheben, die Mutter den Zypressensetzling einsetzen und die kleine Schwester mit ihren kleinen Füßen die Erde festtreten, sie begießen und das Gebot, zu gedenken, erhalten: »Hier ist dein Bruder gefallen, und das ist der Baum, den wir zu seinem Andenken pflanzen.«

Geübt und erfahren reckten wir uns auf, blickten ihnen nach, während sie sich über die Felder entfernten, immer kleiner wurden, je näher sie dem Grabmal kamen, bis sie nur noch drei Punkte waren, die sich dort eine lange Weile mühten und dann den Rückweg antraten.

Geduldig waren wir, als Dorf voller Wahrsager: Wir kannten nicht nur die handelnden Personen, sondern auch den Handlungsverlauf. Da sind sie, kehren zurück, wachsen und werden wieder Menschen – Mann, Frau und Kind. Und aus Mann, Frau und Kind – Vater und Mutter, die ihren Sohn und ihre Welt verloren haben [die in die Welt ihres Sohns eingegangen waren], und eine Schwester, die heranwachsen und nicht vergessen wird: »Jedes Jahr werden wir mit dir wiederkommen, und wenn du groß bist und wir gestorben sind, kommst du jedes Jahr mit deinen Kindern her, damit sie wissen, daß sie einmal, bevor sie geboren wurden, einen Onkel hatten, der Pilot war und hier gefallen ist.«

Einige Dorfbewohner gingen ihnen entgegen, luden sie ein, hereinzukommen, sich auszuruhen, etwas zu sich zu nehmen. Die Eltern lehnten höflich ab, baten jedoch, wenn einer der Bauern am Grabmal vorbeikäme, solle er bitte ein wenig gießen – »nur, wenn es keine Mühe macht«, flüsterten die Lippen der Mutter, »nicht eigens hingehen, nur wenn jemand zufällig dort vorbeikommt.«

Schon am nächsten Tag berief Elieser den Schülerbeirat ein und erteilte Anweisung, einen Turnusdienst einzurichten, der sich um den Setzling kümmern sollte. Fortan kam dort zweimal in der Woche zufällig ein aufgeregtes Schülerpaar vom Dienst vorbei, hatte zufällig auch einen Engländer dabei, um den nahen Schieber zu öffnen und zu schließen, sowie Eimer, Gießkanne und einen kleinen Handgrubber zum Lockern und Jäten, und alle paar Wochen mal wurde gedüngt. Nur wenig, denn die Wurzeln waren noch jung.

Wenn ich an der Reihe war, bemühte ich mich, mit Gabriel hinzugehen, denn dann kam auch Apupa mit. Seinen Jüngsten nahm er auf die Schulter, das Gerät trug er in der Hand, und manchmal trug er auch mich, auf dem anderen Arm, denn seine Schultern waren Gabriel vorbehalten. Wir jäteten, lockerten das Erdreich, und wenn wir den Dünger unterhoben, lugte uns immer eine Kugellagerkugel entgegen, und zerrissene Aluminiumstückchen, noch glühend, antworteten mit ihrem Klingen den Zinken des Grubbers und wispernd den Wasserstrahlen der Gießkanne.

Viele Jahre sind seither vergangen. Die Zypresse ist gewachsen und steht nicht mehr einsam wie früher da. Unsere hübsche kleine Stadt ist auf sie zugekrochen, immer näher gekommen, heute steht der Baum am Ende einer Straße eines neuen Wohnviertels, und häufig werden Stimmen laut: Wer kann ein Grab neben Wohnhäusern gebrauchen? Die Kinder fürchten sich, so geht das doch nicht, Krähen krächzen im Wipfel der Zypresse und stören, ganz zu schweigen von den Bodenpreisen. Wir haben auf dem Friedhof eine gepflegte Soldatenabteilung. Es würde gar nichts machen, wenn wir ein bißchen Erde von hier nähmen, etwas Symbolisches, von dem Absturz ist hier ja ohnehin kein Krümel mehr übrig, und ihn dort begraben, wie es sich gehört, und auch den Grabstein dorthin versetzten.

Doch wenn ich von der Kuppe unseres Hügels auf die Zypresse blicke, erinnere ich mich noch heute an das Kreischen des Flugzeugabsturzes, an mein Hinrennen mit Anja und an jenes bekümmerte Trio, den gebeugten Vater, die flüsternde Mutter und die Schwester von drei Jahren. Und bei aller Trauer um den Tod des Piloten ist es gut für mich, so einen Baum zu haben – fern, aber sein Haupt lugt mich über die Mauern an, mit der Männlichkeit eines Pinsels, der mir Bilder malt.

Die Stadt kriecht weiter, entsteht auf Böden, die Großvater in Besitz nahm und Rachel veräußert hat. Auch das bewußte Weizenfeld ist bedeckt, hat Asphalt angesetzt und Häuser getrieben. Zwei unserer vier Tore sind bereits verschweißt. Ein weiteres Tor ist abgeschlossen, kann aber, so bestimmte es der Bräutigam, in Notfällen geöffnet werden. So dient uns nur ein Tor im Alltagsleben, und in den seltenen Fällen, in denen es aufgeht – seine großen Flügel breiten sich dann weit –, brandet jäh der Stadtlärm herein, ein gleichmäßiges, dumpfes Dröhnen, hier und da unterbrochen durch Hupen oder Geschrei. Und wenn man es schließt – die großen, schweren Flügel einzieht –, verschwindet er mit einem Schlag, wie das Geräusch, das wir als Kinder machten, wenn wir die Ohrmuscheln mit gewölbten Händen schlossen und öffneten. Während die Laute der Stadt zu uns kommen, gehen unsere Laute, die überall sonst längst aus der Welt verschwunden sind, in die Stadt hinaus: Hört ihr? Das Knistern im Schornstein des Holzofens, im Schlamm trampelnde Hufe, das Schwingen einer Sichel, der Ruf einer Gans, Sensenschwung, fernes Eselsgeschrei, das Ticken der Plantagenpumpe, das Fauchen eines Primuskochers, ein Wecker mit Feder und Hämmerchen.

Obwohl wir Joffes in einem Museum alter Laute leben, sind wir nicht von der Welt abgeschnitten. Ganz und gar nicht. Meine Mutter hört Nachrichten, obgleich ich sie warne, daß es ungesund ist. Uri kehrt von seinen Streifzügen zurück – surft im Netz und durchwandert es. Rachel ist durch ihren greisen Nabel mit Banken und Börse verbunden. Der Bräutigam geht in diesen und jenen Angelegenheiten aus und kommt, entsetzt über das Gesehene, wieder. Und ich steige zu einem Rundgang aufs Dach, hebe die Augen, und siehe, eine Karawane von *Pashminas* naht, beladen mit Gewürz, Balsam und Myrrhe an Lokalnachrichten. Aber all diese Dinge passieren unseren Hofraum wie Zugvögel. Auf unserem festgetretenen Boden bleibt keinerlei Spur oder Abdruck zurück.

Das Mädchen Ajelet wiederum bringt mir Kavaliere – »hab Lust auf diesen und auf jenen«, sagt sie –, und kürzlich hat sie mir eine CD mit dem schönen Song *Nothing Compares to You* geschenkt. Ihr war mein Gesichtsausdruck aufgefallen, als das Lied bei ihr im Pub lief, und hatte alles verstanden: »Hast du an sie gedacht, als du den Text hörtest, Vater, an die Frau, die dich aus dem Feuer gerettet hat?«

Und Alona geht mit mir aufs Dach, um sich die Landschaft zu begucken. Wir stehen dort, blicken auf die Zypresse, die früher so fern und einsam war. »Erinnerst du dich, Judith?« sage ich, und sie, in spontaner guter Partnerschaft, ja fast Liebe, wendet mir ihr hübsches helles, offenes Gesicht zu, lächelt mich an und nimmt meine Hand in ihre. Zugriff, Druck, Ergreifen, Besetzen, Halten, Ersitzen, Besitznahme, Umklammern, ich habe nur eine Hand, Hanna, die ausgebreiteten Arme der Flamme.

Ich erwache und setze mich im Bett auf, soweit Rachels Umarmung im Schlaf es mir erlaubt, blicke aus ihrem Zimmerfenster. Nacht im Joffe-Hof. Draußen liegt unsere quirlige, vergnügungssüchtige kleine Stadt. Lärm, Glanz und Luxus netzen unseren Strand, Ereignisse und Anschläge branden an unsere Kliffs, und nichts von alledem kommt über die Mauer. Aus dem Haus, das früher Amuma und Apupa gehörte und heute Apupa, Hirsch Landau und Gabriel nebst seinen Freunden beherbergt, dringen Kochdünste und Klavierklänge. In der kleinen Baracke, in der Aaron seine Erfindungen zeichnete, Apupa seine Töchter einsperrte, Amuma vor ihrem Tod und Hirsch Landau danach lebte, schimmert schwaches Licht: Es ist die Tunnelöffnung des Bräutigams, durch die er in die Tiefen der Erde absteigt, in das Reich seiner unterirdischen Gänge und Bunker. Auch aus seinem Haus dringt Licht, nur aus einem Fenster. Eine Leselampe? Oder vielleicht ist es die leuchtende Haut von Pnina, die dort im Dunkeln wandelt?

In meinem Elternhaus ist es stockfinster. Meine Mutter geht aus Gesundheitsgründen früh ins Bett, wie mein Vater sich, aus haargenau denselben Gründen, früh zu seinen Vätern versammelt hat [schnell von dannen gegangen ist]. In meinem Haus brennen noch Lichter. Uri liest und lernt in seinem Zimmer, manchmal steht er auf, um nachts Wäsche zu waschen – »mir sind die sauberen Klamotten ausgegangen…«, erklärt er, nach Art der Joffes, und mir fällt der Satz ein, den ich als Kind so oft hörte: »Lauf in den Kuhstall, Michael, uns ist die Milch im Kühlschrank ausgegangen.« In der großen Küche und im Wohnzimmer sitzen Alona und einige ihrer Freundinnen und unterhalten sich. Gerade sind sie aus dem *Gym* zurückgekehrt, und da sie dort ein paar Kalorien verbrannt haben, genehmigen sie sich jetzt ein paar Stücke Kuchen. Ob sie ihnen wohl erzählt, wo ich in diesem Moment bin?

Ich sehe sie durchs Fenster, höre sie lachen. Offenbar hat sie's erzählt.

»Warum ärgern sie dich denn so sehr?« rätselt Ajelet.

»Ich mag keinen Klatsch, und ich mag keine Derbheiten, und

ich mag nicht, daß sie unsere Ausdrücke verwenden. Haben sie denn keine eigenen Familien?«

Ajelet lacht. »Du bebst ja am ganzen Leib, Vater, sie haben Familien, aber keine solche wie deine.« Und macht ihre Mutter nach: »So ist das. In dem Alter, in dem unsere Arme Fett ansetzen, unser Haar rot wird und unsere Männer uns nicht länger mit anderen Frauen, sondern mit ihresgleichen betrügen, bilden wir Rudel.«

»Wir?« frage ich verwundert, höre Alona ihre Tochter anfauchen: »Lach du nur, lach, meine Süße, auch wir waren mal so schlank wie du, auch bei uns haben die Titten mal gestanden wie eine Eins, und auch dein Haar wird noch erröten, und hart wirst du jetzt schon.«

Und das Mädchen Ajelet, *des Mejdele Elke mit der bleuer Parasolke*, das Mädchen, schon sechs Jahre heuer und die Locken rot wie Feuer, sagt: »Dann färbe ich es weiß.«

»Was willst du denn von meinen Freundinnen, und was hast du gegen sie? Ich versteh das nicht!« schimpft Alona. »Eine Freundin ist Anwältin, eine Ärztin, eine arbeitet bei der Stadt, eine hat ein Café, eine einen Buchladen – alles, was eine Frau braucht.«

»Und einfach eine Freundin, Alona?« frage ich. »Schlicht eine einfache Freundin?«

»Schlicht eine einfache Freundin habe ich nicht«, sagt sie, ohne zu lächeln, »dafür habe ich dich.«

Einige dieser *Pashminas* sind, zugegeben, von seiten meiner Freunde gekommen – auch das eine Feststellung von Alona –, haben Männer geheiratet, die ich von Schule oder Wehrdienst kannte, und nachdem es mir gelungen war, diese von vornherein überflüssigen Verbindungen mit ihren Ehemännern zu kappen, führten die Frauen die Verbindung zu ihr fort.

Der Joffe-Hof übt einen Zauber auf sie aus. Vier von ihnen gebrauchen sogar das grauenhafte Adjektiv »zauberhaft« zu seiner Beschreibung. Sie kennen nicht alle Erinnerungen, die er hervorgebracht hat, aber einige unserer alten Geschichten haben sie von ihren Ehemännern gehört, und ein paar Joffesche Ausdrücke können sie schon verwenden: Das »Erinnerst du dich, Judith?« und das »Die Fische sind wirklich gut« – die Joffesche Erwiderung auf Eigenlob – und das »Die Sache war so …«, das als Anfangssatz einer Geschichte dient, und unser »Ah nu, sag mir …«: »Ah nu, sag mir, wie alt sehe ich dir aus« (anläßlich einer neuen Haarfarbe). »Ah nu, sag mir, wieviel wiege ich« (sechs Stunden nach Beginn einer neuen Diät). »Ah nu, sag mir, wieviel hat das gekostet« (die Tochter von einer aus der Runde ist aus Indien zurückgekehrt und hat eine neue *Pashmina*-Stola mitgebracht) – und oft bitten sie: »Erzähl uns noch mal die Geschichte von Michaels Tante, der, die den Nazi geheiratet hat und nach Australien geflüchtet ist … Und erzähl, wie Michaels Großvater das Kind seiner Tochter an sich genommen hat … Was, das ist er? Der alte Zwerg, der sich mit seinem eigenen Bart zudeckt? Der, den Gabriel und seine knackigen Freunde in der Dose halten? Das ist der furchtbare Großvater aus den Geschichten?«

Wie ungelenke Kinder [wie Mutters Pflanzenfresser] hängen sie mit den Augen an Alona: Erzähl auch von Michael, stimmt es, daß er als Kind was mit der Nachbarin hatte? Und stimmt es, daß man sie aus dem Dorf gejagt hat? Wieso das denn! Sein Vater hat was mit der Nachbarin gehabt! Nein! Sie beide hatten was mit der Nachbarin, mit derselben oder mit zwei verschiedenen? … Und das Abkommen, das ihr mit diesem Geiger hattet, und mit eurem Ingenieur-Onkel und seiner Frau. Er ist kein Ingenieur? Einfacher Handwerker? Und was ist mit ihr? Was, sie lebt noch? Hier? Die schöne Frau aus den Geschichten? Wie heißt sie? Pnina? In diesem Haus? Und ist sie wirklich so schön? … Wir haben uns tatsächlich gefragt, wer dort wohnt, die Läden sind immer geschlossen. Kann man hingehen und sie sehen? Wieso kostet das Geld? Wie kommst du denn auf Geld, Ajelet? Hör sofort auf damit, Entschuldigung, bitte!

Auch der alte Citroën des Bräutigams lenkt ihre Aufmerksamkeit auf sich. Eine von ihnen setzt uns unermüdlich zu, wir sollten ihr diesen Wagen verkaufen, um jeden Preis. Sie möchte ihn ihrem Mann schenken.

»Wozu?« fragt Alona. »Wenn du ihm dieses Auto zum Geburtstag schenkst, könnte er sich womöglich aufs neue in dich verlieben. Überleg dir das bloß gut: Möchtest du das wirklich?«

Jeden Freitagnachmittag begibt sich der Bräutigam zu seinem Traction avant und läßt ihn mit zwei, drei Kurbeldrehungen an. Wir alle rufen: »Er fährt, als ob er steht«, aber Aaron ist das egal. Er fährt gern langsam. Vor dem Haus von Schlomo Schuster, dem Bruder des schönen Schuster, drückt er auf die Hupe, und Schlomo kommt heraus. Trotz allem, was früher vorgefallen ist, trägt Aaron ihm nichts nach. Erstens soll man eines Bruders Schuld nicht am andern ahnden, zweitens altern nicht nur Menschen, sondern auch ihre Erinnerungen. Und drittens ist Schlomo ja der einzige Schuster, der Sch und scharfes S richtig ausspricht, dank Aarons Mutter, die ihm als Dreijährigem beigebracht hatte, wie man sie durch die Zähne bläst.

Die beiden fahren nach Kfar Jehoschua, zum »Parlament«, oder genauer gesagt, zum »Ratshaus der Palmach-Veteranen«.

»Ein Auto muß Luft schnappen«, sagt der Bräutigam. »Und diese Limousine muß sich auch sehen lassen, damit ihre Farbe und Schönheit nicht verblassen.«

»Deshalb führst du Pnina nachts aus?« frage ich, doch der Bräutigam gibt keine Antwort. Für Dinge, die im Herzen gesagt werden, hat er keine Antenne.

Dort in Kfar Jehoschua hatte sich ein alter Bauer auf einem Hof eine Räucherei für Fisch und Fleisch gebaut, und dort begann sich ein Trupp Kampferprobter zu treffen: Männer, die ein paar Stunden Pause von ihrer Arbeit, ihrem Ärger, ihren Frauen und ihren Leiden nehmen, versammeln sich hier zum Essen und

Trinken, lassen Seelen und Taten aus der Versenkung erstehen. »Bei denen geht nichts verloren«, sagt Aaron, »sie werfen kein Gerümpel weg.« Angeblich diskutieren sie Angelegenheiten, die Staat und Volk betreffen, aber in Wirklichkeit sprechen sie über sich selbst, in ihrer Ecke.

In ihrem Kreis gibt es Bauern und Geschäftsleute, Berufssoldaten außer Diensten, Kibbuzniks, Moschawniks, Direktoren und Angestellte und auch ein paar Städter. Letztere haben ebenfalls Wurzeln im Emek und kehren einmal pro Woche zu ihren alten Freunden und zur Landschaft ihrer Kindheit zurück. Trotz ihrer Position und Macht schwelt in ihrem Innern noch immer die alte Wut aus jenen Tagen, als sie von den Schlachtfeldern des Unabhängigkeitskriegs zurückkamen und gewahrten, daß der Staat, den sie eben erst gegründet hatten, ihren Händen bereits entrissen war. Und wer hatte ihn genommen? Diejenigen, die immer nehmen und es auch heute noch tun: Funktionäre, Etappensoldaten, Fromme, Politiker, Macher, Drückeberger.

Wie in jeder Männerclique gibt es dort einen, der als Befehlshaber gilt, und in diesem bestimmten Parlament heißt er auch so. Der »Befehlshaber« ist ein stattlicher, gutaussehender Mann, der gleich mehrere Titel trägt: ehemaliger Landwirt, pensionierter Fabrikdirektor, Berater dieser oder jener afrikanischen Regierung, derzeit Mitglied diverser Direktorien und Kommandeur einer Panzertruppe außer Diensten. Das »und« zwischen zwei Wörtern betont er immer sorgfältig, als bemühe er sich um eine gepflegte Sprache: »Man muß kommen *und* sagen«, »Hunde *und* Katzen«, »Frauen, Männer *und* Kinder«. Und mit seiner Gewohnheit, stets gleich gekleidet zum Parlament zu erscheinen – im Sommer mit weißem Hemd, Khakihose und Sandalen, im Winter mit Lederjacke und Cowboystiefeln –, hat er die Gruppe angesteckt, so daß sie wie uniformiert aussieht.

Und es gibt dort einen, der »die Seele vom Ganzen« ist, und einen, der prima Geschichten erzählen kann, und einen Schweigsamen und einen trockenen Typ und den *»Killer«* und den *»Schläger«*, der in seiner Jugend zwei englische Gewehre am Ende des Laufs packte und hochhielt – »so«, führt der Bräutigam bewundernd mit leerer Hand vor – in direkter Verlängerung des gestreckten Arms. Und es gibt einen »Don Juan« und einen »guten Kumpel«, und alle wissen, wer »Abed aus En Charod« und wer »Micha aus Nahalal« ist und daß mit »Raanana« weder die gleichnamige Stadt noch ein Mädchen gemeint ist. Schaul Biber nennen sie »Ofer«, und über Schimon Peres höhnen sie: »Immigrant! Trug kurze Hosen, fuhr mit dem Motorrad von Alumot bis Nahalal, aber half ihm alles nichts – er blieb derselbe Immigrantentyp.«

Und es gibt dort auch eine Zippke oder Zipp, die mit einigen von ihnen Blicke und Erinnerungen tauscht, und dank dieser Zipp bezeichnet der Bräutigam – in Momenten, in denen unerwarteter Humor bei ihm erwacht, gepaart mit der Hoffnung, daß ich seinen Freunden nicht verrate, was er von ihnen sagt – die ganze Gruppe mit dem Oberbegriff »Die Zwickas und die Zipps«.

Hier und da sieht man schon einen Gehstock, hier und da einen durch Schlaganfall verzerrten Mund oder einen lahmen Arm, aber die meisten sind höchst gesunde und rüstige alte Leute, die Zipps schmal und zäh wie Peitschenriemen, die Zwickas bullig und schwer wie Felsbrocken, und wenn sie aufstehen und zu den Räucher- und Grillanlagen und zum Bierhahn marschieren – *Zapfhahn im Gedenken an Motke gespendet von seiner Schwester und seinem Bruder* verkündet ein kleines Messingschild –, bebt die Erde unter ihrem Tritt, die Fleischstücke wackeln und tropfen, und die Holzkohlen lodern auf und knistern.

Der Bräutigam, der hier »Arale« oder auch »Arontschik« genannt wird, nimmt einen Randsitz ein, denn zu seiner natürlichen Schweigsamkeit gesellt sich hier die Scheu eines Mannes aus der Etappe, der nie ins Gefecht gezogen war, Handgranaten zwar erfunden und hergestellt, aber nicht selbst geworfen, Lockfallen entwickelt, aber nicht nachts die Grenze überschritten hatte, um sie zu legen. Wie der ursprüngliche »berühmte Beinbehinderte« sitzt auch er bei den »Achillessen«, die die von ihm geschmiedeten Schwerter einst führten, und häufig gehen sie ihn mit Bitten an, in ihren Häusern Reparaturen vorzunehmen oder technische Probleme im Betrieb oder Hof des einen oder anderen zu lösen, und er wagt nicht abzulehnen.

Alle kennen seinen Wert und sagen sogar: »Ohne Arales Mörsergeschosse hätten wir Lod nicht erobert... Ohne seine Sprengstoffässer wäre Haifa heute noch arabisch...« Und trotz – oder womöglich wegen – Schlomo Schusters Anwesenheit erwähnt keiner die Affäre um die Schwangerschaft seiner Frau, obwohl alle davon wissen.

Der Bräutigam ist sich ebenfalls seines Wertes bewußt und weiß, daß er gut daran tut, zu jedem dieser Treffen ein Geschenk mitzubringen: *Kreplech* oder *Grivelech* oder *gefillte Fisch*, von Naifa zubereitet, oder besser noch ein Erzeugnis aus der selbstentworfenen und -gebauten Brennerei: eine Flasche *Schnaps*, die er auf den Tisch stellt, als präsentiere er eine Eintrittskarte. Er stellt sie ab, nickt allen Anwesenden zu, weicht zurück mit einem plumpen Schritt, der sein Hinken noch unterstreicht, und setzt sich etwas abseits. Klein und schmal, dunkelhäutig und lahm, unterscheidet er sich sehr von diesen Männern: Sein Haar ist noch rabenschwarz, aber schon schütter, das Haar der anderen schon gänseweiß, aber noch voll.

Anfangs zählte dieses Parlament nur den Fleischräucherer aus Kfar Jehoschua und seinen Bruder sowie zwei Freunde aus Nahalal vom selben Schuljahrgang und aus derselben Einheit der Harel-Brigade. Später stießen Waffenbrüder aus Tel Adaschim und Kfar Jecheskel dazu, gefolgt von einem aus Mischmar Ha'emek und zweien aus Gevat, und sie alle brachten Kameraden mit, und als die Teilnehmerzahl bei vierzig Mann angelangt war, erklärte der »Befehlshaber«, von nun an seien die Tore geschlossen.

»Jetzt sollen sie warten, bis einer von uns stirbt oder daß einer von uns – ohne Grund! – vier Treffen in der Reihe fernbleibt *und* ausgestoßen wird, *und* falls er keine Geduld hat, soll er halt einen von uns erledigen oder sich gefälligst sein eigenes Parlament gründen.«

Zuerst erzählten und verglichen sie Geschichten und Erinnerungen, diskutierten, wetteten, verwarfen und bestätigten, und wie in der Familie Joffe schrien sie sich gegenseitig an mit *»na'es al-chara«* und »genug mit dem Unsinn«, bis sie einen festen Kanon anerkannter einheitlicher Annalen erstellt hatten, gespickt mit Kriegsgeschichten, Erlebnisberichten, alten Liebesaffären, allerlei Kuriositäten und Klatschgeschichten. Aber mit der Zeit entdeckten die Kameraden, daß die Erinnerungen sich wiederholten, alle Witze auf die gleiche Weise endeten und auch die Untergrundversionen sich nicht mehr veränderten, die Lagerfeuergeschichten und Scherze ewig die gleichen blieben, der Wind immer wehte und immer kühl war, und Rachel, die einmal dort eingeladen wurde, weil man die Frau kennenlernen wollte, die ihrem toten Jungen die Treue gehalten hatte, kam nach Hause, schlüpfte unter ihr *Puchowik* und sagte: »Ich habe dort ein paar gar nicht üble Geschäfte abgeschlossen.« Und als ich sie fragte: »Aber was ist mit den Geschichten?«, tat sie die Dinge auf ihre Weise ab: »Wie viele Reiser kann man schon ins selbe Lagerfeuer werfen?«

Eines Tages merkten die Parlamentsmitglieder, daß sie nicht mehr nur einstigen Glanz, sondern auch gegenwärtige Leiden, Krankheiten und Klagen besprachen. Langweile stellte sich ein, manche kamen nicht mehr, einige blieben ohne Grund vier Treffen in der Reihe fern, und der Gipfel war, daß auch einige Tote, die Geister ihrer im Krieg gefallenen Kameraden, nicht wieder aufzusteigen bereit waren.

Daher luden sie nun externe Gäste zu Veranstaltungen ein, die zwar als »Begegnung mit…« oder »Diskussion über…« angekündigt wurden, tatsächlich aber nichts anderes waren als ein Standgericht für die unschuldigen Naivlinge, die in der Rolle des Angeklagten, Leberspenders oder Boxsacks bei ihnen auftraten: mal ein junger General, ein unbedarfter Grünschnabel, der keine Ahnung hatte, mal ein Wirtschaftsfachmann, der für unsere schwierige Lage mitverantwortlich zeichnete, mal ein zweitrangiger Minister, dem die Milch seiner revisionistischen Mutter noch an den Lippen klebte, oder auch ein selbstverliebter Journalist, der zu allem seine Meinung besaß, aber noch nie Blut und Feuer gesehen »und kein einziges Mal getötet hatte oder getötet worden war«. Und manchmal holen sie sich auch einen Schriftsteller, einen von denen, die über »Literatur und Ethik« oder über den »Einfluß der Bibel auf das Schreiben« referieren, dabei aus ihrer Kindheit erzählen und »die Erinnerung als Schaffensquell« hoch loben. Doch nach wenigen Minuten unterbrechen die Zuhörer auch diesen Gast mit heftigen Protestrufen: »Das Leben ist kein Buch, Freundchen!« und mit entschiedenen Feststellungen: »Die Wirklichkeit übertrifft, bei aller Hochachtung, immer noch deine Phantasie!« oder auch: »*Fiction* hast du das genannt? Wir nennen das Lagerfeuergeschichten.«

Das Publikum bricht in schallendes Gelächter aus, und der Schriftsteller, um Gefälligkeit bemüht, lächelt mit wachsender Verlegenheit, sobald einige alte Füchse ihn zu einem spontanen Zitatenabtausch herausfordern – aus Bibel und Legende, Bialik und Schlonsky, Alterman und Puschkin –, bei dem er ebenfalls den Kopf einziehen muß.

Nachdem sie gegessen, getrunken und Vorträge gehört haben, rücken die Männer, nunmehr weicher geworden, zusammen, wiegen sich Schulter an Schulter und singen gemeinsam mit starken tiefen Stimmen, und wenn ich das Lied aus Vaters altem Gebrummel kenne, stimme ich manchmal mit ein. Sie haben ein nettes Lied über Pinchas Ruthenberg, der groß darin war, Stromspannung am Leib junger Mädchen zu suchen, und noch besser gefällt mir ihr einfaches Lied *In einer kleinen Hütte*, in dem Soldatensehnsucht mitschwingt, wie auch ich sie kenne. Und da sie alle in »jenen Tagen« aufgewachsen sind und in der Schule nicht nur Anstand, sondern auch viel Musik und Bibelkunde gelernt haben, singen sie wunderschön, und ihre Stimmen schlagen von selbst hoch wie Lagerfeuerflammen:

In einer kleinen Hütte an entlegenem Bach
Sitzt auf seinem Bett ein Kamerad der Palmach.
Fern von daheim ist nun sein Platz,
Und dort ist sie, sein liebster Schatz.
Er hat sie nicht vergessen.

Lang, lang ist's her,
Es gibt kein Kosen und Küssen mehr.
Statt zum hübschen Wadi zu gehn,
Heißt es, beim Appell strammstehn.
Nie hat er so einsam gesessen.

Einmal ist das vorbei hier,
Dann eilt er zurück zu ihr.
Noch am selben Abend trifft er sie,
Als sei nichts gewesen, nie.
Er hat sie nicht vergessen.

Wenn ich dann den Bräutigam ansehe, traue ich meinen Augen nicht: Auch er singt. Nur seine Lippen bewegen sich, seine Stimme ist nicht zu hören, aber ein glücklicher Ausdruck liegt auf seinem Gesicht. Danach steht er auf, hilft Geschirr spülen, aufräumen und saubermachen und verabschiedet sich von seinen Kameraden, ein bißchen zu lange, bis Schlomo Schuster zu ihm sagt: »Komm, Aaron, laß uns gehen.«

Wir fahren nach Hause, zum Joffe-Hof, und den größten Teil

des Weges herrscht Schweigen. Die Hauptstraße der Stadt ist jetzt ruhig. Das freitagmittägliche Treiben hat schon abgenommen, das abendliche Vergnügungsgetümmel noch nicht begonnen. Angenehm ruhige Abenddämmerung. Die Blumenläden reduzieren die Preise. Die lieblichen Kochdünste von Freitagabend driften durch die Luft, gepaart mit würziger Frühlingswärme, die ebenfalls jenen Tagen angehört, den Tagen des warmen Staubs, der gegenseitigen Hilfeleistung und des Bleiwurzes.

Leere Bierkästen warten an der Mauer von Minimarkt Adika. Die Arbeiter, die alten Frauen und die Philippininnen sind schon weggegangen. Wir setzen Schlomo vor seinem Haus ab, biegen in die ›Allee der Ersten‹ ein, und der Traction avant kraucht bergan. Tor auf. Durchfahrt. Tor zu. Der Bräutigam geht zu seinem dunklen Haus und der eingeschlossenen Pnina, ich gehe zu meinem erleuchteten Haus, dem Sohn, der im Bett liegt und liest, der Tochter, die in der Stadt arbeitet, zu dem scharfen und angenehmen Geruch von Lack und Azeton. Der kommt von Alona. Sie sitzt hübsch und munter in der Küche und summt ein nettes Lied vor sich hin: *Zwei Straßenfotografen, Sebach und Zalmunna*, und macht Maniküre für das Treffen mit ihren *Pashminas*.

Einen Tag nach Erwerb des Traction avant bekam Pnina, am Anfang des siebten Schwangerschaftsmonats, plötzlich starke Blutungen. Erst kam die Wärme, danach sickerte Feuchtigkeit durch, und dann verbanden sich die beiden Empfindungen zu einem veritablen Blutschwall.

Sie lehnte sich an die Wand, hob das Kleid, betrachtete den furchterregenden Anblick und wunderte sich nicht, daß sie an Stelle von Angst und Schrecken Glück empfand.

Sie rannte in den Hof, blieb vor dem Kuhstalltor stehen und schrie so laut, daß man sie bis Haifa hörte.

»Mir strömt Blut! Es ist vorbei!« rief sie. »Er ist endlich gestorben, hörst du?! Du kriegst deinen Sohn nicht!«

Ihr Vater trat aus dem Stall und blieb stehen. Pnina ging auf ihn zu, lachte über dem Rocksaum, den sie mit beiden Händen hochschwang, damit der Vater ihre sich rötende Unterwäsche sehen konnte, die langsamen Purpurschlangen, die über ihre weiße Haut krochen.

»Da rinnt sein Blut! Da, an meinen Beinen runter. Dein Kind ist tot!«

Apupa, der nur selten Furcht empfand, erschrak und schrie sogar zurück: »Das ist nicht sein Blut, das ist deins!«

Und Amuma, im Haus, hörte die Worte, lugte aus dem Fenster, sah es – und stieß den Joffeschen Standardschrei aus: »Aaron! Komm schnell! Komm mit dem neuen Auto!«

Er selbst, der Bräutigam, spricht nicht über diesen Tag, ebensowenig wie über die ganze Schwangerschaft. Aber als er mir ein einziges Mal von der bewußten Fahrt erzählte, sagte er feierlich: »Alle außer mir schrien und wußten nicht, was tun, aber ich habe Pnina ins Krankenhaus gebracht, und das war die erste Fahrt außerhalb des Dorfs im neuen Traction avant.«

Mit der Kurbel in der Hand humpelte er schnell heran, bekam den Motor schon bei der zweiten Drehung in Gang und konnte im letzten Moment noch ein altes Handtuch auf den Nebensitz werfen. Aber auch das half nichts. Pninas Blutflecke – verblaßt, unsichtbar für den, der nicht mit den Waffen der Familie Joffe gerüstet [nicht mit den Linsen von Wissen und Erinnerung gewappnet] ist, sind immer noch auf dem Beifahrersitz zu erkennen.

»Ich werde alles wegstecken, die Schwangerschaft und alles, Pnina, ich werde vergeben und vergessen und dir ein guter Ehemann sein«, sagte er unterwegs zu ihr und dann noch einmal, und als Pnina nichts erwiderte, fügte er hinzu: »Auch die Flecke auf dem Polster werde ich vergessen.« Dann plötzlich hörte er Amuma, die in dem ganzen Tumult unbemerkt auf den Rücksitz geschlüpft war, sagen: »Genug, Aaron, sei ruhig und fahr.«

Und Pnina flüsterte nur: »Ich hasse euch, ich hasse euch, ich hasse euch…«, zu ihrem Vater, der zu Hause geblieben war, und zu dem *Siebele*, das in ihrem Innern um sein Leben kämpfte, und zu dem hübschen Mann, der sie geschwängert hatte, und zu ihrem häßlichen künftigen Ehemann, der sie ins Krankenhaus fuhr. »Ich hasse euch, hasse euch, hasse euch, hasse euch…«, wie eine endlose Eisenbahn, die erst dann schnaufend und stampfend zum Halten kam, als Vorwehen ihren Körper zu zerreißen begannen.

Eine Stunde später, im Krankenhaus, wurde ihr einziger Sohn geboren, eine schrecklich aussehende Frühgeburt von anderthalb Kilo, die halb tot, aber lebend aus ihr hervorkam, und was noch schlimmer war – sein blau-roter, schwarz-lila Körper, wie ein aus dem Nest gefallenes Taubenjunges, und sein mumienartiges, mageres und behaartes Greisengesicht weckten ihre Liebe.

»In Wahrheit«, sagte Rachel, und mein Herz wurde zu Stein, noch ehe sie den Satz beendet hatte, denn meine Fontanelle erzählte mir die Geschichte, und ich kannte bereits deren schreckliche Fortsetzung, das eine Geheimnis, das bis zu jenem Tag noch niemandem verraten worden war, »in Wahrheit brachte sie Zwillinge zur Welt: Gabriel und auch noch eine Tochter, ebenfalls eine Frühgeburt.«

Ehrlich, Michael, couragiert und ohne Schmach. »Meine Schwester weiß es bis heute nicht, und ihr Mann weiß es nicht, und mein Vater weiß es nicht, und auch Gabriel nicht, denn man erzählt einem Kind ja nicht, daß es lebend geboren wurde und seine Schwester tot. Jahrelang hat niemand davon gesprochen, und auch dir erzähle ich es unter der Bedingung, daß du es der übrigen Familie nicht weitererzählst: Eines Tages, Gabriel war zwei Monate alt, kam die Hebamme, die ihm im Krankenhaus auf die Welt geholfen hatte, eine Genossin von Nahalal, um zu sehen, wie er sich entwickelte. Nachdem sie Apupa einige Ratschläge erteilt hatte, ging sie in die Baracke, schloß die Tür hinter sich und sagte zu Amuma: »Mirjam, ich verstehe, daß das hier keine einfache Geschichte ist, aber ich muß dir noch etwas mitteilen, denn ich kann dieses Geheimnis nicht mehr für mich behalten.« Und dann erzählte sie ihr, daß als erstes ein Mädchen von der Größe einer Maus und ganz behaart wie eine Maus gekommen war, eine Frühgeburt, die noch im Mutterleib gestorben war, »und danach dieser Junge, halb tot, aber lebend«.

Einige Tage lief Amuma wie irr herum, danach wuchs ihr um diesen Ärger eine neue Zyste, und so trug sie dieses Geheimnis bis kurz vor ihrem Tod. Dann rief sie Rachel zu sich, erzählte es ihr und sagte: »Entscheide du, wem du es weitergeben willst, wenn deine Stunde gekommen ist.«

Und nun reibe ich es der ganzen Familie um die Nase.

Gott nannte das Licht Tag, erzählte Amuma, und die Finsternis nannte er Nacht. Dies ist der Himmel, jenes ist Land, das ist der Erdkreis mit seinen Bewohnern. Die Namen ordnen die Welt, erklärte sie, und beruhigen ihre Bewohner. »Namen sind Flaschen, in die man Geister und Scheusale einsperren kann.«

Wir, Gabriel und ich, waren »die Engel«. So nannte uns Großvater, und sie übernahm, trotz ihres Hasses auf ihn, diesen Ausdruck. Wir lauschten ihr: der Engel Michael mit klaffender Fontanelle, der Engel Gabriel mit seinen tellergroßen, hungrigen Frühchenaugen.

Ihn selbst, kicherte Amuma, hat Gott uns verboten, beim Namen zu nennen, damit nicht etwa unsere Furcht abnimmt, unsere Ehrfurcht verpufft. »Damit wir uns nicht mehr vor dem Meer und der Finsternis fürchten, sondern nur vor ihm allein.« Wut und Häme schwangen in ihrem Lachen mit. »Und was hat der Mensch als erstes getan? Jedem Tier einen Namen gegeben.«

Das furchtbare Tier mit Zähnen, Klauen, Mähne und Brüllen sperrte der Mensch in das Gitter des Wortes »Löwe«, und schon beruhigte es sich. Das trampelnde, umschlingende Riesenungetüm zwängte er in das Wort »Elefant«. Das häßliche, lachende, aasfressende Tier wurde bei ihm zur »Hyäne«. Und die wunderbare, verführerische Kreatur, die ihn dazu brachte, Gott gegen ihre Liebe einzutauschen, hüllte er in das Irrengewand des Namens »Eva«. Das hat Amuma nicht gesagt. Ich sage es mir heute, viele Jahre später, ermesse Gottes Eifersucht auf die Frau, die er erschaffen hatte: Er ist der große Gott im Himmel, sie der wunderbare, kleine Gott, der auf Erden regiert.

Klein und gläubig waren wir damals, und Großmutter war hämisch und haßerfüllt. »Zweifellos hat der Tod ihre Stimmung gehoben«, bemerkte Vater mitten in der Trauerwoche, die wir für sie hielten. »Ist euch aufgefallen, daß wir schon drei Tage lang keinen Verweis von ihr gehört haben?«

Sie erzählte uns von dem Mann, der nachts an der Furt des Jabbok mit Jakob gerungen hatte. »Und worum hat Jakob ihn am Schluß gebeten? Nenne mir doch deinen Namen...«, denn nur so wußte er, daß er gesiegt hatte, und als ich als Junge diese Geschichte Rachel erzählte, lachte meine Tante und sagte: »Schade, daß er in seiner Hochzeitsnacht nicht dieselbe Bitte ausgesprochen hat. Das hätte ihm viel Unbill erspart.«

Den Riesen, der seine Töchter einsperrte, ihnen das Haar abschor, seine Nachbarn verdrosch und das Essen seiner Frau aus dem Fenster warf, verkleinere ich zu den drei offenen, hüpfenden, kosenden Silben »A-pu-pa«. Den hinkenden schwarzen Mann, der uns ernährt und umsorgt und uns einen unterirdischen Bunker gräbt, habe ich zum »Bräutigam« komprimiert. Die Witwe, in deren Bett jeder Junge und Jüngling der Familie reihum schlafen mußte, ist einfach nur »Rachel«. Gabriel ist auch *»Misinik«* und *»Zipljonok«*, *»Siebele«* und *»Puiu«*, und bei Großmutter hieß er »Uri«, wobei ich damals noch nicht wußte, warum. Und nachts, wenn der Geruch herankriecht, erst dünn wie Seide, dann sackartig verdichtet, wispere ich meinen eigenen Namen im Herzen. Verzeih mir, Michael, nicht dich flüstere ich, sondern den Namen, den ich erhielt, als ich von neuem geboren wurde.

Und der armamputierte Mann, der mich zeugte, zum Lachen brachte, meine Mutter betrog und sich früh von dannen machte? Sein Name lautet »Vater«, und manchmal, in Momenten der Liebe, Sehnsucht und Unvorsicht, nenne ich ihn: »mein Vater«. Er und sein Trupp *Zatzkes* sind wie ein Kranz von Namen: »der Arsch« und »die Kuh« und »die Hure« und »die da« und »die Spuckerin« und die Liebste von allen – »die Mörderin«. Seine erste Untreue beging er in Wahrheit zwar mit der Schwägerin seiner Schwägerin, mit dem Arsch, und danach kamen noch viele andere, aber die Mörderin begleitete ihn wie ein Mond, und die anderen kamen und gingen, kehrten wieder und verschwanden wie Kometen.

Abgesehen davon hat er mir nichts erklärt. Was bleibt dir zu erklären, wenn du und deine Geliebte nackt in der Pflanzung liegen und du plötzlich deinen kleinen Sohn dastehen und dich durch Laub und Blüten angucken siehst? Du lächelst ihm zu, hebst die Hand zum komischen Gruß, und da es deine einzige Hand ist, rollst du dich von der Mörderin ab, hältst dabei ihre Hand oder wirst von ihr gehalten, und ihr Körper – hell und rein wie der Leib von Anja, die neben mir steht, sagte ich mir, aber ohne jedes Brandmal, und weicher, kleiner und breiter als ihrer – entblößt sich dabei in seiner ganzen Pracht, mit dem blassen Hals und dem pulsenden Azur daran, den Brustknospen wie Elfenbein, der weißen Wölbung des Bauchs, den üppigen Schenkeln, dem herrlichen Rothaar, das Vaters Schulterbeuge entflammen läßt, und dem kleinen Feldstück an ihrem Unterleib.

Das Bild meines Vaters, der nackt in der blühenden Pflanzung lag, seine Hand in ihrer, weckte bei mir nicht Zorn, sondern Mitgefühl und Liebe. Seither habe ich mich oft gefragt: Was wäre geschehen, hätte er eine andere zur Frau genommen? Hätte er auch dann »die Spuckerin« und »die Mörderin« und »die da« und »den Arsch« gehabt? Hätte er einen Sohn »Michael« bekommen? Und wenn nicht, wäre ich dann jemand anderem geboren worden? Und wenn jemand anderem, wäre ich dann ich geworden? Und meine Fontanelle? Hätte sie sich geschlossen? Und Anja? Gewiß hätte sie nicht den »Schuldirektor« geheiratet, denn wäre ich nicht gewesen, hätte sie keinen Grund gehabt, zu kommen.

So geschah es, daß wir beide, Vater und ich, dieselbe Frau, namens Hanna Joffe, betrogen, die zu ihrem Unglück [zu unserem Unglück] aus reinem Pech – seine Frau und meine Mutter geworden ist. Doch mein Vater liebte, auf seine leichte, schwebende, freudige Weise, viele andere Frauen, und ich fand mir, auf meine plumpe, hingebungsvolle Weise, nur eine einzige andere Mutter, zu der ich jeden Morgen meine Augen aufschlug und deren Gestalt ich ständig vor meiner offenen Fontanelle trug.

So liegen die Dinge [die Sache ist so]: Nicht jede Untreue zeugt von Mangel an Liebe und nicht jede Treue von ihrem Bestand. Ich beispielsweise betrüge Alona nicht, aber nicht aus Liebe zu ihr, sondern aus Liebe zu ihrer Nächsten.

Die Mörderin war, wie gesagt, unsere Nachbarin, die Eigentümerin des dem Joffe-Hof nächststehenden Hauses, gleich hinter der Mauer: eine rothaarige Witwe, ein paar Jahre älter als mein Vater, die stets mit Gummistiefeln und stramm gebundenem Kopftuch herumlief, wunderbares Gemüse anbaute, viel besseres als meine Mutter, und Kälber und Schafe zum Schlachten aufzog. Ihren Beinamen hatte ihr meine Mutter verpaßt, weil sie ihr Gemüse mit »Giften« spritzte, mit Blut begoß, das sie im Schlachthof holte, und, was noch schlimmer war – sich nicht mit »dem Massaker an den elenden Kreaturen, die sie mästet« begnügte, sondern auch ihren Ehemann ermordet, oder genauer gesagt, durch Fleischgenuß vergiftet hatte.

In Wirklichkeit war der Ehemann der Mörderin bei einem Verkehrsunfall ums Leben gekommen, »aber deine Mutter hat der Wahrheit niemals erlaubt, sich hinter den Fakten zu verstecken.« Im allgemeinen, erklärte sie, sei Fleischverzehr eine Methode, die das Menschengeschlecht zum Zweck des Völkermords oder Massenselbstmords anwende. Aber die Mörderin habe sie nur gegen einen einzigen Menschen gerichtet, ihren bedauernswerten Ehemann, der – vor lauter Fleisch, das sie ihm kochte, briet und grillte und zusammen mit Kohlenhydraten servierte – dermaßen sehschwach geworden sei, daß er den Laster, der aus der Molkerei einbog, erst sah, als der ihn schon überrollte.

Wies man Mutter darauf hin, daß auch Nathan Freistatt, der sie bei ihren ersten Schritten auf dem Feld des Vegetarismus beraten hatte, ebender Nathan Freistatt, der nur noch von Dr. Jackson persönlich übertroffen wurde, natürlich viel Karotten aß und sich scharfer Sehkraft erfreute, von einem Auto totgefahren worden war, erklärte sie, in Freistatts Fall sei es der Fahrer gewesen, der vor lauter Fleischgenuß so sehschwach war, daß er sein Opfer erst sah, als es schon unter seinen Rädern lag.

Allumfassende Ausreden dieser Art, die jede Widerrede vom Tisch fegen, gibt es auch bei Gläubigen anderer Religionen: im Herzen eines jeden, der an den Grundsatz von Lohn und Strafe glaubt, und im Köcher jedes Predigers und Missionars, der ihn zu diesem Glauben bekehrt hat. Kein Mensch hätte diese Sprüche beachtet, hätte Mutter sie nicht ausgerechnet am Grab des Toten gedroschen, und nicht etwa im stillen Herzen, sondern vor den Ohren des ganzen Dorfes und der trauernden Familie.

Von da an haßte die Witwe sie, aber nicht deswegen begann ihre Romanze mit Vater, sondern aus simpleren Gründen – infolge zweier ganz gewöhnlicher physikalischer Gesetze: weil Druck die Temperatur erhöht und jedes Vakuum sich füllen möchte.

Die Mörderin konnte Deutsch, und wenn der Bräutigam nach Waldheim fuhr, kam sie oft mit. Er fuhr hin, um den deutschen Schmied aufzusuchen, und sie – um die Schweine zu versorgen, die sie dort aufzog, da sie nicht wagte, sie im Dorf zu halten. Sie hatte dort einen kleinen Stall gemietet und gelernt, ihr Fleisch zu zerlegen und zu räuchern, das Blut aufzufangen, ihre Gedärme zu reinigen und daraus allerlei Würste und Würstchen zu fertigen.

»Es sind nette Leute«, sagte sie und erklärte: »Nette Leute sind Menschen, mit denen du eine halbe Stunde nach dem Kennenlernen schon zusammensitzt und gemeinsame Erinnerungen aufleben läßt.«

Und als man ihr sagte, daß viele dieser netten Leute Nazis waren, die Hakenkreuzbinden am Ärmel trugen und sich gegenseitig mit erhobener Hand salutierten, sagte sie: »Nicht weiter schlimm. Das ist nicht aus Liebe zu Hitler und nicht aus Haß auf die Juden – ich meine, so sehnen sich die Deutschen nach zu Hause.«

Als Mutters Fleischfahndungen immer häufiger und strenger wurden und der bewußte Samstag kam, der bei uns »der schwarze Schabbat« heißt, ging Vater zur Nachbarin, ein paar verbotene Würste lugten ihm unter dem Jackenrand hervor, und bat sie, wie ich bereits erzählt habe, diese bei ihr verstecken zu dürfen. Sie lachte, und die Verlegenheit, die ihm ins Gesicht geschrieben stand, eroberte ihr Herz.

»Gewiß doch«, erwiderte sie, und fortan ging Vater von der Kuhstallseite zu ihr, um nicht auf der Straße gesehen zu werden, und – warum eine Sache leugnen, die in meiner Sicht Bedeutung besitzt – passierte dabei die Bresche, die ich geschaffen hatte, um Anja zu besuchen. Er gelangte von hinten her in den Hof der Nachbarin und klopfte an die Hintertür ihres Hauses.

Die Welt duldet – wie wir alle gelernt haben, normalerweise im Schullabor und Mutter auf die harte Tour – kein Vakuum. Und dort, »hinterm Zaun«, war eine Frau allein. Was könnte ein größeres Vakuum sein? Sie war weder besonders hübsch noch besonders klug, aber sympathisch, fröhlich und allein, mit dem aromatisch duftenden Bratentopf, der bald in die Handlung eintreten wird, und dem warm leuchtenden Hohlraum, der gefüllt werden möchte – und alsbald auch gefüllt werden wird –, im Leib, dem Schmerz, der vergehen möchte – und bald vergehen wird –, im Herzen, und dem kalten Feuer, das entfacht werden möchte – und bald entfacht werden und die aufglimmende Rotglut ihres Fleisches offenbaren wird –, und die, wie das ganze Dorf alsbald hörte, auch lachte bei dem Akt, von dem ich nicht wußte, wie sie ihn benannte, aber gewiß nicht mit dem entsetzlichen Ausdruck, den Mutter und Alona verwenden: »Liebesakt«. [*Die zweite Hälfte dieses Absatzes ist länglich, erdrückend und ungelenk. Zum Kürzen und Interpunktieren hierher zurückkehren.]

Was geschah, war viel einfacher, als es hier geschrieben steht: Wenn mein Vater sich zu der Mörderin stahl, wechselte er meist ein paar Worte mit ihr, brachte ihr manchmal ein kleines Geschenk zum Dank, holte seine Wurst und ging in die Pflanzung zum Essen. Aber eines Tages sagte sie zu ihm: »Es wird Zeit, Mordechai, mit den Spielereien aufzuhören.«

»Was für Spielereien?« fragte er verwundert.

»Du bist kein kleiner Junge, der vor den Eltern Bonbons versteckt«, sagte sie.

Einen Moment dachte er, sie wolle ihn bitten, sich ein anderes Versteck zu suchen, und stand schon in Begriff, sich für die Unannehmlichkeiten, die er ihr bereitet hatte, zu entschuldigen, aber die Mörderin räumte das Mißverständnis umgehend aus: »Iß hier, bei mir. Ein Mann braucht sich nicht wie ein Dieb zu verhalten, und eine Frau braucht nicht allein zu essen«, sagte sie.

Von jenem Tag an aß Vater seine Wurst im Haus der Mörderin, und sie gab ihm dazu noch geschnittenes Gemüse, Weißbrot, Bier und Senf, guckte ihm beim Essen zu, führte simple Gespräche mit ihm, die das Zählen der Kaubewegungen und die Ausscheidung unseres Freundes, des Speichels, stören und uns nach Syntax und Inhalt schlucken lassen und nicht nach der Art der Kohlenhydrate.

Und eines Tages sagte sie zu ihm: »Die Würstchen, die ich mache, sind besser als die Würstchen, die du kaufst.«

»Laß mich probieren«, erwiderte Vater.

»Sie sind noch nicht fertig, erst heute morgen habe ich sie abgefüllt«, sagte sie, »aber der Geruch der Farce haftet mir noch an der Hand.«

Mordechai Joffe ergriff die ausgestreckte Hand und versenkte sein Gesicht darin. Die Deutschen waren bereits seit einigen Jahren aus dem Land verbannt, aber der gute Duft des *Wurstbreis*, dessen Zubereitung sie von ihnen gelernt hatte – ein Hauch von Pfeffer und Wein, Knoblauch und Fleisch –, stieg aus der kleinen, weichen Wanne ihrer Hand auf. Er tat einen tiefen Atemzug und drückte dann, einen Moment sogar über sich selbst erstaunt, seine Lippen auf das schmale Handgelenk, dort, wo die Haut vibriert, zählte den Puls und sagte – von Liebe und Leidenschaft überströmt – zu der Mörderin, er wisse schon jetzt, noch ehe er überhaupt probiert habe, daß mit einem solchen *Wurstbrei* darin ihre Würstchen wunderbar sein müßten.

Als er am nächsten Tag wieder sein Wurstversteck aufsuchte, fand er eine weit offene Tür, die ihm sagte, »tritt ein«, und auf den Boden gemalte Pfeile, die lächelnd verkündeten: »Folge uns in die Küche.« Ein dickwandiger Topf stand dort auf dem Feuer, und als er meinen Vater sah, sagte er zu ihm: »Heb mir den Deckel hoch.«

Sein Kopf wurde von einer Dampfwolke eingehüllt, die aus den warmen Tiefen wallte – einfacher Bratenduft, nach Fleisch und Zwiebeln, Kartoffeln, Karotten und Knoblauch. Vater schloß die Augen, und auf einmal mischte sich in den Topfgeruch auch wispernd der Duft der Mörderin: »Ich bin hier.«

In seiner Unschuld achtete er nicht darauf, daß ihre Beine von einem Rock umspielt wurden und nicht wie sonst in Hosen und Stiefeln steckten, daß ihr Rothaar, vom Kopftuch befreit, ihre Schulterbeuge entflammen ließ, daß ihn auf dem Tisch eine Dekke, zwei Teller und zwei Bestecke erwarteten, nebst Gläsern, die riefen: »Wir sind leer«, und eine frische weiße Challa, die darum flehte, gegessen zu werden, ohne Kaubewegungen zu zählen.

»So entstand denn in unserer Familie ein neuer Ausdruck, ›er geht zum Versteck‹«, sagte Rachel, »dort waren sie und er, der Fleischtopf, die Gerüche und vor allem«, sie lachte schallend, »diese schändliche Challa... oh, die Challa...«, deren Tauchbad im Bratensaft, oho auch er, eine der schmählicheren und angenehmeren Methoden ist, durch die Vermengung von Proteinen und Kohlenhydraten zu sündigen.

»Ich liebe deinen Vater«, meine Tochter beugt sich hinter ihrem Vater nieder, »er gefällt mir. Schade, daß wir uns nicht kennengelernt haben. Er hätte bei mir bestimmt gern einhändig Tequilas gemixt.«

Heute sagt man »Beinamputierter« und »Armamputierter«, aber früher hat man »Einbeiniger« und »Einarmiger« gesagt. Das sind alte Worte, die langsam verschwinden, aber einst schämte man sich nicht, der Wortfamilie der Invaliden anzugehören – oder in Rachels Ausdrucksweise: »dem Reha-Zentrum der hebräischen Sprache –, in der sich auch die Geringeren vergnügten: mit dem »Lahmen«, dem »Buckligen«, dem »Hinkenden«, dem »Blinden« und dem »Tauben«. Doch während »all diese *Zilejger*, diese Aufschneider, von zu Hause aus kommen«, sagte Rachel, kriegt man den Einbeinigen und den Einarmigen beim Militär oder bei einem anderen Männerereignis, wie Douglas Bader und John Silver und Kapitän Ahab, die Einbeinigen, und Kapitän Hook und Josef Trumpeldor, die Einarmigen – Männer unter Männern, und wie meinen Vater, der seinen Arm bei einem Palmach-Einsatz verlor, beim Einbruch in einen britischen Militärstützpunkt bei Haifa. Sie kamen mit anständiger Beute an Stens und Tommyguns zurück, hatten dort sogar zwei deutsche Schmeißer gefunden und mitgenommen. Aber eine Maschinengewehrsalve zerschmetterte meinem Vater den Arm, und als er ins Krankenhaus kam, amputierten die Ärzte ihn oberhalb des Ellbogens.

»Du sollst wissen, Michael«, sagte der »Befehlshaber« nach Vaters Beerdigung zu mir: »Wir haben ihn alle geliebt und geachtet, haben ihn in unser Parlament eingeladen, aber er blieb lieber bei seinen Zitrusfrüchten, und auch bei dir, er hat dich sehr geliebt, und bei seinen Frauen. Du weißt ja, er hatte viele.«

Zu Vaters Glück hatte er nicht die Rechte, sondern die Linke verloren. So mußte er nicht neu schreiben lernen, konnte weiterhin zum Vergnügen mit Messern nach der Zielscheibe werfen, die er sich ans hölzerne Hoftor gemalt hatte, und Kieselsteine übers Wasserreservoir springen lassen, was er liebte und hervorragend konnte. Ich weiß noch, wie wir einmal an den Kinneret fuhren, wir alle, außer Pnina und meiner Mutter natürlich. Rachel und der Arsch schwammen auf ihren Ballonröcken, ihr Lachen flog von Ufer zu Ufer. Amuma, Hirsch und Sara gingen am Strand spazieren. Apupa führte vor, daß er sowohl mit der Rechten wie mit der Linken Kiesel übers Wasser springen lassen konnte, aber die Zahl der Sprünge, die er mit beiden Händen schaffte, erreichte nicht die des einen Kiesels, der aus Vaters einziger Hand entschwirrte – siebzehn Sprünge nacheinander quer über den See, von Ginossar bis hin nach En Gev.

Außerdem, erklärte mir mein Vater ein paar Jahre später, als ich bereits größer war und ihm Fragen stellte – über sein Leben, seine Arme, seine Liebeleien –, unterschieden sich die rechte und die linke Hand nicht nur in ihrer Lernfähigkeit und Ausübungskraft, sondern seien von vornherein zwei verschiedene Typen: Die Rechte, das bist du selbst, doch die Linke ist ein fremdes Mädchen, und du sehnst dich nach ihr nicht so wie nach einer, die aus deinem Fleisch zu deinem Fleisch geworden ist. Und plötzlich lächelte er: »Wie Adam sich nach Eva sehnte, bevor sie noch erschaffen war.«

»Apupa liebt seine beiden Hände gleichermaßen«, erwiderte ich, »und sie lieben ihn auch genau gleich.«

»Dein Großvater ist für nichts ein Beispiel«, sagte Vater. Damals begriff ich noch nicht, daß er es abfällig meinte, dachte, er würde die Dinge respektvoll sagen.

Die Prothese, die man ihm verpaßt hatte – er nannte sie »Invalidenstütze« –, wollte mein Vater nicht benutzen: Die Amputation war hoch, die Riemen drückten und störten, der schwarze Handschuh wirkte abstoßend. »Ich werde schon zurechtkommen. Im Krankenhaus habe ich einen Mann gesehen, der beide Arme verloren hat, ich brauche mich also nicht zu beklagen«, sagte er und warf sie unten in den Kleiderschrank, wo wir, Gabriel und ich, sie ein paar Jahre später bei unseren geliebten Stöbergängen in Schränken, Schubladen und Papieren entdeckten. Ich weiß noch, wie wir damals erschraken, weil wir im ersten Moment dachten, das sei sein wirklicher Arm und die Arme der Soldaten würden nach der Amputation so hart, glatt und kalt.

Seine ganze Kraft und Geduld, seine Selbstsicherheit und sein Humor traten seinerzeit zu Tage, als er erneut die Dinge lernte, die andere Menschen nur einmal, als Kinder, lernen: Hemden zuknöpfen, Hosen anziehen, Schuhe binden. Der Ringfinger und der kleine Finger, die sonst meist untätig bleiben, mußten nun mitarbeiten. Seine Füße hielten Gegenstände am Boden fest. Sein Kinn drückte auf die Brust wie bei Amuma, wenn sie Wolldecken faltete. Seine Knie fixierten das Steuerrad, während seine Rechte schaltete. Sein Mund, der sich einst nur mit Reden, Küssen, Essen und Pfeifen beschäftigt hatte, hielt und trug, diente praktisch als zweite Hand. Er aß keine Schokolade mehr und gab sogar seine geliebten Karamelbonbons auf. Jeden Tag spülte er seinen Mund mit Salzwasser aus, und seine Kiefer massierte er mit weichen Olivenzweigspitzen. »Fehlt mir gerade noch, daß die Zähne ausfallen«, erklärte er.

»Schaut mal«, sagte er zu den Kindern, die mich besuchten, wobei ich nicht wußte, ob ich stolz auf ihn oder beschämt sein sollte, »könnt ihr eine Klementine mit einer Hand schälen?« Er biß ihr den Nippel ab, hielt sie mit Daumen, Ringfinger und kleinem Finger, und während die Frucht sich nun um die Achse drehte, schälte der Zeigefinger sie rundum ab.

Als er Mutter heiratete und sich von einem »einfachen Joffe aus Netanja« in einen von unseren Joffes verwandelte, fing Onkel Aaron an, besondere Werkzeuge für ihn zu erfinden und herzustellen: Er fertigte gefederte Griffe zum einhändigen Binden der Schnürsenkel. Mit großen Flügelschrauben versehene Schraubstöcke wurden an verschiedenen Stellen in Haus und Hof angebracht, und in der Küche tauchte eine verstellbare Schiene mit Rillen zum Fixieren des zu schneidenden Brotes auf. Mein Vater konnte den Laib ja nicht nach Joffe-Art an die Brust gepreßt schneiden, was er sehr bedauerte: »Das ist das einzige, was ich an der Familie deiner Mutter liebe«, sagte er mir einmal bei einer seiner illegalen Mahlzeiten, und das wiederum erinnert mich an ein weiteres Schneidegerät, für Hartkäse und Wurst, das der Bräutigam für meinen Vater im Haus der Mörderin installierte, aber das geschah später.

Alle paar Tage brachte er mir »Blutorangen aus Spanien«, schnitt sie durch und preßte mir ein Glas rötlichen Saft. Dieser Saft bewies übrigens, daß der Vegetarismus eine Religion wie alle anderen ist: Obwohl der Saft rein vegetarisch war, machte er meine Mutter fuchsteufelswild, weil er wie Blut aussah und jenen »bösen Anschein« erweckte, der jeden frommen Gläubigen in Angst und Schrecken versetzt.

»Weil das meine einzige Chance war, zu den Unterstützungsberechtigten eures Bräutigams zu zählen«, antwortete er ihr einmal auf ihre Frage, warum er sie denn geheiratet habe, wenn er doch von vornherein wußte, daß er sich nicht zu ihrem Glauben bekehren würde.

Außerdem schärfte der Bräutigam unsere Küchenmesser so gut, daß Vater einhändig damit schneiden konnte. Der Klinge genügten ihre Schärfe und ihr Eigengewicht, um dem Brot, der Tomate oder der Birne ins Fleisch zu dringen. Er schnitt Mutters erste Radieschen auf, bestrich ihr weißes Fleisch mit einer anständigen Portion gelbem Gift, streute übertrieben viel grobes Salz darauf und aß sie »neben Bier« – wie die Joffes sagen. Sie trinken *Schnaps* neben Salzhering, legen sich neben Musik hin, essen Braten neben Kartoffelpüree.

Nur drei Beschwerden hatte er, für die der Bräutigam keine Lösung wußte: Die Beschwerde über die Erinnerung, die sich nicht mit dem gewöhnlichen Aufenthaltsort der Erinnerungen begnügte, sondern in dem verlorenen Arm selbst nistete und dort tückisch schmerzte, als sei der Arm noch lebendig vorhanden. Dann die Beschwerde über das Gleichgewicht, denn ohne den zweiten Arm, und sei es auch der linke, gerät das Gleichgewicht des ganzen Körpers aus dem Lot. Oft strauchelte und fiel er, und im Fallen streckte er beide Arme vor, auch den nicht mehr vorhandenen, so daß er sich den Stumpf immer wieder stieß, manchmal so stark, daß er blutete.

Die dritte, für ihn spezifische, Beschwerde war die wegen der Fingernägel. Er konnte sie nicht mehr abknabbern, wie er es vor seiner Verwundung getan hatte. »Eine einzige schlechte Angewohnheit hatte ich«, klagte er, »und auch dies bißchen ist mir nun verwehrt.« Die Nägel der Rechten knabberte er nicht mehr ab, da er sie jetzt zur Arbeit brauchte, »und außerdem haben die Nägel der verlorenen Hand besser geschmeckt.«

Hinter diesem Scherz verbarg sich eine weitere bekümmernde Tatsache: Vater konnte sich die Fingernägel nicht mehr selbst schneiden, und schon in meiner Kindheit betraute er mich mit dieser Aufgabe, die ich gern und äußerst sorgfältig versah. Vaters Fingernägel mußten ja lang genug sein für Feinarbeiten, wie das Betasten verlauster Blätter in der Pflanzung und das Schälen von Klementinen mit einer Hand, aber auch kurz genug, um nicht leicht abzubrechen.

Wie haben wir uns an seine Behinderung gewöhnt? Gar nicht, denn so bekamen wir ihn von Anfang an. Er war armamputiert, als Mutter ihn kennenlernte, und so war er, als ich geboren wurde. Ich habe ihn nie mit zwei Händen gekannt, und als er mir einmal vier alte Fotos aus der Zeit vor seiner Verwundung zeigte, sagte ich erschrocken: »Das bist du ja gar nicht.«

Als ich größer war, wiederholte ich diesen Unsinn nicht, aber wann immer ich mir diese vier Fotografien ansehe – Mutter hat das Haus nach seinem Von-dannen-Gehen von allen anderen Erinnerungsstücken an ihn gesäubert, und heute sind sie in meinem Besitz –, befällt mich Unbehagen. Der abgebildete junge Mann mit zwei Händen sieht anderen Menschen zu ähnlich. Nicht nur wegen seiner zwei Arme. Auch seine Augen und Lippen sind anders als die, die mich angeschaut und geküßt und mir den ganzen Verstand aus der Fontanelle gesaugt haben, und sein Lächeln ist nicht fröhlich und ansteckend wie das meines Vaters.

Der zweiarmige Jüngling war nicht in der Jesreelebene geboren, erklärte aber trotzdem, seine »städtischen Joffes« seien mehr Landwirte als Mutters »gesamte Joffes aus dem Emek«. Letztere hätten Feld, Kuhstall und Orangenhain gehalten, »um Theater damit aufzuführen« und »um Apupa müde zu machen und ihm Selbstwertgefühl zu verleihen«, aber gelebt hätten sie von den technischen Erfindungen des Bräutigams. Seine Familie Joffe hingegen habe zwar in der Stadt gelebt, aber emsig eine kleine Hilfswirtschaft betrieben, mit ein paar Zitrusfrucht- und anderen Obstbäumen und mit »Hühnerstall, Ziege und Gemüsegarten«.

Sein Vater war ein guter Anstreicher, Weißbinder und Stukkateur gewesen, seine Mutter eine Hausfrau, die durch Kekse-Backen und Hühner-Impfen zum Familienunterhalt beitrug, und beide waren aus der Welt geschieden, ehe ich auf selbige kam. Er hatte auch eine um viele Jahre ältere Schwester, die nach Amerika ging, als er noch ein Baby war. Einmal kam sie auf Besuch, und manchmal schickte sie uns ein Geschenk, aber die Entfernung tat das Ihre, und die Nähe ebenfalls: Bei aller Spöttelei und Entfremdung wurde mein Vater ein echter Joffe. Als er starb, sandte seine Schwester uns übrigens einen Gedichtband, worauf meine Mutter damals sagte, ihre Schwägerin sei der einzige Mensch auf der Welt, der es fertigbringe, ein Geschenk zur Beerdigung zu schicken.

Nur zwei Dinge erinnerten meinen Vater an das Viertel in Netanja, in dem er seine Kindheit verbracht hatte. Eines war die Erinnerung an die schönsten Zeiten einer jeden Stadt, die Tage ihrer Kindheit, wenn sie hier ein bißchen, dort ein bißchen wächst, Wurzelstränge und zarte Fühler zwischen Hügeln und Dünen ausstreckt. Natürlich meine ich nicht Hebron, Jerusalem, Tiberias oder Safed. Die haben weder Sand noch Kindheit. Sie wurden geboren, wie sie sind, alt und gewichtig, kamen nur dazu auf die Welt, Friedhöfe und heilige Stätten einzurichten und zu bevölkern. Ich meine Städte, die wir alle mit boshafter Gutmütigkeit bespötteln: Holon und Netanja, die Krajot und Bat Jam, und auch deren große Schwester, Tel Aviv – Städte, die vor den Augen ihrer Bewohner aus dem Sand wuchsen, deren Wohnviertel, wie wilde Wassermelonen, entlang verlassener Hecken entstanden, an blendendgelben und glutroten Pfaden erbaut. Bei Tag sieht man schon Autos und erste Ziergärten, bei Nacht zerreißen noch Orangenbäume und Schakale die Luft, die einen mit ihrem Duft, die anderen mit ihrem Heulen.

Und das andere war das Bild des jungen Mädchens, das ihn einmal, an einem heißen Tag, im kühlen dunklen Schatten einer Zypresse geküßt hatte. Fünfzehn Jahre alt waren sie damals, kamen gemeinsam aus der Schule zurück, trugen wie üblich ihre Sandalen in der Hand und liefen barfuß, genossen das angenehme Gefühl des losen Sands unter den Füßen. Unter der bewußten Zypresse blieben sie stehen, weil der Rotlöß sich an jenem Tag mehr als sonst aufgeheizt hatte und das Mädchen daher die Sandalen wieder anziehen wollte. Sie schnallte sie mit der einen Hand zu, stützte sich mit der anderen auf seinen Arm, und als sie sich aufrichtete, verlor sie einen Augenblick das Gleichgewicht, hielt sich spontan an ihm fest, mit dem Tasten und Zupacken der Hände und dem Druck und Anschmiegen und Gleiten und jähen Überströmen der Lippen, die den ganzen Körper mitziehen.

Er erinnerte sich an ihren Mund, der nur ein wenig aufging, »als hätte Neugier, nicht Leidenschaft ihre Lippen geöffnet«, und wir beide, ich in meiner Phantasie und er in seiner Erinnerung, dachten an das kühle, zögernde Fischchen ihrer Zunge, »noch jünger als sie selbst«, und an den frischen, klebrigen Duft der Zypresse, und spürten den glühendheißen Rotlöß zwischen den Zehen und die angenehme Kühle ihrer Wange, die nach dem flüchtigen Kuß einen Moment seine Wange berührte, zurückschreckte und abdrehte.

Warum redete er so mit mir? Vielleicht fürchtete er, wegen Mutter würde ich keine Frauen lieben, und wollte mir deren andere, gute Seite vor Augen führen. Vielleicht wollte er nicht in meiner Sockenschublade, sondern zwischen den Seidentüchern meiner Erinnerung verwahrt bleiben. Oder vielleicht, weil ich sein einziger Sohn war, erste und letzte Ausgeburt seiner Manneskraft. Oder womöglich erkannte er, daß ich, genau wie er, die kleinen Details der Liebe mag.

Und nicht nur ich. Jahre später, als ich Gabriel von den Dingen erzählte, die Adelaide, Batjas Tochter, mit mir angestellt hatte, lächelte mein Vetter und sagte nicht Rachels Spruch: »Wie konntest du nur, Michael, sie ist schließlich deine Kusine...«, sondern begann mich nach den kleinen Einzelheiten des Vorfalls auszufragen: »Was heißt, ›dann haben wir uns geküßt‹? Wie denn? Habt ihr beide gestanden? Von welcher Seite? Und was vorher? Welche Hand hat sie dir zuerst an den Hals gelegt? Und du, hast du dasselbe mit ihr gemacht wie sie mit dir? Oder hast du wie Lots Frau dagestanden? Und der Körper? Hat er sich nur angeschmiegt oder auch bewegt?« Und ich sagte: »Aber Gabriel, Gabriel... Ich hatte nicht gedacht, daß dich das interessiert...« Worauf er mir mit knochensplitternder Kumpelhaftigkeit auf die Schulter klopfte und lachte.

Aber meinen Vater habe ich nicht gefragt, denn außer Neugier bestand zwischen uns unausgesprochene Ganovenkumpanei. Meine Mahlzeiten bei Anja, nach der Schule, wurden zur regelmäßigen, fast alltäglichen Gewohnheit, und seine bei der Mörderin wurden grandios, ihr Duft stieg bereits hoch zum Joffe-Hof, glitt zum Dorf hinunter und bedeckte es mit einer Wolke von Mutmaßungen und Neid. Wir beide begaben uns durch dieselbe Bresche zu ihnen und gingen denselben Pfad bis zur Weggabelung, und wie es im Dorf immer passiert – wir wurden gesehen, und das Gerücht erreichte Mutter in Gestalt dreier Frauen, die sich zu Verkünderinnen ernannt hatten.

Ich wurde sofort ins Verhör genommen, sogar in Anwesenheit der drei, bekam aber nur eine einzige Frage gestellt: »Was gibt sie dir dort zu essen, das möchte ich mal wissen.«

»Nichts«, sagte ich, worauf Mutter mich erneut warnte, niemals »Nahrung« von Fremden anzunehmen, und gewiß nicht von Fremden, die die Regeln des Vegetarismus nicht einhielten.

Was Vater anbetraf, verhehlte sie ihren Besucherinnen nicht die tiefen Sorgen, die sie sich seinetwegen machte: »Ich weiß sehr gut, was dort vor sich geht«, sagte sie.

»Was denn?« fragten die drei Verkünderinnen scheinbar naiv.

»Das Allerschlimmste. Er ißt dort Fleisch. Ich rieche es an ihm. Seinem normalen Orangenduft hat sich Bratengeruch zugesellt.«

Die drei Frauen kicherten, steckten die Köpfe zusammen, tuschelten, dann öffnete sich die Blüte ihrer Häupter wieder. »Es fragt sich, Hanna, was normaler Geruch ist und was nicht«, sagten sie, »aber Hauptsache, wir haben's dir gesagt.«

Nur einmal küßten sich mein Vater und jenes Mädchen, danach beachtete sie ihn nicht mehr. Manchmal sah er sie auf der Straße des Viertels, Abendsonne zeichnete ihre Silhouette auf der Leinwand des Kleides [sinkende Sonne schuf ihren Schattenriß/den Schleier ihres Kleides], wilder Duft entstieg ihrem Leib.

Seine Nächte wurden weiß, seine Haut grobporig, seine Lippen rissig. Sie kam ihm nicht mehr nah, und er sagte ihr – nur im Dunkeln und nur zu sich und zu seinem eigenen Fleisch – immer wieder die Worte, die er ihr bei Licht kaum zu sagen wagte. Ehe er endlich Mut schöpfte, war ein Jahr vergangen, und die kleine Stadt befand sich in heller Aufregung: Das Mädchen war schwanger von einem derben Kerl, dem Bäckersohn aus dem Nachbarviertel, der ein Jahr älter war als sie und zu einer traurigen Hochzeit mit ihr genötigt wurde, der Hochzeit zweier blutjunger Menschen, die sich nicht liebten und nur spielen wollten, er mit seinen geladenen Freunden, sie mit ihren geladenen Freundinnen.

Der junge Ehemann gehörte zu jenen Jünglingen, die vom Krieg und der eigenen Beteiligung daran phantasieren. Er war klein, breitschultrig, hatte abstehende Ohren, züchtete Pickel und Hunde. In jeder freien Minute drückte er die Pickel aus, dressierte die Hunde und trainierte Nahkampftaktiken.

Ich blickte meinen Vater mit halb geschlossenen Augen an. Damals wußte ich noch nicht, daß ich ihn auch jetzt so sehen würde, in seinem verlassenen Versuchshain in Galiläa – dem Ort, an dem er mir diese Geschichte zum ersten Mal erzählte. Die Sonne ging hinter ihm unter, schwärzte seinen Kopf, bekränzte sein dickes Haar mit einer silbrig-goldenen Aureole.

Ein paar Wochen nach der Hochzeit floh der junge Ehemann aus dem Haus und vor seiner Frau und meldete sich zur Hagana. Die junge Frau verließ das Zimmer, das seine Eltern ihnen hinter der Bäckerei eingeräumt hatten, und kehrte in ihr Elternhaus zurück. In die Schule kam sie mit stetig schwellendem Bauch, verwunderten Riesenaugen und gerade erst wachsenden Brüsten: Noch waren sie kaum gekeimt, hatten einander kaum kennengelernt, und schon nötigte die Schwangerschaft sie, schnell prall und groß zu werden.

Die Lehrer wagten nicht, ihre Hausaufgaben nachzusehen, die Kinder hielten sich von ihr fern. Mordechai Joffe war weder ängstlich noch abgestoßen, senkte aber den Blick, wenn er sie sah. Ihre dünnen, verschrammten Mädchenbeine, die aus den braunen Stiefeln ragten und zum Rendezvous unterm Bauch verschwanden, ließen sein Herz erzittern. Ihre großen grauen Mädchenaugen blickten ihn an, lösten und schlossen seines Herzens Fesseln: Geh, bleib, hier, da, fern, nah, jetzt, immer, nie, später.

»Warum? Weil wichtige Entscheidungen manchmal in Sekundenbruchteilen gefällt werden. Es genügt die richtige Kopfhaltung, wenn ein bestimmtes Lied im Radio oder in der Erinnerung läuft. Wie soll man das wissen. Manchmal reicht Geißblattduft angesichts eines hellgelben Kleides. Und manchmal, das wirst du selbst noch sehen, Michael, stößt eine Frau dich in Tel Aviv ab und zieht dich in Sichron Jaakov an.«

Eines Tages, als er über den Sandweg durchs Gehölz abkürzte, kam sie ihm entgegen. Sie waren allein. Er blieb stehen. Sie ging auf ihn zu, mit ihren Melonenbrüsten, dem Weizenhügel ihres Bauches, ihrem gertenschlanken Hals.

Sie sagte: »Willst du nicht mehr mit mir reden?«

»Ich kann nicht«, und weg war er.

Drei Monate später bestand Vater die Reifeprüfung der Mandatsverwaltung und ging zur Palmach. Hier zeigte sich sein verborgenes Talent: seine Kundschafter- und Orientierungsgabe. Zu seiner natürlichen Gründlichkeit gesellten sich scharfe Sinne und gute Intuition sowie die mysteriöse Fähigkeit, die wahre Kundschafter von einfachen Kartenlesern unterscheidet: die Fähigkeit, den Weiterverlauf der Talbiegung zu erraten, zu wissen, wie die andere Seite des Hügels aussieht, verborgene Spalten und Kuppen abzuschätzen – Dinge, die normalerweise eine offene Fontanelle voraussetzen.

Doch das Schicksal ließ sich von alldem nicht beeindrucken und nahm unbeirrt seinen Lauf. Entzückt über die vielen neuen Möglichkeiten, wurde es nun in mehreren Richtungen und an verschiedenen Fronten tätig: Im achten Schwangerschaftsmonat hatte die junge Frau eine Totgeburt, der Haß auf ihren Ehemann wuchs, und als mein Vater – ohne daß irgendwer die Verbindung zwischen den Vorfällen erkannt hätte – seinen Arm verlor und zur Genesung heimkam, tauchte sie wieder auf.

»Ich hab gehört, was dir passiert ist«, sagte sie, »und dachte, du brauchst Hilfe.«

Aber ihr Mann war noch eingezogen, die Stunde zu spät, um ihre Worte zu rechtfertigen, der Mond zu schmal, um die Wahrheit zu erleuchten, und sie beide waren zu erwachsen, zu schmerzerfüllt und zu sehr in Trauer – er wegen seines Arms, sie wegen ihres Kindes –, um den Dingen, die sie gesagt hatte, Glauben zu schenken.

»Es gibt solche Frauen, die immer wieder auftauchen«, erklärte mir Vater, »manche suchen sich einen einzigen Mann aus, um zu ihm zurückzukehren, manche leben mit einem und kehren zum anderen zurück, und manche beehren, wie ein Cowgirl, das nach seiner Herde sieht, ihrer drei oder vier. – Vielleicht gibt es Männer, die diesen Drang bei Frauen auslösen«, fügte er hinzu, »und die erhalten wiederholte Besuche von mehr als einer Pilgerin.«

»Wir brauchen bloß zu Hause zu sitzen und zu warten«, sagte er kichernd, und ich fragte nicht: Wer sind diese »wir«, zu denen sie wiederkehren. Kennen sie einander? Tauschen sie Frauen und Geschichten aus?

So oder so, einmal im Jahr, oder alle drei Jahre, oder halbjährig – »oder alle zwei Stunden«, fügt Ajelet hinzu – tauchen sie wieder auf, mit der Pünktlichkeit und Begeisterung des Rotkehlchens – »endlich hast du einen hübschen Satz zuwege gebracht« –, das jedes Jahr wiederkehrt und zwitschert »das ist mein« auf demselben Zweig im selben Garten.

Manchmal sagen sie gar nichts, treten ein und tun so, als seien sie gestern erst weggegangen, wissen, wo die dünnen Teegläser stehen, wo die Kaffeetassen ihren festen Platz haben, wo die Zukkerdose ist und in welcher Schublade die Teelöffel liegen. Und manchmal klopfen sie an die Tür und sagen, »ich weiß nicht, was mit mir los ist« und »ich mußte einfach«, oder sie marschieren mir nichts, dir nichts als Siegerinnen herein, wenn auch niemandem klar ist, in welchem Krieg eigentlich. Dann wedeln sie mit alten Eigentumsurkunden, verbreiten den Duft nach Bettüchern, die längst gewaschen wurden, stellen die klassische Frage: »Was ist anders?«, und fahnden nach den Spuren, die sie selbst hinterlassen haben [suchen den Afikoman, den sie selbst versteckten]. Sie schnüffeln an den Fingerkuppen, untersuchen Falten, entschlüsseln die Hieroglyphenlinien der Hände und die Keilschrift des Halses. Sie verstreuen und löschen die Duftmarken fremder Frauen. Sie öffnen die Fächer des Brustkorbs und lugen unters Zwerchfell – um sich zu vergewissern, daß alles noch warm ist und arbeitet, daß die Schalter die richtigen Stromkreise öffnen und schließen, daß die Sprache nicht vergessen ist, daß die vertrauten Atemzüge beim Reden noch gehen und bei der Liebe ersticken.

Sie sammeln ein paar weitere Flugstunden und erneuern Lizenzen, als seien's nicht sie, sondern ihr Gott hätte sie ausgeschickt, wieder das alte Land zu erkunden: ob es fett oder dürr geworden, und sein Eigentümer, wer ist's, in Feldlager oder Fort, denn Gott hat uns erstmals zusammengeführt, und mein Vater blieb beharrlich. »Vielleicht erwägt ihr erneut meinen Vorschlag«, summte er in perfekter Imitation Gottes – eines enttäuschten alten Heiratsvermittlers, der sich schon einmal von all seinen Aufgaben frei gemacht hatte, um diese erste Begegnung zu inszenieren, und nun läßt er die beiden Partner wieder aufeinander losmarschieren, mit derselben Raffinesse, mit der er ihre Erinnerungen lenkt: immer am selben Ort, im Café, im fahrenden Zug, im brennenden Weizenfeld, auf lichtgesprenkeltem Gehsteig, auf warmem rötlichem Lößpfad, unter der Zypresse am Grabmal, Augen gehen auf, um das erste Bild zu schauen.

Die beiden waren keine Oberschüler mehr, sondern eine angeschlagene junge Frau und ein armamputierter Soldat, aus dem Krieg zurückgekehrt, und beide waren verbittert, lechzten nach Trost und Liebe. Anfangs trafen sie sich heimlich, in Kalksandsteinklüften, im Schoß der Dünen, im Abendschatten der Orangenhaine, dann in der Scheune eines Freundes, den Vater in einem nahen Moschaw hatte, ein junger Mann, der im Krankenhaus sein Bettnachbar gewesen war, nachdem man beiden den Arm abgenommen hatte, Vater den linken, dem Freund den rechten.

Doch die Dinge wurden, wie immer, bekannt. Der Vogel des Himmels, die Schwingen des Gerüchts, der Ehemann wurde alarmiert, kam, warf seine Frau zu Boden und kehrte zu seiner Einheit zurück. Eine Woche später fiel er, und nach Ende der Trauerwoche kamen seine und die Eltern der Witwe zu Mordechai Joffe. Die beiden Väter sagten zu ihm, wenn er zwei Arme hätte, würden sie sie ihm brechen, und die beiden Mütter fügten hinzu: »Und die Beine auch«, aber da sie einem Kriegsversehrten nichts antun wollten, forderten sie ihn auf, die Stadt zu verlassen.

Er, so erzählte er mir, hatte sie gebeten mitzukommen, gemeinsam zu fliehen, aber sie schreckte plötzlich zurück und wurde verschlossen, begann sehnlich vom Gedenken an ihren Mann zu reden.

»So was kommt vor, Michael«, erklärte er mir, »solange der Ehemann lebte, war sie mein, aber als er tot war, beschloß sie, treu zu sein.«

Vaters Kameraden von der Palmach erschienen und berieten, und schnell war eine Lösung gefunden: Mordechai Joffe wurde zu uns ins Dorf geschickt, aber jenes Mädchen hat er sein Leben lang nicht vergessen. Er hatte nicht mehr den Wunsch, sie zu treffen, signalisierte ihr nicht von fern – soweit nicht auch Sehnsüchte eine Art von Signalen sind –, und im Gegensatz zu vielen anderen Frauen und Männern, die von ihrem oder ihrer Liebsten nicht ablassen, forschte er ihr nicht nach und suchte nicht ihre Spuren. Begnadet mit vollkommener seelischer Gesundheit, von der er einen Teil auch mir vererbt hat, verbannte er sie aus den Gefilden seines Lebens in seinen Traum.

Aber nicht aus den Gefilden seines Todes. Viele Jahre später erschien sie erneut – bei seiner Beerdigung. Dort sah ich sie zum ersten und einzigen Mal und erkannte sie doch auf Anhieb: Sie war die einzige, die keinen Beinamen hatte und nicht nach Zitrusfrüchten duftete.

Kaum war der Junge geboren, verlor Pnina ihre ganze Kraft. »Als er drinnen war und ich ihn haßte, hatte ich Kraft«, erklärte sie ihrer Mutter und den Schwestern, die sie im Krankenhaus besuchten, »aber die Geburt und die Liebe haben mich wie ein Putzlumpen werden lassen.«

Hanna riet ihr, viel Mandeln zu essen, Rachel strich ihr über die Stirn, Amuma sagte zu ihr: »Viele merkwürdige Dinge können Frauen nach der Niederkunft geschehen.«

Pnina lächelte ein schwaches weißes Lächeln, nur dem Joffeschen Auge sichtbar: »Nicht nach dieser Niederkunft. Der Haß hat mich gestärkt, aber die Liebe schwächt.«

Amuma bestürmte sie, dem Kind einen Namen zu geben, aber Pnina weigerte sich. Sie fing an zu weinen, stieß Satzfetzen hervor: »Wer weiß, ob er überhaupt am Leben bleibt… Frühgeburten gibt man keine Namen…« Später stand sie, gegen ärztliches Verbot, auf, ging auf und ab und begann zu stöhnen: »Wieso einen Namen… Was für ein Leben wird er denn haben? Und ich? Und Aaron, der Ärmste, der keinerlei Schuld hat?… Besser, daß er stirbt… Besser, daß auch ich sterbe…«

Doch Amuma, die wußte, wie wichtig und beruhigend Namen sind und wie weit der Erdkreis und seine Bewohner ohne sie zerbröseln können, ließ nicht locker. Wie Adam, wie Gott und wie Apupa, der Grenzen zog und Mauern errichtete, wußte auch sie: Das ist die Methode, Ordnung zu schaffen und Eigentum zu begründen. Sie schickte ihre Tochter ins Bett zurück und setzte ihr beharrlich so lange zu, bis Pnina einwilligte, ihrem Sohn den Namen zu geben, den Rachel vorgeschlagen hatte: Uri.

Auch Hirsch und Sara kamen ins Krankenhaus. Das Kind wollten sie nicht sehen, aber sie setzten sich zu Pnina, lächelten schief und schwiegen. Und in der vierten Nacht kam auch Überalles. Lange saß sie am Bett ihrer schlafenden Schwester, und die beiden unterhielten sich in leisem, ersticktem Ton, wischten einander den Schweiß von der Stirn, bis vom Krankenhaushof ein leiser Eselsschrei erklang und Batja aufstand und sagte, daß sie gehen müsse. Sie küßte ihre Schwester auf den Mund, strich ihr übers Haar, und als Pnina am Morgen aus ihrem Traum erwachte und ihren Vater Schatten auf ihr Bett werfen sah, beschloß sie weiterzuleben.

»Aaron wartet draußen auf dich«, sagte er. »Steh auf und fahr mit ihm heim, fangt an, die Hochzeit vorzubereiten.«

Pnina stand wortlos auf. Schwach und verängstigt war sie, hielt sich nur schwankend auf den Beinen, und beim Verlassen des Zimmers stieß sie sich an den Korridorwänden. »Sie stand auf, als fiele sie«, erzählte Amuma, in dem Wunsch, den nachfolgenden Generationen der Joffes nicht nur einen neuen Ausdruck, sondern auch ihren Haß auf ihren Mann zu vererben. Aaron wartete lange draußen, ging dann besorgt aufs Krankenhausgelände, um sie zwischen den Baracken der einzelnen Stationen zu suchen, und fand sie schließlich am Straßenrand entlangirren. Sie stieg in den Traction avant, sagte den ganzen Weg kein Wort, saß nur da und weinte still und leise, atmete stoßweise, von unablässigen Krämpfen geschüttelt.

Der Bräutigam erschrak. Plötzlich entdeckte er, daß es heißere Tränen gab als die Zinntränen seines Lötgeräts, unterschwelligere Geräusche als die verstopfter Düsen und verborgenere Geheimnisse als die der Bläschen in den Pumpen. Doch seine zusammengebissenen Kiefer versiegelten seine Grübeleien, und sein logischer und geordneter Verstand sann auf eine Lösung des Problems. Nach langem Überlegen faßte er Mut und sagte ihr, ohne ihr in die Augen zu schauen, dieselben Dinge, die er ihr ein paar Tage zuvor gesagt hatte, als sie denselben Weg in umgekehrter Richtung gefahren waren: »Ich werde alles wegstecken, Pnina, ich werde vergeben und vergessen und dir ein guter Ehemann sein.«

Pnina erwiderte nichts. Zu Hause angelangt, stieg sie aus dem Traction avant, ging in die alte Baracke, die Geräteschuppen, Werkraum und das Frauengefängnis der Familie war, schloß sich dort ein und begann sich Milch abzupumpen, molk und vergoß auf den Holzboden. Sie molk aus Verzweiflung und verschüttete, um zu vergessen, oder vielleicht umgekehrt, denn bei uns in der Familie braucht man keinen Alkohol, um zu vergessen, braucht nicht zu saufen. Im Gegenteil: Man muß vergießen und verschütten, zu Boden laufen und verrinnen lassen.

Als ich die ganze Geschichte Jahre später Alona erzählte, damit sie wußte, in was für eine Familie sie da einheiratete – »überleg's dir sehr gut, bevor du dich entscheidest«, sagte ich ihr gewichtig –, lachte meine zukünftige Partnerin und sagte zu mir, ich sei »ein dummer Mann aus einer bescheuerten Familie«. Pnina habe sich aus einem simplen und praktischen Grund Milch abgepumpt: damit sie nicht austrocknete, denn vielleicht würde ihr Vater ja einlenken und sie ihren Sohn stillen lassen.

Apupa ging, kaum daß seine Tochter verschwunden war, auf die Frühgeburtenstation. Wäre da nicht die schreckliche Situation, hätte man lachen können: Der größte Mann im Lande – zwei Meter Länge auf einen Meter Breite, hundertzwanzig Kilo strammes Fleisch, Donnerstimme, Trauerbart, Spatzengehirn und Stierhufe – lief zwischen den kleinsten Babys herum, von denen jedes bequem auf seine Handfläche gepaßt hätte.

Mit einem Verstand, den er nie gehabt hatte, dem Verstand einer Wöchnerin, erkannte er sofort seinen Säugling, und mit einer Zärtlichkeit, mit der er nie begabt gewesen war, der Zärtlichkeit einer Mutter, steckte er seinen großen Zeigefinger in den Inkubator und streichelte ihn sanft, und mit einer neuen Courage, der Courage einer Frau, holte er ihn heraus.

Die abstoßenden Farben des Neugeborenen, seine Winzigkeit, das Haar auf seiner Stirn, das noch nicht ausgefallen war, störten ihn nicht. Zur allgemeinen Verblüffung streckte er sich rücklings auf dem Boden aus und legte seinen Sohn in die Mulde unter seinen Rippen, nahe ans Herz. Er war ein Bauer, und als solcher wollte er, daß das Junge sich an seine Berührung, seine Körperwärme, seine Stimme gewöhnte und denken sollte, seine Mutter fasse es an, ihr Duft steige ihm in die Nase, das Heben und Senken ihres Zwerchfells versetze sein Fleisch in Schwingung.

Heute, so habe ich gehört, sind solche Dinge auf jeder Frühgeburtenstation in allen Krankenhäusern üblich. Aber damals durfte man den Frühchen nicht nahe kommen, und als die Schwestern und Ärzte zu ihm eilten und ihn fortschicken wollten, sagte er ihnen, ein solches Kind brauche nicht nur Sauerstoff und Infusionen, sondern auch Körperkontakt, und bekanntlich sei für ein Kälbchen derjenige, dessen Berührung es zuerst spüre, dessen Geruch es zuerst wahrnehme und dessen Stimme es zuerst höre, seine Mutter – und zur Demonstration muhte er sogar kurz.

»Wir sind hier nicht im Kuhstall«, erklärte man ihm, »gehen Sie schnell hier weg, das sind Frühgeburten!«

David Joffe stand wortlos auf, in der langsamen, kein Ende nehmenden Weise von Riesen, die wir alle kannten, die Ärzte und Schwestern aber in Erstaunen versetzte. »Er steht auf und steht auf und steht auf«, und als er mit Aufstehen fertig war, wickelte er seinen Sohn in das weiche kleine Schweißhandtuch, das er immer in der Tasche trug und das trotz aller Wäschen bereits seinen Geruch aufgesogen hatte und nicht mehr abkühlte. Er steckte den Kleinen unter sein Hemd und hü, los ging's hinaus mit der alten Kraft des Mannes unter Männern und der neuen Entschlossenheit der Frau unter Frauen – mitten hindurch zwischen Schwestern und Ärzten, Wöchnerinnen und Ehemännern, die auseinanderwichen wie Gräser vor dem Stiefel, und durch Türen, die von allein aufgingen, aus Furcht, sonst eingetreten zu werden.

Jemand versuchte zu schreien, wurde jedoch durch einen Blick zum Schweigen gebracht, jemand versuchte zuzupacken, flog aber an die Wand, und ehe die Ärzte sich noch faßten und die Polizei alarmierten, sprang Apupa schon über den Zaun, überquerte die Straße und ging das kleine Wadi zum Emek hinunter, und von dort eilte er über Feldwege westwärts weiter, zu Fuß, mit Anderthalbmeterschritten, wie er es gewöhnt war und liebte: Einen geliebten Körper tragend, egal ob in der hohlen Hand oder auf der Schulter, egal ob Tochter, Säugling oder Frau, mit einer Anstrengung, die seinen *Misinik* wärmte, und mit tiefen Atemzügen, die ihn in den Schlaf wiegten, ohne bei jedwedem redelustigen Bauern haltzumachen, ohne sich durch Schatten oder Frucht eines Baumes verlocken zu lassen, denn ein Mann, der endlich einen Sohn hat, läßt sich weder stoppen noch ängstigen oder aufhalten.

»Denn ein solcher Mann«, erklärte Apupa seiner schweigenden Frau, »kann seine Arme von Sonnenuntergang bis Sonnenaufgang ausbreiten, so, Mutter, schau her…«, und er breitete die Arme in voller Spannweite, »eine Hand berührt das Leben und die andere sagt dem Tod: ›Komm morgen wieder, jetzt habe ich keine Zeit für dich.‹«

»Und sag deiner Tochter, mein Sohn braucht Milch«, befahl er ihr, aber als Pnina kam und ihren Sohn stillen wollte, jagte er sie fort.

»In der Flasche!« schrie er. »Bring mir die Milch in der Flasche! Damit er nicht denkt, er sei dein Kind!« Und er rief den Bräutigam herbei: »Fahr zum Krankenhaus, guck dir die Inkubatoren dort an und bau mir einen, der noch besser ist!«

Der Bräutigam fuhr hin, guckte und kehrte zurück. Er brauchte nie mehr als einen einzigen Blick auf einen Mechanismus zu werfen, um ihn zu verstehen und verbessern zu können, und nach seiner Rückkehr nahm er den alten Prototyp eines der

Brutkästen, die er entwickelt hatte, desinfizierte und strich den Kasten, nahm das Röhrenwerk zum Reinigen auseinander, während die Farbe trocknete, setzte dann die Schutzbrille auf und schaltete die Drehbank an.

»Ein normaler Mann«, sagte Rachel, »hätte dort einen Apparat fabriziert, der den Bastard gekocht oder tiefgefroren hätte, aber in unserer Familie gibt es keine normalen Männer.«

»Ich«, sagte ich, »ich bin normal. Der einzig Normale der Familie.«

Rachel starrte mich lange an. »Entschuldige, Michael«, sagte sie schließlich, »daß ich dieses Statement von dir unkommentiert lasse.«

Der berühmte Beinbehinderte schuf ein geschlossenes Ölsystem, wechselte Düsen, fertigte Sicherheitsventile, prüfte die Fließfähigkeit. Er wußte zwar, daß Apupa lieber Brenner als Elektrowärme hatte, aus dem einfachen Grund, daß »man den elektrischen Strom nicht mit eigenen Augen sieht«, das Feuer aber sehr wohl, baute jedoch trotzdem ein paralleles Stromsystem ein, durch Batterien abgesichert. »Es hätte ihm gerade noch gefehlt, daß Gott behüte was passierte und man ihn dafür beschuldigte.«

Bis der Bräutigam sein Werk beendete, hielt Apupa das Kind im warmen Raum zwischen Hemd und Haut. Dann legte er seinen Sohn in den Inkubator, den sein Schwiegersohn ihm gebaut hatte, stillte ihn mit dem Fläschchen, das seine Tochter ihm brachte, und da er nichts von dem Phänomen gehört hatte, daß Eltern von Frühgeborenen Angst haben, ihren Kindern Namen zu geben, und der Gedanke, daß der Junge sterben könnte, ihm gar nicht erst einfiel, gab er ihm den Namen Gabriel – »ein Name, auf den nur ein Spatzengehirn wie seins kommen kann«, sagte Rachel und fügte in hämischem Ton hinzu: »Gabriel! Ein Mann unter Männern in jeder Hinsicht ...«

Tag für Tag brachte Pnina ihrem Sohn die Milchflaschen, und die ganze Familie erinnert sich an dieses Bild: wie die junge Mutter – deren Schönheit nach der Geburt erschreckenderweise nicht etwa ab-, sondern zugenommen hatte – viermal am Tag aus der alten Baracke trat, die weiß schimmernde Milchflasche in der weißen Hand, die Stufen zur Veranda ihres Vaters hinaufstieg, die Fliegengittertür öffnete und an die Holztür klopfte.

In meiner Familie, rufe ich mir immer wieder in Erinnerung, behalten alle alles, nichts gerät in Vergessenheit. Wir erinnern die schmale weiße Hand, die pochte, die große sonnengebräunte Hand, die herauskam, die volle Flasche, die genommen, ihre Schwester, die leer zurückgegeben wurde. Mit Geduld, Michael, sage ich mir immer wieder, ehrlich und genau, lächeln und nicht aufgeben. »Wie man eine Geschichte schreibt, wie man eine Frau berührt und wie man einen Wildstrauch mitten im Garten zieht.« Wir erinnern den ausdorrenden Mund und das Herz, das aus dem Takt gerät. Das »Geh jetzt hier weg« und das »Bring sie voll zurück«. Er drinnen, stillt seinen *Misinik*, und sie draußen, auf dem Rückweg zur Gefängnisbaracke – um wieder Milch zu sammeln, abzupumpen, Nachschub zu bringen. Und Apupas Halbbrüder mit ihren Söhnen und Enkeln arbeiten auf den Feldern, damit Apupa seinen Sohn aufziehen kann.

»Dann entschied Mutter, daß es mit dem Haß nicht getan war. Daß sie an diesem Mann wahre Rache nehmen mußte«, erzählte Rachel. »Und als erstes zog sie aus dem Schlafzimmer aus und ging in der Küche schlafen.«

»Er hat einen neuen Sohn?« sagte sie. »Ich habe eine alte Tochter. Und auch Batinka habe ich nicht vergessen, mein Mädchen, das er davongejagt hat.«

Manchmal – unterwegs zum Joffe-Pub oder um etwas für Alona in Haifa zu erledigen, einer Stadt, von der Onkel Aaron gern erwähnt, daß es dort viele Opel gebe, und Gabriel, ausgerechnet Gabriel, sagt, die Frauen dort seien schöner als in allen anderen Städten – befällt mich die Erinnerung an wehenden, brennenden

Stoff voll blühender Anemonen. Prompt betrete ich ein Bekleidungsgeschäft und steure schnurstracks die Kleiderständer an.

Ich liebe Kleider. Ich weiß, dieser Ausspruch kann falsch ausgelegt werden, aber weder bin ich ein Schürzenjäger noch Kleiderträger. Ich sehe gern Kleider, die den Körper einer dahinschreitenden Frau umhüllen. Ich liebe das Spiel, das Luft und Leib beiderseits des Stoffes vollführen. Ich liebe das Einsickern des Lichts, das Anschmiegen und Erschlaffen, die Mutmaßung über das Wo und die Erregung über das Da, das Raten und die Antwort.

Die Verkäuferin, die mich irrig für einen verzweifelten Ehemann oder kühnen Liebhaber hält – nur wenige Männer finden den Mut, selbst ein Kleid zu kaufen –, eilt mir mit der mitleidig belustigten und erstaunten Miene zu Hilfe, die Bedauernswerten wie mir vorbehalten ist, rät mir zu diesem oder jenem Teil, als sei ich ein vollkommener Ignorant oder ein Todeskandidat, der sich die Zeit bis zur Hinrichtung verkürzen möchte.

Ich verwerfe ein paar enge Kleider, die den Beinen kein schnelles Laufen ermöglichen, ein paar überladene Kleider mit üppigen Rüschen und Falten und ein paar Tischdeckenkleider, Gardinenkleider und Vorhangkleider, die für Tischfrauen, Fensterfrauen und Thorarollenfrauen passen. Schließlich bitte ich die Verkäuferin, mich machen zu lassen, ich würde mir selbst etwas aussuchen, worauf sie mir einen Blick zuwirft, der harmlosen Perversen gilt, und mich in Ruhe läßt. Nachdem ich mir zwei, drei Kleider ausgesucht habe, die bei entsprechenden Umständen und richtiger Stimmung die strengsten Türhüter meiner Erinnerung zu passieren vermögen, trete ich auf den Gehsteig hinaus und warte auf das Erscheinen des Spiegelbilds. Nicht auf die Kopie, die gibt es ja nicht, nur auf Phantasieanregungen – zerzaustes, kurzes schwarzes Haar, Größe, Arme, Breite des Lächelns, Länge des Schritts –, daß sie an einer fremden Frau auf der Straße vorbeikommen, »einer schönen, munteren und kecken jungen Frau«, die gar keine Ahnung von der Größe ihrer Rolle hat.

Kommt dann so eine – sie kommt immer, denn meine Fontanelle hat sie ja bereits hinter der Straßenecke gesehen, ihre Schritte vernommen, wo bist du, Kind, ruf, damit ich dich höre, hat die Sauerstoffblasen in ihrer Lunge pulsen gespürt, sich beim Reiben ihrer Schenkel gesträubt –, wenn sie dann also kommt, frage ich – ich, ich hier, der sonst niemals eine fremde Frau anspricht –, ob sie bereit sei, für mich ein Kleid anzuprobieren.

Komisch. Jede Frau, die ich ansprach, stimmte lachend zu. Sie sieht einen Mann von mittlerem Alter, Aussehen und Körpermaß, seine Miene drückt Bedürfnis aus, seiner Stimme sind Dringlichkeit und Anstrengung anzuhören. Aber ich – mir hat mein drittes Auge bereits Lächeln und Einwilligung prophezeit sowie das Wissen darum, daß diese Frau sich schon früher mal solch einen Mann geschnappt hat, um ihren Spaß an ihm zu haben, ihn zu vergnügen und zu trügen, mit ihm zu scherzen, sich mit ihm zu balgen, wie zwei Jünglinge [wie zwei Mungos/wie Mutter und Sohn].

Obwohl sie nicht weiß, aus welch finsterer Grube sie eben aufgestiegen ist, geht die fremde Frau in den Laden mit, nimmt das Kleid, das ich ihr reiche, und verschwindet in der Anprobekabine. Mit Humor, Michael, sei stark. Ich lehne mich an die nahe Wand, höre Stoffrascheln. Gürte deine Lenden, atme, gleich tritt sie heraus, speichere Sauerstoff, bewahre Kraft.

Manchmal dreht sie mir den Rücken zu, damit ich ihr die letzten fünf Zentimeter Reißverschluß zumache. Geht dann ein Stück weg und wieder heran, dreht sich so und anders herum, und wie Dr. Jackson sagt: »mit einem spöttischen Blick auf meine armselige zusammengefallene Gestalt«, scheint ihr Lächeln zu fragen: »Wie sehe ich aus? Wie ist das Kleid?« Und wenn die kleine Trommel oben auf meinem Schädel zu schlagen beginnt und meine Augen erblinden, so daß ich kein Bild mehr sehe, nur noch die bewußte Ader spüre, die in meinem Bauch zu platzen droht, um mich mit jenem warmen Naß zu füllen, bitte ich sie, mit mir hinauszugehen, an Sonne und Licht.

Anfangs war die Verkäuferin belustigt gewesen, dann wurde sie distanziert, und jetzt ist sie besorgt. Als wollte ein Betrügerpaar von dannen gehen [mit der Ware abhauen]. [*Den Ausdruck »von dannen gehen« sollte man eigentlich nur Vaters Tod vorbehalten.] Aber wir, die fremde Frau und ich, sind bereits in unsere Privatangelegenheiten vertieft. Ich schöpfe meine aus den Tiefen alter Erinnerungen, sie fügt ihre in das Mosaik ihrer neuen Erinnerungen ein. Dort warten sie dann auf die Unterhaltung, die sie noch am selben Abend mit einer eigenen *Pashmina* führen wird: »Du wirst es nicht glauben... Ein Mann, den ich überhaupt nicht kenne, hat mich auf der Straße angehalten und mich gebeten, für ihn ein Kleid anzuprobieren. Warum ich es nicht genommen habe? Bin gar nicht auf die Idee gekommen. Wie er ausgesehen hat? Unauffällig. Hab nicht drauf geachtet. Ich bin nicht sicher, daß ich ihn wiedererkennen würde.«

Ich äußere Bitten und gebe Anweisungen, nicht mit Worten, Gott behüte, nur mit Blicken, und die fremde Frau erfüllt sie – Stück für Stück: Sie dreht sich im Stehen, sie läßt ihre Blüten erblühen, sie trommelt auf Zehenspitzen, sie hebt die Arme, nicht zu sehr, nur ein bißchen, damit wir beide wissen, daß ich jetzt, durch die klaffenden Ärmel, die sich rundenden Umrisse ihrer Brüste erkennen kann. Sie schreitet auf mich zu. Bleib nicht stehen, geh an mir vorbei. Meine Augen lösen sich von ihren, und als Frau begreift sie, daß sie nur Teil einer Re-Inszenierung ist, an der sie keinen Anteil hat. Und als Frau ist sie bereit, diese einer Erinnerung und Liebe zu schenken, die nicht ihre sind. So schreitet sie dahin und weiß, daß das Licht, mein brennender Bündnispartner, und die Erinnerung, meine stille Bündnispartnerin, ihr Kleid durchdringen und ihre Glieder für mich erleuchten, und all das, Michael, tut sie nicht aus Mitleid mit dir und nicht aus Zuneigung zu dir, sondern aus Loyalität zu einer anderen Frau, die sie nicht kennt.

In jenen Tagen hörte Amuma auf zu kochen, und natürlich streichelte und lobte sie nicht. Und Apupa mit seinem Spatzengehirn ersann einen dummen Gedanken: Wenn sie auf der Veranda saß, kam er an und beschattete sie mit seinem großen Leib, wie damals, hoffte, sie würde sich lächelnd erinnern und vergeben. Doch Amuma hob müde den Kopf und sagte: »Du verdeckst mir die Sonne, David«, und als sei es damit nicht genug, besuchte sie nunmehr die Schusters, um dort das Klavier zu spielen, das sie von den Deutschen geholt hatten. Abends hörte das Dorf ihr Spiel und nachts leise Rufe – »Mutter… Mutter…« –, die kein Mensch verstehen konnte. Aber Mütter standen im Schlaf auf, um nach ihren Kindern in den Betten zu sehen, und da sie sie schlummernd vorfanden, gingen sie draußen den Stimmen nach und merkten, daß sie jenseits der Mauern des Joffe-Hofs erklangen. Und weil sie weder wußten noch ahnten, daß es Apupa war, der nachts nach seiner Frau rief, erzählten sie, es sei Gabriel, der nach seiner Mutter rufe.

Anfangs erwog Apupa, ihr zu den Schusters zu folgen, das Klavier mit Fußtritten zu zertrümmern, auch sie an den Haaren nach Hause zu zerren, auch sie in die Baracke zu sperren und auch sie durch die Wand anzuschreien. Doch selbst er verstand mittlerweile, daß jene Tage vorüber waren, zumal der Bräutigam ihm einen besseren Vorschlag machte: den Schusters das Klavier abzukaufen »und es Mirjam als Geschenk heimzubringen«.

Apupa sagte, das sei eine gute Idee, aber zweifellos würden die Schusters ihn übers Ohr hauen. Erstens hätten sie ein Motiv, zweitens diesen Hang und drittens die Gelegenheit, denn er, David Joffe, könne zwar den Preis jedes Rinds, Setzlings oder Pferdes bestimmen, wisse aber nicht, wieviel ein Klavier wiegen müsse, welche Zähne man bei ihm prüfe, die schwarzen oder die weißen, und welche Klavierrasse gut und welche Firma schlecht sei.

Aaron alarmierte seinen Vater, und das Ehepaar Landau kam

aus Tel Aviv. Der Geiger war noch blasser, schwächer und gereizter als sonst, erzählte, er habe in einem Hotel in Netanja gespielt, wo man ihm jedoch nicht den vollen Lohn gezahlt habe. Und Sara präsentierte mit zufriedenem Gesicht eine neue Kette goldtransparenter Steine, die im Verein mit ihren Vorgängerinnen an ihrem Hals funkelte.

Hirsch und Aaron gingen zu den Schusters hinunter, und Aaron sagte ihnen, er wolle das Klavier für Pnina kaufen, damit die Fohlendiebe nicht den wirklichen Zweck erführen und womöglich den Preis erhöhten oder Gerüchte verbreiteten.

Die Schusters, um eine Antwort verlegen, begannen über andere Themen zu reden, worauf Hirsch aufbrauste und sagte: »Antwortet bitte, wollt ihr verkaufen? Ja oder nein?«

Schimschon Schuster sagte: »Nein.«

Aaron sagte: »Ihr spielt doch gar nicht darauf.«

Schimschon Schuster sagte: »Woher willscht du denn wischen, dasch wir'sch nicht sspielen? Ich beisspielsweische hab erscht geschtern eine ganze Schymphonie gesspielt.«

Hirsch fragte: »Von Ssopin oder von Schibelius?«

Und Aaron sagte: »Wenn du gespielt hättest, hätten wir's gehört.«

An diesem Punkt, erzählte Rachel, hatte Schulamit Schuster eingeworfen: »Wir sspielen, aber ganz leise, um nicht die Schaiten zu vergeuden.« Dabei nahm sie die Hülle vom Klavier, damit man sah, wie es glänzte.

Hirsch verstummte. Er sah sogleich, daß er richtig geschätzt hatte, es war ein echter Bechstein, und fürchtete, wenn er weiterredete, würde man seine Erregung heraushören. Doch einige Minuten später hatte er sich wieder in der Gewalt und sagte: »Worum streiten wir uns denn? Ihr braucht dieses Bruchding doch nicht, und wir wollen es kaufen und aufmöbeln, und zwar für Pnina, die ihr, pardon, ja gut kennt und an deren Not ihr beteiligt seid.«

Und Aaron sagte: »Genug mit dem Theater, nennt den Preis und fertig.«

Die Verhandlungen verliefen zäh, endeten nicht bei dieser Begegnung, und bei späteren Besuchen mußte Aaron in Haus und Hof der Schusters allerlei reparieren und montieren. Aber letztlich fand sich ein Kompromiß. Hände wurden gedrückt, Geldscheine gezählt, übergeben und nachgezählt, und die Schusters fingen an, fröhlich zu kichern, als sei es ihnen gelungen, eine Katze im Sack zu verkaufen. Als Aaron sie fragte, warum und worüber sie sich denn so freuten, sagten sie: »Weil wir nicht über den Transchport bessloschen haben, dann geht er auf Rechnung des Käufersch.«

Hirsch blickte sie an und erfaßte, daß er das Klavier noch billiger hätte kaufen können, wenn er es nur fertiggebracht hätte, ihnen noch mehr von dem törichten Triumphgefühl, das sie ausstrahlten, zu geben. »Gewiß übernehmen wir den Transport«, sagte er, »glaubt ihr denn, daß wir euch ein Klavier transportieren lassen, daß zweimal soviel wert ist, wie ihr verlangt, und viermal soviel, wie ihr bekommen habt?«

Die Mienen der Schusters verfinsterten sich. Schimschon wollte schon rufen, das Geschäft sei hinfällig. Aber genau in diesem Moment ging die Tür auf, und Apupa kam herein, beladen mit einer Holzplatte, Wolldecken, Seilen und Stangen, ein breites blaues Lastträgerband quer über den Rücken geschlungen.

Seit seinem Hereinplatzen an jenem Abend, an dem er von Pninas Schwangerschaft erfuhr, hatten die Schusters ihn kein einziges Mal gesehen. Nun stand er abseits, würdigte sie keines Wortes, auch keines Blicks, und ließ sie die ärgerliche Einsicht verdauen, daß er, nicht sein Schwiegersohn, der wahre Käufer des Klaviers war.

Aaron ging daran, den Transport zu planen. Klavier und Tür hatte er bereits beim ersten Treffen ausgemessen. Er ordnete die runden Stangen auf dem Boden an, setzte die Holzplatte darauf, umhüllte das Klavier mit Decken, dann legten er und Apupa es auf die Platte und rollten es aus dem Zimmer. Dort verschnürten sie es mit Laststricken, und Apupa – Nacken, Rücken und Schultern gepolstert mit einem Sattel aus Kissen – bückte sich und schob das Lastband über seine Stirn. Mit beiden Händen packte er die unteren Stricke, dann richtete er sich mit ungeheurer Anstrengung auf. Kein Laut drang durch seine zusammengepreßten Lippen, aber aus den Eingeweiden des Klaviers erklang ein dumpfer, weicher Seufzer, den die Anwesenden jeder auf seine Weise interpretierten: sei es als Seufzer der Angst, der Hoffnung oder des simplen Vergnügens. Apupa zog los, zuerst auf den Hof, dann weiter auf die Straße. Aaron humpelte rasch voraus, räumte ihm jeden Stein aus dem Weg, damit er sich nicht die Füße stieß, Hirsch ging hinter ihm, und wie bei jener bewußten Wanderung betrachtete er ihn und leckte sich die trockenen Lippen.

Apupa begann den Hügel zu ersteigen, sein Gesicht rötete sich zusehends, und sein Herz pochte heftig. Das Gerücht hatte sich schon im Dorf verbreitet, und zig Menschen waren zusammengelaufen, um sich das Schauspiel anzuschauen, verwundert, warum David Joffe das Klavier nicht auf einen Wagen geladen und von dem Power-Wagon oder Pferden hatte ziehen lassen. Aber Apupa wollte das Klavier auf diese Weise bringen, auf seinem Rücken, vor den Augen des ganzen Dorfes, und so, vor den Augen seiner Frau, in den Hof einziehen, so ihr entgegentreten, vor ihr auf die Knie fallen und ihr seine Gabe zu Füßen legen, und wenn sie sich dann hinsetzte und spielte – er hegte keinen Zweifel im Herzen: Sie würde ohne Zögern und Zagen niedersitzen und spielen –, seinen Kopf auf ihre Knie legen und ihre streichelnde Hand und ihre lobenden Worte spüren.

Nach ein paar Dutzend Metern blieb er stehen, die Halsadern geschwollen, die Stirn triefend. Alle fürchteten, daß ihn die Kräfte verließen, manche hielten bereits den Atem an, seufzten bekümmert oder kicherten vergnügt. Nur Hirsch begriff, daß der

Schweiß ihm in den Augen brannte und sie blind machte. Er zog Apupa das weiche, kleine Handtuch aus der Tasche und wischte ihm damit die Schweißströme von der Stirn.

Apupa ging weiter, erklomm die Zypressenallee, die er angepflanzt hatte, das Dorf schritt ihm nach wie bei einem Trauerzug. An den Toren des Joffe-Hofs, die schon vorher geöffnet worden waren, hielt er inne und stöhnte: »Heiß ...« Hirsch holte aus dem Schatten der letzten Zypresse einen Krug kühles Wasser, der ebenfalls zuvor hingestellt worden war, goß es ihm über Kopf und Brust, vorsichtig, um den Bechstein nicht naß zu machen.

Am Tor standen Rachel und Hanna. Pnina lugte durch die Barackenritzen, und auch der Hund war da, aber nicht Amuma. Sie wartete nicht, streichelte nicht, lobte nicht, blickte nicht einmal aus dem Fenster, um zu gucken. Und als sie ein paar Stunden später von woher auch immer auftauchte und das Klavier im Wohnzimmer stehen, sie mit offenem Deckel und glänzenden Tasten erwarten sah, klappte sie es heftig zu und sagte: »In diesem Haus wird keine Musik mehr gemacht.«

»Und am nächsten Tag«, sagte Rachel, »begann Aaron das Haus zu bauen, das Pnina und ihm gehören sollte.«

Der Bräutigam erbat die Hilfe Ingenieur Florentals, der vor Jahren die Fundamente des Hauses von Amuma und Apupa berechnet hatte. In der Zwischenzeit hatte der Ingenieur eine ansehnliche Erbschaft erhalten, seinen Beruf an den Nagel gehängt und sich seiner wahren Liebe hingegeben – der Fotografie. Übrigens pflegte Ingenieur Florental noch ein weiteres Interessengebiet: Im verborgenen fabrizierte er Sprengstoff für die Minen und Handgranaten, die der Bräutigam für Palmach und Hagana herstellte, und sein großer Traum war, wie Aaron erzählte, diese beiden Beschäftigungsbereiche zu vereinen, das heißt, Minen zu erfinden, die explodierten, sobald sie dem Sonnenlicht ausgesetzt oder von einem Scheinwerfer beleuchtet würden.

»Ich an deiner Stelle«, sagte Rachel zu Aaron, »würde ihn nicht bei Sonnenaufgang besuchen.«

Ingenieur Florental war nicht nur ein begabter Ingenieur, sondern auch ein großer Hasser der Forscher am Haifaer Technikum. Die nämlich, so behauptete er, ignorierten ihn und spotteten über »die dubiosen Methoden seiner Experimente«. Dubios oder nicht – Tatsache ist, daß Ingenieur Florentals Methoden bald danach eine neue wissenschaftliche Entdeckung bringen sollten: eine chemische Reaktion, die fotografierte Gestalten schon beim Entwickeln des Films auslöschte, und das spurlos. Heute läßt sich das leicht am Computer bewerkstelligen, aber damals war das eine große Errungenschaft.

Nun kam er auf den Hof, unterhielt sich lange mit Aaron, zauderte und überlegte und willigte schließlich ein, beim Hausbau zu assistieren, unter der Bedingung, daß er später die Hochzeit fotografieren dürfe.

Florental machte sich ans Zeichnen und Berechnen, Aaron ans Arbeiten, und Rachel ans Zitieren: »Er versammelte das Gerät, ans Werk zu gehen, ließ einen riesigen Amboß erstehen… Griff mit der Rechten, den schweren Hammer zu führen, packte mit der Linken, die Zange zu rühren…« Auch sie freute sich über den Bau des neuen Hauses, denn obwohl sie die jüngste der Töchter war, wollte sie ihren Jungen heiraten und setzte ihren Eltern damit unaufhörlich zu. Doch Amuma – sei es, weil nach Batjas Verbannung und Pninas Schwangerschaft alle Lebensfreude von ihr gewichen war, sei es, weil sie die Jüngste nicht vor den älteren Zwillingsschwestern verheiraten wollte – lehnte ab.

Zuerst sagte sie: »Wenn Batja zurückkommt« – die Joffesche Übersetzung von »am Ende der Tage wird es geschehen«.

Dann sagte sie: »Hör erst mal auf, am Daumen zu lutschen. Sonst werden seine Eltern ihn dich nicht heiraten lassen.«

Und schließlich sagte sie: »Warte auf Hanna und Pnina, und wir verheiraten euch alle drei auf einmal.«

Rachel erboste sich: »Ich will nicht gemeinsam mit ihnen heiraten. Pninas Hochzeit wird traurig werden, und Hanna wird den Gästen Luzerne statt Kuchen vorsetzen.«

Sie forderte hartnäckig weiter, und Amuma erfand allerlei merkwürdige Ausreden, ähnlich denen, die Pnina sich ausgedacht hatte, um ihre Hochzeit aufzuschieben, und verquickte sie zur Bestärkung mit den Jahreszeiten, als gälten sie wie Naturgesetze. Zuerst sagte sie: »Jetzt ist Sommer, zu heiß für eine Hochzeit.« Dann sagte sie: »Jetzt ist Herbst, da ist Vater nicht in Feierlaune.« Danach brachte sie die dürftigste Ausrede: »Jetzt ist Winter, die Gäste würden mir Schlamm ins Haus tragen.«

Und als sie sagte, »jetzt ist Frühling«, und erklärte, ihr fehle die Kraft, in ein und demselben Monat »Hochzeit, Pessach-Seder und Großputz« zu veranstalten, fuhr Rachel kurzerhand nach Tel Aviv und heiratete ihren Jungen auf eigene Faust. Bis zum heutigen Tag erzählt man sich in der Familie Joffe, wie der Junge selbst, nicht Vater und Mutter der Braut, ihr das Hochzeitskleid sowie Schleier und Schuhe gekauft hatte und wie die beiden dann nach Hause gekommen waren mit den Worten, sie seien nun verheiratet und man brauche keine Ausreden mehr zu erfinden.

»Aber wie habt ihr denn geheiratet?« ereiferte sich Amuma. »Was haben sie dort gedacht, daß die Braut keine Eltern hat? Wer hat dich zum Hochzeitsbaldachin geführt?«

»Hirsch und Sara«, sagte Rachel.

»Ihr habt sie zur Hochzeit eingeladen, und sie haben uns nichts erzählt?«

»Ich habe ihnen gesagt, sie sollten nichts erzählen.«

»Warum?«

»Weil sie als Brauteltern auf der Hochzeit erschienen sind.«

Amuma brach in Weinen aus, das jedoch gleich in seltsames Lachen umschlug. Sie fing an zu würgen und zu stöhnen: »Als Brauteltern?... Sara hat sicher allen gesagt, was sie anbieten, was sie anziehen, wo sie stehen und was sie tun sollten.«

»Keineswegs«, sagte Rachel, »sie hat sich sehr gut benommen, alle haben ihre Halsketten bewundert, und Hirsch, als Brautvater, hat aufgespielt, worauf die Verschwägerten sagten, eheliche Bande mit einer Musikerfamilie einzugehen bringe nicht nur Ehre, sondern auch Geldersparnis.«

An diesem Punkt gingen die Laute aus Amumas Mund wieder in Weinen über. »Du hast was Furchtbares getan«, sagte sie zu ihrer Tochter.

»Wenn ihr uns hier hättet heiraten lassen, wie es sich gehört, wäre das alles nicht passiert. Meine richtigen Eltern hätten mich zum Baldachin geführt, und Hirsch und Sara wären als Gäste gekommen.«

Ein paar Tage später klopfte ein älteres Ehepaar an die Tore des Joffe-Hofs, und als Apupa ihnen über die Mauer hinweg zurief: »Wer seid ihr?«, erwiderten sie: »Familie.« Er wollte ihnen schon Quizfragen stellen, ihnen einen Laib Brot hinausbringen und Losungsworte abverlangen, aber Amuma genügte ein Blick, um zu begreifen, daß die neuen Angeheirateten eingetroffen waren, die Eltern des Arschs und des Jungen. Sie rief: »Ich komme…«, machte die Tore auf und lächelte verlegen. Das erste, was ihre – wie die übrigen Joffeschen – Augen sahen, war der Beweis dafür, daß der Arsch des Arschs sie nicht etwa in einer dunklen Gasse angefallen hatte und an ihr klebengeblieben war, wie wir immer gedacht hatten, sondern auf dem normalen und legitimen Königsweg der Vererbung auf sie gekommen war. Und eine noch viel überraschendere Tatsache stellte sich heraus: daß nicht die Mutter den Arsch mit ihrem Prachthinterteil ausgestattet hatte, sondern nun gerade ihr Vater, ein kleiner Mann mit imposantem Gesäß, »sehr ähnlich wie Dr. Dolittle auf den Illustrationen von Hugh Lofting im Verlag Omanut«, sagte Rachel und schilderte mir, wie er seine Hinterbacken in enge Hosen mit hohem Bund gezwängt hatte, deren Gürtelschnalle ihm wahrlich gleich unterm Herzen saß.

Die Gegenschwiegereltern waren überrascht, im Haus der Braut andere Eltern als die vorzufinden, die sie auf der Hochzeit gesehen hatten. Da die Heirat jedoch bereits eine vollendete Tatsache war, verhielten sich alle, einschließlich Apupas, vernünftig und zurückhaltend, und die Mutter des Arschs sagte, nachdem man ihr erklärte hatte, wer der Geiger und seine Frau waren: »Na, egal, wie ich verstehe, werden sie sehr bald auch zur Familie gehören, dann ist es nicht weiter schlimm. Wir werden Hirsch auf einer weiteren Hochzeit spielen hören.«

Noch ein paar Dinge wurden offenbar: daß nicht nur der Junge, sondern auch seine Eltern sehr gern Kompott aßen und daß sie eine merkwürdige Angewohnheit hatten – das Alter eines jeden Menschen, den sie erwähnten oder sahen, nach dem Alter ihres Sohnes zu bezeichnen. Nun drückten sie allen Joffes die Hand, wobei sie einander laut verkündeten: »Älter als Chaim«, »jünger als Chaim«, »ungefähr in Chaims Alter« und »genauso alt wie Chaim«. Die Joffes fragten, wer denn jener Chaim sei, dessen Alter als Meßstab für das Alter ihrer Mitmenschen diente, worauf die Gegenschwiegereltern, offensichtlich verwundert, sagten, Chaim sei ihr Sohn. »Der, der eure Tochter geheiratet hat!« erklärten sie, verärgert: Wie konnte eine Familie ihre Tochter einem Jungen geben, ohne dessen Namen zu wissen! Doch die Joffes erklärten ungerührt, bei uns zählten die Beinamen, nicht die Namen, und sofort heftete man Münder an Ohren und gab erregt die Entdeckung weiter: »Der Junge heißt Chaim.«

Damit war die Sache jedoch nicht beendet. Der Mann trank das gereichte Glas Tee nicht aus und antwortete, als man ihn fragte, warum: »Das nächste Mal werde ich um Zitrone bitten.« Und seine Frau, die beim Genießen zu leiden schien, nahm nur einen Krümel auf die Gabelspitze, probierte und ließ das restliche Essen auf dem Teller liegen. Alle meinten, es handle sich um einen besonderen städtischen Brauch, der mit peniblen Eßgewohnheiten und vornehmen Sitten zu tun habe, einige der Anwesenden versuchten sogar, es ihr nachzutun, aber am Ende der Mahlzeit erhob sie den Vorwurf, der auch bei weiteren Mahlzeiten folgen sollte: »Keiner achtet darauf, daß ich nichts esse.«

Das war eine neue und besondere Weise, Aufmerksamkeit zu erregen, und die Blickwechsel der Joffes bezeugten das schnelle und begeisterte Registrieren zweier neuer Ausdrücke. Jahre später, an einem schönen Nachmittag, einige Monate nach unserer Hochzeit, reckte Alona sich im Bett und sagte: »Keiner achtet darauf, daß ich nicht komme.« Und ich lachte laut und umarmte sie, von einem Glück erfüllt – das inzwischen verpufft ist, natürlich, denn so ist das bei uns in der Familie.

»Wer hat dir von diesem ›keiner achtet darauf‹ erzählt?« fragte ich ein paar Stunden später, als mein Erinnerungsvermögen wieder da war.

»Keiner.«

»Woher kennst du es dann?«

»Von deinem Sperma, du Dussel«, lachte meine Frau, »was du vergißt, das nehme ich auf.«

Als Kind hörte ich einmal, wie Mutter ihren »Gästen« etwas über den »Liebesakt« erklärte. Als ich sie hinterher fragte, was sie damit genau gemeint habe, beugte sie sich zu mir nieder und sagte ernsthaft: »Der ›Liebesakt‹, Michael, ist ›der *Akt*‹.« Und das Wort »Akt« betonte sie mit gesenkter und krächzender Stimme, wie das Wispern in einem Eidechsenaltersheim.

Diese beiden Ausdrücke, »der Akt« wie »der Liebesakt«, gefielen mir nicht. Vielleicht, weil ich schon damals ein »Feingeist« war – so nannte meine Tante meine Abneigung gegen Grobheiten. Und Jahre später, als ich auch Alona von »Liebesakt« reden hörte, befiel mich merkwürdige Angst. Ich weiß nicht, ob sie dieses Wort, wie andere Familienausdrücke, von Mutter gelernt oder es von Haus aus mitgebracht hatte. Überhaupt bin ich bis heute noch nicht dem Verhältnis der beiden auf den Grund gekommen, dem zwischen meiner Frau und meiner Mutter. Zweifellos ist Alona ihrer Schwiegermutter sympathischer als alle übrigen Familienmitglieder, einschließlich aller echten Joffes und auch meiner, aber verbirgt sich hinter der ähnlichen Betriebsamkeit der beiden – dem Aktivismus einer asketischen und verbissenen Mutter und einer freigebigen, hellen und freundlich lächelnden Alona – tatsächlich Zuneigung? Oder vielleicht gegenseitige Wertschätzung oder womöglich gemeinsamer Haß und ein gemeinsames Ziel?

So oder so, Alona hat keine Leidenschaft mehr in sich. Man muß sie besänftigen, zum Lachen bringen, muß dem Bruder ein Wiegenlied singen, muß zum Spülen in die Küche springen, und Kartoffeln muß man schälen und beim Putzen viel erzählen – kurz gesagt: Alles, was bei Anja Spiele und bei Adelaide Überlebens- und Kampfübungen waren, ist bei ihr nichts als Belästigung, oder in ihrer Ausdrucksweise – nervend.

»Warum hörst du nicht auf zu nerven«, hat sie mir öfter gesagt. »Nenn mir einen Grund, warum zwei scheinbar intelligente erwachsene Menschen Zeit und Energie auf ein solch primitives Verkeilen ineinander verschwenden sollten.«

Habe ich nicht genannt. Erstens fehlt mir die Energie zum Streiten. Zweitens ist was dran an ihren Worten. Es besteht kein Grund dafür, daß zwei erwachsene Menschen ihre Zeit auf solch primitive und verschwenderische Art vergeuden, während sie ebendiese Zeit Volkstänzen oder Gemeinschaftssingen widmen könnten. Die Leidenschaft ist, ich will es nicht leugnen, angenehm, und die Vollziehung ist noch angenehmer, aber bei fehlender Liebe ist die Sache nichts als ein weiterer Ausdruck für das banale menschliche Bedürfnis nach Entleerung und Auffüllung: Ein- und Ausatmen, Spucken, Niesen, Tränen vergießen, Empfängnis und Geburt, Erinnern und Vergessen.

Wenn ich Alona auch nicht mehr liebe, bin ich ihr doch noch verbunden, und manchmal schreibe ich ihr in den Kalender – zwischen Terminen mit gutaussehenden Züchtern von Fertigrasen und an Brust und Schenkeln behaarten Schlangentänzern – Nervendes, Erinnerungen und düstere Prophezeiungen: »Sehr bald wird der Partnerschaft ein furchtbares Unglück zustoßen« – in der Hoffnung, daß es sie amüsiert und sie mir nachgibt.

Warum eigentlich? frage ich mich. Alona ist doch nicht Anja, deren Leib nicht vergessen und deren Duft nicht verflogen ist, der nichts ähneln und nichts gleichen wird. Sie ist auch nicht Adelaide, die Kraft in den Bauchmuskeln hat und deren Arme Traubenkuchen verschleudern, um mit dem Hohenlied zu sprechen. Alona bleibt doch dieselbe Alona, auch wenn sie mir endlich nachgibt. Ihre ersten Liebkosungen werden unterbrochen durch ein Gespräch über jemanden, den sie auf der Straße getroffen hat und mit dem sie vor vierzig Jahren im selben Kindergarten war. Mitten im Küssen hört sie auf: »Es sind Krümel im Bett.« Und nicht selten geschieht das Schlimmste von allem: Eine derb zupackende Hand fährt mir, vermeintlich streichelnd, über meine offene Fontanelle, und dann erinnere ich mich oder erschrecke oder gar beides und verliere meine geringe Manneskraft. Tut sie auch das absichtlich? Wie das »Schau nach, ob die Tür abgeschlossen ist«?

Andererseits lohnt sich die Geduld, denn »hinter alldem«, zitiert Alona den Dichter Jehuda Amichai (sie hat ihn sehr geliebt und ist mit Rachel, die im Lauf der Jahre süchtig nach Dichterbegräbnissen wurde, auch zu seiner Beerdigung nach Jerusalem gefahren), »verbirgt sich großes Glück.« Das heißt, wenn es dem Nervenden letzten Endes gelingt, seine Partnerin mit dem Lasso ihrer eigenen Leidenschaft einzufangen, wird sie entschieden, zielstrebig, läßt nicht locker. Ihr Körper gewinnt die Oberhand über sie, wie eine Maschinenpistole die Oberhand über den Schützen gewinnt, ihn nicht absetzen läßt, ehe das Magazin leer geschossen ist.

Und sie hat diesen Zeitpunkt, ich habe seine Existenz kennengelernt, nicht jedoch seine Herolde und seinen Ort, jene Zerstörerrakete, hinter der die Brücken einstürzen und es keinen Weg zurück mehr gibt: Mit einem Schlag erblühen alle Blumen ihrer Haut, ihr gewöhnlich säuerlich kühler Nacken wird warm und süß, ihre Brustknospen erröten jäh, »und die linke«, verkündet sie immer, »will mehr als die andere.«

Wenn ich dann meinen Samen in ihr ergieße, immer aufs neue verblüfft über die Mengen, die sie mir abzapft, beschwert sie sich über »die Pfützen, die du machst«, und daß man »deinetwegen das Bettzeug waschen muß« und »egal, was du tust, sauber bleiben wir dabei nicht«, und ich kann ihr noch erklären, daß die Pfützen wegen der großen Abstände zwischen den »Liebesakten« kommen, und versinke dann augenblicklich in einer meiner tiefen Gruben des Vergessens, die zwei, drei Stunden anhalten, manchmal auch ein oder zwei Tage, und laufe herum – ein weißer Schatten, ohne Vergangenheit, freundlich zu allen, damit sie nicht merken, daß ich niemanden erkenne – oder bleibe einfach faul im Bett liegen, und Alona muß herumtelefonieren und die Montagen und Pflanzarbeiten absagen, die mir für den nächsten Tag anberaumt waren.

»Er fühlt sich nicht wohl«, höre ich sie sagen.

Ich? Ich fühle mich großartig.

Zwei Kriege brachen nach Rachels Hochzeit aus: der eine – der Unabhängigkeitskrieg – ohne Zusammenhang mit der Hochzeit, der andere – der Schwarzenkrieg – wegen ihr. Vielleicht gibt Rachel deshalb Korrelationen den Vorzug und ist skeptisch gegenüber Ursachen.

Der Schwarzenkrieg begann zwischen ihr und dem Arsch, ihrer besten Freundin, die ihre Schwägerin geworden war. Wie alle normalen Frauen waren auch sie ganz begierig danach, die Mitesser, die ›Schwarzen‹, auf der Haut eines nahestehenden Mannes auszudrücken, und in der Not sogar, wie Alona, von *Kwaß* geschüttelt, sagt, bei wildfremden. Der Junge namens Chaim hatte eine besonders fruchtbare Fläche auf dem Rücken, und der Arsch hatte hier Ernte gehalten, seit sie und ihr Bruder Kinder waren. Nun teilte sie mit, daß sie nicht gewillt sei, dieses Recht auf Rachel zu übertragen: »Er ist dein«, sagte sie, »aber seine Schwarzen gehören mir.«

»Er ist mein«, sagte Rachel, »alles inklusive. Das Herz, die Augen, der Verstand, der ganze Körper, einschließlich der Schwarzen.«

Was als Kuriosum, das die ganze Familie amüsierte, angefangen hatte, wuchs sich zu einem handfesten Konflikt aus, den selbst die gemeinsame Liebe zu Tschernichowski nicht abmildern konnte. Zum Glück trat Sara Landau auch diesmal auf den Plan und fand einen Ausweg: Seitdem sie bei der Hochzeit als Brautmutter aufgetreten war, erfreute sie sich einer gefestigteren Position, hatte bereits in weiteren Joffeschen Zentren Streitigkeiten geschlichtet, und die beiden akzeptierten ihren Friedensplan, der bei uns, der Natur der Sache nach, »der Teilungsplan« hieß. Das heißt, Sara Landau schlug vor, die Wirbelsäule des Jungen als Teilungslinie zu betrachten. Die rechte Hälfte seines Rückens gab sie seiner Frau, die linke seiner Schwester, und einmal die Woche legten Frau und Schwester das Opfer auf den Bauch und ernteten gemeinsam, jede auf ihrer Seite. Der Arsch rief: »Guck, guck dir den da an…«, worauf Rachel konterte: »Und was fehlt Hannele?«, indem sie ebenfalls auf einen schönen Schwarzen deutete.

Manchmal, wenn ich bei ihr schlafe, spüre ich ihre Augen nach Beute fahnden, lege mich gehorsam auf den Bauch und sage: »Ich hab nicht viel, aber du darfst nehmen, was du findest.«

»Wird Alona nicht böse sein?«

»Alona ekelt das.«

»Das ist nicht gut«, sie schiebt den Rücken meiner Pyjamajakke hoch und schnauft begeistert, »eine Frau, die ihrem Mann nicht gern Schwarze wegmacht – das ist kein gutes Zeichen.«

In den folgenden Tagen nahm das Gesicht des Jungen eine besondere Miene an, ähnlich der der ersten Buchfinken, die zu Winteranfang ins Land kommen – eine Miene, die Freude und Müdigkeit vereint. Anfangs achtete kein Mensch darauf, weil viele in den ersten Wochen nach der Hochzeitsnacht solch einen Ausdruck bekommen, aber als die Sache anhielt und der Junge jeden Morgen spät aufstand, fragte ihn Amuma, überraschend freundlich, wovon und warum er denn so müde sei.

Der Junge lächelte errötend: »Deine Tochter läßt mich nicht schlafen«, antwortete er.

Amuma sagte: »Nicht schlimm«, und erklärte, die Leidenschaft werde – wie einige andere Dinge, die dem jungen Paar im weiteren Verlauf ihres Lebens offenbar werden würden – sich mit der Zeit legen. »Du wirst noch schlafen«, versprach sie ihm, und im stillen wisperte sie: »Oh, und wie du noch schlafen wirst.«

»Es ist nicht die Leidenschaft«, erwiderte der Junge, »die Leidenschaft kann man auch mittags befriedigen. Es ist der Schlaf. Sie drückt sich gewaltsam an mich die ganze Nacht, im Schlaf, hält und läßt nicht locker.«

Amuma, die wegen des fehlenden Objekts nach dem Wort »hält« allerlei schreckliche Mutmaßungen anstellte und auch entsetzt über die Befriedigung der Leidenschaft am hellen Mittag war, ging, um mit ihrer Tochter zu reden.

»Du hast ja keine Ahnung, Mutter, wie angenehm er ist«, sagte Rachel, »wenn du mit ihm schlafen würdest, würdest du genau dasselbe tun. Du kannst dir gar nicht vorstellen, wie glatt und warm er ist, wie alles bei ihm genau am richtigen Fleck sitzt.«

»Bei allen Männern sitzt alles genau am gleichen Fleck«, sagte Amuma. »Genau wie bei uns. Wovon sollten sonst wohl die Kleiderfabriken leben? Bei allen sitzt der Kopf auf dem Hals, keiner hat drei Arme, und bei allen laufen die Beine, Entschuldigung bitte, an genau derselben Stelle zusammen.«

»Bei ihm ist das anders«, sagte Rachel mit einer Bewunderung, die auch mit der Zeit nicht nachließ. »Das ist auch keine Frage der

Kleidung. Manchmal macht schon ein Zentimeter weiter rechts oder weiter oben was aus, und bei ihm sitzt alles an der richtigen Stelle. Andere Männer sind unfertige Entwürfe für ihn. Gott hat viel experimentiert, ehe er ihn erreichte.«

»Woher hast du denn diesen Unsinn?« fragte Amuma verwundert. »Wie viele Männer kennst du schon außer ihm?«

»Ich muß mich über dich wundern, Mutter«, sagte Rachel. »Man braucht nur einen einzigen Mann zu kennen, um zu wissen, wie sehr er sich von allen anderen unterscheidet.«

Ajelet, hinter mir, lacht: »Man braucht nur hundert zu kennen, um zu wissen, wie sehr sie sich alle gleichen.«

So kichert meine Tochter hinter mir, während meine Großmutter mit ihrer Tochter streitet, die jedoch bei ihrer Meinung bleibt: »Alles bei ihm hat genau die richtige Größe – Stirn, Augenabstand, die Spannweite der Arme, alles liegt bei ihm so, daß die Hand es bei geschlossenen Augen findet. Und er soll sich bloß nicht beschweren: Wenn ich ihn berühre, lächelt er im Schlaf.«

»Du störst ihn beim Schlafen!« Amuma wurde lauter. »Männer müssen gut schlafen, ohne daß man sie stört, ohne daß man sie absucht, wo alles ist, und ohne daß man sie ständig mißt. Bist du denn eine Schneiderin? Bist du ein Totengräber, daß du Maß an ihm nimmst? Man ißt zu Abend, geht schlafen, unterhält sich ein bißchen, einmal die Woche tut man, was man tut, wenn es sein muß, und fertig. Bei Nacht wird geschlafen, morgens steht man zur Arbeit auf.« Und ärgerlich fügte sie hinzu: »Man darf sie nicht zu sehr verwöhnen. Wenn du so weitermachst, wird er morgens nicht aufwachen, wird bis mittags schlafen und anfangen, im Bett zu stänkern.«

Rachel verstand nicht: »So kenne ich dich nicht, Mutter. Vielleicht schläfst du deshalb nicht mehr bei Vater?«

Tatsächlich verstand Rachel nicht, wovon ihre Mutter redete, und Amuma verstand nicht, worüber ihre Tochter staunte. Apupa war nicht glatt, nicht warm und nicht angenehm. Er hatte

Berge und Ebenen, Sümpfe und Kliffe, regenreiche und trockene Gebiete, warme und kalte Zonen, und wegen seiner Riesengröße wußte Amuma nicht, ob die Dinge bei ihm genau an der richtigen Stelle saßen. Denn sie lagen weit entfernt voneinander, und jede Messung erforderte lange Wanderungen, die sie bereits erschöpft und angeödet hatten, ganz zu schweigen von den Gelegenheiten, bei denen sie müde geworden war und kein Mensch sie auf dem Rücken getragen hatte.

Außerdem hatte Rachel recht: Seit er Pnina gezwungen hatte, das Kind auszutragen, und seit Batja mit ihrem »Hitler-Jugen« nach Australien verbannt worden war, hatte Amuma sich aus dem gemeinsamen Leben zurückgezogen. Sie redete nicht mehr mit ihm, kochte nicht mehr für ihn und war, wie gesagt, aus dem Doppelbett in ihre eigene Ecke übersiedelt. Nicht die Spannweite der ausgebreiteten Arme interessierte sie daher, sondern die Distanz vom Ende seiner flehend ausgestreckten und dem Ende ihrer engangelegten Hand.

An diesem Punkt gab Rachel die Unterhaltung auf, und nach ein paar Wochen bei uns, in denen der Junge jeden enttäuschte, der Großtaten in Landwirtschaft und Schlosserei von ihm erwartet hatte, übersiedelte das junge Paar nach Tel Aviv. Rachel besuchte dort das Lehrerseminar, und der Junge arbeitete tagsüber im Geschäftshaus seiner Familie und litt nachts weiter unter seiner jungen Frau, die sich an seinen Rücken schmiegte, ihm auf die Brust hochrutschte und dort liegenblieb, einen Schenkel über ihn schlang, erst den einen, dann den anderen, hin und her rollte, robbte, ihren Rücken an seine Brust drückte, im Schlaf ihre Waden an seinen rieb und ihn mit den ausgebreiteten *Schiebern* ihrer Hände und den angelegten Spannen seiner Füße maß.

»Auf keinen Fall!« rief sie, als er ihr eines Morgens mitteilte, daß er sich zur Palmach melden wollte. »Geh bloß nicht!«

»Ich gehe«, sagte er. »Jeder gesunde junge Mann muß sich jetzt auf den Krieg vorbereiten.«

»Du bist nicht gesund! Sag ihnen, dir täte die Nase weh.«

»Was hat das mit der Nase zu tun?« fragte der Junge, der kurze Zeit später umkam, noch ehe er alle Ausdrücke der Familie hatte kennenlernen können. Und er erklärte erneut: »Ich geh, und dort werde ich schlafen können, wie ich möchte und soviel ich brauche.«

Aber Rachel hatte noch in einem anderen Punkt recht, und als echte Joffe verzichtete sie nicht auf den Spruch, »ich hab's euch ja gesagt«: Wie sie befürchtet hatte, forderte Hanna tatsächlich, daß bei der Doppelhochzeit – ihrer und Pninas mit Mordechai und Aaron – den Gästen »gesunde Kost« vorgesetzt würde. Sie sei nicht bereit dazu beizutragen, sagte sie, daß »eine Feier, die Freude bringen soll, später ewigen Jammer verursacht.« Meinen Vater amüsierte das – entgegen dem, was in den folgenden Jahren kommen sollte –, Pnina war es egal, Aaron wagte keine Widerrede, und Amuma hatte bereits ihren Elan eingebüßt. Im nachhinein sollte sich die Aufregung jedoch als überflüssig erweisen. Es rührte ohnehin keiner Hannas Erfrischungen an, denn alle verloren den Appetit beim Anblick ihrer Zwillingsschwester – ihrer weißen Haut, ihres weißen Kranzes, ihres weißen Kleides, das sich über den noch nicht wieder flach gewordenen Bauch wölbte, und angesichts ihrer saphirkühlen Schönheit, die die Gesichter der Gäste erhellte und ihre Mägen schrumpfen ließ, als der Brautschleier von ihrem Antlitz gehoben wurde.

Doch es gab auch mit ihrem Los Zufriedene: Ingenieur Florental, der die Hochzeit fotografieren durfte. Hirsch Landau, der gewärtigte, daß David Joffe Abkommen einhielt. Apupa selbst, der nun Sohn und Schwiegersohn hatte, und Aaron – klein und krumm, sehr schwarz gegen das Weiß seiner Frau und seines Hemdes.

»Ah nu, sag mir, wie er aussieht«, flüsterte Amuma Hirsch zu, »wie ein ganz abgebranntes Streichholz.«

Hart und verschlossen war sie, plante bereits die nächsten Stadien ihrer Rache, und Apupa pendelte ahnungslos zwischen Haus und Hof. Er ging hinein, um nach seinem *Misinik* zu sehen, kam heraus, um die stummen Gäste zu rügen, ihnen mitzuteilen, daß sie sich freuen müßten, und versetzte mit seinem Trampeln die Erde in Erschütterung.

»Wir werden ihnen was aufspielen!« rief er.

Der Gegenschwiegervater schwang seinen Bogen, aber die Töne stiegen auf, als stürzten sie. Sara Landau, die gern tanzte und all die in Tel Aviv angesagten Tänze kannte, stand nicht auf, und auch die Palmachniks meines Vaters, die sonst stets lustige Gesellen waren, saßen still in einer Hofecke. Selbst die Anwesenheit des Arsches – die Jünglinge der Familie sorgten dafür, daß sie nie einen Stuhl fand, auf den sie ihr Hinterteil hätte setzen können – hob die Stimmung nicht.

Ingenieur Florental lief zwischen den Gästen umher, inszenierte, postierte, triezte und blitzte und bat schließlich Sara Landau, alle Joffes zu »einem großen Familienfoto« zusammenzutrommeln. Alle sammelten und postierten sich – bei uns kennt jeder seinen Platz –, und gleich nach der Aufnahme, als die Gruppe sich in ihre Bestandteile auflöste, nutzten sie den Schwung des Auseinandergehens dazu, auch die Hochzeit zu verlassen. Einige Minuten nach der Aufnahme hatte sich der Hof bereits von Gästen geleert.

Als Ingenieur Florental einige Tage später die Bilder brachte, betrachtete Amuma sie und merkte an, daß Aaron und Pnina auf dem großen Foto fehlten. Ingenieur Florental war entsetzt, entschuldigte sich, sagte, das Paar sei offensichtlich nicht zum Fotografieren angetreten und man hätte ihn darauf aufmerksam machen müssen. Amuma sagte, zum Bedauern sei es zu spät, und fragte scheinbar harmlos, ob es Methoden gebe, mitfotografierte Menschen aus dem Bild verschwinden zu lassen. Der Ingenieur antwortete, es gebe solche Methoden, die jedoch sämtlich inkriminierende Spuren hinterließen. Aber als er den Joffe-Hof verließ, um nach Haifa zurückzukehren, war er in Gedanken versunken.

Was den Bräutigam und seine Braut betraf, so waren sie tatsächlich schon vor der Aufnahme in ihr neues Haus gegangen. Es roch nach frischem Kalk, Farben und Holz in den großen Zimmern. Aaron, der den Geschmack seiner Frau und ihre Vorliebe für saubere und helle Freiräume kannte, hatte die Wände in einem sehr blassen, fast weißen Pfirsichton getüncht und nur wenige unabdingbare Möbel hineingestellt.

»Sei nicht traurig, Pnina«, sagte er zu ihrem steif aufgereckten weißen Rücken, und als sie sich ihm zuwandte, versprach er mit derselben Unbeholfenheit, in dem Bestreben, Nutzen zu bringen: »Ich werde dir ein guter Ehemann sein.«

»Ich weiß«, sagte sie, »und ich bin nicht traurig, Aaron. Ich freue mich über dieses Haus, hier können wir uns vor der Familie verbergen.«

Von draußen kamen Hirschs verwaiste Geigenklänge und die leisen Stimmen der Gäste.

»Denkst du an jenen Jungen, den ich gehabt habe?« fragte Pnina.

»Ich will über nichts reden, was damit zu tun hat, gewiß nicht heute.«

»Ich war nur einmal mit ihm zusammen.«

»Egal, wie oft«, platzte Aaron heraus, »du warst, und noch schlimmer ist, daß du schwanger geworden bist. Vom Samen eines anderen. Genau das versteht ihr nicht, daß das für einen Mann am schwersten ist. Nicht nur, daß er dich angefaßt hat, daß sein Same... wie auf einem Beet... in deinem Leib aufgegangen ist...« Aaron würgte, weinte fast: »Und wer dich sieht, glaubt es doch nicht. Schwangerschaft? Du? Mit dieser Weiße und Schönheit und Sauberkeit... Meine Mutter hat mich gewarnt. Sie sagte, man kann dieses Abkommen aufheben, sie sagte: ›Diese Frau wird dir keine Kinder gebären, Aaron.‹ Wie recht sie hatte, und doch hat auch sie nicht alle Möglichkeiten bedacht...« Er barg das Gesicht in den Händen, und plötzlich erinnerte er Pnina an das Kind, das er gewesen war, bevor er die Verletzung erlitten hatte, hinkte und vor Schmerzen schwarz geworden war.

»Ich weiß, daß deine Mutter mich nicht liebt«, sagte sie, »meinen Vater wollte sie haben.«

Draußen herrschte Stille. Die Gäste waren gegangen. Pnina setzte sich aufs Bett, legte sich auf den Rücken und verschwand. Nur Augen, Mund und die dicke schwarze Windrose ihres Haars waren noch auf dem weißen Laken zu sehen.

»Leg dich neben mich, Aaron.«

Aaron legte sich, starr vor Ehrfurcht und Liebe.

»Ich mache die Augen zu, tu du's auch, Aaron.«

Gegen Morgen wachte sie auf. Aaron war nicht mehr da, war in die Werkbaracke gegangen. Er hatte ein Abkommen einzuhalten, Arbeit zu verrichten, Geld zu verdienen und es der Familie zu geben. Pnina ging in ihrem neuen Haus umher, erkundete die Zimmer und lächelte angesichts der Erfindungen, die er eigens für sie erdacht und installiert hatte: Die Spüle mit der ersten ausziehbaren Schlauchbrause der Welt. Die Dusche, deren Warmwasser vom ersten Sonnenboiler der Welt stammte, dessen Reflektoren auf Angeln und Drehgelenken saßen, die die Bewegung der Sonnenblumen nachahmten. Der besondere Spiegel, der einzige Triptychon-Spiegel der Welt, der ihre Schönheit aufnehmen, reflektieren und halten konnte, ohne zu zerbrechen. Und die Tür mit dem Schloß – einem ganz gewöhnlichen Schloß, abgesehen davon, daß es außen angebracht war: »Die guten goldenen Türen verschließen den prächtigen Palast, ein Werk des Hephaistos, der sie mit Wissen und Verstand gemacht.«

Ihre Ehe mit Aaron, stellte sie bei sich fest, begann mit einer Übereinkunft: Sie beide wollten, daß sie im Haus eingesperrt blieb. Und als sie darüber nachdachte, bemerkte sie ein eigenartiges Phänomen: Obwohl sie im stillen Herzen lachte, schallte ihr

Lachen von den Wänden zurück. Die Strahlen des untergehenden Mondes drangen durch die Ladenritzen, ihre Streifen wanderten über den Fußboden. Danach schien die Sonne, Apupas ungeduldige Schritte waren zu hören, signalisierten sein Warten. Pnina pumpte Milch ab. In der Wand neben der Tür entdeckte sie eine kleine Öffnung, die Aaron eigens zu diesem Zweck angebracht hatte, und auf der anderen Seite wartete Amumas Hand, die die volle Flasche entgegennahm und die leere, ausgespülte Flasche auf ein eigenes Brett abstellte. Amuma brachte die Milchflasche zu der Holzveranda und machte sich an ihre Arbeiten, ständig in Gedanken versunken. Schließlich ging sie zur Werkbaracke und sagte: »Ich habe eine Bitte an dich, Aaron.«

»Was?«

»Bei Gelegenheit, wenn du in Haifa bist, geh zu dem Ingenieur und Fotografen, dem Freund deiner Eltern, und sag ihm so: ›Mirjam Joffe möchte ausrichten, nicht einfach bloß Menschen und nicht einfach bloß Bilder, sondern David Joffe von den Familienbildern.‹ – Er wird schon verstehen, was gemeint ist.«

Fünftes Kapitel

Die Paare

Die Zeit verlangsamt nicht, hält nicht inne in ihrem Lauf, ruht nicht und gibt keine Ruhe. Das Leere füllt sich, das Volle leert sich, das Krumme wird gerade. »Und das Gerade wurde süß«, sagte Rachel einmal lachend, ich habe schon vergessen, worüber, und das Süße blau, das Blaue fern. Ich würde diesen neckischen, verlockenden Wortpfad gern fortsetzen, aber dies ist nicht die Zeit, wieder Feuer zu fangen, weder im brennenden Weizenfeld noch zwischen fliegenden Lettern. Deshalb sage ich nur dies: Die Beziehungen zwischen meinem Vater und der Mörderin, die mit simpler Kooperation begannen, verwandelten sich mit der Zeit in Leidenschaft und Liebe. Der gute Duft der Mahlzeiten und das Zusammenwirken von Verschworenen mit einem Hang zu Sünde und Abenteuer flochten gemeinsam die feuchten Stricke, mit denen Partner einander fesseln.

Auch das Geheimnis und die Lust gemeinsamen Essens, die Zuneigung und die Ruhe, die Kauen und Schmecken bei Menschen im allgemeinen und bei Mann und Frau im besonderen schaffen, taten ihre Wirkung, und noch ehe sie sich das erstemal liebten, hatten sie bereits ein Paarverhalten: eigene Worte und Blicke, eigene Genußlaute, und als es dann geschah, meinten sie, in ein wartendes Planquadrat zu schlittern. Mitten bei der Mahlzeit, als sie am Tisch saßen und gebratene Lammhaxen abknabberten, merkten beide, daß ihre Augen schon einige Minuten lang über die zusehends entblößten Knochen hinweg aneinander hingen. Mordechai Joffe legte seine Haxe auf den Teller, und sogleich tat das auch die Mörderin mit ihrer. Beide lehnten sich ein wenig vor, und dann sagte Mordechai: »Mir scheint, es wird Zeit, dir zu sagen, wieviel Freude du mir schenkst, wieviel Vergnügen...« Sie sagte lächelnd: »Das gleiche meinerseits«, und er stand auf, umrundete den Tisch, kam und kniete neben ihrem Stuhl nieder.

»Bis heute war es Freundschaft«, sagte er, »komm, laß uns jetzt beschließen, daß es Liebe ist«, erhob sich und kehrte an seinen Platz zurück.

Warum sind sie nicht gleich aufgestanden und ins Bett gegangen? Aus demselben Grund, aus dem sie von der ersten Mahlzeit bis jetzt gewartet hatten. Mein Vater sagte nämlich, genau davon habe die Thora gesprochen, als sie die Sodomie verbot. »Jeder Esel kann eine Eselin bespringen, aber kultivierte Lebewesen haben Riten und Konventionen, haben Vorfreude an dem Wissen, daß es kommt, jetzt, in ein paar Minuten, morgen, in zwei Jahren, in einem Monat oder einer Stunde.«

Und so, wohlwissend um die Bedeutung dieses Traums und den Zeitpunkt dieser Erwartung, beendeten die beiden ihr Mahl, wischten sich die Lippen, er stellte das Geschirr in die Spüle, sie spülte, er trocknete ab, räumte es in Schrank und Schublade, und als sie die Schürze löste, schmiegte sich mein Vater von hinten an die Mörderin. Seine Hand wollte schon ihren Hals umfassen, entsann sich jedoch plötzlich, daß sie nur eine war, fuhr daher diagonal von der Taille hinab und legte sich auf den Venushügel, dessen Wärme und Freude man sogar durch den Schürzenstoff und den dicken Drillich der Arbeitshose spüren konnte.

An Stelle der fehlenden Hand legte er sein Kinn in ihre Halsbeuge. Einen Moment lehnte sie ihr Gesicht seitlich an seine Wange, dann wandte sie sich zu ihm um. Sie küßten sich. Sie nahm ihnen beiden die Küchenschürzen ab, hängte sie auf und sagte: »Ich gehe mich waschen und danach du.« Sie kam im Hauskleid zurück, hörte ihn duschen, den Gummischieber ziehen und leicht auf den Boden schlagen.

»Wie Tiere im Wald«, sagte Mutter, bei der kein menschlichkultiviertes Zeremoniell ihre Grundauffassungen über ihren Ehemann änderte. Kultur oder nicht, gemeinsame oder getrennte Duschen – langjähriger Vegetarismus hatten bei ihr die scharfen Sinne und das Mißtrauen aufgebaut, die Pflanzenfresser gegenüber Löwen und Geparden entwickeln. Aber Vater hörte ihre Worte nicht, und das nicht etwa, weil Fleischverzehr das Gehör schwächt, sondern weil die Schenkel der Mörderin ihm bereits die Ohren verschlossen.

Im allgemeinen kann der Mensch sich seine Eltern schwer in solchen Situationen vorstellen. Nicht miteinander und gewiß nicht mit jemand anderem. Aber mein Vater ist das natürlichste fehlende Teilchen in jedem Liebes-Puzzle und läßt sich leicht neben jede Frau einfügen. Sein Kopf begann, zum Nabel der Mörderin emporzurutschen und von dort in das Tal zwischen ihren Brüsten. Kultivierte Menschen waren sie, und sie drehte sich langsam, damit er ihr auch den Nacken küßte. Kultivierte Menschen – und seine Lippen ließen ihren zarten Flaum erbeben, fuhren südwärts ihre Wirbelsäule hinab. Das Feld ihres Rückens lag ausgebreitet vor ihm, ihr Geruch wurde intensiver. Sie spürte, daß die Haut ihrer Schenkel sich sträubte, und lachte in die Matratze.

Jeden Tag sah ich ihn sich anziehen, Brot schneiden, Schuhe binden, einhändig den Dauphin des Landwirtschaftsamts lenken, und als ich ihn Jahre später fragte, wie er einhändig mit einer Frau geschlafen habe, sagte er: »Man braucht Geduld, und es ist schwierig.« Auch damals saßen wir beide allein, ein aufsässiger Vater und ein widerspenstiger Sohn, bei den Blutorangen, die er auf seinem Versuchsgrundstück zog, das ihm das Landwirtschaftsamt in Galiläa zur Verfügung gestellt hatte, und bei dieser Gelegenheit sagte er mir auch, ich müsse »auf die Beine kommen«, mich von Anjas Vertreibung aus dem Dorf erholen und wieder Tritt fassen. »Auch das ist eine Art Amputation, die es zu überwinden gilt.« Plötzlich fing er an, von der Mörderin zu reden, und sagte: »Mit ihr, Michael, war es immer eine ganz besondere Beziehung.«

Bis heute weiß ich nicht, was er mit »immer«, mit »Beziehung« und mit »ganz besondere« meinte, und ich weiß auch nicht, warum er darüber mit einem Jungen sprach, der sein Sohn war, zu jung, um Geheimnisse anzuhören, und zu schmerzerfüllt, um den Schmerz eines anderen anzuerkennen. Aber ich vergebe ihm, denn anders als meine Mutter, verbessere ich nicht die Welt. Statt zu verbessern, erzähle ich, statt zu predigen, erinnere ich mich, und außerdem – soll die Welt erst mal mich verbessern.

»Ich wollte dir Mittagessen kochen«, sagte Pnina zu Aaron, als er wiederkam, »aber das Haus ist verschlossen, und in der Speisekammer ist nichts.«

»Du brauchst nicht zu kochen.« Er humpelte flink in die Küche. »Ich habe Essen mitgebracht, alles Nötige. Hier«, er stellte einen geschlossenen Topf auf den Tisch, »alles, was du gern magst: Wareniki und Piroschki mit Fleisch, mit Buchweizen und Kartoffeln, und hier sind Gemüse, Brot und Bier.« Er wandte ihr das Gesicht zu: »Hast du den ganzen Tag im Haus gesessen?«

»Ja«, sagte Pnina. »Was soll ich draußen tun?«

»So ist es gut«, sagte Aaron. »Zu Hause ist es besser.«

»Ich wasch dir deine Arbeitskleidung.« Sie stand auf.

»Nein...«, sagte der Bräutigam erschrocken, »ich bringe die Sachen zur Wäscherin, ich hab hier eine im Dorf, die wäscht.«

»Zur Wäscherin? Jetzt muß alles Geld, das du verdienst, an meinen Vater und die Familie gehen.«

»Du weißt es?« Sein Flüstern erstarb ihm auf den Lippen. »Woher weißt du das?«

»In der Familie Joffe gibt es keine Geheimnisse.«

»Ich habe genug Geld, werde noch mehr Geld haben, und meine Geschäfte mit deinem Vater brauchen dir keine Sorgen zu machen.«

»Sie machen mir keine Sorgen«, sagte sie und verstummte.

»Du kannst lesen, du kannst Musik hören, du kannst nähen,

malen und schreiben, es gibt hier Radio und Grammophon, und ich werde dir alle Bücher und Schallplatten bringen, die du haben möchtest.«

Pnina schwieg weiter. Aaron, den Seelenlagen, die nicht mit aktivem Handeln zu tun hatten, beängstigten, stand überraschend flink, fast sprunghaft, auf und sagte: »Besser zu Hause. Ich möchte nicht, daß die Gartenschaufel dir Schwielen verursacht, ich möchte nicht, daß die Wäscheseife dir die Finger kaputtmacht, und ich möchte nicht, daß die Sonne dir das Gesicht versengt und dir Falten einbrennt. Nicht dazu habe ich dich geheiratet.«

»Wozu dann?«

»Du weißt es doch.«

»Ich weiß es, aber ich möchte es aus deinem Mund hören.«

»A, weil sie es so beschlossen hatten.«

»Und B, Aaron?«

Er geriet durcheinander: »Was B?«

»Du hast A gesagt, dann muß jetzt B kommen. Sag mir, was du beschlossen hast, nicht was andere für dich beschlossen haben.«

»Und B«, Aaron senkte die Augen, »wegen deiner Schönheit...« Und mit einer Häme, bei der ein fremdes Ohr Bosheit herausgehört hätte, fügte er hinzu: »So wie du die schönen Häuser in Tel Aviv sehen und einmal mit jemand Schönem zusammensein wolltest...«

»Zum Schluß wird diese Schönheit vergehen«, sagte Pnina, »auch meine Mutter war mal eine schöne Frau, und heute ist sie böse mit dem Spiegel.«

»Diese Schönheit gehört mir, und ich werde sie hüten. Ich habe einen Plan.«

»Selbst wenn es dir gelingen sollte – was willst du damit anfangen?«

»Warum flüstern wir denn?!« rief der Bräutigam. »Keiner hört uns. Mit ihr werde ich schlafen gehen, mit ihr werde ich aufstehen, und zu ihr werde ich heimkehren. Das werde ich damit anfangen. Damit ich dich ansehen und dich berühren kann, in dem Wissen, hier ist Schluß mit Schmelzofen und Drehbank, mit meinem Hinkebein, mit dem Ruß und Öl, die mir nicht mehr aus der Haut und aus der Seele gehen – all das endet hier, und du fängst an.«

Noch nie hatte er mit solcher Erregung gesprochen, und Pnina schwieg.

»Ich habe auf das Studium am Technikum verzichtet«, er lehnte sich vor, das Gesicht gesenkt, »und auch auf meine Ehre habe ich verzichtet. Deine Blutflecken auf dem Polster, das Blut von der Fahrt zur Niederkunft, sehe ich jedesmal, wenn ich in meinen Citroën steige, und das Kind, das du einem anderen Mann geboren hast, sehe ich jeden Tag bei deinem Vater. Tagtäglich! Lebendig! Liegt mit all seinen Namen in dem Inkubator, den ich gebaut habe.«

»Du bist wie mein Vater, Aaron.« Sie stand auf. »Wozu brauchte er einen Sohn, wo er dich hat? Das Kind wird auch ohne Inkubator leben, und du hättest mich auch ohne das Abkommen gekriegt. Ich liebe dich mitsamt deinem Hinkebein und den schwarzen Runzeln und dem Gesicht, das du häßlich findest.«

»Trotzdem warst du mit ihm zusammen, da ist es schon gut, daß es das Abkommen gibt«, erwiderte Aaron. »Wenn Abkommen da sind, hat keiner das Gefühl, man erweise ihm Gefälligkeiten.«

»Wie wenig du verstehst, Aaron! Kein Mensch hatte die Absicht, dir Gefälligkeiten zu erweisen…«

»Pnina«, Aaron stand ebenfalls auf, »warum Geschichten erzählen? Wenn eine Frau wie du einen Mann wie mich heiratet – was ist das dann anderes als Gefälligkeiten?«

Amuma sagte, bei Aaron und Pnina habe es »keine Vollziehung« gegeben, und wenn sie die nächtlichen Spaziergänge der beiden beobachtete, sah man die Linien der Antipathie und das Funkeln der Erschütterung in ihren Augen. Aber auch ihre anderen Schwiegersöhne mochte sie nicht. Über Vater sagte sie sofort, er sei »ein richtiger Flattervogel«, worin sie nicht irrte, und bei Rachels Jungen vergaß sie nicht die Hochzeit, auf der sie nicht gewesen war. Aber als er im Unabhängigkeitskrieg fiel, änderte sie sofort ihre Meinung. Sie trauerte um ihn wie um einen Sohn und sagte: »Man konnte bei ihnen die Liebe förmlich mit Augen sehen«, ja formulierte sogar eine Erklärung: »Nur eine einzige normale Liebe hat es im Haus gegeben, und nun ist auch sie nicht mehr.« Aber die Tränen, die sie beim Eintreffen der Nachricht von seinem Tod weinte, beeindruckten niemanden, denn Amuma konnte mühelos Tränen vergießen. Sie hatte ein paar erprobte Erinnerungen und Melodien, die tadellos funktionierten, nämlich bei Bedarf die Augen feucht werden ließen, eine Träne oder deren zweie auslösten oder auch eine ganze Tränenflut.

Der Junge wurde auf dem Herzl-Berg in Jerusalem begraben. Rachel las dort das Gedicht *Meeresstille raunt Geheimnis*, und als der Arsch ihr zuflüsterte: »Das ist Bialik!... Das ist Bialik!...«, flüsterte sie zurück: »Was kann man machen, manchmal bleibt keine andere Wahl.«

»Und wie alles ringsum schweiget,
Schau zum Stern, der droben webt:
Eine Welt ist mir geblieben,
Die in meinem Herzen lebt.«

Rachel beendete die Lesung, schloß den Gedichtband und sagte: »Jetzt schlaf, soviel du möchtest, in Ruhe und allein.«

Sie fuhr nach Tel Aviv, weil die Trauerwoche für den Jungen im Haus seiner Eltern gehalten wurde. Danach erklärte sie, sie bleibe dort, weil man ihr Arbeit angeboten habe. Und vier Wochen später kehrte sie nach Hause, auf den Joffe-Hof, zurück. Ballerinaschuhe, Brautkleid und Schleier leuchteten weiß in dem kleinen Koffer, den sie trug.

»Ich konnte dort nicht sein«, sagte sie, »der Arsch ist nach Jerusalem verzogen, und seine Eltern sagen weiterhin ›im Lebensalter von‹, auch nachdem er tot ist.«

Der Arsch wohnt übrigens immer noch in Jerusalem. Viele Jahre hat sie Literatur und Mathematik an einer dortigen Oberschule unterrichtet, und jetzt, als Pensionärin, lernt sie selbst unaufhörlich. Sie schreitet von Kurs zu Kurs, von Vortragsreihe zu Vortragsreihe, von Seminar zu Seminar. Alona und Rachel fahren häufig zu ihr, weil alle drei scharf auf die literarischen Spaziergänge sind, die der Schriftsteller Chaim Be'er nach den Büchern von S. J. Agnon veranstaltet, und bemängeln: Warum führt er nicht auch Rundgänge nach seinen eigenen Romanen *Federn* und *Stricke*. Sie gehen ins Café *Gestern, vorgestern*, wenn dort einer ihrer Lieblingsdichter oder -schriftsteller eingeladen ist, besuchen diese oder jene »Familienimmobilie« – so nennt Rachel die Neuerwerbungen, die sie für uns in den Gewerbegebieten verschiedener Städte getätigt hat –, und zum Abschluß machen sie einen Spaziergang in der Deutschen Kolonie. »Was heißt hier warum? Das sind Verwandte ...«

Einmal habe ich auch eine solche Tour mitgemacht, aber in Tel Aviv: »Das Tel Aviv der Dichterin Rachel« oder das »von Nathan Alterman« oder »von Nachum Guttman« oder »von Jaakow Shabtai«. Ein dicklicher, freundlicher Stadtführer, »selbst ein Dichter«, wie der Kulturkalender unseres Bezirksrats verhieß, erwartete uns, eine alte Militärkartentasche über die Schulter gehängt, die Augen neugierig auf den großen gelben Bus geheftet, der aus der kleinen Stadt in der Jesreelebene in die Metropole am Meer gekommen war.

Die Türen öffneten sich schnaufend, die Gäste stiegen aus: Schwere Männer, das Haar ergraut, schwere Frauen, das Haar errötet, reckten die breiten Knochen, streckten die starken Glieder, formierten sich zu einer kleinen Kolonne im Gefolge des Stadtführers, und der leitete uns zwischen Häusern, Anekdoten und

Gedichtzeilen hindurch, zitierte begeistert, diskutierte hier und da mit Rachel, und schließlich fand ich mich allein in einem Bekleidungsgeschäft wieder, mit einer freundlichen Tel Aviverin, die zu mir sagte: »Warum nur ich? Probier du doch auch mal ein Kleid an.«

Aber die Fahrten nach Jerusalem mache ich nicht mit. Wozu? Meine Fontanelle rastet dort aus, täuscht und verwirrt mich und sich, und Rachel und der Arsch haben ihre eigenen Beschäftigungen. Sie besuchen das Grab des Jungen auf dem Herzl-Berg, lesen dort Gedichte, säubern, gießen, sagen »erinnerst du dich, Judith...« und »seit er tot ist, ist mir das Spiiiegelbiiild nicht wiedergekommen«, lachen und weinen über den Ehemann und Bruder, und wenn Alona bei der Rückkehr guter Laune ist, schildert sie mir das Gesicht des Arschs, das schon faltig geworden ist, ihre Hände, die bereits mit Altersflecken gesprenkelt sind, und ihren Hintern, »der kein einziges Gramm seiner prallrunden Jugendschönheit eingebüßt hat.« Sie schließt mit dem Satz, »der Arsch bleibt auf seinem Posten«, Uri verbessert: »Der Arsch bleibt auf ihrem Posten«, und ich verziehe das Gesicht und frage: »Wie oft kann man Arsch sagen und noch Spaß daran haben?«

»Hör doch auf, so ein Narzißt zu sein«, tadelt mich meine Tochter und streitet prompt mit ihrer Mutter, die sie auf ihren Fehler hinweist: »Klar heißt es Narzißt – mit t. Bald sagst du wohl auch Kommunis und Masochis.«

Schon in der ersten Nacht nach Rachels Heimkehr merkten Amuma und Apupa, daß sie eine neue Angewohnheit hatte: Sie erhob sich mitten in der Nacht und ging auf Wanderschaft. Apupa mit seinem leichten Schlaf – er schlief wachsam, genau wie er wachsam stand, wachsam saß und wachsam pinkelte – war seiner Ruhe beraubt. Als hätte er nicht genug mit Amumas Abrücken, Batjas Weggang und Pninas Abkapselung, mußte nun die kleine Tochter auch noch wie ein Gespenst durch die Zimmer wandeln. Er rief den Bräutigam zu Hilfe, und die beiden bauten ihr eine neue Baracke, damit sie dort herumlaufen konnte, aber selbst das nützte nichts. Jede Nacht ging sie mit geschlossenen Augen auf ihre Suchtouren aus, verließ dabei alsbald auch den Joffe-Hof, und die Nachtwächter erzählten, sie hätten sie durch die Dorfstraßen spazieren und Türen und Tore öffnen sehen. Kein Mensch glaubte ihnen, aber eines Nachts betrat Rachel ein Haus und legte sich ins Bett seines Eigentümers, eines rotäugigen und weißhaarigen alten Junggesellen, der als Dorfbuchhalter fungierte und – von der überraschenden, warmen Glücksverheißung, die in ihrer Haut verborgen lag, aus dem Schlaf geweckt – ihr Anschmiegen an seinen Leib falsch, aber logisch interpretierte.

Das ganze Dorf erwachte von dem Geschrei, und am nächsten Tag berief Amuma den Frauenoberrat der großen Familie Joffe ein: fünf Frauen, bei denen kein Mensch weiß, wie und wann sie gewählt wurden, und bei denen jede ihre Nachfolgerin bestimmt. Sie führten ein kurzes Gespräch und zogen im weiteren Rachel hinzu.

»Ich habe keine Ahnung, wie ich dorthin gelangt bin«, sagte sie ihnen verlegen, »ich bin ein bißchen Luftschnappen gegangen und an der falschen Ecke abgebogen.«

Die fünf Besucherinnen lachten, sagten ihr, solche Ausflüchte könnte man nur Männern aufbinden, und ließen nicht locker, bis sie schließlich weich wurde.

»Ich kann nicht allein schlafen«, gestand sie. Ihre Stimme klang sehr beschämt, aber die Verzweiflung verlieh ihr Nachdruck. »Ich brauche einen Mann neben mir im Bett.«

Es war kein Erklärungs-, Rechtfertigungs- oder Entschuldigungsversuch. Rachel sagte es schlicht und einfach, wie man auf ein Naturgesetz verweist. Und da Frauen die Naturgesetze am eigenen Leib und Leben kennen und nicht – »wie ihr Männer« – Versuche anstellen müssen – »wir sind nicht die Hypothese, wir sind der Beweis« –, stritten sie nicht mit ihr. Sie organisierten das erste große Treffen aller Frauen der großen Familie Joffe, die aus dem ganzen Land zu einem dreitägigen Kongreß zusammenkamen, den Hof mit Geschichten, Lachen, Schreien und Tränen erfüllten, Lesarten verglichen, offizielle Versionen festlegten, neue Losungsworte erfanden, mit Ausdrücken und Geheimnissen handelten und einen Arbeitsplan erstellten.

So entstand bei uns der Brauch, die Bar-Mizwa-Jungen zu Rachel zu schicken. Manche Eltern taten das mit derselben Feierlichkeit wie beim ersten Aufruf zur Thoralesung, und manche Jungen kamen mit einem besonderen Gesichtsausdruck von ihr zurück und erzählten ihren Zwillingsschwestern, sie hätten mit ihr geschlafen. Aber das waren prahlerische Lügengeschichten. Rachel suchte keine Liebesspiele, nur Wärme und Kuscheln. Sie maß nicht mehr die Abstände an dem Körper, an den sie sich schmiegte, prüfte nicht mehr, ob die Dinge an der richtigen Stelle saßen, und gewiß schlief sie mit keinem ihrer Gäste, denn sie begehrte keinen Mann mehr, nachdem ihrer umgekommen war – »meine Unterhosen sind nie wer weiß wie weit gefahren, und seitdem er gefallen ist, bleiben sie geparkt.«

Schnell gewöhnte sich das ganze Dorf an das Bild eines verschämten Jungen, der, ein Köfferchen in der Hand, aus dem Autobus steigt, auf eine kleine Planskizze schaut, die seine Eltern ihm gezeichnet haben, von Augen und Tuscheln begleitet vom Stadtzentrum zum Joffe-Hof hinaufgeht und bang ans große Tor klopft. Jeder der Ankömmlinge ist zu Hause bereits von Mutter, Großmutter oder Tante instruiert und darauf vorbereitet worden, daß er später Prüfungen und Fragen zu gewärtigen habe, aber »bitte mach dir keine Sorgen, es gibt nichts vorzubereiten oder zu befürchten« – denn ein echter Joffe weiß immer zu antworten.

Noch heute kommen sie, aber in ein Dorf, das gewachsen und zur Stadt geworden ist. Einerseits ist es mit der gegenseitigen Hilfeleistung vorbei, andererseits kennen sich nicht mehr alle, man sieht keine begleitenden Blicke und hört kein Getuschel. Aus dem Zentrum gehen sie zur Gründerstraße hinauf, und an Adikas Minimarkt biegen sie in die ›Allee der Ersten‹ ein, wohlwissend: Von wegen Erste! David Joffe hat diese Allee angepflanzt, die Mauern gebaut und die Tore errichtet, und wenn man ihn dir zeigt, zwergenhaft und zitternd in seinem Inkubator liegend, mußt du es glauben und ihn dir so vorstellen, wie er in »jenen Tagen« war. Du wirst bei ihm Gabriel Joffe, seinen Enkel, treffen, der ein Motorrad und eine militärische Auszeichnung hat, und erschrick nicht, manchmal macht er »einen Auftritt mit Kleidern«. Dann triffst du auch seine Freunde, die keine Joffes, aber wie Brüder von Gabriel sind, und wenn du Glück hast, laden sie dich zum Essen in ihr Zelt ein, aber bleib nicht zum Schlafen bei ihnen. Vergiß nicht, dir bei Nacht die schöne Pnina anzugucken, denn bei Tag geht sie nicht aus, und ihren Mann Aaron, der den ganzen Tag unter der Erde gräbt, richte auch ihnen Grüße aus. Und seinen Vater, Hirsch Landau, der kein echter Joffe ist, aber bei Apupa wohnt und sich um ihn kümmert und Geige spielt, den grüß auch. Dann nimm dich vor der Tante Hanna in acht, die dir sagen wird, was man essen darf und was nicht, und such ihren Sohn, Michael Joffe, der oft auf der Veranda sitzt und in die Gegend guckt. Er hat eine echt coole Tochter und einen etwas komischen Sohn, der dir bei jeglichem Problem mit Mathematik und Computer helfen wird. Und natürlich – geh zu Tante Rachel, denn dazu bist du ja hingefahren, übergib ihr diesen Brief, und was du tun sollst, wird sie dir schon sagen.

Mit den Jahren baute Rachel ihrer Baracke noch ein Zimmer an, und so entstand das Haus, in dem sie heute wohnt. Es hat ein Zimmer aus Stein, ein weiteres aus Holz und einen langen Flur mit einer länglichen Kammer daneben, aber keine Küche.

»Wozu sollte ich ausgehen? Und wozu brauche ich eine Küche? Aaron bringt mir was aus Naifas Töpfen, manchmal gehe ich bei Pnina essen, und meine Fische kann keiner ausstehen.«

[*Erzählen, wie Naifa Rachel beizubringen versucht hat, gefillte Fisch zuzubereiten, damit sie bei Familientreffen auch etwas mitbringen kann. Kein Mensch außer ihr kostet sie. Mitten bei der Mahlzeit steht sie demonstrativ auf, ißt ein Stückchen davon, schickt einen Blick in die Runde und erklärt: »Die Fische sind wirklich gut« – und dann: »Was Eßbares ist nicht dabei rausgekommen, aber wenigstens ein passabler Ausdruck.«]

Zuerst sind sie ängstlich. Einige, scherzt sie, tigern zwischen dem hölzernen und dem steinernen Zimmer hin und her, die Augen geschlossen, prägen sich im stillen den Korridor ein. Wenn sie guter Laune ist, gibt sie ihnen frotzelnd ein Bindfadenknäuel, damit sie es an der Tür befestigen und bis zum Bett ausrollen können. Nachdem sie sich beruhigt, etwas gegessen und sich gründlich gewaschen haben, bringt sie sie ins Bett, deckt sie mit dem *Puchowik* zu – zwischen dessen Federkielen noch die Hitze und Angst vorheriger Joffe-Jungen hängen –, erzählt ihnen mal eine nette Geschichte, mal ein unschönes Geheimnis, reibt sogar Rotz auf die Familiennase, stellt vielleicht Fragen, und manchmal schmiegt sie sich nur an den Rücken des Gastes, umarmt ihn und verfällt sofort in erschreckend tiefen Schlaf, weshalb es schon mal vorkam, daß solch ein Junge aus dem Haus auf den Hof rannte und schrie: »Sie ist gestorben!« Aber letzten Endes gewöhnen und beruhigen sich alle, studieren die Tabellen und Börsenkurven an ihrer »Aktienmauer« und schlafen ein. Ein paar Tage später kehrt der Junge heim, den Kopf voller Anekdoten, die Haarspitzen voller Geschichten, die Haut vor Hitze brennend, und einen anderen, ebenfalls verschlossenen Umschlag – »den gibst du Mutter, ein Brief für sie« – in der Tasche.

Mit den Jahren gingen einige Joffe-Frauen dazu über, auch ihre Ehemänner zu ihr zu schicken, vor allem die nervenden unter ihnen, damit sie nicht allein schlief, während sie selber, wie sie sagten, sich von ihrer Mühe und Last erholen konnten, und da die beiden sich in einer intimen Situation befanden, aber nicht mit der Pflicht der Vollziehung verbunden, und da die Joffes nach Meinung der Joffas »ja doch irgendwas vergießen müssen«, ergossen sie sich in ihrem Bett mit Geschichten und Bekenntnissen. So erwarb Rachel die Erinnerung und die Geheimnisse und Geschichten, die kein Joffe und keine Joffa vor oder nach ihr hatte. Sie erfuhr die Wünsche und Lehren, die »Plone« und Pläne. Und so wurde ausgerechnet sie, die Zucchini, zum Knotenpunkt und Herzen der Familie.

All das weiß ich aus Erfahrung, denn keiner der Joffes hat häufiger als ich bei Rachel geschlafen. Zum einen, weil ich auf demselben Hof wohne und häufig zum Einspringen gerufen werde, zum zweiten, weil ich es seit jeher liebe, ihr meine Geheimnisse zu erzählen und ihre Geschichten anzuhören, und zum dritten, weil es Alona nichts ausmacht. Im Gegenteil: »Geh, geh schon«, sagt sie in unerklärlicher Abneigung, »stänkere in ihrem Bett und beruhige dich.« Und da Rachel sehr sachlich handelt und so wohlbemessen und routiniert agiert wie ein Priester an seinem Altar oder ein Handwerker in seiner Werkstatt, nehme ich an, daß sie mit all ihren Gästen ebenso verfährt.

»Guten Tag, Tante Rachel«, sage ich beim Eintreten. »Da bin ich.«

»Guten Tag, Neffe Michael«, sagt Rachel, »da bist du.«

Im Duschraum erwarten mich meine alten Freunde, der Pyjama und die Handtücher – alt, weich und sauber –, und der Abzug des Holzofens summt schon kräftig hinter der Wand. Auch dieser Ofen ist eine wunderbare Erfindung des Bräutigams: Er ist nichts als ein mächtiger, doppelwandiger Schornstein mit einem Metallbecken am unteren Ende. Das Wasser sitzt zwischen den Wänden, das Holz brennt im Becken, das Feuer steigt im Schornstein auf und erhitzt das Wasser schneller als jeder Elektroboiler. Und wenn ich dort herauskomme – blitzsauber, dampfend und rot –, zeigt mir Rachel, obwohl ich es schon weiß, die Seite, auf der ich schlafen soll, breitet ihr *Puchowik* über uns beide, schmiegt sich an und seufzt: »Gut, daß du zu mir gekommen bist, daß du deine Tante nicht allein schlafen läßt.« Ich liege ruhig da, warte, bis sie es sich richtig bequem gemacht hat, und dann fangen wir an zu reden.

Seine Gelder, Pläne und Skizzen legte der Bräutigam in den Panzerschrank, den er erfunden hatte: Sein Spezialschloß war nichts als ein Loch und sein Spezialschlüssel – ein langer Nagel, jeder lange Nagel oder auch nur ein steifer Zweig, den man in das Loch stecken konnte, um dort in geheimer Folge vier innere Zungen zu drücken. Rachel sagte, man hätte die Zungen auch außen anbringen und mit dem Finger drücken können, aber das Loch habe Aaron das Gefühl der Geheimhaltung gewährt, das Panzerschrankinhaber, Patenterfinder und Abkommenspartner sehr hochhalten.

Jeden Tag beim Heimkommen öffnete er den Panzerschrank, überflog den Inhalt, nahm gelegentlich etwas heraus oder legte etwas hinein. Danach wusch er sich, so heiß er es nur ertragen konnte, mit Wäscheseife und harten Bürsten, und dann machte er die Lampe an, setzte eine Uhrmacherlupe ins Auge und bat Pnina, sich ihm gegenüber zu setzen und die Hände auf den Tisch zu legen: Wiesen sie eine Schramme oder Beule auf? Und ihr reines Gesicht drehte und prüfte er im Lampenschein: Gab es den Anflug einer Runzel, Sommersprosse oder Rötung? Nun blickte er ihr in die Augenseen, auf die variierenden Größenränder, die die Pupille auf der Linse hinterläßt, und auf die Lichtnarben, die zu starke Sonne in die Netzhaut ritzt. Danach erhob er sich und berührte mit den Fingerspitzen ihren Nacken, um festzustellen – war er kühl oder warm? Denn dies, was jeder Soldat und Landwirt weiß, hatte Apupa ihm beigebracht, ebenso wie mir und Gabriel, ehe wir zum Wehrdienst gingen: »Der Nacken erhitzt sich am schnellsten und kühlt am langsamsten ab«, und ein feuchtes, kühlendes Tuch im Nacken erfrischt und stärkt sogar mehr als das Untertauchen des ganzen Körpers.

»Du suchst nach Anzeichen von Untreue…« Pnina versuchte zu lächeln.

Aber der Ernst des Bräutigams blieb unberührt. »Nein«, sagte er, »Untreue hinterläßt keine Zeichen, aber wenn du an die Sonne rausgehst, werde ich es merken.«

»Ich geh nicht aus, Aaron, ich hab's dir ja schon gesagt.«

Er stand auf und stellte die Delikatessen auf den Tisch, die er von Naifa geholt hatte. Sie kann unvergleichlich gut Hühnersuppe kochen und Karotten glasieren, und den Teig ihrer Teigtaschen wellt sie so dünn aus, daß die Füllung durchschimmert. Naifa bäckt auch Challot, füllt Karpfen und Krautköpfe, legt Gurken mit Salz und Knoblauch ein, weiß, wie man Gänseschwarte in die Pfanne wirft und Töpfe voll Tscholent aufsetzt. Ihre Salzheringe gewinnen jeden Schwimmwettbewerb gegen Joffesche Salzheringe, die gegen sie anzutreten wagen – obwohl letzthin manche Kommentatoren Dimitris Salzheringe favorisieren. All das hat ihr Onkel Aaron beigebracht, der selbst gar nicht kocht, aber man kann halt alles richtig bewerkstelligen, wenn man Pläne und Formeln hat.

Wenn er für Frauen Messer und Scheren schliff, hatte er sie häufig um Kochrezepte gebeten. Aber seine Kundinnen hatten ausweichende Antworten gegeben, wie jede junge Ehefrau sie kennt, die ihren Mann mit Gerichten ihrer Schwiegermutter becircen möchte: Sie nannten falsche Mengenangaben, ließen Zutaten aus – und vor allem versteckten sie sich hinter Ausdrücken wie »nach Gefühl« oder »nach Geschmack«, die im besten Fall Hochmut, im schlimmsten Fall Unwissen und im Normalfall Bosheit bezeugen.

Der Bräutigam gab nicht auf. Ausgerüstet mit Thermometer, Stoppuhr und Goldwaage, lud er sich in ihre Küchen ein. »Leg alles hier auf die Waage, ehe du es in den Topf tust«, bat er und wog milligrammgenau all das ab, was die Joffes gemeinhin an ihr Essen geben: schwarzen Pfeffer, Lorbeerblätter, Muskatnuß, Kümmelsamen, Paprikapulver, Kochsalz, Knoblauchzehen und Dill. Er wog und notierte, maß Temperaturen und Zeiten, und wenn er dann mit den genauen Angaben Naifas Zelt aufsuchte, lehrte er sie kochen, wie man einen Lehrling in der Schlosserei unterweist: Schritt für Schritt, nach Zeitplan, Bewegungsabläufen und bunten Arbeitsschemata.

»Am wichtigsten ist, daß die Zeit parallel abläuft«, lehrte er immer wieder. »Jedes Ding muß gleichzeitig mit anderen Dingen, nicht hintereinander, geschehen.« Und erklärte: »Nirgends mit leeren Händen hingehen, keinen einzigen Meter weit, damit es hinterher keine ›Extragänge‹ gibt. Wenn du Salat machen, Schabbatbrote backen und Suppe kochen mußt, fang mit dem Teig an, stell das Wasser aufs Feuer, und während er geht und es warm wird, schnitzele das Gemüse.«

Naifa konnte weder lesen noch schreiben, kannte nicht den Unterschied zwischen Parallel- und Hintereinanderschaltung. Aber sie war schnell von Begriff, wißbegierig und mit dem Gedächtnis einer Frau begabt, die schon mit vier Jahren jedes Schaf der Herde nicht nur an Gesichtszügen und Fußabdrücken, sondern auch am Wedeln seines Schwanzes erkannte. Sie setzte Töpfe auf und warf in die Pfanne wie eine echte Joffe, und nach ein paar Lektionen kochte sie schon ein ganzes Menü. Der Bräutigam kostete, und sein Gesicht leuchtete. Nicht nur wegen des Geschmacks, sondern vor allem, weil die Qualität von Naifas gehackter Leber die Überlegenheit der Wissenschaft über die Tradition und den Vorzug der Planung vor dem Gebet bewies.

»Probier auch du«, sagte er, »damit du weißt, wie es schmekken muß.«

Naifa zuckte mit dem Kopf zurück, wandte ihn störrisch ab wie ein Kleinkind. Der Bräutigam beharrte, drohte ihr, eine andere Köchin zu engagieren. Naifa lachte, blickte ihren Mann an, und auf sein Nicken hin pickte sie einen Krümel von der Löffelspitze und rannte in den Hof, um sich zu übergeben. So wurde offenbar, daß sie ihren großen Erfolg bei der Zubereitung jüdischen Essens nicht nur mit Hilfe der Pedanterie des Bräutigams und nicht nur kraft ihres scharfen Geistes und Gedächtnisses erreichte, sondern auch mit Hilfe des *Kwaß*, den dieses Essen bei ihr erregte.

Von da an hatte sie eine feste Regel zur Hand: Sobald sie mit Kochen fertig war, probierte sie vom Topf – übergab sie sich, wußte sie, daß das Gericht wohlgelungen war, übergab sie sich nicht, kippte sie es den Hunden und Hühnern hin.

»Der Hund hat von eurem Tscholent gefressen«, erzählte ihr Mann dem Bräutigam, »und danach brachte er es nicht mehr fertig, der Herde nachzurennen. Lag den ganzen Tag wie ein Stein unterm Strauch.«

Die Rumpelstraße zu Naifas Zelt eignete sich für den Power-Wagon oder einen Esel, aber Aaron kam lieber mit dem Traction avant, weil er weich fuhr und die Töpfe nicht durchrüttelte. Daher nahm er Ingenieur Florental mit, der sich über die Gelegenheit freute, seine Phosphorsprengkapseln testen zu können. Er sprengte und ebnete ein paar Felsabsätze, schuf Ablaufrinnen, gab Anweisung, einige Steinbrocken wegzuräumen und ein paar Rillen aufzufüllen, und fortan fuhr der Citroën jeden Mittwoch den Geröllpfad hinauf, brachte der Köchin Mehl, Öl, Gemüse und Fleisch, Obst fürs Kompott und zappelnde Karpfen im Blecheimer.

Naifa ging sofort an die Arbeit, und am Donnerstagmittag stieg der süßliche Duft schon zwischen den Zeltplanen auf und benebelte die in ihrem Schatten Sitzenden. Der Geruch durchquerte die schweren, stinkenden Schwaden, die über dem Schafspferch hingen, ließ Zicklein und entsetzte Welpen in die Hügel flüchten, kroch das kleine Wadi hinunter, gelangte ins Emek und verbreitete sich dort längs und quer.

Aaron hatte niemandem von seiner Beduinenköchin erzählt, und jetzt, da der Duft ihrer Speisen zu den Moschawim und Kibbuzim gelangte, die nach uns im Emek entstanden waren, staunten alle. Manche gerieten in Erregung, andere erschraken, als wolle jemand ihnen einen Schabernack spielen, aber letzten Endes kamen die Menschen aus Häusern und Kuhställen, folgten wie Spürhunde dem Geruch, lächelten verlegen oder mißtrauisch. Kleine und weniger kleine Gruppen liefen wie Wasserläufe in der Schlucht zusammen, und im Nu durchquerte eine große Prozession die Jesreelebene, die Menschen stiegen das kleine Wadi zwischen den Hügelkuppen hinauf und entdeckten, daß der Geruch nach Mutters Küche einem schwarzen Zelt entstieg, das sich im Schatten einer Eiche und eines Johannisbrotbaums duckte, umringt von verdutzten Schafen und lachenden Beduinenkindern.

Ein paar Monate später ereignete sich noch etwas, was mit Pnina zu tun hat, doch in diesem Fall kann ich nichts Lustiges und Amüsantes daran finden. Der Anfang war normal und unverfänglich: Ein grüner Fleck tauchte am Rand unserer Felder auf, und da es Sommer war, dachte Apupa, es handele sich um eine lecke Wasserleitung. Als der Fleck wuchs, beschloß er hinzugehen, das Was und Warum zu prüfen und die Sache zu reparieren. Zuerst erwog er, Gabriel mitzunehmen, aber der Weg war lang, der Tag heiß, und der *Zipljonok* – zart und schwach wie ein Reis – verfiel schon um ein Uhr in Schlummer, da wollte Apupa ihn nicht wecken. Alle Babys wachsen und nehmen zu, wenn sie schlafen, und erst recht die Frühchen.

Amuma redete damals schon nicht mehr mit ihm, aber er rief mit lauter Stimme, wohlwissend, daß sie es hören würde: »Ich geh runter, was auf dem Acker nachsehen, Mutter, paß auf das Küken auf«, und ging.

Tatsächlich tropfte der große Schieber am Ende des Grundstücks, als hätte jemand vergessen, ihn ganz zuzumachen. Apupa drehte ihn ein Stück fester, aber das Lecken hörte nicht auf. Er drehte noch fester zu – vergeblich. Er drehte »ein winziges bißchen mehr« – so erklärte er später das Unglück – und brach dabei den Wasserhahn ab. Er bückte sich, und wurde noch wütender angesichts der höhnischen Tropfen, die nun schneller rannen und sich zu einem dünnen Wasserstrom zusammentaten. Da zückte er die Zange, die in jenen Tagen jeder Bauer in der Hosentasche trug, drehte die Nabe – und zerbrach auch den Schaft.

David Joffe richtete sich auf, blickte nach links und rechts, um zu sehen, ob es Zeugen für die gemeinen Untaten des Schiebers gäbe, und stieß nun, wie gewohnt, laute Schreie aus: »Nicht so!« – »So!« – »Hör auf zu tropfen!« – »Cholera!«, und was der Schimpfrufe mehr sind. Der Schieber gab keine Antwort, sondern spritzte seinem Schmäher Wasser ins Gesicht. Daraufhin blieb Apupa keine andere Wahl, als ihn mit Füßen zu treten – und alle Amseln, Lerchen und Raben der Gegend kamen, um in dem Springbrunnen zu baden.

»In diesem Stadium«, sagte Rachel, »begriff sogar sein Spatzengehirn, daß man einen Handwerker brauchte. Er rief mit lauter Stimme: ›Aaron! Komm schnell, Aaron!‹ Und wenn ich ›mit lauter Stimme‹ sage, Michael, meine ich damit, daß alle Aarons im Emek anfingen, schnell an alle möglichen Orte zu kommen.«

Auch unser Aaron. Innerhalb von zwei Minuten verließ der Power-Wagon den Hof, fuhr den Hügel hinab, bog ohne Zögern und Zagen zu den Feldern ab. Auf diesen Moment hatte Amuma gewartet. Schon vorher, als ihr Mann zum Schieber hinuntergegangen war, hatte sie gewußt, daß dort ein Unglück geschehen würde. Jetzt, da sie die Schreie hörte und die Vogelschwärme und Aarons schnelle Abfahrt sah, wußte sie, daß die Reparatur mehrere Stunden dauern würde.

Sie lief zu Pnina, riß die Tür auf und rief ihr zu, sie solle kommen, jetzt ginge es, sie solle alles stehen- und liegenlassen und schnell kommen, um ihren Sohn zu stillen.

Pninas weiße Stirn errötete vor Aufregung. Schon im Laufen spürte sie die Milch einschießen, die Brüste warm und schwer werden und ihre Brustknospen so prall abstehen, daß sie schon meinte, sie würden ihr die Richtung weisen.

Gabriel saß auf der Schilfmatte und spielte mit einer Puppe.

Trotz der starken Hitze trug er eine gelbe Wollmütze auf dem Kopf. Pnina kniete neben ihm nieder, drückte ihn ans Herz.

»Still ihn erst mal!« rief Amuma. »Schnell! Stillen! Stillen!«

Pnina ließ von ihrem Sohn ab und richtete sich auf. Die weißen Knöpfe ihrer Bluse flogen durch die Luft, mischten sich unter die weißen Milchtropfen, die bereits auf dem Boden landeten.

»Still ihn! Stillen!« Pnina nahm den verblüfften Jungen auf den Arm, legte seinen Kopf an die Brust und schloß die Augen.

Als Aaron heimkehrte, stellte er fest, daß seine Frau sich an nichts erinnerte, auch nicht an ihren oder seinen Namen, und entdeckte ein Sonnenfältchen an ihrer Stirn. Apupa wiederum sah ein Kleinkind, das sich wie trunken benahm, im Kreis krabbelte und einen bemerkenswert selbstgefälligen Gesichtsausdruck hatte. Und was noch eigenartiger war: Er redete. Mit zwei Jahren sagte Gabriel endlich sein erstes Wort. Doch zu Apupas Kummer und Enttäuschung war es nicht das Wort »Vater«. Auf seinen dünnen Kükenbeinen torkelnd, breitete Gabriel die Arme aus und kreischte entgegen aller Normen: »Stillen!… Stillen!…«

Großvater wagte nicht, irgendwen zu beschuldigen, denn er hatte keine Beweise, aber sogar sein Spatzengehirn erfaßte, was passiert war. Er wurde zornig, fürchtete, Gabriel werde künftig nicht mehr aus dem Fläschchen trinken oder das besondere Mastfutter, das er ihm zubereitete, essen wollen. Doch seine Befürchtungen erwiesen sich als unbegründet. Das Kind leerte weiterhin die Flaschen, die seine Mutter ihm schickte, und schlabberte die Gänseeidotter, die Apupa ihm mit Honig verrührte. Aber öfter mal stand er auf, breitete die Arme aus und rief diesen furchtbaren Alarmruf – »Stillen… Stillen…« Das tat er auch in den folgenden Jahren, im Joffe-Hof, auf dem Schulhof, auf den Dorfstraßen, ja sogar beim Militär – manchmal beim Anblick einer vorübergehenden Frau, manchmal einfach aus Hunger und Sehnsucht.

Noch heute schreit er so, wenn auch selten, und mit breitem Lächeln, als wollte er uns und seine Freunde mit einer Imitation seiner selbst unterhalten. Aber wir, die lachten, als Gabriel in Großmutters Kleidern auftrat, lächelten, als er seine Auszeichnung vom Militär bekam, und auch – sei es mit ausdrücklicher oder stillschweigender Einwilligung – seine Freunde akzeptierten, die vorher beim Wehrdienst seine »Geliebtenmannschaft« waren und jetzt der Schwarm lauter, bunter Papageien sind, die mit ihm, Hirsch und Apupa zusammenleben – bei seinem »Stillen« lachen wir nicht. Fast allem versuchen die Joffes etwas Lustiges abzugewinnen, und auch wo sie nicht wirklich und wahrhaftig froh über die betreffende Sache sind, werden sie oft fündig. Selbst wenn es um den Tod einiger Joffes geht, von ihrem Leben ganz zu schweigen, witzeln wir noch. Aber nicht darüber. An diesem »Stillen, stillen« finden wir nichts Lustiges. – Ich werde jetzt zurückgehen, um zwischen einigen Schrägstrichen zu entscheiden und ein paar Sternchen zu bearbeiten.

Das erste Vorzeichen, das Amuma für ihr kommendes Ende benannte, blinkte schon viele Tage vor ihrer Erkrankung. Zielstrebig und planmäßig begann sie sich in das Familiengedächtnis einzugravieren, und da sie die Windungen der Joffeschen Erinnerung bestens kannte, wußte sie, daß es sich empfahl, die gewünschte Version immer wieder zu erzählen.

So ist das bei uns in der Familie: Über den Vater meines Großvaters beispielsweise weiß ich nur das, was der Sohn mir erzählte. Auch meine Mutter zensiert Geschichten, die nicht ihrer Weltanschauung entsprechen: Schließlich ist jedem bewußt, daß Dr. Jackson längst gestorben ist, aber davon erzählt Mutter nichts, und gewiß beantwortet sie nicht die sich anbietende Frage – woran? Hat ein Eisbär ihn am Ende seines Laufs nach Alaska verspeist? Hat er sich nach einer kalten Dusche eine Lungenentzündung zugezogen? Ich bin nicht nachtragend oder rachsüchtig, bevorzuge aber die zweite Möglichkeit.

Auch mein Vater erdichtete manches und gab es für wahr aus, aber er tat es, um die künstlerische Qualität seiner Geschichten zu erhöhen. Und Rachels Geschichten mißtraue ich noch mehr, denn sie haben eine Aufgabe, sollen Überlieferung, Sprache und Identität bilden, und so ist mir klar, daß sie nicht bloß so ersonnen sind.

Wer weiß denn überhaupt etwas über die Vorfahren seiner Großeltern? Selbst die großen jahrhundertealten Stammbäume, deren Verästelungen bestimmte Familien emsig nachforschen und in denen uralte Vögel nisten, sind doch nicht anders als die Teilnahmebedingungen für Rassehundeausstellungen. Oder wie meine Tante sagt: »Was hilft es dir, daß an der Spitze deiner Dynastie der Wilnaer Gaon thront, wenn dein Sohn total degeneriert ist?«

Die Joffes von Herzlija beispielsweise gehen so weit, zu behaupten, unser Stammvater sei nicht König Saul, sondern Joab, Sohn der Zeruja, der Feldherr König Davids. Als Beweis dafür führen sie die Art und Weise an, mit der er einen damaligen Feind namens Amasa tötete: Die eine Hand umfaßte, die andere Hand stieß zu – genau wie wir Brot schneiden. Aber das leistungsfähige Gedächtnis der Familie bedarf keiner solch fernliegenden Beweise. Es genügen drei Generationen rückwärts, und von da an weiter ist es besser, die Erinnerung verfliegt [versinkt/schmilzt dahin]. [*An anderer Stelle ausführen: Bei der Verbwahl kommt es darauf an, wie wir die Funktionsweise des Vergessens verstehen oder uns vorstellen.] Einmal im Jahr, am Pessach-Abend, kehrt sie zu uns zurück mit ihren Blutsverwandten: Onkeln und Brüdern, Eltern und Kindern, mit den externen Verwandten – Bräutigam und Braut in der Kutsche, die leicht gebaut – und mit den fernen Verwandten – den vier Söhnen in der Pessach-Haggada, den vier Stammüttern, den drei Stammvätern und dem einen, einsamen Gott – in den traditionellen Liedern, die auch nichts anderes als Gedächtnisstützen und Lernübungen sind.

Was ist anders? Nun, »auf sehr ironische Weise«, sagt Alona, »steht in deiner Familie die ganze Sache auf dem Kopf.« Tatsächlich gelingt es uns das ganze Jahr über, im Trocknen zu gehen, aber am Sederabend werden wir erneut bedeckt vom wieder zurückbrandenden Roten Meer der Erinnerungen. Selbst diejenigen Joffes, die vor der Zusammenkunft am Sedertisch noch rechtzeitig daran gedacht haben, Samen zu vergießen, zu bluten oder zu stillen, vermögen nicht dem vielen, mächtigen Wasser zu entfliehen, diesen alles bedeckenden Fluten aus der Thora, und die Familie sieht mir dann aus wie die Reservesoldaten unserer Einheit, die sich einmal im Jahr zum Lagerfeuer auf dem Stützpunkt treffen und Erinnerungen aufleben lassen: wie wir die Sprenghandgranate genau in dem Moment in die Latrine warfen, als der Oberfeldwebel sich draufsetzte, und wie Gadis Mannschaft das syrische Kommando abservierte, und wie Amuma Jochebed das Binsenkästchen am Nil aussetzte, und wie wir Jacky aus der Gefangenschaft der Jordanischen Legion befreiten, und wie Apupa Moses den Ägypter erschlug und ihn im Sand verscharrte, und wie der Bataillonsführer den Wigwam von Gabriel und seinen Freunden abreißen wollte, und wie wir Über-alles Schmurematzen nach Waldheim schickten, die sie dann den Schweinen hinwarf – aber das ist schon eine Geschichte über echtes Bitterkraut.

Dann fragt Ajelet, warum wir denn alle soviel von Plagen und Klagen und Schlagen und Verjagen reden. Und Rachel nutzt den Trubel aus, um sich selbst zu loben mit »die Fische sind wirklich gut«, ohne sie überhaupt probiert zu haben, und Apupa steht auf und fängt an, seitlich zu gehen, wie ein Krebs, um sich draußen zu übergeben, und der Bräutigam senkt verlegen den Blick und sagt: »Man darf ihn nichts trinken lassen.«

»Es ist nicht der Wein«, sagen alle. »Auch an Chanukka benimmt er sich wie ein Idiot.«

»Außerdem«, fügt Rachel hinzu, »weil dein Vater ihn einmal hat trinken lassen, sitzt du heute hier.«

Sofort geht das Geschrei los, Hanna und Apupa und Gabriel und Rachel schreien reihum: »So war es doch«, und Ajelet und Uri antworten aufreizend gelassen: »Oder auch nicht.« Ja selbst wenn alle die Wahrheit gesprochen hätten, wäre das unerheblich gewesen, denn in der Familie Joffe sind die unterschiedlichen Versionen nicht Ausdruck einer Meinungsverschiedenheit, sondern der Leim, der uns zusammenhält.

Und was Amuma angeht: Ihre Sehnsucht nach Batja nahm nicht ab, ihre Wut über das, was Apupa Pnina antat, legte sich nicht, und nichts brachte sie davon ab, Rache zu üben. Die getrennten Betten, das stumme Klavier, die drohenden »Plone« und die zensierten Fotografien waren nur Illustrationen ihrer Gefühle, aber keine wirkliche Rache. Wirkliche Rache kann nur die völlige Trennung sein, von der es kein Zurück mehr gibt.

Wenn ich aus der Schule zurückkehrte, sah ich meine Mutter manchmal auf der Veranda ihres Hauses sitzen, umringt von der kleinen Schar ihrer treuen Anhänger, die mit der Verläßlichkeit von Zugvögeln zweimal im Jahr bei ihr landen. Vater hat ihnen die Bezeichnung »Pflanzenfresser« gegeben, und sie nennt sie »die Gäste«.

»Wenn du meinst, sie kämen aus Gesundheitsgründen zu ihr«, sagte mir Vater bei einem unserer kleinen Sündenmahle auf dem großen Gummireifen am Rand des Hofes, »dann irrst du dich!« Und er erklärte, »die Pflanzenfresser« kämen, weil alle, die nach Gesetzen und Prinzipien lebten – Vegetarier, närrische Chassiden, Panzertruppenkommandeure und Zugvögel –, Zeitpläne, Befehle, Lob und Strafe bräuchten.

»Sind alle hungrig?« fragte Mutter.

»Sehr hungrig«, antworteten sie.

»Der Hunger ist das beste Gewürz«, verkündete sie und wünschte: »Guten Appetit!«

Immer war ein netter, magerer Alter dabei, der genau auf diesen Augenblick wartete. Wenn Mutter sagte: »Guten Appetit«, antwortete er prompt mit »stark und solid!« blickte in die Runde, um zu sehen, ob der Humor erfaßt und verstanden worden war, und erklärte sofort: »›Guten Appetit‹ und ›stark und solid‹ reimen sich!« Und von da an nervte er mit immer weiteren Witzen, die er einem Notizbuch ohne Boden entnahm.

Am Nachmittag führte Mutter die Gäste durch ihren Garten, um die Muskeln und »unsere Verbindung zur Nahrung« zu stärken. Große Schilder: »Schlechte Kost verzehren heißt Krankheit mehren«, »Kohlenhydrate mit Proteinen vereint, ist der Gesundheit größter Feind«, prangten zwischen den Beeten, und zu Zeiten, als Vater noch lebte und guter Laune war, sah man dort auch die Schlagworte: »Jung und Alt essen froh – massenweise Heu und Stroh«, und: »Es weiß jede Kuh – Fleisch ist tabu.«

Heute ist Vater längst tot, von dannen gegangen, und auch jene Gäste sind bereits gestorben, haben offenbar nicht alle Gebote gehalten, und meine Mutter, die nie sterben wird, käut mit neuen Generationen von Pflanzenfressern wieder. In den letzten Jahren kommen auch junge Leute zu ihr, viele von ihnen nach »der Asientour«. In ihrer Naivität schreiben sie ihr spirituelle und moralische Größe zu und suchen bei ihr nicht nur gesunde Ernährung, sondern auch Richtlinien und Antworten. Daher klopft ein merkwürdiges Häuflein an ihre Tore: Kranke, die Heilung suchen; Gesunde, die sich ein schönes Alter wünschen; Gläubige, die einen Rabbi brauchen; Asketen, die eine Geißel suchen; Wegsuchende, die in ihr ein Leuchtfeuer erblicken. Und wenn einer dieser neuen Gäste ihr eine Frage stellt, die über die Ernährungsregeln hinausgeht und den guten Weg betrifft, den der Mensch allgemein beschreiten sollte, grummelt sie: »Es genügt, gesunde Kost zu essen, der Rest kommt dann schon von allein«, und begreift gar nicht, daß ihr spiritueller Wert dadurch doppelt steigt.

»Du könntest ein Vermögen machen, Großmutter«, hat Ajelet ihr gesagt. »Steig aus deinen alten Arbeitshosen, zieh ein weißes

Gewand an, ich organisier dir ein paar Kissen und Teppiche... Wir richten dir hier einen super Aschram her, und wenn du dir auch noch einen weißen Bart wie dein Vater wachsen lassen kannst, verdienen wir noch mehr als deine Schwester an der Börse.«

Obwohl sie einander gern haben und sich in ihrem Körperbau ähneln, gehören meine Tochter und meine Mutter zu den gegensätzlichsten Typen auf dem Joffe-Hof. Die Tatsache, daß Hanna Joffe Ajelet Joffes Ratschläge nicht annimmt, beruht nicht etwa auf Ablehnung, sondern auf einem einfacheren Grund: Sie hat keine Ahnung, wovon ihre Enkelin redet. Und da sie auch auf anderen Gebieten recht beschränkt ist – so was passiert, wenn jemand Joffe und Vegetarier zugleich ist –, erfaßt sie nicht die wahren Wünsche ihrer Gäste und wundert sich, warum jedes ihrer Worte Auslegungen erfährt, die nichts mit Essen, Einläufen, »erlösenden Früchten« und »rettenden Samenkernen« zu tun haben.

Aber damals, in meiner Kindheit, kamen nur Gesundheitsapostel zu ihr, und alle waren zufrieden: Vater und ich entkamen den Predigten und Einträufelungsmethoden, die Gäste erhielten die Behandlung, derentwillen sie gekommen waren, und Mutter preßte und reichte »Säfte«, kochte Vollkornreis, dämpfte Gemüse und befriedigte an den Gästen vor allem ihre Missionarsgelüste: Sie malte die Gifte verschiedener Arten und Farben auf eine große Zeichenpappe, hielt Vorträge, verordnete Fasttage, verteilte Lob und Tadel. Und sie tat noch etwas mit ihren Gästen, was sie auch mit uns gern getan hätte: Sie notierte ihre Stuhlgangszeiten und veröffentlichte sie am Anschlagbrett.

»Dr. Jacksons Frau und Kinder stellten die Uhren nach seinem Stuhlgang«, erklärte sie, worauf Vater mir zuflüsterte: »Ich habe eine beschissene Uhr, und Dr. Jackson hat eine Scheißuhr.«

Wir beide brachen in schallendes Lachen aus, die Pflanzenfresser hoben ängstlich die Köpfe über den Futterschüsseln, kratzten nervös mit den Pfoten, sträubten das Fell und wackelten mit den Schwänzen.

Mutter fixierte Vater mit schrecklichem Blick: »Was hast du gesagt, Mordechai?«

»Wir haben erörtert, ob Dr. Jacksons Ausscheidungen im April auf Sommerzeit umgeschaltet haben.«

Stille herrschte.

»Damit seine Kinder nicht etwa zu spät zur Schule kamen«, erklärte Vater. »Welcher Lehrer würde der Ausrede glauben – Vater hat nicht rechtzeitig geschissen?«

Mutter musterte ihre entsetzten Gäste, sagte, sie freue sich, daß »bei dem seichten Witz meines Mannes« keiner gelacht habe, und das Lächeln von Kindern, die die Prüfung bestanden haben, trat auf die Gesichter. Wie das Glück, das bei dem aufleuchtete, zu dem sie sagte: »Prima! Wir hatten genau um sechs Uhr früh Stuhlgang!« (Der präzise und gelungene Stuhlgang wurde zur Gruppenangelegenheit, in der ersten Person Mehrzahl: »Wir hatten«, »Wir haben gemacht«, »Und wie war unser Kacki?«) – oder die Schmach und Reue dessen, der dabei erwischt wurde, daß er seine erste Person Einzahl betrog: Ißt Gifte aller Farben und bringt Unglück über sich.

Jeden Abend, nachdem Mutter die Stuhlgangszeiten ihrer Gäste bewertet, ihre Fehltritte in Abzug gebracht und ihre sonstigen Leistungen bilanziert hatte, verlieh sie dem hervorragendsten Gast den »grünen Punkt« des Tages, was auf der Anschlagtafel vermerkt wurde, und drei grüne Punkte verliehen dem Betreffenden das Recht, als Vogelscheuche zu dienen. Was geschah dem Naturkundelehrer, der in ihrer Kindheit in ihrem Garten vogelscheuchte? Nun, auch darüber sind die Meinungen geteilt. Manche sagen, er sei schon sehr alt gewesen und habe seinen Posten wegen Beinschmerzen aufgegeben. Andere sagen, er sei in den heißen Maiwinden vertrocknet, zu Staub zerfallen und davongeflogen. Aber der neue Schuldirektor, derjenige, der Eliesers Nachfolger ablöste, hat mir gesagt, er erscheine gelegentlich in der Schule. In seiner Vogelscheuchenkleidung, seiner Gekreuzigtengestalt, das Gesicht von weißen Bartstoppeln und gelben Strohhalmen umrahmt, betrete er das Lehrerzimmer, in dem er keinen und ihn keiner mehr kenne, und sage, er sei gekommen, um eine Unterrichtsstunde zu halten. Daraufhin mache er, der Direktor, ihm eine Tasse Tee, lege einen Keks dazu und bitte zwei Zwölftkläßlerinnen, ihn an seinen Ort zurückzubringen.

Das nächste Vorzeichen ihres Todes, das Amuma benannte, war der ewig wiederkehrende Zyklus von Geschichten, die sie bereits erzählt hatte: von ihrer Kindheit und Jugend »dorten«, in Rußland, in einem kleinen Dorf bei Makarow. Zuerst dachten wir, »dorten« sei der Name des Dorfes, bis wir begriffen, daß bei Amuma »dorten« gleich »dort« ist. Sie erzählte von dem Fluß, den wir dorten hatten, von dem Birkenwäldchen und von ihrem Vater und ihrer Mutter, er mit Bart und sie mit Haube, die dorten gestorben und begraben sind, und von ihrem älteren Bruder, der zum Militärdienst abgeholt wurde – »verschleppt haben sie ihn« –, später eine »Sibirierin« heiratete und nicht mehr zurückkehrte.

Immer aufs neue hörten wir von »dem Laden, den wir dorten hatten«, und von den Waren, die darin verkauft wurden: »Artikel für den Körper« (Stiefel und Arbeitsgeräte für die russischen Bauern), »Artikel für die Seele« (Gebetsriemen und Gebetsmäntel für die Juden) und »Artikel in der Mitte« (Salzheringe, was denn sonst?).

Später mehrten sich zwischen ihren Geschichten Anweisungen der Sorte, die Sterbende häufig geben: »Behaltet in Erinnerung, daß ...« und: »Vergeßt nicht, daß ...« Fragt mich bitte nicht nach dem Unterschied zwischen den beiden, aber da Amuma mal so, mal so sagte, muß es wohl einen geben. Immer wieder kam sie auf dieselben Dinge zurück, wollte sichergehen, daß sie erfaßt worden waren, prüfte wieder und wieder die Zuhörer, ob sie alle Einzelheiten behalten und nicht nur behalten, sondern auch verstanden hatten. Unterdessen hatte sie Aaron gebeten, sie mit ihrem Karton alter Bilder zu Ingenieur Florentals Fotoatelier nach Haifa zu bringen, um Hunderte von Abzügen zu machen und Hunderte von identischen kleinen Gedenkalben damit zu füllen, die man den von Rachel heimkehrenden Jungen zur Verbreitung in allen Familienzweigen mitgeben sollte. Doch da gab es eine Neuerung: Amuma war die Fotografien einzeln durchgegangen, und auf allen Bildern, auf denen sie zuvor mit Großvater abgebildet gewesen war, erschien sie nunmehr allein.

Die Fotografien waren sehr alt. Ein fliegender Fotograf war vor Jahren durch die Jesreelebene gekommen, und Apupa hatte ihn – mit berstenden Lippen und Sonnenstich – über die Felder stolpern sehen, ihn mitgenommen und ihm Schatten und eine Mahlzeit gegeben. Der Fotograf erholte sich, fotografierte und schickte ein paar Wochen später einen Umschlag voll Bilder. Als Kinder haben wir sie oft angeschaut, denn sie waren die Illustrationen zu den Kindergeschichten, die man uns erzählte. Das ist die Baracke, das ist das Zelt, das ist der erste Kuhstall, und das sind die arabischen Hühner. Die Bäume sind noch klein und die Häuser erst geplant. Da ist Apupa, bevor er den weißen Bart hatte, und Amuma mit ihren Töchtern, allen. Wir musterten die Gesichter damals und heute. Keiner sagte es, aber alle wußten, daß wir anhand der Veränderungen in Hannas und Rachels Gesicht zu raten versuchten, wie Batja wohl heute im Exil aussieht.

Doch jetzt war Apupa, wie gesagt, verschwunden. Erschien auf keinem einzigen Foto mehr. Wie sie ihn aus ihrem gegenwärtigen Leben strich, hatte sie ihn auch aus jenen Tagen gestrichen, und nicht nur aus ihrem Gedächtnis wollte sie ihn verbannen, sondern aus dem Gedächtnis der Familie. Kein Mensch verstand, wie sie es fertiggebracht hatte, ihn auszulöschen, bis Aaron Jahre später, als Apupa schon ein winziger alter Witwer war und in Gabriels Inkubator lag, sich ein Herz faßte und Rachel erzählte, was geschehen war. Wie sich herausstellte, hatte Amumas provozierende Frage an Ingenieur Florental, ob er imstande sei, Menschen von Fotos verschwinden zu lassen, seinen wissenschaftlichen Ehrgeiz geweckt, und da er lichtempfindliche Stoffe erforschte, stellte er noch und noch Versuche an und war schließlich in der Lage, ihren Wunsch zu erfüllen.

Ingenieur Florentals Entdeckung und sein Erfolg in Amumas Alben erregten die Aufmerksamkeit zweier Interessentengruppen: Zum einen waren es die Forscher des Technikums, die zu seinem Labor pilgerten, aber zu ihrer Wut und Enttäuschung feststellen mußten, daß er an seiner methodischen Sturheit festhielt und sich weigerte, ihnen seine Versuche vorzuführen. Die zweite Gruppe bildeten reife Frauen – zuerst vom Karmel, dann aus ganz Haifa, den Krajot und der Jesreelebene, danach aus dem ganzen Land –, die bei ihm auftauchten, auf daß er ihnen unliebsame Verwandte von Familienfotos löschte, vor allem von Hochzeitsbildern. Es war zur Mandatszeit, die Grenzen waren offen, es kamen Drusinnen und Jüdinnen, Schiitinnen und Maronitinnen, ja sogar Koptinnen aus Ägypten und Sunnitinnen aus dem Irak – jede mit Fotografien und Negativen, die der Säuberung harrten. Was bis dato gewaltsam mit der Schere bewerkstelligt worden war, geschah in Ingenieur Florentals Labor mittels einer eleganten chemischen Prozedur, die – spurlos und unparteiisch – nicht nur das Opfer verschwinden ließ, sondern auch jegliches Zeugnis, daß es einmal dagewesen und ausgelöscht worden war.

Apupas beide Halbbrüder teilten ihm mit, was geschehen war, und fragten, ob man »etwas unternehmen« müsse. Aber Apupa war weder wütend noch erschrocken. Sein verschwindendes Spiegelbild hatte er bereits viele Jahre vorher gesehen. Außerdem hatte er seinerzeit schon einen Sohn, und ein Mann, der einen Sohn hat, braucht vor nichts zu erschrecken – auch wenn der Sohn klein und dünn ist, ein Küken in drei Sprachen, in Sünde gezeugt wurde und geraubt aufgezogen wird.

Aber Hanna, Pnina und Rachel erschraken. Nicht wegen ihm, sondern wegen ihr. Anders als die meisten Joffes mit ihren Holzköpfen verstanden Amumas Töchter die Sache mit den Bildern richtig: dahin gehend, daß ihre Mutter all das tat, was eine Frau vor ihrem Tod zu erledigen hat. Dies verstehe auch ich sehr gut. Es ist ja genau das, was ich jetzt tue: Ich säubere, ordne, gebiete. Erzähle ohne Furcht und Scham, lösche ohne Ansehen der Person, hinterlasse Bilder und Anweisungen.

Nachdem sie sich von ihrem Mann getrennt und die Familiengeschichte umgeschrieben und umbebildert hatte, beschloß Amuma, zum zweiten Stadium überzugehen, nämlich das alte Abkommen mit dem Ehepaar Landau wiederzubeleben, jenes Abkommen, das keiner erwähnte und keiner vergessen hatte: Wenn bei einem Paar die Frau stirbt und beim andern der Mann, heiraten sich die beiden Hinterbliebenen.

Die Wirklichkeit arbeitete zu ihren Gunsten: Apupa stand damals in vollem Saft, ihren eigenen Tod spürte sie schon längst in ihren Körper schleichen, und was Hirsch und Sara Landau betraf, so genügte ein Blick auf den schmalen, nervösen Geiger und seine gesunde, kenntnisreiche Frau, um zu begreifen, wer von beiden länger leben würde. Sie wußte auch, daß Sara Landau Apupa seit jenem fernen Tag begehrte, an dem er sie und Hirsch am Gestade des Iskandrin aus den Händen der Ghuarna gerettet hatte. Wenn Ajelet mich nach Tel Aviv mitnimmt, zeige ich ihr manchmal die Stelle. »Da, hier, Ajelet, fahr mal ein bißchen langsamer.« Die Ghuarna flechten dort keine Matten mehr, ein Autobahnkreuz und ein Einkaufszentrum haben den Sand verdrängt, aber längs der breiten Fahrbahn sieht man noch Wüstenginster und ein paar weiße Dünen, und einmal, als ich dort, auf der Suche nach Strandliliensamen, zu Fuß umherstreifte, sah ich ein Liebespaar – ein Fuchs beobachtete sie, und sie sahen ihn nicht.

»Wir sind keine kleinen Mädchen mehr, Sara«, sagte Amuma, »wir wissen beide, was geschehen wird, und wir wissen beide, was wir wollen. Wenn diese Dinge nun Hand in Hand gehen – warum nicht?«

Sara Landau war verlegen. Keiner ihrer »Ratschläge für die gute Hausfrau« betraf diese Möglichkeit – daß David Joffe eines Tages ihr gehören würde. Auch bei keiner ihrer Phantasien, die sich häufig darum drehten, hatte sie je die Lektionen vorausgesehen, die Amuma ihr jetzt für ihre neue Aufgabe erteilte. Ein Schauder überlief sie, so fein, daß sie ihn wohl kaum gespürt hätte, wären die Steine ihrer Halskette nicht plötzlich sanft aneinandergeschlagen.

»David ist ein sehr einfacher Mann«, begann Mirjam Joffe die erste Unterrichtsstunde für ihre ausersehene Nachfolgerin, »es ist sehr leicht, ihn zufriedenzustellen, und sehr leicht, ihn zu ärgern. Für alles hat er einen Griff oder Knopf, man muß nur wissen, woran man ziehen und wann man drücken soll.« Danach fuhr sie fort, daß Einfachheit hier nicht Ein- oder Zweitönigkeit bedeute, Davids Welt sei nicht in Schwarz und Weiß eingeteilt, sondern in zwei Seiten der Mauer. »Nicht in richtig und unrichtig, sondern in Freunde und Feinde, nicht in gut und böse, sondern in rote Tücher und Würfelzucker.« An dieser Stelle leitete sie zu den wichtigen Grunddetails über, die naturgemäß Apupas Leibgerichte betrafen. Sie erklärte Sara die Sache mit der Suppentemperatur und das richtige Würzen der Salzheringe, damit sie Schwimmen lernten, und demonstrierte ihr das Geheimnis der Zubereitung guten Pürees, das Großvater von einem hörnerstoßenden Bullen in ein fleißiges, dankbares und zufriedenes Arbeitstier verwandelte.

Lange Stunden verbrachten die beiden in der Küche. Die guten Düfte, die Wärme des Herdes, das Thema des Treffens und sein Stattfinden an sich weckten bei beiden Zuneigung und Wohlgefühl. Rachel sagte: »Klar! Ich hege nicht den geringsten Zweifel! Diese Instruktion berührte auch intime Themen, aber«, lachte sie, »auch diesbezüglich war Vater ein einfacher Mann: Knöpfe und Griffe. Nicht, daß ich viel von solchen Dinge verstehe, aber ich habe Köpfchen und Phantasie.«

Tatsächlich empfahl Mirjam Joffe, in einem bestimmten Stadium – nicht in den ersten Tagen, sondern erst, nachdem sie ein paar Wochen zusammengelebt hatten – solle Sara ihre Brüste an den Rücken ihres neuen Ehemanns pressen, das heißt, während er am Tisch saß. »Da, so, setz dich hierhin«, sie kam von hinten, beugte sich über sie und sagte: »Nicht beide auf einmal, Sara, sondern erst diese«, sie drückte eine Brust an ihren Rücken, »dann die zweite«, und schmiegte auch diese an. Sara Landau spürte Mirjam Joffes Brüste, klein und spitzig wie in ihrer Jugendzeit, und Tränen stiegen ihr in die Augen. Nebelhaft verstand sie, was Amuma klar aussprach, und mit verschleierten Augen wiederholte sie die Frage, die sie damals, auf der Wanderung, gestellt hatte: Ob David bereit wäre, sie auf den Rücken zu nehmen, »wie er dich getragen hat?«

Mirjam betrachtete sie, und zum ersten Mal begriff sie, daß das ganze Abkommen schon damals, beim Trinken, Geigen und Tanzen am Lagerfeuer, ein schlechtes Geschäft gewesen war. Daß Sara Landau, bei all ihrem Wissen über Fleckentfernung, Möbelpolieren und Mehlschwitzen, keinen Erfolg haben würde. Aber zu viele Jahre waren vergangen, es war schon spät, der Mond nahm ab, der Tod nahte, man konnte die Uhr nicht mehr zurückdrehen, um etwas zu ändern.

Sara blieb von Rosch Haschana bis zum Thorafreudenfest auf dem Joffe-Hof, und gegen ihre Gewohnheit ging sie diesmal nicht ins Dorf hinunter, um Freundinnen zu besuchen. Zum ersten Mal zeigte sich damals eine stille, aber erregte und vielleicht auch bedrückte Seite bei ihr, und trotz des vielen Püreeprobierens nahm sie ab.

An Chanukka kehrte sie zu uns zurück, um sich im Braten von Kartoffelpuffern fortzubilden, die Mirjam Joffe – so sie wollte, natürlich – fast ohne Fett zuzubereiten wußte, außen kroß braun und innen weich. An Purim kam sie, um bei uns Hamantaschen zu backen, und als sie nach Tel Aviv zurückfuhr, hatte sie viele Hausaufgaben aufbekommen, die sie anfertigte und ins Dorf schickte, wo sie mit Anmerkungen versehen und benotet wurden.

Vor Pessach brachte Mirjam sie zu Naifa, und Rachel lachte. »Jüdisches Essen, Fortgeschrittenenkurs.« Nach einigen gemeinsamen Tagen im Zelt teilte Amuma Sara mit, daß sie dieses Jahr das Festmenü zubereiten solle. Die beiden verschanzten sich in der Küche. Mirjam Joffe machte nur das Charosset und den Meerrettich, Sara Landau aber Suppe, Fleisch, Püree und gefillte Fisch. Und als David Joffe sagte: »Frau, du hast uns wunderbares Essen gekocht«, wechselten die beiden ein bescheidenes Erfolgslächeln.

Jetzt, da Sara Landau es fertigbrachte, das Essen zu kochen, das Apupa gern mochte, begann Amuma mit dem raffinierteren Teil der Vorbereitung – wie man es auf die ärgerlichste und schmerzlichste Art verderben konnte. »Das Essen anbrennen lassen oder Zucker statt Salz drangeben kann jeder«, sagte sie, und brachte Sara die feinere und durchtriebenere Beeinträchtigung bei, eine kleine Verstümmelung in Topf oder Pfanne, bei der man noch das echte, ersehnte Gericht herauszuschmecken vermochte, das es bei richtiger Zubereitung hätte werden können.

»Und was heißt ›richtig zubereitet‹, Sara? ›Richtig zubereitet‹ bedeutet mit Liebe gekocht. Denn bei den Joffes wirft die Liebe nicht aus der Bahn, sondern ist die Bahn an sich.«

Heute sind Gabriel und ich gute Freunde. Aber in unserer Kindheit konnte ich ihn nicht ausstehen. Er war abstoßend und angsteinflößend. Sein Körper war winzig, der Kopf groß und oval, das Gesicht greisenhaft. Wenn er die gelbe Wollmütze nicht aufhatte, hielt er sie in der Hand. Und als wolle er seine Beinamen rechtfertigen, geriet er jedesmal in helle Aufregung, wenn Apupa das Zimmer betrat: Er rannte zu ihm, klammerte sich an sein Bein, hob den Kopf, schrie: »Stillen!... Stillen!...«, und sperrte den Mund zum Füttern auf.

Da er immer dort war, besuchte ich Apupa selten in seinem Haus, aber wenn ich hinging, wünschte ich mir sehnlichst, Gabriel möge in den Hof gehen, durch die Pflanzung streifen, ja besser noch – im Kuhhof zertrampelt werden oder in die Jauchegrube fallen und ersaufen. Aber Gabriel war da. An Apupas Bein geschmiegt, spielte er mit seinem alten kleinen Handtuch, barg das Gesicht darin, atmete tief und beruhigte sich.

Großvater streichelte ihn lächelnd: »Guckt mal, wie schön er wächst und an Gewicht zunimmt. Wißt ihr noch, was für ein Fliegengewicht er mal war?«

Kein Mensch antwortete. Gabriel war und blieb ein Fliegengewicht, und Apupa bereicherte und variierte seinen Speiseplan: Zu Pninas Milch in der Flasche und seinem Gänsedotter- und Honiggemisch kamen dicke Butterbrote, Käseomelettes und gehäufte Teelöffelvoll Sahne. Gabriel war kein Futterverächter, er aß und aß, nahm aber nicht an Gewicht zu und hatte immer noch das Gesicht eines Menschen, der um sein Leben bangt.

»Was heißt ›hat an Gewicht zugenommen‹? Was soll dieses Moschaw-Hebräisch, Vater? Bald schreibst du wohl auch noch ›nahm an Höhe zu‹? Und ›nahm an Alter zu‹?«

Warum nicht? Nahm an Alter zu, nahm an Zeit zu, nahm an Verstand zu. Und verlor auch: nicht nur an Gewicht – verlor an Liebe, verlor an Erinnerung, verlor an Blut.

Apupa schwang Gabriel in die Luft: »Ah nu, sagt mir mal, wieviel er jetzt wiegt?« Als Rachel darauf sagte »zwei Gramm«, rief er: »Er wird noch dicker und größer werden!«, fügte dem Menü auch Schabbatbrote und Hefekuchen aus Naifas wunderbarem Steinofen hinzu, und beim Mästen sang er ihm tief und falsch immer dasselbe Lied:

»Chanan war klein,
blaß und schwach,
aß Tag für Tag

Butter und Honig.
Butter und Honig jeden Tag,
das mag er doch,
Chanan aß alles auf einen Schlag
und wollte noch.«

Und manchmal sang er nicht, denn er hatte den Mund voll rohem rotem Fleisch. Er kaute es fein, spuckte den Brei in die hohle Hand und stopfte es dann, auf dem Zeigefinger der anderen Hand, in Gabriels aufgesperrten Schnabel. In jener Zeit begann er ihn auch mit der Haut von Milch zu mästen, und das tat er nun gerade auf seiner Holzveranda, bei einem Ritual, das allen, die sich im Hof aufhielten, großes Kwaß verursachte.

Wie jeder Bauer wußte Apupa, welche Kuh in seinem Stall die fetteste Milch gab. Er sammelte sie in einer separaten Kanne, kochte sie ab, und sobald sie abgekühlt war, hob er die Haut ab und fütterte das Küken damit. Ich, dem mein Vater die Milch vom Kuhstall durch ein extrafeines Sieb seihen mußte, übergab mich jedesmal, wenn ich meinen Großvater die letzten Hautfetzen aus dem Topf fischen und – zerknittert und tropfend – auf den Gabelzinken Gabriel zum Mund führen sah.

»Iß, das ist gut«, sagte er zu ihm, seine Zunge schlüpfte aus und ein, folgte der Bewegung des Teelöffels vom Topf zum Mund und zurück. Uns schrie er an: »Was schneidet ihr denn Grimassen? Diese Haut ist nichts anderes als eure Sahne, die ihr alle so liebt.«

Rachel bemerkte, auch Batja habe gern Milchhaut gegessen, sei aber trotzdem nicht so groß wie ihre Schwestern geworden. Und meine Mutter sagte, abgesehen von Honig, mit dem man auch nicht übertreiben sollte – »die Süße korrumpiert« –, seien die Eßwaren, mit denen ihr Vater Gabriel mästete, »Nahrungsmittel der schlimmsten Sorte«, Greuel und Gifte, die selbst Dr. Jackson in seiner sündigen Zeit nicht zu sich genommen habe. Aber Apupa erklärte ungerührt: »Ihr werdet alle noch sehen, wie groß er mal wird!«

Meine Fontanelle vibrierte, und obwohl ich in jenem Alter noch nicht wußte, daß es sich um eine Prophetengabe handelte, wußte ich, daß Apupa recht hatte.

Am ersten Kindergartentag im Dorf brachte Apupa uns gemeinsam hin. Drei Jahre alt waren wir, und beim Abschied am Tor fing ich an zu weinen. Aber Großvater sagte zu mir: »Hör auf zu heulen, Michael! Du mußt jetzt auf unseren Puiu aufpassen!«, und ging.

Das Küken weinte zwar nicht, aber kaum war Apupa verschwunden, fing er am ganzen Leib an zu zittern, fiel auf die Knie, machte seine Tasche auf und verputzte sofort die Fülle an guten Dingen, die er dort hatte, und gleich darauf lief er der Kindergärtnerin nach, reckte die Finger nach ihren Blusenknöpfen und rief sein: »Stillen!... Stillen!...« Die Kindergärtnerin flüchtete vor ihm, und obwohl Gabriel den Bauch zum Platzen voll hatte, fiel er vor Hunger in Ohnmacht. Ich stürzte aus dem Kindergarten und sprang Großvater den Hang hinauf nach: »Apupa, Apupa... Gabriel ist gefallen...«

Großvater kehrte um. Ein Blick auf Gabriel und die Kindergärtnerin genügte ihm, um zu erfassen, was geschehen war. Er setzte seinen Zipljonok auf die Schultern, brachte ihn nach Hause und ließ ihn dort. Drei Jahre ging ich allein in den Kindergarten, dann rief mich Apupa und sagte: »Denk nicht, du wärst deinen Auftrag los. Im nächsten Jahr schicken wir Puiu in die Schule, und du mußt dort auf ihn aufpassen.«

So kam es, daß das Schicksal mir am ersten Schultag drei Aufgaben aufbürdete: meine Ausbildung zu beginnen, auf Gabriel aufzupassen und zu entdecken, daß der neue Direktor der Schule Anjas Ehemann Elieser war. Als er zum ersten Mal das Klassenzimmer betrat, erschauerte ich am ganzen Leib vor Verblüffung, aber Elieser ließ sich mit keinem einzigen Zeichen anmerken, daß wir uns kannten, und bevorzugte oder benachteiligte mich auch nicht gegenüber meinen Klassenkameraden. Nur wenn er mich auf der Straße sah, lächelte er mir zu, und wenn er mich bei der Heimkehr von der Arbeit in seinem und Anjas Haus antraf, freute er sich. Eines Tages, ein paar Wochen nach Schulbeginn, lud er mich sogar ein, bei ihnen zu übernachten.

»Mach dir keine Sorge«, sagte er, als er mein verlegenes Gesicht sah, »ich werde mit deiner Mutter sprechen.«

Die Ehre, den Besuch des Schuldirektors zu empfangen, erweichte ihr Herz, was sich schon daraus ergab, daß sie sagte: »Ich möchte wissen, was er bei euch essen wird«, und nicht ihr gewöhnliches: »Ich verlange!« Und Elieser erwiderte: »Was du uns sagst, natürlich. Auf jeden Fall verspreche ich dir fest, daß wir ihm kein Fleisch vorsetzen werden.«

Ich genoß das Essen bei ihnen. Elieser bereitete ein Gericht zu, das in jenen Tagen kein Mensch im Dorf kannte. Erst Jahre später, als die Geliebtenmannschaft bei uns zu kochen begann, begriff ich, daß es Pasta gewesen war. Er sang uns sogar auf italienisch Operetten vor, brachte mir bei, die Spaghetti mit Gabel und Löffel aufzuwickeln, und tadelte Anja, weil sie sie abbiß und schlürfte. Danach erzählte er uns von »Weltentdeckern«, von Magellan und Vasco da Gama und Captain Cook, holte alte Landkarten hervor, die er sammelte, zeigte mir die weißen Flekke und die Worte Terra incognita, die mich in Erregung versetzten, und sprach von der Grausamkeit und Hochmütigkeit Europas, aber auch von der Wißbegier und Kühnheit dieses Kontinents.

»Wie kommt es, daß nicht die Japaner Portugal, sondern die Portugiesen Japan entdeckt haben? Und wie kommt es, daß Marco Polo nach China gelangte und nicht plötzlich irgendein Chinese in Venedig auftauchte? Und daß nicht die Indianer eines Tages in Spanien gelandet sind, sondern die Spanier in Amerika?« fragte er. »Warum hat Europa solche Größe und Wißbegier und solche Musik, man darf die Musik nicht vergessen, andererseits aber auch die Schoa und die Inquisition?«

»Er ist erst sechseinhalb, Elieser«, sagte Anja.

»Stimmt«, sagte Elieser, »und denk auch du daran.«

Danach trank er schweigend. Erst ihren Weißwein und dann – was wirklich Scharfes. Ein durchsichtiges Getränk, das angenehm nach Obst duftete. Er trank langsam, stetig, auf eine Weise, die seine Geistesklarheit nicht beeinträchtigte. Erst als er vom Tisch aufstand, konnte man sehen, daß er sich ein wenig abstützte.

»Gute Nacht, Kinder«, sagte er. »Ich geh schlafen, und Anja wird dir das Lager bereiten.« Damit ging er in sein Zimmer, und nachdem Anja mir das Lager bereitet und mich ins Bett gebracht hatte, vergaß sie, daß ›er erst sechseinhalb ist‹, beugte sich mit dem ganzen Leib über mich, lag einen Moment richtig auf mir, mit ihrem ganzen Gewicht, und umarmte mich, aber wirklich nur einen Moment.

Nun, da Gabriel und ich zusammen in die Schule gingen, bemühte Apupa sich mehr um mich. Er sagte mir, ich solle jeden Tag, nach Erledigung der Hausaufgaben, zu ihnen kommen, und er würde uns Geschichten von seiner Kindheit »in Jehuda« erzählen. So, »Jehuda«, nannte er den Ort, aus dem er stammte. Damals wußten wir noch nicht, wie klein das Land ist, in dem wir wohnen, und die Worte »der Süden« und »Jehuda« waren für mich ebenso Terrae incognitae wie die Länder, von denen Elieser mir erzählte, so fern wie die Inseln, von denen Vater mir vorlas, und so geheimnisvoll wie das Wort »Urea«, das Mutter in Dr. Jacksons Buch für mich gefunden hatte – sie erklärte mir nicht seine Bedeutung, aber mir genügte schon ihr Tonfall, um zu begreifen, daß es sich um ein besonders gefährliches Gift handeln mußte, mindestens so schlimm wie Hühnersuppe.

Großvater erzählte uns von den Weingärten »Jehudas«, von den wechselnden Farben seiner Erde, von den Dünen, hinter denen sich ein großes Meer erstreckt, bevölkert von Seeschlangen und Riesenkraken. Der Krake fängt dich mit seinen furchtbaren Armen, führt dich ans klaffende Maul, »und dann kann man ihn sehr leicht töten, meine Engel. Man braucht bloß das Schwert zu zücken und es ihm ins Auge zu stoßen, ganz tief.«

»In welches Auge?« fragte Gabriel erschrocken.

»Das ist ganz einfach, Puiu, er hat nur ein Auge.«

Von seiner Mutter, die schon in seiner Kindheit gestorben war und, wie Rachel sagte, »einen großen Bruch in sein Herz gebrochen« hatte, sprach Apupa selten, aber häufig erwähnte er ihre Hühnersuppe, und da er immer wieder betonte, sie sei »kochendheiß« gewesen, glaubte er selbst bald das, was er uns erzählte, daß nämlich vor lauter Hitze der Löffel darin krumm geworden sei. Von Batja, seiner geliebten Tochter, die verbannt worden war, erzählte er gar nicht, und über seine Stiefmutter, derentwegen er noch als Kind das Haus verlassen hatte, sprach er mit uns nur ein einziges Mal, als wir größer waren: »Die zweite Frau kann im Haus kein Andenken an die erste Frau gebrauchen«, stellte er damals mit überraschender Nachsicht fest. Auch seinem Vater, der ihn auf ihr Verlangen aus dem Haus geschickt hatte, trug er nichts nach: »Ich mache ihm keinen Vorwurf. Ein Mann braucht eine Frau.« Er ging nicht ins einzelne und gab keine Erläuterungen, doch immer, wenn er von ihm, seinem Vater, sprach, war seine Stimme voll Zuneigung und Sehnsucht, und seine Augen blickten weich auf sein Bild an der Wand – auf seinen üppigen Schnurrbart, seinen Pferderiemen und seine schweren Schuhe.

»Ein Mann unter Männern« war der Vater gewesen, und Apupas dröhnende Geschichten, begleitet von drei Arten von Schlägen – dumpfen an die Brust, stillen in die Luft und schallenden auf die Handfläche –, handelten vorwiegend von den Goldmünzen, die er in seinem Gürtel versteckte – hier in genau diesem Gürtel –, und von den Toten, die er am Rand seines Weges verstreute: eine Reihe Leichen von »Feinden«, die sich von der »Diaspora« bis nach »Erez Israel« erstreckte.

Gabriel und ich starrten ihn mit aufgerissenen Augen an. Ich saß zu seinen Füßen, auf dem alten Teppich. Gabriel, splitternackt oder in eine seiner Verkleidungen gehüllt, saß auf seinem Schoß, und einmal, als Apupa erneut von seinem Vater erzählte, fragte Gabriel ihn plötzlich nach seiner Mutter.

»Warum erzählst du nicht auch von deiner Mutter?«

»Weil sie tot ist.«

»Wie meine Mutter?«

Ich erschauerte, aber Apupa, der wegen seines Spatzengehirns nicht nur dumm, sondern auch ehrlich war, nahm ihn an der Hand und ging wortlos mit ihm aus dem Haus, die Stufen hinunter und über den Hof. Ich guckte und sah ihn den Sohn vor die Tür seiner Mutter postieren.

»Deine Mutter ist nicht tot«, sagte er, »sie ist hier. Klopf fest an die Tür, dreimal.«

Gabriel klopfte, Aaron öffnete, und Apupa sagte: »Gabriel möchte deine Frau sehen«, machte auf dem Absatz kehrt und ging.

Gabriel marschierte hinein, die Tür ging hinter ihm zu, und als er zurückkehrte, fragte Apupa ihn nichts, und er sagte nichts. Aber fortan besuchte er alle paar Tage, immer am Abend, seine Mutter und ihren Mann. Er stand vor der Tür, klopfte dreimal fest. Der Bräutigam öffnete, wandte das Gesicht zurück, zur Wohnung, sagte: »Er kommt dich besuchen«, ließ ihn ein und ging weg.

Gabriel küßte seine Mutter auf die glatte weiße Wange und erzählte ihr vom Geschehen im Haus, im Dorf, in der Schule und auf dem Hof. Wie sie ihn nannte, »Gabriel« oder »Uri« – das weiß ich nicht. Wie er sie nannte, »Pnina« oder »Mutter« – auch das weiß ich nicht. Erinnerte er sich an den Tag, an dem sie zu ihm gekommen war, um ihn zu stillen? Ich glaube kaum. Aber ich bin sicher, daß er manchmal, wie es die Joffes mit ihren Frauen – Gattinnen, Müttern, Geliebten – tun, den Kopf auf ihren Schenkel legte und ihre Finger seinen Nacken streicheln ließ. Wohlgefühl herrschte bei ihnen, Zuneigung, Neugier, und ich nehme an, auch eine besondere Form der Höflichkeit, aber die beiden waren nicht mehr Mutter und Sohn. Die Ärzte irrten, und Apupa behielt recht: Wohlgefühl, Gutmütigkeit, Höflichkeit und Neugier nährten Gabriels Verhältnis zu seiner Mutter. Nicht das Blut. Nicht die Leidenschaft. Nicht die Liebe. Pnina war die Antwort auf die Frage: »Wie heißt deine Mutter?« Apupa war die Mutter persönlich.

Während Großvater erzählte, kneteten seine Finger die Geschichten, zählten die Goldstücke und die Leichen. Groß und kräftig waren sie und hatten großen Genuß an allem, was sie taten: am Aufreißen von Strohballen, am Umklammern von Gewehrkolben und Hälsen, am Ballen zur Faust. Vor allem aber genossen sie die Gedächtnishilfe, die Finger Menschen mit Spatzengehirn leisten: Der kleine Finger war der »Kadaver« eines Arabers, der seinen Vater verflucht hatte, in Gottes Namen. Der Ringfinger war das Aas von einem Juden, der seinen Vater beim Kartenspielen betrogen hatte, und wie bei allen anderen Betrügern, die den Joffes über den Weg liefen, war auch bei ihm »eine Wange höher als die andere« gewesen. Der Mittelfinger war der Zigeuner, der seine Mutter »auf der Messe« angeguckt hatte – ein Wort, das im Joffeschen Wörterbuch sowohl den Viehmarkt in der »Diaspora« als auch den unerträglichen Lärm bezeichnete, der bei Familienessen an unserem Tisch herrscht. »Ruhe! Was ist das denn hier für eine Messe!« war ein fester Schimpfruf bei uns ebenso wie bei Kadya Molodovsky und im Haifaer Joffe-Pub.

Die Geschichte über den Zigeuner liebte ich sehr. Großvaters Mutter hatte »schneeweiße« Haut, und die Augen des Zigeuners waren »kohlpechrabenschwarz«, so schwarz, daß sie auf allem, was sie anblickten, Spuren hinterließen. Als sie nun heimkehrte, sah Apupas Vater diese Spuren von ihrem Gesicht auf Hals und Brust hinablaufen, ihres Körpers Gipfel erklimmen und in seine Schluchten gleiten.

»Auf der Stelle nahm er einen dicken Knüppel und ging zum Markt hinunter, machte nach den Spuren die Augen ausfindig, hob den Knüppel und...« Apupa schwang die Hand, Gabriel und ich brüllten: »Bumm!« – und zertrümmerte den Schädel, in dem sie hausten.

Wir lachten, und Großvater lächelte. Er war glücklich. Sein Zeigefinger richtete sich schon auf, wie ein Schauspieler vor Betreten der Bühne, für die Fortsetzung der Geschichte. Der Finger verkörperte den Chochol, ein Wort, dessen Bedeutung ich nur so weit kenne, als es die jüdische Nase seines Vaters bezeichnete. Apupa selbst hat übrigens eine kleine Stupsnase, wie zum Hohn seiner stahlwollenen Brauen und seines Kinns aus Granit, das wir zwar nicht sehen konnten, von dem wir aber wußten, daß es dorten war, in seinem weißen Bart, und das wir spürten, wenn wir Kinnhaken an ihm übten.

Der Daumen, Großvaters letzter Finger, war ein unglückseliger Deutscher, der zwar weder Antisemit noch Nazi und auch kein Sittenstrolch oder Betrüger war, aber einen Bart ohne Schnurrbart hatte, etwas, was Großvaters Vater aus unerfindlichen Gründen ebenfalls nicht ausstehen konnte. Zum Glück war Großvaters Vater kein simpler blutdürstiger Serienmörder, und die Geschichte ging nicht auf die zweite Hand über. Nach fünf Fingern und fünf Opfern endete die Liste, und an diesem Punkt fragte Gabriel, ob er die Leichen der Feinde ausgestreut habe, um den Rückweg nach Hause zu finden.

Apupa ärgerte sich: Sein Vater habe niemals auf dem Absatz kehrtgemacht. »Sein Zuhause war hier!«

Gleich seinem Vater zuvor war auch Apupa ein »Mann unter Männern«, doch zu seinem großen Bedauern hatte er niemals einen Menschen getötet. Einmal – ich war damals ein junger Mann, sein Vater bereits tot, Anja gegangen, Adelaide schon dagewesen und wieder abgefahren – sagte er sogar, er beneide mich, weil ich getötet hatte. Ich traute meinen Ohren nicht. Eigentlich traute keiner den seinen. Furchtbares Schweigen lag über dem Tisch. Augen hefteten sich auf Schuhe oder schweiften über die Wände. Finger rollten verlegene Matzenbrösel. Matzenknödel holten Luft und tauchten in die eiskalten Tiefen der Suppe ab. Und ich, der sich im Gegensatz zu all den Vorgenannten nirgends verstecken konnte – mir leerten sich die Lungen.

»Verstand hat er nicht, aber zum Ausgleich ist er auch noch auf den Kopf gefallen«, flüsterte mir Gabriel zu.

»Ich habe einen Kameraden getötet, Apupa«, sagte ich schließlich.

»Aber als du abgedrückt hast, wußtest du nicht, daß es ein Kamerad ist. Du dachtest, es wären Feinde«, antwortete er, und die »Feinde« klangen bei ihm ebenso feierlich und archaisch wie das »Strafgericht« und das »Ungeziefer« und das »Gieße aus deinen Grimm«, die wenige Minuten zuvor bei der Haggada-Lesung gesagt worden waren.

»Außerdem hat er zuerst geschossen, und du hast zurückgeschossen. Es war nicht deine Schuld.«

»Es hilft mir nichts, daß es nicht meine Schuld war«, sagte ich, »und auch jenem Kameraden von mir hilft es nichts mehr.«

»Ein Zeichen, daß ich recht habe«, er stand auf, signalisierte damit, daß die Diskussion beendet war, »ein Zeichen, daß töten töten ist, egal wen.«

Und ich sagte, später, zu Gabriel: »Weißt du, was das schlimmste ist? Daß er recht hat. Es ist tatsächlich egal. Du warst ja dabei und weißt es. Man hat wirklich auf mich geschossen, und ich habe wirklich das Feuer erwidert, ohne zu wissen, auf wen und was. Aber ich kann nicht vergessen, wie ich abdrückte und sofort begriff, daß meine Fontanelle recht gehabt hatte, daß es ein Irrtum ist, aber mein Finger ließ nicht locker, ich konnte nicht aufhören, bis das Magazin leer war.«

Klein und mager saß Gabriel in der ersten Dorfschulklasse. Sein alter Inkubator – er benutzte ihn nicht mehr, wollte ohne ihn aber nicht das Haus verlassen – lag zu seinen Füßen. Die gelbe Frühchenmütze thronte wieder auf seinem Kopf. Das kleine alte Handtuch von Apupa knüllte sich zwischen seinen dünnen Fingern und wurde gelegentlich an Nase und Lippen gedrückt. Er war Ziel des Mitleids der Lehrer und der deutenden Finger der Kinder, die nur aus Angst vor Apupas Rüffel davon Abstand nahmen, ihn zu verprügeln.

»Du mußt auf ihn aufpassen«, schärfte Apupa mir immer wieder ein, »ihr seid von einem Blut.«

Ich paßte auf ihn auf, aber nicht mit stützender Hand, nicht mit Herzlichkeit, nicht mit Körperkontakt. Heute lieben wir einander, aber damals, im ersten Schuljahr, beneidete ich Gabriel und verachtete ihn zugleich. Seine dünne Haut und sein Greisengesicht stießen mich ab, diese sorgenvolle Miene, die aussah, als wüßte er nicht, wo er seine nächste Mahlzeit finden werde, während ich flink und stark war und in jenen Tagen auch größer als die meisten Altersgenossen. Ich fürchtete, wenn ich mich neben ihm aufhielte, würde das der Position schaden, die ich mir unter meinen Kameraden erworben hatte.

Erst mit zehn Jahren wurde Gabriel langsam etwas kräftiger und beteiligte sich nun auch an denselben Spielen wie ich, was Apupa Angst und Sorge, aber auch Freude bereitete. Wie ich damals und wie er bis heute, kannte Gabriel keine Angst. Gemeinsam ärgerten wir die großen Kälber, gemeinsam kletterten wir auf das Dach des Kuhstalls, um Tauben zu fangen, gemeinsam sprangen wir von den hohen Strohballen auf den Scheunenboden, und gemeinsam wurden wir einmal im Monat an den Türrahmen gestellt, damit Großvater unsere Größe messen und mit zwei verschiedenfarbigen Buntstiften markieren konnte – den roten Engel Michael und den blauen Engel Gabriel.

Auch ohne diese Messungen wußte ich, daß ich größer war,

aber das Anstellen, Markieren, Apupas enttäuschte Seufzer – all das verlieh dem Größenunterschied eine offizielle Gültigkeit, die mir sehr lieb war.

»Warte nur, warte«, sagte Großvater, »wir werden dich noch überholen.«

Gabriels Schulbesuch beeinflußte unser Leben noch in anderer Weise: Apupa, der im allgemeinen kaum je das Dorf aufsuchte, brachte Gabriel nun jeden Morgen dort in die Schule, und wenige Minuten vor der großen Pause kam er erneut, um ihn zu füttern. Wir hörten seine gewaltigen Arbeitsschuhe nahen: Zuerst erschütterten sie die Straße, dann den Schulhof, danach den Korridor. Kamen. Hielten. Gingen ungeduldig vor der Klassenzimmertür auf und ab, entfernten sich und kehrten zurück. Beim Schellen der Glocke machte er die Tür auf, duckte sich ein wenig unter dem Sturz, seine Schultern und sein Lächeln reichten von einem Türpfosten zum andern. Und Gabriel rannte ihm mit aufgesperrtem Mund entgegen und zog ihn am Hemdzipfel zum Korallenbaum in der Hofecke.

Hier, im Schatten des großen Baums, dessen rieselnde Blüten den Hof mit Blut bedeckten und dessen Wurzeln Bodenplatten anhoben, Grundmauern spalteten, Leitungsrohre abwürgten – wenn ich meine Kunden heute vor der Pappel und ihm warne, denke ich an jenen Korallenbaum –, fütterte mein Großvater seinen Sohn. Andere Schüler, darunter ich, guckten aus sicherer Entfernung zu und kicherten. Apupa entnahm seiner Tasche einen umwickelten kleinen Topf mit noch heißem Griesbrei, seine mit Butter und Honig bestrichenen Mastbrote und eine Flasche mit einer trüben, geschmacklosen Brühe, die er eigenhändig aus Hefe und Gänsedottern ansetzte, vermischt mit lauwarmem Wasser und viel Traubenzucker. Gabriel verschlang alles, und Elieser sagte lächelnd, die ägyptische Spitzmaus und Gabriel Joffe seien die einzigen zwei Säugetiere auf Erden, die tagtäglich mehr als ihr Körpergewicht verzehrten.

»Lacht nur, lacht!« rief Großvater, ein Lächeln im Gesicht. »Wenn ich euch heute nicht verhaue, verhaut dieser Junge euch morgen! Bald wird er sogar größer und stärker sein als ich. Und ein gutes Gedächtnis hat er jetzt schon, also nehmt euch in acht!« Dann zeigte er auf mich: »Nimm auch du dich in acht! Auch wenn du zur Familie gehörst!« Aber seine Lippen und Augen lächelten, wie gesagt, und seine Züge waren voll Güte und Liebe. Letztere galt zwar nicht mir, aber trotzdem voll Güte und Liebe.

Dann ging er, und mittags kam er wieder, um ihn abzuholen. Trotz der Blamage, die ich dadurch täglich erlebte, war es ein schöner Anblick. Apupa stampfte wie ein Eisbrecher voran, ein Meer von Kindern teilte sich vor ihm, er hielt geradewegs auf seinen Misinik zu, schwang ihn hoch und setzte ihn auf seine Schultern. Und zu mir sagte er: »Komm, Michael, geh mit, schütze uns vor den Feinden, die von hinten kommen.«

So gingen wir denn. Ich sprang von Riesenfußstapfen zu Riesenfußstapfen unseres Großvaters, Gabriel schnitt mir, vom hohen Thron herab, mit seinem mageren Gesicht Grimassen und streckte mir die Zunge heraus. Wir gingen die kühle, duftende Zypressenallee unserer Zwillingsmütter hinauf, und kurz vor dem Tor sagte ich: »Ich komm später«, und huschte zu meiner Geliebten zum Mittagessen.

Während all dies geschah, fing Amuma an, Sara etwas wichtiges Neues beizubringen: Sie erklärte ihr, daß man David in regelmäßigen Abständen für etwas, was er getan hatte, loben und ihm dabei den Kopf streicheln mußte, und warnte sie davor, ihm die Ratschläge, Ideen und Methoden mitzuteilen, mit denen sie ihre Mitmenschen gewöhnlich überhäufte.

»Obwohl er weiß, daß er ein Spatzengehirn hat, haßt er es, wenn man ihm sagt, was er tun soll«, bemerkte sie.

Beide nahmen an, daß Amuma nicht sterben würde, solange sie Sara als ihre Nachfolgerin ausbildete. Und beide kannten die Funktionsweise des Stundenglases und verstanden: Je mehr Saras

Kenntnisse wuchsen, desto weniger wurden Amumas Tage. Aber selbst sie ahnten nicht, was ich wußte: daß Sara Landau, nicht Mirjam Joffe, zuerst sterben würde. Das war übrigens das erste und einzige Mal, daß meine Fontanelle einen Geruch wahrnahm. Immer sah und hörte sie, aber nicht einmal Anjas Geruch hatte sie gewittert. Jetzt jedoch drang immer, wenn Sara erschien, ein schwacher, grauenerregender Geruch in sie ein, wie der, der manchmal aus der Tonne hinter dem Hühnerhaus herüberwaberte, wenn die Kadaver nicht restlos verbrannt waren.

Die Ironie des Schicksals lag darin, daß Sara Landau deshalb starb, weil sie genau nach den Ratschlägen handelte, die sie anderen gab: Die Sache geschah im Frühjahr, wenn »die gute Hausfrau« die Winterdecken gegen Sommerdecken tauscht, beide lüftet – die eine erwacht aus ihrem Winterschlaf im Bettkasten, die andere bereitet sich auf den Schönheitsschlaf auf dem Hängeboden vor.

Sara hängte die Decken über die Wäscheleinen, die längs dem Balkon aufgespannt waren, und als sie sich übers Geländer beugte, um eine Falte, die im Waffelpikee verblieben war, glattzuziehen, verloren ihre Füße die Haftung auf dem Boden, den sie zwei Tage zuvor – im Rahmen der Pflege, die »die gute Hausfrau« ihren Fliesen zweimal im Jahr angedeihen läßt – gebohnert hatte. Sie fiel nach vorn, ihre haltsuchenden Hände rafften die Decken zusammen. Ihr schwerer Leib stürzte mitsamt den Leinen, riß die Markise des Lebensmittelladens im Erdgeschoß herunter und schlug auf den Gehsteig. Der Sturz war nicht sehr hoch, aber ihr Kopf prallte auf den Bordsteinrand und erlitt einen Schädelbruch.

Hirsch war bei der Probe, und als man ihm die Nachricht überbrachte, stand er auf, wischte den Schweiß seines Kinns von der Geige, legte sie in ihren Kasten und atmete tief. Traurig war er, zweifellos, wirklich und wahrhaftig traurig. Seine Kehle – stellte er staunend fest – schnürte sich richtiggehend zu, aber sein Herz – selbständig und jubelnd – erfüllte seine Brust mit Freude. Das erste Stadium zur Umsetzung des Abkommens war beendet, das erste Hindernis auf seinem Weg zu Amuma beseitigt. Sein Hoffen und Warten hatten sich gelohnt.

Er eilte ins Krankenhaus, und dort, in der Leichenkammer, entrang sich ihm ein furchtbarer Aufschrei: »Die Steine! Wo sind die Steine?«

»Welche Steine?« fragte der Arzt.

»Die Ketten, die ich ihr geschenkt hatte! Sie hat sie nie vom Hals genommen.«

Er hastete nach Hause zurück, um die Steine an der Sturzstelle zu suchen. Nur ein einziger Stein fand sich dort, sein matthölzerner Klang und sein goldener Schimmer riefen ihn aus der Ritze zwischen zwei Pflasterplatten. Die übrigen waren spurlos verschwunden. Er fragte die Nachbarn, den Ladenbesitzer und die Kunden, aber keiner wußte oder gestand etwas.

Aaron fuhr sofort zu seinem Elternhaus nach Tel Aviv. Amuma begleitete ihn. Kein Mensch weiß, worüber sie auf dem langen Weg sprachen. Erzählte er ihr vom Leben ihrer Tochter in dem Gefängnis, das er ihr gebaut hatte? Erzählte sie ihm von seiner Mutter und deren vorgesehener Aufgabe? Schwiegen sie? Den ganzen Weg über? Einen Teil davon? So oder so, am nächsten Tag kehrten die beiden mit dem lebenden Hirsch und der toten Sara zurück. Sie lag auf der Originalpritsche des Power-Wagon, aus den Tagen, als er als Militärambulanz gedient hatte, und er saß neben ihr, versuchte Amumas Augen im Innenspiegel zu erhaschen.

Vor der Auffahrt zum Hügel hielten sie in der Innenstadt. Hirsch ging aufs Gemeindeamt und erhielt auf seine Bitte die Genehmigung, Sara im Dorf zu begraben. »Auf eurem Friedhof«, sagte er zu den Stadträten, »nahe dem Wohnort unseres Sohns.« Aber Schiwa saßen sie bei den Gegenschwiegereltern, nicht im Haus des Sohns, denn Pnina weigerte sich, die Tür aufzumachen. »Tut mir leid wegen deiner Mutter, Aaron, aber diese Tür bleibt zu. Wir müssen deine Schönheit behüten.«

Am letzten Tag der Trauerwoche kamen Hirschs Kaffeehausfreunde vollzählig, und alle versanken in Trank, Musik und Gesang. Erinnerungen wurden aus ihrer ruhigen Versenkung aufgestört, Geschichten zum dritten oder vierten Mal erzählt, und wie immer – wenn auch schneller als sonst – folgten Witze über die positive Seite der Verwitwung. Einige Besucher erkundigten sich, ob sie »das hübsche Mädchen« sehen könnten, das einmal mit ihm ins Café gekommen war. Hirsch antwortete, das könnten sie nicht. Ein Musiker, der ein gutes Gedächtnis hatte, sagte: »Wenn wir ihr das lange, reine A der Trompete blasen, wird sie herauskommen«, worauf Hirsch aufsprang und schrie: »Genug! Ich bitte darum, genug hier mit Partys! Wir sind jetzt auch in Trauer!«

Am nächsten Tag fuhr er mit ihnen nach Tel Aviv zurück. Aber am Wochenende kam er wieder ins Dorf, und von da an wurden seine Besuche bei uns immer häufiger. Er achtete geflissentlich darauf, daß man ihn ans Grab seiner Frau gehen sah, sagte geflissentlich, er sei gekommen, um Sohn und Schwiegertochter zu besuchen, schaute geflissentlich bei neuen Freunden herein, die er sich – »mit Geige und Bogen« – in unserem Dorf und in umliegenden Kibbuzim und Moschawim erworben hatte. Rachel fragte ihn, ob er denn nicht mehr nach Netanja fahre, um dort im Hotel aufzuspielen, und er antwortete, er habe weder das Bedürfnis danach noch die Lust dazu, er fühle sich wohl im Dorf, aber kein Mensch zweifelte daran, daß er auch seinen »Plon mit o« hatte, denn die meiste Zeit verbrachte er auf dem Joffe-Hof, wo er Amuma bei leichten Arbeiten half, solchen, die seine Finger nicht einbezogen, und vor allem viel mit ihrem Mann zusammen war. Er stand früh auf, erwartete ihn auf der Veranda, ging mit ihm aufs Feld, half ihm, Kälber zu tränken und vor dem Melken die Zitzen zu waschen. Wie Schakale dem Wildochsen jagten seine Augen Großvater nach, ohne abzulassen: Wann würde er schwächer werden, wann in die Knie gehen, wann würden die mächtigen Körpermassen zusammenfallen, die breiten Schultern absinken, die Augen in ihren Höhlen erblinden? Wann würde David Joffe sein ewiges Haus beziehen, und er, Hirsch Landau, laut Abkommen seine Frau erhalten?

»Warum starrst du mich so an?« fragte Apupa mit grimmig vorgeschobener Stirn.

Hirsch rückte ein Stück ab, die Schultern gesenkt, die Ohren flach angelegt. »So? Wie so? Ich wollte nur nachgucken, ob du Hilfe brauchst.«

Amuma wiederum, der Saras Tod sämtliche Pläne aufgemischt hatte, stellte keine Fragen und erlaubte keinem Zufall, sie von ihrem Ziel abzubringen. Die drei waren schon älter als ich heute, und sie wußte sehr wohl, daß die Eifersucht, im Gegensatz zu Liebe und Leidenschaft, nicht zur Ruhe kommt [*Eifersucht stützt sich auf Erinnerung; Leidenschaft und Liebe nicht so sehr], ja gerade in diesem Alter gedeihen kann, und beeilte sich, die Sache für ihre Zwecke auszunutzen.

Wann immer Apupa auf den Acker hinunterging, machte sie Tee, setzte sich mit Hirsch auf die Holzveranda zum Hof, und die beiden tranken und unterhielten sich. Sobald die Erde dann zu beben anfing, ein Zeichen der baldigen Rückkehr ihres Ehemanns, bat sie den Geiger, ihr »irgendeine Weise« vorzuspielen.

Sie lauschte, schloß die Augen, sagte: »Ich spüre, wie sehr deine Geige sich freut«, aber die bewußten Tränen, die Tränen der Musik, rannen ihr nicht mehr über die Wange.

»Die Tränen sind mir ausgegangen, Hirsch«, sagte sie, »ich habe sie alle über meine zwei Töchter vergossen, über das, was er ihnen antut, und über dieses arme Kind, das weder dein noch mein Enkel ist.«

Sobald das hintere Tor aufging und ihr Mann auf den Hof zurückkehrte, legte sie dem Geiger die Hand aufs Knie. Scheinbar, als wolle sie einen Satz oder ein Wort betonen, in Wirklichkeit aber, damit Apupa es sah und um dem Herzen des Geigers Hoffnung einzuflößen. Eine vergebliche Hoffnung, aber das wußte nur sie.

Manchmal sagte sie: »Komm, Hirsch, laß uns nach dorten gehen«, und freute sich zu sehen, daß ihm, wie einem treuen Hund, ihr Tonfall genügte, um zu verstehen, welches »dorten« sie jeweils meinte. Mal zu Saras Grab, mal zum Konsum und oft zu der einsamen Zypresse auf freiem Feld, am Grabstein des Piloten, zu dem sie mit Hirsch ging, damit nicht nur David, sondern das ganze Dorf es sah.

Der Setzling, den die trauernden Eltern aufs Grab ihres Sohnes gepflanzt hatten, war schon hoch gewachsen. Morgens war er schwarz wie eine rußige Klinge, denn die Sonne ging dahinter auf, und nachmittags grünte er unter ihren Strahlen und wurde zum frischen Baum. Viele Paare suchten ihn auf, verliehen ihren Vergnügungsspaziergängen damit einen ehrbaren Anstrich, und der Ausdruck »zur Zypresse gehen« mit seinen verschiedenen Ableitungen – »Möchtest du zur Zypresse gehen?«, »Er hat sie schon zur Zypresse mitgenommen« und »Was würden sie ohne die Zypresse anfangen?« – wurde im Dorf gang und gäbe.

Und einmal im Jahr, stets am gleichen Tag nach dem hebräischen Kalender, kamen die Eltern des Piloten wieder, immer mit demselben knatternden Fargo der Buskooperative Egged – oder war es ein G.M.C.? Man sollte immer das Gedächtnis prüfen –, der von Norden kam und am Dorfeingang hielt, und immer erwarteten wir sie und beobachteten sie auf Hin- und Rückweg: Erst steigt der Vater aus, wendet sich um und reicht seiner Frau die Hand. Nun wenden beide sich um und nicken dem Publikum leicht zu, das wiederum mit leichtem Nicken antwortet. Dann drehen sie sich zur Tochter um, die immer noch klein ist und Angst vor den Busstufen hat, und fassen mit einer väterlichen und einer mütterlichen Hand ihre beiden ausgestreckten Hände. Trotz der Trauer und des Verlustes und der Nähe des toten Bruders, schwingen die Hände sie ein wenig hoch, in der Hoffnung, sie werde lächeln oder sogar lachen, denn so sind Elternhände: Ein Grab für den Sohn zu schaufeln, einen Grabstein zu setzen und einen Gedenkbaum zu pflanzen, lernen sie, aber es gibt Dinge, die sie nicht zu lernen brauchen, und wenn die zwei Arme der kleinen Tochter hochgestreckt werden, wissen sie zu greifen und zu schwingen, so wie sie früher auch ihn geschwungen haben, in die kleine, sichere Höhe, aus der er nicht fallen würde.

Niemals nahmen sie die Einladung an, ins Dorf zu kommen, erwiderten nur unseren Gruß und dankten uns mit einem Lächeln. Und da von einem Besuch zum anderen ein ganzes Jahr verging, waren die Veränderungen leicht zu erkennen. Mit den Jahren wurden die Beine des Mädchens länger, ihre hellen Haare dunkler, und die Eltern wurden kleiner und runzliger und schwangen sie nicht mehr in die Höhe. Die Tochter wuchs und reifte, und die Eltern alterten auf eigenartige Weise: Bei ihrer Ankunft sahen sie genauso aus wie beim vorigen Besuch, und zwei Stunden später, bei der Rückkehr von der Absturzstelle ihres Sohns, waren sie um ein Jahr gealtert.

Jeden Abend, nach der Rückkehr von der Arbeit, erzählte Aaron Pnina, was draußen geschah: Wer gestorben und wer geboren worden war, wer geheiratet, ein neues Haus gebaut oder eingeweiht, einen Orangenhain gepflanzt, ein Grundstück verkauft hatte. Er stellte Naifas Speisen auf den Tisch, und bevor er zu essen begann, sagte er seufzend seinen Standardspruch: »Ich bin voller Sorge.«

Nach der Mahlzeit – Aaron aß, Pnina pickte – verließen die beiden das geschlossene Haus, um spazierenzugehen, Luft zu schnappen, er schwarz hinkend, sie weiß schwebend. Und stets nach Sonnenuntergang – damit die Sonne das Blau ihrer Augen nicht verdunkle, die Haut ihrer Lippen nicht rissig mache. Damit das Weiße nicht bräune, das Glatte nicht runzle und das Reine nicht matt werde.

Schon oft hatte sie ihm gesagt, es sei gut und bequem für sie, im Haus zu bleiben, aber er drängte sie auszugehen. »Der Körper braucht Bewegung«, sagte er, wohlwissend, daß jeder Mechanismus rund laufen muß und Wartung braucht. Damit die Geschmeidigkeit nicht verschwand, die Kraft nicht nachließ und die Schönheit nicht von der Haut auf den Boden des Leibes sank.

[*Mit dem verknüpfen, was er über seinen Power-Wagon gesagt hat, daß sich Schönheit sehen lassen müsse, auf daß sie nicht verblasse und vergehe.]

Tagsüber bedeckt sich das Dorf mit einer dünnen Schicht von Mülldunst und Staub, mit einem Hauch von Blütenduft, Milch, Dung und Schweiß. Nachts weht kein Wind, die Gerüche treiben nicht fort, vermischen sich nicht, der Spaziergänger wandert zwischen ihnen dahin, wie der Seemann zwischen Inseln segelt: Hier ist das Reich der Clematis, hier herrscht der Jasmin. Hier ist die Grenze des Heuhaufens, hier der warme Geruch der Rinder, hier speit ein Fenster Schlafzimmerdunst auf die Straße, von hier bis da liegt ein Stoppelfeld, von hier bis dort blüht alles wild.

Die Tagmenschen schlafen, die Nachtgeschöpfe stehen zur Arbeit auf: Der Milchwagenfahrer beginnt seine Tour, der Bäcker und der Wächter nehmen ihre Posten ein, und auch die Sorgen treten an zum nächtlichen Werk – bauen Stein auf Stein, Träume und Alpträume, bringen die Augen um den Schlaf und die Herzen um ihre Ruhe. Die Bücher der Erinnerungen werden gebracht, aufgeschlagen. Alte Bilder erwachen, strecken sich, spüren ihrer Beute nach. In Australien ist jetzt Tag und Winter, trägt Batja ihr Mäntelchen? Bei uns ist Nacht und Sommer, Amuma sinnt auf Rache, in jenen Tagen auf der Veranda und nun in ihrem Grab. Im Gemüsegarten meiner Mutter entzündet die alte Vogelscheuche eine Petroleumlampe und hängt sie als Köder für schwirrende Insekten auf. In Tante Rachels Bett liegt der diensthabende Junge. Fledermäuse fliegen aus der Höhle, in der mein Vater früher Palmach-Leuten Topographieunterricht erteilte, und sein Sohn, der einzige normale Mann der Familie Joffe, sieht und spürt alles, mit geschlossenen Augen und offener Fontanelle.

Da spaziert Pnina durch die blauschimmernden Dorfstraßen, beängstigt die Menschen mit ihrer blassen Schönheit, versetzt die Hunde in Beben mit ihrem fremden Geruch, und die Katzen, deren Pupillen bereits für die anbrechende Nacht geweitet sind, flüchten vor dem blendenden Weiß ihrer Haut. Sie geht, sieht jeden, der herauskommt, einen Blick auf sie zu werfen, bedenkt jedoch niemanden mit einem Nicken, geschweige denn einem Lächeln: nicht die Alten, die prüfen möchten, ob sie tatsächlich die Zeit anzuhalten vermag, wie man ihr nachsagt; nicht die Erwachsenen, die feststellen möchten, was Erinnerung und Wahrheit einander antun; und nicht die Jugendlichen, die Jahre nach ihrer Eheschließung geboren wurden. Sie haben sie nie bei Tageslicht gesehen, aber die Geschichten gehört, und nun lehnen sie am Zaun und machen Augen wie Pfauenschweife. Ich gucke mir diejenigen an, die Pnina begucken. Wenn Männer eine schöne Frau anblicken, werden ihre Lider schwer, ihre Kehle verdorrt, und ihre Fontanellen vibrieren, auch wenn sie sich rechtzeitig geschlossen haben.

Auch Frauen warten auf sie. Schöne Frauen, die Konkurrenz anmelden und vergleichen möchten. Häßliche Frauen, die auf deren Niederlage brennen. Mädchen aller Altersstufen, die so sein wollen wie sie, und auch ein ansehnlicher aufgeregter Trupp schwangerer Frauen. Diese kommen nicht nur aus unserem Dorf, sondern auch aus den umliegenden Ortschaften – aus Moschawim und Kibbuzim, aus den arabischen Dörfern auf den Hügeln. Sogar ein paar Tel Aviverinnen, die von ihr gehört haben, treffen in einem Kleinbus mit Fahrer ein und strecken ihr wie bittend die Bäuche entgegen.

Der Mond bescheint Pnina mit seinem Licht, Pnina erwidert ihm mit ihrem Glanz, und die Sterne verneigen sich vor ihr wie Leibeigene vor ihrer Herrin und erlöschen.

»Laß«, sagte Gabriel vor einigen Jahren, als ich ihn überreden wollte, mit mir auf die Straße zu gehen und seine Mutter anzugucken. »Eines Tages wird sie bei Tag statt bei Nacht ausgehen, wird mit einem Schlag runzlig und rissig werden und zerbröseln.«

[*Hier wäre eine Aufgliederung möglich – ein Wortfeld. Eine kleine Aue der Schönheitsausdrücke.]

Auch Rachel wollte nicht ausgehen, um ihre Schwester zu sehen, sagte, Aarons Schicksal beschäftige sie mehr. »Wie lange kann ein Mensch sich sorgen und sorgen und sorgen, kann arbeiten und arbeiten und arbeiten, zahlen und zahlen und zahlen?« fragte sie und fügte abfällig hinzu: »Und wofür?... Keine Frau, kein Mensch, nicht mal dein Kind, dein eigen Fleisch und Blut«, sie fixierte mich, »ist Grund für solche Mengen an Arbeit, Sorge und Aufopferung.«

Aaron blieb jedoch beharrlich. Zwar hatte er schon alles getan, was zu tun er sich verpflichtet hatte, ja mehr als erforderlich, aber die Sorge im Herzen galt es anzusprechen und bei jeder Gelegenheit erneut auszudrücken, und schon stieß er einen leiberschütternden Seufzer aus und setzte schnalzend zu seiner modularen Ausdrucksserie unter dem Titel »nicht dafür« an, die gleichfalls sofort in unseren Ausdrucksfundus, den Cuvier-Knochen der Familie, Eingang gefunden hat: »Nicht dafür sind wir aus der Diaspora zurückgekehrt... Nicht dafür haben wir im Unabhängigkeitskrieg gekämpft... Nicht dafür haben wir den Neueinwanderern landwirtschaftliche Beratung erteilt...«

»Genug, Aaron, beruhige dich«, sagte Rachel, die wie wir alle die Fortsetzung kannte, »wir haben schon schwerere Zeiten durchgemacht, und schon beim Auszug aus Ägypten hatten wir Gesindel mit.« Doch Onkel Aaron beruhigte sich nicht. Was interessierten ihn die Aktualitäten von früher, er lebe jetzt, »mit dem heutigen Mist«.

Er sei ein einfacher Mann, bezeugte er von sich. Nicht gebildet

»wie alle möglichen Intellektuellen, die Aufrufe unterzeichnen, und Doktoren von der Universität und vom Technikum«, aber gesunden Menschenverstand besitze er, und die Zeitung lese er von Anfang bis Ende, außer dem Sportteil und den Mode-, Restaurant- und sonstigen verderblichen Rubriken, und Nachrichten höre er, »außer dem Wetterbericht, der mich aus dem Häuschen bringt.«

»Wieso, was ist denn mit dem Wetterbericht?«

»Weil es keinen Tag gibt, an dem sie sich nicht irren.«

»Da haben wir die Schuldigen gefunden«, erklärte Gabriel. »Die Meteorologen!«

»Nur im Sommer liegen sie richtig«, fuhr der Bräutigam fort, »denn im Sommer ist es immer morgen warm und übermorgen klar. Aber im Winter? Und im Frühjahr? Es vergeht kein Tag ohne Fehlprognose. Wofür bekommen sie ihr Geld? Nicht mal, wie das Wetter jetzt ist, wissen sie.«

»Aaron«, sagte Rachel, »merkst du, worüber du dich aufregst, seit wir angefangen haben zu essen? Über Nichtigkeiten.«

»Ah nu, laß uns doch mal sehen, daß sie die Hand aus dem Fenster halten und sagen, ob es jetzt regnet. Nicht morgen! Jetzt!...«, fuhr er unbeirrt fort. »Was schert sie's auch? Ihr Gehalt kriegen sie? Klar kriegen sie das... Ihr hübsches Gesicht sieht man im Fernsehen? Sieht man... Also ich bin kein großer Weiser, aber ich hab genug Grips, um zu verstehen, was hier passiert und was passieren wird...«

Auf seine alten Tage war der Bräutigam redselig geworden. Alles, was sich in ihm aufgestaut hatte – die Jahre, die Sorge, die langen Schweigeperioden eines Mannes, der sich die meiste Zeit mit Geräten und Materialien unterhielt –, kam jetzt hoch und floß über. Gedanken und Worte, die in seinem Innern gewartet hatten, drängten jetzt auf seine Lippen.

»Wenn ihr im Fernsehen irgendeinen Minister reden hört«, erklärte er eines Abends, als wir mit Joffe-Besuch auf der alten

Holzveranda saßen und die neue Landschaft betrachteten, »dann guckt ihr ihn an und hört, was er sagt, und das ist entschieden genug, um zu begreifen, in den Händen welcher Null wir uns befinden. Aber ich, ich guck mir noch was an – diese Typen, die sich immer mit ins Bild drängen, diejenigen, die hinten stehen und die Gesichter reinschieben. Sogar wenn es einen Anschlag gegeben hat, sieht man sie reindrängeln ... Dann sage ich mir: Mit denen, mit diesem Pöbel, mit denen wirst du keinen Staat machen. Mit diesen blöden Augen wirst du keine Industrie aufbauen. Mit denen wirst du keinen Krieg bestehen.«

Und als niemand etwas erwiderte, sagte er: »Klar, auch ich möchte das Volk Israel so sehen wie bei König Salomo, jeder soll unter seinem Feigenbaum sitzen und essen. Aber früher wußten sie auch, wer was taugt und wer bloß Dreck ist. Und heute fühlt jeder sich hier als Staatschef, jeder kleine Mann will Ehrerbietung haben und gut Freund mit uns sein.«

»Wer ist jeder?« fragte Gabriel. »Und wer ist gut Freund mit uns?«

»Du weißt genau, wen ich meine«, fauchte der Onkel. »Ich hab's euch schon gesagt, und auch ohne das wüßtet ihr's. Sogar Leute wie du, nimm's mir nicht übel, obwohl du in Ordnung bist und ein großer *Fighter* beim Militär warst. Aber als ich jung war, sind Leute wie du nicht so in aller Öffentlichkeit herumgelaufen und gewiß nicht in dieser Kleidung. Es schadet nicht, ein bißchen Scham an den Tag zu legen, wenn es nötig ist.«

Gabriel lächelt. Seine langen, kräftigen Arme, wie die von Apupa in seiner Jugendzeit, schnellen unerwartet vor, schnappen den Bräutigam und umschlingen ihn: »Wenn du so weiterredest, gebe ich dir einen Kuß auf den Mund. Also nimm dich in acht.«

Damit hören wir im allgemeinen auf und gehen jeder in sein Zelt, seine Baracke oder sein Haus, abgesehen von jenem einzigen Mal, als plötzlich ein hoher Schemen aus der Dunkelheit kam, die vier Stufen heraufstieg, in den Lichtkreis auf der Veranda trat –

meine Mutter, streng und selbstgerecht, anderthalb Stunden nach dem Obstverzehr – und nun ebenfalls sagte: »Es wird Zeit, daß du den Mund hältst, Aaron.«

Stille herrschte. Der Bräutigam erbleichte. Seine dunkle Haut nahm die Färbung einer winterlichen Pfütze an. Sein Mund stand offen, sowohl ob des eben vernommenen Satzes als auch wegen der Identität der Sprecherin – Hanna Joffe, die nie ein schlechtes Wort über ihn sagte, das nicht mit Ernährung zu tun hatte. Schließlich sind sie beide prinzipientreu, und solche Menschen sollten einander helfen und nicht in Streit geraten.

»Aber warum?« ächzte er. »Was stimmt denn nicht an dem, was ich sage?«

»Ich werde dir sagen, was nicht stimmt«, erwiderte Mutter, näher schreitend. »Was nicht stimmt, ist, daß nichts von dem, was heute hierzulande geschieht, an das herankommt, was du und mein Vater Pnina angetan habt. Erst habt ihr sie gefördert und gerühmt und gelobt, den ganzen Tag bloß Pnina, Pnina, die Schöne, die Kluge, die Wohlgeratene, und dann habt ihr sie umgebracht. Da war schon besser, was ihr mit mir gemacht habt, Spötteleien von Anfang an.«

»Kümmere ich mich etwa nicht um sie?« entgegnete der Bräutigam. »Hat sie kein Haus zum Wohnen und kein Essen auf dem Tisch? Und was ist mit Gabriel, ist der etwa auf der Straße gelandet? Und ihr, habt ihr nicht all die Jahre euer Geld erhalten, getreu dem Abkommen?«

»Wäre er nur auf der Straße gelandet, wäre er nur gar nicht geboren worden! Das wäre besser für ihn gewesen!«

»Ich höre alles«, erklärte der Betreffende, »und ich stimme jedem Wort zu!« Aber meine Mutter beachtete ihn nicht. Ihr Zorn nährte sich schon selbst. Unter der Strohdecke ihres Huts, dem Zellgewebe, den Salatbergen und Kaubewegungen kam auf einmal die wahre Hanna Joffe zum Vorschein. Nicht die dralle und fröhliche Gefangene, die Rachel sich vorstellte, sondern das fleischgierige Raubtier mit den langen Eckzähnen, das Mutter in ihrem Innern weggesperrt hatte.

»Du und er«, sie deutete auf das weiße Bartgewirr im Inkubator, »er mit seiner Dummheit und Derbheit und du mit deiner elenden Gehorsamkeit!«

»Du predigst mir Moral?« erboste sich der Bräutigam. »Wir haben gesehen, wie du deinen Mann behandelt hast. Wen wundert es, daß er so jung gestorben ist? Wen wundert es, daß er andere Frauen nebenher hatte?«

Meine Mutter ist eine starke und behende alte Frau. Ihr Gang, ihr kühner Blick und ihre aufrechte Haltung zeugen von Kraft und Gesundheit. Aber nicht einmal Dr. Jackson hatte getan, was sie nun tat. Mit zwei langen Schritten war sie bei Aaron, und ehe noch irgendwer begriff, was geschah, fiel sie über ihn her und biß ihn in den Nacken. Ein Schmerzensschrei gellte, und bis wir uns regten, hatte sie schon von ihm abgelassen.

»Du hast sie für Geld gekauft! Komm mir nicht mit Moralpredigten über Ehe und Liebe.«

Und plötzlich verließen sie die Kräfte. Sie setzte sich und fing an zu weinen: »Mordechai, Mordechai, Mordechai...« – so wie sie noch nie geweint hatte, oder vielleicht doch, aber nicht vor den Augen ihres Sohns. Ich schließe die Augen, die Augen ihres Sohns, und blicke sie an. Nicht immer verbirgt sich Trauer hinter dem Rechthaben, aber wenn sie da ist, hinter den Mauern der Fehler, ist sie bitter und groß. Eine Kompresse wird sie nicht heilen, Speichel sie nicht abbauen, ein Einlauf sie nicht wegspülen. Und von ihr lenke ich meine Fontanelle auf meine Zwillinge, ihre Enkel, die in ihrer Kneipe und den in seinem Bett, auf Gabriels »Geliebtenmannschaft« und auf Gabriel selbst, auf Überalles und ihre Tochter Adelaide, und ich hoffe, daß es irgendwo, in einer anderen Stadt, auf einem anderen Stern, andere Joffes gibt, die auf einem anderen Joffe-Hof leben, die jeder unter seinem Weinstock und unter seinem Feigenbaum sitzen und dort essen, trinken und fröhlich sind, die heiraten und studieren und Kinder gebären, denn jemand muß doch den Namen Joffe weitertragen, und wir, die Joffes von unserem Joffe-Hof – die eine in ihrem Haus begraben, der zweite in seinem Erdloch, die dritte unter ihrem Federbett und der vierte in seinem Zelt –, wir sind nichts als eine Sackgasse. Als ich Rachel all das sagte, lachte sie: »Das ist alles, was von uns übriggeblieben ist: ein Toter, ein Waisenknabe, ein Schwuler und eine Witwe.«

Die Gestalt des Geigers, zumeist in Amumas Nähe, gehörte bald schon zu den festen Anblicken auf dem Hof. Aber während die Joffes noch meinten, es handele sich um einen längeren Besuch, hatte man im Dorf längst begriffen, daß er gar nicht mehr vorhatte, nach Tel Aviv zurückzukehren. Ein paar Wochen nach dem Tod seiner Frau mietete er sich ein Zimmer bei einem der Schusters, gab Musikunterricht in Arbeitskreisen, die er in Kirjat Amal und Nahalal eingerichtet hatte, und fuhr einmal die Woche nach Kfar Jecheskel und En Charod – aber all das nur, um etwas zu essen und ein bescheidenes Dach über dem Kopf zu haben. Seine Hauptbeschäftigung bestand darin, bei Amuma auf dem Hof zu sitzen und ihren Mann unter Beobachtung zu halten.

Die Geschichte von dem alten Abkommen zwischen den beiden Paaren war kein Geheimnis, und alle Joffes, außer Apupa, erfaßten, was ablief. Am weitesten ging meine Mutter, die Hirsch Landau eines Tages wie gewohnt auf den Holzstufen der Veranda sitzen und dreierlei Gifte gleichzeitig genießen sah: ein Viertel Wurst, eine Zigarette Marke Superfine und ein Gläschen Schnaps, den ihm sein Sohn eingeschenkt hatte. Sie wußte, daß nach dieser Abfolge von Abbeißen, Inhalieren und Schlucken auch noch der Giftkelch in Form einer Tasse Kaffee, in der zwei Katzenzungen aufgelöst waren, kommen würde, und erklärte ihm, wenn er so weitermache, könne er sein Ziel nicht erreichen, da er vor Amuma und ihrem Mann sterben werde.

Gleich vielen anderen Musikern war Hirsch Landau ein ungeduldiger Mensch. Mutter wies ihn nicht zum ersten Mal wegen seiner Ernährungsweise zurecht, und im allgemeinen antwortete er mit seinem Standardsatz, der sie um den Verstand brachte: »Auch Hitler war Vegetarier, Hannele, hast du das vergessen?«, und meinte sogar, wenn Hitler zu den Fleischessern gehört hätte, »wäre die Geschichte womöglich ganz anders verlaufen, und zwar weit besser.«

Aber diesmal war der Geiger weder böse noch beleidigt. »Hanna«, sagte er, »ich kenne dich doch von klein auf und habe dir und deiner hübschen Zwillingsschwester auch Geschichten erzählt. Wenn du nichts dagegen hast, erzähle ich dir noch eine kleine Geschichte.«

»Worüber?« fragte Mutter. Ihre Lippen schmollten ein wenig wegen »deiner hübschen Zwillingsschwester«, und ihre Stirn verfinsterte sich.

»Über das, was du gern hörst«, sagte Hirsch, »über Gesundheit, Langlebigkeit und richtige Ernährung. Komm«, er rückte seinen kleinen Leib ein Stück beiseite, »setz dich hierhin. Geschichten hören ist – wie essen und wie noch was – ungesund im Stehen.«

»Bei uns im Schtetl«, begann er, »lebten zwei Zwillingsbrüder. Keine Joffes, manchmal werden auch in anderen Familien Zwillinge geboren. Der eine, Ephraim hieß er, rauchte vierzig Zigaretten am Tag, aß jeden Abend einen ganzen Laib Brot – weißes natürlich – mit Butter und Wurst, und damit ihm das Herz nicht verfettete, trank er einen halben Liter Branntwein, und nachdem er fertig gegessen hatte, ging er – pardon – zur Hure. Aber wer wüßte das besser als du? Eine derartige Verlotterung ... die hat letzten Endes ihren Preis ... Und tatsächlich, als dieser Ephraim hundertfünf Jahre alt war, fuhr er als Schiedsrichter zu einem Bierwettbewerb, unterwegs sprang die Eisenbahn aus den Schienen, und er kam dabei ums Leben. Aber sein Zwillingsbruder,

der nie rauchte, nie trank und kein Fleisch anrührte, weder auf dem Teller noch, entschuldige bitte, das einer Frau, starb mit vier Monaten an einer Lungenentzündung.«

»Und was besagt das?« Mutter sprang ärgerlich auf.

»Das besagt, daß Vegetarismus sehr gut für den Darm ist, die Menschen aber nicht nur aus Kischkes bestehen. Sie haben auch Herz und Verstand und noch ein paar Körperteile, und sie haben Mann und Frau und Kinder und Arbeit, haben Lust und Erinnerung und den guten und den bösen Trieb – und für all das braucht man manchmal ein schönes Stück Fleisch, und vor allem, Hanna, muß man sich abregen.«

Die Zeit verging. Die Gegenwart wich zurück oder schritt womöglich voran – »kommt drauf an, wo ihr euch selber einfügt«, erklärte Elieser uns einmal im Klassenzimmer, »ob ihr in der Eisenbahn fahrt oder in der Gegend steht.« Die Tage verschwanden in einer langen Reihe von roten Klingelzeichen, Sonnenaufgängen, Sonnenuntergängen und Jahreszeiten, immer in dieselbe Richtung, wurden zu »jenen Tagen«, bekränzt vom Glorienschein der gegenseitigen Hilfeleistung, des Anstands, des Kennens der Gesichter und Namen – und manchmal wagte der Geiger, unter dem Deckmantel eines Schulterklopfens unter Freunden, bang hinzulangen und Apupas Fleisch zu betasten, um seine Vitalität und Dichte einzuschätzen und die Spuren der Zeit auch darin zu suchen. Doch diese Berührung begriff Apupa letztlich. Denn im Gegensatz zu den »Plonen mit o«, die sein Spatzengehirn überstiegen, und den feinfühligen Untersuchungen, die sein dickes Fell nicht spürte, unterschied sich Hirschs prüfender Griff nicht von seinem eigenen an eine Pflaume, ein Euter oder einen Rinderschenkel.

Er rief den Bräutigam zu sich und beorderte ihn, mit seinem Vater zu reden. »Daß er aufhört, mich zu betasten. Sag ihm: David Joffe wird nach dir sterben, du hast also nichts zu erwarten!«

Aber der Bräutigam weigerte sich: »Das betrifft nicht das Abkommen zwischen dir und mir«, sagte er, »das betrifft das Abkommen zwischen dir und ihm.«

Es war das erstemal, daß er es wagte, seinem Schwiegervater nicht aufs Wort zu folgen, und Apupa überlegte bereits, ob er den Geiger vom Hof jagen sollte. Doch während alle noch Voraussagen machten und Einschätzungen abgaben, war Amuma plötzlich aus dem Haus verschwunden, und alle begannen sie zu suchen. Hätten noch mehr Joffesche Köpfe eine offene Fontanelle wie ich gehabt, hätten sie damit nicht nur ihr Versteck orten, sondern auch ihren bevorstehenden Tod voraussagen können. Aber auch diese Prophezeiung machte nur ich für mich im stillen, denn ich wußte, daß Großmutter nicht gefunden werden wollte.

»Joffes aus dem ganzen Land kamen, um zu suchen und zu helfen. Sie durchkämmten die Höfe, schwärmten über die Felder aus, fahndeten nach ihr in den Pflanzungen, alarmierten Naifas Ehemann und all seine alten Vettern, die bis in die trockenen Bachbetten zwischen den Hügeln vordrangen – und meinten schließlich, sie sei womöglich nach Waldheim gegangen, in das Haus der Familie Reinhardt. Einst war es ein Gutshaus, heute ist es ein sterbendes Haus, aber damals stand es noch festgefügt. Der Wohnflügel diente als Saatgut- und Getreidespeicher, aus dem Kuhstall war eine Schreinerei geworden und aus den Arbeiterunterkünften Lagerräume.

Apupa zögerte keinen Augenblick. Wie Jahre zuvor stieß er Türen auf, brach in dieselben Keller und Speisekammern ein, durch genau dieselben Zugänge wie damals, rief sie mit den gleichen lauten Schreien, bahnte sich seinen Weg zwischen Gerümpel, Arbeitern, Fässern, Sägespänesäcken und Spinngeweben, stieg in den zweiten Stock – schwarzweiße Fliesen lugten unter den Getreidehaufen hervor – durchkämmte jeden Ort, an dem eine Mutter Erinnerungen an ihre Tochter suchen konnte.

Eichelhäher flogen kreischend zusammen. Kühe muhten erschrocken in der angrenzenden Hürde. Auch der Moschaw-Sekretär tauchte plötzlich auf, wollte wissen, »was da vor sich geht«, aber die beiden Halbbrüder, die Apupa – mit einer kleinen Schar Nachkömmlinge – begleitet hatten, stellten sich dem Sekretär in den Weg, umkreisten ihn, ließen ihn nicht weiter. »Gleich gehen wir...«, sagten sie, »es ist alles in Ordnung... Wir nehmen nichts weg... Laß uns nur suchen...« Ihre Stimmen klangen weich, fast flehend, aber ihre Hände waren hart und stark. Weitere Leute näherten sich, und wir erschauerten, denn plötzlich ertönten die Rufe »Mutter... Mutter...« bei hellem Tageslicht, klar und deutlich, aus offenbarer Quelle, und erläuterten allen, die es nicht hatten begreifen wollen, woher die nächtlichen Rufe der letzten Jahre gekommen waren – aber Amuma war auch dort nicht, und Apupa gab auf und verstummte.

Als wir auf den Joffe-Hof zurückgekehrt waren, die Flügel des doppelten Tores hinter uns geschlossen hatten und alle nun verlegen dastanden und nicht wußten, was sie jetzt tun sollten, ging plötzlich ein Laden am Haus von Aaron und Pnina auf, und Pnina guckte weiß, rein und lichtüberflutet heraus und rief das, was ich die ganze Zeit gewußt und verschwiegen hatte: »Ihr Idioten! Sie liegt in der Baracke!«

Amuma lag dort, klein und zitternd, ein vom Dach gefallenes Vögelchen, unter einem Haufen alter britischer Militärwolldekken. Auf einmal sahen wir, wie ausgemergelt sie war, was wir vorher gar nicht gemerkt hatten, denn sie war von Natur aus schmal, und als sie alt wurde, hatte sie die Jahre nicht in Wülste und Fettschichten umgemünzt, sondern in Wut und Erinnerung. Aus der schlanken Frau war eine magere geworden. Richtig ausgetrocknet war sie, mit der Fleischarmut eines Körpers, der sich von innen her auffrißt, jeder Irrtum war ausgeschlossen, die Sache ließ sich nicht leugnen, da half auch kein Augenverschließen oder Blickabwenden.

Rachel, die sofort erfaßte, was los war, bekam furchtbare Angst.

»Was tust du hier, Mutter?« kreischte sie, und: »Du bist krank!« und: »Guck doch, wie du aussiehst! Geh sofort wieder nach Hause und leg dich ins Bett...«

Aber Amuma lächelte und bat uns, sie in Ruhe zu lassen, ihre letzten Tage wolle sie mit Batja verbringen.

»Wieso letzte Tage? Wovon redest du denn? Wie kannst du hier in all dem Müll und Dreck liegen?«

Doch Amuma sagte: »Ich hab was Schlechtes im Magen. Ich werde sterben.«

Und Hirsch Landau, der die Dinge im stillen Herzen hatte sagen wollen, brüllte sie laut heraus: »Aber wir haben doch ein Abkommen! Sara ist gestorben, und nun ist er an der Reihe!«

Die Joffes starrten ihn verwundert an. Klein und mager, den dünnen Zeigefinger mutig erhoben, baute er sich vor Apupa auf und verlangte das Seine. Wir fürchteten, Apupa würde ihn durch die Luft schleudern wie einen Salzhering, und Aaron überlegte schon seine weiteren Schritte. Schließlich war er einerseits der Sohn des Geigers, andererseits Großvaters Hund. Was sollte er da machen?

Aber Apupa lächelte komisch, betrat die Baracke, bückte sich, breitete die langen Arme aus und fing an, das angehäufte Gerümpel vom Boden aufzulesen – Lumpen, Stangen, Rohre, zerbrochene Möbel – und bat Gabriel und mich, den Karren zu holen.

Der Abfall wurde aufgeladen und abgefahren, der Bräutigam stellte einen mächtigen Wasserkessel auf einen der großen alten Brenner, die er noch hatte, Apupas Stiefbrüder legten Amuma in ein Bett auf der Veranda, und kamen wieder, bewehrt mit Besen und Schrubbern. Auch Hirsch brachte Kehrschaufeln und Lappen, und innerhalb einiger Stunden säuberten die fünf Männer die Baracke mit Seife und kochendem Wasser. Die Wände wurden geweißt, die Fensterscheiben ausgewechselt, die alte Bresche, durch die Über-alles zu den Deutschen getürmt war, mit neuen Latten abgedichtet.

Amuma störte sich an der ganzen Geschäftigkeit um sie her. »Hört auf, genug, es muß nicht geputzt werden, so ist es gut«, und später, zu sich: »Es bleibt ja nicht mehr viel Zeit, laßt mich hier nur ruhen.« Und schließlich, zu niemandem: »Hier hat alles angefangen, hier ist es auch weitergegangen, und hier wird es aufhören, da, so ist es gut.«

Bis zu ihrem Tod vergingen noch ein paar Monate, in denen sie wegging und wiederkehrte, auf- und abstieg, zwischen den Gefilden des Lebens und dem Schweigen der Unterwelt pendelte, ihre Schwimmblase füllte und entleerte, und Apupa bekam zum ersten Mal im Leben zu spüren, was Hilflosigkeit und Verzweiflung bedeuten.

»Sein Leben lang hat er gestanden und gekämpft«, sagte Rachel, »und sein Leben lang hat es keinen Mittelsmann gegeben, der es gewagt hätte, ihm entgegenzutreten.« Nun schwang seine Frau die Schleuder und schoß den Stein der Rache auf ihn ab – »haarscharf an den Kopf, der seit jeher sein Schwachpunkt war.«

Der Bräutigam schob die Pritsche wieder in seinen Power-Wagon, lud auch den Sauerstoffballon und weitere Geräte und Leitungen ein, die seinerzeit als Militärambulanz zur Ausstattung gehört hatten. Er testete sogar die alte Sirene, und an Tagen, an denen Amuma besonders schwach war, schlief er voll bekleidet und mit Schuhen, ganz in jenem Gefühl von Wichtigkeit, das Amtsträger und nützliche Menschen erfüllt. Doch jedesmal, wenn Amuma das Bewußtsein verlor und ihre Töchter schrien: »Aaron, komm schnell…«, startete er auch schon den Power-Wagon, um sie ins Krankenhaus zu bringen, eilte Apupa, egal wo er gerade war, herbei, stellte sich aufrecht und breitbeinig an die Wand vor ihrem Bett und breitete den weißen Riesenbart und seine mächtigen Arme aus: »Laßt sie, ich werde niemandem erlauben, ihr Schläuche reinzustecken!« Oder manchmal: »Laßt von ihr ab, sie stirbt noch nicht. Und wenn sie stirbt, wird sie es so tun, wie sie es möchte, in ihrem Bett.«

So ist sie denn auch gestorben, und ich erinnere mich noch gut an ihre Beerdigung. Zum ersten Mal spürte ich, daß ich mich in einer der großen Familiengeschichten befand, von der Sorte, die ich bis zu jenem Tag nur vom Hörensagen kannte. Joffes aus dem ganzen Land kamen, mit kurzen oder langen Hosen, in Kleintransportern, mit blauer Arbeitskleidung, mit Schuhen oder Sandalen, in Straßenanzügen, die eleganten Limousinen entstiegen, in schwarzen Kaftanen, die einem gemieteten Jerusalemer Omnibus entströmten, in Weiß oder in Uniform.

»Da kommt dieser und jener«, sagte Rachel die Ankommenden musternd – Vettern und Kusinen, die wir noch nie gesehen hatten, samt ihren Söhnen und Töchtern, Frauen und Männern. Sie ließen die Erde erbeben mit ihren Nagelschuhen, riefen »nicht so!« bei Türen, die andersherum aufgingen, baten um mehr Zitrone, beschwerten sich über die Suppentemperatur und zerbrachen tropfende Wasserhähne.

Ich fragte Rachel, ob Batja zur Beerdigung kommen würde, denn ich wollte sie gern kennenlernen.

»Batja wird nicht kommen«, sagte sie, »Australien ist weit, der Zorn ist groß, und jemand muß um Verzeihung bitten.«

Die Familie war gewachsen. Es kannten sich nicht mehr alle dem Gesicht und dem Namen nach. Aber die Joffesche Tradition blieb gewahrt: Man verwendete alte Ausdrücke, tauschte neue, verglich Versionen, die sich widersprachen, siegten oder unterlagen. Neue ›Zwillingspaare‹ erkannten einander – ich habe übrigens nie einen ›Zwillingsbruder‹ oder eine ›Zwillingsschwester‹ gefunden –, und alle waren gerührt, wenn die beiden sich aus ihrem jeweiligen Familienpulk lösten, mit geneigtem Kopf und wie selbsttätig in Gleichtakt verfallenden Schritten aufeinander zugingen, stehenblieben – ein überraschtes Gesicht einem ihm ähnlichen gegenüber – und lächelten.

Und alle erzählten einander die Geschichte ihres Todes, als sei er vor Jahren eingetreten und nicht erst gestern: wie – damals, einst, als Großmutter starb – Großvater bei ihr gewesen war, er allein, sie allein, beide allein, oben auf jenem Hügel, auf dem sie ihm »hier« gesagt hatte. Und wie sie – an jenem Morgen, erinnert ihr euch? – gebeten hatte, man solle sie mit ihrem Bett aus der Baracke auf die Holzveranda bringen, und, erinnerst du dich, Judith, kein Mensch etwas ahnte, denn es war nicht das erstemal, daß sie »mit Aussicht auf die Landschaft« hatte liegen wollen. Man brachte sie dorthin, sie schlief ein, und Apupa – sein ganzer Leib war plötzlich eine einzige weiche Fontanelle, aber sein Gehirn verstand nicht deren Vibrieren und Rauschen – nahm mit einem Satz die vier Stufen und stellte sich so vor sie hin, daß sein Körper sie vor den Strahlen der Sonne beschattete, die an diesem Tag besonders glühend schien.

Alle hielten den Joffeschen Mittagsschlaf, außer ihm und außer mir, denn ich war von dem Lärm erwacht, der plötzlich meinen Schädel erfüllte – ein neues Geräusch, wie das Schlagen großer, verheißender Schwingen. Ich rannte hinaus. Nicht zu ihr, sondern zu meiner Mutter, die ebenfalls schlief – Vollkornbrot, Sesampaste mit Olivenöl oder vier Dampfkartoffeln wurden in ihren Eingeweiden verdaut –, und als ich rief: »Mutter, deine Mutter ist gestorben!«, kam sie sofort auf die Füße, fragte nicht, woher ich das hätte, und tadelte mich auch nicht dafür, daß ich den sekundären Verdauungsprozeß störte. Ihre Lippen bebten. Ihr sonst stets aufrechter Rücken beugte sich, und ihre Schultern hingen. Es war das erstemal, daß ich meine Mutter Halt suchen sah, und rasch trat ich auf sie zu, damit sie sich auf mich stützen konnte. Aber Mutter verließ das Haus, und statt zu ihrem Elternhaus zu gehen, stolperte sie zum Gemüsegarten, erreichte die Vogelscheuche am Ende des Beetes, lehnte sich daran und fing an zu weinen.

Ich kehrte auf den Hof zurück, klopfte an Rachels Tür, dann ans Schlafzimmerfenster von Pnina und dem Bräutigam und rief laut: »Amuma ist tot!«

Aaron kam heraus und fragte: »Woher weißt du das?«

»Teil es Pnina mit«, sagte ich, »und dann Apupa und deinem Vater und dem Rest der Familie.«

»Aber Apupa steht bei ihr«, sagte Aaron.

»Er steht bei ihr, aber er weiß es nicht.«

»Als ich zu ihm kam«, erzählte der Bräutigam an jenem Abend und später bei den jährlichen Gedenkfeiern, »als ich zu ihm kam und zu ihm sagte: ›David, sie ist tot, David, sie ist gestorben, genug mit Schattenmachen, nicht mehr nötig‹, war er verblüfft: ›Wieso denn tot? Erst vor einem Moment hat sie die Augen aufgeschlagen, mich angeguckt und Schalom gesagt.‹«

Als dann alle aufgehört hatten, zu reden, zu vergleichen, zu diskutieren und zu identifizieren, die Schüsseln mit Keksen und Gemüse ebenso geleert waren wie die Teller mit Käsewürfeln und die Limonadenkannen und nur noch die Kasserollen mit Hannas sehr gesundem Haferbrei und die Platten mit Rachels wirklich guten Fischen mangels Nachfrage voll geblieben waren, traten zwei solcher Zwillinge heran – der eine aus Herzlija, der andere aus Jerusalem, Bartwuchs hatten sie noch keinen, aber beide waren große Rotschöpfe –, hoben den Sarg ein Stück hoch und warteten auf Anweisungen. Sie auf den Leiterwagen hieven? In den Power-Wagon schieben? Auf den Schultern tragen? Sie auf den Eisenböcken lassen, die Aaron auf die Holzveranda gestellt hatte, mit Blick auf die Landschaft?

Stille herrschte. Allen war klar, was jetzt geschehen würde. Nicht jede Prophezeiung setzt eine offene Fontanelle voraus. Manchmal genügt es, die Familiengeschichten zu kennen, um die Fortsetzung vorherzusehen. Kein Mensch war überrascht, als Apupa an den Sarg trat, den breiten blauen Lastträgergurt schräg über den Rücken geschlungen. Manche erkannten den Gurt, weil sie ihn bereits gesehen, andere, weil sie von ihm gehört hatten, aber alle wußten, daß es der Gurt war, mit dem er das für sie erworbene Bechstein-Klavier vertäut und sich aufgeladen hatte, das an der Wand gestanden und geschwiegen hatte, weil es hieß, »in diesem Haus wird keine Musik mehr gespielt.« Es hatte geschwiegen bei seiner Ankunft damals, schwieg bei ihrem Weggang jetzt und verharrte auch in Schweigen, bis ein paar weitere Jahre vergangen waren, Gabriel aus dem Wehrdienst entlassen wurde und samt seiner »Geliebtenmannschaft«, seinem bunten Wigwam und der Auszeichnung heimkehrte und anfing, Partys zu feiern. Großvater war damals schon klein geworden, der winzige, starre Witwer, der er heute ist, lag in dem alten Inkubator, in dem er einst seinen Zipljonok aufgezogen hatte, und er, das Küken und seine Kameraden, erfüllten die Luft mit starken Kleiderfarben, Musik, wunderbaren Parfüm- und Suppendüften, wobei die Suppen so kochendheiß waren, daß sie dreimal die Löffel verbogen. Und Apupa, klein und neu, protestierte nicht, genoß sogar all die »Gerichte von Franzosen«, die er nie hatte probieren wollen, und bat nur, auf dem Bechstein keine Teller und Gläser abzustellen, damit sie keine Kringel auf dem polierten Holz hinterließen, und nicht darauf zu spielen, denn »in diesem Haus«, sagte er immer wieder, mit dem Ernst eines Rechtsanwalts, der ein Testament verliest, »wird keine Musik mehr gespielt! Und das Klavier meiner Frau«, rief er seine eigene Zugabe, »werden keine Fremden anrühren!«

Aber eines Tages erschien bei uns ein Gast aus England – »fremder geht's nicht mehr« –, klopfte ans Tor und sagte, er komme zu Gabriel und seinen Kameraden. Der Bräutigam musterte ihn neugierig, und meine Mutter, die Gabriels Freunde samt und sonders nicht ausstehen konnte, verabscheute ihn besonders, und das auf den ersten Blick. Obwohl er Vegetarier war wie sie, nannte sie ihn »den Schwulen aus London« und brachte ihm demonstrative Verachtung entgegen. Der Schwule aus London, der kein Hebräisch verstand und nicht wußte, daß man den Bechstein nicht anrühren und im Haus keine Musik spielen durfte, klappte den Deckel auf und begann, naiv und begabt auf den Tasten zu klimpern. Als er einige Wochen später wieder abfuhr, fragte der Bräutigam unvermittelt bei Gabriel an, wer denn »dieser Junge, der auf Besuch war«, gewesen sei, worauf Gabriel erwiderte: »Ein Junge aus England«, und als der Bräutigam sich nach seinem Namen erkundigte, antwortete er: Oscar Stephenson, und du brauchst nicht rot anzulaufen, Aaron, sein Vater hat ihn zu uns geschickt, nicht zu dir.«

Apupa führte den Lastträgergurt unter Amumas Sarg hindurch, verkreuzte ihn mit zwei symmetrischen Händen, zurrte fest und verkreuzte noch einmal. Das freie Ende legte er, nach Lastträgerart, quer über die Stirn und drückte es mit der Faust an die Lenden. Und obwohl der Sarg nicht schwer war, ächzte er, als er sich aufrichtete, und auch die Umstehenden stießen einen Seufzer aus. Wie damals ging er, Amuma auf dem Rücken und in seinen Fußstapfen Hirsch Landau, der den schwankenden Sarg betrachtete, sich die trockenen Lippen leckte und schwieg. Hinter Hirsch folgten Hanna, Aaron und Rachel, dahinter die Joffes, deren Gruppierungen, die Farbflecke, sich bereits vermischt hatten, und hinter ihnen die Dorfbewohner – Dutzende, ja Hunderte von Schusters, die trotz ihrer Streitigkeiten mit Apupa seine Frau geliebt hatten, nun an ihren Hofeinfahrten auf den Leichenzug warteten, und sich, jeder der Reihe nach, von ihrem Platz lösten und dem Sarg anschlossen.

Großmutter war, wie gesagt, vor ihrem Tod stark abgemagert und hatte uns einen leichten Leichnam hinterlassen. Aber Großvater spürte, trotz seiner weiterhin großen, sicheren Schritte und ruhigen Atemzüge, zum ersten Mal, was keiner außer ihm ahnte – daß seine Kraft nicht mehr die von damals auf der Wanderung war, als ihr Atem ihm Stärke in den Nacken hauchte, ihre Brüste warme Mulden in seinen Rücken drückten, ihre Schenkel sich um seine Lenden schlangen und ihre Füße in den Steigbügeln seiner Hände standen, wenn sie sich aufrichtete und ihn anwies, wohin er gehen sollte.

»Hier, David«, sagte Mirjam, und er hob den Kopf, sah die Zypressen, die Kakteen, die Thujasträucher, den stechenden Mäusedorn, die Pelargonien, den Portulak und die Alpenveilchen, die die alten vollen Gräber und die neue leere Grube umkränzten. Die geraden, harten Bretter des Sarges drückten ihn auf dem Rücken, und als er ihn in die Grube hinablassen wollte, schon den Rücken zur Seite neigte und die Knie ein wenig beugte und grätschte, rollte ein Steinchen unter seiner benagelten Sohle, sein Fuß rutschte ein Stück, und auf einmal verlor er das Gleichgewicht, wäre beinah gestrauchelt und nach hinten gestürzt.

Ein überraschtes und erschrockenes Aufstöhnen kam von den Umstehenden. Einige lange Affenarme – der Sprößlinge der Halbbrüder, wessen wohl sonst – griffen haltend und stützend aus. Doch Apupa setzte den einen Fuß noch ein Stück zurück, bohrte ihn in den Boden, strengte seine Lenden an und ließ den Sarg vorsichtig hinunter, bis die Unterseite auf der Erde aufsetzte.

Blaß war er, und Schweißperlen glänzten auf seiner Stirn. Noch immer war er der Stärkste aller Männer des Dorfes, der Jesreelebene, des ganzen Landes, das wußte er, aber fortan, so verriet ihm sein Körper, würde er immer schwächer werden, denn sterben müssen wir, sind wie das Wasser, das auf die Erde geschüttet wird, und ich würde das Bibelwort abändern und schreiben: »Doch ein Mensch geht zu ihrem ewigen Haus«, denn gerade Apupa hat der Familie zwei schöne Ausdrücke geschenkt. Das »Ich bin in ihre Welt eingegangen« und das »Mir ist das Spiiiegelbiiild abhanden gekommen« – die Rachels Neid erregen: »Ich hätte sie mir ausdenken sollen, nicht er!«

Gabriel eilte zu ihm, reichte ihm das alte Schweißhandtuch, das er immer in der Tasche trug, und Großvater wischte sich damit das Gesicht. Er wies das Messer des Rabbiners zurück und zerriß selbst sein Hemd – eine symmetrische Bewegung der Finger beider gleichstarker Hände –, und dann vollbrachte er die Tat, die alle, die es sahen, verblüffte und ihren Platz an der Gedenkwand der Familiengeschichten erhielt: Er machte auf dem

Absatz kehrt, näherte sich Hirsch Landau auf eine Weise, die einen Moment lang Schrecken bei dem Geiger und den Umstehenden auslöste, und sagte: »Sie hat uns beide reingelegt, was?« Sie umarmten sich, seine Rechte drückte ihn an sich, und seine Linke lag unter seinem Haupt, dann packte er ihn am Hemd und machte auch ihm den Riß der Trauernden.

Wegen der großen Trauergemeinde, der Nachrufe, der Aufregung und des Einflusses der Tränen auf die Sehkraft achtete kein Mensch darauf, daß der Geiger vor allen anderen wegging. Und als wir heimkehrten, fanden wir einen Topf voll noch warmem Püree, getränkt mit Butter und Kefir und richtig gezwiebelt. Familie Joffe machte alle Fenster auf, beschattete die Scheiben, sagte »Isikalki« und setzte sich zu Tisch.

Sechstes Kapitel

Gabriel

Einige Monate nach Amumas Tod fuhren Apupa, Hirsch und Aaron in Sachen irgendwelcher Rechte und Erfindungen nach Haifa. Gabriel blieb allein, rief mich, doch zum Spielen zu ihm zu kommen. Ich stieg die vier Stufen hoch, machte die Fliegengitter- und die Holztür auf, trat ein und wurde von Fremdheit überkommen, einer großen Fremdheit, ausgelöst durch Amumas völlige Abwesenheit und des Geigers Anwesenheit, die trotz seiner kleinen Statur und seiner leisen Füße und trotz seiner Wegfahrt nach Haifa, stark und penetrant wirkte. Es war aber auch eine einfache Fremdheit, denn ich hatte das Haus der Großeltern schon lange nicht mehr betreten.

Gabriel fragte gleich unumwunden, ob ich »mit ihren Kleidern spielen« wolle.

Kleider wie die von Amuma sah man sonst nicht in der Familie und im Dorf, und hätten sie einer anderen gehört, hätte der Bräutigam sie als »aller möglicher Luxuskram« verdammt. Einige waren selbstgenäht, andere hatte Apupa ihr gekauft, denn er sah sie gern »hübsch angezogen«. Und da sie und ihre Tochter eine ähnliche Figur hatten, besaß sie auch die Kleider von Über-alles, einschließlich des »Hemds am Leib«, das Apupa am Tag ihrer Verbannung aus dem Haus der Reinhardts mitgenommen hatte.

Nach ihrem Tod waren alle Frauen der Familie scharf auf ihre Kleider gewesen. Einige hatten nicht mal das Ende der Trauerwoche abgewartet, sondern waren auf flinken, leisen Sohlen ins Haus gekommen, die Stirnen wie Grubenlampen, die Nasen bebend vor Verlangen. Zuerst gingen sie an den Wänden entlang, wie Mäuse an einem neuen Ort, dann faßten sie Mut, durchquerten Zimmer, passierten Flure und gelangten letzten Endes an den Kleiderschrank. Sie entsandten eine Abordnung zu Apupa, um ihm zu sagen, es sei »ungesund, ja gefährlich, Kleider einer toten Frau« im Haus zu verwahren, wegen der gespeicherten Erinnerungen und der aufsteigenden Gerüche und der erwachenden Sehnsüchte. Aber in Apupas Herz siegte auf einmal das Praktische über die Romantik, und er sagte, die Aussicht, womöglich eine andere Frau im Kleid seiner toten Frau zu sehen, sei noch ungesünder, und trotz seines Spatzengehirns fügte er hinzu, die Sehnsüchte seien ihm sehr lieb.

Der wahre Grund für seine Ablehnung lag jedoch darin, daß er sehr wohl wußte, wie er diese Kleider nach Ablauf der Trauerzeit noch brauchen würde – um sie zu sehen, wirklich mit eigenen Augen, sie anzufassen, sich mit ihrer Hilfe zu erinnern, und schließlich war auch ein Kind im Haus, dem man Geschichten mit Beispielen erzählen mußte. Tatsächlich hatte er einige Monate später sein Küken schon vor den Schrank mit den Kleidern gestellt und gesagt: »Das hier ist unser Erinnerungsbuch, Puiu, das schlagen wir jetzt auf«, hatte mit seinen symmetrischen Händen die Türflügel geöffnet, »und drinnen sind die Kleider, wie Seiten, siehst du?« und zu blättern begonnen: »Dieses Kleid habe ich ihr von den verfluchten Nazis geholt, die mir Batja weggenommen haben... Dieses Kleid hat sie an dem Tag getragen, an dem du geboren wurdest... Dieses Kleid hatte sie vor ihrem Tod an... und das hier an dem Tag, als ich weggegangen bin, um den Schieber zu reparieren, und sie deine Mutter geholt hat, damit sie dich stillt, und von jenem Kleid hatte ich gehofft, sie würde es an dem Tag tragen, als ich ihr das Klavier gebracht habe, und das ist ›das Hemd am Leib‹.«

Als er den Kleiderschrank schloß, hatte er Gabriel ermahnt, ihn nicht selbst zu öffnen. »Das ist sehr gefährlich. Das machen wir lieber gemeinsam, du und ich.« Gabriel glaubte ihm und ging nicht an den Schrank. Aber an einem Schabbatmorgen, zu sehr früher Stunde, rissen ihn seltsame Laute aus seinem Frühchenschlummer, jenem Schlaf, der Jahre später, als wir beide beim Militär waren, meinen Neid erregte – er war tief und gewährte doch ein leichtes und restloses Erwachen. Gabriel öffnete die Augen, und die Geräusche hörten nicht auf. Leicht, barfüßig und behutsam glitt er ihnen nach und fand seinen Großvater splitternackt vor den offenen Türflügeln knien, die Schultern hineingebeugt und das Gesicht in den Kleidern geborgen. Er erschrak. Angstzitternd wich er hinter die Wand zurück, wartete, doch nichts geschah. Er lugte vorsichtig erneut um die Ecke. Apupa wischte sich die Augen mit dem »Hemd am Leib«, stand auf und schloß den Schrank, wusch sich das Gesicht überm Waschbecken, zog sich an und ging auf den Hof.

Gabriel wartete zwei Minuten und trat an den Schrank. Einige Zeit stand er davor, schwankte zwischen zwei Standardsprüchen seines Großvaters – dem »Das ist sehr gefährlich«, das er über das Öffnen des Schrankes gesagt hatte, und dem »Mach das genau wie ich«, das er bei all seinen anderen Tätigkeiten sagte. Aber wie lange kann ein Kind schwanken? Und abwägen? Seine beiden Hände hatten schon ihre Entscheidung getroffen, die Tore des Schrankes taten sich ihm auf, leise, leise, ohne das leichteste Knarren, denn einmal die Woche machte der Bräutigam seine »Runde mit dem Werkzeugkasten«, prüfte, festigte und ölte jedes Scharnier und jeden Griff.

Der schwache alte Parfümduft, Amumas Geruch, streifte das Gesicht ihres Enkels. Er zog sich aus wie sein Großvater und kniete nieder wie er, aber er war ein kleiner Junge und schaffte es nicht, Kopf und Schultern zwischen die Kleider zu stecken, während er draußen kniete. Daher stand er auf und stieg in den Schrank, ließ die weichen Stoffkaskaden seine Haut umschmeicheln. Von jenem Tag an wurde der Besuch im Kleiderschrank sein festes Spiel und seine geheime Sucht. Jeder hat in seiner

Kindheit doch einen Geschmack oder eine Berührung oder einen Geruch oder ein Bild – Ajelet nennt es aus Neuerungsgründen »Schramme«, ich nenne es aus Treue- und Bewahrungsgründen »Brandwunde« –, und die gehen ihm nicht mehr aus dem Sinn. Wer wüßte das besser als ich! Die Flammen leckten, Anjas Hände griffen, die Fesseln ihrer Beine banden, und nichts wird dem je ähneln, nichts ihm gleichen, und ihre Finger, getränkt von der Glut des flüssigen Goldes und dem Duft ihres Leibes, zogen mich an, erst zum Königtum, dann zur Knechtschaft.

So oder so, der Schrank wurde Gabriels Geheimnis und Spielzeug. Wie Apupa ihn öffnete, wenn Gabriel in der Schule saß, so öffnete ihn Gabriel, wenn Apupa ans ferne Ende des Ackers gegangen war. Er machte die Türen auf, blätterte in den Kleidern, und mit der Zeit traute er sich mehr und mehr, bis er eines Tages, als Großvater und Aaron, gewappnet mit Rachels Anweisungen und Ratschlägen, aus dem Dorf weggefahren waren, um über irgendeine Erfindung zu verhandeln, sich splitternackt auszog und zwischen ihnen wandelte, stolperte, zitterte, fast ohnmächtig wurde von der Wonne ihrer Berührung auf seiner bloßen Haut, ja sich schließlich bückte, mit beiden Händen den Saum des »Hemds am Leib« ausbreitete und langsam, langsam darin hochkam. Er war klein, sein Kopf reichte nicht an den Bügel, und das Kleid hing zeltartig über ihm, umgab ihn, umhüllte ihn mit Duft und Berührung.

Ein paar weitere Wochen vergingen, er hatte schon alle Kleider ausprobiert, wußte, welches das angenehmste war, welches an zweiter und dritter Stelle kam, und eines Tages hörte er, während er sich gerade in einem aufrichtete, plötzlich die Gittertür schlagen, danach die Holztür krachen und die Schritte Apupas, der überraschend heimkehrte.

Ihm stockte das Herz vor Angst. Seine Ohren spitzten sich. Er hörte Großvater im Haus umhergehen, und beide, Gabriel und das Haus, erzitterten.

»Gabriel«, rief Apupa.

Gabriel, in einem Kleid versteckt, antwortete nicht.

Die Schritte näherten sich, die Stimme rief erneut, warf Lassos und Köder aus: »Puiu, Zipljonok, mein Küken, wo bist du?« Schließlich gab er es auf, dachte, Gabriel sei nicht daheim, besuche vielleicht seine Mutter oder mich, und beschloß, die Gelegenheit zu nutzen und selbst an den Schrank zu gehen. Er öffnete die Türen, Gabriel erschrak. Der mächtige Kopf und die breiten Schultern füllten den Raum und schoben die Kleider an die Wände. Seit Amumas Tod hatte Apupa schon einige Zentimeter an Höhe eingebüßt, war aber immer noch groß und breit, Gabriel spürte einen seiner alten Frühchenschwindel einsetzen und ihm die Knie erweichen. Vor Apupas verblüfften Augen sackte das »Hemd am Leib« plötzlich auf den Schrankboden, und als er danach griff, fühlte er den kleinen, schlanken, kühlen Körper darin, ohne zu wissen, daß es der Körper seines Enkels war, ohne zu begreifen, daß es sich nicht um eine Erinnerung handelte, und nur eine Möglichkeit kam ihm in den Sinn – daß Batja zurückgekehrt war.

Den Schrei, der sich da seiner Brust entrang, hat das ganze Dorf nicht vergessen. Er war stärker als alle vorangegangenen: stärker als die, mit denen er die Schusters bedacht, stärker als die, die er von Muchraka herabgebrüllt, stärker als die in Waldheim, als er nach ihr gesucht hatte. Der Kleiderschrank wurde zum Mittelpunkt eines Kreises der Verheerung mit einem Durchmesser von einigen Kilometern. In seinem Bereich versiegte die Milch der Kühe, fielen Hühner in Ohnmacht, »und es regnete Vögel und Pflaumen.«

Als Gabriel aus dem »Hemd am Leib« hervorkroch, preßte Apupa mit Gewalt die Kiefer zusammen, so fest, daß seine Zähne zu bersten drohten, und sagte kein Wort zu seinem Enkel, denn der Druck in seiner Brust war derart stark, daß er nicht wußte, was seinem Mund entfahren wäre, hätte er ihn aufgetan:

noch ein Schrei, ein Ächzen oder ein Schluchzer des Weinens, das ihm an dem Tag, an dem er seine Frau begrub, kurz herausgerutscht, aber gleich wieder verebbt war. Und so, ohne sich zu trauen, den Mund aufzumachen, bedeutete er dem Jungen, näher zu kommen, nahm ihn in die Arme und drückte ihn so fest ans Herz, daß Gabriel stöhnte und lachte und sagte: »Apupa, du machst Quetsch aus mir.«

Der letzte Klumpen Erde wurde auf Amumas Sarg geworfen, und wir erwarteten, die Vögel würden ihren Flug beschleunigen und die Sonne ihren Untergang vorverlegen. Aber nichts dergleichen geschah. Statt dessen mußten Apupas Halbbrüder ihn auf unserem Rückweg vom Friedhof stützen, und schon unterwegs sahen die Scharfäugigen unter den Joffes, daß sein Rücken, obwohl der Last des Sarges ledig, noch leicht gebeugt war und sein rotbrauner Schopf, nunmehr etwas grau an den Schläfen, die anderen Köpfe nicht mehr in dem gewohnten Abstand überragte.

Als wir den Joffe-Hof erreicht hatten, verriegelte er nicht hastig das Tor hinter sich, wie sonst immer. Er setzte sich zu uns an den Tisch, sprang aber nach einem Löffel voll Püree vom Stuhl auf, als ersticke er, verließ wortlos den Tisch und stolperte zur Baracke. Dort brach er zusammen an dem Bett, das bereits ihre Wärme abgegeben hatte, lag wie ein riesiger Ruinenhügel da und brüllte so furchtbar, daß alle Rinderzüchter der Jesreelebene losrannten, um nach dem Rechten zu sehen und sämtliche Kühe zu beruhigen.

»Mutter... Mutter...«, brüllte er, »ich hab dich so schön begraben, streichle mir den Kopf.«

Schon am selben Abend kamen die ersten Kondolenzbesucher. Leute, die wir kannten, und Leute, von denen wir nur gehört hatten und die nun plötzlich real wurden, Gestalt annahmen und Gesichtszüge erhielten. Apupa stand nicht auf für sie, und daher sah niemand, daß er weiter an Höhe verlor. Auch auf den Handschlag verzichtete er, und daher merkte keiner, daß er an Kraft einbüßte.

Wer die Ankömmlinge gebührend empfing, nämlich aufstand und die ausgestreckten Hände drückte, war Hirsch Landau, der sich mit etwas förmlichen Worten vorstellte, in dem Bestreben, die stürmische Erregung darunter zu tarnen: »Hirsch Landau, Geiger«, sagte er, »ein alter Freund der Familie.«

»Ich hatte gehofft, er würde sagen, ›ich habe sie geliebt‹«, erzählte Rachel, »hoffte, er würde verkünden, ›mein Leben lang habe ich auf sie gewartet‹, hoffte, er würde schreien – ›laut Plan hätte er sterben müssen, und nun ist sie tot.‹« Aber Hirsch sagte keinen dieser Sätze, die Rachel sich für ihn ausgedacht hatte. Seine Hände hörten nicht auf, zu tun und zu machen. Seine Augen und Schultern, schwächer als Apupas, aber von seiner Herrschaft befreit, hörten nicht auf, zu tränen und zu beben. Und er wußte, daß alle das neue Bundeszeichen sahen – den Riß, den Apupa ihm in sein Hemd gemacht hatte.

Es war Hirsch, der die Gäste empfing, das Haus putzte, die wohlriechende Wicke goß, die Amuma vor Jahren ausgesät hatte und die seither Jahr für Jahr wiederkam. Es war Hirsch, der die Getränkekannen füllte, die Böden fegte, jeden Morgen Großvater zum Aufstehen bewegte, ihn richtiggehend herauszerrte, ihn antrieb, sich zu waschen und frisch zu machen für den nächsten Trauertag.

Und es war Hirsch, der entschied, daß man ein Telegramm nach Australien schicken müsse, der Rachel half, es aufzusetzen, der den Brief öffnete, der drei Wochen später von dort eintraf, und der auch dafür sorgte, daß die Worte »Ich komme erst, wenn er tot ist« nicht ihr Opfer erreichten.

Er wies meine Mutter und Rachel an, sich neben ihren Vater zu setzen. »Ihr seid die Töchter«, sagte er, »bei Pnina ist nicht sicher, ob sie ausgeht und kommt, und falls ja, wird sie sich gewiß nicht neben ihn setzen.«

Aber Pnina kam. Sie leuchtete ein paar Minuten weiß neben ihrem Vater und ging. Der Trubel, die Worte, die Tränen, die neugierigen Augen überstiegen ihre Kräfte. Alle starrten sie an, wollten begreifen, wieso diese Schönheit von Jahr zu Jahr zunahm, aber die Blicke prallten an ihrer glatten Haut ab. Alle Uhren der Natur – Sonnenauf- und -untergänge, Jahreszeiten, Zugvögel, die ihr Haus überflogen, das Hobeln der Zeit an ihrem Leib –, sie alle tickten und kreisten und versanken in ihr, ohne ein Zeichen zu hinterlassen. Nur eine kleine Falte stand auf ihrer Stirn – von dem Tag, als sie in der Sonne gelaufen war, um Gabriel zu stillen, und der winzige, tiefe Riß – von dem Moment, als sie das Fenster aufmachte und rief, daß Amuma in der Baracke liege.

Ich habe bereits erzählt, daß ich, wie viele andere, ebenfalls nachts ausgehe, um meine Tante bei ihren Spaziergängen im Dunkeln zu sehen, aber mehr als ich sie anblicke, beobachte ich ihre Verehrer, und ich erinnere mich, daß einmal, vor mehreren Jahren, ein fremder Mann neben mir stand – ein Gast, der Verwandte im Dorf besuchte und nicht vorgewarnt war –, und als sie vorbeiging, hörte ich ihn murmeln: »Was für ein schöner Junge!« Einen Moment erschrak ich, ehe ich begriff, daß es nicht mehr Pnina war, sondern ihre Schönheit. Und als ich es die nächste Nacht Rachel erzählte, schmiegte sie sich noch enger an mich und sagte: »Ich bin sicher, selbst ihr Monatsblut ist schon weiß geworden.«

Hirsch kümmerte sich auch um die Bewirtung der Trauerbesucher, und so wurde ihm klar, daß man bei uns Joffes, wenn man zu Familienereignissen zusammenkommt, sich nicht mit »was Kaltem« begnügt, nicht mit »was von Keksen« und einem Glas Tee, und sei es auch randvoll geschenkt. Selbst während der Trauerwoche erwarten die Joffes eine komplette Mahlzeit: Was von Suppe, was von Salat, was von Fleisch und Kartoffeln. So ist das bei uns in der Familie, und schon am Tag nach der Beerdigung begann der Traction avant zwischen dem Joffe-Hof und Naifas Zelt zu pendeln, beförderte Töpfe voll gekochten und

Bleche voll gebratenen Kreplech, Suppenkessel, Platten mit gefillte Fisch, Meerrettichgläser, Krautfässer und Kartons voll Challot, die so köstlich dufteten, daß einige Joffes anregten, wir sollten statt sieben Trauertagen lieber zehn einhalten, und meine Mutter laut fragte, ob ihnen, den Joffes, denn Amumas Tod nicht reiche und sie nun vorhätten, die ganze Familie auszurotten, niederzumachen und zu vergiften.

Ein Dutzend Tische aus langen Holzbrettern wurde im Hof aufgestellt, vier Toiletten mit ungelöschtem Kalk hinter dem Kuhstall eingerichtet. Naifa und einige ihrer weiblichen Verwandten, zwecks Mästung der trauernden Joffes mobilisiert, übergaben sich am laufenden Band. Der Traction avant fuhr unablässig hin und her, aus und ein. Hirsch Landau trug auf, schenkte aus und räumte ab, und jede Nacht, nachdem alle gegangen waren, spülte er das Geschirr in dem Trog seitlich am Haus, in dem Amuma vor Jahren ihre Töchter gebadet hatte, trocknete es ab und stellte es in den Schrank, bereit für den nächsten Schwung Trauergäste. Apupas zwei Halbbrüder beorderten ihren Trupp Sprößlinge, ihn abzulösen, aber Hirsch wies mit Nachdruck jede hilfreiche Hand zurück. Nachdem er den Boden aufgewischt hatte, sahen wir ihn auf die Holzbank sinken und einschlafen. Jemand ging zu ihm und sagte: »Vielleicht ziehst du ins Bett um?« Aber Apupa, dessen Stimme plötzlich aus seinen Ruinenhaufen drang, sagte: »Laßt ihn schlafen«, und fügte mit neuerworbenem Feingefühl hinzu: »Er ist jetzt in Trauer.«

Am Ende der zehn Tage, als alle Gäste gegangen waren und wieder Ruhe einkehrte, räumte Hirsch Landau alles auf, putzte das Haus, wischte sich die Hände an Amumas Schürze ab, die er schon tagelang umgebunden hatte, ging hinaus und fing an, um die alte Baracke herumzustreichen. Sie war bereits all ihrer Geräte, Insassen und Aufgaben entleert und stand nur noch aus einem einzigen Grund da – weil kein Mensch die nötige Kraft und Courage aufbrachte, sie abzureißen. Großmutters Todesseufzer, das Klappern von Batjas Schafschere, das Tropfen von Pninas Milch und Tränen, Rachels Schreibfederkratzen – all das war dort längst verklungen, und jeder, dessen Hirn größer war als das eines Spatzen, erfaßte, was der Geiger wollte und was geschehen würde.

Hirsch trat ein, sah sich um, prüfte den Boden mit leichtem Fußtappen und pochte an die Wände. Als er sah, daß Gabriel und ich ihm zuguckten, tat er so, als suche er etwas, aber in den nächsten Tagen hielt er sich immer öfter dort auf, und später, nach und nach, fast ungesehen, verschwanden der Tisch, der Stuhl und ein paar Dinge, die Amuma dort hinterlassen hatte, aus der Baracke. Langsam entleerte er sie ihres Inhalts, ließ nur noch das Bett darin stehen, und ich erinnere mich, daß er bei Rachel ankam, um sie zu fragen, was er mit einem goldenen Haarbüschel machen sollte, das er dort gefunden hatte – unterm Bett unter einer Bodenlatte, die vor Jahren herausgerissen und wieder festgenagelt worden war.

»Tu es wieder genau dorthin, wo du es gefunden hast«, antwortete sie entsetzt.

»Möchtest du es nicht aufbewahren?«

»Nicht aufbewahren, nicht sehen, nicht anfassen und nichts davon wissen! Ich zittere am ganzen Leib! Mir reicht's mit dieser Krankhaftigkeit! Leg es an Ort und Stelle zurück, deck es ab, wie vorher, und sag niemandem ein Wort davon, vor allem nicht Vater!«

Hirsch ging wütend in die Baracke, murmelte bei sich: »Sie redet von Krankhaftigkeit, sie, die mit allen Jungs der Familie zusammen schläft...« Aber auch er kannte, wie sein Sohn, genau seine Position. Er diskutierte nicht, legte es zurück, deckte es ab wie zuvor und sagte niemandem ein Wort.

Danach erzählte er eine merkwürdige Geschichte, die von den Betroffenen dementiert wurde – seine Hauswirte fühlten sich angeblich durch sein Musizieren gestört –, und bat, bei uns in der

Baracke spielen zu dürfen. Als er nach einigen Tagen merkte, daß keiner was dagegen hatte, bekam er nach dem Musizieren Müdigkeitsanfälle, und da Amumas Bett noch dastand, hielt er dort ein Nickerchen.

In jenen Tagen begann Rachel zu begreifen, daß die Leitung der Familie alsbald ihr zufallen würde, und hatte schon mal ein Auge auf den Hof. Und Hirsch, als wollte er ihre Befürchtungen rechtfertigen, fing an, kleine Tatsachen zu schaffen und die Reaktion darauf zu testen: Er schleppte von irgendwoher eine Dekke und ein Kissen an und legte sie aufs Bett. Von demselben Irgendwoher kamen auch zwei Gläser und ein kleiner Tauchsieder, eine Dose mit schwarzem russischem Tee und ein Gefäß voll Würfelzucker, und »damit die Ärmsten irgendwo stehen können«, bat er seinen Sohn, ihm ein Regal anzubringen.

Vor dem Schlafengehen musterte er den einzigen Stein, der ihm von den Halsketten seiner Frau geblieben war, hatte dabei ein seltsames Lächeln auf den Lippen. Danach steckte er den Stein in den Mund und schlief ein. Er schlief gern lange, und damit die Sonnenstrahlen ihn nicht weckten, hängte er eine gestickte Gardine auf, und da das Fenster »schon langsam Gestalt annahm«, stellte er auch einen kleinen Blumentopf mit wohlriechender Wicke davor, gezogen aus den Samen von Amumas Wicken.

Ein paar Wochen vergingen, die Wicke blühte, und einige von Apupas Stiefneffen – mit ihren robusten, langen Armen, dem plumpen Affengebiß und ihrem unermüdlichen Verlangen, Nutzen zu bringen und Anerkennung zu ernten – erschienen unerwartet auf unserem Hof. Sie sagten, ihre Väter hätten sie geschickt, um nachzusehen, ob »der Musikant sich auch nicht über den Hof hermacht.« Dieses Kuriosum hätte übel ausgehen können, aber Rachel beruhigte die Ankömmlinge, denn sie wußte, was ich ihr prophezeit hatte: daß Hirschs wahres Ziel nicht die Ansiedlung in der Baracke war. Die Baracke, sagte ich ihr, sei nur ein Brückenkopf, ein vorläufiger Stützpunkt, Hirsch wolle eigentlich mit Apupa im Haus wohnen, denn es gebe ein Abkommen, und Abkommen seien einzuhalten, auch wenn die beiden Verbliebenen nicht Witwer und Witwe seien.

»Das ist interessant«, hatte Rachel gesagt, »und noch interessanter ist, wie du auf solch einen Einfall gekommen bist.«

»Es ist kein Einfall von mir, ich weiß es einfach.«

Tatsächlich betrat Hirsch in jener ganzen Zeit tagtäglich das Haus, während Apupa draußen bei der Arbeit war, und wie ein Heinzelmännchen aus dem Märchen spülte er dort weiterhin das Geschirr, wischte den Boden, putzte regelmäßig die Fenster – mit Zeitungspapier natürlich. Ausgerechnet er, der sich früher immer über die Ratschläge seiner Frau mokierte, hatte sie alle behalten und wurde letzten Endes »die gute Hausfrau.« Und David Joffe, der nichts ahnte und nichts verstand, trug die von ihm gebügelte Kleidung, schlief in dem von ihm bezogenen Bett, wartete auf der Holzveranda, wenn er rief: »Komm nicht rein, David, der Boden ist noch feucht!«

Auch das Aussehen des Geigers besserte sich. Er nahm ein bißchen zu, der bittere Zug wich aus seinen Runzeln, und wie es manchmal bei Männern seines Alters geschieht, bekam er glatte Wangen, die keinen Bartwuchs mehr hatten. Als Musiker mit feinem Gehör und schneller Auffassungsgabe begabt, wußte er noch das, was er von Amuma gehört hatte, als sie Sara unterwies, und auch eine wahre Fundgrube fand er im Nachlaß seiner Frau: ihr Heft aus jener Unterrichtszeit und darin all die Rezepte für unser Püree, die kochendheiße Suppe, den Salat und die Salzheringe, die schwimmen können. Zum ersten Mal im Leben bekam Apupa seine Leibspeisen: das perfekte Püree, das Amuma ihm vorenthalten hatte, und die Suppe, die so war, wie sie sein soll. Ja dies alles gelang ihm so vorzüglich, daß meine Mutter ihm schließlich sagte: »Wenn du ihm all diese Gifte gekocht hättest, bevor meine Mutter starb, wäre sie heute vielleicht dein.«

Großvater aß, wurde aber trotz allem Essen immer kleiner, und während Hirsch ihn pflegte und päppelte, plante sein Sohn insgeheim die Renovierung der Baracke. So perfekt vorbereitet war die Sache, daß er sie, als der Durchführungstermin kam, in Spitzengeschwindigkeit beendete. Sobald sein Vater ihm sagte, daß das Eisen heiß und zum Schmieden bereit sei, holte er seinen Freund, Naifas Ehemann, zu Hilfe. Noch am selben Tag wurden alle verrotteten Wand- und Bodenlatten ausgewechselt, neue Schindeln aufs Dach gehievt, Gräben ausgehoben, die auf die Rohre warteten, und nachts, beim Scheinwerferlicht des Power-Wagon, schloß der Bräutigam die Baracke an Strom und Wasser an und installierte eine Dusche hinter der Wand – eine Außendusche, abgeschirmt durch zwei Matten, in Eisenrahmen gespannt, mit einem Betonfußboden samt Abflußloch.

Heute liebt Ajelet diese Dusche. Wenn sie auf Besuch kommt, benutzt sie sie häufig. Sie steht hinter der Mattenwand, der nasse Kopf lugt darüber hinweg, die gebräunten Waden triefen darunter, und sie posaunt: »Erst Zilli und dann Gilli. Immer der Reihe nach!« Und: »Angenehm, so draußen zu duschen.« Hirsch Landau, dessen Selbstsicherheit seit damals gewachsen ist, ja der sich seit jenen Tagen überhaupt sehr verändert hat – »seine Jugend beschämt sein Alter«, sagt Rachel –, steht dabei am Fenster, guckt sie an und geigt. Aber Ajelet ist weder Amuma noch Pnina, und die Tropfen, die ihr von Bauch und Schenkeln rinnen, sind Wasserperlen, nicht Blutschlangen oder Tränen. Sie begleitet das Spiel des alten Geigers mit dem Falschsingen, das sie von meinem Großvater geerbt hat, und danach hält sie ihm die Seife hin und kehrt ihm den Rücken: »Spiel mir den Rücken, Maestro.« Zum Schluß steht sie da und schwatzt und sagt: »Angenehm, so im Wind zu trocknen.«

Aber seinerzeit, nach Amumas Tod, pochte Hirschs ängstliches, kleines Herz rasend schnell, sein Schnurrbart zitterte, sein Körper richtete sich auf das Kommende aus und das Kommende auf ihn. Und das Kommende traf, nach Art des Kommenden, ein:

Eines Tages, als er nach dem Abendessen auf die Veranda trat, um dort seine eine tägliche Zigarette zu rauchen, fragte ihn Apupa, ob er bereit sei, ihm etwas vorzuspielen. Der Geiger war überrascht. Aber da er sich von vornherein auch darauf eingestellt hatte, faßte er sich rasch. Wie alle Geiger war er sehr gewitzt, wußte nicht nur den richtigen Ton zu treffen, sondern auch den richtigen Moment. Ohne Zögern und Zagen eilte er zur Baracke, nahm die Geige aus dem Kasten, kehrte mit denselben flachen, schwachen Laufschritten des »ich bin ja eine leidende Frau« zurück [*ein Ausdruck, der noch nicht eingeführt wurde, entscheiden, ob er stehenbleiben soll] und stellte sich zu Apupa. Ein tiefer Atemzug, Aufbietung aller Kräfte, und schon strich sein Bogen auf und nieder. Er spielte das Stück, das er vor vielen Jahren in Tel Aviv gespielt hatte, für die Leute, die im Zimmer saßen, und für das Paar, das er aus dem Augenwinkel draußen stehen und lauschen sah: für den großen, breitschultrigen Mann und die kleine, aufrechte Frau, die vor ihm stand, mit Tränen auf den Wangen.

David Joffe las keine Bücher, wußte weder die Namen der Verfasser noch die ihrer Helden, kannte nicht die Werke von Malern und Komponisten. »Frag ihn, wer die Mona Lisa ist, und er wird dir sagen, das sei eine Pflaumensorte«, bezeugte seine Tochter von ihm. Nicht dem Namen nach behielt er die Dinge, sondern wie ein Mann unter Männern sie in Erinnerung behalten muß: nach den Gefühlen, die sie hinterließen [weckten/in seinen Körper einbrannten]. Jetzt schwebte die Melodie in der Luft, sickerte zwischen seine Rippen, drang in seine Herzkammern, und als sie ihre Zwillingsschwester in seinem Bauch fand, kam Mirjam Joffe – »auf, auf« – und sprang vom Zaun auf seinen Rücken. Diesmal blickte er nicht nach hinten. Wozu? Da ist sie doch, klettert seine Augenhöhlen hoch, entsteht auf der feuchten Innenseite seiner Lider. Ihr Körper, der an seinen schlägt, ihr ruhiges Gewicht und der Abdruck ihrer Brüste in seinem Fleisch, dann der Druck ihrer Schenkel und die Wärme ihrer Lenden und der Finger, der deutet: »Dahin.«

Hirsch hörte nicht auf zu spielen. Sein Bogen, gleich einem Ochsenstachel, lenkte sein Opfer nach seinem Belieben. Apupa drückte die Wimpern zu, aber vergebens – eine Träne wölbte sich im Augenwinkel, und nach Tränenart rann sie hinab. Wäre ich ein Schriftsteller, wie Alona mich spöttisch nennt, seitdem ich angefangen habe, diese Dinge zu schreiben – »unser Schreiber«, »habt ihr gemerkt, Kinder, wir haben einen neuen Agnon im Haus ...« –, würde ich die simple Wahrheit schreiben, daß die Träne »geräuschvoll den Felshang seines Kiefers hinabrollte«. Aber ich bin kein Schriftsteller, sondern ein Erinnernder, und keinen Roman verfasse ich, sondern einen Abschiedsbrief. Deshalb genügt es, wenn ich sage, daß die Träne über die Wange meines Großvaters herabrann, und hoffe, daß sie an das erinnern wird, was des Erinnerns würdig ist.

Hirsch sah die Träne auf ihrem Abwärtsweg, und noch am selben Abend packte er seine wenigen Habseligkeiten, verließ die eben erst renovierte Baracke und übersiedelte in Apupas Haus.

»Und das war's«, sagte Rachel. »Wer hätte das geglaubt ... So erfüllte sich das Abkommen zwischen den beiden Paaren.«

Ich fragte sie, ob nach ihrer Meinung dort auch eine Vollziehung stattgefunden habe, und sie erstickte schier vor Lachen: »Bist du verrückt geworden? Bist du auf den Kopf gefallen? Mein Vater kann sich noch nicht mal vorstellen, daß so was möglich ist. Bis heute noch glaubt er, auch bei Gabriel und seiner Mannschaft sei das Soldatenkameradschaft.«

Einige Jahre später, als Gabriel und seine »Geliebtenmannschaft« aus dem Wehrdienst zurückkehrten, veranstalteten sie für Hirsch und Apupa tatsächlich eine unvergeßliche Sederfeier. Sie kochten, tranken, sangen, mimten die vier Söhne aus der Haggada und schmetterten Pessach-Lieder, teils »verbessert«: »Viehi-hier Amumas, drei-ha-hei Apupas«, teils um ein paar Strophen erweitert: Bis »Was ist sechzehn, wer sagt's an«, und bis »und erschlug den Heiligen, gelobt sei er«, und Hirsch spielte, und Apupa umarmte ihn, und der Geiger, der bei der Umarmung feststellte, daß sie bereits denselben Höhen- und Alkoholpegel hatten, sagte: »Du machst Quetsch aus mir.«

Alle lachten, und auf einmal sagte Hirsch, er wolle etwas erzählen.

»Ist es eine teure Geschichte?« fragte Gabriel.

»Sehr teuer«, sagte Hirsch und erzählte, die Steine in den Halsketten der seligen Sara, diese goldtransparenten Steine, seien seine Gallensteine gewesen.

»Sie hat mir absichtlich das Leben verbittert«, sagte Hirsch, »damit sie noch und noch Steine bekam. Erinnert ihr euch, daß es jedes Jahr hieß, ich führe nach Netanja in ein Hotel, um dort Geige zu spielen? Dann ging ich zur Operation ins Krankenhaus. Und wenn ich, halb tot, zurückkam, hat sie mir nicht mal ein Glas Tee gemacht. ›Gib die Steine her!‹, und weg war sie zum Goldschmied.«

»Weiß es Aaron?« fragte Gabriel.

»Wozu? Hat er's so gut im Leben, daß er noch eine weitere Sorge braucht?«

Gabriels und meine Bar-Mizwa wurde in der Familie gemeinsam gefeiert. Wir waren gleichaltrig und nunmehr schon Freunde, und ich genoß ein letztes Mal, daß die Joffes uns so sahen, wie wir damals waren – ich der großgewachsene Junge und Gabriel der zarteste Bar-Mizwa der Familiengeschichte.

Nachdem die Joffes die meisten Erfrischungen verputzt hatten – die wirklich guten wie die sehr gesunden hatten keinen Abnehmer gefunden, und seitdem der Junge gefallen war, kam niemand mehr, der Kompott mochte – und mit Streiten und Schreien fertig waren, sagte ich Vater, ich wolle weggehen und »mit meinem neuen Netz Schmetterlinge fangen«.

Das Netz hatte mir Rachel gekauft. »Seit wann interessierst du dich denn für Schmetterlinge?« fragte sie, über meinen Wunsch erstaunt.

»Jetzt werde ich anfangen.«

Alle lachten, warnten mich – wie bei jedem Geburtstag seit dem bewußten –, ich solle nicht wieder aufs Feld laufen, denn wir hätten jetzt Sommer, »und du weißt ja, wie es geht, wenn der Weizen schon gelb ist. Es genügt eine Glasscherbe, ihn in Brand zu setzen.«

Ich ging zu Anja, aber diesmal nicht durch die Bresche. Ich war Bar-Mizwa, erwachsen und ein Schmetterlingsjäger. Ich schob den Holzbalken beiseite, der die Flügel des großen Tores verriegelte, und durchschritt es. Sie machte unseren Tee mit Zitrone und legte die Kekse dazu, die man eintunken konnte, ohne daß sie im Tee oder auf dem Weg zum Mund zerbröselten.

»Jetzt zeig mir, was du bekommen hast«, drängte sie mich.

Ich schwenkte das Schmetterlingsnetz, zog die Zange Marke Baku, das Geschenk des Bräutigams, aus der Hosentasche, zeigte ihr den breiten Ledergürtel, den Apupa für mich beim arabischen Sattler bestellt hatte – der echte Gürtel, der seinem Vater und ihm gehört hatte, war auf Gabriel übergegangen –, nannte die Titel der Bücher, die mir Apupas zwei Halbbrüder mitgebracht hatten – *Zehn Jahre Israel* und *Jerusalem ist nicht gefallen* –, und weitere Geschenke von Joffes, die von weit her angereist waren.

»Und was hast du von deiner Mutter und deinem Vater bekommen?« fragte sie.

»Einen Gedichtband von Rabindranath Tagore.«

Sie verkniff sich das, was sie hatte sagen wollen, und lachte. »Und was hat dir Gabriel geschenkt?«

»Gabriel hat mir eine Aufführung gemacht.«

»Was für eine Aufführung?«

Ich wurde ungehalten. Nicht ungeduldig wie ein Kind, das

nicht warten und hinauszögern kann. Dreizehn Jahre war ich alt, und schon brodelte männlicher Unmut in meinem Innern: »Was tut das zur Sache? Eine Aufführung mit Kostümen.«

Anja lächelte: »Und was möchtest du von mir geschenkt bekommen, Fontanelle?«

Worte sitzen in meinem Herzen gefangen, Wünsche bleiben mir in der Kehle stecken, ich werde rot und verlegen. »Daß du mir eine Glatze machst«, sagte ich und fügte hastig hinzu: »Du hast mir damals, als du Elieser rasiertest, gesagt: Wenn du mal groß bist, rasiere ich dich auch.«

»Ja«, sagte sie, »hab ich gesagt, und du bist groß geworden, setz dich hierher.«

Ich setzte mich. Das Frisierlaken um den Hals, das Scherhaar auf dem Kopf, das Rasiermesser in ihrer Hand. Danach, mit Mütze – meine offene Fontanelle bebte so stark, daß ich kaum hören, riechen oder sehen konnte –, kehrte ich durch die Bresche auf den Joffe-Hof zurück und klopfte leise an Gabriels Zimmerfenster. Er öffnete, sah – und erstickte auf meine heftigen Winke hin den Überraschungsschrei, den er gerade ausstoßen wollte.

»Wer hat dir das gemacht? Sie?«

»Sie«, sagte ich. »Aber ich werde sagen, daß du's warst. Denk dran, wenn jemand fragt – du hast das gemacht.«

»Aber wie denn? Womit?«

»Mit Apupas Rasierklinge.«

»Werden sie mir nicht glauben. Die Rasur ist so schön und glatt.«

In der Küche lag das Messer, das der Bräutigam für meinen Vater geschliffen hatte, damit er einhändig Gemüse schnitzeln konnte.

»Jetzt werden sie's glauben«, sagte ich.

»Auch einen komischen Geruch hast du an dir«, sagte Gabriel und schnupperte.

»Das ist ihr Geruch.«

Vielleicht hätte er mich in den nächsten Tagen weiter ausgefragt, wäre er nicht, schon am Morgen nach unserer Bar-Mizwa, in einen Wachstumsschub verfallen – wie von mir prophezeit und mit einer Geschwindigkeit, die selbst der Dorfveterinär noch nicht gesehen hatte. Alle Anzeichen der Frühgeburt fielen von ihm ab, lagen wie abgeschorenes Haar verstreut auf dem Boden. Die Hefe, die Apupa ihm auf dem Schulhof einflößte, ging jetzt in seinem Körper auf. Die Häute der Milch verbreiterten und stärkten seine Knochen. Butter und Honig ließen sein Fleisch dick und fest werden und seine Haut glänzen. Ständig klagte er: »Mir fügen sich die Schmerzen zusammen«, worauf Großvater sagte: »Nicht schlimm, Puiu, das kommt, weil dein Körper das Wachsen nicht gewohnt ist«, und flüsterte: »Auch ich hab sie, aber in umgekehrter Richtung.«

Innerhalb einiger Monate wuchs Großvaters Zipljonok zwanzig Zentimeter. Er schlief viel und legte dreißig Kilogramm Muskelgewicht zu. Großvater war glücklich, und seine Freude schenkte uns einen neuen Ausdruck, den er beim Wiegen sagte: *Na'es al chara* – zieh die Scheiße ab, wie Viehhändler einander grinsend auf arabisch sagten, wenn ein besonders schweres Kalb verkauft wurde.

Ich brauchte nicht das Ritual des Messens am Türpfosten, um zu bemerken, daß Gabriel mich im Sturm überholte, schätzte jedoch das Tempo ab, mit dem es in dem einen Monat zwischen zwei Messungen geschah. Ich konnte auch Großvaters Freude nicht ertragen und, was noch schlimmer war – daß er sich überhaupt keine Mühe gab, sie zu verbergen.

Mit fünfzehn Jahren war Gabriel ein hochgewachsener, breitschultriger Junge mit angenehmen Zügen und weicher Stimme, dessen Seele, wie meine Mutter sagt, nicht mit dem jähen, schwindelerregenden Tempo mithalten konnte, die der Körper ihr vorgab. Zuweilen macht meine Mutter eine Bemerkung, die nicht direkt mit Gesundheit und Ernährung zu tun hat, und dann riechen ihre Worte gut und schmecken nach Hoffnung. Kürzlich fragte sie mich unvermittelt: »Denkst du noch an sie, an jene Frau, die dich aus dem Feuer geholt hat?« Und als ich antwortete: »Wieso das denn?« und: »Wie soll das möglich sein, nach vierzig Jahren?«, sagte sie, bis heute habe sie gedacht, ihr Mann sei ein Lügner ohnegleichen gewesen, doch nun sehe sie, daß ihr Sohn ihn noch übertreffe, denn er belüge sich auch selbst, »und daran«, beschloß sie ihren Vorwurf, »ist nicht nur deine schlechte Ernährung schuld.«

Noch etwas geschah: Gabriel wurde Apupa ähnlich, zum einen, weil sich das Zwillingsein in der Familie Joffe nicht auf gleichaltrige Abkömmlinge ein und derselben Mutter beschränkt, zum andern, weil sie zusammenlebten und – wie gewöhnlich bei Menschen, die zusammenleben – sich Ähnlichkeiten ausbildeten. Nicht nur wurde Gabriel Apupa ähnlich, sondern auch der Großvater seinem Enkel. Auf diese Ähnlichkeit häufte Gabriel noch eine gute Portion Nachahmung: Dem Kopfreinstecken zwischen Amumas und Batjas Kleider fügte er Apupas Gang und durchdringenden Blick hinzu. Wie er warf er Teller quer über den Tisch und schlug sich dröhnend mit der Hand auf den Schenkel. Sein gelbes Kükenhaar dunkelte nach, wurde rotbraun wie das seines Großvaters, und wie auf Kommando entstanden auch die großen Hände, erschienen die wölfischen Wangenknochen, und über die Schulterngrate erhob sich der kräftige Hals. Alle bemerkten diese Ähnlichkeit, alle redeten darüber. Und wenn die beiden auf die Straße gingen, in schweren Arbeitsschuhen, Peitsche im Gürtel, nur durch das Alter unterschieden, wuchs mein Neid siebenfach.

Gabriels Peitsche und Schuhe hatte der alte arabische Sattler aus der Haifaer Unterstadt angefertigt, von dem mein Gürtel stammte. In der Mandatszeit hatte der Mann in einer Reitereinheit der britischen Polizei gedient, dort Stiefel für die Reiter und Zaumzeug und Sättel für die Pferde genäht. Als die Engländer das Land verließen, eröffnete er eine Schuhmacherwerkstatt. Er war ein Handwerker der Sorte, die der Bräutigam schätzte, der einmal sogar ein kurzes Klagelied auf ihn verfaßte: »Schade – ein

Mann mit so geschickten Händen muß sein Können auf Leder verschwenden.«

»Du wirfst dein Geld zum Fenster raus«, sagte der Schuhmacher zu Apupa beim Maßnehmen. »Das ist ein Junge, der noch viel wachsen wird. In einem halben Jahr kommt er in diese Schuhe nicht mehr rein.«

Aber Apupa erwiderte, es tue ihm nicht leid, Geld für wichtige Ziele hinauszuwerfen. »Soll er sie anziehen und wissen, daß er ein Mann ist, daß sein Fußtritt Knochen bricht, daß Funken aus den Nägeln der Sohlen stieben, daß die Erde weiß, es sind seine Füße, die da gehen«, meinte er.

Die Dorfbewohner freuten sich über seine neue Statur. »Kaum zu glauben, daß er mal ein Frühchen war...«, sagten sie, und: »wie schön er gewachsen ist...«, und: »Hoffen wir, daß er seinem Großvater nur körperlich ähnlich wird und nicht seelisch...« Tatsächlich, auch wer es wußte, konnte kaum glauben, daß Gabriel früher mal winzig und verschrumpelt gewesen war, und wer es nicht wußte, hätte es nicht einmal ahnen können. Nur Mütter, Ärzte und Vettern von Frühchen, sowie diejenigen, die selbst welche gewesen waren, konnten den mysteriösen Gegensatz zwischen Schmalgesichtigkeit und großer Schulterbreite deuten und die spontane Sorge wahrnehmen, die manchmal durch die Haut sickerte und für ein paar Sekunden das Gesicht alt aussehen ließ, dieselbe Sorge, die man zuweilen auch im Mundwinkel von Kranken oder Hungernden sieht, bei allen, deren Leben am seidenen Faden hängt.

Seine Beinamen – Siebele, Zipljonok, Puiu und Küken – blieben natürlich, denn in der Familie Joffe ändert man keine Namen, aber bei Gabriels großem, neuem Körper wurden auch sie zu Kleidern und Verkleidungen.

Manchmal beugte er sich über den alten Inkubator, als wollte er sich hineinzwängen, und dann trat wieder die alte Sorge auf sein Gesicht, gepaart mit einem neuen Männerzorn von der Sorte, die Großvater in seinem Krieg gegen Wasserhähne und Türen hegte.

»Hör auf, Gabriel, du bist schon zu groß für diesen Inkubator«, sagte Hirsch Landau.

Gabriel schwieg.

»Du wirst die Röhren zerbrechen, und das wäre schade. Vielleicht braucht ihn noch mal jemand.«

Die beiden blickten einander an und verstanden, worum es ging. Auch Gabriel gestand im stillen ein, daß der Türsturz nicht mehr den Kopf seines Großvaters schrammte. »Du brauchst dich in der Tür nicht mehr zu ducken, Apupa«, sagte er bekümmert. Aber Großvater – sei es aus Gewohnheit, sei es, weil er sein Kleinerwerden nicht eingestehen wollte – bückte sich weiterhin, wie er es heute noch in seinem Inkubator tut, wenn man ihn über die Schwelle trägt.

Doch damals war es noch nicht soweit gekommen. Gabriel stand fortan frühmorgens mit Großvater auf und arbeitete mit ihm, bis er in die Schule ging. Während ich noch im Bett lag, spürte ich die beiden mit jener sonderbaren Kreuzung aus Sehen und Hören, die meine Fontanelle mir gewährt. Sie gehen gemeinsam auf die Holzveranda, zerquetschen die imaginären Skorpione, ziehen vierhändig die Schnürsenkel stramm. Gabriel war nicht von Geburt an Zweihänder, aber da er Apupa nachahmte, hatte er sich beigebracht, auch die Linke einzusetzen: Er hatte ihr die Schreibarbeit aufgezwungen, warf mit ihr Steine ins Ziel, schnitt Salatgemüse. Er erreichte nie die natürliche Symmetrie seines Großvaters, aber viele Dinge konnte er mit beiden Händen tun.

Die beiden stehen gemeinsam auf. Vier genagelte Sohlen lassen den Basaltkiesbelag knirschen. Sie pinkeln am Zaun mit dem jeweiligen Hund, markieren die Grenze des Joffe-Hofs mit schäumenden Pfützen. Ich spüre all das in meinem Zimmer, und Aaron, an den Zaun gelehnt, beobachtet den Vater seiner Frau und ihren Sohn.

Am Schabbat erteilte Apupa seinem Enkel-Sohn Unterricht im Peitschenschlagen, Schießen und Reiten. Gemeinsam gingen sie aufs Feld hinaus, Gabriel trug einen Sack mit leeren Konservendosen, die als Ziel dienen sollten, und Apupa – Gewehr und Pistole. Zuerst schossen sie im Liegen, Stehen, Knien und Reiten auf die Dosen, danach zogen sie die Peitschen, und Apupa brachte Gabriel bei, damit blauen Disteln die Köpfe abzuschlagen oder reife Santa-Rosa-Pflaumen aufzuschlitzen – alles nach Lust und Jahreszeit. So präzise waren ihre Peitschenhiebe, daß das Fleisch der Frucht bis auf den Kern halbiert wurde, sie selbst aber noch, bebend und arglos, am Stiel hängenblieb.

Einmal ließen sich die beiden in ihren Freuden so weit hinreißen, daß sie zu Mutters Gemüsegarten gingen und auf die Auberginen einpeitschten, und da Gabriel nicht an die Geschichte glaubte, daß die Vogelscheuche angeblich der Naturkundelehrer war, den Apupa vor Jahren dort eingerammt hatte, beschloß er, sie in den Kopf zu schießen. Zum Glück entdeckte die Vogelscheuche, daß ihre Augen auf einer Linie mit Kimme, Korn und dem zielenden Auge lagen, und flüchtete – das Holzkreuz auf den Rücken gebunden und die Arme ausgebreitet.

Nach dem Schießen und Peitschen galoppierten die beiden übers freie Feld, wirbelten mit den Hufen ihrer Stuten Staubwolken auf. »Ein Hengst ist gut für kurze Rennen«, erklärte Apupa ernsthaft, »aber für Krieg und Wache ist die Stute vorzuziehen, denn sie kann während des Galopps urinieren, und der Hengst muß anhalten.« Kamen sie dann zurück, die Dorfstraße herauf, blickten die Bauern sie freundlich an. Apupas Trauer über seine Frau ließ ihn den Dorfbewohnern weicher erscheinen. Alle begriffen, daß Gabriel nicht nur sein Sohn und Enkel war, sondern auch sein einziger Trost. Ja, der Anblick des alternden Witwers und des heranwachsenden Jungen, deren Glieder derselben Gußform entstammten und deren Muskeln sich gleichartig und gleichgerichtet bewegten, beide mit den gleichen Waffen ausgerüstet und mit den gleichen Mienen und Blicken, rief auch ein Schmunzeln auf ihre Gesichter. Nicht daß sie den Mann hinter den Mauern nun liebgewannen oder ihn nicht mehr fürchteten – doch sie sahen, daß seine Größe und Kraft jetzt nicht mehr wie früher waren, und erkannten, daß Gabriel mit seinem Wachsen und Großvater mit seinem Schrumpfen sich eines Tages treffen würden, wie einer, der einen Hügel hinansteigt, und einer, der ihm von oben entgegenkommt.

An einem jener Tage, ich erinnere mich gut daran, sagte Apupa, nicht wütend, sondern höchst verwundert: »Ich bin nicht mehr wie früher.« Wir lachten schallend. »Macht nichts«, sagten wir, »früher warst du anormal, und jetzt wirst du wie alle anderen Menschen.«

Doch Apupa beruhigte sich nicht. Er maß insgeheim seine Größe an demselben Türpfosten, an dem er Gabriel und mich gemessen hatte, und Rachel, die die neuen Zeichen bemerkte und, wie ich erinnere, den Kopf voller Grips hat, erlaubte sich langsam mehr Initiative und Freiheit. Sie überredete ihren Vater sogar, ein paar Dunam an Bauunternehmer zu verkaufen, erwarb für das Geld »Immobilien« und mit dem Wechselgeld, erzählte sie kichernd, das abgelegene Stück Brachland, auf dem heute das Gewerbezentrum steht. Den Boden im Westen des Hofs veräußerte sie nicht, damit uns nicht die Landschaft entschwand, aber es genügten schon die Häuser, die in den anderen Himmelsrichtungen entstanden, um ihren Vater in Aufregung und Sorge zu versetzen, und schon erhöhte er die Mauern und baute zusätzliche Verschläge. Planen wurden gespannt, Rosen- und Brombeerbogen – die Stacheldrahtrollen der Natur – gezogen, die Tore mit Platten und Nägeln verstärkt. Apupa suchte und fand sogar einen weiteren Wachhund, der keinem Menschen lieb Hund sein wollte und sich nur für seine Aufgabe interessierte. Kompakt und muskulös war er, von mittlerer Größe und so professionell, daß er umgehend meine geheime Öffnung in der Hofmauer aufspürte, und seinen monatlichen Urlaubstag widmete er Liebeskeilereien, aus denen er stolz und siegreich hervorging, worauf Apupa ihm die Wunden mit dem Biocom der Kühe desinfizierte und sagte: »Jetzt wissen sie dort, daß auch du ein Joffe bist.«

Seinerzeit eskalierte ein Streit, der nur bei uns Joffes möglich ist: Rachel behauptete, Gabriel sei herangewachsen, ihr aber nicht zum Schlafen gegeben worden.

»Warum schickst du ihn nicht zu mir?« fragte sie ihren Vater.

»Er will nicht.«

»Hast du ihn gefragt?«

»Ich brauche ihn nicht zu fragen, um es zu wissen.«

Rachel erboste sich. »Ich bin die Henne, die sich am meisten anstrengt in dieser Familie...«

»Du hast genug andere! Laß ihn in Ruhe!« brauste Großvater auf.

Auch diesmal vermochte er das unterschwellige Geschehen nicht zu sehen, geschweige denn zu verstehen. Und wie immer ernannte er sich selbst zum Sprecher seines Nächsten. Überraschend entschied Gabriel jedoch selbst, bei Rachel schlafen zu gehen, und schon am nächsten Abend erschien er genau dann, als ich aus der Dusche kam.

»Geh nach Hause«, sagte er, »heute bin ich dran.«

Ich ging mit einer sehr eigenartigen Mischung aus Erleichterung und Eifersucht. Rachel schickte ihn zum Waschen, ließ ihn den Flanellpyjama anziehen und in ihr Bett steigen. Kein Mensch weiß, was in jener Nacht dort geschah, aber am nächsten Tag erklärte mir mein Vetter, er beabsichtige nicht, sie erneut aufzusuchen, und auch Rachel sagte, sie wolle nicht, daß Gabriel an den Schlafdiensten teilnehme.

»Soll er weiter Frauen hinterherlaufen mit seinem ›Stillen, Stillen‹. Vielleicht wird Vater auf diese Weise die Rache seiner Frau verstehen.«

Aber Gabriel rannte keinen Frauen auf der Straße mehr nach.

Kam eine Frau vorbei, die ein Baby auf dem Arm trug oder einen Wagen schob, die Augen lächelnd und die Brüste hochgetürmt, schweiften seine Augen ihr nach, aber er langte nicht mehr hin und schrie auch nicht. Er leckte sich mit der Zunge über die Lippen, und das »Stillen, Stillen« flüsterte er im Innern. Apupa, der nicht nur ein Spatzengehirn, sondern auch Habichtaugen hatte, sah all das mit Freuden. Der Junge findet Interesse an Frauen, das heißt – er entwickelt sich gut! Er legte ihm ermunternd und bremsend die Hand auf die Schulter und sagte: »Noch zwei, drei Jahre, Gabriel, und all diese Brüste sind dein.«

Die beiden blickten sich an und lachten – und mir tat das Herz weh, diesmal nicht aus Eifersucht, sondern vor Sorge. Rachel, auf dem Weg der Erkenntnis, und meine Fontanelle, auf dem Weg der Prophetie, sagten mir das, was Gabriel nicht in Worte zu kleiden wußte und Apupa bis heute nicht erfaßt. Und vielleicht ist das gut so. Ich habe ja bereits gesagt: Manchmal ist es besser, überrascht zu sein. So ist das bei uns in der Familie.

Als Gabriel und ich achtzehn Jahre alt waren und zum Wehrdienst eingezogen wurden, veranstaltete die Familie eine Abschiedsparty für uns, ebenfalls gemeinsam, wie die Bar-Mizwa-Feier. Onkel Aaron schenkte uns zwei alte Primusöfen der britischen Armee, zwei Etuis zum Waffenreinigen – feine Schraubenzieher, zerlegbare Stäbe und allerlei Bürsten – und zwei identische, sehr scharfe Messer, deren Scheiden den Schulterriemen des Marschgepäcks, nicht dem Gürtel angepaßt waren, und riet uns, immer zu wissen, »wo jedes Ding ist, auch mit geschlossenen Augen.«

Apupa erklärte, wir sollten uns bemühen, möglichst viele »Feinde« zu töten, und, wenn es irgend ginge, sie nach ihrem Namen fragen und ihnen unseren Namen sagen. »Erstens, damit sie dort wissen, daß ihr Joffes seid. Zweitens muß ein Mann wissen, wie die Frau heißt, die mit ihm schläft, und wie der Feind, der ihn umbringt.«

»Auch umgekehrt, Apupa?« fragten wir beide wie aus einem Mund und warfen uns einen fröhlich überraschten Blick zu.

»Pfui!...« Er spuckte auf den Boden.

Meine Mutter verhielt sich auf eine Weise, die bestens die Bedeutung des Begriffs »gemischte Gefühle« veranschaulicht. Als Hanna bekam sie endlich Aussicht, ihren Sohn zu opfern, und als Vegetarierin klagte sie unablässig über »den furchtbaren Ernährungsschaden«, der mir beim Militär bevorstünde, und war böse auf Vater, weil er uns geraten hatte, immer eine Tube Kondensmilch in der Tasche zu haben – »wegen der Süße und der Kalorien und des Saugens«.

Damals sagte er mir auch: »Wenn du ein Ziel hast, dann geh nur darauf los, mit aller Kraft, ganz und gar nur Finger und Abzug, Auge und Visier.« Und als ich ihn verblüfft anblickte, sagte er: »Es schnell durchziehen und wieder Mensch werden.« Zum ersten Mal spürte ich damals die Kraft und Brutalität, die er neben Charme, Humor und Schmerz in sich hatte, mehr noch als Apupa und vielleicht auch als Gabriel.

Den Militärdienst mochte ich nicht. Wären mein Vetter und seine Freunde nicht gewesen, weiß ich nicht, wie ich die Langeweile und Willkür, die körperlichen Strapazen und die Sehnsucht nach Ruhe, Freiheit und der Gesellschaft einer Frau durchgestanden hätte. Nur der Kundschafterkurs gefiel mir. Offenbar habe ich den Richtungs- und Orientierungssinn meines Vaters geerbt, und ich hatte auch meine Fontanelle, mit deren Hilfe sich die Kehrseite des Hügels erahnen ließ. Aber abgesehen davon war ich ein mittelmäßiger Soldat, und meine vorzeitige Entlassung freute mich sehr, trotz aller Leiden und Schmerzen, die mit meiner Verwundung einhergingen.

Die Verwundung schenkte mir auch das Erlebnis tiefen Vergessens. Neunzehneinhalb Jahre alt war ich in jener Nacht, und ich kannte bereits den Gedächtnisverlust beim Samenerguß. Aber da und dann erfaßte ich auch die Faszination wirklichen Blutverlusts:

die Erschlaffung und Entleerung und andererseits – das Abheben und Schweben. Die Säcke der Erinnerung sprangen auf, und ihr Inhalt lief aus. Ich, ein Fesselballon, startete, ohne zu wissen, woher und wohin, und sie waren fallender, entschwindender Sand. Ich sah fliegende Worte und verblassende Bilder. War zu schwach, sie zu erkennen, aber erst, als sie mir entschwebten, spürte ich erstmals ihr wahres Gewicht [wie schwer sie waren].

Damals wußte ich noch nicht, daß ich einen Kameraden erschossen, wußte nicht, wer mich getroffen hatte. Erst hinterher erfuhr ich, daß alles mit einem Stolperdraht anfing, den der Soldat, der ihn gelegt hatte, versehentlich selbst auslöste. Die Explosion tötete ihn und einen weiteren Soldaten, und die übrigen, ich eingeschlossen, mit den schnellen, professionellen, begierigen Nerven der Jugend, fingen an, wie irrsinnig zu ballern.

Ich wußte, ich war angeschossen, wußte, ich hatte das Feuer erwidert, noch ehe ich zu Boden geschleudert wurde, und da mir in der momentanen Verwirrung schien, die Geschosse kämen in Zeitlupentempo auf mich zugeflogen, erkannte ich ihre Anzahl, Richtung und Reihenfolge mit eisiger Klarheit. Trotz der Wucht ihrer Einschläge, dem Krach der splitternden Knochen, den starken Blutströmen und des Gefühls, daß mich Dunkelheit überkommt und ich aufsteige und absinke, untergehe und hochtreibe, wußte ich, daß gleich jemand aufspringen und zu mir rennen würde.

Wie ein Akrobat, auf dem mir so vertrauten Drahtseil zwischen Erinnerung und Prophetie hin- und herbalancierend, erkannte und erahnte ich ihn gleichzeitig – den Körper, der mir jäh aus Rauch, Dickicht und Dunkel aufgehen würde, die langen, kräftigen, rennenden Beine und den Ruf: »Wo bist du? Schrei!«

»Ich bin hier, hier!«

Schilfknacken war zu hören, der Tritt schwerer Schuhe, dann kam der Stoß an mein zerschmettertes Bein. Und wir beide schrien – ich vor Schmerz, er vor Freude: »Da bist du ja!«

Gabriels Rechte zog aus dem Schulterriemen das scharfe Joffesche Messer, und seine Linke fand dessen Zwilling im Riemen meiner Marschausrüstung. »Mach dir jetzt keine Sorgen«, flüsterte er, »nur keine Sorge.« Dann steckte er zwei Finger in den Mund, pfiff den Geliebten-Pfiff, und schon regten sich die beiden Hände wie eine, und die beiden scharfen Klingen gingen über meinen Körper hinweg, durchtrennten als erstes die Riemen des Helms, fuhren zu den Schnürsenkeln hinab, kamen wieder hoch und drangen unter meine Hosenbeine. Er schlitzte sie bis zur Hüfte auf, kappte den Gürtel und schälte mir das Hemd ab.

Wenige Sekunden später, als seine drei Freunde auftauchten, war ich schon splitternackt. Ihre Taschenlampen leuchteten. Ich senkte den Blick und sah mich selbst: wie die Kuh auf der Brükke, rotes und weißes Fleisch und hervorlugende gebrochene Knochen. Eine Trage wurde entfaltet und ich darauf gelegt, schwankte dann zwischen den hörbaren Geräuschen – ihren pochenden Herzen, dröhnenden Schritten, tiefen, gleichmäßigen Atemzügen.

Ich schloß wieder die Augen, wurde ins Rettungsfahrzeug gehievt, die Geliebten sprangen auf und setzten sich neben mich in die Kabine. Gabriel kletterte vorn auf den Beifahrersitz, und nach zwanzig Metern schrie er den Fahrer an – ich hatte Gabriel noch nie schreien hören, darin war er Großvater gar nicht ähnlich –, und mitten in der Fahrt packte er ihn am Kragen, warf ihn beiseite und nahm seinen Platz ein. Das schwerfällige Fahrzeug schwebte dahin mit der irrsinnig glatten Geschwindigkeit einer Geländefahrt im Einsatz, und da ich keine Erschütterungen und Schmerzen mehr spürte, nahm ich an, Gabriel habe in die Luft abgehoben und nun flöge ich. Im Hubschrauber hatte ich bereits das Bewußtsein verloren.

Im Krankenhaus lag ich drei Monate, die meiste Zeit auf dem Rücken. Gewichte waren mit dem Nagel verbunden, der in meinem Schenkelknochen steckte, streckten das gebrochene Bein, damit es gerade zusammenwuchs, und hinderten mich am Umdrehen. Aber trotz dieser Unbequemlichkeit, der Schmerzen und der Anwesenheit anderer Patienten im Zimmer habe ich jene Tage nicht als besonders schwere Tage in Erinnerung. Die Joffes haben, bei all ihren zahlreichen Unzulänglichkeiten, eine Kraft im Leib, die sie gegen Schwierigkeiten stählt [stärkt/feit], und wenn wir Kummer haben, dann verstummen wir, sammeln Kräfte und ziehen uns auf eine der beiden möglichen Weisen zusammen – der vor einem großen Ausbruch oder der, die das Verschwinden ankündigt.

Meine Mutter hegte ihre Bedenken gegenüber der ärztlichen Behandlung, mußte aber nachgeben. Zwar handelte es sich um Arzneien und Gifte, die ihrem einzigen Sohn – ihrem eigen Fleisch und Blut, falls man den Sohn einer Vegetarierin so bezeichnen darf – verabreicht wurden, aber selbst sie konnte nicht abstreiten, daß der Vegetarismus noch keine brauchbare Alternative zu Bluttransfusionen und Knochenverbindungen vorgelegt hatte. Bei jedem ihrer Besuche legte sie mir Kompressen auf, damit sie später mal behaupten konnte, ich sei deswegen genesen, und Vater, der mich vor den anbrandenden Joffes schützte, verteidigte mich auch gegen Mutter. Aber er war nur einer, und die Joffes kamen in Massen, hörten und erzählten Geschichten, prüften die Identität der übrigen Besucher, schrien die Schwestern an. Sie umringten das Bett, stießen und rüttelten es unwillentlich, entschuldigten sich ob meines Schmerzstöhnens und klopften mir prompt mit Macht auf die Schulter.

Und nicht nur gegen Mutter und Joffes beschützte er mich, sondern auch gegen allerlei andere merkwürdige Leute, die da auftauchten: tatendurstige und gutwillige ehrenamtliche Helfer, Frauen, die sich zu meinen Tanten ernannten, eigenmächtige Jubelpatrioten. Ich erinnere mich, daß einmal ein solcher Mann – hochrot und verschwitzt, mit blaßgelb-kariertem Jackett und trister Krawatte – ins Zimmer stürzte. Er bahnte sich seinen Weg zwischen den Joffes, rief mit sehr feuchten roten Lippen: »Wer ist hier der Verwundete, wo, wo ist der Soldat, der die Heimat verteidigt?«, und wäre vor lauter Begeisterung beinah zu mir ins Bett gesprungen. Als ich noch wegen des Bettrüttelns stöhnte, schrie er: »Ist das Bein futsch? Nicht weiter schlimm. Wir ordern eine Prothese aus der Schweiz, und juchhe wirst du tanzen auf deiner Hochzeit...« Schon lehnte er über mir: »Und was ist mit dem Machutl? Macht nichts, den kriegen wir auch wieder zum Stehen, desgleichen den Hochzeitsbaldachin, und dann zeugen wir Heldenkinder, die zum Wehrdienst gehen.«

Während er noch in die Hände klatschte und sang, kam mein Vater von hinten an und fragte ihn: »Von welchem futsch gegangenen Bein reden Sie denn, und von welcher Prothese, Sie Idiot?« Und als der Angesprochene sich offenen Mundes umdrehte, fügte er hinzu: »Wer, zum Teufel, sind Sie, und wer hat Ihnen gesagt, daß Sie herkommen sollen?«

Der Mann war beleidigt. Fing an zu schreien. Erklärte, er kümmere sich um die heldenhaften verwundeten Soldaten »im Auftrag des Verteidigungsministeriums«, verbreite »nur Freude und Heiterkeit«, und stimmte schon lauthals das Lied von der »sehr schmalen Brücke« an. Doch dann gewahrte er den amputierten Arm meines Vaters, und die »sehr schmale Brücke« verbreiterte sich in seinem Rachen vor lauter Verblüffung. Hastig zog er eine Flasche aus der Tasche: »Whisky für den heldenhaften Soldaten ohne Bein und den heldenhaften Vater ohne Arm und für die Mutter, die tüchtige Frau, und auf das Wohl des Staates.«

Mit flinker Hand entleerte er meine Teetasse in die Blumenvase, schenkte aus der Flasche ein und hielt sie Vater unter die Nase: »*Lechaim!* Auf das Leben! Auf daß hierzulande nur noch das Blut von Jungfrauen und achttägigen Jungen vergossen wird.«

Normalerweise schreitet Mutter ein, wenn Gifte der alkoholischen Sorte in der Umgebung der Familie auftauchen – »Ich verstehe nicht: Wie kann man eine Todesdroge trinken und ›auf das

Leben‹ sagen?« –, aber diesmal schwieg sie wie ein Schaf. Offenbar hatten die Worte »im Auftrag des Verteidigungsministeriums« ihren berauschenden Einfluß auf sie ausgeübt. Anders Vater. Er stupste den Mann mit der Hand und rief: »Hau ab, du Trottel, mitsamt Prothesen, Blut und Whisky!«

Eines Nachts träumte ich von Anja: Sie lag auf mir im Bett, wie sie sich bei ihnen daheim über mich gebeugt hatte, vor dem Schlafen, auch auf dem Feld und in der Pflanzung, auf Ellbogen und Knie gestützt, wobei ihre Lenden einen Moment lang meine erglühen ließen, und trotz ihres Gewichts spürte ich keinen Schmerz. Vier Jahre war es her, daß man sie und Elieser aus dem Dorf vertrieben hatte, und es war seither kein Tag vergangen, an dem ich nicht an sie gedacht, sie nicht gesehen, nicht ihren Duft gerochen, sie nicht hätte schreien hören: »Rührt mich nicht an, ihr Schlampen!« Und das Kreischen von einer, die ihr einen Fußtritt versetzt, und von einer, die zugebissen hatte, ich weiß nicht mehr, wer: Sie hatte mich gerettet, aber ich sie nicht. Jedesmal, wenn ich auf Apupas Holzveranda stand, mit Blick auf die Landschaft, hatte ich wieder jenen Anblick vor mir, in allen Einzelheiten: das gelbe Feld, das Wadi, den Feldweg, den kleinen Bahnhof. Alles steht festgefügt, und sie fahren quer übers Bild. Aber diesmal vom Dorf in die Felder und nicht mit Pferd und Wagen, sondern mit einem kleinen grünen Laster. Und es verging keine Nacht, in der ich nicht aufwachte, halb erstickt wie damals, im Dunkel der Baracke, in die Gabriel sich und mich eingeschlossen hatte, wo mein Körper sich wieder und wieder gegen die Holzlatten warf, seine Arme mich umschlangen und festhielten und sein Mund mir sagte »genug, Michael« und »bald«, und die Schreie meiner Mutter draußen hallten: »Diese Hure!...« Und noch mal: »Diese Hure, diese Hure, diese Hure!...« Dann mein Vater, der am Abend heimkam, seinen Zitrusfruchtduft verströmte und alles verstand: »Was ist mit dem Jungen passiert? Was habt ihr ihm angetan, will ich wissen! Was habt ihr ihm getan?«

Danach die aufspringende Tür und seine Stimme: »Laß ihn los, Gabriel, ist schon in Ordnung, du kannst ihn loslassen«, und dann laufe ich am Ackerrain entlang, schließlich querfeldein, strauchle im Wasser des Wadis, springe auf und renne weiter, bis mir die Kraft ausgeht und ich an den Eisenbahnschienen niedersinke und mit sechzehn Jahren – ein Waisenknabe, Trauernder und Witwer in einem – weiß, daß ich in jeder Hinsicht ein Erwachsener bin.

Am Morgen wußte ich nicht, war sie bei mir gewesen oder hatte ich einen Traum geträumt. Ich dachte, die Schußwunden an meinem Leib seien nachts aufgesprungen, ich hätte geblutet und die Erinnerung verloren. Ich untersuchte entsetzt das Leintuch, doch es war sauber und frei von Indizien. Ich betastete Bauch und Lenden, roch an meinen Fingerspitzen. Wie die Erinnerung war auch der Geruch nicht klar. Weder Blut noch Samen und vermutlich auch keine Milch, weder Anjas noch mein Geruch und auch nicht unser beider Duftgemisch, das ich nur zusammensetzen und ahnen kann. Aber ich erinnere mich, daß sie sagte: »Bald ist es Morgen, laß mich gehen«, und ich sie bat, mir meinen Namen zu nennen, und sie erwiderte: »Er steht auf der Tafel am Fußende des Betts.«

Am nächsten Morgen sagte mir der Arzt, wegen meiner zügigen Genesung dürfte ich ein Wochenende zu Hause verbringen. Der Befehlshaber der Einheit ließ ausrichten, er werde mir eine Militärambulanz schicken, damit ich bequem fahren könne, aber Gabriel sagte ihm, eine Militärambulanz hätten wir zu Hause, und der Bräutigam bot seinen bequemen alten Traction avant an und erlaubte Gabriel sogar, ihn an seiner Stelle zu lenken.

Der Wagen fuhr die Zypressenallee hinan, hupte, Vater machte die Hoftore auf und half mir vom Rücksitz. Mühsam stand ich, hielt das stärker schmerzende Bein in die Luft, setzte das weniger schmerzende Bein vorsichtig auf den Boden, stützte mich, ja hing fast, an Gabriels rechter und linker Schulter.

Der Armstumpf meines Vaters drückte sich an meinen Rükken, sein Gesicht leuchtete. »Ich freue mich, Michael, dich auf den Beinen stehen zu sehen.«

Von irgendwoher erschien eine Flasche Wein, ein Korken wurde gezogen, Mutter kam heraus, wartete mit bemerkenswerter Geduld, bis wir das Gift fertig getrunken hatten, und sagte: »Herzlich willkommen daheim, Michael!« Und nachdem sie noch ein paar Minuten bei uns verweilt hatte, erklärte sie, sie müsse Kichererbsen für »die Gäste« einweichen, und ging.

Die »Geliebtenmannschaft« hatte bereits den Wigwam im Hof aufgestellt und ihre Fahne gehißt. Ein Patrouillenjeep mit aufragendem MG und beweglichen Antennen parkte auf dem Hof, verborgen unter dem großen Zitronenbaum, an dem ein Tarnnetz hing. Die beiden Kibbuzniks der Mannschaft hatten die alte Dusche an der Baracke reaktiviert, und nasse Handtücher hingen an Stricken, die der dritte zwischen Zweigen des roten Guajavenbaums gespannt hatte. Der Jerusalemer mühte sich an dem brodelnden Eisenkessel, der über einem Feuerchen baumelte.

»Vielen Dank, Michael«, sagte er, »deinetwegen haben wir vierundzwanzig Stunden Urlaub bekommen.«

Der Eisenkessel über dem Feuer erfreute mein Herz. Es war der schwere, dickwandige Topf, den die »Geliebtenmannschaft« auf alle Einsätze mitnahm. Immer köchelten Überraschungen darin: mal Stücke eines Stachelschweins, das sie unterwegs gefangen hatten, mal die eines geschossenen Wildschweins oder eine auf einem Hof geschnappte Gans, mal ein zartes Lamm, bei einem ihrer seltsamen Tauschgeschäfte erworben, mal ein Linsengericht mit Reis, Gemüse und scharfen Bohnen.

Auch mein Bett erwartete mich, aber nicht im Elternhaus, sondern auf der Holzveranda. Sie trugen mich dorthin, legten mich so, daß ich die Landschaft sah. Immer wieder bin ich überrascht, wie tief sie sich meinem Herzen eingeprägt hat: Da ist die große Senke, da sind die fernen Hügel, und im Nordwesten erhebt sich der Karmel, da sind das Feld, der Feldweg, das Feuer, die Zypresse, Anjas Kommen, ihr Gehen. Wie ich es noch heute sehe, trotz der Zeit, die vergangen ist, trotz der Flächen, die sich mit Wohnblocks und Straßen gefüllt haben.

Großvater, ganz aufgeregt, schenkte uns noch und noch Gift aus der Brennerei des Bräutigams ein, Hirsch Landau bewirtete uns mit noch und noch Katzenzungen, Rachel umarmte mich sehr behutsam, um mir nicht weh zu tun, und sagte: »Heute nacht kannst du noch zu Hause schlafen, aber sobald es dir bessergeht, vergiß deine Tante nicht.« Kurz nach Sonnenuntergang kam auch Pnina aus ihrem Haus: »Ich bin froh, daß du heimgekehrt bist, Michael, wie fühlst du dich?« Sie setzte sich ein paar Minuten zu mir, schweigend und lächelnd in den weißen Totenschleiern ihrer Schönheit.

Gabriel hob den schweren Topfdeckel ab und füllte zehn Schüsseln: für Apupa, für Hirsch Landau, für Rachel, für sich selbst, für den Bräutigam, für Vater, für die Geliebten und für mich. Pnina sagte, der Duft sei wunderbar, aber sie verspüre keinen Hunger, und ging ins Haus zurück. Rachel sagte: »Keiner achtet darauf, daß meine Schwester gar nichts ißt.«

Vater verputzte seine Portion, sah nach, ob im Topf etwas übriggeblieben war, füllte seinen Teller erneut und trug ihn zu der Bresche in der Mauer. Kein Mensch stellte Fragen. Nach seiner Rückkehr entzündete er die Holzscheite in Aarons Badeofen und füllte mir die erste richtige Wanne nach den Wäschen mit Waschlappen und Schwamm im Krankenhaus. Die »Geliebtenmannschaft« zog mir die Kleidung aus, Gabriel trug mich auf Armen, Vater ging freudig erregt vor mir her, seine Hand hob imaginäre Hindernisse vom Boden auf, und sein Mund sagte »hierum« und »da längs« und »paß an der Ecke auf.«

Vor dem großen Spiegel bat ich Gabriel stehenzubleiben. Die Verwundung, die Genesung und die drei Monate im Krankenhaus hatten mich fünfzehn Kilo gekostet. Die Rippen stachen hervor. Meine Waden, so dünn wie Mädchenarme, baumelten über den starken Arm meines Vetters. Ich ließ den Kopf auf seine Schulter sinken. »Ein schönes Bild von uns beiden«, sagte ich, »von den beiden Engeln.«

Er ging in die Knie und legte mich behutsam ins warme Wasser. »Geht endlich«, sagte ich, denn die fünf umringten die Badewanne und starrten mich an, »habt ihr noch nie einen Joffe ohne Kleider gesehen?« Aber alle paar Minuten kam der Jerusalemer Geliebte wieder, sagte: »Paß auf, Michael«, und goß vorsichtig mehr heißes Wasser nach, damit die Wanne nicht zu schnell abkühlte.

Ich setzte mich auf, seifte mich, so gut es ging, ein, dann rief ich »Vater!« und »Gabriel!«, legte mich zurück und überließ mich ihren Händen. Den zwei symmetrischen Händen, die mir das Haar wuschen, und der einen Hand, die mit der stumpfen Messerseite tote gelbe Haut von meinen Füßen entfernte. Drei Monate des Nichtgehens hatte sie dort entstehen lassen, und nun war sie im warmen Wasser weich geworden und in lauter Fetzen zerfallen.

Danach ließen sie das schmutzige Wasser ab, übergossen mich mit sauberem, hoben mich heraus, wickelten mich ein und legten mich auf Großvaters Veranda zum Schlafen, einem Schlaf, den Schreie störten: »Was die Schüsse ihm nicht antun konnten, habt ihr mit dem Bad auf vollen Magen getan.«

»Hanna«, sagte Vater, »wir wissen, daß du recht hast, aber vielleicht versuchst du ein einziges Mal, im stillen recht zu haben?«

Jahr für Jahr kamen die Eltern und die Schwester wieder. Jahr für Jahr trat das ganze Dorf hinaus, um sie kommen und gehen zu sehen. Nach und nach wurde es eine Art festes Ritual in unserem Leben, bald schon stand es auf dem Anschlagbrett und im Schulkalender als »Tag der Zypresse«, und in vieler Hinsicht ersetzte es sogar die reguläre Veranstaltung am Gefallenengedenktag, was wiederum Unmut bei den Eltern gefallener Soldaten im Dorf erregte, die auch einen zu Herzen gehenden Artikel im Lokalblatt veröffentlichten über »diesen Piloten«, den kein Mensch gekannt habe und der nun »das Andenken unserer Söhne aus den Herzen der Genossen löscht«, wobei sie auch nicht unerwähnt ließen, daß ihre Söhne im Kampf gefallen waren, »für die Verteidigung von Volk und Staat«, »dieser Pilot, bei aller Hochachtung« jedoch bei einem prahlerischen Flugmanöver oder bei einem Unfall, ja sie deuteten sogar die Möglichkeit eines Selbstmords an.

Alle lasen es und nickten, aber beim nächsten »Tag der Zypresse« fehlte niemand. Eine halbe Stunde vor Eintreffen der Eltern und der Tochter versammelte man sich bereits am Straßenrand und harrte des wiederkehrenden Schauspiels: Da biegt der Egged-Bus um die Kurve, verlangsamt, hält und öffnet die Türen, da steigen sie aus. Die Tochter ist – wie Tschernichowskis Rejsele, laut Rachel, und wie unsere kleine Stadt, laut dem neuen Schuldirektor, der Elieser nach seiner Vertreibung ablöste – »groß und schön geworden«. Noch sah man den Schleier über ihren Augen, aber die Zeit, die ihrem Vater und ihrer Mutter schwere Last aufbürdete, meinte es gut mit ihr: Ihr Gesicht verlor die kindliche Strenge, der Anflug eines Lächelns leuchtete hervor, und auch das Bewußtsein, daß das ganze Dorf sie anschaute, sah man ihr an. Nun stieg sie als erste aus, mit einem Sprung, dann der Vater, ein Bein nach dem anderen, wandte sich um und stützte seine Frau, die ihren Stock in der Hand hielt.

Auch das Dorf wuchs, begann die ersten Anzeichen einer Stadt aufzuweisen: Die Zufahrtsstraße wurde verlegt und verbreitert, die Busstation zog an eine zentralere Stelle um, erhielt eine neue Überdachung, weitere Bänke und ein weiteres Gleis. Mehr als ein Bus pro Tag und mehr als eine Linie hielten dort, aber am »Tag der Zypresse« hielt der Autobus wieder an der Landstraße, dort, wo die alte Haltestelle gewesen war. Aus dem Fargo von Egged wurde ein Tiger, die Schwester des Piloten wurde Soldatin, und als sie ausstieg, drehte sie sich um und half ihrer Mutter heraus, und beide stützten gemeinsam den Vater, der alt und schwach geworden war.

Die ersten Läden wurden eröffnet, Kaufleute mieteten oder errichteten neue Gebäude, und Apupa – in typisch Joffescher automatischer Abwehrreaktion – pflanzte noch mehr Dornranken, zog weitere Decken ein, verstärkte und erhöhte die Mauern. Einige der jungen Joffes aus Herzlija kamen zum Schlafdienst, und ihre Anwesenheit befeuerte und schärfte offenbar Rachels Talent und Passion fürs Geschäftliche. Onkel Aaron erhielt damals die ersten Vorauszahlungen auf seinen künftigen hydraulischen Metallschneider, und sie entschied über die Anlage der Gelder. Ihr Vater wurde zusehends abhängiger von ihr. Einst in »jenen Tagen«, als Liebe noch Liebe war, alle halfen, einander kannten und die Türen nicht abschlossen, hatte man seine Schlichtheit und sein Mißtrauen, seine Größe und Kraft zu schätzen gewußt, aber jetzt änderten sich die Dinge. Apupa respektierte nur das, was man bewohnen, betreten oder bearbeiten konnte. Er unterschrieb Verträge nur mit Leuten, deren eine Wange so hoch wie die andere war, kaufte nur das, was er mit eigenen Augen sah. Doch als die Erfindungen des Bräutigams schließlich auch im Ausland Absatz fanden, entdeckten wir, daß er fremde Währungen nach seinen vorgefaßten Meinungen über die Bewohner des betreffenden Landes bewertete. So kam es, daß bei uns zu Hause die Finnmark stärker war als der Schweizer Franken und das englische Pfund stärker als der amerikanische Dollar. Aber Rachel wurde eine ausgesprochen tüchtige Frau: Sie verkaufte Kühe und Böden, griff geschickt bei Feldern zu und erwarb, damit nicht genug, auch »Immobilien« in anderen Städten.

»Woher verstehst du was von all diesen Dingen?« staunte ich. »Du hast das nicht studiert, hast nicht gearbeitet, und du verläßt nie den Hof.«

»Von selbst«, antwortete sie.

»Fürchtet Apupa denn nicht, daß du seinen Platz einnimmst?« forschte ich.

»Er ist mit sich selbst beschäftigt.«

Beschäftigt mit seinem Schwächer-, Älter- und Kleinerwerden. Seine Stimme blieb kräftig, aber der Inhalt seiner Schreie änderte sich. Er schrie nicht mehr »die Suppe ist eiskalt«, das »So!« oder »Nicht so!« und auch nicht sein »Mutter... Mutter...«, sondern nur noch einen einzigen Schrei, dessen Klagetenor ihn schlimmer machte als all seine Vorgänger: »Mir ist kalt!... Kalt!...« Gabriel deckte ihn mit Bettdecken und Mänteln zu, witzelte, er werde ihm aus dem arabischen Dorf Solem ein junges Mädchen holen. Aber Apupa begriff nicht, wovon er redete, hörte nicht auf, zu zittern und zu schreien, und wollte die ganze Zeit raus, raus »an die gute Sonne«.

Im Winter verbarg Gabriel ihn im Haus, im geheizten Zimmer, doch an Sommermorgen, wenn die Sonne mild schien und so hübsch- und zartfarben war wie das Gelbe eines Taubeneis, legte er ihn auf eine Decke in den Garten und setzte sich zu ihm, denn Großvater war schon sehr klein, und Gabriel fürchtete, ein Hund oder eine Katze könnten ihn anfallen. Manchmal beließ er ihn auch unter der Aufsicht der Vogelscheuche im Gemüsegarten meiner Mutter. Dies amüsierte die ganze Familie und besonders die Joffes, die zu Besuch kamen, denn Apupa glaubte fest, die Vogelscheuche sei der alte Naturkundelehrer, den er vor Jahren selber an den Pfahl gebunden und dort aufgestellt hatte, und führte Gespräche mit ihm. Auch Dorfbewohner versuchten sich in den Garten zu stehlen, sich das Schauspiel anzusehen und ihren alten Feind zu verspotten, der sich mit Pfählen unterhielt. Aber eines Tages näherte sich jemand den beiden und hörte, daß die Vogelscheuche nicht nur lauschte, sondern auch antwortete. Auf diese Weise stellte sich heraus, daß der Naturkundelehrer nicht geflohen, nicht erschossen worden, nicht in den heißen Wüstenwinden des Mai vertrocknet und nicht im Herbst zu Staub zerfallen war, sondern sich das Schweigen und die Reglosigkeit der Vogelscheuchen angewöhnt hatte, um nicht die Falter, die er beobachtete, oder die Käfer bei der Paarung zu stören.

So wurde Apupas Körper immer kleiner, seine Wärme immer geringer, und seine Klagen wurden immer mehr. Schließlich stieg Gabriel auf den Dachboden, fand den alten Inkubator, in dem er, das Küken, einst gelegen hatte, und entstaubte ihn. Der Bräutigam säuberte, strich, schmierte und polierte ihn und versah ihn mit vier extrastarken Tragegriffen, denn Apupa war zwar geschrumpft, hatte aber nicht an Gewicht verloren. Er lag in dem gepolsterten Kasten, stöhnte vor Wohlbehagen, und als hätte der Inkubator all die Jahre auf ihn gewartet, reagierte er sofort auf den Kuß des Streichholzes und belebte sich wieder.

Im sechzehnten Jahr nach dem Absturz des Piloten stiegen nur die Mutter und die Tochter aus, dann schloß der Autobus die Türen und fuhr ab. Ein paar weitere Jahre vergingen, bis zum über-über-übernächsten »Tag der Zypresse«, wir alle standen an der Straße und warteten, und da kam der Bus, hielt aber nicht an der Straße, sondern fuhr zur neuen Busstation. Zwei fremde Menschen stiegen aus, blickten uns erstaunt an – warum und wozu wartete diese große Menschenmenge dort hinter dem Parkplatz auf sie? Und diese große Menge wogte und rauschte wie ein Weizenfeld, warf feindselige Blicke zurück, und eine Wolke der Enttäuschung und Sorge dunkelte über ihren Köpfen: Wo sind Mutter und Schwester? Vielleicht ist etwas Schreckliches passiert? Auch Zorn hing in der Luft, als habe die Familie des Piloten ein nie unterzeichnetes Abkommen gebrochen, und es gab wütendes Flüstern: »Wir haben für sie die Zypresse gepflegt«, und deutliche Worte: »Wir haben hier das ganze Jahr auf sie gewartet«, und verärgerte Gesten und Achselzucken, doch plötzlich traf ein kleiner Simca ein, parkte am Straßenrand und entließ die Schwester, nur sie allein.

Zuerst erkannten wir sie nicht. Ohne ihren Vater und ihre Mutter und ohne Autobus war sie ganz anders. Aber als sie den kleinen Eimer und die Hacke aus dem Kofferraum holte, wußten wir: Sie ist es, und wie sie und ihre Mutter ohne ihren Vater gekommen waren, so würde sie fortan ohne ihre Mutter kommen, und nicht mit dem Bus, sondern mit dem kleinen Simca 1000, der später durch einen größeren Wagen ersetzt werden würde, ein Ehemann und später auch zwei Kinder würden auf den Plan treten, ein Junge und ein Mädchen, ernsthaft und mit gesenkten Köpfen: »Früher, bevor ihr geboren wurdet, hattet ihr einen Onkel, Mutters Bruder, der Pilot war, und hier ist er gefallen.«

Noch eine Veränderung gab es: Die Schwester des Piloten hatte nicht nur Hacke und Eimer in der Hand, sondern auch ein Buch. Wir verstanden, daß sie sich auf das Grab ihres Bruders setzen und etwas lesen wollte, und das ganze Dorf geriet in Aufregung, strengte die Augen an: Prosa? Lyrik? Brauen wurden gerunzelt, scharfe Augen fokussiert, aber aus fünfzig Meter Entfernung vermochte nur meine Fontanelle zu sehen. Ich lächelte in mich hinein: was von Dichtung.

Die Schwester des Piloten ließ den Wagen am Straßenrand stehen und machte sich auf den Weg zur Zypresse. Die großen, weiten Felder unterstrichen die Einsamkeit und wachsende Entfernung ihres Körpers, und ein junges Mädchen in unserem Kreis, das noch gar nicht geboren war, als das Flugzeug abstürzte, fing plötzlich an zu weinen. Die ganze Menschenmenge schloß sich ihr sofort an, mit einer Traurigkeit, die Freude enthielt, zückte Taschentücher, so weiß wie Kuhreiher bei ihrer Versammlung zum nächtlichen Schlaf auf dem Jujubebaum, und mein Vater, der wie jedes Jahr neben mir stand, flüsterte mir unvermittelt ins Ohr: »Geh ihr nach, Michael. Ich möchte, daß du sie kennenlernst.«

Ich erschauerte. Nicht wegen des Inhalts seiner Worte. Ich erschauerte, weil die Worte meines Vaters wie ein letzter Wille klangen.

Fünfundzwanzig Jahre, so alt wie Uri und Ajelet heute, war ich bei seinem Tod. In der Woche zuvor erlebte ich Stunden und Minuten unbestimmter Angst. Sie entsprang meiner Fontanelle, wem sonst, aber im Gegensatz zu anderen Prophezeiungen, die ich ihr entnahm, waren diesmal nicht Anschrift und Name des Opfers beigefügt.

Ich ging, um mit Gabriel zu reden. Sagte: »Ich weiß nicht, wer, aber irgend jemand wird bald sterben.«

Er lachte. »Beruhig dich, und hör auf, wie unser Onkel daherzureden, Michael.«

Ich hörte auf, wie unser Onkel daherzureden, konnte mich aber nicht beruhigen. Und als ein paar Stunden später das Telefon klingelte und Gabriel sagte »Er ist hier«, zitterten mir die Knie, und ich wußte, wovon die Rede war. Auch Gabriel wußte es. Er reichte mir den Hörer, »Deine Mutter«, und schon umschlangen mich seine flinken, kräftigen Arme und setzten mich behutsam auf eine der Holzstufen.

»Michael«, sagte ihre Stimme, »wenn es dir nichts ausmacht, geh bitte hin und hol den Kadaver deines Vaters aus dem Haus der Mörderin.«

Ich war konsterniert. Nicht nur über die Ausdrucksweise und nicht nur über die Geschwindigkeit, mit der sich meine Prophetie bewahrheitet hatte, sondern auch wegen der Tatsache, daß meine Mutter die zwölf Schritte, die uns trennten, lieber telefonisch als zu Fuß oder durch Rufen aus dem Fenster überwunden hatte.

»Du kannst die Mistkarre nehmen«, fügte sie hinzu.

»Was redest du denn für Unsinn?« schrie ich, und sie – gewiß hörte sie mich sowohl durchs Telefon als auch durch die Luft, zweistimmig und mit beiden Ohren – bemerkte: »Sie hat noch die Dreistigkeit besessen, hier bei mir aufzutauchen, um mir mitzuteilen, was geschehen war. Und willst du wissen, wie sie reingekommen ist? Durch euer Loch, das ihr in die Mauer gebrochen habt!« Dann knallte sie auf, ehe ich womöglich etwas sagte, was ihr blütenweißes Rechthaben befleckt hätte.

Ich stand auf. Durchs Fenster blickte ich auf sein und ihr Haus, dann begann ich zu weinen. Ein kurzer Joffescher Tränenausbruch. Als hätte sich sekundenlang ein Kälbchen in meiner Kehle festgesetzt. Ich sagte zu Gabriel: »Mein Vater ist gestorben«, und ging zu Rachel.

Rachel sagte: »Ich weiß, hier hat sie auch angerufen.« Plötzlich wurden auch ihre Wangen tränennaß. »Glaub mir, es ist besser so. Stell dir vor, wie es gewesen wäre, bei ihr alt und schwach zu werden, ihre Rügen und Vorhaltungen und ihr ›Ich hab's dir ja gesagt‹ anzuhören.« Und unter Tränen lachend fügte sie hinzu: »Zumindest ist er auf passende Weise gestorben, bei der vertrautesten Zatzke, einer, die wir kennen, und man muß nicht weit gehen, um ihn zu holen, nicht von einer fremden Frau...«

Die Mörderin, angezogen und trotz der Sommerhitze in eine Decke gewickelt, saß auf der Bettkante. Sie sagte: »Er hat dich sehr geliebt, Michael«, und ein wenig später: »Und auch mich. Es war Liebe. So hat er mir selbst gesagt: Komm, laß uns beschließen, daß es von jetzt an Liebe ist.«

Ich betrachtete sein ruhiges, glattes Gesicht, berührte seine Brust, die noch warm war, seine Hand, die bereits abkühlte, langsamer, als ich gedacht hatte, von den Fingern zum Körper hin. Diesmal hatte er nicht mehr Zeit gehabt, eine Zitrusfruchtschale darin zu zerdrücken, und mich durchzuckte der Gedanke, daß ich hier, ausgerechnet nach seinem Tod und nur an seinem Leichnam, seinen wahren Duft roch: den Duft der Liebe, den er im Leben zu verbergen und zu überdecken gesucht hatte.

Auch von ihr, von der Mörderin, die eingehüllt und zusammengekauert am Bettrand saß, stieg der Duft auf, genau der gleiche Geruch, ihrer und seiner, und sie sagte erneut, sei es an mich, das Dorf oder vielleicht die ganze Menschheit gerichtet: »Es war Liebe... Es war Liebe...«

Ich wollte auch seinen linken Armstumpf berühren, den ich zu seinen Lebzeiten oft angefaßt hatte, aber ich wußte, der Temperaturunterschied zwischen den beiden Armen würde mich zu Boden zwingen, und brachte nicht den Mut oder die Kraft dazu auf. Die »Geliebtenmannschaft« erschien, mit einem Arzt, der sagte: »Nichts mehr zu machen«, und einem leicht verwirrten Polizisten, dessen Zunge nicht wußte, ob sie reden oder Krümel zwischen den Zähnen entfernen sollte, als er fragte: »Sind Sie der Sohn?« und: »Sind Sie die Frau?«

Wir antworteten entsprechend, ich mit »ja«, sie mit »nein«, danach wurden noch ein paar weitere Fragen gestellt, Formulare ausgefüllt, Unterschriften geleistet, Stempel aufgedrückt, und Rachel rief unterdessen den alten Schuster an, der bei uns die Beerdigungsangelegenheiten regelte.

Zum Friedhof fuhr man damals an den Pflanzungen entlang. Der Weg führte nach Norden, umging einen niedrigen Hügel und endete in einem Wäldchen auf der anderen Seite. Als Vater starb, lagen dort schon ein paar alte Menschen, Gründer des Dorfes, nach denen heute kleine Straßen im Stadtzentrum benannt sind, und auch Gefallene des Unabhängigkeitskriegs, des Sinaifeldzugs und des Sechstagekriegs, und »weil die Juden keinen Verstand haben«, wie der Bräutigam schon damals sagte, hatten sie dort nicht genug Platz für die künftigen Gefallenen vorgesehen: die des Jom-Kippur-Kriegs, des Libanonkriegs und der Intifada. Daher mußten sie eine neue Militärabteilung auf der anderen Seite des Friedhofs anlegen, mit den unvermeidlichen Streitigkeiten – welche würdiger sei und ob man Leichen von einem auf den anderen Teil umbetten dürfe.

Vater wurde – obwohl Mutter meinte, »man hätte es arrangieren können« – nicht auf dem Militärfriedhof beigesetzt, wie sie es gern gehabt hätte, und auch nicht »unter dem Pfad, auf dem die jungen Mädchen zum Brunnen gehen«, wie er öfter scherzte, sondern nahe der Einfriedung. Einer der Trauerredner hatte sogar eine Idee: auf das Grab einen gepfropften Baum zu pflanzen, der Orangen, Zitronen, Mandarinen und Grapefruits trüge, und so kam es, daß ausgerechnet ich, der tieftrauernde Waisensohn des Verblichenen, bei der Beerdigung in Lachen ausbrach, denn Rachel flüsterte dem Arsch zu, und ich hörte es: »Dann schon besser einen Baum, der Proteine und Kohlenhydrate verbindet.«

Mordechai Joffe war allen bekannt, die Zitrusfrüchte anbauten – sei es einen Zitronenbaum im Hof, ein paar Grapefruitbäume hinterm Hühnerhaus oder zig Hektar Orangen für den Export. Alle Dorfbewohner kamen zur Beerdigung, und auch viele andere, von nah und fern. Sie warteten außerhalb der Mauern, bis die Torflügel aufgingen und die Familie Joffe herauskam, und folgten dann dem schwarzen Traction avant. Als wir das Dorf verließen und auf dem heißen Erdboden dem Friedhof zuschritten, geschah etwas, was sich, wie Gabriel sagte, ebenfalls »schön in die Atmosphäre einfügte«: Ein dunkelblauer Peugeot 403, der völlig unbemerkt unter den Kasuarinen an der Landstraße gewartet hatte, löste sich aus dem Schatten der Bäume und setzte sich ans Ende des Zuges. Eine große Frau, ein Barett auf dem Kopf, das verzweifelt ihre Locken zu bändigen versuchte, saß am Steuer, eine weitere Frau neben ihr und noch zwei saßen im Fond. Am Friedhof angelangt, sahen wir einen gemieteten Reisebus blauweiß am Straßenrand leuchten. Ein kleiner, kurzbehoster Fahrer kochte sich Kaffee im Schatten des großen Johannisbrotbaums, und ein Trupp Frauen wartete. Erst bemerkten wir sie gar nicht, denn Trauer, Reglosigkeit und die Liebe zu ein und demselben Mann hatten ihnen schon eine einheitliche Erdfärbung verliehen. Aber sie sahen den Trauerzug nahen, erhoben sich langsam und schlossen sich an, wahrten höflich kühle Distanz zur Familie und warme Nähe zu dem Toten.

Kein Mensch brauchte Erklärungen. Es waren die Zatzkes. Ihre Liebe zu Vater erklärte das erstaunlich langsame Abkühlen seines Leichnams, ihre Anzahl die Neugier, die ihm eigen gewesen war, und ihr Aussehen seinen duldsamen und vielseitigen Geschmack: Unter ihnen gab es Junge und Ältere, Dicke und Dünne, Fröhliche und Versonnene, Blonde und Dunkle, und keineswegs nur schöne Frauen, sondern auch gewöhnliche und ein paar häßliche. Ich versuchte sie zu zählen, brachte es aber nicht fertig, denn sie bewegten sich ständig und standen eng beieinander.

»Wie viele wohl mal zu meiner Beerdigung kommen werden?« lacht Ajelet hinter mir, als sie die Schilderung der Beerdigung ihres Großvaters liest.

Anders als du, meine Tochter, hat mein Vater mit seinen Geliebten nie Schluß gemacht, hat sie nur abrücken, wegbrechen oder entschwinden lassen, und wenn sie von der Sorte Frauen waren, die immer wiederkehren, sagte er nicht: »Ich wußte, daß du wiederkommen würdest.« Und anders als bei dir, Michael, bei dem die drei Frauen, die du in deinem Leben gekannt hast, alle mit dem Buchstaben A anfangen und alle drei groß und kräftig sind, fingen sie mit sämtlichen Buchstaben des Alphabets an, und es gab auch Schmale und Kleine unter ihnen. Aber alle verströmten sie den guten, tränentreibenden Duft von Zitrusfruchtschalen, der von vorheriger Abstimmung zeugte, und alle hatten sie das Zeichen im Gesicht. Keinen Strich auf der Stirn und keine Narbe, auch keine Nichtnarbe und keine Tätowierung eines Geheimordens, sondern eine kleine Falte, bei der nicht die Position zählte, sondern ihre Ausprägung. Bei der Mörderin fiel sie sehr ins Auge, bei anderen etwas weniger und bei wieder anderen war sie verschwommen, fast verborgen. [*Kam er von vornherein wegen dieser Linie zu ihnen? Oder ritzte seine Liebe zu ihnen, ihre Liebe zu ihm, ihnen dieses Zeichen ins Gesicht?]

Das ganze Dorf musterte sie höchst interessiert. Hier und da erkannte man Gesichter, zeigte mit dem Finger, flüsterte Namen. Aber sie – vielleicht wegen der Sicherheit, die ihnen ihre große Anzahl verlieh [vielleicht wegen der Sicherheit, die jedes Rudel seinen Angehörigen gibt] – reagierten nicht, nicht mal mit einem

Blick. Sie musterten uns nicht, sondern blickten einander an, einige mit einem Nicken, das besagte »ich erinnere mich an dich«, andere mit leicht erhobener Nase und einem stillverwunderten »Was, du auch?« und vor allem in Erkenntnis dessen, was sie ohnehin gewußt und akzeptiert hatten – ich bin nicht die einzige.

Die Mörderin ging zwischen ihnen umher, tauschte Grüße und tuschelnde Worte. Und Mutter ignorierte alles, stand aufrecht da, verhärtete ihren Blick und tat, als würde da irgendein Mann begraben, einer aus der großen Sünderschar. Nur einen Moment verzog sich ihre Miene, und eine Halsader schwoll an: als der Arsch, die die ganze Zeit neben Rachel gestanden hatte, die wiederum neben mir stand, plötzlich die Gruppe der Joffes verließ und zur Gruppe der Liebhaberinnen überwechselte.

Wir lauschten den kurzen Nachrufen des Dorfvertreters und eines Mannes, der sagte: »Du, Motta, hast das Land gekannt und durchstreift« – Jahre später tauchte er als »Befehlshaber« des »Palmach-Parlaments« wieder auf –, sowie den Worten eines weiteren »Waffenbruders«, den keiner kannte, der uns aber alle verblüffte, denn er sah aus wie ein Spiegelbild von Vater: Gesicht und Gang waren sehr ähnlich, aber amputiert war der rechte Arm. Auch ein Trauerredner vom Verband der Zitrusfruchtpflanzer war erschienen, hatte dort aber seine Frau gesehen, das mitgebrachte Konzept zerrissen und den Ort verlassen.

Der alte Schuster hielt mir einen Zettel vor die Augen und geleitete mich mit dem Finger durch die Zeilen des Kaddisch-Gebets. Nach der Beisetzung, als die Joffes und die Dorfbewohner an Mutter vorbeidefilierten und ihr die Hand drückten, defilierten die *Zatzkes* an der Mörderin vorbei, lächelten, umarmten, küßten, flüsterten und vereinbarten ein Wiedertreffen. Eine sagte: »Er ist auf seinem Höhepunkt gestorben«, der Arsch setzte das gebührende »im wahrsten Sinne des Wortes« hinzu, einige *Zatzkes* lachten, andere nicht, und die Trauermenge tat, was Trauermengen nach der Beisetzung gewöhnlich tun – wogte zwischen den Gräbern hin und her, ballte sich zu Grüppchen, die Erinnerungen aufleben ließen, zerstreute sich zu Individuen in stillem Gedenken, verlief sich langsam und verschwand, bis nur noch Vaters Frauen übrigblieben, die sich um die Mörderin, um das Barett mit Locken und Peugeot und um den Arsch scharten.

Es schien, als warteten sie darauf, daß alle anderen endlich gingen und sie das frische Grab öffnen und gebührend Abschied nehmen könnten, und mir stand das Herz danach, dort zu bleiben und hinter der Mauer zu lauern, um zu hören, zu gucken und vor allem – wieder die Frau anzuschauen, die einmal das Mädchen aus Netanja gewesen und nun mit dem »Waffenbruder« gekommen war, dem armamputierten Freund, der einen Nachruf auf Vater gehalten hatte und ihm so ähnlich sah. Ich hatte sie mit Leichtigkeit erkannt, seine erste Liebe, die ihn geküßt und von einem anderen empfangen, ihren lebenden Ehemann betrogen, ihm aber nach dem Tod die Treue gehalten hatte, und prägte mir im stillen ihre Gesichtszüge ein, um künftig zu wissen, wie die wiederkehrenden Frauen aussehen. Ich blickte sie an, und sie erwiderte meinen Blick, aber ich kehrte mit meiner Mutter zum Joffe-Hof zurück, denn der Verstorbene und ich hatten sie schon mehr als genug betrogen, und trotz ihrer telefonischen Mitteilung über seinen Tod, hatte ich beschlossen, ihr während der Trauerwoche beizustehen. Aber Mutter erklärte, sie beabsichtige nicht zu trauern. Ihr genüge die Demütigung, die vor, während und nach seinem Ableben ihr Los gewesen sei, und sie habe keine Lust, sich wieder über die anzubietenden Erfrischungen zu streiten. »Setzt euch halt bei Apupa und Gabriel hin, lacht mit den *Zatzkes* und den *Fejgelech* und eßt Kuchen.«

Die *Zatzkes* kamen nicht, aber die *Fejgelech* bereiteten wunderbare Gifte zu, die ich liebend gern mit meinem Vater in Mutters Gedenken gegessen hätte. Wir saßen zusammen, blutsverwandte Joffes und angeheiratete Verwandte, Freunde vom Landwirtschaftsamt und aus der Jesreelebene und von der Palmach.

Sie erzählten Geschichten und Kuriosa, und ich merkte immer mehr, wie traurig und gebrochen ich war, bewegte Bilder und Erinnerungen im Herzen, und was mir von allein immer wieder in den Sinn kam, war der Satz, den er mir in bezug auf die Schwester des Piloten gesagt hatte.

»Geh ihr nach, ich möchte, daß du sie kennenlernst«, hörte ich ihn ein ums andere Mal gebieten. Aber bis zum nächsten »Tag der Zypresse« war es noch ein paar Monate hin, und ich wollte nur Anja, und vorerst traf eine höchst überraschende und aufregende Besucherin bei uns ein: Batjas Tochter Adelaide, meine Kusine aus Australien.

Kein Mensch hatte sie erwartet, nicht mal ich. Kein Mensch wußte, wie sie aussah. Adelaide wiederum hatte ein paar Touren durchs Land gemacht, und erst als sie bei dem baufälligen Gutshaus der Familie Reinhardt ankam, hatte man vom Sekretariat des Moschaws angerufen und gesagt, »hier läuft eine junge Frau herum«, von der man meine, sie sei eine von uns. Der Bräutigam, der die Dringlichkeit in Rachels Stimme heraushörte, lieh mir den Power-Wagon, damit ich über die Feldwege hinfahren und auf diese Weise den samstäglichen Verkehrsstaus ausweichen konnte.

Ein paar Leute erwarteten mich an der alten deutschen Kirche. Sie erzählten, die junge Frau sei »anscheinend« gegen Morgen eingetroffen und »anscheinend« die ganze Nacht den alten Weg der Deutschen zwischen den Hügeln gegangen, »weiß der Teufel, wer ihr von dessen Existenz erzählt hat«, und die Rinderstallbesitzer, die früh zum Melken aufgestanden waren, hätten sie auf dem Rasen sitzen sehen, »hier, genau da hat sie gesessen«, damit beschäftigt, sich auf einem kleinen Primus ihren Morgenkaffee zu kochen.

Sie dirigierten mich zum Kuhstall, gingen hinter mir her. »Da ist sie, da, jetzt, siehst du die große *Blondinka*, die dort rumläuft? Das ist sie.« Schon bohrten sich ihre Finger, die vorher nur von weitem auf sie gedeutet hatten, in meinen Rücken, drängten mich behutsam, aber nachdrücklich vorwärts: »Da, geh hin zu ihr. Das ist sie. Sieh mal, was sie will.«

Eine junge Frau: in weiten Safarihosen mit tausend Taschen und Reißverschlüssen, auf dem Kopf einen wundervollen Berg goldener Locken und an den Füßen schwere australische Arbeitsschuhe, wie es sich gehört, aber im Gegensatz zu allen Joffeschen Grundsätzen – ohne Schnürsenkel. Breitschultrig, goldäugig und voller Sommersprossen, sah sie meinem Großvater und meinem Vetter sehr ähnlich und, wie ich einige Jahre später feststellen sollte, auch meiner Tochter und war – wie diese drei – mindestens einen halben Kopf größer als ich. Sie musterte mich, kam näher, und wußte sie auch nicht, daß sie genau an der Stelle stand, an der unser Großvater die Wachhunde ihrer Großmutter getötet hatte, wußte sie doch, wer ich war, und wußte, daß ich wußte, wer sie war.

Ich ging auf sie zu. Sagte *»hello«* zu ihr, und sie antwortete mit *»good day«*, nahm den Rucksack ab, ging in die kräftigen Knie und holte Bilder heraus: noch Bilder von Über-alles, außer den wenigen, die Amuma vor Apupas reißwütigen Händen hatte retten können – »Wie er verstand, daß ›eine Frau nehmen‹, sie sich auf den Rücken setzen bedeutet«, sagte Rachel, »so verstand er, daß einen Trauerriß für seine Tochter machen bedeutet, es mit den Händen zu tun.« Ich erkannte sie mit Leichtigkeit, denn ihre Mutter und Schwestern hatten sie präzise und naturgetreu beschrieben. Da ist sie: Amumas kleine, wohlgeformte Gestalt, Apupas aggressives, brutales Gemüt, das die Fotografie trotz ihres Alters und Schweigens unterstrich.

Die große Blondinka richtete sich auf, studierte meinen Gesichtsausdruck, und wir beide wußten, daß wir den ersten Identifikationstest bestanden hatten. Sie trat auf mich zu mit einer Feierlichkeit, die mich hätte losprusten lassen, wäre ich nicht so erregt gewesen und hätten sich nicht ihre beiden warmen australischen Arme um meinen kühlen Hals geschlungen, ihre warmen deutschen Brüste an meine kalte Brust gedrückt und ihr warmer Joffescher Bauch an meinen eisigen Bauch gepreßt. Sie küßte mich auf die Lippen und sagte in ihrem heiteren australischen Englisch: »Ich bin Adelaide, Batjas Tochter.«

Dann ließ sie von mir ab, kramte erneut in ihrem Rucksack und zeigte mir andere alte Bilder, von ihren Vorvätern und Verwandten auf der Gegenseite – neben ihren Fuhrwerken, ihren Obstbäumen, auf ihren Kichererbsenfeldern, mit ihren Gänsen, Schweinen und Hunden: Frauen in weißen Kleidern, Männer mit Hosenträgern, Tirolerhüten und Reiterstiefeln. Da ist ihre deutsche Großmutter – Omama nennt sie sie, welch Überraschung! – mit ihrem strengen Gesicht und dem helmartigen Haarschnitt. Da ist das Bild der Söhne: Johann Reinhardt, der Alraunenmarkierer, ihr Vater, und Friedrich Reinhardt, ihr Onkel, stehen mit Stiefeln unter dem zwischen zwei Bäumen aufgespannten Spruchband mit der Aufschrift *Willkommen Parteigenosse. Halt. Hitlerjugend Waldheim.* Da ist das baufällige Haus, vor dem wir jetzt stehen, und der große Damaszener Maulbeerbaum, der damals gerade erst gepflanzt war, da sind die Palme und die Eiche, die noch existieren, und andere Bäume, die schon gefällt wurden. Da sind die beiden Hunde – welchen von ihnen hat Apupa mit dem Messer getötet und welchen mit dem Stock? Da sind die großen Leiterwagen von Karl Eppinger, die die Kalksandsteine vom Bahnhof Tel Schamam geholt hatten und unterwegs einem großen jungen Mann mit einer kleinen jungen Frau auf dem Rücken begegnet waren.

»Auf diesem Weg bin ich gekommen«, sagte sie, zeigte dabei, eine nach der anderen, Kopien alter deutscher Kartenblätter in dem riesigen, offenherzigen, freigebigen Maßstab von eins zu zehntausend – straßenfrei und häuserleer, voll mit längst gefällten Bäumen, mittlerweile zugeschütteten Rinnen und mit Höhenlinien, von denen viele bereits planiert und überbaut worden sind.

Ihr Finger fuhr darüber hin, von Neuhardthof bei Tirah –

»dort ist heute nichts mehr«, sagte sie – zu der deutschen Kolonie in Haifa und von dort zur Bahnstation – »dort gibt es ein schönes Marmorrelief von einer alten Dampfeisenbahn« – und weiter zum »Checkpost«, wo sie Narzissen gesucht hatte, denn »Mutter hat gebeten, ich sollte nachgucken, ob sie da noch blühen, aber es gibt dort nicht nur keine Narzissen mehr, sondern auch keine Erde.«

»Doch!« Ich wurde hellwach. »Ich geh mit dir hin und zeig sie dir. Es sind noch ein paar Narzissen übriggeblieben, aber man muß wissen, wie und wo man suchen soll.«

Von dort war Adelaide an der zerstörten alten Bahnlinie bis zur alten Brücke über den Kischon weitergegangen. »In den Geschichten meiner Mutter ist das ein hübscher Bach, und jetzt ist es ein stinkender Kanal.« Dort war sie auf die Straße hochgestiegen, von der sie nach dem Kibbuz Scha'ar Ha'amakim in das Wadi einbog, in dem schon die Deutschen eine Straße zu ihren beiden Kolonien gebaut hatten.

»Wie ich's gefunden habe? Mit Hilfe der violetten Blütenpracht aus den Geschichten und nach der alten Landkarte und nach ihren Chausseesteinen und den alten Wagenspuren.«

Der Power-Wagon zauberte ein freudiges Lächeln auf ihr Gesicht. »Nicht mal auf den australischen Farmen gibt's solche, ich möchte ihn fahren«, sagte sie.

»Dazu brauchst du Onkel Aarons Genehmigung.«

Ihre Hand packte mich im Nacken. »Ich möchte fahren!« wiederholte sie.

»Hier herrscht Rechtsverkehr, du wirst einen Unfall bauen.«

»Wir fahren auf einen Feldweg runter. Da gibt's keine Fahrbahnen.«

»Aber du bist gewohnt, mit der linken Hand zu schalten.«

»I'm ambidextrous«, erklärte sie, und als ich fragte: »Was ist das?«, sagte sie: »Meine beiden Hände sind gleich, arbeiten gleichermaßen.«

Sie fuhr wie Gabriel, genauso geübt und flüssig, als hätte sie mit ihm beim Militär trainiert: Sie nahm den höchstmöglichen Gang, bremste vor dem Hindernis, fuhr schräg und beschleunigt darüber, glitt um die Kurven und lachte wie ein Kind. Meine Fontanelle rauschte, mein Herz pochte rasant, Tante Batja hatte mir aus Australien eine Kompresse gesandt.

Als wir zum Joffe-Hof hinauffuhren, wurde sie ganz aufgeregt und sagte, auch ihr Hof in Australien, den ihre Mutter nach der Scheidung von ihrem Vater aufgebaut habe, sei von Mauern umgeben und habe große Tore und Dornenhecken – aus Bougainvilleen, Rosen, Brombeeren und Feigenkakteen.

Die ganze Familie Joffe kam heraus, um sie zu sehen. Stille herrschte. Erst stand Adelaide vor dem Erschießungskommando der Augen, dann schoß sie zurück. Zunächst auf Apupa, der in seinem Inkubator lag, mit einem überraschten, traurigen und erbarmungslosen Blick, danach ging sie – wie ein fremder Regierungschef in einem fernen und mißtrauischen Land – von Joffe zu Joffe, drückte Hände, fixierte mit goldgelben Augen, wiederholte alle Namen. Und schließlich organisierte Rachel einen Begleitzug zum Friedhof, wo Adelaide wortlos an Amumas Grab stand.

Wir kehrten heim. Die Besucherin ging zu Pnina hinein, kam heraus und sagte, die Dunkelheit helfe, denn anders als die übrigen Joffes sehe Pnina genauso aus, wie ihre Mutter sie beschrieben habe. Dann zog sie eine zusammengefaltete Skizze aus der Tasche, sagte, sie müsse »was tun«, und ging in die alte Baracke. Alle erstarrten auf dem Fleck. Man hörte einen Knall, eine Holzlatte bersten, dann kam Adelaide heraus, ein loderndes Haarbüschel in der Hand, genau wie das auf ihrem Kopf.

»Das nehme ich mit nach Hause, für meine Mutter«, sagte sie. »Ich hab auch was dabei, das ich euch von ihr zurückgeben soll.« Sie entnahm ihrem Rucksack ein kleines Päckchen, und als sie die Knoten löste, riefen alle – die, die es gesehen, und die, die nur davon gehört hatten, gleichermaßen: »Das Mäntelchen!«

Kichern war zu hören, einige Augen vergossen Tränen, ich sagte: »Ich dachte, es wäre viel güldenlichter«, aber im stillen natürlich, und meine Mutter, die bis zu diesem Moment nicht gesprochen hatte, sagte: »Ich hab's euch ja gesagt: Das Mäntelchen ist bei ihr.«

Wir setzten uns zum Mittagessen. Adelaide war verwundert, als wir die Fenster aufmachten, lachte, als wir ihr den Spruch »das Püree ist hin, aber die Scheibe wär gerettet« übersetzten, umarmte und schnitt das Brot wie Joab, Sohn der Zeruja. Da nun wagte einer der fernen Joffes – er war zur Trauerwoche für meinen Vater gekommen und danach geblieben, um bei Rachel zu schlafen, aber ich weiß nicht mehr, wer und woher er war – das zu fragen, was wir uns alle nicht zu fragen getraut hatten: »Und wann kommt Batja zurück?« Denn viele Versprechungen und Prophezeiungen warteten auf den Termin ihrer Rückkehr.

Stille trat ein. Adelaide sagte, ihre Mutter würde weder wiederkommen noch schreiben und wolle auch nicht mehr zur Familie gehören, erst recht, seit Amuma gestorben sei und Hirsch ihr das Telegramm geschickt habe und nicht ihr Vater oder eine ihrer Schwestern.

»Man muß eine Aussöhnung herbeiführen«, sagte Rachel.

»Nicht nötig«, sagte Adelaide. »Es ist viel Zeit vergangen, Australien ist weit, und ihr kennt meine Mutter, sie hat dort ein sehr gutgehendes *Business*, ihr werdet nicht glauben, wovon wir leben.«

»Was gibt's da zu raten?« sagte Rachel. »Ihr habt eine kleine Eiskremfabrik.«

Alle lachten, aber die Atmosphäre wurde immer drückender, bis Adelaide weitere Fotos hervorzog und wir die heutige Batja sahen, immer noch klein, wohlgeformt und kühn dreinblickend und nun auch von Arbeit, Sonne und Zeit gerunzelt.

»Sie hat sich nicht viel verändert«, sagte der Bräutigam und fragte, ob er die Bilder nehmen und Pnina zeigen dürfe.

»Lieber nicht«, sagte meine Mutter, und Rachel bemerkte: »Sie könnte weinen, und was wäre dann mit ihrer Schönheit, die nur dir gehört, Aaron?«

Der Bräutigam war nahe daran, zu platzen, Rachel sagte: »Wir sind alle schon böse mit dem Spiegel, und er hat eine Prinzessin dorten«, und ich weiß nicht, was passiert wäre, wenn die alten Bilder, die Adelaide mitgebracht hatte, nicht von Hand zu Hand gegangen wären und Gabriel nicht plötzlich gefragt hätte: »Und wer ist die?«

»Das ist Tante Berta«, sagte Adelaide.

»Ich kenn das Kleid, das sie anhat«, sagte Gabriel, rannte zum Schrank und kam darin zurück.

Wie ein Sturmwind platzte Adelaide in unser Leben, fegte Mauern und Zäune hinweg, zerbrach Fensterläden, riß alte Bäume der Erkenntnis aus, brachte eine neue und erneuerte Kaskade an Erbgut mit: das Gen der goldenen Haare, das Gen der Körperkräfte, die romantische Praktik und die praktische Romantik, die sie von ihrem Vater, und die Lust auf Rache und Süßes, die sie von ihrer Mutter geerbt hatte. Und wichtiger als all das: den Hauch der großen Entfernungen, der Entfernungen zwischen ihr und uns, zwischen ihrem und unserem Land, der Entfernungen in den ihr überlieferten Erinnerungen ihrer Großväter und Großmütter, die weite, leere Wege in einem weiten, leeren Land gewandert waren. All diese Entfernungen atmete ihr Körper auf unsere kleinen Felder, die wir gepflügt und gesät, unsere kleinen Häuser, die wir erbaut, unser kleines Land, das wir erlöst, die kleinen Erinnerungen, die wir an unsere Fesseln gekettet, die kleinen Leute, die wir über uns gesetzt hatten, die leere Grube ohne Wasser, in der wir trotzdem ertranken.

Und die Entfernungen an ihrem Körper: die feste zwischen ihrer Halsmulde und der Wölbung ihres Fußes, die wechselnde zwischen ihren Knien, das große Dreieck, dessen Spitzen die beiden Kuppen ihrer Brüste und ihr stolzer Venushügel bildeten, die Adlerspannweite ihrer Arme und der große Abstand zwischen ihren Augen.

Ich liebte sie. Ihr Körper flößte mir Kräfte ein, heilte meine Wunden, stärkte meinen Leib. Ihr Fleisch füllte etwas von dem auf, was mir Vaters und Anjas Von-dannen-Gehen genommen hatte. Ihre Gedanken waren ruhig und gelassen, ihre Seele, wie die Seelen großer Tiere, entspannt und selbstsicher. Ein paar Wochen segelte ich in ihren Weiten, beschattete meine Augen, während ich auf ihren Schultern stand, meine Hand an ihren Hals gestützt, meinen Kopf den Echos in ihren Ohrmuscheln zugeneigt, und schon glitt ich die Hänge ihrer Brust hinab, zu der golden gewölbten Terra cognita ihres Bauches. Ich blickte sie an und sah Apupa in seiner Jugend und ihre Mutter als Kind, und in der ersten Nacht, in der wir zusammen waren, flüsterte sie mir zu: »Ich werde dir von ihr erzählen, Michael, etwas, das ich dem Rest der Familie nicht erzählen werde.« Und sie erzählte mir, wie die Reinhardts, allen voran ihre Schwiegermutter, ihr zugesetzt, sie verfolgt und für ihre Vertreibung verantwortlich gemacht hatten und wie ihre Mutter sich einige Jahre nach der Ankunft in Australien von ihrem Vater hatte scheiden lassen: »Ist aufgestanden und von dannen gegangen, wie nur sie es kann. Hat mich genommen und ist ihnen entschwunden, wie sie euch hier entschwunden ist.«

Ein paar Jahre lang, erzählte sie, hatte ihre Mutter eine Schafsfarm geführt. »Dort habe ich reiten und Auto fahren gelernt und bin mit ihr Wildesel fangen gegangen, solche Esel, die in Australien vor vielen Jahren verwildert sind, und die Farmer knallen sie aus Hubschraubern ab, aber Mutter wußte ihnen Worte zu sagen, auf die hin sie ihr nachliefen wie eine Herde Schafe. Später sind wir in die Stadt umgezogen, und unsere Tante hat recht. Sie hat tatsächlich einen Eiskrembetrieb aufgemacht. Aber nicht das wollte ich dir erzählen. Ich wollte dir erzählen, daß wir nachts beide in einem Bett schliefen und ich sie jede Nacht, vor dem Einschlafen, wenn sie meinte, ich schliefe schon, Namen deklamieren hörte. Sie lag auf dem Rücken, wie tot, und sagte sie auf, immer dieselben Namen und immer in derselben Reihenfolge, und erst als ich sechzehn war und sie körperlich schon weit überragte, wagte ich ihr zu sagen, daß ich mitgehört hatte, Nacht für Nacht, sie auch schon auswendig wußte, und sie sagte, das seien die Namen entlang der Straße mit den Zypressen, die nach Hause führe, und sie sage sie sich auf, um nicht zu vergessen, nicht verrückt zu werden, als ginge sie heim – stiege an der Landstraße aus dem Bus, ginge die Straße zum Dorf und dann den Hang hinan, deklamiere die Namen im Gehen.«

Zwei Finger von Adelaide gingen auf meinem Rücken auf Wanderschaft, fuhren die Wirbelsäule hinauf, und ihr Mund flüsterte die Namen, die ich allesamt kannte und erinnerte, und ich sagte nicht, daß einige längst gestorben, andere weggezogen und auch neue dazugekommen waren, seit ihre Mutter in die Verbannung gegangen war.

Später, während sie mich stupste und drehte und einen Kratzer hinterlassenden Finger zur Narbe führte, vom Eintrittsloch zum Austrittsloch, sagte sie: »Ich denke, sie hat das noch aus einem weiteren Grund getan, nämlich weil euer Land so klein ist, nur Zeit habt ihr, Entfernungen aber gar nicht. Vielleicht seid ihr deswegen nur gut im Erinnern und Prophezeien.«

Fünf anstrengende Wochen verbrachte ich in Gesellschaft meiner Kusine, und ich verstand langsam sowohl Amumas Liebe zu Apupa als auch ihre Klagen über seinen Körper. Eine Rippe brach mir zwischen ihren umschlingenden Armen, und mein Leib bedeckte sich mit blauen, gelben und schwarzen Flecken – die verschiedene Genesungsstadien anzeigten.

»Sag ihr, daß du erst vor einem Jahr aus dem Krankenhaus gekommen bist!!« lachte Gabriel, aber ich ertrug meine Leiden heldenhaft. Ich liebte ihre Kraft, ihre Größe, ihr Gewicht und ihre

Leidenschaft, die ich nicht immer befriedigen konnte, und ihren gewaltigen Zorn, wenn sie nicht gekommen war. Als sie dann eines Tages Gabriel das weiße Kleid ihrer deutschen Tante Berta wegnahm, die von dort mitgebrachten und die hier aufgenommenen Fotos einpackte und sagte, sie müsse heimkehren, wurde mir traurig ums Herz. Ich wußte, sie würde nicht wiederkommen und ich nicht zu ihr fahren, aber neben der Trauer lächelte Erleichterung. So ist das bei mir, nicht bei uns allen in der Familie.

In den ersten Monaten nach ihrer Abreise schickte sie mir alle paar Wochen das Foto eines Körperabschnitts: Schulter, Brustspitze, gerundetes Knie, Arm, Schädel, Scham, linkes Auge, Kinn mit halbem Mund und so einige Nabel – jedesmal in einer anderen Ecke des Bildausschnitts. Ich hob sie auf, um mir daraus eine ganze Adelaide schaffen zu können, aber sie sandte mir nie Hände und Füße, weder einen ganzen Mund noch das rechte Auge. Doch mir genügt das, um mich ins Vergessen zu onanieren, und wann immer ich sie haben will, entsteigt sie meiner Erinnerung: ihre Lockenschlangen, die unendlichen, hellen Ebenen ihres Rükkens, der Brunnen ihres Nabels, der Weizenhügel ihres Bauches, die Mutmaßung ihres Rückens, die Dünen ihrer Lenden. Wie eine Möwe ihr Nest anfliegt, so erinnere ich das Kliff ihrer Rippen, breite vor der Landung die Schwingen aus. Ich lächle im stillen, orientiere mich im Verlauf der fruchtbaren Felsspalten und Hügelflanken, entdecke Spuren und rufe wieder »Land in Sicht, Land in Sicht!« Bin ganz und gar Auge und Nase und Lippen und Haut, Fleisch und Erinnerung, Blut und Finger.

Gabriel sagte eines Tages plötzlich am Familientisch: »Habt ihr gemerkt, was in der letzten Zeit mit Michael los ist?«

»Was?« fragte Rachel.

»Er ist losgesegelt und an denselben Punkt zurückgekehrt, und so hat er bewiesen, daß die Frau rund ist.«

Hirsch lachte, erstickte schier, und Rachel sagte: »Kapier ich nicht. Erklärt mir mal. Ich verstehe nicht.«

In den Monaten nach meiner Entlassung aus dem Krankenhaus verstärkten sich noch die Liebesbande zwischen meinem Vater und mir. Er gab mir zu essen, machte mir Mut, brachte mich zum Lachen, unterhielt mich während der schmerzhaften und langweiligen Übungen zur Rehabilitation. Als ich ein wenig gekräftigt war und das Rütteln unterwegs ertragen konnte, nahm er mich mit auf Fahrten, die er im Rahmen seiner Arbeit machte: zu Orangenhainen, Packhäusern und zu dem kleinen Wadi in Galiläa, in dem er vor Jahren eine Versuchspflanzung mit Zitrusfruchtbäumen angelegt hatte. Erst vor ein paar Tagen war ich dort, um auch davon Abschied zu nehmen: Der Zaun ist niedergerissen, der kleine Baumgarten der Vertilgung und Zertrampelung preisgegeben, Ziegen und Wildschweine fressen die Früchte, die Vater einst pflückte und untersuchte, uns und den Fachleuten vom Landwirtschaftsamt brachte, nun fallen sie ab und verfaulen am Boden.

Dieses Feldstück hatte Vater in den fünfziger Jahren erhalten. Er pflanzte und kreuzte dort die verschiedensten und seltsamsten Arten: Grapefruits aus dem Iran mit pergamentdünner Schale, süße indonesische Zitronen, duftende Klementinen aus Nordafrika und die Früchte, die ich von frühester Kindheit an liebe – die spanischen Blutorangen, die er mir zu Mutters Unwillen auspreßte. Damals erzählte er mir nicht, daß er dieses Feld hatte, sondern erfand allerlei Geschichten für mich: »Guck mal, was für Apfelsinen mir meine gezähmten Vampire gebracht haben. Die ganze Nacht sind sie von Sevilla hergeflogen!«

Wie er so arbeitete und wachte, von jeder Frucht des Gartens kostete, sah mein Vater für mich aus wie der erste Mensch in seiner Ecke. Wir schlenderten zwischen den Bäumen umher, Vater untersuchte Pfropfstellen, schnupperte an Knospen und Früchten, prüfte Schädlingsbefall, entnahm Proben, schälte Schalen. »Siehst du? Das sind die Mandarinen, die auch Leute wie du mit einer Hand schälen können. Meine Erfindung!«

Keiner außer uns besuchte den Ort. Niemals sah man in seiner Erde Spuren außer denen, die mein Vater selbst hinterlassen hat, und meine jetzt und die von Tieren, doch heute entdecke ich zuweilen auch die Mulde eines Frauenabsatzes: eine seiner *Zatzkes*? Eva? Die den Weg zurück in den Garten gefunden hat?

Ich habe mir eine Gewohnheit zugelegt: Alle paar Wochen gehe ich dorthin, um mich an ihn zu erinnern und ihn zu beweinen, und vor einer Woche bin ich, wie gesagt, hingegangen, um Abschied zu nehmen, Schalom zu sagen und in unserem besonderen Fall vielleicht auch auf Wiedersehen. Von lebenden Menschen verabschiede ich mich durch Berührung, mit Worten, einem Gedanken, einem Blick. Aber von Menschen, die vor mir gestorben sind, muß ich mit Hilfe von Orten Abschied nehmen, und zum Abschied von meinem Vater ziehe ich seinen Zitrusfruchthain in Galiläa seinem Grab im Dorf vor. Auch dorthin gehe ich, aber nur zum Säubern und Gießen, und auch dort frage ich mich lächelnd: Welche Zatzke hat ihm die Kieselsteine vom Kinneret draufgelegt? Hat er sie auch für sie von Ufer zu Ufer springen lassen?

Auch von Uri nehme ich Abschied. Bei Nacht spüre ich plötzlich seinen Schatten, stehe auf, gehe hinaus und durchstreife die Zimmer. Schalom, mein Sohn – das große, stille Versäumnis meines Lebens. Wer wüßte besser als ich, wie offen, ehrlich und liebevoll Vater-Sohn-Beziehungen sein können. Aber, wie Rachel sagt: Nicht nur zum Heiraten braucht man Verstand, auch Kinder muß man sich auszusuchen wissen, und Eltern erst recht. Einen Augenblick erschauere ich, wie der Schatten eines Toten wandelt er umher, doch sofort sendet meine Fontanelle beruhigende Signale, es ist keine Prophetie, nur Vergleich, nur Phantasie. Er trinkt Wasser. Er geht hinaus. Er schlendert über den Hof. Und plötzlich noch ein Schatten, bleich, glanzvoll, gesellt sich dazu – Pnina. Es scheint, es ist nicht ihr erstes Treffen. Nachtgeschöpfe, zwei Gefangene der Familie, sitzen auf der untersten Stufe der

Holzveranda und reden. Worüber? Zu meiner Verblüffung höre ich Pnina plötzlich lachen. Alle wissen, daß Uri Leute zum Lachen bringen kann, aber Pnina? Ist sie fähig zu lachen?

Bei seiner Rückkehr lugt er in mein Zimmer und sieht mich am Computer.

»Was'n das? Du bist noch wach?« fragt er, ahmt seine Mutter nach.

»Was'n das? Du gehst nachts spazieren?« ahme ich meine Mutter nach, und mein Herz ist voll Liebe.

Würde man mich fragen – was man besser nicht tun sollte –, welchen meiner Zwillinge ich mehr liebe, würde ich sagen Ajelet. Aber in den Momenten, in denen ich Liebe für Uri empfinde, gibt es keine größere als diese.

Sie bitte ich, mich nach Tel Aviv mitzunehmen. Häufig fährt sie dorthin, um Freunde zu sehen, Importeure zu treffen, bei denen sie Getränke einkauft, und um »eine Immobilie zu begukken«, die sie für Rachel begutachten soll. »Warum? Weil, bald nachdem ich tot bin, deine Tochter die Familie an meiner Stelle führen wird.«

Die Ajelet von Tel Aviv ist anders als die Ajelet vom Joffe-Hof und als die Ajelet vom Joffe-Pub. An allen drei Orten ist sie dominierend, fröhlich und selbstsicher, aber gerade in Tel Aviv, wo sie Gast ist, läuft sie mit Besitzergehabe herum, wie Apupa in den Tagen, als er noch Felder besaß: Sie markiert, prüft, erklärt und zeigt, und einmal erzählte sie mir auch von einem Kavalier, der nie bei uns war, und fügte unvermittelt an: »Der einzige, den ich geliebt habe, Vater.«

»Warum hast du dich plötzlich an ihn erinnert?« fragte ich, denn im Gegensatz zum Polizeiinspektor braucht die Erinnerung Gründe.

»Weil wir genau hier gesessen haben, die ganze Nacht, haargenau hier in diesem Sand. Und am Morgen sind wir aufgestanden und hierher gegangen, er hat da gestanden, und ich habe mich an diese Stange gelehnt, und so haben wir uns das letzte Mal verabschiedet.«

»Wieso hast du mir bis heute nichts von ihm erzählt?«

»Weil ich nur von denen erzähle, mit denen ich Schluß mache, nicht von denen, die mit mir Schluß machen«, und nach einem belustigten Blick: »Es gab noch nichts zu erzählen. Kaum hatte es angefangen, war es vorbei.«

»Das hört sich nach einer großen Liebe an.«

»Ja, Vater«, sie lächelt plötzlich mit dem Mund voller Tränen, »das war er. So tröstest du deine Tochter? Was ist mit was von Umarmung und Kuß?« Und als ich sie in die Arme schließe, reicht mein Kopf an ihre Wange.

Sofort faßt sie sich wieder: »Damals war Liebe noch Liebe!« erklärt sie.

»Und wie weiß man es?« frage ich sie, nicht wie ein Vater seine Tochter fragt, sondern wie ein Sohn seinen Vater. »Wie weiß man, daß es große Liebe ist? Mit dem Auge kann man es ja nicht sehen.«

»Die Sache ist so: Du legst den Kopf auf ihren Bauch, oder auf ihren Schenkel, und sie spielt mit den Fingern in deinem Haar, und wenn ihr dann die Ecken voneinander seid – dann spürt man es.«

[*Relaisstation. Eine Röhre und weiter nichts. Ich habe von vorigen Generationen an die Nachkommen weitergeleitet, ihnen zuströmen lassen, aber nichts eigenes vererbt. Nur ein paar Sternchen und eckige Klammern, die ich nicht mehr ausarbeiten konnte, und ein paar Schrägstriche, die es noch zu lösen gilt – die meisten habe ich übrigens erledigt, und das mit unerwarteter Entschiedenheit, und, als ständen mir Ingenieur Florentals Chemikalien zur Verfügung, auch keine Spuren davon hinterlassen. Aber einige habe ich stehenlassen, sowie auch Ausdrücke, die man in Erinnerung behalten, zwischen den Zeilen auflesen und alphabetisch ordnen muß, und Verbindungen heißt es zu benennen und Knöpfe anzunähen, Pfade zu begehen und Felder abzubrennen.]

Ja denn, ich verabschiede mich. Nehme Abschied von Menschen, von Orten, mal mit einer Berührung, mal mit einem Besuch, mal im Gedankenflug, mal auf Höhe der geschlossenen Augen. Vor allem aber verabschiede ich mich auf die mir längst geläufige Weise: durch ein Gespräch in meinem Herzen, ohne daß jemand es weiß oder hört. Und nicht im Ärger, sondern in Dankbarkeit. Für die Bilder, Gerüche und Aromen, die Stimmen und Berührungen. Rachel danke ich für ihre Geschichten, Gabriel für seine Liebe, Elieser für das Rasiermesser und den Begriff »Cuvier-Knochen«, den er mir im richtigen Moment meiner Kindheit vorstellte. Und Pnina für ihre Schönheit und für den Begriff des »langen, sauberen La« der Trompete, den ich erst letzthin richtig verstanden habe, als Ajelet das tat, was kein Joffe vor ihr zu tun wagte: Sie holte Dimitris Freund, einen Jazzmusiker, der sich mitten in den Hof stellte und blies und blies und blies. Pnina machte das Fenster nicht auf, aber Aaron sprang aus seiner Grube wie Archimedes aus der Badewanne, schnappte von meinem Tisch das Rasiermesser, das Elieser mir dagelassen hatte, lief zu dem Musiker und hielt die Klinge vor den goldenen Schlund, drehte sie in dem Klang und gab sie mir wieder mit den Worten: »Jetzt ist sie richtig scharf.« Auch von dir, Aaron verabschiede ich mich, und von deinem Vater, obwohl ich zu ihm keine warme oder gute Verbindung habe.

Von dem Haus, in dem Anja mir den Kopf rasierte, kann ich nicht Abschied nehmen, denn es ist bereits abgerissen und ein Heimwerkermarkt geworden. Auch von dem abgebrannten Feld kann ich mich nicht verabschieden, weil heute ein Wohnviertel darauf erbaut ist. Aber ich verabschiede mich von seinem Zwilling, dem Wortfeld: Feuer, Flamme, Brand, Hitze, Lohe, Licht, Lux, Funken, Rösten, Brandwunde, Kohle, Asche, Prasseln, Stieben, Glut, Rauch, Blitz und ein leises Säuseln.

Wie ich, so Apupa. Tut, als ob der Tod naht. Macht kleine Touren zum Abschiednehmen von Orten, von Erinnerungen, oder genauer gesagt – von Erinnerungen, die einen »Ort« schufen, von Orten, die »Erinnerung« prägten. Aber ich räume den Tisch auf und säubere ihn, bin Herr des Terminplans und lasse keine losen Enden stehen – und er, befallen von der Unruhe einer Frau vor der Niederkunft, räumt wieder und wieder das Haus auf, macht Schränke auf und zu. Wechselt Regalbewohner und Schubladeninhalte. Unablässig spielt er am Regler seines Inkubators, gefriert sich, als trainiere er das Kommende, und kehrt in die Gegenwart und Wärme zurück.

Dauernd verlangt er, daß wir Ausflüge mit ihm machen. Früher lagen zwei oder sogar drei Monate zwischen diesen Fahrten, jetzt möchte er jede Woche hinaus.

Gabriel kommt und sagt zu mir: »Bitte den Bräutigam um den Power-Wagon.«

»Aber wir haben ihn doch erst vor zwei Tagen genommen.«

»Sag ihm: Apupa verlangt es!«

Ich gehe zur Baracke, öffne den Grubendeckel [die Tore des unterirdischen Hofs]. Kühle, etwas feuchte Luft steigt von dort auf, und ein schwacher Geruch nach Werkstatt. »Aaron!...«, rufe ich, und der Name des Bräutigams fällt in den kurzen, leiterversehenen Schacht hinab, breitet sich über die Gräben und Tunnel aus, prallt an die engen Wände, steigt und fällt auf den verschiedenen Ebenen, hallt durch all die verborgenen Gänge, Räume und Zellen – »Aaron... Aaron...«

Nach ein paar Minuten höre ich aus der wieder geschlossenen Stille eine schwache Antwortstimme: »Ich renne...«, und lache. Der Lärm laufender Giranten, ein tastender Lichtstrahl, und der Bräutigam, auf seiner Holzplatte sitzend, eine Grubenlampe an der Stirn, erscheint und hebt den Kopf zu mir: »Was willst du?«

»Apupa möchte ausfahren.«

Er seufzt, »schon wieder?«, murmelt etwas vom *Zwischengas* zwischen zweitem und erstem Gang, dessen optimale Tiefe wir immer vergäßen, warnt zum tausendsten Mal vor der harten

Kupplung, klettert aber die Treppe zu mir herauf und legt mir die Schlüssel in die Hand. Aaron wirft nicht zu und läßt nicht von Hand zu Hand schnellen. »Wie eine Schwester im Operationssaal muß man's richtig anreichen.«

Die Tore des Joffe-Hofs öffnen sich weit, der alte Power-Wagon gleitet in die ›Allee der Ersten‹ und weiter zur Hauptstraße, mischt sich dort zwischen die funkelnden kleinen Autos, die vor ihm zurückschrecken wie die Besucherinnen des örtlichen ›*Gym*‹ vor einem alten, dreckigen Obdachlosen. Der Karmel erstreckt sich gegenüber, die Hügelkette zur Rechten, die Jesreelebene unter uns. An der Ampel bei der Ausfahrt aus der Stadt rumpeln wir unverfroren schräg auf den Gehsteig an der Tramperstation, biegen nach links und überqueren eine breite, trockene Abflußrinne, und dann *yalla*, Apupas Enkel-Engel, vorwärts, nicht zu schnell, damit Apupa und der Power-Wagon nicht zu Schaden kommen – »beide sind alt«, ermahnt uns der Bräutigam, »und für beide gibt es keine Ersatzteile mehr« –, auf gen Westen, hü auf die Felder. Sie gingen auf Ausflug zu gelungener Stunde, Perez und Serach, Friede und Segen.

Der Power-Wagon ist nicht mehr vollgestopft mit Arbeitsgerät wie zu den Zeiten, als ich mit Aaron zu Reparaturen und zum Scherenschleifen fuhr, und enthält auch keine Bahren mehr. Jetzt ist ein hohes, stabiles Brett darin angebracht, auf das wir Apupas Inkubator schnallen, damit er sich die Landschaft begucken kann. Und was ich hier schriftlich tue, tut mein Großvater mit Rufen, Blicken und mit großer, deutender Hand: »Genau hier« hatte er eine Schlange gepackt, »eine armdicke Viper« und »genau hier« hatte er einen Fuchsbau entdeckt und Amuma zum Anschauen hingeführt. Und »genau hier« waren sie den Deutschen begegnet. »Wie die gestaunt haben, als sie mich sahen, mit ihr auf dem Rücken! Die einen kamen von hier, die anderen von dort, und als ich kam von Padan, fällt mir die Geschichte ein, starb mir Rachel im Land Kanaan und wurde dort begraben, und ich spüre noch, liebe Kinder, ihre Brust an meinen Rücken drükken.«

Nicht weit von hier, von einem der Hügel, beobachtet uns Alexander Seid, den Großvater gekannt und geliebt hat, auch er ein Mann unter Männern, ein Wächter und *Sibiriak*, und nun sitzt er hoch auf seinem Bronzepferd. »Warum blickt er immer nur dorthin?« wollte Gabriel in unserer Kindheit wissen, als Apupa uns auf Ausflüge mitnahm und nicht wir ihn. »Was macht er denn, wenn der Feind von hinten kommt?«

Am Ende des Frühjahrs und zu Sommerbeginn sammle ich hier Samen von rosa Flachs und blauen Disteln, und genau an der Stelle, an der Amuma und Apupa den steinbeladenen Fuhrwerken der Deutschen begegnet waren – Mohnsamen. Den Mohn mag ich besonders. Seine Saison ist lang, und wie die Feige und ihre Früchtchen reicht er mir jeden Tag eine neue Blume. In der Hochsaison findet man an ein und derselben Pflanze Knospen, Blüten, grüne und trockene Kapseln, die winzigen Salzstreuern ähnlich sehen. Und Anfang Juli sammle ich, nicht weit von dort, die Samen der Strauchwinde, die mitten im dürren Sommergelb kraftvoll in zartrosa Büscheln zu blühen vermag. All das zeige und erzähle ich Apupa und Gabriel, die kein Interesse an Wildblumen haben, aber geduldig zuhören. Wenn Großvater dann müde wird, machen wir kehrt und fahren nach Hause. Hat er aber noch Kraft, lenken wir die Nase des Power-Wagon auf den Pfad, der nach Muchraka führt. und fahren langsam bergan: Die beiden Alten ächzen vor Anstrengung und Rütteln, und die beiden Enkel lösen sich ab, der eine fährt, der andere geht – wie bei den nächtlichen Stoßtruppeinsätzen unserer Jugend – vor dem Wagen her, dirigiert ihn und räumt Steine und Felsbrocken aus dem Weg. Dort oben dann, nicht weit vom Kloster, beleuchtet die sinkende Sonne die Jesreelebene bis hin zum Tabor und zum Giv'at Hamoré, der Dunst über dem Gilboa verwandelt sich in Schleier von Grau und Gold, sogar das ferne Afula sieht plötzlich aus wie eine Märchenstadt. Und im Mittelpunkt – spiegelt unsere prächtig herausgeputzte kleine Stadt in tausend Fenstern das Sonnenrot, und in ihrem Herzen funkeln die Mauern des Joffe-Hofs. Großvater bestätigt die Geschichte, daß er hier im Laufschritt hinaufgestürmt war wegen Großmutters eiskalter Suppe. Und auf unsere Bitte flüstert er in einen der Sträucher das »Verzeihung, Mutter, Verzeihung«, bietet dann all seine Kräfte auf, schreit sein »Mutter… Mutter… Mutter…« heraus und lächelt uns fröhlich an, denn sein Schrei gleitet den Hang hinab, überquert die Bachrinne und breitet sich über die Ebene aus, und Hunderte von Müttern im Emek – junge Frauen, die damals noch gar nicht geboren waren – eilen zu Hunderten von Kinderbettchen, sagen »Mamale kommt schon« und »Was ist passiert, was?«, streicheln und ziehen Decken zurecht.

Von dort fahren wir zur Straße, und Apupa sagt: »Genau hier war ein arabisches Dorf, Sabarin, das uns viel Ärger gemacht hat«, und fügt mit einem Blick aus dem Fenster hinzu: »Und hier hat sie mit dem Finger gezeigt – dahin, und wir sind gegangen, bis sie ›hier‹ sagte, und da haben wir angehalten.«

Die Sonne geht unter, die Dunkelheit kommt, gleich dem undurchsichtigen und dem durchsichtigen Lid bei Eidechsenaugen, und ehe wir wieder in die Stadt einfahren, sagt Apupa zu Gabriel: »Ah nu, halt bitte an, Puiu, nur einen Augenblick«, und wir, die genau wissen, was er tun möchte, steigen durch die Hecktür des Power-Wagon zu ihm ein, neigen die Köpfe über den Inkubator, und zwei riesige Hände erheben sich von dort und landen auf unseren Köpfen: »Ihr seid meine Engel, wie Söhne.«

Die Schwester des Piloten kehrte allein von seinem Grab zurück, stieg in ihren weißen Simca und fuhr ab, und so, ein einziger Punkt in der großen Ebene, war sie auch im nächsten Jahr da, dem Jahr, in dem mein Vater starb und Adelaide kam, und so auch im folgenden Jahr und in dem danach, dem Jahr, in dem meine

Beine Mut sammelten, mich aus der Menge lösten und, wie mein Vater mir geboten hatte, ihr nach führten.

Müde war ich. Müde von meiner Trauer um ihn, müde von meiner Wut auf meine Mutter, müde von meiner Sehnsucht nach Anja, von den Familiengeschichten, von den Mauern, von Rachels Forderungen, von Adelaides Teilen, die es – im Gegensatz zu den Schmerzen – nicht fertigbrachten, sich zusammenzufügen und zu einem Leib zu werden. Sogar die fröhlichen Feiern der »Geliebtenmannschaft«, die mir gewöhnlich Freude machten, war ich müde. Und als meine Fontanelle mich von der Seite sah, kam ich mir vor wie ein Hemd an der Wäscheleine: ohne einen Körper darin, Wäscheklammern in den Achselhöhlen, die Ärmel baumelnd und jede Schuld eingestehend.

Ich ignorierte den Sturzregen von Blicken, die an meinen Rücken prasselten, ging ihr nach und holte sie an der Zypresse ein. Die Schwester des Piloten wandte sich mir zu und richtete sich auf. Ruhige, hübsche Augen blickten mich unter der hohen Stirn an. Die Mundwinkel – zum ersten Mal sah ich sie deutlich – besagten Ernsthaftigkeit. Ich schaute sie an, musterte sie, wie Apupa es uns beigebracht hatte, und fand, daß sie alles an sich hatte, was eine Frau nach seiner Ansicht haben soll: langer und kräftiger Hals, mittlerer und fröhlicher Busen, offenes Gesicht, kluge und neugierige Augen, hohes Becken und gerade Schultern. Ihr Körper war nicht strahlend wie Anjas, nicht gewaltig wie Adelaides, nicht hart und sehnig wie Mutters, sondern nett und angenehm und richtig und blühend.

Ich sagte ihr, daß ich ein Kind gewesen war, als ihr Bruder abstürzte.

»Und hast du's gesehen?«

Ich hatte gesehen, gehört, war hingerannt. Wir waren ein Trupp Kinder, natürlich, nicht Anja und ich.

Die Schwester des Piloten fing an, den Grabstein zu säubern und das Unkraut ringsum zu jäten.

»Ich kann mich überhaupt nicht an ihn erinnern«, sagte sie, »ich war noch klein.«

»Aber es gibt Bilder«, sagte ich, »und Geschichten, nicht wahr?«

»Ja, ein paar.«

Ich half ihr ein wenig, erschauerte angesichts der Aluminiumfetzen und Kabelstränge, die in der Erde zerfielen, und nach einigen Sätzen im stillen Herzen richtete ich mich auf und sagte laut: »Und ich gehörte zu den Kindern, die die Zypresse begossen haben.«

Sie sagte: »Danke.«

Ich sagte: »Ist schon in Ordnung. Keine Ursache.«

Sie fragte: »Wie heißt du?«

»Michael«, sagte ich.

»Michael was?«

»Michael Joffe. Mit o. Und du?«

Auch sie richtete sich auf und blickte mich an.

»Alona«, sagte sie. »Auch mit o.«

Siebtes Kapitel

Anja

Vierzig Jahre sind vergangen seit dem Tag, an dem Anja und Elieser aus dem Dorf vertrieben wurden. Rund fünfzehntausend Tage, von denen kein einziger verging, ohne daß ich mich im Gedanken an sie verbrannte, und in denen sie, irgendwo dort, in ihre alten Jahre kam und ich, irgendwo hier, in die mittleren. In meiner Erinnerung ist sie natürlich jung geblieben, und so sah sie aus, wann immer ich zu ihr hinunterging, um sie zu besuchen, aber wenn ich sie zu mir heraufholte, sah ich sie, wie sie war, ebendiese sechzehn Jahre älter als ich, und ich staunte über die Bewahrung ihrer Schönheit und Anmut. Vielleicht zeigte meine Fontanelle sie mir, wie sie war, und vielleicht war es die Erinnerung, die – wie Pninas Haus – Schutz gewährte.

Meine Fontanelle ist nie ein Präzisionsinstrument gewesen, ich muß sie häufig justieren, ihre Abweichungen korrigieren. Aber in der bewußten Nacht wurde sie höchst genau, begnügte sich auch nicht mit dem regulären Pulsen und Rauschen, sondern überraschte mit Glockenschrillen und Lichterblinken. Mitten in der Nacht weckte sie mich, nicht von wegen »am Ende der Tage wird es geschehen« oder »wenn Batja zurückkehrt«, sondern mit der dringlichen und sachlichen Prophezeiung eines Todes, der nicht verhandelbar war, mit festem Datum und klarer Adresse, und prompt klingelte das Telefon, jemand sagte meinen und dann ihren Namen, schrie, ich solle kommen, und das Wort »Fontanelle« sagte er, wie es sich gehört, mit einem Lächeln beim e nach dem zweiten n, und diese ganze Zeit läutete das Telefon weiter, bis ich im Dunkeln danach griff und es zu Boden warf.

»Was war das?« fragte Alona, die Augen geschlossen. Wie immer schlief sie auf dem Rücken mit gespreizten Gliedern. Ihr Schlaf ist tief und so ruhig, daß sie dabei Gespräche führen kann.

»Sie suchen Gabriel, vom Militär.«

»Warum bei uns?«

Ich eilte zur Tür, öffnete, rief seinen Namen in den Hof. Wenn das Küken bereit wäre, mich auf seinem Motorrad mitzunehmen, und so führe, wie er es kann, würde ich noch rechtzeitig kommen.

Der Schemen des Geigers, klein und stets wach, erschien: »Warum schreist du, Michael? Was ist los?«

»Weck Gabriel!«

Auch die drei Geliebten tauchten aus der Dunkelheit auf: »Er kommt schon.«

Und dann er selbst: »Ich bin da, Michael, ist was passiert?«

»Ich muß zu ihr.«

»Dein Helm ist im Schuppen, auch die Lederjacke, und hol von deiner Frau so eine Pashmina für den Hals. Es wird kalt sein. Hol auch mir eine.«

Die Geliebten wurden geschäftig. Einer machte Kaffee, ein anderer ließ das Motorrad an, damit es im Stand warmlief. Gabriel trank ein paar Schluck, verdeckte das Nummernschild mit einem Lappen, schwang sich auf den Sitz: »Auf, auf.«

Der dritte hatte schon die Tore aufgemacht. Die Kawasaki glitt leise brummend die ›Allee der Ersten‹ hinab. Nach rechts, nach links, die Hauptstraße ist leer, ein Hahn kräht jäh, dann ein Bellen, und da nachts die Lokale geschlossen sind, keine Autos fahren und keine Menschensöhne und -töchter mit Rasierwasser und Parfüm vorüberkommen, steigt wieder der alte Dorfgeruch auf. Gabriel beschleunigt in Richtung Ausfahrt. Nicht überhastet. Die Straße ist taufeucht, die Reifen sind noch kalt, aber die laute Musik des Auspuffs, die aufsteigende Tonleiter der Gänge zerreißen die Stadt.

»Wohin?« fragt er auf der Landstraße.

Einen Moment erschauere ich, gute Frage… Und sofort hebt sich meine Hand: »Dahin.«

»Nicht nur an dieser Kreuzung. Wohin fahren wir überhaupt?«

»Ich sag's dir unterwegs.«

Das Wadi Milek, das Apupa und Amuma, vor achtzig Jahren, zu Fuß durchwandert haben, passieren wir in ein paar Minuten Tiefflug. Gabriel ist eins mit seinem Motorrad, und ich bin eins mit ihm. Seine Lederjacke umhüllt meinen Körper, meine Hand weist ihm den Weg, die beiden warmen Pashminas, die Seidenkaschmirschals meiner Frau, umschmeicheln unsere Hälse. Wären wir nicht unterwegs zu meiner sterbenden Geliebten, könnte ich die Fahrt genießen, wie ich all unsere gemeinsamen Motorradtouren genieße.

»Wohin jetzt?«

Ich zeige nach Süden.

Vierzig Jahre. Die geringe Fläche des Landes verhindert, im allgemeinen, ein Verschwinden. Aber ich verlasse, wie gesagt, nur selten den Joffe-Hof, und sie ist, nach dem, was geschehen ist, nicht an unseren Ort zurückgekehrt. Wozu auch? Ihre Nichtnarbe ist in mein Fleisch eingegraben, ihre Stimme mir um den Hals geschlungen, ihr Geruch ein brennendes Kleid auf meiner Haut. Die Erwartung gefriert, wie ich entdeckt habe, das Zeitgefühl, und wir Joffes können abschalten, auf dem Zaun sitzen und warten: Amuma auf ihre Rache; Aaron auf das furchtbare Unglück; Uri auf die Frau, die eines Tages kommen wird. Mein Vater ist von dannen gegangen. Pnina ist in ihrem Haus eingeschlossen. Über-alles ist in Australien, und ich bin auf dem Hof. Warte. Wünsche mir Trost, Erklärung, Vergebung, nicht unbedingt in dieser Reihenfolge. Immer untätig und ganz der ihre. Wie bei ihrem Weggang und wie damals, als ich fünf Jahre und ein paar Wochen alt war, mich in der Myrtenhecke ihres Hauses versteckte und auf das Kommende wartete. Was hast du denn mit fünf

Jahren auch außer dem Kommenden? Deine Gestern sind klein, bedecken sich schnell [deine Gestern türmen sich hinter dir], dein Tag zerrinnt wie Wasser zwischen den Fingern, und das Kommende – oh, die kommenden, großen, verschlüsselten Dinge, sie erwarten dich. Ihre Arme, ihre Schwingen, die Tore ihrer Schenkel sind warm und weit offen.

»Geradeaus«, rufe ich, die Hand ausgestreckt, komme der Frage zuvor.

Und was habe ich jetzt? Einen Haufen Erinnerungsfetzen, Geschichten, Cuvier-Knochen, die kichern und warten. Wir Joffes distanzieren uns nicht von unseren Prophezeiungen, wenn sie eintreten. Früher besaß ich auch drei Fotografien, auf denen sie war. Alle drei wurden bei der »Danksagungsfeier« aufgenommen und ein paar Wochen nach der Vertreibung gefunden und zerrissen, sind aber in meinem Herzen bewahrt geblieben.

Ich erinnere mich: Die großen Tore öffneten sich. Er mager und kahlköpfig, freundlich und adrett. Sie hochgewachsen, verlegen und geblümt. Die neugierigen Augen der Schusters lugten hinter ihrem Rücken hervor. Mutter hieß sie höflich willkommen, blickte aber mißtrauisch und tadelnd. Vielleicht war es die Fahne, die er schon zur Mittagszeit hatte, vielleicht waren es Anjas starke, gesunde Glieder, und gewiß war es die freudige Bereitschaft, mit der ich in ihre Umarmung eilte, mich an ihre Brust schmiegte und ihren Armen erlaubte, mich in die Luft zu schwingen, und meinen Beinen, sich vom Boden zu lösen.

Anja setzte sich auf die Erde, den Rücken an den Guajavenbaumstamm gelehnt, die Beine gespreizt. »Komm, Michael, setz dich zu mir.« Wie sollte ich das vergessen? Mein Körper entspannte sich, mein Kopf sank, wie von allein, langsam nach hinten, bis er zwischen ihren Brüsten lag. Es war das erste Mal, daß wir so saßen, in unserer Sitzweise, an die sich mein ganzer gebeugter, angestrengter, an Gabriel gepreßter Körper jetzt erinnert: Sie sitzt, ihre ausgestreckten Beine bilden ein großes Siegeszeichen, und ich sitze in dem Winkel zwischen ihnen, den Rükken an ihrer Brust.

Ihre Finger streichelten mir Lenden und Leib, suchten nach der Nichtnarbe, die sie bei mir hinterlassen hatten, und plötzlich kam auch ihre Stimme, flüsternd, damit keiner außer mir es hörte: »Hier ist meine Hand gewesen.« Ihre Wange ruhte auf meinem Kopf, ihr Atem wärmte meine offene Fontanelle. Die Familie Joffe beobachtete uns. Jähes Auslöserklicken. Von wem? Und Schweigen. Sagt ihr mir selbst: Wenn das nicht Liebe war, was war es dann?

»Nächstes Jahr kommt er in die erste Klasse«, sagte Vater.

»Besuchst du mich auf dem Weg zur Schule?« fragte Anja.

»Vorausgesetzt, du kommst nicht zu spät zum Unterricht«, sagte ihr Mann.

Der Duft seines Kaffees hing noch in der Küche. Das Rund seiner Glatze funkelte noch über dem Stuhl. Ich lugte aus dem Fenster, fahndete nach ihr – da ist sie, reißt am fernen Rand des Gartens Unkraut aus. Ich ging von der Küche auf den Flur. An seinem Ende eine Tür, dahinter ein Zimmer, Bücher bedecken die vier Wände. In der Zimmermitte ein schmales Bett und hinter mir ihre Wärme und ihr Atemhauch. Sie hatte sich leise eingeschlichen, aber selbst ein Wüstenfuchs kann einen Menschen nicht überraschen, dessen Fontanelle offen ist.

»Das ist Eliesers Zimmer, und das ist sein Bett.«

Ein Mönchsbett. Eisen und Seegras. Nicht an der Wand und nicht senkrecht dazu, sondern von Nordost nach Südwest. Tisch, Stuhl, Lampe, zwei dünne, gefaltete Decken. Eine zum Zudekken, ihre Schwester als Kopfkissen.

»Wenn du eine Frau wie Anja hast«, sagte ich mir im stillen, »wozu brauchst du dann eine Ecke?«

Sie blickte mich an. »Was?«

»Warum steht sein Bett schräg?« fragte ich.

»So ist er's gewöhnt.«

Wir gingen in die Küche. Sie trank ihren Tee, mit viel Zitrone und weißem Gift. Meinen süßte sie mit Honig.

»Und jetzt lauf zur Schule.«

Ich stehe auf, ihre Umarmung schließt und öffnet sich, »wart einen Moment«, sie reicht mir ein in Papier gewickeltes Sandwich – »nimm. Iß es in der Pause.«

Zuerst mit schnaufenden Bissen, beim schnellen Gehen, dann, als mich plötzlich die Kraft verläßt, sinke ich, halb fallend, halb niederkniend, zu Boden, fresse wie ein Raubtier – nur Reißen und Schlingen, ohne Kaubewegungen. Einen Augenblick erhebt sich der Körper, im nächsten erstickt er schier, und schon verspüre ich Kälte, nicht von der schnellen Fahrt in der Kühle der Nacht, sondern eine Kälte wie die von Apupa breitet sich in meinen Körperzellen aus.

»Halt an!« rufe ich.

»Nein!«

»Ich muß den Helm absetzen.«

»Tu's im Fahren.«

Wie ein Wal, der an die Wasseroberfläche kommt, eine Fontäne ausstößt und schnaubt. »Nach Osten!« zeige ich. »An der nächsten Kreuzung nach Süden«, und tauche ab. Gabriel schmunzelt, das weiß ich. Immer hat er sich lustig über mich gemacht, weil ich nicht »nach links« und »nach rechts« sage, sondern »nach Osten« und »nach Westen«.

Jedes Jahr kam ich nach der Geburtstagsfeier, die mir die Familie ausrichtete, auf Extrabesuch zu ihr. Auch von ihr hatte ich ja mein Leben erhalten, und genau am selben Datum. Bei jedem solchen Besuch vollzogen wir unser Ritual – wir prüften, ob »uns Zeichen von dem Feuer verblieben sind«, und immer auf die gleiche Weise: Sie saß auf dem Stuhl, ich stand zwischen ihren Knien, ließ ihre Augen und Hände schweifen, anfassen und gucken. Von Jahr zu Jahr reichte mein Kopf höher, wie an Apupas Türpfosten. Von ihren Schenkeln zu ihrem Bauch und von ihrem Bauch an ihre Brust, von dort zu ihrem Hals und zu ihrem Kopf. Und ihre Lippen, die mich anfangs auf die dünne Haut geküßt hatten, genau an der Stelle, an der die Lymphdrüsen anschwellen, küßten dann meine Lenden, meine Brust, fuhren zu meinem Halsweh und zu meinen Lippen hinauf.

Sommer war's. Der Korallenbaum errötete und duftete so stark, daß meine Fontanelle ihn wie ein weiteres Dach über dem roten Platz empfand. Ich erinnere mich: An die Scheiben pochten zwei Honigsauger, er türkis-schwarz glänzend, sie grau, riefen schrill und wollten herein. Anja stand auf und öffnete ihnen ihr Fenster. Ihre Brüste klein, die Nippel dunkelrot. Eine Sehne spannt sich, damals und jetzt, seitlich in meinem Schritt. Die Kehle schnürt sich mir zu, damals und jetzt, in lustvoller Angst. Ihre rechte Brust war im Feuer leicht angesengt worden. Ich liebte es, Mund, Lippen, Zunge, Wangen darüber zu führen, die Grenze zwischen Verbranntem und Glattem zu spüren.

»Das Feuer hat mich verfolgt, aber nicht beißen können. Nur hier hab ich mich, vom Blusenstoff, ein bißchen verbrannt. Hier, Fontanelle, fühl mal.«

Auf dem Rückweg von der Schule ging ich auf eine leichte Mahlzeit zu ihr, »auf eine Kleinigkeit«, »was Winziges«, damit ich nicht verdächtig satt nach Hause kam. Es gab einen Salat, für den sie alle möglichen Blätter zerriß, Blätter von Pflanzen, die Freistatt ausgesät und gezogen hatte, bevor er überfahren wurde, und die nun in jeder Ecke wild wuchsen. Sie zerriß sie mit den Fingern und gab eine Soße darüber, bei der ich nicht weiß, was außer Passionsblume noch drin war, und einen wunderbaren anderen Salat: Petersilie, Dill und Korianderkraut zu gleichen Anteilen gehackt, Olivenöl, grobes Salz und Pinienkerne, die sie in der Pfanne röstete, bis sie fast schwarz waren und angesengt rochen. Kein Mensch im Dorf kannte in jenen Tagen das Korianderkraut, außer Elieser, der es auf seinem Hof zog und sagte, die Menschheit sei nicht nur in Frauen und Männer, Rassen und

Religionen gegliedert, sondern auch in Liebhaber und Hasser dieses Gewürzkrauts. Sogar meine Mutter haßte es. Aber sie irrte in noch etwas: darin, daß es neben dem Appetit aus Hunger auch noch Appetit aus Liebe gibt.

»Umarm mich nicht. Stütz die Hände auf den Tank!«

Manchmal kochte sie eine seltsame weiße Suppe, die ungeheuer gut schmeckte, Paprikawürfel sprenkelten ihre Oberfläche, und ein beängstigend verlorenes Ei schwamm darin. Ich erinnere mich gut daran, denn in jener Zeit begann Rachel mir die Geschichten der Odyssee zu erzählen, und das Ei kam mir vor wie das Auge des untergegangenen Zyklopen. Auch Eliesers Pasta bereitete sie zu, dünne, lange Nudeln, drückte Tomaten darüber aus, wie man Zitronenhälften auspreßt. Ich erinnere mich: Die halbe Tomate wird zwischen ihren Fingern gequetscht, träufelt Saft und Kerne. Ich lachte, überrascht über das Neue daran, und da lachte auch die Hand und rieb mir das Gesicht mit säuerlichem Saft ab. Zur Soße gab sie Salbeiblätter, die sie in einer kleinen Pfanne briet, bis sie braun, trocken und hart wie Pergamentstückchen wurden, genau wie sie die Pinienkerne für ihren Salat dunkel röstete. Jetzt, an Tagen, an denen Uri schläft und Alona und Ajelet nicht zu Hause sind, mache ich mir manchmal eines ihrer Gerichte: Die gerösteten Salbeiblätter bersten wie damals zwischen den Zähnen, geben den bitteren, verlockenden Geschmack von Rauch und Flamme und einen Hauch von ihr dazu.

Die Spaghetti, die ihr aus dem Mund hingen, biß sie ab, die Augen aufgerissen. Ich erinnere mich: Ihre Lippen lachten auch dann noch, wenn sie sich um die Nudel schlossen. Sie tauchte ihren Finger ins Weinglas und reichte ihn mir zum Saugen. Bei uns zu Hause trank man Wein nur an Schabbat und Feiertagen. Der Kopf drehte sich mir vor Duft, vor Lust. Wenn das keine Liebe war, was war es dann?

Nach wenigen Minuten »unserer Sitzweise« verlor mein Körper schon den Großteil seines Gewichts und erschlaffte wie ein

Lappen. Ich legte mich auf die Seite, die erglühende Wange auf einen ihrer Schenkel. Meine geschlossenen Augen blickten weg von ihr, und mein Kopf füllte sich mit dem Glanz und der Wärme, die ihre Haut ausstrahlte. Einmal drehte ich mich auf die andere Seite, und alles änderte sich mit einem Schlag: Meine Augen, die zuvor von ihr weggeschaut hatten, in die Welt, aus der ihre auseinanderlaufenden Beine mir ein Tortenstück schnitten, richteten sich nun plötzlich auf den Schritt ebendieser Beine. Anjas Hand – die rechte? Die linke? – kraulte mir den Nacken. Ihr Mund deklamierte weiter über Mantel, Faß, Au oder Sonnenschirm. Hat sie mich ihrem Leib genähert? Habe ich es selbst getan? Meine Nase atmete, ihr Duft verstärkte sich, meine Lippen küßten den Hügel dünnen weißen Stoffs zwischen ihnen und ihr – und sie streichelte die weiche Stelle, strich über die Naht zwischen den Schädelknochen, und, oh, fährt weit, weit weg in ein unbekanntes Land, bis sie den Punkt erreicht, an dem sie sich trennen, und dort beginnt sie kleine, langsame, schwindelerregende Kreisbewegungen um meine Brunnenöffnung zu machen. Ich war der Ohnmacht nahe, und sie – spürte sie es? – richtete sich auf und schickte ihre andere Hand auf Streifzüge über meinen Nacken und Rücken. Ihre Finger waren stark und angenehm, und bei meiner offenen Fontanelle wurden sie zart und forschend, spazierten an ihrem Gestade entlang, und auf einmal, wie Kinder im Kopfsprung, berührten sie.

Laute Stimmen wecken mich nicht, aber leichte Geräusche, die zart an meine offene Schädelnaht pochen, stören mich aus dem Schlaf auf. Elieser hörte ich, noch ehe er aufwachte, zu dem Zeitpunkt, in dem der Körper sich bereits zum Aufwachen regt, sein Inhaber aber noch selig schläft. Er wickelte sich in ein Leintuch, trat auf den Flur, die nackten Füße rieben die Fliesen. Ich sah ihn in den dunklen Garten hinausgehen und den großen Johannisbrotbaum ansteuern, unter dem nichts wuchs. Er stützte die ausgebreiteten Arme an einen der großen Äste, und so – der

Vollmond zeichnete seinen nackten Leib auf das Leintuch – ließ er Wasser, ächzte und stöhnte. In einer anderen Nacht hörte ich Worte. Ein ruhiger Wortstrom, der dem Ton nach seinem Mund entstammte und der Melodie nach eine Geschichte war. Ich verließ wieder mein Bett und tappte lautlos in sein Zimmer, und in dem Spalt zwischen Tür und Türpfosten sah ich sie. Sie saß im Sessel, im Profil zu mir, bis zum Hals mit einem weißen Leintuch bedeckt. Nur ihre Füße lugten hervor, ruhten auf dem Sitz, zwei weißschimmernde Stoffhügel waren ihre Knie, und Elieser, auf seines Bettes Altar, redete.

Die Geschichte dauerte lange, bis sie fertig war. Elieser trank einen Schluck aus der Flasche neben dem Bett, setzte sie ab und wartete. Anja stand auf und stellte sich vor ihn hin, er leckte sich die Lippen, trank erneut. Seine Augen verschleierten sich. In der Stille, die im Raum hing – nur mein Herz pochte, und sein schwerer Atem ging –, näherte sich meine Geliebte ihrem Mann, bot ihm eine Gabe an, zahlte ihm vielleicht eine Schuld zurück oder erfüllte ihren Teil in einem Handel, dessen Einzelheiten ich nicht kannte und nicht mehr erfahren werde: Sie ließ das Laken sinken und entblößte ihm ihren Körper. Meine Fontanelle, unterm Haar, zittert auch jetzt. Ich spürte die ganze erniedrigende Schwäche, die ein Kind spüren kann. Empfand die ganze Hoffnung, die ein Kind für schlechte Tage zu horten vermag.

Wir hatten auch ein Spiel, dessen Bedeutung ich damals nicht verstand: Ihre Knie erheben sich seitlich meiner Lenden und drücken, die Riegel ihrer Fesseln schließen sich auf meinem Rükken. Andeutung eines Heranziehens, nur das liebende Zeichen eines Quentchens ihrer Kraft war da, wie ich es Jahre später bei den Ringkämpfen der Geliebtenmannschaft im Wehrdienst sah.

»Sehen wir mal, ob du da rauskommst«, sagte sie.

Ich rang mit ihr, und Anja lockerte und verstärkte lachend ihren Griff. Auch ich lachte, aber Wut stieg in mir auf, Männerwut, die, wie die Leidenschaft, bei mir vorzeitig einsetzte.

»Baby, kleines Baby, mein Baby…«, murmelte sie, legte sich auf den Rücken, und ich war eng umschlungen auf ihrem Bauch. Ihr Leib spannte sich angestrengt, und plötzlich stöhnte sie so, daß ich erschrak. Schon trennten sich auch ihre Füße. Sie packte mich, setzte mich auf ihre Schenkel und drückte meinen Kopf an ihre Brust: »Was für ein hübscher Junge du bist!«

Als ich weiter gewachsen war, erfand sie ein neues Spiel. Ich liege auf dem Rücken, auf dem Feld oder in der Pflanzung, sie ist über mir, auf Knien und Ellbogen, ihr Mund küßt und beißt und schnauft an meinem Hals, und manchmal ist sie auf die Handflächen gestützt, schafft einen kleinen Abstand zwischen uns, ein Vakuum, das meinen Rumpf aufsteigen läßt, und zuweilen senkt sie sich ab, auf Körperkontakt, kommt sogar ganz auf mir zu liegen, prüft – wieviel von ihrem Gewicht ich tragen kann. Einmal, als ich schon größer war – mein Kopfhaar wuchs schon wieder nach der Rasur –, strahlte von ihren Lenden solch starke Hitze aus, daß ich sie fragte: »Anja, wann schlafen wir, du und ich?« Und erst, als sie antwortete, erfaßte ich beschämt und erschrokken, daß ich es diesmal nicht im Herzen gesagt hatte, sondern laut und deutlich.

»Bald«, sagte sie, den Mund an meinem Hals.

»Bald heute oder bald eines Tages?«

»Bald eines Tages.«

Die Worte fließen und vergehen, werden zum weichen F, zum Schweigen gebietenden Sch, zum küssenden L und M, jedes auf seine Art.

Ich weiß nicht, wie es in der Luft und zu Wasser ist – den Gefilden der geraden Fortbewegungsbahn –, aber zu Lande gibt es zwei Auffassungen von Orientierung: diejenige, die mein Vater mir beigebracht hat – Navigieren auf einer Linie, an deren Ende ein Ziel liegt, und alles ist nur Abzug und Visier, Auge und Ziel –, und meine – die des beweglichen Punkts in der großen Landschaft, in der Weite, das Gespür für Himmelsrichtungen, Höhenlinien, Länge und Breite und für die riesige Krümmung der Erde. So sehe ich jetzt Gabriels Motorrad ein winziges Stück einer Welt zurücklegen, in der es auch Ozeane, Zeiten, Historien und Kontinente gibt, und so spürte ich ihre Hand damals, als sie mir den Kopf rasierte, ihr Geschenk zu meiner Bar-Mizwa. Ich erinnere mich: In einer Reihe kurzer, gewölbter Touren fuhr die Haarschneidemaschine von meiner Stirn zum Nacken, ließ mein Haar zu Boden fallen. Da ist Rachels Schmetterlingsnetz, auf den roten Betonboden geworfen, da ist Eliesers Haarschneidelaken, ein Loch in die Mitte geschnitten. Da ist mein durchgesteckter Kopf, meine Fontanelle in der Mitte, und eine Gerade verläuft vom Herzen der Erdkugel zu mir, durchstößt sie und startet in den Zenit.

Meine tastende Hand fühlte nur ein raspelkurzes, spitziges Stoppelfeld. Anja tauchte ihre Hände in die Warmwasserschüssel, rieb und befeuchtete meinen geschorenen Kopf mit Kraft und Behutsamkeit, rührte dann den Rasierschaum an, und als ich mit einer dicken weißen Schicht gekrönt war, sagte sie: »Beweg dich nicht. Und denk nicht, du würdest dich bewegen. Das ist noch gefährlicher.«

Wie eine große Hornisse umkreist sie mich, ihre Lenden so nah, auf meiner Nasen- und Augenhöhe, unter den brennendroten Anemonen, und das Rasiermesser setzt an und streichelt und flüstert und hebt ab, geht an der Stirn auf und im Nacken unter, steigt eine Schläfe auf und die andere ab, zieht ringsum, wie eine Höhenlinie, die einen runden Hügel schält, und es wispert im Gehen, wispert im Kommen, und wann immer es sich meiner Fontanelle nähert, umgeht es sie im Osten, im Norden, im Westen, im Süden. Ich kralle die Finger ins Fleisch meines Schenkels, bange, daß mein Kopf plötzlich vor Schwäche sinken, absacken und geschnitten werden könnte, und eine Hand schlägt mir an die Wade, dazu ein lauter Ruf: »Schlaf mir nicht ein! Du kippst uns noch beide um! Was hast du denn?!...«

Ich schrecke auf. Klappe den Augenschutz des Helms hoch.

Der kalte Fahrtwind spült mir übers Gesicht. »Alles in Ordnung«, rufe ich, »mach dir keine Sorgen.«

Ein runder Spiegel taucht vor mir auf: »Guck, Fontanelle, bevor ich das auch noch abrasiere.«

Ein rasierter Kopf, darunter ein neues Gesicht, und in der Mitte der Glatze, auf dem Gipfel des Schädels – ein kleines Stoppelfeld, wie das Grasstückchen am Schieber, das der Pflug auf dem Feld stehen läßt.

»Du bist so blaß«, sagte sie. »Möchtest du ohnmächtig werden, und wir machen später weiter?«

Sprechen konnte ich nicht, aber mein Finger ahmte die Bewegung ihres Rasiermessers auf dem Schädel nach. Nicht später. Jetzt machen wir weiter. Selbst beim Wehrdienst, der mir einige durchaus furchterregende Momente einbrachte, erlebte ich keinen so furchterregenden Moment wie diesen. Das Rasiermesser fuhr über die Haut meines Brunnens, sank in die Ritze zwischen den Hirnlappen ein wie das Taschenmesser, das der Bräutigam für meinen Vater erfunden hatte, das Messer, das mit einer Hand aufschnappte, wenn er den Spalt eines Pfirsichs aufritzte. Und während ich mir all das vorstelle, frage ich mich auch: Wie kann das Gehirn sich das Bild seines Zerschnittenwerdens vorstellen, während es zerschnitten wird?

»Halt an!« rufe ich Gabriel zu, trommle auf seinen Rücken.

»Nein!«

»Halt an, ich muß ein paar Minuten auf den Beinen stehen.«

»Ich halte nicht an!« Er verlangsamt nur ein wenig, weil der Wind die Worte fortträgt. »Und ich mache nicht kehrt. Bis zu ihr, und dort entscheidest du dich.«

»Das wär's, Fontanelle«, sagte Anja. »Da ist die Glatze, die ich dir versprochen hatte.« Wieder hielt sie mir den Spiegel vor.

Zum ersten Mal im Leben sah ich mit Augen, was ich bis dahin innerlich gespürt hatte – ihr Pulsen. Die Haut darüber hob und senkte sich, wie die Brustdecke über dem Herzen eines Vogels, aber sehr viel langsamer, und Anja, sehr nah, ihr warmer Bauch berührte fast mein Gesicht, befeuchtete ihren Mittelfinger zwischen den Lippen und führte ihn in feuchten Kreisbewegungen darüber, wie Elieser es beim leeren Kognakglas machte. Wobei er mir erklärte, wie der Summton entsteht, wie er ins Ohr gelangt, was das Gehirn damit anfängt und wie all das mit dem Verständnis zusammenhängt.

Ich wollte mich erheben und auf den Beinen stehen, doch plötzlich drückte ihre andere Hand fester, preßte mich an sich, meine Wange an ihre Brust. Und ehe ich noch begriff, was geschah, schlangen ihre Arme sich um meinen Leib und brachten mich – halb stützend, halb zwingend – so weit, daß ich auf den Boden zu liegen kam.

Ein starkes, feines Beben stieg von den untersten Wirbeln meines Rückgrats auf, kletterte von dort auf die kahle Spitze meines Schädels hinauf. Zittern und Rauschen. Die Zeit schrumpft und dehnt sich. Ihre Gestalt damals und später huschte vor meinen Augen vorbei, jung und alt, mit mir und ohne mich, in diesem Haus und in der fremden Stadt, die schon damals in meinem Innern Form anzunehmen begann, mitsamt ihren Steinen, Häusern und Mauern, und beinah verlor ich das Bewußtsein in diesen Abgründen zwischen Erinnerung und Prophetie.

Anja legte sich neben mich, ihr Eichelhäherschopf sträubte sich, und ich spürte auf einmal ihre Hand, die sich einen Weg zwischen unseren aneinanderliegenden Bäuchen bahnte. Ich erschrak. Dachte, sie würde mich packen, und schon fühlte ich mein Zwerchfell und meine Bauchmuskeln, ersteres schmelzen, letztere in Spannung geraten, und trotz meines Verlangens wurde ich verlegen, aber ihre Hand drang noch tiefer, und unvermutet erfüllte ein fremder Duft den Raum, wie es manchmal im Frühling geschieht, wenn der Spätregen auf die warmen Blättchen von Ysop und Micromeria prasselt.

Gesegnet sei der Geruchssinn, der sich von allen Sinnen am

besten erinnert. Verflucht sei die Sprache, die ihn nicht mit den erforderlichen Eigenschaftswörrtern ausgestattet hat. Auf den Feldern der anderen Sinne gibt es blau und verschwommen und schmackhaft und salzig und wohltönend und rauh. Aber für Gerüche, wie für Schmerzen, gibt es keine Namen und Begriffe. Für beide gibt es nur entlehnte Wörter, beide müssen sich erinnern und vergleichen: sich selbst mit früheren Schmerzen und Gerüchen und mit archaischen Worten, die mir durch ihren geheimnisvollen Klang Genauigkeit vortäuschen. Ich nehme Myrrhe und Narde, Tragant und Lotus und besonders die Aloe, und meine, sie sind alle nur zum Weissagen auf die Welt gekommen. Und da mangels eines Namens auch eine Lexikondefinition helfen kann, möchte ich nur dieses sagen: »Aloe« – eine biblische Duftpflanze. Übertragen – der Duft aus den Lenden einer zerzausten, hochgewachsenen jungen Frau zu dem Zeitpunkt, in dem ein Junge, den sie vom Tod errettet und dem sie eben jetzt den Kopf rasiert hat, ganz nahe bei ihr liegt und sie sich selbst berührt und ihn salbt.

Gibt es eine Sprache auf der Welt, die ein Wort für all das besitzt? Falls ja – so ist es meine Sprache. Gibt es auf der Welt ein Volk, das sie spricht, so ist es mein Volk, sein Gott ist mein Gott und sein Land mein Land. Aber die Sprache meines Volkes hat nur Worte für Erinnerung, Wahnsinn und Dummheit, und die Sprache meiner Mutter hat nur Namen für all die Gifte und Farben für all die Todesarten.

Anjas Hand kam wieder aus der Tiefe empor, ihr Geruch war der vermutete Geruch flüssigen Goldes und der vertraute Duft blühender Kassie und gerösteten Salbeis. Ihre Finger fuhren über mein Gesicht, huschten über meine Stirn, wölbten sich über meine neue Glatze, glitten ringsum, als zeichneten sie einen Blumenkranz oder eine Königskrone, umkreisten immer enger meine Fontanelle und salbten dann auch sie. Ich erinnere mich: Mein Gesicht war ihrem gegenüber, meine Brust ihrer Brust, mein Bein beugte ich vor dem Spiegel ihres Beines, meinen Bauch schmiegte ich an ihres Bauches Spiegelbild. Ihre Hand glitt erneut zu ihren Lenden hinab, schöpfte aus dem vollen, kam wieder herauf, salbte mir auch Augen und Stirn und glitt hinab, meine Lippen zu ölen und den Engelskuß, der mir zur Nase aufsteigt. Meine Lider klebten zu. Meine Nüstern öffneten sich. Meine Stirn schmolz dahin. Jeder Atemzug, den ich nahm, füllte meinen Körperraum. Jung und alt war ich, kannte die Handlung, die sie vornahm, aber nicht deren Bedeutung.

»Jetzt bist du mein, Fontanelle. Wohin wir auch gehen, du oder ich, immer wirst du mir gehören.«

Sie streichelte mich wieder, Wangen und Nase, meine offenen Lippen und meine leckende Zunge und meine verklebten Augenlider. Ihr Kopf war gebeugt, ihr Hals eine geneigte Ähre, eine kriechende Schlange im Weizenfeld.

Ein schneller Wagen, gelenkt von einem dieser jungen Fahrer, die der Bräutigam von Herzen verabscheut – gefärbter Stoppelkopf, abstehende kleine Ohren –, versucht sich an uns zu heften. Aber auf den Bergserpentinen versinkt er schnell in den Rückspiegeln. Gabriel legt das Motorrad nach rechts und links in die Kurve, halb gehe ich mit, halb werde ich geschleudert. Kalte Luft in der Schlucht, die letzte Steinbrücke, und schon der Friedhof an der Einfahrt zur Stadt – Jerusalem, was sonst – mit den frommen Graffiti an den Häuserwänden und allen möglichen Spruchbändern an den Balkonen Tag für Tag, vielleicht kommt jemand, der Kompott mag?

»Wohin?«

»Dahin«, zeige ich.

Ich kenne Jerusalem nicht. Trotz des Lochs, das der Bräutigam in meinen Helm gebohrt hat, nehme ich ihn ab, um die Orientierung zu erleichtern. Bet Hakerem erkenne ich, das Wohnviertel des Arschs, und den Herzl-Berg, das Domizil ihres Bruders. Der Wind treibt mir die Tränen in die Augen, es folgt noch ein unklares Viertel, dessen Namen ich nicht weiß, dann plötzlich der unglaubliche Geruch, durch den das Motorrad pfeilartig bergab saust: Der Spanische Ginster, dessen leuchtendgelbe Blütendolden das Fernlicht am Rand der kurvigen Straße bescheint, ist gewissermaßen hervorgekommen, um mich willkommen zu heißen und mir zu sagen, daß ich am richtigen Ort angelangt bin: bei dem großen Krankenhaus, das am Hang lauert.

Der Wächter hebt den Schlagbaum, schnalzt mit der Zunge: »Was für ein Ungetüm!« Fragt: »Wieviel macht sie?« Und Gabriel antwortet: »Wir haben keine Zeit zum Reden.«

»Fahr, mein Freund, gib Gas. Hier schläft keiner. Hier liegst du entweder wach oder tot.«

»Ich warte hier auf dich«, sagt Gabriel am Eingang.

Gabriel ist ein hochgewachsener, gutaussehender Mann, die Züge markant wie ein Wolfsgesicht, wirkt auch mit fünfundfünfzig Jahren jung für unser Alter. Zwei Schwestern, die dort auf den Betriebsbus warten, betrachten ihn neugierig, und zu mir sagen sie: »Gehen Sie durch die Aufnahme.«

Stille silbrigschimmernde Korridore, Medikamentengerüche, Lichter und Dunkelheit. Ich renne, spüre diejenigen, die eben gerade geboren wurden, und die, die bald sterben werden. Verlassene Treppenfluchten. Ein Labyrinth. Wo bist du? Rufe, daß ich's höre. Dahin. Ich renne, so schnell mein schmerzendes Knie mich rennen läßt, meine Fontanelle hält meine Beine im richtigen Stockwerk an und wählt mir einen Flur. Dahin. Wie ein Stock über Zaunpfähle klimpert sie über geschlossene Türen – die nicht, die nicht, die nicht, die nicht. Hier, Michael, diese. Ein schwarzes Rechteck tut sich auf, hinein, näher, ich bin da. Ein tiefes, furchtbares Husten, versucht mir etwas zu sagen und erstickt, ich knie dort nieder und lege den Kopf auf.

Eine Hand kam, tastete, umkreiste meine Gestade, drückte behutsam: Ich erkenne, Fontanelle, ich weiß, ich erinnere, du bist mein, Fontanelle, das bist du.

Letztes Kapitel

Michael

Von seiner hohen Kreisbahn überschaute der Schlangenadler unseren Hof. Zählte im Gedächtnis die alten Bestandteile auf und vermerkte die neuen. Beachtete die sechs Gebäude, das spitze Zelt mit dem bunten Wimpel, der für seine Augen wie das Ringen eines Eichelhähers mit einem Bienenfresser aussah.

Die Sonne ging auf. Drei Männer kamen aus dem Zelt, holten aus dem benachbarten Haus einen Kasten und stellten ihn auf die Veranda. Ein winziger alter Mann lag darin, einen Blumenkranz ums Haupt, Puppenkleider am Leib und einen weißen Bart auf der Brust. Einer der Männer blieb bei ihm, der zweite setzte einen Wasserkessel auf ein kleines Holzkohlenfeuer, der dritte holte Laken und Decken heraus, um sie auf den Wäscheleinen zu lüften.

Einen Moment schwebte der Schlangenadler auf der Stelle, seine Schwanzstreifen tanzten, die Krallen ballten und lösten sich. Alsdann schwang er sich höher auf, und der Hof wurde das, was er wirklich ist: ein abgegrenztes, umzäuntes und wohldefiniertes Rechteck inmitten einer kleinen Stadt, die die Hälfte des Jagdreviers seiner Vorfahren bedeckte. Die Sonne stieg höher. Ihre Strahlen entzündeten die Straßen. Fensterscheiben blitzten auf und erloschen in seinem Flug. Etwas weiter westlich sah er das große schwarz-grüne Motorrad mit Karacho auf der Landstraße ankommen. Die Maschine bog zur Stadt ein, flitzte durch die Hauptstraße, fuhr rechts ab und die Zypressenallee zum Hügel hinauf. Die Hoftore öffneten sich, das Motorrad passierte, hielt und verstummte. Der Mitfahrer rutschte davon ab wie ein Sack, schlug auf die Erde, zappelte und schrie. Der Fahrer stellte das Motorrad mit der Raststütze fest, half seinem Gefährten auf und stützte ihn beim Erklimmen der vier Stufen.

»Soll ich Alona rufen?«

»Geh schlafen, Gabriel, und danke für die Fahrt.«

Die Geliebtenmannschaft servierte mir eine Tasse Kaffee mit Blick auf die Landschaft.

»Guten Morgen, Mutter«, sagte ich zu der großen, aufrechten alten Frau, die aus dem Nebenhaus kam.

»Guten Morgen, Michael. Was machst du um diese Uhrzeit draußen?«

»Gabriel hat mich zu einem nächtlichen Ausflug mitgenommen.«

»Du hast bald Geburtstag. Was wünschst du dir?«

»Schön, daß du dran denkst, sogar ich vergesse es.«

Die Schmerzen fügen sich zusammen. Ich blättere zurück, finde meinen Standpunkt und betrete erneut den Pfad. Azimute, die ich vorausgeschickt habe, kehren aus den Zeiten und von den Orten wieder. Da bin ich, da ist das Feld, dort war die Pflanzung, hier ist der Weg – Pferd und Wagen bei ihrem Kommen, ein grüner Lastwagen bei ihrem Gehen. Alle feiern hoch erfreut, denn sein Geburtstag, der ist heut, und die Zukunft, die einst den Großteil der Zeit ausmachte, ist jetzt dünn und entschieden wie ein Rasiermesser geworden. Plötzlich verstehe ich: Nicht die Erinnerung geht aus, sondern das Vergessen überschwemmt, und der Tod, welchen Weg er auch wählt und welche Verkleidung er anlegt – jung hinweggerafft, geendet, gefallen, gefällt, sein Leben ausgehaucht, zu seinen Vätern versammelt, das Zeitliche gesegnet, genommen worden, gegangen, von dannen gegangen, hinweggerissen, hingeschieden –, ist immer ein Untergehen.

Ich beklage mich nicht. Zwischen meiner Kindheit und ihrem Alter, von meinem Beinah-Tod damals bis zu ihrem jetzigen Tod, hat uns die Zeit auch die sieben guten Jahre der Liebe geschenkt.

Aber als sie starb, ging auch ich in ihre Welt ein, und daher will ich präzisieren: Im Alter von fünfzig oder fünfundfünfzig Jahren – je nach Zählweise – im Schatten des indonesischen Süßzitronenbaums und unterm Blutorangenbaum aus Spanien, völlig normal, verheiratet, Vater zweier Kinder, bin ich der einzige Tote auf der Welt, dessen Fontanelle noch offen ist.

Es besteht kein Grund zu Sorge oder Mitleid. Wir Joffes haben immer eine Tube Kondensmilch dabei, um uns in einer schwachen Stunde daran zu trösten und zu stärken. Stets findet ihr bei uns einen Krug Mehl, eine Kanne Öl sowie Benzin, Wasser und Kartoffelpüree. Wir alle zittern, wir alle erinnern uns, reichen Eimer voll Geschichten von Hand zu Hand, vergleichen Versionen, Losungsworte und Ausdrücke. Wir haben kochendheiße Suppe für die, die es vertragen können, und Kompott für die, die es mögen, und wirklich gute Fische und einen Bunker für Notzeiten. Wenn der Zucker ausgeht, eilen die Joffes zu Hilfe, braucht man Geld, finden sich zwischen den Sofakissen immer ein paar Münzen, außerdem kann der Bräutigam eine neue Zange erfinden, und Apupas Vater kann im Zirkus auftreten, und immer kann man eine fremde Frau auf der Straße anhauen und »Stillen!... Stillen!...« rufen oder sie bitten, ein Kleid anzuprobieren.

Auch in unserem Fleisch haben wir noch Kraft. Zum Erinnern oder Sterben, der eine zum Endspurt, der andere zum großen Von-dannen-Gehen. Jetzt [morgen], wenn Batja zurückkehrt [in einem Jahr] – so ist das bei uns in der Familie, wohl wahr.

Glossar

Azimut, Azimute – Winkel, den ein Höhenkreis mit dem Meridian bildet.

Blondinka – Blondine.

Boso! Boso! (arab.) – Eiskrem! Eiskrem!

Challa, Challot – geflochtenes weißes Schabbatbrot.

Charosset – süßer Brei, meist aus geriebenen Äpfeln, gehackten Nüssen, Rosinen, Zimt und Süßwein, der als eine der traditionellen Speisen auf die Sederplatte am Sederabend, zu Beginn des Pessachfests, gehört. Er soll an den Lehm erinnern, den die Juden in der ägyptischen Knechtschaft zu Ziegeln brennen mußten.

Chetjar (arab.) – alter Mann.

Emek – Tal. Hier kurz für *Emek Jisrael* – Jesreelebene.

Fejgelech (jidd.) – Vögelchen (Plural).

Gefillte Fisch (jidd.) – Karpfen, gefüllt mit einer Farce aus Fischhack und weiteren Zutaten, in süßlichem Aspik. Eine traditionelle jüdische Vorspeise für Schabbat und Feiertage.

Grivelech (jidd.) – Grieben (von Gänseschmalz).

Haggada-Lesung – Am Vorabend des Pessachfests wird im Rahmen der festlichen Mahlzeit die Pessach-Haggada gelesen, eine meist reich bebilderte Sammlung von Bibelabschnitten über den Auszug aus Ägypten, ergänzt durch Segenssprüche, traditionelle Fragen, Legenden und Lieder, die alle Familienmitglieder, auch die Kleinsten, einbeziehen sollen. Dies geschieht in Erfüllung des in Exodus 13,8 ausgesprochenen Gebots, die Geschichte dieses Ereignisses von Generation zu Generation weiterzuerzählen.

Hebräisches Vokalsystem – Normale hebräische Zeitungen und Bücher werden weitgehend ohne die Punkte und Striche gedruckt, die über, neben und vor allem unter den Konsonanten die Aussprache festlegen. Bei heiligen Texten, Lyrik und Kinderbüchern fürs erste Lesealter werden sie dagegen mitgedruckt bzw. in handschriftlichen Texten mitgeschrieben. Israelische Schulen lehren die Regeln für die Vokalisierung, aber der völlig sichere Umgang damit gilt als etwas Besonderes.

Hell's Yentels – Anspielung auf Hell's Angels. Jente bzw. Jentel (in der Verkleinerungsform) ist ein jiddischer Frauenname, der scherzhaft, liebevoll oder leicht abfällig verwendet wird, ähnlich wie im Deutschen »diese Trine«. Hier steht es mit Y geschrieben, weil es mit einem englischen Wort kombiniert ist.

Jischuw – Sammelbezeichnung für die vor der Staatsgründung auf dem Boden des Landes Israel ansässigen Juden mit ihren Selbstverwaltungseinrichtungen.

Kischkes (jidd.) – Gedärme, Eingeweide, auch Wurst im Naturdarm.

Krajot (hebr.) – Plural von Kirja – Stadtgemeinde. Gemeint sind hier vier Vorstädte von Haifa: Kirjat Ata, Kirjat Bialik, Kirjat Jam, Kirjat Motzkin.

Kreplech (jidd.) – gefüllte Nudelteigtaschen, die meist als Suppeneinlage gegessen werden.

Kurbatsch (türk.) – Peitsche mit gespaltener Spitze.

Machutl – Penis.

Mesusa, Mesusot – Türpfostenkapsel an jüdischen Haus- und Wohnungstüren. Sie enthält eine winzige Pergamentrolle mit den Bibelabschnitten Deut. 6,4–9 und 11,13–21.

Minjan – das für ein jüdisches Gemeindegebet erforderliche Quorum von zehn jüdischen Männern und Jungen, ab 13 Jahren.

Misinik (jidd.) – Nachgeborener.

Moschaw, Moschawim – israelisches Genossenschaftsdorf, bei dem jede Familie ihren Hof selbst bestellt, Einkauf und Vermarktung aber genossenschaftlich erfolgen.

Na'es al-chara (arab.) – Laß den Scheiß.

Palmach – Kommandotruppe der jüdischen Untergrundarmee Hagana. Wirkte entscheidend am israelischen Unabhängigkeitskrieg mit und wurde danach aufgelöst.

Palmachnik – Angehöriger der Palmach.

Pashmina, Pashminas – an sich ein Seidenkaschmirschal. Hier als Beiname für Frauen benutzt, die solche Schals gerne tragen, insbesondere für die Freundinnen von Alona, der Frau des Erzählers.

Plon – Abwandlung von »Plan« zur Bezeichnung eines schlimmen Plans im Sprachgebrauch der Joffes.

Puchowik (russ.) – Federbett.

Puiu (rumän.) – Küken. Hier Beiname für Gabriel, den Vetter des Erzählers.

Schieber – verschiebbare Absperrvorrichtung an Rohrleitungen, hier ein solcher Wasserhahn in der Pflanzung.

Schiwa (hebr.) – jüdische Trauerwoche nach der Beerdigung eines nahen Angehörigen.

Sibiriak – Sibirer.

Siebele (jidd.) – Siebenmonatskind.

Templer – Angehörige der Mitte des 19. Jahrhunderts in Württemberg entstandenen Tempelgesellschaft, einer pietistisch inspirierten Gruppierung, die es sich zum Ziel setzte, das Gottesreich im damals unter türkischer Verwaltung stehenden Palästina zu errichten. 1868 begannen sie mit dem Siedlungswerk. Dank ihrer handwerklichen und landwirtschaftlichen Tüchtigkeit und ihrem kaufmännischen, technischen und industriellen Geschick konnten sie bald blühende Kolonien in Palästina gründen, zunächst städtische Wohnviertel in Haifa, Jaffa und Jerusalem sowie die landwirtschaftliche Kolonie Sarona bei Jaffa (heute mitten in Tel Aviv gelegen), Anfang des 20. Jahrhunderts dann noch drei landwirtschaftliche Kolonien: Wilhelma (heute Bne Atarot), das galiläische Betlehem und die Nachbarsiedlung Waldheim (heute Alone Abba). Die Einwohner von Waldheim waren zum regulären evangelischen Glauben zurückgekehrt und hatten daher eine Kirche, nicht nur ein Gemeindehaus, wie sonst bei den Templern üblich. Es gab auch ein paar fehlgeschlagene Projekte, wie das im Roman erwähnte Neuhardthof, sowie einige verstreut lebende Familien. Anfangs dienten die rund 3000 Templer den frühen jüdischen Siedlern, die von 1882 an ins Land kamen, in mancher Hinsicht als Vorbild und lieferten den Beweis, daß man als Europäer im Land Israel leben und arbeiten konnte. Später ersetzte jedoch glühender deutschnationaler Patriotismus mehr und mehr den ursprünglich universalistischen Glauben der Templer, und Anfang der dreißiger Jahre begannen sich viele dem Nationalsozialismus zuzuwenden. Deshalb wurden die deutschen Siedler bei Ausbruch des Zweiten Weltkriegs von der englischen Mandatsmacht zunächst interniert, später größtenteils nach Deutschland repatriiert oder nach Australien deportiert. Die letzten Templer mußten bei der Gründung des israelischen Staates das Land verlassen. Heute bestehen noch Gemeinden im Stuttgarter Raum und in Australien. In Israel werden die Reste des christlich-deutschen Siedlungswerks – Häuser, Friedhöfe, öffentliche Gebäude – zunehmend unter Denkmalsschutz gestellt und restauriert, in Anerkennung der frühen Siedlungsleistungen dieser Gruppe und in der Einsicht, daß auch dies ein Teil der Landesgeschichte ist.

Tscholent – ein für Schabbatmittag gedachter Eintopf, der wegen des Kochverbots am Schabbat von Freitagnachmittag an bei sehr niedriger Temperatur im Ofen oder auf der Kochplatte bleibt.

Wareniki – süße, gefüllte Teigtaschen.

Yalla (arab.) – los, mach schon, auf geht's.

Zatzke, Zatzkes (jidd.) – hier in der Bedeutung von Luder, Schlampe, Hure.

Zipljonok (russ.) – Küken. Hier Beiname für Gabriel, den Vetter des Erzählers.

Verzeichnis der wichtigsten Personen

Aaron Landau – genannt »der Bräutigam«. Sohn von Sara und Hirsch Landau, Pninas Ehemann, Michaels Onkel. Geschickter Handwerker und genialer Erfinder.

Adelaide – Tochter von Batja, geb. Joffe, und Johann Reinhardt. Michaels Kusine.

Adika – Inhaber eines Lebensmittelladens.

Ajelet Joffe – Tochter von Alona und Michael, Zwillingsschwester von Uri. Wirtin des Joffe-Pubs.

Alona Joffe – Michaels Frau, Mutter von Ajelet und Uri. Leiterin einer Gärtnerei.

»Der alte Schuster« – Vater von Schimschon Schuster. Der einzige fromme Jude im Dorf und ein Verehrer von Pninas Schönheit.

Amuma – Kosename von Mirjam Joffe.

Anja – Frau des Schuldirektors Elieser, Michaels ältere Freundin und Geliebte.

Apupa – Kosename von David Joffe.

»Der Arsch« – Schwester von Chaim, gute Freundin von Rachel und eine der Geliebten von Mordechai Joffe. Lehrerin.

Batja Joffe – auch genannt »Über-alles«. Dritte Tochter von Mirjam und David Joffe, Frau von Johann Reinhardt, Mutter von Adelaide und Tante von Michael.

Chaim – genannt »der Junge«. Rachels früh verstorbener Ehemann. Bruder »des Arschs«.

David Joffe – auch Apupa genannt. Michaels Großvater, Mirjams Mann und Vater von Pnina, Hanna, Batja und Rachel. Eigentümer des Joffe-Hofs.

Elieser – Anjas Mann und jahrelang Schuldirektor der Dorfschule.

Fontanelle – Michaels Liebesname, den ihm Anja gegeben hat.

Gabriel Joffe – auch genannt Puiu, Zipljonok, Küken, Siebele, Misinik, Uri. Unehelicher Sohn von Pnina Joffe und Oded Schuster. Michaels Vetter.

George Stephenson – schottischer Ingenieur im britischen Armeedienst. Guter Freund von Aaron.

Hanna Joffe – Michaels Mutter, Mordechai Joffes Frau, Pninas um drei Minuten jüngere Zwillingsschwester. Strenge Vegetarierin.

Hirsch Landau – Mann von Sara und Vater von Aaron. Geiger.

Ingenieur Florental – Bauingenieur und Inhaber eines Fotolabors.

Johann Reinhardt – auch genannt »der Hitler-Jugen«. Sohn deutscher Templer aus Waldheim. Mann von Batja und Vater von Adelaide.

Judith – Nathan Freistatts Frau.

Michael Joffe – der Erzähler. Mann von Alona, Vater von Ajelet und Uri. Von seiner Geliebten, Anja, auch Fontanelle genannt.

Mirjam Joffe – auch Mutter oder Amuma genannt. Michaels Großmutter, Davids Frau, Mutter von Pnina, Hanna, Batja und Rachel.

Mordechai Joffe – Michaels Vater, Mann von Hanna Joffe. Experte für Zitrusfrüchte. Hat viele Geliebte, deren wichtigste »die Mörderin« ist.

»Die Mörderin« – Hauptgeliebte von Mordechai Joffe.

Naifa – Beduinenfrau, die wunderbar Gerichte der traditionellen jüdischen Küche kochen kann. Anfangs Amme von Pnina und Hanna.

Nathan Freistatt – Pazifist, Kommunist, Tischler und Vegetarier, der Hanna Joffe in die vegetarische Lebensform einführt.

Oded Schuster – auch genannt »der schöne Schuster«. Sohn von Schimschon und Schulamit Schuster, unehelicher Vater von Gabriel Joffe.

Pnina Joffe – auch genannt »die schöne Pnina«. Älteste Tochter von Mirjam und David Joffe, Zwillingsschwester von Hanna, Frau von Aaron Landau, uneheliche Mutter von Gabriel und Tante von Michael.

Rachel Joffe – jüngste Tochter von Mirjam und David Joffe. Witwe von Chaim, Tante von Michael. Finanzexpertin und Geschichtenerzählerin.

Sara Landau – Frau von Hirsch Landau, Mutter von Aaron. Haushaltsexpertin.

Schimschon Schuster – Mann von Schulamit, Vater von Oded. David Joffes Erzfeind.

Schlomo Schuster – Sohn von Schulamit und Schimschon, Bruder von Oded. Freund von Aaron und der einzige Schuster, der nicht lispelt.

Schulamit Schuster – Frau von Schimschon, Mutter von Oded.

Über-alles – Beiname von Batja Joffe, wegen ihrer Verehelichung mit einem deutschen Templer.

Uri Joffe – Sohn von Alona und Michael, Zwillingsbruder von Ajelet. Großer Computerexperte.

Meir Shalev im Diogenes Verlag

Meir Shalev, geboren 1948 in Nahalal, studierte Psychologie und arbeitete viele Jahre als Journalist und Fernsehmoderator. Er wohnt heute in Jerusalem. Neben seinen Romanen für Erwachsene schreibt er auch Kinderbücher.

»Israels großer Fabulierer. Seine Romane gleichen den Bildern Chagalls. In einer Ecke noch eine kleine Episode, am Rand noch eine Figur, und der Fiedler schwebt ganz selbstverständlich über dem Dach.«
Anita Pollak/Kurier, Wien

Ein Russischer Roman
Aus dem Hebräischen von Ruth Achlama

Esaus Kuß
Eine Familiensaga. Deutsch von Ruth Achlama

Der Sündenfall – ein Glücksfall?
Alte Geschichten aus der Bibel neu erzählt. Deutsch von Ruth Melcer

Judiths Liebe
Roman. Deutsch von Ruth Achlama

Im Haus der Großen Frau
Roman. Deutsch von Ruth Achlama

Fontanelle
Roman. Deutsch von Ruth Achlama

Kinderbücher:

Papa nervt
Mit Bildern von Jossi Abulafja. Deutsch von Naomi Nir-Bleimling, Vera Loos und Angelika Schneider

Hannahs Grübchen
Mit Bildern von Jossi Abulafja. Deutsch von Naomi Nir-Bleimling und Vera Loos

Luzie, die Laus
Mit Bildern von Jossi Abulafja. Deutsch von Ruth Melcer

Wie der Neandertaler den Kebab erfand
Mit Bildern von Jossi Abulafja. Deutsch von Ruth Melcer

Der Traktor im Sandkasten
Mit Bildern von Jossi Abulafja. Deutsch von Naomi Nir-Bleimling und Vera Loos